HELEN DeWITT urodziła się w 1957 roku w Takoma Park w USA, ale wychowała w Ameryce Południowej. Jej ojciec pracował tam jako dyplomata. Ukończyła Oksford, gdzie studiowała filologię klasyczną i filozofię oraz obroniła doktorat z literatury greckiej i łacińskiej. Jej debiut literacki, wydana w 2000 roku powieść „Siódmy samuraj", stał się sensacją literacką. Książkę przełożono na 17 języków; powstały już plany jej sfilmowania.

W serii LITERKA m.in.:

Harlan Coben
NIE MÓW NIKOMU
BEZ POŻEGNANIA
JEDYNA SZANSA
BEZ SKRUPUŁÓW
KRÓTKA PIŁKA

Jackie Collins
ŻONY Z HOLLYWOOD II:
NOWE POKOLENIE

Liza Dalby
OPOWIEŚĆ MURASAKI

Nelson DeMille
GRA LWA

Helen DeWitt
SIÓDMY SAMURAJ

Ken Follett
NOC NAD OCEANEM
KRYPTONIM „KAWKI"

Frederick Forsyth
WETERAN

Tess Gerritsen
SKALPEL
GRAWITACJA
GRZESZNIK

Arthur Golden
WYZNANIA GEJSZY

Jean-Christophe Grangé
PURPUROWE RZEKI

Robert Harris
POMPEJA

Joseph Heller
PARAGRAF 22
OSTATNI ROZDZIAŁ,
CZYLI PARAGRAF 22 BIS
GOLD JAK ZŁOTO

Ken Kesey
LOT NAD KUKUŁCZYM
GNIAZDEM

Sue Monk Kidd
SEKRETNE ŻYCIE PSZCZÓŁ

Stephen King
ZIELONA MILA
CZTERY PORY ROKU
SKLEPIK Z MARZENIAMI
BEZSENNOŚĆ

Jerzy Kosiński
RANDKA W CIEMNO

Judith Krantz
CÓRKA MISTRALA
PÓKI SIĘ ZNÓW NIE SPOTKAMY

Królowa Noor
AUTOBIOGRAFIA

Adele Lang
DZIENNIK SOCJOPATYCZNEJ
KARIEROWICZKI

Melina Marchetta
ALIBRANDI SZUKA SIEBIE

Richard Mason
WIATR NIE POTRAFI CZYTAĆ

Ian McEwan
POKUTA
NIEWINNI

Anchee Min
CESARZOWA ORCHIDEA

Mende Nazer, Damien Lewis
NIEWOLNICA

Tony Parsons
ZA MOJE DZIECKO

James Patterson
DOM PRZY PLAŻY
FIOŁKI SĄ NIEBIESKIE
CZTERY ŚLEPE MYSZKI

Allison Pearson
NIE WIEM, JAK ONA TO ROBI

Mario Puzo
CZWARTY K
RODZINA BORGIÓW
GŁUPCY UMIERAJĄ

Herman Raucher
PRAWIE JAK W BAJCE

Alice Sebold
NOSTALGIA ANIOŁA

Erich Segal
NAGRODY
OSTATNI AKORD

Nicholas Sparks
ANIOŁ STRÓŻ
ŚLUB

Lauren Weisberger
DIABEŁ UBIERA SIĘ U PRADY

HELEN DeWITT

SIÓDMY SAMURAJ

Z angielskiego przełożył
WITOLD NOWAKOWSKI

Seria **LITERKA**

WARSZAWA 2005

Tytuł oryginału:
THE LAST SAMURAI

Copyright © Helen DeWitt 2000
All rights reserved

Copyright © for the Polish edition
by Wydawnictwo Albatros A. Kuryłowicz 2002

Copyright © for the Polish translation by Witold Nowakowski 2002

Redakcja: Mariola Maassen-Zajączkowska

Ilustracja na okładce: Jacek Kopalski

Projekt graficzny okładki i serii: Andrzej Kuryłowicz

ISBN 83-7359-372-1

Wyłączny dystrybutor

Firma Księgarska Jacek Olesiejuk
Kolejowa 15/17, 01-217 Warszawa
tel./fax (22)-631-4832, (22)-632-9155, (22)-535-0557
www.olesiejuk.pl/www.oramus.pl

WYDAWNICTWO ALBATROS
ANDRZEJ KURYŁOWICZ
adres dla korespondencji:
skr. poczt. 55, 02-792 Warszawa 78

Warszawa 2005
Wydanie II (I w tej edycji)
Druk: WZDZ – Drukarnia Lega, Opole

Prolog

Ojciec mojego ojca był pastorem metodystów. Był wysokim, przystojnym i dostojnym człowiekiem. Miał piękny głęboki głos. Za to mój ojciec stał się zażartym ateistą i uwielbiał Clarence'a Darrowa. Skakał z klasy do klasy z taką łatwością, z jaką inni chodzili na wagary. Dawał dziadkowi lekcje o izotopie węgla C14 i o pochodzeniu gatunków. W wieku piętnastu lat dostał stypendium na Harvardzie.

Wziął list z Harvardu i pokazał go swojemu ojcu.

Coś błysnęło w pięknych oczach dziadka. Coś zabrzmiało w jego pięknym głosie i powiedziało: Czasem dobrze wysłuchać drugiej strony.

A co to znaczy? – zapytał mój ojciec.

To znaczyło, że ojciec nie powinien odrzucać Boga tylko dlatego, że wygrywa potyczki na słowa z kimś mniej wykształconym. Że powinien raczej wybrać się do seminarium i dać uczciwą szansę swoim adwersarzom. Jeśli zachowa swe poglądy także jako dziewiętnastolatek, będzie miał uczciwy start na studia i w dorosłe życie.

Ojciec, jako ateista i darwinista zarazem, był czuły na punkcie honoru, więc nie potrafił odrzucić takiego wyzwania. Złożył papiery do kilku seminariów. Wszystkie – z wyjątkiem trzech – dały odpowiedź odmowną. Był jeszcze zbyt młody. W trzech zaproszono go na rozmowę wstępną.

Pierwsze seminarium cieszyło się zasłużoną sławą. Ojciec, ze względu na swój wiek, został przyjęty przez rektora.

Jest pan jeszcze bardzo młody – powiedział rektor. Chce pan studiować teologię wyłącznie przez wzgląd na ojca?

Ojciec odparł, że nie zamierza być pastorem, ale że czasem dobrze jest wysłuchać racji drugiej strony. Potem wygłosił krótki wykład o izotopie węgla C14.

Służba boża jest powołaniem – odparł rektor. Tu przychodzą tylko ci, którzy naprawdę chcą się uczyć. Wątpię, żeby nasza pomoc mogła się panu przydać.

Dostał pan wspaniałą ofertę z Harvardu – dodał. Niech pan tam zapisze się na teologię i spokojnie słucha racji drugiej strony. O ile mnie pamięć nie myli, to w Harvardzie na początku było przecież seminarium. Bez wątpienia nadal uczą tam teologii.

Uśmiechnął się łagodnie do mojego ojca i zaproponował, że da mu spis książek, w których także były wyłożone racje drugiej strony. Ojciec wrócił do domu (wtedy jeszcze mieszkał w Sioux City) z mocnym przekonaniem, że powinien pójść za radą rektora.

Porozmawiał ze swoim ojcem. Usłyszał, że o zasadach wiary nie wolno dyskutować w świeckim otoczeniu. Że takie studia nic nie dadzą, ale że decyzja należy do niego.

Mój ojciec wybrał się z wizytą do drugiego seminarium, o pochlebnej opinii. Został przyjęty przez dziekana.

Dziekan spytał go, dlaczego chce zostać pastorem. Ojciec odparł, że wcale nie chce być pastorem, a potem wygłosił wykład o izotopie węgla C14.

Dziekan odparł, że w pełni rozumie jego intencje, choć nie jest przekonany, czy są zupełnie szczere. Wspomniał na młody wiek ojca i dodał, że ktoś taki mógłby jednak najpierw wybrać się do Harvardu. Z radością pana przyjmę, jeżeli po studiach zechce pan nadal słuchać drugiej strony.

Mój ojciec wrócił do ojca. Piękny głos powiedział, że na absolwenta Harvardu czyha ogromna pokusa w postaci dalszej kariery. Każdy jednak musi decydować za siebie.

Mój ojciec pojechał do trzeciego seminarium. Było niewielkie i zwyczajne. Rozmawiał z prodziekanem. Panował straszny upał. Mały tłusty prodziekan pocił się okropnie, chociaż w gabinecie wirował wentylator. Spytał ojca, dlaczego chce zostać pastorem. Ojciec odparł, że czasami dobrze jest wysłuchać racji drugiej strony, i wygłosił wykład o izotopie węgla C14.

Prodziekan oznajmił wówczas, że seminarium płaci stypendium uczniom, którzy w przyszłości chcą się na stałe związać z Bogiem. Skoro pan nie zamierza być duchownym, czesne wynosi tysiąc pięćset dolarów rocznie.

Mój ojciec wrócił do swojego ojca i usłyszał, że przez wakacje mógłby zarobić siedemset pięćdziesiąt dolarów na stacji benzynowej. Resztę dostanie.

Tak więc mój ojciec trafił do seminarium. Kiedy mówię, że tam trafił, chodzi mi o to, że w tygodniu siedział na wykładach, a w sobotę, bez najmniejszej chęci, wlókł się do synagogi. Nie miał jak się wykręcić. Resztę czasu na ogół spędzał przy bilardzie, w barze „Helena" – jedynym, do którego wpuszczali szesnastolatków.

Czekał, aż dziadek spyta, jak mu się to podoba. Dziadek nigdy nie spytał.

W synagodze mój ojciec poznał pewnego starszego o dziesięć lat człowieka, który zajmował się obrządkiem i czytał większość świętych tekstów. Facet wyglądał jak Buddy Holly i rzeczywiście wśród znajomych nosił przezwisko Buddy (wolał to, niż Werner). Mój ojciec początkowo wziął go za rabina, ale miasteczko było zbyt małe, żeby utrzymać rabina. Wszystkie obowiązki wypełniali wierni, w dodatku na ochotnika. Buddy chciał być śpiewakiem operowym, lecz za namową swojego ojca zajął się rachunkowością. Przyjechał z Filadelfii, żeby objąć posadę księgowego. On też większość czasu spędzał przy stole bilardowym w „Helenie".

Po trzech latach mój ojciec stał się wręcz świetnym bilardzistą. Z wygranych stawek zaoszczędził prawie pięćset dolarów. Grał na luzie, gdy chciał, i nie wygrywał zbyt często ani zbyt wiele. Mógł pokonać każdego ze stałych bywalców baru. Pewnej nocy pojawił się jednak ktoś obcy.

Los sprawił, że przybysz grał najpierw z innymi. Miał miękkie i oszczędne ruchy; bez wątpienia przewyższał wszystkich o klasę. Mój ojciec koniecznie chciał z nim zagrać. Buddy mu to odradzał. Czuł, że z tym obcym jest coś nie tak. Mógłby zażądać stawki zbyt wysokiej dla ojca lub – co gorsza – przegrać i sięgnąć po spluwę. Ojciec wyśmiał obawy Buddy'ego, ale chwilę potem pod rozchyloną przypadkowo marynarką przybysza rzeczywiście zobaczył broń u pasa.

Gra dobiegła końca i ojciec podszedł do stołu. Mój kumpel twierdzi, że jesteś groźny – powiedział.

Możliwe – odparł obcy.

Zabijesz mnie, jak wygram? – spytał ojciec z szerokim uśmiechem.

Takiś pewien, że wygrasz? – zagadnął go obcy.

Znam tylko jeden sposób, żeby się o tym przekonać – powiedział mój ojciec.

A kim jesteś? – zapytał obcy.

Ojciec wyjaśnił, że studiuje w miejscowym seminarium.

Obcy zdumiał się, widząc kleryka w takim barze.

Wszyscy jesteśmy grzeszni, bracie – kpiącym tonem oznajmił mój ojciec.

Rozegrali partyjkę i pięć dolców zmieniło właściciela.

Chcesz się odegrać? – spytał obcy.

Następna partia trwała dłużej. Ojciec grał od niechcenia. Nic nie mówił, kiedy przybysz celował w bilę, ale sam chętnie odpowiadał na jego pytania i z humorem wspominał o życiu w seminarium. Obcy był raczej mrukiem, lecz bawił się doskonale. Ojciec wygrał partię jednym szczęśliwym strzałem i znów pięć dolarów przeszło z ręki do ręki.

Zróbmy coś ciekawszego – zaproponował obcy.

Jak bardzo ciekawego? – zapytał mój ojciec.

Obcy zapytał go, czy ma więcej forsy. Buddy Holly bezgłośnie wyszeptał NIE NIE za plecami obcego. Nic mu nie mów, głupolu. Ojciec powiedział, że ma pięćset dolców.

Obcy oznajmił na to, że przyjmie każdy zakład. Ojciec nie miał pojęcia, czy ma go traktować serio.

Powiedział: sto dolarów. Pięć partii.

Obcy odparł, że w takim razie chciałby od razu zobaczyć pieniądze, bo mu się spieszy i nie będzie sterczał tu godzinami w oczekiwaniu na marną stówę. Pięć do jednego, dodał.

Mój ojciec miał przy sobie dwadzieścia pięć dolarów. Dwadzieścia pięć pożyczył od Buddy'ego, a resztę w piątkach i dziesiątkach od pozostałych gości baru, którzy ufali jego umiejętnościom.

Rozegrali dwie partie. Obcy wygrał z łatwością. W trzeciej też szło mu całkiem dobrze, ale potem los się odwrócił i wygrał mój ojciec. Wygrał też czwartą, chociaż po zaciętej walce, i piątą. W barze zapadła cisza. Inni także widzieli pistolet.

Wszyscy zamarli, kiedy obcy wsunął dłoń za marynarkę. Wyjął portfel. Z grubego pliku banknotów odliczył pięć studolarówek.

Zdaje mi się, że nigdy dotąd czegoś takiego nie widziałeś – powiedział.

Ojciec przypomniał mu, że ma już pięćset dolarów.

Tysiąc baksów! – mruknął obcy. – To kupa szmalu.

Nie lubię ludzi, którzy nie wiedzą, co zrobić z grubszą forsą – dodał.

Co to znaczy? – zapytał mój ojciec.

Kiedy usłyszysz coś, o czym inni nie mają bladego pojęcia, to jeśli masz pieniądze, możesz nieźle zarobić – powiedział obcy.

A wiesz o czymś? – spytał mój ojciec.

Obcy odparł, że wcale by się nie zdziwił, gdyby tu w okolicy powstała autostrada.

Skoro wiesz, to dlaczego nie dobijesz targu? – zapytał mój ojciec. – Kup jakąś działkę.

To nie dla mnie – odpowiedział obcy. – Nie lubię tkwić

w jednym miejscu. Ale gdybym to lubił i miał tysiąc baksów, już wiedziałbym, co z tym zrobić.

Bar zamknięto i obcy odjechał. Okazało się, że gospodyni Buddy'ego, pani Randolph, chciała sprzedać swój domek i przenieść się na Florydę. Nie mogła jednak znaleźć kupca. Ojciec bąknął, że jeśli obcy miał rację, to można by jej zapłacić, przerobić domek na motel i ciągnąć niezłe zyski.

Jeśli – westchnął Buddy.

W głębi ducha obaj byli przekonani, że przybysz wiedział, co mówi. Niemym świadectwem był pistolet.

Mój ojciec oświadczył jednak, że nie ma do tego głowy, bo po odejściu z seminarium pojedzie do Harvardu. Napisał do władz uczelni, że przyjmie wcześniejszą ofertę.

Minęło kilka tygodni. Z Harvardu nadeszło pismo z prośbą o dokładniejszy opis tego, co mój ojciec porabiał przez minione lata, o jego osiągnięcia i dalsze referencje. Ojciec spełnił tę prośbę i czekał parę miesięcy. List, który w końcu nadszedł, nie należał do najłatwiejszych. Była w nim mowa o tym, że władze Harvardu biorą pod uwagę dokonania studentów. Stypendium jest za zasługi – nie można więc wymagać, żeby dostał je ktoś, kto ostatnimi czasy całkowicie zarzucił karierę naukową. Byłoby to nie fair wobec innych kandydatów. Studia są dla wszystkich, ale w tym przypadku ojciec musiałby płacić pełne czesne.

Na Wielkanoc ojciec przyjechał do Sioux City. Buddy pojechał do Filadelfii na święto Paschy. Mój ojciec pokazał list swojemu ojcu.

Dziadek przeczytał list z Harvardu i powiedział, że jego zdaniem widać w tym wolę Boga, który nie chciał, żeby mój ojciec studiował na Harvardzie.

Cztery lata wcześniej mój ojciec stał u progu wspaniałej kariery. Teraz miał jedynie dyplom seminarium, zbędny dla kogoś, kto nie zamierzał być pastorem.

Dech mu zaparło z obrzydzenia. Wyszedł z domu bez słowa i wsiadł do chevroleta. Przejechał tysiąc trzysta mil.

W późniejszych latach wymyślił pewną zabawę. A gdyby tak spotkał kogoś w drodze do Meksyku? Powiedziałby: Słuchaj, koleś, masz tu pięćdziesiąt dolców, idź na loterię i kup mi kilka losów. Wręczyłby mu wizytówkę. Szansa na wygraną jest jak dwadzieścia milionów do jednego. To, że facet oddałby mu szczęśliwy numerek, to następne dwadzieścia milionów do jednego. Nie można więc powiedzieć, że zmarnował życie. Miał swoją szansę – jak jeden do czterystu trylionów.

Mógłby też spotkać kogoś w drodze do Europy. Powiedziałby: Masz tu pięćdziesiąt dolców. Zrób mi tę łaskę i jak będziesz w Monte Carlo, zagraj w ruletkę i siedemnaście razy postaw to na siedemnastkę. Ale ja wcale nie wybieram się do Monte Carlo! – odparłby tamten. Ale gdybyś był przypadkiem... – i dałby mu wizytówkę. Mogłoby się przecież zdarzyć, że ów nieznajomy zmieniłby swoje plany i pojechał do Monte Carlo. Jaka jest szansa, że siedemnastka wyjdzie siedemnaście razy z rzędu? A jaka, że nieznajomy przesłałby pieniądze ojcu? Nie byłoby to wprawdzie niemożliwe, ale wielce nieprawdopodobne. Dziadek zatem nie zmarnował mu życia, bo istniała jedna szansa na pięćset trylionów trylionów trylionów, że jednak tego nie zrobił.

Mój ojciec lubił tę zabawę, bo uważał, że w ten sposób stwarza dziadkowi pewną możliwość obrony. Nie wiem, kiedy bawił się w nią po raz ostatni. Wymyślił ją, kiedy wyszedł z domu bez słowa i przejechał tysiąc trzysta mil do Buddy'ego, do Filadelfii.

Zatrzymał wóz przed frontem domu, w którym mieszkał Buddy. Z pokoju dobiegały głośne i żałosne dźwięki fortepianu. Trzasnęły drzwi. Słychać było podniesione głosy. Ktoś krzyknął. Znów rozległ się głośny jęk fortepianu.

Ojciec znalazł Buddy'ego i od niego dowiedział się, co zaszło.

Buddy chciał śpiewać w operze, ale został księgowym. Jego brat, Danny, chciał grać na klarnecie, ale pracował w zakładzie jubilerskim ojca. Siostra Frieda chciała zostać skrzypaczką, ale przed ślubem była sekretarką, a potem miała troje dzieci. Siostra Barbara chciała zostać skrzypaczką, ale przed ślubem była sekretarką, a potem miała dwoje dzieci. Młodsza siostra, Linda, chciała być śpiewaczką i przed chwilą stanowczo oznajmiła, że nie pójdzie na kurs dla sekretarek. Ich ojciec oświadczył na to, że nie puści jej na studia muzyczne. Linda siadła przy fortepianie i zaczęła grać Preludium d-moll Chopina, numer 24, ponury kawałek muzyki, nabierający tragicznych wymiarów, zwłaszcza wówczas, kiedy go słuchać czterdziesty raz z rzędu.

Rzecz w tym, że ich ojciec był rodowitym wiedeńczykiem i rodzinie stawiał wysokie wymagania. Dzieciaki całkiem nieźle grały na pięciu lub sześciu instrumentach, ale nie lubiły ćwiczyć. Z każdej lekcji wychodziły zlane krwią, lecz niepokorne albo też cudem jakimś zupełnie nietknięte. Wszystkim wydawało się, że będą muzykami. Buddy jako pierwszy dowiedział się, że nie będą. Zdaniem pana Konigsberga, talent można mieć lub nie mieć. A ponieważ żadne z dzieci nie grało niczym Heifetz albo Casals, albo Rubinstein, żadne więc nie miało dość talentu, żeby zostać profesjonalistą. Niech więc najzwyczajniej w świecie cieszą się muzyką w domu. Kiedy Buddy wyszedł z ogólniaka, dowiedział się, że ojciec przewidział dlań rolę księgowego.

Wiesz, powiedział Buddy do mojego ojca, w tamtej chwili nie chciałem mu robić przykrości. Nie chciałem wywołać zamętu. Pomyślałem sobie: kim ty jesteś, żeby marzyć o wielkiej karierze? Ale wszyscy po mnie także poddali się bez walki. Może to moja wina? Może gdybym się postawił, ojciec z czasem przywykłby do nowej myśli? A tak, to żadne z nas nie skorzystało z szansy. Może to moja wina?

I czekał, pełen nadziei...

I mój ojciec powiedział: Oczywiście, że to twoja wina. Dlaczego mu nie odmówiłeś? Wszystko popsułeś. Jedyne, co możesz zrobić, to nie dopuścić do powtórki.

Mój ojciec w głębi duszy od dawna żałował, że w życiu

poszedł za radą swojego własnego ojca. Pomyślał sobie, że innym nie wolno popełniać tego błędu.

Znalazła już sobie miejsce? – spytał.

Nie, odparł Buddy.

Powinna iść na przesłuchanie, oznajmił ojciec i wszedł do pokoju. Buddy podreptał za nim, gotów wykłócać się o pryncypia.

W pokoju siedziało siedemnastoletnie dziewczę o kruczoczarnych włosach i ognistych czarnych oczach. Na ustach miała jaskrawoczerwoną szminkę. Nawet nie uniosła głowy, bo właśnie, po raz czterdziesty pierwszy, grała Preludium d-moll Chopina, numer 24.

Mój ojciec stanął obok fortepianu i pomyślał: Jaką szansę miałby ktoś, kto zapisałby się do seminarium i chodziłby do synagogi, i grał w bilard w podrzędnym barze, żeby zakochać się w Żydówce rodem z Filadelfii, zbić majątek na motelu i żyć długo i szczęśliwie? Powiedzmy: miliard do jednego. A skoro to możliwe, to możliwe także, że mój ojciec...

Linda przydeptała pedał fortepianu i z łomotem odegrała trzy ponure nuty. Bum. Bum. Bum.

Preludium dobiegło końca. Zanim zaczęła grać od nowa, na chwilę oderwała wzrok od klawiatury.

Kim jesteś? – zapytała.

Buddy przedstawił jej mojego ojca.

Ach, to ten ateista, powiedziała moja matka.

I

- *Zróbmy włócznie z bambusa! Zabijmy wszystkich bandytów!*
- *Nie uda się. To niemożliwe.*

                Trzej wieśniacy z „Siedmiu samurajów"

Grupa bandytów co roku najeżdża niewielką wioskę i odbiera chłopom ich plony. Zdarza się, że ten i ów wieśniak zostanie zabity. Zdaniem starszyzny, trzeba coś z tym zrobić. Chodzą słuchy, że inna wieś została ocalona przez grupę wynajętych samurajów. Kilku chłopów wyrusza na poszukiwanie odpowiednich kandydatów. Nie mają czym zapłacić; oferują jedynie strawę, kąt do spania i radość z walki. Mają sporo szczęścia, bo już na początku na ich drodze staje niejaki Kambei (Takashi Shimura), dzielny i uczciwy wojownik, całym sercem oddany każdej słusznej sprawie. Następnym jest młody ronin Katsushiro (Ko Kimura). Później Kambei przypadkiem spotyka swojego starego druha, imieniem Shichiroji (Daisuke Kato). Wybrany przezeń Gorobei (Yoshio Inaba) sprowadza Heihachiego (Minoru Chiaki). Do grupy dołącza jeszcze mistrz szermierki, Kyuzo (Seiji Miyaguchi), a w ślad za nim Kikuchiyo (Toshiro Mifune), syn chłopa – tak jak wszyscy przyciągnięty charyzmą przywódcy, którym jest oczywiście Kambei.

Po przybyciu do wsi przygotowują się do bitwy. Nie czekają na pierwszy atak, ale sami szturmują kryjówkę bandytów. Palą obóz i zabijają kilku złoczyńców, ginie jednak Heihachi. Bandyci napadają na wioskę. Obrońcy odpierają atak, lecz pada Gorobei. Zgodnie z planem, część bandytów zostaje wpuszczona do wioski, gdzie giną od ciosów włóczni. W ostatniej bitwie śmierć poniosą Kyuzo i Kikuchiyo – nie ocaleje za to żaden członek bandy.

Jest wiosna, nadchodzi pora sadzenia ryżu. Z siedmiu samurajów pozostało zaledwie trzech, a i tak wkrótce każdy z nich odejdzie swoją drogą.

Donald Richie „Filmy Akiry Kurosawy"

Czy samuraj mówi po japońsku, czy pingwinem?

W Wielkiej Brytanii żyje sześćdziesiąt milionów ludzi. Dwieście milionów żyje w Ameryce. (Niemożliwe!) Nawet nie myślę, ile ludzi mówi na świecie po angielsku. Idę jednak o zakład, że z setek milionów nie więcej niż pięćdziesięcioro – w najlepszym przypadku – przeczytało książkę A. Roemera pod tytułem „Aristarchs Athetesen in der Homerkritik" (Lipsk, 1912). Nikt nigdy nie przełożył jej z niemieckiego na angielski i tak już na pewno zostanie.

Dołączyłam do tej maleńkiej grupy w 1985. Miałam dwadzieścia trzy lata.

Pierwsze zdanie tego zapoznanego dzieła brzmi następująco:

Es ist wirklich Brach- und Neufeld, welches der Verfasser mit der Bearbeitung dieser Themas betreten und durchpflügt hat, so sonderbar auch diese Behauptung im ersten Augenblick klingen mag.

Uczyłam się niemieckiego z podręcznika „Naucz się niemieckiego", więc od razu rozpoznałam kilka słów z wyżej wymienionego zdania.

Prawdą jest, że cośtam i cośtam, które cośtam z czymśtam z czegośtam ma cośtam i cośtam, choćby cośtam też cośtam może cośtam na pierwszy cośtam.

Resztę odszyfrowałam, sprawdzając w słowniku niemiecko-angielskim Langenscheidta wyrazy: Brachfeld, Neufeld, Verfasser, Bearbeitung, Themas, betreten, durchpflügt, sonderbar, Behauptung, Augenblick i klingen.

Byłoby to krępujące, gdybym czytała w obecności znajomych. W gruncie rzeczy o wiele lepiej powinnam znać niemiecki. Źle zrobiłam, że na Oksfordzie traciłam czas na próby z akkadyjskim, arabskim, aramejskim, hetyckim, pali, sanskrytem i narzeczami z Jemenu (nie mówiąc już o zaawansowanym kursie papirologii i studiach nad hieroglifami), zamiast dobijać się do granic ludzkiego poznania. Kłopot w tym, że jak ktoś dorasta w mieście dumnym z tego, że stanął w nim pierwszy motel, w mieście, gdzie bywa nikłe (o ile w ogóle istnieje) pojęcie o Jemenie, to temu komuś bardzo chce się poznać narzecza Jemenu. Myślisz sobie: A może nie trafi się druga szansa? Żeby wejść do Oksfordu, kłamałam jak najęta. Tylko wagę i wzrost podałam prawidłowo (wszak mój ojciec był żywym dowodem na to, co się dzieje, kiedy korzystasz z cudzych referencji). Chciałam skosztować życia.

A ponieważ podobno skończyłam szkołę z wyróżnieniem i dostałam się na dalsze studia, zyskałam pewność, że najlepiej polegać na sobie (same piątki, natürlich, a do tego opinie typu: „Sibylla ma szeroki krąg zainteresowań i wyjątkowo oryginalny umysł; uwielbiamy ją uczyć"), z pominięciem tak zwanych osób trzecich. Kłopot w tym, że po takim wstępie musiałam być najlepsza. Kłopot w tym, że na komisji zapytano mnie krótko:

– Kurs niemieckiego dla zaawansowanych?
– Oczywiście – zaszczebiotałam beztrosko.

I to mogła być prawda.

W każdym bądź razie Roemer nie znalazł miejsca na ogólnie dostępnych półkach uczelnianej czytelni, zarezerwowanych dla częściej przeglądanej klasyki. Z roku na rok porastał kurzem w ciemnościach, głęboko pod ziemią. Choćby z tego względu mogłam go przeczytać w każdym dostępnym miejscu. Zgodnie z moim życzeniem dotarł do aneksu biblioteki w Radcliffe, czyli do pokaźnej kopuły z kamienia, stojącej pośrodku skweru. Tam, bez świadków, wzięłam się do lektury.

Siedziałam na galerii, patrząc na dzwon powietrza i na łukowate ściany, pokryte tysiącami ciekawie wyglądających książek, z których dosłownie ani jedna nie dotyczyła filologii klasycznej. Czasami zerkałam przez okno na głaz Wszystkich Świętych. No i oczywiście w tekst „Aristarchs Athetesen in der Homerkritik" (Lipsk, 1912). Jak okiem sięgnąć nie widziałam żadnego filologa.

Chwilę trwało, zanim z grubsza pojęłam znaczenie pierwszego zdania: Prawdę rzekłszy, to dziewicze i całkiem nowe pole, które autor przemierzył i zaorał, zgłębiając znany temat, chociaż w pierwszej chwili takie stwierdzenie może zabrzmieć dziwnie.

Wziąwszy pod uwagę wysiłek włożony w tłumaczenie, nie brzmiało to zachęcająco. Miałam jednak się uczyć, więc brnęłam dalej. A raczej chciałam zabrnąć, bo w tej samej chwili lekko uniosłam głowę i na półce po lewej stronie wypatrzyłam książkę o wojnie trzydziestoletniej. Wyglądała zabójczo ciekawie. Wzięłam ją i rzeczywiście okazała się zabójczo ciekawa. Kiedy znowu uniosłam głowę, była już pora lunchu.

Poszłam do hal targowych i przez godzinę oglądałam swetry.

Są ludzie, którzy uważają antykoncepcję za niemoralną, bowiem naczelnym celem kopulacji jest prokreacja. Inni w podobny sposób wychodzą z założenia, że czytać mają tylko ci, co sami piszą książki. Bierzesz książkę z ponurej, zakurzonej ciemnicy, piszesz tysiące słów, które potem trafiają do lochu, ktoś po nie sięga, też pisze i znowu trafia do lochu. Czasami taka uwolniona książka staje się zaczątkiem książki, dostępnej w księgarniach. Ta z kolei może być ciekawa, lecz ludzie, którzy ją kupują, nie są poważni. Gdyby takimi rzeczywiście byli, nie ciekawiłyby ich setki słów skazanych na ciemnicę.

Są ludzie, którzy uważają śmierć za los gorszy od nudy.

Znalazłam parę ładnych swetrów, lecz wszystkie były dosyć drogie.

W końcu oderwałam się od nich i wróciłam do zmagań.

Prawdę rzekłszy, to dziewicze i całkiem nowe pole, które autor przemierzył i zaorał, zgłębiając znany temat, chociaż w pierwszej chwili takie stwierdzenie może zabrzmieć dziwnie, przypomniałam sobie.

Wyglądało to zabójczo nudnie.

Zajęłam się następnym zdaniem, z takim samym mniej więcej bilansem strat i wpływów. Potem następnym i następnym. Odczytanie każdego zajmowało mi od pięciu do dziesięciu minut – godzina na całą stronę. Z wolna wywody Roemera zamajaczyły przede mną pod postacią mgiełki, jak muzyka Debussy'ego zatopiona w katedralnym sortant peu à peu de la brume.

Tyle tylko, że melancholijne dźwięki La cathédrale engloutie kończą się wspaniałym *fortissimo*!!!! Właśnie wówczas, po jakichś trzydziestu godzinach, wreszcie do mnie dotarło...

Czterdzieści dziewięć osób w anglojęzycznym świecie wie, czego oczekiwać. Nikt inny nie zna prawdy i nikogo to nie obchodzi. A przecież bardzo wiele zależy od tego odkrycia! Kto z nas potrafi sobie wyobrazić świat bez Newtona, bez Einsteina, bez Mozarta? Taka doprawdy jest różnica między tym światem a światem, w którym po dwóch zdaniach zamknęłam „Aristarchs Athetesen" i wzięłam się do „Schachnovelle", z chłodną wzgardą myśląc o swoich studiach. Gdybym nie przeczytała Roemera, nie wiedziałabym, że nie dla mnie kariera naukowa. Nie spotkałabym faceta nazwiskiem Liberace (nie, nie tego), a świat byłby uboższy o...

Plotę trzy po trzy. Wszystko po kolei. Dzień po dniu zgłębiałam Roemera i w trzydziestej godzinie doznałam olśnienia. Nie była to godzina złota, lecz raczej ołowiu.

Jakieś dwa tysiące trzysta lat temu Aleksander Wielki wyruszył z Macedonii na podbój krain leżących mu na drodze. Dotarł aż do Egiptu i założył Aleksandrię, potem udał się na wschód i umarł, zostawiając imperium na łup swoim następcom. Ptolemeusz był już namiestnikiem Egiptu, zatem zatrzymał włości. Rządził krajem z Aleksandrii i był właściwym twórcą jednej z wielu pomników powstałych na chwałę miasta: Biblioteki, zbudowanej i prowadzonej z żelazną bezwzględnością.

Wynalazek prasy drukarskiej był dla ówczesnych ludzi równie odległy jak dla nas cuda 3700 roku. Wszystkie książki przepisywano ręcznie. Wkradało się mnóstwo błędów, zwłaszcza wtedy, gdy kopia powstawała z kopii kopii kopii. Czasem jakiś kopista wpadał na dobry pomysł i dodawał od siebie parę słów albo całe zdania. Następni w świętej naiwności przepisywali ten tekst ciurkiem, jak leciało. Był tylko jeden sposób, żeby dotrzeć do oryginału. Biblioteka zapłaciła przeogromną sumę archiwum miejskiemu w Atenach za wypożyczenie prawdziwych rękopisów słynnych greckich tragedii (Ajschylosa, Sofoklesa, Eurypidesa i tak dalej). Dzieła miały być wiernie przepisane, sprawdzone i oddane za zwrotem kaucji.

Jak dotąd cała ta historia jest odrobinę nudna, a jednak trzeba ją przytoczyć, żeby lepiej poznać Bibliotekę i Aleksandrię, i wariatów, którzy w niej mieszkali. Literaci to najbardziej wredny i złośliwy rodzaj ludzki. Jedni z nas, jeśli potrzebują stojaka na parasole, idą do Ikei i kupują stojak do łatwego montażu w domu. Inni w tym samym celu przejadą równe sto mil na aukcję w Shropshire, żeby zdobyć pozornie nieprzydatne narzędzie rolnicze z XVII wieku. Aleksandryjczyk – gdyby tylko mógł – zlicytowałby samego siebie. Kochał pamiątki z przeszłości (zwłaszcza te, które miał tuż pod ręką, w Bibliotece) i rzadkie słowa, o zatartym zupełnie znaczeniu. Tych ostatnich używał jako wdzięcznej odmiany wobec słów, które wszyscy z reguły rozumieli. Uwielbiał mity, w których ludzie dostawali szału albo pili magiczne mikstury, albo kamienieli pod wpływem nagłego stresu. Uwielbiał sceny, w których ludzie, ogarnięci szałem, mamrotali coś w dziwnym, poszarpanym języku, pełnym chropawych fraz i zapomnianych zwrotów. Cieszył się, kiedy w wielkim micie znalazł jakiś trywialny i pospolity wątek – wyciągał go, a mit po prostu wyrzucał do śmietnika. Każdego „Hamleta" mógł przerobić na „Rozenkranca i Gildensterna". Jako uczony, badacz, matematyk i poeta, wiodący na manowce kwiat młodzieży Rzymu, wdarł się nawet do książek, mówiących zupełnie nie o nim. Kiedy już wreszcie dostał książkę na własny użytek, postarał się o cały oddzielny tom przypisów – mam tu rzecz jasna na myśli „Aleksandrię Ptolemeuszy" Frazera, dzieło, po które wróciłabym się nawet z grobu (raz już, na łożu śmierci, prosiłam właśnie o nie, ale go nie dostałam). Czas mnie goni – Cudowny Chłopiec lada chwila oderwie się od wideo – jakiż więc był wkład Roemera w tak wielki i wspaniały temat?

Roemer zainteresował się krytyką Homera, spisaną przez Arystarcha, który zarządzał Biblioteką gdzieś w okolicach 180 roku p.n.e. (zamęt z tragikami skończył się nieco wcześniej). Arystarch chciał mieć doskonały tekst homeryckich pieśni. Oryginał jednak nie istniał, więc ani spryt, ani forsa nie mogły tu w niczym pomóc. Arystarch porównywał kopie i wykreślał znalezione błędy. Zaznaczał do usunięcia (*athetes*) całe wersy, które jego zdaniem nie należały do pierwotnej wersji. Jako pierwszy swoje przemyślenia opisał w komentarzach. Nic z tego nie przetrwało. Znaleziono co prawda drobne notatki na marginesach „Iliady", ale są to prawdopodobnie uwagi z trzeciej ręki, poczynione za Arystarchem. Jakieś imiona, wyjaśnienia – ot, i tyle.

Kilka z tych uwag Roemer uznał za wspaniałe. Bez wątpienia pochodziły wprost od Arystarcha, który na pewno był geniuszem. Pozostałe brzmiały głupio; dopisane przez kogoś innego. Kiedy ktoś powiedział coś błyskotliwego, Roemer od razu słyszał w tym głos Arystarcha. Jeżeli brakowało źródła, podejrzewał, że i tak ów cytat stworzył bezimienny geniusz.

Na zdrowy chłopski rozum to czysty idiotyzm. Możesz przecież tak przetasować tłum postaci, że za każdym rozdaniem wyskoczy ten sam geniusz. Ale przy takim założeniu podajesz w wątpliwość źródło, jeśli ktoś inny powie coś względnie sensownego albo twój geniusz zbłądzi. Źródłem bowiem jest twój pogląd, że geniusz jest geniuszem. Problem widoczny dla każdego, kto by pomyślał dwie sekundy. Roemer jednak nie myślał, tylko napisał cały traktat. Przyjąwszy bzdurne założenie jako główne kryterium prawdy, odrzucał kolejne uwagi pisane przez Zenodota i Arystofanesa (nie, nie tego) lub cytowane przez Didyma. Przy okazji naśmiewał się z głupoty wspomnianych nieuków.

Gdy zrozumiałam po raz pierwszy, o co mu naprawdę chodzi, nie mogłam w to uwierzyć i z rozpędu przeczytałam jeszcze pięćdziesiąt stron (w tempie dwadzieścia minut strona plus 16,66 godziny do całkowitego rachunku). A jednak tak było. Wlepiłam wzrok w tekst. Zamknęłam oczy.

Powiedzmy, że dorastasz w mieście dumnym z tego, że stanął w nim pierwszy motel. Wyjeżdżasz zaraz po skończonej budowie i przenosisz się do innego miasta. A potem do jeszcze innego. Nie unikniesz kłopotów w szkole. Możesz liczyć najwyżej na solidną czwórkę. Potem stajesz do konkursu i zadziwiasz wynikami, które rzucają nowe światło na wspomnianą czwórkę. Twoi nauczyciele traktują to jako osobistą obrazę. Składasz papiery do uczelni, tam proszą cię o opinię, a ze szkoły, od ludzi, którzy cię zmienili w burkliwego mruka, nadchodzi pismo, że jesteś na skraju apatii. A potem stajesz przed komisją. Pytają cię o zainteresowania, ale ty nie masz zainteresowań. Nie należysz do żadnego klubu, bo jedynym klubem w mieście był fanklub Donny'ego Osmonda. Podanie wraca do ciebie, bo jesteś na skraju apatii.

Pewnego razu leżysz w łóżku, w pokoju, w motelu. Matka ma zły dzień: tuż za ścianą, po raz sześćdziesiąty trzeci gra na fortepianie Etiudę rewolucyjną Chopina. Ojciec ma dobry dzień: rano przyszedł ktoś z Towarzystwa Gideona i chciał rozłożyć Biblię po pokojach. Ojciec kategorycznie odparł, że nie zwykł trzymać takich śmieci. W zamian za to, przy każdym łóżku, w nocnej szafce, w najwyższej szufladzie, leży tom „O pochodzeniu gatunków" Darwina. Dzień był świetny, bo jeden z gości skradł Darwina, nie ręcznik. Ty tępo patrzysz w telewizję, na „Studenta z Oksfordu".

Nagle masz pomysł.

Bo przecież Oksford, myślisz sobie, nie odrzuci cię pod pretekstem, że nie należysz do fanklubu Donny'ego Osmonda. Oksford nie żąda pustych objawów entuzjazmu na dowód, że ci zależy. Oksford nie uzna plotki za rzetelny dowód. Oksford nie przyjmie złej opinii, nie sprawdziwszy autora.

Dlaczego nie spróbować?

Pomyślałam: Mogę przecież wyjechać z Motellandu i żyć między normalnymi ludźmi! Już nigdy nie będę się nudzić!

Wtedy jeszcze nie znałam Roemera. Teraz tak sobie myślę: A może to mój niemiecki?

On jednak twierdził swoje i rzeczywiście przesiedziałam 46,66 godziny nad jego traktatem. Popatrzyłam na książkę. Popatrzyłam na drugą stronę kopuły. Przestrzeń wypełniał cichy szelest przewracanych kartek. Wsparłam głowę na dłoni.

Spędziłam 46+ godziny nad popisem pokrętnej logiki, nie sięgnąwszy po Musila, Rilkego i Zweiga. Nie dostałam jednak stypendium, by czytać tylko dobre rzeczy. Liczono na mój wkład w powszechną wiedzę. Zmarnowałam czterdzieści siedem godzin, a w tym samym czasie inni ludzie cierpieli z głodu i sprzedawali dzieci w niewolę. Nie dostałabym jednak pozwolenia na pracę, żeby robić wyłącznie słuszne rzeczy. Gdybym nie dostała pozwolenia na pracę, nie byłabym na uczelni, a gdybym wróciła do Stanów, nie potrzebowałabym pozwolenia na pracę. Nie chciałam wracać do Stanów.

Bohater „Hrabiego Monte Christo" całymi latami przekopywał się przez skałę i wreszcie dotarł do sąsiedniej celi. To była właśnie taka chwila.

Szczerze wolałabym spędzić te czterdzieści siedem godzin, studiując narzecza Jemenu.

Próbowałam pomyśleć o czymś naprawdę wesołym. Jesteś w Anglii! – zawołałam w duchu. Możesz iść do kina i przy okazji obejrzeć reklamę piwa Carling Black Label! Angielskie reklamy są najlepsze na świecie, a reklamy Carling Black Label są najlepsze w Anglii. Mniejsza o film, ważniejsza jest reklama. W tym momencie przyszło mi do głowy, że tu tkwił zasadniczy problem. Diaboliczne oblicze życia – minuta z Carling Black Label, a potem dwie godziny z „Pogromcami duchów XXXV"? Kto by chciał to oglądać? Zatem nie pójdę do kina, ale w zamian...

Zrezygnowałam z filmu. Pomyślałam: Poszukajmy pieczonych kurczaków.

Amerykanin w Anglii znajdzie pocieszenie niedostępne na całym globie. Jedną z cudownych cech tego kraju jest przeogromna liczba knajpek i barów z kurczakami ze stanów, w których po drugiej stronie Atlantyku nie wiedzą nic o kurczakach. Na lekki stres polecam Tennessee Fried Chicken, na czarną rozpacz – Iowa Fried Chicken. To pozwala na wiele rzeczy spojrzeć z rozsądnej perspektywy. Jeśli życie ci zbrzydnie, a śmierć jest zbyt daleko, spróbuj odnaleźć gdzieś na wyspach napis Alaska Fried Chicken, znaczący miejsce, gdzie od niepamiętnych czasów kurczaka pieką na podstawie oryginalnej receptury przekazanej im przez Inuitów.

Pojechałam rowerem na Cowley Road. Minęłam Maryland Fried Chicken i przemknęłam obok Georgii. Przez cały czas zastanawiałam się, co mogłabym robić bez pozwolenia na pracę. Zsiadłam z roweru pod szyldem Kansas Fried Chicken.

Założyłam na szprychy kłódkę i nagle przemknęło mi przez głowę: Rilke był sekretarzem Rodina.

Trochę o nim wiedziałam: był poetą, wyjechał do Paryża i został sekretarzem Rodina. Na wystawie w Grand Palais zobaczył kilka obrazów namalowanych przez Cézanne'a. Potem przychodził tam codziennie i patrzył na nie godzinami, bo nigdy w swoim życiu nie widział czegoś podobnego.

Nie miałam najmniejszego pojęcia, w jaki sposób dostał posadę sekretarza. Wyobrażałam sobie, że po prostu zjawił się na zawołanie. A może pójść w jego ślady? Pojechałabym sobie do Londynu, Paryża lub Rzymu i stanęła pod drzwiami malarza lub rzeźbiarza. Tacy na pewno nie pytają, czy masz zezwolenie. Patrzyłabym na narodziny sztuki. Gapiłabym się godzinami.

A na razie krążyłam w kółko, myśląc o artyście, któremu przydałaby się asystentka.

Krążyłam w kółko i myślałam, że łatwiej by mi się myślało, gdybym już była w Londynie, Paryżu lub Rzymie.

Miałam niewielkie oszczędności, więc krążyłam w kółko, myśląc, jak najtaniej dotrzeć do Londynu, Paryża lub Rzymu. Wreszcie weszłam do baru Kansas Fried Chicken.

Już miałam zapłacić za kubełek przysmaków, kiedy przypomniałam sobie, że zamówiłam kolację w stołówce. Uczelnia była dumna ze swego szefa kuchni, ale z drugiej strony wolałabym zostać tutaj, chociaż z drugiej strony...

Nie, to nie tak. Gdyby tylko...

Zresztą, co za różnica? Stało się, co się stało.

Czystym przypadkiem wybrałam się wówczas na kolację. Czystym przypadkiem usiadłam obok jednej z absolwentek, która przypadkiem wpadła odwiedzić stare kąty. Całkiem świadomie napomknęłam jej o umysłowej monogamii i pozwoleniu na pracę. Tylko to miałam w głowie. Przypadkiem owa absolwentka ulitowała się nade mną i powiedziała, że Balthus był sekretarzem Rilkego. Czystym przypadkiem była córką świeckiego kaznodziei, więc nie miała przykrości od angielskiej biurokracji i dodała, że jeśli to nie hańba dla mnie pisać

Dlaczego oni się kłócą?
DLACZEGO ONI SIĘ KŁÓCĄ?
DLACZEGO ONI SIĘ KŁÓCĄ?
Nie czytasz napisów?
CZYTAM, ale DLACZEGO
Szukali samurajów do obrony wioski
Wiem
ale dwaj z nich uważali to za stratę czasu
Wiem
zwykle samuraj nie chciał walczyć za trzy miski ryżu i czuł się obrażony
WIEM
a teraz tamci mówią a nie mówiłem
WIEM ALE DLACZEGO SIĘ KŁÓCĄ
To za trudne dla ciebie
NIE
Poczekamy aż będziesz starszy
NIE
Masz dopiero sześć lat
NIE! NIE! NIE! NIE! NIE!
Dobrze. Dobrzedobrzedobrzedobrze.

Moim zdaniem jest stanowczo zbyt młody, ale co mam zrobić? Dziś w gazecie przeczytałam coś okropnego:

Kiedy w domu zabraknie mężczyzny, samotna matka musi stoczyć ciężką walkę o prawidłowe wychowanie syna. Dziecku potrzebny jest wzór – jakiś sąsiad, wuj lub przyjaciel rodziny, słowem: ktoś, z kim mógłby dzielić tajemnice i zainteresowania.

Wszystko pięknie, ale Ludo po prostu nie ma wuja, a ja z kolei nie znam żadnych filatelistów (gdybym znała, uciekałabym gdzie pieprz rośnie). Zgroza. Kiedyś przeczytałam także, że Argentyńczycy wywozili dysydentów nad morze i zrzucali ich z samolotów do wody. Pomyślałam sobie: skoro L musi mieć jakiś wzór, niech ogląda „Siedmiu samurajów" i będzie miał ośmiu.

Chłopi widzą tłum ludzi. Jakiś samuraj zszedł nad rzekę i prosi mnicha, żeby mu ogolił głowę.
Wąsaty facet z mieczem przepycha się przez ciżbę, robi skwaszoną minę i drapie się po brodzie. (Toshiro Mifune)
Przystojny młodzieniec o wyglądzie arystokraty pyta, co się stało. Złodziej ukrył się w szopie. Wziął dziecko jako zakładnika. Samuraj prosi mnicha o pożyczenie szaty i dwóch ryżowych ciastek.
Samuraj przebiera się. Czuje nagle, że Mifune na niego patrzy, więc odwraca głowę. Ma czarne oczy na białej twarzy na czarnym ekranie. Mifune zerka w jego stronę beznamiętnym wzrokiem. Drapie się. Samuraj patrzy w stronę szopy, a potem znów odwraca głowę. Ma czarne oczy i białą twarz. Idzie w kierunku szopy.
Mifune siada na pieńku w pobliżu drzwi i patrzy.
Samuraj woła do złodzieja, że przyniósł trochę strawy. Rzuca ciastka w głąb szopy i wskakuje do wnętrza.
Złodziej wybiega z szopy i pada martwy.

Samuraj rzuca na ziemię miecz złodzieja.
Oddaje dziecko rodzicom.
Mifune z mieczem w dłoni podbiega do złodzieja.
Skacze wokół trupa.
Samuraj odchodzi w milczeniu.

na maszynie (przyznaję, że potrafię pisać 100 słów/min.), dostałabym zezwolenie i odpowiednią pracę.

Jak już wspominałam, gdybym trzydziestego kwietnia 1985 roku nie przeczytała Roemera, świat byłby uboższy o jednego geniusza. Świat bez Infant Terrible byłby światem bez Newtona, Mozarta i Einsteina! Nie mam pojęcia, czy to prawda. A niby skąd mam wiedzieć? Nie każdy geniusz jest cudownym dzieckiem i nie każde cudowne dziecko wyrasta na geniusza, a w przypadku pięciolatka trudno cokolwiek przewidzieć. Ośmioletni Boris Sidis władał dwunastoma językami, jako dwunastolatek wykładał geometrię na Harvardzie i skończył w zapomnieniu. Pamiętają o nim tylko przestraszeni rodzice innych cudownych dzieci. Cézanne sam nauczył się malować, gdy przekroczył dwudziesty rok życia. Ale Bernini był cudownym dzieckiem i geniuszem. Mozart także. Nie ma więc rzeczy niemożliwych.

No, dobrze, skoro to możliwe... Jeżeli L naprawdę jest Mozartem lub Newtonem, to za tysiąc lat ludzie ze zdumieniem dowiedzą się, że o mały włos...

Dlaczego on obciął włosy? Po co się przebrał?
DLACZEGO ON OBCIĄŁ WŁOSY? PO CO SIĘ PRZEBRAŁ?
DLACZEGO
Udawał mnicha, żeby złodziej niczego nie podejrzewał i nie zabił dziecka.

A dlaczego prawdziwy mnich nie mógł złapać złodzieja?
Buddyjscy mnisi brzydzą się przemocą. Poza tym, jak taki mnich miał walczyć? Ważne, że samuraj nie zażądał zapłaty za pomoc. Potem dowiemy się, że jego największym zmartwieniem...

Film w zasadzie powinien mówić sam za siebie. Już miałam to powiedzieć na głos, kiedy przypomniałam sobie komentarz, którym pan Richie opatrzył końcową scenę sadzenia ryżu. Pan Richie jest autorem książki „Filmy Akiry Kurosawy", z której wiem wszystko, co chcę wiedzieć o filmach Kurosawy, zwłaszcza o tych, których nie ma na kasetach wideo. Pan Richie uznał, że końcowa scena jest przejawem niewdzięczności chłopów i że jedynie ryż ma w sobie pewien zalążek nadziei. Wolałabym, żeby tego nie napisał. Jeżeli film nie mówi sam za siebie, to można coś powiedzieć, czego potem

W zamian powiedziałam więc, że gdzieś czytałam, że w okresie Tokugawa tylko samuraj mógł nosić miecz. Pozostałych karano śmiercią. Powiedziałam też, że pan Richie napisał, że zgolenie włosów hańbiło samuraja. Powiedziałam, że wąsaty aktor to Mifune Toshiro, bo nie chciałam, żeby L przyswoił sobie mój zły zwyczaj podawania japońskich nazwisk w zachodniej kolejności. Zapisałam to nawet na kartce, żeby zapamiętał na przyszłość. Powiedziałam mu, że aktor grający samuraja to Shimura Takashi, i po krótkim namyśle napisałam ideogramy czytane Shimura, a po dużo dłuższym – Takashi. Powiedziałam też, że widziałam nazwisko Kurosawy pisane na dwa sposoby: Kuro (czarny) i Akira (nie wiem) zawsze są te same, ale Sawa ma różne wersje. Zapisałam więc obie i dodałam na koniec, że grzeczność wymaga, aby stosować wersję używaną przez właściciela. L spytał, który to Kurosawa. Odpowiedziałam, że żaden, bo Kurosawa był reżyserem więc on spytał kto to jest reżyser a ja odpowiedziałam że lepiej to zrozumie kiedy obejrzy film do końca. Przyszło mi na myśl, że takie informacje są słabą obroną w chwili, kiedy cię mają wyrzucić z samolotu. L ciągle żądał nowych odpowiedzi. Poprosił mnie o spis nazwisk pozostałych aktorów, żeby mógł je obejrzeć później. Powiedziałam, że poszukam ich w autobiografii.

w ogóle by go nie było. Roemer okazał się zrządzeniem losu, podobnie jak zaraza, która wygnała Newtona z Cambridge.

Z drugiej strony, dlaczego to miałoby się źle skończyć? Proces wędrówki z łona na świeże powietrze nie ma w sobie nic z tajemnicy. Hop, i zjawia się zapluty krzykacz. Teraz jego talenty są dobrze widoczne: można je złowić i nawet przekształcić w bezduszność. Ale Mozart był kiedyś genialną i kuglarską małpką.

Kiedy coś szło nie tak (a zwykle szło nie tak), mój ojciec mawiał z ironicznym uśmiechem: Ze wszystkich najsmutniejszych słów „a mogło być" są najsmutniejsze. Gdyby L zaszedł daleko bez pomocy cudów, tylko na własną rękę, inni mogliby skorzystać z jego doświadczenia. Gdyby zaś pobłądził (a i to się zdarza), inni wiedzieliby, jak nie postępować.

Wieśniacy patrzą po sobie. Oto właśnie człowiek, jakiego im trzeba. Idą za nim aż na skraj wioski.
Mifune biegnie za nimi.
Młody „arystokrata" także. Mija samuraja i pada przed nim w pył drogi, na kolana.

L (czyta napisy): Nazywam się Katsushiro Okamoto. Pozwól, panie, że pójdę z tobą
L: Jestem Kambei Shimada. Jestem tylko roninem. Co to jest ronin?
JA: Samuraj bez pana.
L: Nie jestem samurajem, nie mam uczniów
L: Pozwól, proszę
L: Wstań, to porozmawiamy
L: Czuję się zakłopotany; Nie potrafię zbyt wiele
   Nie nauczę cię nowych technik walki
   Mam po prostu duże doświadczenie bojowe
   Odejdź i zapomnij o mnie
   To dla twojego dobra
L: Postanowiłem iść za tobą, bez względu na to, co powiesz
L: Zabraniam ci
   Nie mogę sobie pozwolić na ucznia

Mifune podbiega i patrzy na samuraja. Kambei: Onushi... samurai-ka? Mifune (dumnie pręży pierś):
[niezrozumiały okrzyk]

L: Jesteś samurajem?
L: Oczywiście!

Kambei i Katsushiro odchodzą. Wieśniak wybiega przed nich i pada na kolana.

Mówię, że Mifune zebrał same pochwały w autobiografii Kurosawy. Sprawiał kłopoty jedynie dźwiękowcom, bo jego chrapliwy głos źle brzmiał w mikrofonach. Dodaję, że amerykański tłumacz w uroczy sposób przełożył japońskie dialogi na pingwina.

L: Co to jest pingwin?
JA: To angielski z reguły używany przez tłumaczy. Mam po prostu duże doświadczenie bojowe! Czuję się zakłopotany! Ludzie z angielskiej strefy językowej na ogół rozumieją pingwina, chociaż w życiu codziennym mówią całkiem inaczej.
L: To oni mówią co innego?
JA: Może mówią japońskim pingwinem, ale to tylko przypuszczenie. Kambei powiedział *Tada kassen-ni wa zuibun deta-ga, tada* – tylko, *kassen* to bitwa lub walka, przynajmniej tak twierdzi Halpern (chociaż może pingwin wkradł się do słownika), *ni* – w, *wa* – partykuła wskazująca podmiot, *zuibun* – dużo, *deta-ga* następne partykuły, których nie będę omawiać, ale które są w częstym użyciu, aż dziw bierze, że można zrobić pingwina z tak prostego
L: Kiedy nauczysz mnie japońskiego?
JA: Nie znam go na tyle, żeby zacząć cię uczyć.
L: Naucz mnie tyle, ile sama umiesz.
JA: [NIE NIE NIE NIE] Cóż...
L: Proszę
JA: No...

L: Proszę

Słodki głos Rozsądku: Zaczęłaś tyle różnych rzeczy! Zakończ chociaż jedną, zanim weźmiesz się do czegoś nowego!

L: Zrobisz to?

JA: No...

L: Zrobisz?

Nie! Za nic w świecie nie chcę uczyć pięciolatka zasad języka, którego sama jeszcze dobrze nie poznałam!

JA: Zobaczymy.

Chciałabym pisać cudnym stylem. Wiem, że nie dla mnie pędzel Cézanne'a. Skoro więc niedane mi zostawić po sobie nic innego, niech to będzie cudowne. Muszę jednak tak pisać, żeby mnie zrozumiano. Jak w takim razie zachować doskonałość formy? W myślach widzę stronę. Myślę o „De Natura deorum" Cycerona: na samej górze pojedyncze zdanie po łacinie, a reszta po angielsku (albo na przykład po niemiecku). Postacie łatwe do zidentyfikowania nawet po dwudziestu wiekach. Wszystko porządnie wytłumaczę czytelnikom z czterdziestego piątego stulecia. Spodziewam się, że będą znali imię i nazwisko pewnego geniusza z XXI wieku (tego geniusza, co teraz ma pięć lat). Widzę w myślach stronę: na samej górze słowa Carling Black Label, a niżej gęstym, małym drukiem pean na cześć piwa. Carling Black Label, dzieło angielskiej sztuki reklamowej. I dżinsy Levi's. Parodia reklamy dżinsów w klasycznej reklamie Carling Black Label. Słowa klasycznej piosenki „I Heard It Through the Grapevine", śpiewanej przez Marvina Gaye'a w klasycznej reklamie dżinsów i klasycznej reklamie piwa. Nie będę tu wspominać o potwornej stracie, na jaką narażeni są Amerykanie, którzy co prawda eksportują dżinsy i importują piwo, ale nie znają arcydzieł angielskiej reklamy. Chodzi mi o to że czytałam książki pisane dwa tysiące lat temu a nawet dwa i pół tysiąca lat temu lub dwadzieścia lat temu i wiem że za dwa i pół tysiąca lat trzeba będzie wyjaśniać ludziom kto to był Mozart. A jak już zaczniesz coś wyjaśniać, to nie widać końca.

ZROBISZ?
ZROBISZ?

ZROBISZ?

JA: Jeśli przeczytasz „Odyseję" i „Metamorfozy", księgi od pierwszej do ósmej, wszystkie baśnie z „Kalilah wa dimnah" i trzydzieści baśni z „Księgi tysiąca i jednej nocy", pierwszą Księgę Samuelową i Proroctwo Jonasza, nauczysz się kantelacji i przerobisz dziesięć ćwiczeń z podręcznika algebry, wtedy spróbuję cię nauczyć tego, co sama umiem.

L: Nie ma sprawy.

JA: To dobrze.

L: Zrobię to.

JA: Wspaniale.

L: Zobaczysz.

JA: Wiem.

L: A na początek możesz nauczyć mnie alfabetu?

JA: W japońskim nie ma alfabetu. Są dwa sylabariusze po 46 znaków każdy i 1876 ideogramów chińskiego pochodzenia, stosowanych powszechnie po drugiej wojnie światowej. Przed wojną używano prawie pięćdziesięciu tysięcy hieroglifów. Znam oba sylabariusze i dwieście sześćdziesiąt dwa ideogramy, ale ciągle coś zapominam i dlatego nie nadaję się na nauczycielkę.

L: To poproś jakiegoś Japończyka, żeby mnie nauczył.

Cudowny pomysł. Mam wynająć Japończyka, żeby zagrał rolę wujka! Przyjdzie tu jakiś Mifune i będzie nawijał o znaczkach, futbolu i swoim samochodzie, w języku, który ukrywa diaboliczne znaczenie tej gadki. I pewnie będzie chciał pieniędzy.

JA: Nie stać nas na to.

Czytałam kiedyś książkę o dziewczynce z Australii, której ktoś podarował angielskiego buldoga. Wysłano półciężarówkę do miasta, żeby przywiozła ogromne (jak sądzono) zwierzę. Samochód wrócił ze szczeniakiem, który się mieścił na dłoni.

Od tamtej pory zawsze chciałam mieć takiego szczeniaka. Nie wiedziałam, w co się pakuję... L przeczytał Ali Babę i Mojżesza w sitowiu, i „De Amicitia" Cycerona, i Iliadę, którą mu podsunęłam przypadkiem, i potrafił zagrać „Straight No Chaser", zapamiętany ze słuchu, kiedy pięćset razy próbował przegrać kasetę – to niezwykłe, że potrafił to zrobić. Z drugiej strony, jeśli w tym samym pokoju próbujesz wpisać do komputera sześćdziesiąt dwa roczniki „Haftu i Tkania", to czasami okropnie trudno jest zachować właściwe

W zasadzie, kim był Mozart? Wolfgang Amadeusz Mozart (1756–1791) był genialnym austriackim kompozytorem. Już jako pięciolatek uczył się muzyki od swego ojca, Leopolda. Występował na dworach Europy i robił różne sztuczki, na przykład grał na klawesynie z opaską na oczach. Komponował kwartety smyczkowe, symfonie, sonaty fortepianowe, koncerty organowe i kilka oper, w tym Czarodziejski flet i Don Giovanniego. Miał siostrę, Nannerl, która otrzymała podobne wykształcenie, lecz nie była genialnym dzieckiem. Słyszałam, i to z ust mądrego człowieka, że to dowodzi, iż żadna z kobiet nie stworzy genialnej muzyki. Skąd ten pomysł, wypada spytać, skoro brat i siostra nie muszą mieć wspólnych genów? Przenicowawszy tę teorię, możemy przyjąć założenie, że każdy facet ma w sobie zadatki na Mozarta, wystarczy go tylko odpowiednio podszkolić. Materiał do przemyślenia. Sęk w tym, że normalny człowiek tak rzadko myśli

Co to jest sylabariusz?
Sylabariusz to zestaw znaków fonetycznych, z których każdy oznacza sylabę.

że się odzwyczaił.

A co to jest sylaba?
Wiesz, co to jest sylaba
Nie wiem
Sylaba inaczej zgłoska to rytmiczny odcinek mowy, zawie-

rający samogłoskę. Na przykład słowo „założenie" możesz podzielić na sylaby „za-ło-że-nie" i każdą z sylab zapisać odpowiednim znakiem. W chińskim każde słowo składa się z jednej sylaby. To język monosylabiczny, czyli monosyllabic.
A co to będzie polisyllabic?
O wielu sylabach?
Właśnie.
A oligosyllabic to znaczy o kilku sylabach
Owszem, lecz rzadko używamy takiego określenia. Ludzie na ogół rozróżniają tylko „jeden" i „dużo".
Duosyllabic
Ten przypadek warto rozpatrzyć pod kątem eufonii. Kiedy budujesz nowe słowo, zwykle używasz formy przysłówkowej, więc prawidłowa wersja to disyllabic. Sęk w tym, że w potocznej mowie stosujemy na ogół bi po mono; monogamia-bigamia, monoplan-biplan. Łacińskie liczebniki łączone są ze słowami łacińskiego pochodzenia, stąd unilateralny, bilateralny, multilateralny, multimedialny, a greckie liczebniki – ze słowami greckiego pochodzenia, tetrachord, tetralogia, pentagon
Trisyllabic
Tak
Tetrasyllabic
Tak
Pentasyllabic hexasyllabic heptasyllabic octasyllabic enasyllabic dekasyllabic hendekasyllabic dodekasyllabic
Znakomicie
Treiskaidekasyllabic tessareskaidekasyllabic pentekaidekasyllabic hekkaidekasyllabic heptakaidekasyllabic

A kim był Bernini? Gianlorenzo Bernini (1598–1680), „największy geniusz włoskiego baroku", który w wieku siedmiu lat przyjechał do Rzymu i pobierał nauki od własnego ojca

EIKOSASYLLABIC

rzeźbiarza, imieniem Pietro. Rudolf Wittkower (niemiecki historyk sztuki, który uciekł przed nazistami [gdzie mam wstawiać nawiasy?] i napisał książkę pt. „Sztuka i architektura Włoch 1600–1750") porównuje go z Michałem Aniołem ([1475–1564]),

enneakaieikosasyllabic
TRIAKONTASYLLABIC

genialnym malarzem, poetą i rzeźbiarzem...) ze względu na umiejętność nadludzkiego

oktokaitriakontasyllabic enneakaitriakontasyllabic
TESSARAKONTASYLLABIC

skupienia. „Lecz w odróżnieniu od groźnego i samotnego giganta z XVI wieku, był człowiekiem o niezwykłym wdzięku, inteligentnym i dowcipnym, pełnym życia, o nieco arystokratycznych manierach, dobrym mężem, ojcem i pierwszorzędnym

enneakaitessarakontasyllabic PENTEKONTASYLLABIC
heiskaipentekontasyllabic

organizatorem, obdarzonym nieprzeciętnym talentem twórczym. Pracował szybko i z łatwością".
A Cézanne? Paul Cézanne (1839–1906) był genialnym francuskim malarzem, związanym z kierunkiem

treiskaihexekontasyllabic

impresjonizmu. Nie potrafił się dobrze wysławiać; przezywano go Niedźwiedziem. Pracował powoli i

oktokaihexekontasyllabic enneakaihexekontasyllabic
HEBDOMEKONTASYLLABIC

z trudem. Malował martwą naturę i pejzaże. Nakładał na płótno grubą warstwę farby, najczęściej za pomocą szpachli. Pędzla używał rzadko. Pracował tak

heptakaihebdomekontasyllabic

powoli, że owoce

OGDOEKONTASYLLABIC

nie wytrzymywały; gniły

Jakie jest najdłuższe słowo świata?
Nie wiem. Nie znam wszystkich słów świata.
A jakie znasz najdłuższe słowo?
Nie wiem.
Jak możesz nie wiedzieć?
To pewnie nazwa jakiego polimeru. Nie pamiętam jej w tej chwili.
duokaiogdoekontasyllabic
Poczekaj. Mam. di(2-etylheksyl)heksahydroftalat.
To polimer?
Nie.
A co?
Kiedyś wiedziałam.
Tata na pewno by wiedział.
Wcale by nie wiedział (myślę) – chciałam to powiedzieć na głos, ale przecież NIE WIEM, czy na pewno by tego nie wiedział, to tylko (subiektywne) moje przypuszczenie, więc uważam, że bez dowodów nie mogę go oczerniać w oczach rodzonego syna.
BYĆ MOŻE. Nigdy na ten temat ze mną nie rozmawiał.
A o czym rozmawialiście?
Ja mówiłam o Kamieniu z Rosetty. On o swoim samochodzie i ulubionym pisarzu.
Jaki miał samochód?

Nie powiedział. Dietyl-dimetyl metan. Kwas metanodwukarboksylowy. Kwas etylenodwukarboksylowy.

treiskaiogdoekontasyllabic tessareskaiogdoekontasyllabic pentakaiogdoekontasyllabic

zanim skończył malować. Używał więc

oktokaiogdoekontasyllabic enneakaiogdoekontasyllabic ENENEKONTASYLLABIC

owoców z wosku.

A kim był Rilke i kim był Zweig i kim był Musil? Kim był Newton i kim był Einstein? Rilke

Dlaczego mnie nie nauczysz obu sylabariuszy?
DLACZEGO MNIE NIE NAUCZYSZ OBU SYLABARIUSZY?
DLACZEGO MNIE NIE NAUCZYSZ OBU SYLABARIUSZY?
No...
Są trudne?
Nie bardzo
Proszę
No...
Proszę
Podałam ci już warunki
Heiskaienenekontasyllabic duokaienenekontasyllabic

Glenn Gould (ekscentryczny i błyskotliwy pianista z Kanady, koncertujący w połowie XX wieku i specjalista od dzieł J. S. Bacha [genialny

HEPTAKAIENENEKONTASYLLABIC

niemiecki kompozytor z XVII wieku] powiedział raz o „Das wohltemperierte Klavier" [nieważne], że preludia

OKTOKAIENENEKONTASYLLABIC

były tylko wprawkami

ENNEAKAIENENEKONTASYLLABIC

i nie mają

HEKATONTASYLLABIC

prawdziwej wartości muzycznej. A

    Możesz mnie nauczyć JEDNEGO sylabariusza
    Znasz warunki
    Jest jakiś język, co ma jeden sylabariusz?
    Chyba tamilski
    Więc tamilski będzie językiem monosylabarycznym
    Tak
    A japoński disylabarycznym, chociaż większość z nas nazwałaby go bisylabarycznym
    Tak
    trisylabaryczny tetrasylabaryczny pentasylabaryczny heksasylabaryczny

czytelnik

    heptasylabaryczny

może

    oktasylabaryczny

czerpać radość

enasylabaryczny

nawet ze zwykłego

dekasylabaryczny hendekasylabaryczny dodekasylabaryczny

wstępu.

hekkaidekasylabaryczny

Mam nadzieję, że nie zrobię nic gorszego

heptakaidekasylabaryczny
OKTOKAIDEKASYLABARYCZNY

ENNEAKAIDEKASYLABARYCZNY

EIKOSASYLABARYCZNY

heiskai

Tracisz jedno z największych dzieł współczesnej kinematografii. Skończ Odyseję, to nauczę cię hiragany, dobrze?
Stało się.

Emma załatwiła mi zezwolenie i pracę.
Powiedziałam: Stało się.

❖

Odyseja 1.

❖

Odyseja 2.

❖

Odyseja 3.

❖

Odyseja 4.

❖

Nie sądziłam, że do tego dojdzie. (L czyta Odyseję pięć. W cztery dni przeczytał cztery księgi. Chciałam zacząć od miejsca, w którym przerwałam narrację, ale poplątałam notatki). Przytoczę teraz przykład pana Ma (ojca sławnego wiolonczelisty), o którym kiedyś przeczytałam, że rozpoczął lekcje z synem, gdy Yo-Yo miał dwa lata.

Jego motto brzmiało: coupez la difficulté en quatre, co znaczyło, że każdy utwór dzielił na maleńkie części. Yo-Yo miał za zadanie nauczyć się fragmentu dziennie. Ten sam sposób zastosował przy nauce chińskiego: jeden ideogram dziennie. Na mój rozum są to już dwa zadania dziennie, ale mam nadzieję, że rozumiecie, o co mi naprawdę chodzi. Pomyślałam sobie, że ja także – z niewielką fatygą – pomogę L w nauce. Kiedy skończył dwa lata, zaczęłam z nim zabawę w układanki-nauczanki.

Na początek wybrałam najłatwiejszy przykład: kota. L uporał się z tym bardzo szybko i chciał się bawić dalej. Chciał poznać resztę liter i wyrazów i szlochał CHABER CHABER CHABER, gdy ociągałam się z pisaniem. Następnego dnia sięgnął po pierwszą w życiu książkę, „Hop na Pop" Doktora Seussa. Jak tylko zaczął, zaraz się rozpłakał, bo nie wiedział, jak hop-popować. Przemknęło mi przez głowę, że dalsza nauka tą metodą z dwuletnim pracoholikiem zajmie zbyt wiele czasu. Prawdę mówiąc, zostałoby mi jakieś sześć minut na maszynopisanie i tym podobne (ciężko by było związać koniec z końcem za pięćdziesiąt pięć pensów dziennie). Postanowiłam więc skorzystać z metody fonicznej. L nauczył się wołać huuu! gdy zobaczył literkę h i phi! gdy zobaczył literkę p. Pod koniec tygodnia czytał już jak następuje: Hop. Na. Pop. Kot. W. Ka. Pe. Lu. Szu.

Pomyślałam sobie: Działa! Działa! Działa!

L siadał na podłodze i jak znalazł coś ciekawego, to przybiegał mi to pokazać.

Tupot maleńkich nóżek. Odkopał jakiś skarb. Tak? – spytałam.
Przepisał ze strony – O radości! – I chwało!

To

Cudownie!
I jeszcze jedno znalezisko! Cóż to takiego? Naprawdę... Nie! Tak! TAK! To

Kot

A potem przerzucał kartki i tworzył najprzeróżniejsze cuda, aż wreszcie nonszalancko wymachując kredkami narysował królika, gołębia i pęk kolorowych wstążek strzelających ze zwykłego czarnego cylindra.
Cudo ekstra cudo ekstra super
Miałam z nim mniej pracy, niż się spodziewałam.
Pewnego dnia zauważył, że na półkach są jeszcze inne książki.
Wybrał taką z ilustracjami i zafrasowany przydreptał do mnie.

Na kałamarzu z gutaperki widnieje twarz, związana z pewną anegdotą

Wyjaśniłam mu, co to jest kałamarz, gutaperka i anegdota

Uważa się, że to oblicze samego Neptuna, wykonane z okazji położenia pierwszego podmorskiego kabla telegraficznego, który połączył Anglię z Francją w 1850 roku. Kabel był częściowo zrobiony z gutaperki.

Powiedziałam NIE.
Powiedziałam Przecież znasz wiele z tych słów prawda? A on odpowiedział Tak. Powiedziałam zatem Poćwicz słówka

które już poznałeś i przyjdź do mnie z PIĘCIOMA WYRAZAMI których nie rozumiesz. Chętnie ci je wyjaśnię.

Nie wiem, ile pojął z całej tej umowy. Zapytał o oblicze, Neptuna, podmorski, kabel, telegraficzny i Francję. Wyjaśniłam mu to w taki sposób, żeby pobudzić jego wyobraźnię. Przeczytał parę znanych sobie słówek i odłożył książkę na podłogę. Poszedł po następną. Co za przyjemna niespodzianka! W, i, do i nasz stary przyjaciel to w dziele „Prawda i inne zagadki". Niestety, ani śladu gutaperki i Neptuna.

Położył książkę na podłodze i wrócił do regału.

Dwadzieścia książek później pomyślałam: To na nic.

Powiedziałam: Odłóż książkę na półkę

wyciągnął ją z radosnym szczebiotem

odłożyłam ją sama i wsadziłam go do kojca. Zaczął płakać.

Powiedziałam: Chodź, popatrzymy na obrazki w tej ślicznej książeczce, która nosi tytuł „Wyroby z plastiku". Jak znajdziesz jakieś znane słówko, to je przeczytamy na głos. Popatrz na to żółte radio

a on zapłakał NIEEEEEEEEE

Powiedziałam: Zobacz, tu jest „Prawda i inne zagadki". Ma mnóstwo, mnóstwo, mnóstwo rozmaitych wyrazów. Zobaczymy, czy znasz jakiś wyraz na tej stronie

a on zapłakał NIEEEEEEEEE i wydarł kartkę, i odrzucił książkę na bok.

Pomyślałam: Pomyślmy o innym prostym zadaniu. Takim, które da się rozłożyć na codzienne etapy i które nie wywoła powodzi książek na podłogę.

Zabrałam go do Granta & Cutlera i kupiłam francuską książeczkę z obrazkami i „Yaourtu la Tortue" i „L'Histoire de Babar" (oraz przypadkowo będący w sprzedaży tom „Letters on Cézanne" Rilkego). W kilka dni nauczyłam go kilku słów po francusku i zostawił angielskie książki w spokoju.

Pomyślałam: To działa!

Pewnego dnia znalazł kilka francuskich książek na półce. Wyjaśniłam mu pięć słów z „Zadig". Chwilę później dwadzieścia francuskich książek wylądowało na podłodze. Potem wrócił do angielskich.

Pomyślałam: Pomyślmy o innym prostym zadaniu.

Pomyślałam, że najprostsza będzie arytmetyka. Nauczyłam go liczyć do pięciu z kawałkiem. W trzy dni policzył do 5,557 i rozpłakał się, bo nie doszedł do końca. W desperacji doznałam przebłysku geniuszu i powiedziałam mu, że nieskończoność jest naprawdę dobra, bo wiadomo, że nigdy nie zabraknie numerków. Nauczyłam go dodawać jedynkę do innych liczb, gdyż to wyglądało na proste zadanie. Zapisał dwadzieścia kartek działaniami typu: 1+1=2 2+1=3 3+1=4, aż wreszcie zapłakany musiał iść do łóżeczka. Czytałam kiedyś, że był taki chłopiec, który wciąż się uczył, gdy był jeszcze mały, aż w końcu dostał zapalenia mózgu i został imbecylem. Przypadki zapalenia mózgu znam wyłącznie z książek, lecz strzeżonego Pan Bóg strzeże... Chciałam więc mu przerwać, ale płakał za każdym razem, kiedy mu zabierałam kartkę. Nauczyłam go jak dodawać cyferkę dwa i zapisał dwadzieścia arkuszy działaniami typu: 2+2=4 3+2=5.

Ile miał lat? – pyta czytelnik. Prawie trzy.

Był grzeczny, kiedy robił długaśne obliczenia i nie kłopotał się o nieskończoność. Nawet nie zrzucał książek z półki. Nauczyłam go prostego mnożenia, więc na dwudziestu kartkach mnożył liczby od 1 do 20. Nie mam pojęcia, jak nakłonić trzylatka do czegoś, czego nie chce zrobić, i jak odciągnąć go od czegoś, co mu się podoba. Nie minęło parę miesięcy, a już znał wartości zmienne i funkcje, i pierwiastki. Zanim skończył cztery lata, już czytał po angielsku i trochę po francusku i zapisywał dwadzieścia kartek działaniami typu: $x+1$, $x+2$, $x+3$, $x+4$, x^2+1, x^2+2 i tak dalej.

Jakiś rok temu znalazłam chwilę, żeby przeczytać Iliadę 16. Przepisywałam tekst z „Melodymakera" rocznik 1976 i doszłam właśnie do wywiadu z Johnem Denverem. Piosenkarz mówił:

Wiesz, Chris, mam własną definicję sukcesu. Dla mnie sukces jest wtedy i tylko wtedy, gdy ktoś znajdzie zaspokojenie własnych pragnień. Kiedy odkryje coś takiego, co czyni go naprawdę pełnym. Kiedy po drodze znajdzie sposób, aby pomóc bliźniemu. O takich ludziach można mówić, że to ludzie sukcesu.

Nie ma żadnej różnicy, czy jesteś szambonurkiem, czy bibliotekarzem, czy pracownikiem stacji benzynowej, czy prezydentem Stanów Zjednoczonych. Jeżeli robisz to, co chcesz robić, a efekty twojej pracy wnoszą nowe wartości w życie innych ludzi, to jesteś człowiekiem sukcesu.

Tak się składa, że w moim zawodzie, to znaczy w show-biznesie, sukces pociąga za sobą masę innych rzeczy. Ale te rzeczy: pieniądze, sława, wygody, podróże i poznawanie świata, to tylko krem z wierzchu ciastka. Ciastko jest takie samo dla każdego.

Takie same poglądy głosił prezydent Stanów Zjednoczonych (tak samo jak Denver cholernie miły facet). Sęk w tym, że w tamtej chwili nie miałam najmniejszej ochoty na rozważania o wartościach życia. Pomyślałam sobie, że pora na przerwę i lekturę Iliady 16. Pisałam już od sześciu albo ośmiu godzin. Całkiem niezły wynik.

Szesnasta księga Iliady opowiada o śmierci Patroklosa – który poszedł pod mury Troi w pancerzu Achillesa, żeby zagrzać Greków do boju i trochę wkurzyć Trojan, bo Achilles uparcie wciąż odmawiał walki. Z początku szło mu nawet nieźle, ale potem przesadził. Apollo go odurzył i zabrał mu zbroję. Euforbos go ranił, a Hektor po prostu dobił. Przypomniałam sobie nagle, że Homer zwraca się do Patroklosa dziwnie wzruszającą pieśnią. Niestety nie mogłam znaleźć Iliady 13–24. Na półce stał tylko tom 1–12. Postanowiłam, że w zamian poczytam księgę szóstą, tę z Hektorem i Andromachą.

Ledwie zdążyłam usiąść, przyszedł L i popatrzył na książkę.

Patrzył i patrzył. Powiedział, że nie może nic przeczytać. Odparłam, że Iliada spisana jest po grecku i że Grecy używają innego alfabetu. Powiedział, że chce się nauczyć greki.

Za nic w świecie nie chciałam uczyć greki czterolatka.

Wówczas odezwał się Obcy. Miał głos gładki jak mleko. Powiedział: To tylko dziecko. Czeka go przecież szkoła. Nie może się trochę pobawić?

Odparłam: Niech dorośnie do szkolnej ławy. Będzie się nudził ze wszystkimi.

A Obcy na to: Wprawisz go w zakłopotanie! Straci wiarę w siebie! Lepiej powiedzieć „nie"!

Obcy miał długą szyję – jak węgorz – i małe gadzie oczka. Chwyciłam go za gardło i powiedziałam: Gnij w piekle.

Zakasłał i powiedział słodko: Przepraszam, że przeszkadzam. Jesteś cudowną matką! Wszystko dla dziecka! Bezgraniczne oddanie!

Powiedziałam: Stul gębę.

Powiedział: Sssssssssssssssssssssssss.

Powiedziałam: Grrrrrrrrrrrrrrrrrrrrrrrrrrrrrr.

– i sporządziłam niewielką tabelę:

A	B	Γ	Δ	E	Z	H	Θ	I	K	Λ	M
A	B	G	D	E	Z	Ē	TH	I	K	L	M

α	β	γ	δ	ε	ζ	η	θ	ι	κ	λ	μ
a	b	g	d	e	z	ē	th	i	k	l	m

N	Ξ	O	Π	P	Σ	T	Y	Φ	X	Ψ	Ω
N	X	O	P	R	S	T	U	PH	KH	PS	Ō

ν	ξ	ο	π	ρ	σ,ς	τ	υ	φ	χ	ψ	ω
n	x	o	p	r	s	t	u	ph	kh	ps	ō

i powiedziałam: To jest alfabet.

L zerknął na tabelę i spojrzał do książki.

Powiedziałam: To bardzo proste. Sam widzisz, że część liter jest taka sama jak w naszym alfabecie.

Spojrzał na tabelę i spojrzał do książki i spojrzał na tabelę.

Obcy powiedział: Ma tylko cztery lata

Pan Ma powiedział: Coupez la difficulté en quatre

Powiedziałam cierpliwie:

Powiedziałam cierpliwie wiele różnych rzeczy, które wystawiały moją cierpliwość na bardzo ciężką próbę. Mam nadzieję, że na równi z Wami jestem zdolna do poświęceń dla dobra bliźniego. Gdybym wiedziała ponad wszelką wątpliwość, że choćby dziesięć osób w tym roku, za rok lub za tysiąc lat zechce się dowiedzieć, jak nauczyć greki czterolatka, znalazłabym dość siły, żeby to wyjaśnić. Niestety, nie mam tej pewności, więc na razie pominę ten temat. L słowo po słowie przerobił Odyseję 5 na plik różowych kartek z układanki-nauczanki.

❖

Odyseja 6.

❖

Odyseja 7.

❖

Emma dotrzymała słowa i ja też dotrzymałam słowa.

Latem 1985 roku rozpoczęłam pracę jako sekretarka w niewielkiej londyńskiej oficynie wydawniczej, specjalizującej się w słownikach i literaturze popularnonaukowej. Jej dziełem był między innymi słownik języka angielskiego, wydany po raz pierwszy w 1812 i wznawiany potem dziewięć albo dziesięć razy. Wciąż się dobrze sprzedawał. Poza tym było kilka odrębnych słowników dla lektorów języków obcych. Te szły raczej średnio. Był też wspaniały leksykon piśmiennictwa bengalskiego, jedyny w swoim rodzaju i pełen unikalnych rycin. Nikt go nie chciał kupować. A prócz tego: dwutomowa historia cukru, trzytomowy przegląd londyńskich kołatek (suplement w przygotowaniu) i inne książki, o których mówiono coraz głośniej. Nie chciałam być sekretarką i niespecjalnie ciągnęło mnie do branży wydawniczej, ale z drugiej strony nie chciałam wracać do Stanów.

Emma była niemal gorsza od Stanów Zjednoczonych. Wielbiła Amerykę w ten sam obłąkany sposób, w jaki mieszkańcy wiktoriańskiej Anglii wielbili Szkocję, a francuscy impresjoniści – Japonię. Kochała starą stację benzynową Esso, stojącą w plamie światła tuż przy autostradzie, i kołyszący się w podmuchach wiatru czerwony krąg coca-coli. Kochała jeźdźców zaprzątniętych przyziemnymi myślami, choć wokół nich rozkwitały prawdziwe cuda przyrody. Kochała mężczyzn w szybkich samochodach, mknących po ulicach L.A. Kochała wszystkie książki, które musiałam czytać w szkole, i te, których nie mogłam czytać, bo obrażały uczucia odrodzonych baptystów. Nie wiedziałam, co jej powiedzieć.

W myślach widziałam maleńką mezzotintę, na której mikroskopijne ślady rylca, w dodatku ręcznie barwione, wskazywały miejsce, gdzie Europejczycy po raz pierwszy upili się kolorem. Wydawca książki uparł się, żeby na kolorowych sztychach pokazać Wielki Kanion lub Górę Stołową albo Południowe

Morza i dzięki temu to co było wspaniale kobaltowe stało się bladoniebieskie aż tak blado że niemal zupełnie białe. Czerwień i purpura stały się bladoróżowe aż tak blado że niemal zupełnie białe. Do tego jeszcze blada zieleń tak blada że aż żółta i chyba blady blady fiolet, tak że czytelnik rzeczywiście miał w szklance wody kropelkę najprzedniejszej whisky. Z kpiącym uśmiechem pomyślałam o upodobaniach Emmy, ale to chyba było głupie z mojej strony. W ten sam sposób można przecież myśleć o innych obrazach niekoniecznie pasujących do rzeczywistości – czarno-biały film nie pokazuje świata w barwach, w jakich go oglądamy, bo przecież nie o to chodzi. Prawdę mówiąc, nasze problemy i emocje wydają się o wiele mniejsze niż przed siedemdziesięcioma laty, kiedy to ludzie w chwili uniesienia nie wahali się ryzykować życia. Byle iskra wystarczyła, by zerwać się z miejsca i pogalopować ventre à terre... Jakże cicho i spokojnie niektórzy z nas się kłócą.

Peszyły mnie własne myśli i uśmiechy i oczekiwanie na galop ventre à terre. Łatwiej jest nic nie mówić lub cicho prawić banały. Z drugiej strony, jeżeli ktoś jest mądry i uroczy, to lepiej w jego obecności nie rzucać banałami. Lepiej już nic nie mówić i zachować perfekcyjny spokój...

To zabawne, że w Anglii książki są po angielsku, a we Francji po francusku. Za 2000 lat będzie to równie dziwne jak Kraina Munchkinów i Szmaragdowy Gród. To zabawne, że ludzie z całego świata jeżdżą w pewne miejsca, żeby wychować zastęp angielskich pisarzy, i w inne miejsca, żeby wychować hiszpańskich pisarzy. To przygnębiające, że w literaturze wszystkie języki stapiają się w angielski, który w Ameryce był językiem zapomnienia. W Europie żaden europejski język nie pobrzmiewa fałszem. Kansas można sfilmować na taśmie czarno-białej, ale w Krainie Oz od razu masz technicolor. W dodatku (mam wrażenie, że się rozpędziłam o wiele bardziej niż chciałam, ale za późno na postój) to niesprawiedliwe, że ludzie, którzy w całej swojej krasie byli najdzielniejszymi lub najciekawszymi lub najwredniejszymi z nowych imigrantów, przedstawiani są na kartach książek jako postacie drugorzędne, mówiące łamaną angielszczyzną albo wręcz kursywą. Choćby przez to i przez ignorancję ich potomków ich kultura i język nie znalazły miejsca w nowym języku, który chował w niepamięci wszystko, co nadawało się do zapomnienia.

Twoim zdaniem, nie powinni pisać tylko po angielsku? – zapytała Emma.

Właśnie! – odpowiedziałam. Jak już raz o tym pomyślisz, zdziwisz się, że nigdy wcześniej nie wpadło ci to do głowy.

Mówi się, powiedziała Emma, że największą przyszłość mają publikacje prosto z komputera...

Chcesz, żebym napisała sto słów na minutę? – spytałam, bo w gruncie rzeczy musiałam coś zrobić. Pięćdziesiąt słów w trzydzieści sekund? Pięć słów w trzy?

Mam nadzieję, że się nie nudzisz, powiedziała Emma.

Nudzę?! – zawołałam.

Wiem, że to niezbyt ekscytująca praca, powiedziała Emma.

Ależ skąd! To fascynujące – zamierzałam zawołać, lecz zachowałam dość rozsądku, żeby powiedzieć: Najważniejsze, że sama decyduję, co będę naprawdę robić.

I to był banał, nudna uwaga, jaka nigdy w życiu nie padłaby z moich ust w obecności kogoś mądrego i uroczego, ale Emma przyjęła ją z ulgą. Powiedziałam: To coś dla mnie. Tego właśnie szukałam.

Praca była wyjątkowo świetna, Emma była mądra i urocza, a ja byłam w Londynie. Próbowałam brać przykład z Rilkego, lecz przychodziło mi to z dużym trudem. Nie mówię tutaj o zauroczeniu: Rilke fascynował się malarstwem Cézanne'a, ale Cézanne nie mógł sobie pozwolić na sekretarza, bo nie miał mu czym płacić. Nie podobał mi się pomysł, że miałabym pracować dla Rodina i podziwiać dzieła Cézanne'a. Jak już kogoś prosisz o posadę, to musisz go podziwiać, prawda?

Czasem wsiadałam w Circle Line i jeździłam wokół Londynu, czytając podręcznik chemii organicznej, albo – po raz dwudziesty lub dwudziesty pierwszy – „Leave It to Psmith" Wodehouse'a. Czasami oglądałam Sherlocka Holmesa w cudownie groteskowej interpretacji Jeremy'ego Bretta lub oczywiście „Siedmiu samurajów". Czasami wychodziłam do Tennessee Fried Chicken.

Płynęły dni. Minął rok.

❖

Odyseja 8.

❖

Odyseja 9

i w trakcie pytał mnie dosłownie o każde słowo.
Nawet nie pisał ich na kartce.
W dodatku mu się podobało.

❖

Pewnego czerwcowego dnia w 1986 roku zastałam wszystkich w oficynie w stanie nerwowej drżączki. Firma została sprzedana, lecz nabywca twierdził, że nadal pozostaniemy odrębnym oddziałem. To mogło znaczyć tylko jedno: redukcję.

Nabywcą był amerykański koncern wydawniczy, współpracujący ze znanymi, dobrymi autorami. Wielu z nich budziło szczery podziw u naszych pracowników. Za kilkanaście dni miał się odbyć wielki bankiet dla uczczenia transakcji.

Emma załatwiła mi pracę i zezwolenie na pracę, a teraz mi załatwiła zaproszenie na bankiet.

Okazało się, że amerykańska firma publikuje książki nie tylko amerykańskich autorów, podziwianych przez naszych pracowników. Współpracował z nią także Liberace. Zaproszenie było prawdziwym zaszczytem, w oficynie aż wrzało, a ja wcale nie miałam ochoty wybrać się na ten bankiet. Wszystko przez to, że poszła plotka, że ma przyjść Liberace. Oczywiście, nie ten pianista, który mawiał: „Szlochałem przez calutką drogę do banku", nie kochał żadnej kobiety poza swoją matką i zmarł na AIDS w połowie lat 80. Chodzi mi znanego brytyjskiego pisarza i podróżnika, który maestrią dorównywał ww. sławnemu muzykowi.

Pianista Liberace był okropnie szpetny i okropnie szczery. Grał z prawdziwym uczuciem, niezależnie od tego czy miał w programie „Roll Out the Barrell", czy „I'll Be Seeing You". Przy smutnych kawałkach łzy płynęły mu po grubym makijażu i kapały na srebrny kołnierz aksamitnego płaszcza, a pierścienie błyskały na placach błądzących po klawiaturze. W tysiącu luster widział łzy, makijaż i pierścienie, i siebie samego patrzącego na łzy, makijaż i pierścienie. Liberace (pisarz) był podobny do niego: to samo wymuskane arpeggio plus zachowanie wirtuoza, profesjonalna szczerość i ekspresja wyrazu, granicząca z cynizmem i sentymentalizmem, z pornografią, a nawet z alienacją i bezdusznością. Z drugiej strony, coś go różniło od pianisty, bo chociaż zachowywał się tak samo, otaczała go tylko aura technicznej sprawności. Przecież nawet arpeggio nie polega wyłącznie na waleniu w klawisze

L chce wiedzieć, co to znaczy βίηφιυ. Mówię mu że wie przecież a on odpowiada że nie wie.

Początkowo (wyjaśniłam, że βίηφιυ to narzędnikowa forma βίη, znacząca „siłą" albo „gwałtem") sądziłam, że pisarz to ktoś taki, co kładzie gdzie popadnie dłoń na klawiaturze z lewej lub prawej strony, aż powstaje nieczytelne zdanie nrvomrd duffrnly uninyrllihlnlr ot nrstly do, snf yhr gsdyrt ty yypr yhr eotdr iy hryd (ψηλαφ∠ου znaczy, mogę zerknąć w kontekst? to znaczy „wyczuwać" albo „macać wokół") i w wyobraźni widziałam, jak Liberace rześko mknie palcami po klawiszach. Raz uderzał w białe raz w czarne klawisze. Teraz myślę sobie (jeśli ktoś, kto gra rolę mówiącego słownika, może w ogóle myśleć), że tu też nie miałam racji, bo nawet gdy popełniał błędy, nie były one aż tak straszne (πετάσσας znaczy „rozciągnięty", to aoryst imiesłowu πετάννυμι) by nie można ich pominąć (doskonale wiesz co znaczy ὕφαινον nie, nie będę to znaczy „tkać" lub „splatać" a tu występuje w pierwszej osobie liczby pojedynczej w czasie niedokonanym, dobrze) to nie znaczy że je lekceważył (ἄρσενες to „mężczyźni") tylko był zadowolony z siebie (chwileczkę). Zachłystując się podziwem, wspomniany Liberace zaśmiecał swoje dzieło dziurawą argumentacją i krzywymi obrazami. Sam stał z boku, z rękami na piersiach, Ed Wood trawersujący między nagrobkami po skołtunionej trawie (chwileczkę!). Widział to czy miał to gdzieś?? Myślę raczej że po prostu lubił kiedy coś fajnego zrobił bez wysiłku i nie potrafił ciągnąć dwóch srok za ogon (δασύμαλλοι: gęste runo, ἰοδνεφές: ciemny, λίγοισι: powrósło, coś z łoziny, πέλωρ: przecież doskonale wiesz co to znaczy. Nie, nie będę Proszę bardzo Nie Nie Nie Nie Nie Nie To znaczy „potwór" A przynajmniej tak sądzę – Nic dziwnego że wbijam igły w lalkę z twarzą ojca tego dziecka). Oto człowiek, który zaczął pisać, zanim nauczył się myśleć. Człowiek, który rozrzucał sofizmaty jak gwoździe za uciekającym autem. A uciekał zawsze i wszędzie.

❖

Odyseja 10.

❖

Met. 1.

❖

1 Sam. 1?
[Od lat tego nie czytałam.]

❖

1 Sam. 2–5? [Cholera.]

❖

Aż dziw pomyśleć, że „Harmonielehre" Schoenberga po raz pierwszy wydano w 1911, czyli rok wcześniej, niż Roemer ogłosił swoją „Aristarchs Athetesen und die Homerkritik". Schoenberg, żonaty, z dwójką dzieci, z trudem zarabiał na życie jako nauczyciel muzyki i portrecista. Roemer prawdopodobnie wykładał na Uniwersytecie w Lipsku. Koledzy bez najmniejszego trudu mogli mu wytknąć błędy w rozumowaniu. Gdybym mówiła płynnie po niemiecku, straciłabym na to pół godziny. Tydzień później straciłabym pięćdziesiąt godzin, a Ludoviticus nie miałby okazji, żeby rzucić wyzwanie panu Ma, wykonując pięćset prostych zadań dziennie. Atomy, które teraz wodzą różowym mazakiem Schwan Stabilo po kartach Odysei 10, znalazłyby – tak jak ja – zupełnie inną pracę, a świat, o ile mi wiadomo, zostałby bez Einsteina. Niestety: lojalni koledzy, luki w niemieckim i złe wyczucie czasu wspólnie zawiązały spisek, który mnie pozbawił świetlanej kariery bez wyraźnego wpływu na Schwan Stabilo i Odyseję 10. Ubogi Schoenberg mógł napisać głupią książkę. Mógł też napisać dobrą. Ja z kolei mogłam kupić sukienkę na wieczorny bankiet.

W dniu przyjęcia, w porze lunchu, poszłam do Covent Garden, żeby poszukać jakichś ciuchów. Po drodze do Boules pomyślałam sobie, że mogę wstąpić do Books etc. Zajrzałam do działu muzycznego i tak się stało, że kupiłam „Teorię harmonii" Schoenberga.

Mój ojciec mawiał, że jak coś idzie źle, to człowiek jest kocią łapą losu. Chyba już wiem, co miał na myśli.

Gdy tylko zdjęłam książkę z półki, wiedziałam, że muszę ją kupić. Gdy tylko ją kupiłam, od razu zaczęłam czytać.

Schoenberg wychodził z założenia, że rozwój muzyki związany jest z poluzowaniem sztywnych zasad współbrzmienia, co z kolei wiedzie do poszerzenia zapisu nutowego (z uwzględnieniem na przykład czterech dodatkowych nut pomiędzy C i C–). Pisał:

Wolno nam przyjąć, że tak jak tony harmoniczne dzielą najprostszy konsonans, oktawę, na dwanaście części, tak w przyszłości nastąpi dalszy podział interwału. Pokoleniom przyszłości nasza muzyka będzie wydawać się niekompletna, bo nie umiemy wykorzystać do końca każdego dźwięku. Przecież my sami z lekkim niedosytem słuchamy muzyki opartej tylko na oktawie. Posłużę się tu analogią – taką, którą każdy powinien sam przemyśleć: nasza muzyka dla przyszłych słuchaczy będzie pozbawiona głębi, w ten sam sposób, w jaki japońskie malowidła wydają się nam prymitywne, bo brak im perspektywy. To [zmiana] nastąpi, chociaż może nie w takiej formie i nie tak prędko, jak sądzą niektórzy. Nie będzie to świadomy wybór, ale zew natury, i nie nadciągnie gdzieś z zewnątrz, ale z naszego wnętrza. Nie będzie także imitacją jakiegoś wcześniejszego wzorca, ani doskonaleniem techniki, bowiem jest to bardziej sprawa umysłu i ducha (Geist) niż materii, a Geist musi być gotowy.

Pomyślałam sobie, że to jedna z największych teorii, jakie słyszałam w życiu. Przykład z japońską sztuką był oczywiście błędny – w trakcie kiedy to czytałam, miałam przed oczami obraz lorda Leightona „Greczynki grające w piłkę", z niezwykłym, wręcz mistrzowskim wykorzystaniem perspektywy w postaciach dziewcząt, w antycznym krajobrazie, w powiewających na wietrze tkaninach... i pusty śmiech mnie ogarnął, tak płytkie, powierzchowne i naiwne w swym wyrazie było to malarstwo w porównaniu (na przykład) z drzeworytem Utamaro. Ale podstawowa myśl Schoenberga wydawała mi się czymś wspaniałym.

Zanim przeczytałam to niezwykłe dzieło, uważałam zawsze, że książki powinny być jak „Ojciec chrzestny", w którym, w pewnej scenie, Al Pacino jedzie na Sycylię i Włosi mówią po włosku. Teraz sądzę, że zbyt jednostronnie patrzyłam na pewne sprawy.

Pogląd, że w książkach Włosi muszą mówić po włosku, bo w rzeczywistym świecie naprawdę tak mówią, a Chińczycy po chińsku, bo naprawdę tak mówią, to raczej dość naiwne spojrzenie na sztukę. To tak jakby ktoś myślał podczas malowania: Niebo jest niebieskie. Namaluję więc niebieskie niebo. Słońce jest żółte. Namaluję żółte słońce. Drzewo jest zielone. Namaluję zielone drzewo. A jaką barwę ma pień? Brązową. Więc jakiego koloru użyć? Idiotyczne. Nawet gdy pominiemy malarstwo abstrakcyjne, bliższe prawdy będzie stwierdzenie, że artysta winien myśleć o płaszczyźnie, którą chce malować, o barwie światła, o liniach i o związkach kolorów, i o przedmiotach, które można uwiecznić na obrazie, przy zastosowaniu wspomnianych kryteriów. W ten sam sposób kompozytor nie myśli o dźwiękach jako o naśladownictwie – nie zamienia fortepianu w skrzypce ani w wiolonczelę, ani w instrument czterostrunny, ani o sześciu strunach, ani w orkiestrę symfoniczną; raczej zwraca uwagę na relacje pomiędzy nutami.

To, co jest czymś zwykłym i banalnym dla muzyka lub malarza, w językach świata wygląda jak mały i niepotrzebny obłoczek niebieskiego, czerwonego i żółtego pyłu. Z drugiej strony, gdyby ktoś naprawdę sięgnął po to i w jego książce Anglicy mówiliby po angielsku, a Włosi po włosku, byłoby to równie głupie jak żółte słońce, bo jest żółte. Kiedy czytałam Schoenberga, uświadomiłam sobie, że w przyszłości żaden pisarz nie będzie składał deklaracji typu: piszę teraz o młodym cykliście z Kansas z dziadka Ormianina i babki Czeszki (czyli ormiańsko-czeskiego pochodzenia), po amerykańsku ormiańsku czesku okej. Z czasem wszyscy dotrzemy do takiego poziomu, na jakim pną się o wiele bardziej rozwinięte gałęzie sztuki. Być może pisarz powinien myśleć o monosylabach i braku fleksji w chińszczyźnie, i jak to będzie pasowało do rozkosznie długich słów zaczerpniętych z fińskiego, ze wszystkimi podwójnymi literami i długimi głoskami w czternastu przypadkach, lub z nie mniej pięknego węgierskiego, z przedrostkami i przyrostkami. A kiedy już to przemyśli, może snuć opowieść o Węgrach albo o Finach z Chińczykami.

Pomysł był z tych, które okupują umysł przez całą resztę wieczoru. Do końca dnia latały mi po głowie strzępki książek napisanych za trzy lub cztery wieki. W pierwszej występowali Hakkinen, Hintikka i Yu, a rzecz cała działa się roboczo w Helsinkach – wśród śniegu, czarnych jodeł i pod czarnym niebem usianym gwiazdami. Narracja, a nawet dialogi z mianownikiem dopełniaczem cząstkowym celownikiem biernikiem wnioskującym pochodnikiem narzędnikiem miejscownikiem wołaczem i translatywem, ludzie przychodzą, mówiąc Hyvää päivää na dzień dobry, i może też być jakiś wypadek, żeby pojawiło się słowo tiellikenneonnettomuus. A do tego jeszcze Yu i jego chińskie znaki, takie jak Czarna Jodła albo Biały Śnieg. Po prostu odjazd.

Od początku nie chciało mi się iść na bankiet, a w tym stanie ducha nie chciało mi się jeszcze bardziej. Z drugiej strony, zrobiłabym nieładnie, skoro zaproszenie było wyróżnieniem. Pomyślałam sobie: wpadnę na dziesięć minut i wyjdę.

Poszłam na bankiet. Jak to zwykle bywa, łatwiej było mi podjąć decyzję, że wyjdę, niż wyjść naprawdę. Zamiast dziesięć minut później opuścić towarzystwo, zaczęłam się rozwodzić nad pięknem „Teorii harmonii". Kto to wydał, spytali, Faber, odpowiedziałam, a oni zawołali O! Niektórzy z nich zupełnie nie byli zainteresowani tym tematem, więc mogłam przestać mówić, ale inni słuchali mnie z zaciekawieniem, więc przegadałam z nimi bite trzy godziny.

Schoenberg powiedziałby: taka skala nie będzie ostatnim słowem ani ostatecznym celem muzyki, ale raczej niewielkim przystankiem. Przyciągające ucho serie tonów harmonicznych wciąż nam sprawiają kłopot. Jeśli za jakiś czas damy sobie z tym radę, sprawi to kompromis pomiędzy naturalnym interwałem i naszą niezdolnością do użycia tego interwału – kompromis, który nazywamy systemem temperowanym i który zaowocuje przedłużonym rozejmem w myślach słyszałam języki połączone w kwinty, widziałam różne narzecza zmieszane ze sobą, niczym kolory u Cézanne'a, który zwykle mieszał zieleń z odrobiną czerwieni, a czerwień z zielenią. W głowie miałam błyszczącą martwą naturę: angielski z francuskimi słowami francuski z angielskimi słowami niemiecki z francuskimi i angielskimi słowami japoński z francuskimi angielskimi i niemieckimi słowami – i miałam już odejść, kiedy spotkałam człowieka, który zdawał się sporo wiedzieć o Schoenbergu. Stracił poprzednią pracę w czasie fuzji przedsiębiorstw, więc był lekko wnerwiony i z cicha pisał po ścianach, ale coś wspomniał o operze „Mojżesz i Aaron".

Powiedział: Wiesz, o co w niej chodzi, prawda?

a ja odpowiedziałam: No...

a on powiedział: Nie muzycznie... muzycznie jest i przerwał i powiedział: w tej operze Mojżesz rozmawia bezpośrednio z Bogiem i nie śpiewa swojej partii w Sprechgesang, lecz przemawia, chrapliwie przekrzykuje muzykę i Dzieci Izraela go nie rozumieją. Musi się do nich zwracać poprzez Aarona, nawiasem mówiąc tenora. To piękna liryczna rola, ale w końcu to właśnie Aaron wyjdzie z propozycją odlania Złotego Cielca, bo sam nie rozumie...

Powiedziałam, że to wspaniały pomysł na operę, zwykle bowiem libretto jest nieźle pokręcone

Powiedział, że on to lubi, ale rzeczywiście pomysł jest znakomity, a potem z angielską flegmą zaczął mi opowiadać straszną historię tej opery – dzieła, które uważał za jeden z niesłusznie zapomnianych majstersztyków dwudziestego wieku. Pierwsze dwa akty Schoenberg skomponował gdzieś pomiędzy 1930 i 1932 rokiem, potem jednak naziści doszli do władzy i w 1933 musiał uciekać z Niemiec. Ciężko to przeżył. Wyjechał do Ameryki i tam szukał wsparcia, ale żadna fundacja nie przejawiała zainteresowania muzyką atonalną. Zaczął więc dawać lekcje, by utrzymać rodzinę, i na pewien czas wrócił do „zwykłych" kompozycji, żeby dostać stypendium. Kiedy zatem nie uczył, to wciąż komponował. Osiemnaście lat później wciąż jeszcze nie napisał trzeciego aktu „Mojżesza i Aarona". W obliczu śmierci powiedział wreszcie, że chyba pora przemówić.

Oczywiście miał trudny charakter – dodał.

Wybacz – powiedział nagle, ale muszę pogadać z Peterem, zanim wyjdzie.

Odszedł i zaraz potem uświadomiłam sobie, że przecież nie zadałam najważniejszego pytania Czy słychać głos Boga?

Zawahałam się i z wahaniem poszłam za nim, ale on już wołał Peter!

A Peter zawołał Giles! Fajnie że jesteś! Jak się bawisz?

A Giles powiedział Wyśmienicie.

Nie był to dobry moment, żeby im przeszkadzać. Dołączyłam do najbliższej grupki.

Peter coś powiedział i Giles coś powiedział i Peter coś powiedział a Giles powiedział Nie niemożliwe to w żadnym wypadku i rozmawiali przez dłuższą chwilę. Rozmawiali przez jakieś pół godziny, aż wreszcie przerwali i Peter powiedział Kiepska sprawa a Giles odpowiedział Właśnie i znów przerwali a potem bez jednego słowa wyszli z pokoju.

Też miałam wyjść po dziesięciu minutach; najwyższa pora to zrobić. Nagle jednak zrobiło się gwarno pod drzwiami i wszedł uśmiechnięty Liberace. Całował dziewczęta w policzek i wszystkich przepraszał za spóźnienie. Parę pań w mojej grupie chyba go znało, bo usilnie próbowały zwrócić na siebie uwagę. Wymamrotałam coś o drinkach i usunęłam się na bok. Zastanawiałam się, czy nie uciec, bo bałam się, że lada chwila ktoś mi przedstawi Gościa, sądząc, że to dla mnie zaszczyt. Na razie jednak byłam bezpieczna przy barku. Powróciły do mnie słowa Schoenberga. Nigdy nie słyszałam żadnego z jego utworów, ale książka o harmonii dźwięków była dziełem geniusza.

Stałam więc przy barku i zajadałam koreczki z serem. Od czasu do czasu zerkałam w stronę drzwi – ale Liberace wciąż kręcił się po salonie i blokował mi drogę ucieczki. Myślałam o cudownej książce, myślałam też, żeby kupić pianino, a po chwili stanął przede mną Liberace.

Spytał: Naprawdę jesteś tak znudzona i zmęczona, jak wyglądasz?

Niełatwo znaleźć odpowiedź, która nie byłaby opryskliwa lub zalotna, lub obie te rzeczy naraz.

Powiedziałam: Nie odpowiadam na podchwytliwe pytania.

Powiedział: To nie jest podchwytliwe pytanie. Sprawiasz wrażenie padniętej.

Zanim odpowiedziałam, uświadomiłam sobie, że powinnam pomyśleć o pytaniu, a nie o tym, który je zadawał. Niektórzy z nas nie wiedzą, jak wyglądają w oczach innych, a ci z kolei nie wiedzą – bo nie mogą wiedzieć – czy twój wygląd naprawdę oddaje twój nastrój. Liberace w swoich książkach prezentował rozbrajająco niewinną logikę – miałby teraz wejść na wyżyny uprzejmej konwersacji? Nie.

Powiedziałam, że zamierzałam wyjść.

Liberace powiedział: Więc jednak jesteś padnięta. Nie dziwię ci się. Takie przyjęcia są okropne.

Powiedziałam: Nigdy dotąd na żadnym nie byłam.

Powiedział: Byłem pewien, że przedtem cię nie widziałem. Pracujesz u Pearce'a?

Powiedziałam: Tak.

Wpadłam na cudowny pomysł. Powiedziałam: Pracuję dla Emmy Russell. Wszyscy u nas byli cholernie podnieceni, gdy dowiedzieli się, że wpadniesz. Pozwolisz, że cię przedstawię?

A jeśli nie? – zapytał.

Uśmiechnął się i powiedział: Zbierałem się już do wyjścia, kiedy cię zobaczyłem. Jak to mówią Bida ciągnie do bidy.

Nie znałam tego powiedzenia, ale odpowiedziałam Właśnie.

Powiedziałam: Po wyjściu stąd już nie będziemy biedni.

Spytał: Gdzie mieszkasz? Mógłbym cię podwieźć.

Powiedziałam mu gdzie mieszkam i było mu nawet po drodze.

Za późno uświadomiłam sobie że powinnam powiedzieć że

dziękuję ale nic z tego. Powiedziałam to teraz a on odpowiedział Nalegam.

Powiedziałam Zgoda a on odpowiedział Nie wierz we wszystko co mówią.

Przeszliśmy kawałek Park Lane, a potem uliczkami Mayfair, a Liberace mówił to i owo, w sposób nieświadomie zalotny i nieświadomie opryskliwy.

Nagle przypomniało mi się, że chińskie ideogramy są takie same jak japońskie. Wiedziałam zatem jak napisać Biały Deszcz Czarne Drzewo: 白雨黒木! Na razie przekazałam to Yu i roześmiałam się głośno i Liberace spytał Co cię śmieszy. Nic odparłam a on powiedział Powiedz.

Zdesperowana powiedziałam: A słyszałeś o Kamieniu z Rosetty?

Co takiego? – spytał Liberace.

Powiedziałam: Kamień z Rosetty. Potrzeba nam takich więcej.

A jeden nie wystarczy? – spytał.

Powiedziałam: Chodzi mi o to, że ów Kamień, choć postawiony z wielką pompą, w istocie rzeczy jest podarkiem dla całej potomności. Zapisano go hieroglifami, pismem demotycznym i greką, więc wystarczyło, żeby tylko jeden język przetrwał, a już mieliśmy dwa następne. Może pewnego razu ktoś rozpocznie badania nad takim martwym językiem jak angielski? Powinniśmy to wykorzystać, aby przechować inne języki dla następnych pokoleń. Weźmy na przykład Homera z tłumaczeniem i przypisami na temat słów i gramatyki. Jeśli taką książkę odkopią za dwa tysiące lat, będą mogli odczytać pełny tekst Homera. Albo jeszcze lepiej: powinniśmy rozsiać ów tekst jak najszerzej, żeby na pewno przetrwał.

Trzeba wprowadzić nakaz, mówiłam dalej, aby w każdej książce znalazła się choć jedna na ten przykład strona Homera albo Sofoklesa w oryginale z odpowiednimi uwagami. Będziesz miał co robić, nawet jeśli kupisz jakieś czytadło na lotnisku i samolot spadnie na bezludną wyspę. A do tego ludzie, których pozbawiono nauki greckiego w szkole, dostaną swoją drugą szansę. Niektórzy z przerażeniem patrzą na grecki alfabet, zapominając, że w wieku sześciu lat też się uczyli liter. To przecież w gruncie rzeczy niezbyt trudny język.

Liberace powiedział: Jak już coś złapiesz w zęby, to nie popuścisz, prawda? Najpierw milczysz, że trudno wyciągnąć z ciebie choć słowo, a chwilę później gadasz jak najęta. Interesujące.

Nie wiedziałam co mu odpowiedzieć a on dodał po krótkim milczeniu: I co w tym śmiesznego?

Nic, odparłam a on bąknął Rozumiem.

Po chwili zapytałam, gdzie postawił samochód. Powiedział, że właśnie tutaj. Powiedział, że pewnie zgarnęła go policja za złe parkowanie i zaklął Sukinsyny! Sukinsyny! A potem oznajmił szorstko że pojedziemy metrem.

Poszłam z nim więc do metra, a kiedy dojechaliśmy do stacji, na której miał wysiąść, zaproponował żebym do niego wpadła. Trzeba coś zrobić, żeby zapomnieć o tym cholernym samochodzie, mruknął. Nie wyobrażasz sobie nawet, jakie to okropne, dodał, iść na imprezę, taką, z jakiej wyszliśmy przed paroma minutami, i zobaczyć, że kosztowało cię to co najmniej pięćdziesiąt funtów i trudy jazdy do West Croyden, albo jeszcze cholera dalej, tam gdzie trzymają zgarnięte samochody. Zamruczałam coś współczująco. Wysiadłam tylko po to, żeby dokończyć rozmowę, i nagle okazało się, że wyszliśmy ze stacji metra i Liberace idzie ze mną, a ja z nim do jego mieszkania.

Weszliśmy po schodach do drzwi frontowych, a potem jeszcze wyżej, na piętro. Liberace wciąż mówił. Konwersacyjnym tonem klędził coś o autach, policji i szczękach na koła. Zaimprowizował opowieść o karnym parkingu. Zaimprowizował opowieść o tępych urzędasach, którzy jak diabli utrudniają odbiór samochodu.

Mówił prawie tak jak pisał: szybko i nerwowo, pełen niepokoju, czy ci się spodoba. Wciąż powtarzał: O Boże stanowczo za dużo gadam na pewno cię nudzę lepiej idź stąd i daj mi cierpieć w spokoju co prawda nie traktuję swojego samochodu tak jak inni faceci dla których dobre auto jest namiastką fallusa ale gdzieś pod spodem tkwi w tym przedmiocie coś cholernie symbolicznego i nie wściekam się wcale dlatego że go zabrali w chwili kiedy chciałem cię odwieźć pewnie zaraz pomyślisz że to zbyt oczywiste i tu się z tobą zgadzam ale niech to chuj strzeli – i powiedział: Krzycz, kiedy zacznę cię nudzić. Nikt przedtem nie rozmawiał ze mną w ten sposób, więc nie wiedziałam, co mu odpowiedzieć, albo raczej wiedziałam, że w takich wypadkach należy powiedzieć Nie. I powiedziałam: Wcale mnie nie nudzisz. Pomyślałam sobie, że lepiej zmienić temat i poprosiłam o coś do picia.

Przyniósł dwa drinki z kuchni i przez dłuższą chwilę gawędziliśmy sobie to i owo. Pokazał mi pamiątki ze swoich podróży i rzucił kilka cynicznych i sentymentalnych uwag. Miał nowy komputer, Amstrad 1512, z dwoma stacjami na dyskietki 5.25 cala. 512 kilobajtów RAM-u. Zainstalował program Nortona, żeby uporządkować zbiory, i przy okazji objaśnił mi jak to działa.

Spytałam, czy ten program napisałby coś po grecku. Odparł, że raczej nie, więc już nie dociekałam, czy potrafi jeszcze coś innego.

Usiedliśmy i wówczas, ku swemu przerażeniu, na stoliku dostrzegłam całkiem nową książkę pióra Lorda Leightona.

Lord Leighton, oczywiście, to nie był ten lord Leighton, wiktoriański malarz zafascynowany helleńską kulturą, twórca takich dzieł jak „Panna młoda z Syrakuz, wiodąca dzikie bestie w weselnym orszaku" i „Greczynki grające w piłkę", ale malowany amerykański pisarz, będący duchowym spadkobiercą artysty. Lord Leighton (malarz) z uwielbieniem malował sceny z antycznego świata, w których pyszne zwoje draperii rozsadzały obraz, tu i ówdzie przesłaniając skromnie ciało modelki jakby żywcem wziętej ze szkoły aktorskiej Tyrone'a Powera. Jego ułomnością nie był brak rzemiosła; to raczej bezbłędne rzemiosło powoduje, że na te obrazy patrzy się z zakłopotaniem, bo dają zbyt przejrzysty wgląd w umysł twórcy. Tylko pióro Lorda Leightona pisarza dorównuje palecie lorda Leightona malarza. Lord Leighton (pisarz) wpycha najwznioślejsze uczucia w bańkę z próżnią i nie spieszy się z żadnym słowem ale waży je bo ma dla siebie cały czas świata. Słowo zaś rozkwita tylko wówczas gdy Mistrz wypowie je bez pośpiechu bo tylko on potrafi je natchnąć niespotykaną gdzie indziej energią aby uświadomiło sobie swoją nagość i z wdzięcznością przyjęło podsunięty mu liść figowy. I będzie tak aż wszelka pasja zgaśnie w próżni i ospale przez śmierć ruchu przeistoczy się w wieczystą stasis: żadna postać nie popatrzy, nie odejdzie, nie przemówi, bez błyskotliwego ciągu zdań spowijających jej głupiutkie myśli i wyzwolonych w pięknym rozmarzeniu nieruchomej i zamarłej atmosfery.

Liberace przechwycił moje spojrzenie i powiedział Lubisz go a ja odpowiedziałam Nie a on powiedział Ależ on jest świetny.

Wziął książkę i zaczął czytać jedno cudowne zdanie po drugim...

I powiedziałam z rozpaczą Jakie piękne, tak jakbym mówiła Spójrzcie na te pióra! Popatrzcie na aksamit! Popatrzcie na futro!

Oczywiście nieraz myślę, że Liberace mógłby czasem podesłać trochę kasy dla syna. Bywa nawet, że myślę, że i nie dla pieniędzy powinnam była mu o tym powiedzieć. Kiedy jednak tak myślę, to wracam do tamtej rozmowy i po prostu nie mogę.

Szkoda, że nie powiedziałam wówczas Przecież ten facet gra „Yesterday" na pianinie, naśladując brzmienie i styl Brahmsa! Tak starannie odrzuca wszystko, co stanowi istotę melodii, że jest jak Percy Faith Orchestra w utworze „Satisfaction"

a on odparłby Posłuchaj tego

i przeczytałby zdanie brzmiące jak „Yesterday" Brahmsa lub Percy Faith Orchestra w utworze „Satisfaction" na życzenie publiczności a ja powiedziałabym Oto człowiek, który pierwsze takty „Sonaty księżycowej" gra tak wolno i z zadęciem, że wszystkie błędy i ubytki widać jak na gołej dłoni

a Liberace powiedziałby Posłuchaj tego

i przeczytałby przepiękne zdanie pełne logicznych pomyłek

a ja powiedziałabym A może to raczej człowiek, który po mistrzowsku gra trzecią część „Sonaty księżycowej", choć zupełnie nie rozumie muzyki. Schnabel usłyszał raz od nauczyciela, że być może jest muzykiem, lecz nigdy nie będzie pianistą. Z tym pisarzem jest odwrotnie

a Liberace powiedziałby Właśnie, lecz posłuchaj tego

i przeczytałby popisowe zdanie głupiego wirtuoza

i nigdy nie zrozumiałby, o co mi naprawdę chodzi. Lord Leighton był jak to i to i tamto, jakby składał stos materacy na maleńkim kamieniu, a ja byłam niczym księżniczka na grochu. Nie chciałam powiedzieć tego, co naprawdę myślałam o amerykańskich i angielskich pisarzach, więc w milczeniu dokończyłam drinka. Liberace tymczasem skończył czytać i przez chwilę coś mówił o Lordzie Leightonie.

Jestem już pewna – a raczej nie powinnam wątpić – że gdyby kiedyś dowiedział się o Ludo, to zachowałby się bez zarzutu. Z drugiej strony jest niezbitym faktem, że 99 na 100 dorosłych osób nie podejmuje trudu logicznego myślenia przez 99% swego życia (badania tego nie wskazują, sama to wymyśliłam, więc chyba raczej nie powinnam wspominać o „niezbitych faktach", ale zdziwiłabym się, gdyby prawda zbyt mocno odbiegała od moich założeń). W mniej barbarzyńskiej społeczności dzieci nie byłyby w tak całkowitej zależności ekonomicznej od nierozsądnych stworzeń panujących nad ich losami: Słono musiałyby zapłacić za godzinę nauki. Niestety, nie żyjemy w czasach oświecenia, więc dorośli – a zwłaszcza rodzice – mają absolutną władzę nad dziećmi. Jak mogłabym oddać taką siłę w ręce jednego człowieka... Czasami myślę, że mogłabym, i już raz nawet podniosłam słuchawkę telefonu, ale zaraz ją odłożyłam, bo jednak nie mogłam. Znów usłyszałam jego głos, przepełniony chłopięcą miłością do uroczej głupoty, i jego niezachwianą wiarę we wszystkie jej implikacje. Po prostu nie mogłam.

A Liberace gadał i gadał. Wypiliśmy jeszcze kilka drinków, a on gadał gadał gadał i wciąż pytał, czy mnie to nie nudzi. W rezultacie nie mogłam wyjść, bo jaki miałam powód, skoro jego gadanie wcale mnie nie nudziło?

Nagle pomyślałam, że musi być jakiś sposób, żeby go uciszyć. I oczywiście był. Przecież Liberace po prostu chciał mnie poderwać. Po to mnie tu sprowadził. Byłoby niegrzecznie zatkać mu usta dłonią albo mu powiedzieć, żeby się wreszcie zamknął. Miał duże oczy, przejrzyście zielone z wąską ciemną obwódką, jak w oczach nocnego zwierzęcia. Pomyślałam sobie, że jak go pocałuję, to po pierwsze nie będę musiała go słuchać, a po drugie znajdę się dużo bliżej zwierzęcia o cudownych oczach.

Powiedział coś, przerwał i zanim znów się rozgadał, pocałowałam go i zapanowała nagła, wspaniała cisza. Tę ciszę przerwał Liberace zduszonym głupawym chichotem. Roześmiał się i już – a dotąd jakoś nie chciał skończyć.

Byłam pijana i próbowałam wymyślić coś takiego, co mogłabym spokojnie zrobić, bez posądzenia o niegrzeczność. Pomyślałam sobie, że mogłabym się z nim przespać. To byłoby nawet grzeczne. Nie pozostałam mu dłużna, kiedy zaczął mnie rozbierać.

I to był okropny błąd.

❖

Wyje wiatr. Zimna ulewa. Płachta szarego papieru łopoce w deszczu za oknem.

Leżymy w łóżku i oglądamy arcydzieło światowej kinematografii. Rano przesiedziałam trzy godziny przy komputerze. Odjąwszy różne przerwy, pisałam przez półtorej. Wreszcie powiedziałam, że idę na górę oglądać „Siedmiu samurajów". L powiedział, że też idzie. Przeczytał już Odyseję 1–10. Historię o Cyklopie nawet sześć razy. Przeczytał także podróż Sindbada Żeglarza, trzy rozdziały z „Algebry dla opornych" i po kilka stron z „Metamorfoz", „Kalilah wa dimnah", i I Księgę Samuela, według jakiegoś schematu, którego jeszcze nie rozgryzłam. Każdy etap wywoływał niekończący się zalew pytań.

Powiedziałam sobie, że to lepsze niż nauka japońskiego (zwłaszcza że znałam odpowiedzi na osiemdziesiąt procent pytań), poza tym pamiętałam, że L robi to na moje polecenie. Rok trwało, zanim przeczytał Iliadę, nie wiedziałam, jak to się dzieje, że teraz w trzy tygodnie pochłonął dziesięć ksiąg Odysei.

Nagle przypomniało mi się, że Proroctwo Jonasza ma tylko cztery strony. Pytania z hebrajskiego były chyba łatwiejsze niż z japońskiego. Zastanawiałam się, czy mu nie powiedzieć, że chodziło mi o Jeremiasza.

Wprawdzie powinnam przepisywać „Wędkarstwo dla Za-awansowanych", które miałam oddać pod koniec tygodnia, lecz musiałam coś zrobić, żeby nie zwariować. Nie zamierzałam na siłę walić w klawiaturę, doprowadzana do rozstroju pytaniami niewinnego dziecka.

W trosce o własne nerwy przez kilka dni nic nie pisałam dla potomności. To było zbyt przygnębiające – kiedy wspomniałam o Mozarcie, przypomniała mi się moja matka, akompaniująca do pieśni Schuberta w wykonaniu wujka Buddy'ego. Jezu, Buddy, zawołała, co się z tobą dzieje, śpiewasz jak księgowy! Huknęła klapą fortepianu i wybiegła z motelu, który stawiał ojciec, i pognała wzdłuż autostrady. Wujek Buddy nic nie mówił, tylko pogwizdywał z cicha. Po jakie licho to pamiętać?

Przypomniałam sobie bezcenną zasadę, którąś gdzieś przeczytałam: Matka ma obowiązek być zawsze wesoła. Skoro mam być wesoła, to mam psi obowiązek oglądać dzieła geniuszy i nie przejmować się kompozycją i „Wędkarstwem dla Zaawansowanych".

Kambei to samuraj 1. Zaczyna rekrutację.

Wybiera samuraja z ulicy. Każe chłopu Rikichiemu, żeby go przyprowadził. Katsushiro ma stanąć za drzwiami i walnąć pałką w głowę wchodzącego samuraja. Kambei siada w chacie i czeka na rozwój wypadków.

Samuraj wchodzi i odbija cios pałki. Katsushiro ląduje w kącie chaty. Kambei rozmawia z samurajem, lecz ten nie jest zainteresowany jego propozycją.

Kambei wybiera innego samuraja.

Katsushiro staje z pałką za drzwiami. Kambei siada i czeka.

2. podchodzi do drzwi. Przeczuwa podstęp. Ze śmiechem zostaje na ulicy.

Gorobei: Wiem, ile cierpią chłopi, ale nie robię tego dla nich. Pójdę przez wzgląd na ciebie.

Mówię do L: Kurosawa dostał nagrodę za jeden ze swoich poprzednich filmów. To był „Rashomon", o kobiecie zgwałconej przez bandytę. Czworo świadków przedstawia to zdarzenie cztery razy, na cztery różne sposoby. W „Siedmiu samurajach" poszedł jeszcze dalej. Historię opowiada raz, ale z ośmiu punktów widzenia. Przez cały czas musisz być czujny, jeśli chcesz wiedzieć, co jest prawdą, a co nosi tylko znamiona prawdy.

L odpowiada: Uhm. Mruczy pod nosem strzępki japońskich słów i głośno czyta napisy.

3. nie musi brać udziału w próbie. Kambei go zna; to jego dawny przyjaciel, Shichiroji. Poszedłby za nim w ogień.

Gorobei znajduje 4. rąbiącego drewno na opał. Heihachi chce w ten sposób zapłacić za miskę ryżu. Nie jest zbyt dobrym szermierzem, ale nadrabia to pogodą ducha.

Kambei i Katsushiro widzą dwóch samurajów odzierających liście z bambusa. To przygotowania do bezkrwawego pojedynku.

Rozpoczyna się walka. A zamiera w bezruchu z kijem w dłoniach. B unosi swoją broń nad głowę i wydaje głośny okrzyk.

A miękkim kolistym ruchem chowa kij za siebie i czeka. B biegnie w jego stronę.

A nagle podnosi kij i zadaje twarde uderzenie.

B: Remis.

Wygrałem.

Nieprawda.

Zginąłbyś w prawdziwej walce. [odchodzi]

Więc walczmy na prawdziwe miecze.

Zginiesz, jeśli użyję miecza. To nie ma sensu.

B dobywa miecza i nadal domaga się walki.

A dobywa miecza.

Zamiera w bezruchu.

B unosi swój miecz nad głowę i wydaje głośny okrzyk.

A miękkim kolistym ruchem chowa miecz za siebie i czeka. B biegnie w jego stronę.

A nagle podnosi miecz i zadaje cięcie. B pada martwy.

Chciałabym obejrzeć film do końca, ale wciąż na mnie czeka „Wędkarstwo dla Zaawansowanych". Mówię L, że muszę zejść na dół i włączyć termostat, ale że on może zostać w łóżku i oglądać dalej. Oczywiście od razu chce iść ze mną. Mówię Nie rozumiesz, że potrzeba nam 150 funtów na czynsz i 60

funtów na podatki, a to już łącznie 210 funtów. Zarabiam 5,50 funta brutto na godzinę, a zatem 210 funtów podzielone przez 5,50 to około czterdziestu...
38,1818
38,1818 dobrze
18181818181818
sęk w tym
181818181818181818181818181818
że przez następne cztery dni muszę popracować po dziesięć godzin dziennie. Jeśli oddam dyskietki w poniedziałek, w piątek dostanę wypłatę, zapłacimy dwa rachunki i jak do tego, co zostanie, dodamy jeszcze 22,62 funta, które mamy w domu, to wystarczy nam na jedzenie.

Mistrz miecza nie lubi zabijać. Chce jedynie doskonalić swoją sztukę.

Przy tobie nie mogę pracować. Wiem, że na pewno nie chcesz mi przeszkadzać, ale to robisz.
Ja też chcę pracować.
Wciąż zadajesz pytania.
Obiecuję, że już nie będę.
Zawsze tak obiecujesz. Zostań tutaj i oglądaj „Siedmiu samurajów", a ja zejdę na dół i popiszę
NIEEEEEEEEEEEEEEEEE

Kambei nie chce, żeby Katsushiro szedł z nimi. Nie możemy zabrać dzieciaka. Rikichi prosi Weźmy go panie. Gorobei mówi To przecież nic innego jak dziecinna zabawa. Heihachi mówi Dorośnie gdy potraktujemy go jak dorosłego.

Przykro mi, ale mam robotę. Jeśli wolisz po prostu siedzieć w łóżku, to nie musisz oglądać „Siedmiu samurajów". Mam wyłączyć magnetowid?

NIEEEEEEEEEEEEEEEE

Kambei ulega prośbom. 5. jeszcze nigdy nie walczył.

Jak chcesz. Później do ciebie przyjdę.
Pójdę z tobą BŁAGAM
Niestety
NIEEEEEEEEEEEEEEEEEE
NIEEEEEEEEEEEEEEEEEE

6. staje w drzwiach. Mistrz miecza jednak dołączył do grupy. Nikt nie wie, dlaczego Kyuzo zmienił zdanie.

BŁAGAM pójdę z tobą BŁAGAM BŁAGAM BŁAGAM
OBIECUJĘ że nie będę cię o nic pytał OBIECUJĘ
Nie.

Zeszłam na dół, włączyłam komputer i przepisałam rozdział o wędkowaniu w sitowiu i jeszcze jeden o przynętach. Przez całą godzinę słuchałam, jak L wyje na górze, zagłuszając samurajów. Wreszcie nie wytrzymałam.

Poszłam na górę i powiedziałam Zgoda, możesz zejść na dół. Dalej płakał w poduszkę.

Wzięłam pilota i wyłączyłam magnetowid. Przytuliłam L pocałowałam go w głowę i powiedziałam Już nie płacz, zabrałam go na dół gdzie było cieplej i posadziłam obok piecyka gazowego. Spytałam Chcesz coś picia? Może herbaty? A może gorącej czekolady? Chciałbyś gorącej czekolady?

Powiedział: Tak, poproszę.

Zrobiłam mu gorącej czekolady i spytałam: Nad czym będziesz pracował?

Powiedział bardzo cicho: Nad Samuelem.

Powiedziałam: Dobrze. Wziął słownik, Tanach i „Gramatykę hebrajską Geseniusa" i zaczął czytać przy piecyku.

Wróciłam do komputera. Za plecami ciągle słyszałam szelest kartek. L sprawdzał słowo po słowie, ale o nic nie pytał.

Minęła godzina. Wstałam, żeby zrobić sobie herbaty, a wtedy powiedział: Mogę teraz o coś cię zapytać?

Oparłam: Oczywiście.

Więc zadał pytanie a potem następne a potem następne a po następnym sięgnęłam po Geseniusa, żeby zerknąć na tithpa'el. Znalazłam, czego szukałam, i odpowiedziałam mu na pytanie, a potem przekartkowałam książkę. Gdybym mogła, sama bym w tamtej chwili zapłakała w poduszkę. Z ciężkim sercem powoli przeczytałam słowa pocieszenia:

§ 49. *Wāw zwrotne przed formami perfectum lub imperfectum*

1. Spójnik wāw, łączący się także jako prokliktyka z formami czasownikowymi, co było szerzej wyjaśnione w rozdziale dotyczącym składni (por. str. 106–107, wiersz 47 od góry, punkt a), występuje przed formami perfectum lub imperfectum dla wyrażenia zwykłego stosunku łączności wiążącego razem czynności lub stany. Jednak znacznie częściej, w języku hebrajskim biblijnym, przed perfectum lub imperfectum spójnik ten wyraża pewne czasowe lub myślowe, logiczne następstwo danej czynności nadające jej zupełnie inne, zmienione znaczenie. Mianowicie formy perfectum z wāw mają znaczenie imperfectum i wyrażają czas przyszły, a formy imperfectum z wāw oznaczają perfectum i wyrażają czas przeszły.

Autor podręcznika opisywał tę cudowną gramatyczną przypadłość ze swoistym akademickim wdziękiem, być może nieco sztywnym, ale przepysznym, jak (na przykład) w przypisie: „Inne języki semickie nie zawierają tej osobliwości, może z wyjątkiem fenickiego, który jest najbardziej zbliżony do hebrajskiego i – oczywiście – moabickiego, z inskrypcji

Meszy". Zwykłe trzy słowa: „z wyjątkiem fenickiego" podziałały na mnie o wiele lepiej niż parogodzinna pogawędka z telefonem zaufania.

Tego rodzaju wāw nazywa się często *wāw consecutivum*, czyli wāw następstwa*, lub lepiej *wāw inversium*, czyli wāw zwrotne, gdyż w tych wypadkach spójnik ten wyraża między innymi następstwo czasowe lub logiczne, choć nie jest to jego główna i wyłączna funkcja. Nieraz bowiem wāw zwrotne, zwane także mocnym lub energicznym, wprowadza zmianę czasu i często zmianę akcentu.

Czułam się już nie najgorzej.

Skończyłam czytać ten paragraf i popatrzyłam jeszcze do rozdziału o składni, a potem jeszcze przeczytałam sobie to i owo i zanim się spostrzegłam, minęły dwie godziny. L siedział przy piecyku i podśpiewując cicho, czytał o Dawidzie i Jonatanie.

Dałam mu lunch i tak przeszły następne dwa kwadranse. Wróciłam do komputera i pisałam przez bite trzy godziny. Z rzadka odpowiadałam tylko na jakieś pytania. Potem zrobiłam

---

* Moim zdaniem ta nazwa dokładniej wyraża związek między wyrazami, ponieważ za pomocą *wāw consecutivum* można określić bezpośrednie lub czasowe następstwo jakiegoś działania. Ma to miejsce wówczas, gdy formy *perfectum* i *imperfectum* następują po czasowniku występującym w przeciwnym aspekcie, tzn. po formie *perfectum* jest wāw z *imperfectum*, a po *imperfectum* jest wāw z *perfectum*. Te formy z wāw występują przeważnie na początku zdania, gdyż normalnie czasownik hebrajski występuje na początku zdania. To, że jedne Księgi (Moj., Joz., Sędz., Sam., 2 Król., Ezech., Rut., Ester., Nehem., 2 Kron.) rozpoczynają się zdaniem z *wāw consecutivum*, a inne (1 Król., Ezdr.) ze zwykłym spójnikiem, dowodzi ich luźnego związku ze starszymi dokumentami. Z drugiej strony warto por. zupełnie odmienny początek ksiąg Hioba i Daniela. Przestarzała nazwa *wāw inversium*, czyli wāw zwrotne, sprowadza tę funkcję wyłącznie do zamiany czasów (przyp. autorki).

krótką przerwę i znów pisałam pół godziny. Zrobiłam przerwę na kolację i pisałam przez dwie godziny. O dziewiątej położyłam L do łóżka, zeszłam na dół o wpół do dziesiątej i pisałam przez trzy godziny. Wreszcie wróciłam na górę.

Było dość chłodno.

Nie mogłam rano zostawić go na górze, ale z drugiej strony nie mogłam zabrać go na dół.

Obcy szepnął: Czasem dobrze wysłuchać drugiej strony.

Obcy szepnął: To nie jest zły człowiek.

Nie chciałam zasnąć ze świadomością, że zaraz trzeba wstawać. Włożyłam trzy swetry i przewinęłam kasetę w magnetowidzie. PLAY.

Dziwna rzecz, film nosi tytuł „Siedmiu samurajów", a wcale nie opowiada o siedmiu samurajach. Bandyci szykują się do najazdu na wioskę, a tylko jeden chłop pali się do walki. Bez niego nie byłoby reszty bohaterów. Rikichi gorejącym wzrokiem spogląda na mnie z ekranu; jego blada twarz połyskuje w ciemnym, chłodnym pokoju.

Interludium

Ojciec mojej matki był jubilerem. Był przystojnym człowiekiem o niezwykle ostrym spojrzeniu i utalentowanym muzykiem-amatorem. Płynnie mówił po angielsku, ale zdawał sobie sprawę, że ma nie najlepszy akcent i że jest w tym coś komicznego.

Buddy nie chciał być księgowym. Ojciec spytał go: Zdajesz sobie sprawę, ile pracy potrzeba, żeby koncertować? Pięć lat uczysz się gry na skrzypcach, dodał. Grałeś chociaż pięć minut? Pięć lat fortepianu.

Coś błysnęło w oczach mojego dziadka i powiedziało Werner i du i mein Kind tonem pełnym czułości i autorytetu. Buddy mniej więcej rozumiał, o co chodzi, ale nie chciał się kłócić. Wspomniał pieśni Schuberta, wspomniał na Wagnera i wszystko, co chciał powiedzieć, trąciło melodramatem. Coś błysnęło w oczach mojego dziadka. Coś powiedziało Świat się nie zawali jak będziesz księgowym.

Coś błysnęło, gdy dziadek popatrzył na wujka Danny'ego. Coś błysnęło, gdy patrzył na wszystkie moje ciotki. Powiedziało Przecież nic się nie stanie jeśli zostaniesz sekretarką.

Linda oglądała to aż cztery razy, zanim przyszła jej kolej. W sumie nie zdarzyło się nic okropnego, a jednak żal brał, kiedy tak ginęli, właściwie na progu życia. To jakby coś, co mogło być kiedyś Heifetzem, zamknąć w ciele rachmistrza i pozwolić, by zdechło.

Błąd. Błąd. Błąd.

Mój ojciec nie owijał niczego w bawełnę. Z pasją oznajmił Lindzie, że powinna skorzystać z szansy, bo w przeciwnym razie będzie tego żałować przez całą resztę życia.

Nasz los został już przesądzony, powiedział mój ojciec. Chcesz do nas dołączyć? Mówił zdecydowanym tonem, wtrącając „szlag by trafił" i „cholera", co w tamtych czasach było naprawdę mocnym wyrażeniem, i miał w sobie coś twardego i męskiego zarazem.

Co myślisz? – zapytała Linda i popatrzyła na Buddy'ego.

Buddy powiedział: Moim zdaniem powinnaś spróbować.

– skoro mogła iść wszędzie, wybrała Juilliarda.

Mój ojciec powiedział: Oczywiście, że powinna spróbować. W południe będzie w Nowym Jorku. Linda oznajmiła na to: Mogłabym skłamać, że idę do śródmieścia po sweter. Całkiem niedawno powiedziała, że chciałaby nowy sweter.

Mój ojciec obiecał, że odwiezie ją na dworzec.

Buddy powiedział, że jedzie z nimi, żeby uniknąć zbędnych pytań.

Linda powiedziała: Jeśli ktoś o mnie spyta, powiedz, że poszłam po sweter.

Buddy powiedział: Jasne. Gdy spytają, powiem, że najpierw chciałaś się zabić, ale zaraz potem pomyślałaś o swetrze. Chyba lepiej będzie, jak jednak pojadę z wami.

Linda powiedziała, że w zasadzie powinien z nią pojechać do Nowego Jorku. Ktoś przecież musi nieść wiolonczelę.

Buddy spytał: A po co ci wiolonczela?

Linda powiedziała: Na przesłuchanie.

Buddy powiedział: Jak cię obleją z gry na fortepianie, to ci nie pomoże nawet wiolonczela.

Linda powiedziała: Nie mów mi, co mam robić

i zaczęli się kłócić, a mój ojciec po prostu stał i patrzył. Moja matka była przekonana, że sam fortepian to za mało, żeby dostać się do Juilliarda. Gdyby przywiozła więcej instrumentów, od razu by poznali, że zna się na muzyce.

Nikt z Konigsbergów nie lubił fortepianu, bo tu wszystkie nuty były przyklejone na stałe do klawiatury. Były tam kiedy odchodziłeś i były kiedy wracałeś. Nuda, nawet czterolatek dałby sobie radę (tak jak w ich przypadku). Tak samo nie lubili grać prima vista. To chyba najbardziej męczące ćwiczenie na fortepian (bo zdarza się, że trzeba zagrać dziesięć nut jednocześnie), dziesięć razy trudniejsze niż w przypadku mniejszych instrumentów. Żadne z Konigsbergów nie grało na fortepianie, jeśli w zasięgu ręki znalazło się coś mniejszego, ale moja matka była z nich najmłodsza i nie miała na kogo zrzucić tego brzemienia. Może to dziwne, że najmłodsze dziecko dostało najtrudniejszą rolę, ale czworo rodzeństwa, i ojciec, i matka, zgodnym chórem stwierdzili, że w razie kłopotów, zawsze może przecież zagrać coś ze słuchu. Nie chcę przez to powiedzieć, że nigdy nie nauczyła się grać na skrzypcach, altówce albo wiolonczeli (pomijąwszy flet, gitarę, mandolinę i ukulele) – po prostu nie miała szansy.

Zdaniem Buddy'ego, jej poziom znajomości instrumentów strunowych był zbyt mały, by mogła myśleć o Juilliardzie. Linda odparła A skąd wiesz? i spytała Kiedy ostatnio mnie słuchałeś?

W pierwszym odruchu chciała dać koncert na wszystkim, ale potem zgodziła się tylko na skrzypce, bo mogła zagrać parę trudniejszych kawałków, altówkę, ponieważ ta lepiej dźwięczała, mandolinę, bo to naprawdę rzadki instrument, i flet, bo nigdy nie zaszkodzi pokazać innym ludziom, że się gra na flecie.

Buddy: I powiesz im, że chcesz, żeby cię przesłuchali w klasie fortepianu.

Linda: Nie mów mi, co mam robić.

Mój ojciec: To znaczy, że nie zamierzasz zagrać na fortepianie? Nie chcesz, chociaż masz fantastyczny talent? A to co przed chwilą grałaś? Niedobre na egzamin?

Linda: Znasz się na muzyce?

Mój ojciec: Nie bardzo.

Linda: To się nie wtrącaj.

Mój ojciec powiedział: Zbierajmy się, jeśli chcesz zdążyć na pociąg.

Buddy znowu powiedział, że pojedzie z nimi a Linda powiedziała że może przecież skłamać że wyszła po sweter i dlaczego zawsze jest taki uciążliwy a Buddy odpowiedział owszem po sweter ze skrzypcami altówką fletem i mandoliną pod pachą ot tak na wszelki wypadek i że chyba lepiej będzie jak pojedzie z nimi.

Mój ojciec powiedział, że to dobrze się składa, bo chciał z nim porozmawiać. Pojechali zatem we trójkę.

Linda wsiadła do pociągu. W jednym ręku trzymała pudło ze skrzypcami i pudło z altówką, w drugiej mandolinę i swoją torebkę, a flet miała pod pachą.

Pociąg ruszył i mój ojciec odezwał się do Buddy'ego: Śmieszny z niej dzieciak. Zawsze myślałem, że muzyk zabiera jakieś nuty na egzamin, albo coś takiego.

Buddy powiedział: O mój Boże.

Było już jednak za późno, żeby to naprawić, a Linda zawsze mogła coś kupić w Nowym Jorku, więc weszli do pobliskiego baru i mój ojciec powiedział: Kupmy ten motel.

Buddy spytał: A jeśli ten facet kłamał?

Mój ojciec powiedział: Jeśli kłamał, będziemy mieli całkiem spory kawałek marnej nieruchomości. Z drugiej strony, babcia Randolph zamieszka z owdowiałą córką i resztę życie spędzi pod słońcem Florydy, więc przynajmniej ona będzie w pełni szczęśliwa.

Pod słońcem Florydy, powiedział Buddy.

Pod słońcem Florydy, powiedział mój ojciec.

Mój ojciec i Buddy uznali, że najlepiej będzie, gdy zaraz dobiją targu. Pojechali samochodem ojca. Buddy prowadził, a mój ojciec spał na tylnym siedzeniu.

Moja matka tymczasem dotarła do Juilliarda. Wkroczyła do kancelarii i zażądała przesłuchania. Nie było to wcale łatwe.

Powtarzano jej wielokrotnie, że najpierw powinna wypełnić właściwe dokumenty, a potem ustalić termin egzaminu. Nie chciała ustąpić. Powiedziała, że przyjechała tu aż z Filadelfii. Była bardzo zdenerwowana, ale miała wewnętrzne przekonanie, że wszystko pójdzie dobrze, jak tylko komuś zagra.

Wreszcie do biura wszedł jakiś szary człowiek w krawacie, przedstawił się i powiedział, że zaraz znajdzie jakąś wolną salę. U Juilliarda mieli terminy, przepisy i papiery, ale ludzie są jednak wszędzie tacy sami: uwielbiają romantyczne historie. Pokochali zatem opowieść o młodej utalentowanej dziewczynie, która wsiadła do pociągu w Filadelfii, przyjechała do Nowego Jorku i wprost z ulicy weszła do konserwatorium. Tak więc moja matka (ze skrzypcami, altówką, mandoliną, torebką i fletem) znalazła się w przestronnej sali z ogromnym fortepianem. Szary człowieczek usiadł na krześle, założył nogę na nogę i czekał.

W tym momencie moja matka uświadomiła sobie, że o czymś zapomniała.

Popędzana przez mojego ojca wyszła tak jak stała. W podnieceniu nie wzięła nut ani ćwiczeń i teraz najzwyczajniej w świecie nie miała z czego zagrać.

Niektórzy ludzie na jej miejscu zemdleliby z przerażenia. Konigsbergowie co dzień przeżywali jakąś muzyczną katastrofę. Ich motto brzmiało: Zawczasu nie umieraj.

Co pani mi zagra? – spytał szary człowieczek.

Linda wyjęła skrzypce z futerału. Powiedziała, że wszystkie nuty zostawiła w pociągu, ale że zagra partitę Bacha.

Zagrała partitę Bacha, a szary człowieczek w milczeniu patrzył na swoje kolano. Kiedy z dwiema małymi pomyłkami przebrnęła przez sonatę Beethovena, patrzył na swoje kolano.

A teraz co mi pani zagra? – spytał bez komentarzy.

Linda spytała: Chciałby pan posłuchać, jak gram na altówce?

Człowieczek: Jeśli pani będzie łaskawa, z przyjemnością posłucham.

Linda odłożyła skrzypce do futerału i wyjęła altówkę. Zagrała smętną sonatę na altówkę solo, której się nauczyła już parę lat temu. Jedną z tych, które w pierwszej chwili są trudne do zapamiętania, a które często są bardzo chytrze pisane na altówkę. Linda nawet się bała, czy ją sobie przypomni, ale jak już zaczęła, dalej poszło gładko. Po pierwszej powtórce zapomniała, co dalej, więc zagrała raz jeszcze, żeby zyskać na czasie. Wykonała nowe andante na miejsce starego (ale na szczęście utwór był tak zagmatwany, że egzaminator chyba się nie połapał). Poza tym poszło jej zupełnie nieźle.

Szary człowieczek patrzył na swoje kolano.

Powiedziała: Chyba ma pan już ogólny pogląd na moje umiejętności. Chce pan, żebym grała dalej?

Powiedział: Chyba mam już ogólny pogląd na pani umiejętności.

Powiedziała: Może zagram na mandolinie?

Powiedział: Jeśli pani sobie życzy.

Zagrała kilka krótkich utworów Beethovena i Hummla, żeby dać mu ogólny pogląd na jej umiejętności, a potem sięgnęła po flet, żeby udowodnić, że umie też grać na flecie.

Słuchał bez słowa, później popatrzył na zegarek i spytał: Chce mi pani jeszcze coś zagrać?

Powiedziała: Umiem także grać na wiolonczeli, na gitarze i na ukulele, ale zostawiłam je w domu.

Powiedział: Który z tych instrumentów zna pani najlepiej?

Powiedziała: To trudne pytanie. Mój nauczyciel wiolonczeli twierdzi, że rokuję niemałe nadzieje. Każdy dureń potrafi zagrać na gitarze, a od gitary to już tylko krok do ukulele. Tak że nie wiem...

Muzyk musi w sobie wyrobić szósty zmysł, żeby poprawnie ocenić nastrój publiczności. Moja matka wyczuła, że jej audytorium nie jest zachwycone.

Człowieczek w krawacie znowu popatrzył na zegarek, wstał, przeszedł się po sali i powiedział: Niestety, jestem umówiony...

Mogę zagrać coś na fortepianie, powiedziała z ociąganiem i dodała energicznie: Cygan zawinił, kowala powiesili!

Czas mnie goni, powiedział człowieczek, ale usiadł na krześle, założył nogę na nogę i popatrzył na swoje kolano.

Moja matka podeszła do fortepianu i usiadła. Co prawda nie ćwiczyła, ale przez ostatni tydzień 217 razy grała Preludium d-moll Chopina, numer 24. Po raz 218. zaczęła grać Preludium d-moll Chopina, numer 24 i po raz 1. człowieczek oderwał wzrok od kolana.

Powiedział: Wolałbym usłyszeć raczej coś innego.

Powiedział: Chce pani, żebym przyniósł nuty? Na pewno znajdzie się coś w bibliotece.

Pokręciła głową. Musiała coś zagrać. Zaczęła grać „Sonatę księżycową". Było to dziwne. Dziwne, że nie grała po raz 219. Preludium d-moll Chopina, numer 24.

Zagra pani coś jeszcze? – zapytał człowieczek.

Zaczęła grać intermezzo Brahmsa. Tym razem nie czekała na następne pytanie i od razu przeszła do kolejnych utworów. W miarę upływu czasu grała z coraz większą pasją, aż palce migotały jej po klawiaturze.

W połowie frazy człowieczek wstał i powiedział To wystarczy.

Po skrzypiącym parkiecie podszedł do fortepianu. Powtarzał Nie, nie, nie, nie, nie. Moja matka była przekonana, że przerwał jej, bo zbyt często improwizowała, żeby ukryć luki w pamięci.

Nie nie nie nie, powiedział, stając tuż przy niej.

Nie można grać w ten sposób.

Powiedział: Pani dłoniom brakuje ciężaru.

Linda zdjęła dłonie z klawiatury. Nic nie rozumiała. A on powiedział: CZUJE pani napięcie w nadgarstkach? Musi pani grać całą ręką. Nie z nadgarstka. Niech się pani rozluźni, bo w przeciwnym razie nigdy pani nie przejmie kontroli nad ciałem.

Kazał jej zagrać całą skalę C-dur i przy pierwszym trójdźwięku powiedział Nie. Każdą nutę ma pani grać całą ręką. Kazał jej nie przejmować się błędami.

Ktoś zapukał do drzwi i zajrzał do sali, a on powiedział Nie teraz.

Stał tak przez godzinę, a jej zręczna dłoń głupio popukiwała w białe klawisze.

W końcu kazał jej przerwać. Pokazał proste ćwiczenie i powiedział: Musi pani grać to właśnie w ten sposób przez cztery godziny dziennie w ciągu dwóch miesięcy. Potem niech pani zagra jakiś ulubiony utwór, ale proszę pamiętać o luźnym ramieniu. Jeżeli to się pani nie powiedzie, to proszę wrócić wyłącznie do ćwiczeń. Zresztą wciąż musi pani ćwiczyć; dwie godziny przed każdym utworem.

Powiedział: Proszę zacząć od samego początku. Może za rok będzie pani w stanie mi coś pokazać. Nie obiecuję, że panią przyjmę, lecz obiecuję, że posłucham.

Powiedział: Myśli pani, że taka obietnica nie jest warta roku wyrwanego z życia.

I powiedział: Być może ma pani rację, ale nic więcej nie jestem w stanie zrobić.

Moja matka uścisnęła mu rękę i grzecznie podziękowała.

Zapytała: A skrzypce? Też mam ćwiczyć?

Szary człowieczek roześmiał się i powiedział Nie sądzę. Dodał, że jego rady nie dotyczą altówki, mandoliny i fletu.

Powiedział: Rubinstein nigdy nie grał na flecie i wcale mu to nie przeszkadzało.

Powiedział: Nie wiem, kto panią uczy, ale... Skąd pani przyjechała? Z Filadelfii? Proszę zadzwonić pod ten numer i powołać się na mnie. Ale tylko wówczas, jeśli ma pani zamiar naprawdę popracować. W przeciwnym razie mój znajomy mógłby się na mnie obrazić... Najlepiej będzie przesunąć to spotkanie o jakieś dwa miesiące. Poćwiczy pani, sprawdzi, czy to właściwy wybór – i podejmie decyzję.

Zapisał na kartce nazwisko i numer telefonu. Linda schowała kartkę do torebki. Spytała, czy może ćwiczyć w tonacji B-dur. Roześmiał się i powiedział, że połowę ćwiczeń może wykonywać w tonacji B-dur, pod warunkiem, że rozluźni rękę.

Podziękowała mu ponownie, wzięła skrzypce altówkę mandolinę torebkę i flet i wyszła.

Po chwili stała na ulicy i spoglądała w górę na budynki. Było wczesne popołudnie.

Gdyby przyjęli ją do Juilliarda, pojechałaby na szczyt Empire State Building i popatrzyła w dół na pokonane miasto. Cały Nowy Jork leżałby u jej stóp.

Teraz nie chciała jechać na Empire State Building, więc poszła pod hotel Plaza, żeby obejrzeć fontannę, w której nago tańczyli Fitzgerald i Zelda. Opowiadała później, że stała przy fontannie, trzęsła się i płakała, a jednocześnie był to dla niej najszczęśliwszy dzień życia. Jeśli jesteś najmłodszym z piątki dzieci, nikt nie traktuje cię poważnie. A tu poważny muzyk kazał jej poważnie ćwiczyć jedno małe ćwiczenie przez cztery godziny dziennie! Jeśli w Juilliardzie tak cię potraktują, to nawet ojciec nie ma nic do gadania. Cud sprawi, że ona jedna z całej rodziny naprawdę zajmie się muzyką.

W głębi ducha chciała być śpiewaczką, ale od czegoś musiała zacząć.

Zaczęło padać, więc poszła do Saksa przy Piątej Alei, żeby popatrzeć na swetry. Potem wróciła na dworzec i wsiadła do pociągu do Filadelfii.

Przyszła do domu, o wszystkim opowiedziała i nikt jej nie zrozumiał.

Co on tam wie? spytał mój dziadek. Kto o nim słyszał? Dlaczego nikt go nie zna, skoro jest takim geniuszem, hę?

Muszę ćwiczyć, powiedziała moja matka i usiadła do fortepianu. Świeżo pamiętała o swojej sztywnej ręce niezgrabnie poruszającej się po klawiaturze. Położyła dłonie na klawiszach. Przez godzinę z salonu dobiegały upiorne i zgrzytliwe dźwięki. Wszystkie dzieci Konigsbergów od trzeciego roku życia radziły sobie z fortepianem. Nigdy nie ćwiczyły palcówek. Moi dziadkowie przez całe życie nie słyszeli nic okropniejszego.

Początkowo sądzili, że nie może być gorszej rzeczy niż Preludium d-moll Chopina, numer 24, grane trzydzieści razy dziennie. Teraz doszli do wniosku, że jednak mieli szczęście. Doszło nawet do tego, że babka spytała: Lindo, dlaczego nam nie zagrasz swoich ulubionych utworów? Były bardzo ładne.

Moja matka odpowiedziała, że przez dwa miesiące musi ćwiczyć palcówki.

A tymczasem wszyscy domownicy zachodzili w głowę, co się stało Buddy'emu, który bez pożegnania odjechał w siną dal ze swoim przyjacielem.

Moja matka powiedziała, że prawdopodobnie wybrali się do śródmieścia po sweter.

Moja matka ćwiczyła dzień w dzień, godzinami. Było to zabójcze dla rąk i dla uszu. Wszyscy sądzili, że się podda. Mijały dni, a z salonu wciąż dobiegały jęki.

Nie umiała niczego innego.

Z perspektywy czasu wizyta u Juilliarda wprawiała ją w zakłopotanie. Szczególnie ją prześladowała sonata na altówkę z trzema powtórkami i nowym andante. Dobrze chociaż, że nie próbowałam śpiewać, myślała. Po trzech tygodniach ćwiczeń doszła do wniosku, że już nigdy bez strachu nie stanie do przesłuchania.

Wujek Buddy i moja matka kochali operę, więc całkiem zrozumiałe, że chcieli śpiewać. Nie wiedzieli tylko, co trzeba zrobić, żeby zostać śpiewakiem.

Wyobrażali sobie, że muszą iść do szkoły, do której nie trafia każdy Tom, Dick i Harry. Najpierw musisz grać dobrze na różnych instrumentach, a potem możesz zacząć śpiewać. Po przesłuchaniu moja matka zaczęła podejrzewać, że jednak jest inaczej. Skoro taka pustynia nudnych i jałowych ćwiczeń rozpościerała się przed fortepianem, to co mówić o śpiewie i innych instrumentach?

Ćwiczyła nadal. Nie należała do szkolnego chóru, bo tam większość czasu zabierały próby do jasełek na święta Bożego Narodzenia. Co się robi, żeby być śpiewaczką?

Ćwiczyła, bowiem u Juilliarda wyraźnie jej powiedzieli, że powinna ćwiczyć grę na fortepianie.

Pewnego dnia moja babka weszła do salonu. Powiedziała Wiesz przecież że twój ojciec chce dla ciebie jak najlepiej. Powiedziała Doprowadzasz go do rozstroju, myślisz że normalny człowiek wytrzyma coś takiego? Powiedziała Posłuchaj. Nie musisz zaraz decydować. Grałaś już dwie godziny, na jeden dzień wystarczy, pojedź ze mną do miasta i pomóż mi wybrać bluzkę na prezent dla twojej siostry.

Poszły do sklepu. Babka kupiła mojej matce sukienkę za 200 dolarów i jeszcze jedną sukienkę za 250 dolarów i kapelusz i jeszcze jeden kapelusz, który lepiej wyglądał, i parę pantofelków stosownych do kapelusza. Wróciły do domu, a mój dziadek zaproponował mojej matce wycieczkę na Florydę. Odmówiła. Wróciły na zakupy i moja babka kupiła mojej matce sześć kaszmirowych swetrów w pastelowych odcieniach.

Babka przychodziła ciągle, kiedy moja matka próbowała ćwiczyć, więc moja matka ciągle się wkurzała. A było tak:

Mój dziadek wyjechał z Wiednia w 1922 roku, osiadł w Filadelfii i wiodło mu się całkiem dobrze. Co prawda miał tu mniejszy dostęp do swojej ukochanej muzyki, ale poza tym nie narzekał. Ożenił się i bez szwanku przeczekał lata kryzysu. Z handlowego punktu widzenia nawet wojna się przydała, bo wyraźnie wzrósł popyt na ślubne obrączki. Z innych punktów widzenia wojna zmieniła jego punkt widzenia.

Reszta rodziny nadal żyła w Austrii. Kiedy jesteś jubilerem, wszyscy myślą, że śpisz na złocie. Pewnego razu przyszedł list, chyba nawet od kogoś, za kim dziadek nigdy nie przepadał. Jak tam było naprawdę, to dokładnie nie wiem, dość na tym, że mój dziadek wysłał potem parę tysięcy dolarów tytułem poręczenia. Od tamtej pory prowadził rozległą korespondencję. Powiedzmy, że ktoś ma dyplom inżyniera, przez rok wykłada na politechnice i nagle mówi, że z końcem semestru musi zrezygnować z pracy, bo studenci pochodzenia aryjskiego brzydzą się kontaktów z pariasami. Mówi także, że przez pewien czas obijał się wśród techników z niższym wykształceniem, ale ostatnio dostał propozycję podjęcia wykładów na amerykańskiej uczelni. Piszesz więc w jego imieniu do Departamentu Stanu, a Departament Stanu uprzejmie odpowiada, że na tę posadę wymagane są minimum dwa lata praktyki wykładowczej. Piszesz więc odwołanie i trwa to miesiącami, aż wreszcie wysyłasz list do wspomnianego kandydata i nie dostajesz żadnej odpowiedzi.

Pan Konigsberg nie lubił się nad tym rozwodzić, ale gdy któreś z jego dzieci chciało zostać muzykiem, powiadał: Nigdy nie wiadomo, co się w życiu zdarzy. Mówił też: Świat się nie zawali jak będziesz księgowym. Mówił: Przecież nic się nie stanie jeśli zostaniesz sekretarką.

Rzeczy, o których nie mówił, podobno były tak okropne, że nie należało się nad nimi rozwodzić. I oczywiście świat się nie zawalił, gdy jedna czy druga z Konigsbergów została sekretarką. Linda patrzyła na to cztery razy, więc mogła się przyzwyczaić. Teraz jednak wyszło na jaw, że postępowanie pana Konigsberga nie miało nic wspólnego z tym, czy maccarthyzm był w istocie antysemityzmem, skrywającym prawdziwe cele pod płaszczykiem polowania na komunistów, i czy należało raz-dwa uciekać do Brazylii lub Kanady. W rzeczywistości ojciec Lindy nie potrafił w swoim otoczeniu znieść osób, które ćwiczyły w myśl zasad obowiązujących w najlepszym konserwatorium w kraju. Jeśli chcesz zniszczyć komuś życie, proszę bardzo. Jeśli chcesz w domu powtórki „Dźwięków muzyki", PROSZĘ BARDZO. Ale nie zwalaj wszystkiego na Hitlera.

Potem Buddy wrócił z ateistą. Ateista powiedział, że niedawno kupili fortepian do motelu i że Linda może tam ćwiczyć. Linda zapytała, czy to nie będzie przeszkadzać gościom. Ateista odpowiedział, że goście do motelu przyjeżdżają późnym wieczorem, zmęczeni długą drogą, i odjeżdżają o świcie. To właśnie jest piękne w motelach. Dodał z uśmiechem, że w razie czego zabierze ją do „Heleny" i nauczy grać w bilard, więc będzie coś umiała.

Moja matka czasem ćwiczyła, ale różnie się działo, więc czasem nie ćwiczyła. Rada szarego człowieczka była po trochu przekleństwem. Nie ćwiczyła codziennie, więc mogła wcale nie ćwiczyć. Z biegiem czasu ćwiczyła coraz mniej albo wcale.

Są chwile, kiedy myślę, że mogło być inaczej. Gieseking nie grał gamy, a Glenn Gould w ogóle rzadko ćwiczył. Wystarczyło, że popatrzył w nuty i myślał myślał myślał. Gdyby szary człowieczek powiedział wróć do domu i pomyśl, wywołałoby to podobną rewolucję w rodzinie Konigsbergów. Może nawet zamierzał to powiedzieć? Nie można jednak w godzinę wytłumaczyć komuś, jak myśleć; uciekł się więc do ćwiczenia. Ciche myśli na pewno nie przeszkadzałyby dziadkowi. Nie kazałby mojej matce cieszyć się muzyką i tym samym nie wygnałby jej z domu. I wszystko mogło być inaczej.

II

Prawdziwy samuraj nigdy się nie upija. Mógł odbić cios, skoro twierdzi, że jest taki zręczny.

Przywódca samurajów, w chwili kiedy samozwaniec
próbuje przyłączyć się do sześciu

Nic dziwnego, że w Hollywood powstała nowa wersja „Siedmiu samurajów", bowiem jest to film bliski westernowi, choćby w tym, że przedstawia grupę dzielnych zabijaków.

David Thompson
„Biograficzny słownik filmowy"

Nigdy nie wysiedliśmy
na Sloane Square, żeby pójść
do Nebraska Fried Chicken

Właśnie stanęliśmy na Motel Del Mar, inaczej Aldgate. Jedziemy linią Circle, w kierunku przeciwnym do ruchu wskazówek zegara. Ściany peronu pokryte są turkusową glazurą, z liliowymi brylancikami na kremowej kresce. Zestaw kolorów, który kojarzyłam z zawiniętymi w papier mydełkami i maleńkimi ręcznikami z wyszytą kotwiczką. Co to za dzieciństwo dla tego dzieciaka. Nigdy nie był w Daytona.

Co dzień jeździmy linią Circle, żeby nie marznąć. Piszę nocami, kiedy L zaśnie, ale przecież nie mogę włączać piecyka prawie na całą dobę. L tego nie lubi, bo nie pozwalam mu zabierać Cunliffe'a. Kiepsko.

Pamiętam, jak dziesięć lat temu – albo osiem – czytałam w metrze X księgę „Etyki nikomachejskiej" i pociąg stanął na Baker Street. Przez okna prześwitywało miękkie i urocze przyćmione światło o barwie sepii. Było około jedenastej; wokół panowała idealna cisza. Pomyślałam: Tak... żyć życiem umysłu to najprawdziwsza forma szczęścia. Nawet wtedy dzieła Arystotelesa nie były dla mnie kwintesencją uczty intelektualnej, ale można przecież dotrzeć do umysłu, nie czytając Arystotelesa. Jeśli już miałabym coś czytać, wybrałabym „Tradycję semantyczną od Kanta do Carnapa".

Dzisiaj to absolutnie niemożliwe, bo L co chwila wyskakuje z jakimś ważnym pytaniem. Jest w złym humorze, bo nie lubi pytać. Jeszcze trochę, a jutro mu pozwolę zabrać słownik

Homera. James Mill opisał całe dzieje Indii w przerwach pomiędzy zajęciami z małym Johnem – no, ale on nie musiał pchać przed sobą wózka dla bliźniaków z małą biblioteką, małym chłopcem, Ohydem, Człekoptakiem Młodszym i Gryzem. Miał do pomocy żonę, służbę i ogień w kominku, a i tak często tracił cierpliwość. Ohyd to pluszowy goryl prawie metrowego wzrostu, Człekoptak to o jedną trzecią mniejszy żółw ninja, przez fabrykę mylnie zwany Donatellem, a Gryz to gumowa myszka długości dwóch centymetrów, tak zaprojektowana, że się gubi trzydzieści do czterdziestu razy dziennie.

L wzbudza sensację, nawet gdy jest grzeczny. Niektórzy z pasażerów pół żartem, pół serio strofują go, że maże w książce. Inni wybałuszają gały, kiedy widzą, że czyta. Nie wiedzą, że tak nie wolno. Dzisiaj podszedł do nas jakiś rozbawiony facet i powiedział: Nie możesz mazać po książce.

L: Dlaczego?
Żartowniś: Może później ktoś będzie chciał ją przeczytać.
L: Ale to ja ją czytam.
Dureń mruga do mnie jak idiota: Naprawdę? A o czym czytasz?
L: Właśnie doszedłem do miejsca, kiedy są w krainie zmarłych. Potem ona ich zmieni w świnie a potem staną przed władcą wiatru i zaostrzą pal w ogniu i wbiją go w oko Cyklopa bo on miał tylko jedno oko więc ślepy nie mógł ich widzieć.
Czas nie oszczędzał ciała, lecz mózg pozostał na poziomie szóstej klasy: Źle postąpili, prawda?
L: Skoro on chciał ich pożreć, to nie mieli wyboru. W samoobronie wolno nawet zabić.
Zwolnamyślący (wybałusza gały): O kurtka na wacie!
L (pięćsetny raz dzisiaj): Co to znaczy?
Zwolna: To znaczy, że to cudowne. (Do mnie) Zastanawiała się pani kiedyś, co to będzie, jak on pójdzie do szkoły?
Ja: Ze wzruszeniem.

Ten co tylko chciał pomóc: Niech się pani ze mnie nie nabija.
L: To niezbyt trudny język. Nasz alfabet powstał na bazie greki, więc zbytnio się nie różnią.

W tym momencie Ten nie tylko gapi się jak sroka w gnat na małoletniego homerytę. Patrzy też na mnie w taki sposób, jakby chciał spytać, czy może usiąść obok.

Pociąg staje na stacji Embankment. „Nie ma wyjścia!", krzyczę i wybiegam na peron, popychając przed sobą wózek.

L wyskakuje za mną i biegnie na schody z napisem „Nie ma wyjścia". Pędzę za nim, typowa matka pędząca za dzieckiem. Chowamy się za rogiem, dopóki pociąg nie odjedzie. Potem wracamy na peron i kupuję torbę fistaszków.

Rzecz jasna L nie czyta wciąż Odysei. W wózku są także: „Biały Kieł", „Wikingowie", „Tar-Kutu – pies z mroźnej Północy", „Marduk – pies z mongolskich stepów", „Pete – czarny pies z Dakoty", „MIĘSOŻERCY I MYŚLIWI: WIELKIE KOTY" i „Chatka Puchatka". „Białego Kła" przeczytał ostatnio trzy razy. Czasami wysiadamy i biega po peronie. Czasami liczy do stu w rozmaitych językach i po prostu wodzi wzrokiem po wagonie. Ale Odyseję czyta wystarczająco często, żebym mogła wśród pasażerów londyńskiej linii Circle przeprowadzić ankietę o dzieciach i grece.

Cudo: 7

O wiele za młody: 10

Tylko udaje, że czyta: 6

Wspaniały pomysł. Etymologia pomaga w ortografii: 19

Wspaniały pomysł. Języki fleksyjne są pomocne w języku programowania: 8

Wspaniały pomysł. Trzeba znać klasyków, żeby lepiej poznać angielską literaturę: 7

Wspaniały pomysł. Greka bardzo pomaga w zrozumieniu Nowego Testamentu. Wielbłąd i ucho igielne to najlepszy przykład błędnego przekładu słowo w słowo: 3

Zgroza. Filologia klasyczna w systemie nauczania powoduje głębokie podziały w społeczeństwie: 5

Zgroza. Nauka języków martwych odciąga ludzi od przedmiotów ścisłych i powoduje kryzys przemysłowy i zanik konkurencji w Brytanii: 10

Głupota. W tym wieku powinien biegać za piłką: 1

Głupota. Powinien raczej zająć się hebrajskim i poznać swoje żydowskie korzenie: 1

Rewelacja! Szkoda, że ortografii i gramatyki praktycznie nie uczą w szkołach: 24

(respondentów: 35; nie wiem: 1000?)

Och, mało nie zapomniałam:

Wspaniały pomysł. Homer pisze cudowną greką: 0
Wspaniały pomysł. Greka to piękny język: 0

I jeszcze:

Wspaniały pomysł, ale jak pani zmusiła do nauki tak maleńkie dziecko?: 8

Gdzieś czytałam, że Sean Connery porzucił szkołę w wieku lat trzynastu, a potem z upodobaniem czytywał Prousta i „Finnegans Wake", więc marzyłam, że pewnego razu spotkam w metrze kogoś, kto też zwiał ze szkoły i z zachwytem pochłaniał książki (nie troszcząc się o naukę). Niestety, wszyscy uciekinierzy byli czymś zajęci.

Słuchając niektórych rad, miałam szczerą ochotę powiedzieć:

Wie pan (pani) miałam z tym CHOLERNY dylemat. Głowiłam się całymi TYGODNIAMI co zrobić z tym fantem. Wreszcie dzisiaj rano wpadłam na znakomity pomysł: wsiądę do METRA i poczekam, aż ktoś da mi dobrą radę. Jestem przekonana, że pan (pani) powie mi, co robić. BARDZO dziękuję. Nie wiem, co bym zrobiła, gdybyśmy się nie spotkali...

Jak dotąd, na trzydzieści pięć podejść trzydzieści cztery razy zapanowałam nad pokusą. Pas mal.

A kiedy się powstrzymuję, mówię po prostu (całkiem zgodnie z prawdą) tego się nie spodziewałam.

TEMPLE EMBANKMENT WESTMINSTER ST. JAMES'S PARK

Etymologia pomaga w ortografii 2
Jak pani zmusiła do nauki tak maleńkie dziecko? 1

VICTORIA SLOANE SQUARE SOUTH KENSINGTON

Etymologia pomaga w ortografii

GLOUCESTER ROAD HIGH STREET KENSINGTON NOTTING HILL GATE

Cudo
Cudo
Cudo
Etymologia pomaga

PADDINGTON EDGWARE ROAD BAKER STREET i tak w kółko w kółko w kółko

Jakiś człowiek wsiadł na Great Portland Street, popatrzył ze zdumieniem i potakująco skinął głową.

Powiedział, że jego najmłodszy syn jest mniej więcej w tym samym wieku, ale nie ma w sobie nic z geniusza...

Powiedziałam, że małe dzieci mają wrodzone zdolności językowe

Spytał Trudno go uczyć

Odpowiedziałam Nie bardzo

Powiedział Chylę czoło przed panią i przed pani synem. Tyle jeszcze zostało trudnych słów do przemyślenia... Trudnych dla tak małej główki: Hydrofobia! Hemofilia!

Pociąg stanął na Euston Square ale Czoło jechał dalej – Mikroskopijny! Makrobiotyczny! Paleontologiczny ornitologiczny antropologiczny archeologiczny!

[King's Cross też nie]

Czoło: Fotografia! Telepatia! [dobrze] Psychopata! Poligrafia! [dobrze dobrze] Demokracja! Hipokryzja! Ekstaza! Epistoła! [dobrze dobrze dobrze] Trylogia tetralogia pentalogia! [o nie] Pentagon! Heksagon! [STOP] Oktagon! Oktopus! [STOP!]

Enapus

Ciekawe Co Wymyśli [zająknął się]: A to coś nowego

Dekapus

Ciekawe [wciąż zająknięty]: To moja stacja. [Wysiadł na Farringdon – jak prawdziwy mężczyzna]

Hendekapus

[NIE]

Dodekapus

[NIE]

Treiskaidekapus

[A co mi tam...]

Tessareskaidekapus

[Raz na wozie, raz pod wozem]

pentekaidekapus hekkaidekapus heptakaidekapus OKTOKAIDEKAPUS enneakaidekapus eikosapus

Tego się nie spodziewałam.

Chciałam tylko skorzystać z doświadczeń pana Ma (ojca sławnego wiolonczelisty) i do tej pory nie wiem, w którym momencie zbłądziłam. Mówię to, chociaż mam dowody, że przynajmniej dziesięć osób chciałoby usłyszeć, jak nauczyć greki chłopca-czterolatka. Ściśle mówiąc, jedenaścioro pasażerów Circle chciałoby to wiedzieć. Dziesięć plus te wszystkie, które uważały, że to rewelacja, bo ortografii i gramatyki praktycznie nie uczą w szkołach. Niestety, nie mogę im obiecać, że coś wyjaśnię, skoro nie potrafię.

Chyba ostatnio wspominałam o tym, kiedy pisałam, że zrobiłam sobie przerwę od Denvera i L spostrzegł, że czytam Iliadę 6. Za nic w świecie nie chciałam uczyć greki czterolatka, ale wówczas przemówił Obcy głosem gładkim jak mleko.

Kto to jest Obcy pyta czytelnik.

Obcy to dowolne określenie czegoś co strasznie lubi się znęcać i jak mam skończyć kiedy ciągle będziecie mi przerywać.

Teraz więc Obcy przemówił głosem gładkim jak mleko i powiedział: To tylko dziecko.

A J. S. Mill powiedział:

> W procesie wychowania, który częściowo powtórzyłem, najważniejszym wydaje się wysiłek włożony w okresie wczesnego dzieciństwa w przyswojenie olbrzymiej wiedzy, zwykle zarezerwowanej dla dalszej edukacji i rzadko osiągalnej (a nawet niedostępnej) przed wkroczeniem w dorosłość.

A ja powiedziałam: NIE NIE NIE NIE NIE
A pan Mill powiedział:
Rezultaty doświadczeń wskazują, że w pewien łatwy sposób można pokonać tę przeszkodę,
A ja powiedziałam: ŁATWY?
a on dokończył niewzruszonym tonem:

> i jasno widać wszystkie cenne lata stracone na sztywną naukę zasad łaciny i greki. Jest to strata, którą tak zwani reformatorzy systemu szkolnictwa próbują wykorzystać w niezbyt zbożnym celu usunięcia obu tych języków

z placówek edukacji. Gdyby natura obdarzyła mnie chłonnym i szybkim umysłem lub też prawidłową i dobrą pamięcią bądź niezwykle aktywnym i energicznym charakterem, nie miałbym dowodów na potwierdzenie mych teorii. W tym wszystkim jednak jestem raczej gorszy niż lepszy od innych; zatem to, co potrafię zrobić, z pewnością może być powtórzone przez chłopca lub dziewczynkę o przeciętnej inteligencji i przeciętnym zdrowiu.

Obcy powiedział lepiej powiedzieć „nie" i bardzo chciałam w to uwierzyć, bo choć małemu dziecku łatwiej posiąść wiedzę zwykle zarezerwowaną dla dalszej edukacji, o wiele łatwiej jest jej nie posiadać. Pomyślałam: Może to wystarczy. Pomyślałam: Cóż...
Pokazałam L małą tabelę z greckim alfabetem i powiedziałam to jest alfabet, a on popatrzył na nią podejrzliwie. Kiedy mnie uczono greki, na początek otrzymałam listę słów, takich jak φιλοσοφία θεολογία άνθςωποπλογία i tak dalej i zobaczyłam, że są podobne do słów filozofia teologia antropologia i strasznie mnie to ucieszyło. Niestety tego typu słowa nie występują w książkach „Hop na pop", więc nie są przydatne w procesie nauczania czterolatka. Powiedziałam zatem, że większość liter w greckim alfabecie jest podobna do naszych. L wciąż patrzył podejrzliwie i tłumaczyłam mu cierpliwie...
Dużo greckich przypomina nasze angielskie litery i angielskie słowa. Spróbuj to przeczytać, i napisałam na papierze:
ατ
A on powiedział „at".
A ja napisałam βατ a on powiedział „bat".
A ja napisałam εατ a on powiedział „eat".
ατε. ate. ιτ. it. κιτ. kit. τοε. toe. βοατ. boat. βυτ. but. αβουτ. about.
A ja powiedziałam Dobrze.
I powiedziałam Są inne litery, już odmienne od naszych.
I napisałam: γ = g, δ = d, λ = l, μ = m, ν = n, π = p, ρ = r i σ = s i powiedziałam spróbuj czytać dalej.

Napisałam γατε a on zawołał „Gate"!

I napisałam δατε a on zawołał „Date"!

I napisałam λατε a on zawołał „Late"!

µατε. Mate! ρατε. Rate! λετ Let µετ Met νετ Net πετ Pet i σετ Set!!!!!!

Obcy powiedział, że na dziś wystarczy.

Pan Mill powiedział, że jak miał trzy lata, ojciec dał mu zestaw kart z greckimi literami, zatem to, co on sam potrafił zrobić, z pewnością mogło być powtórzone przez chłopca lub dziewczynkę o przeciętnej inteligencji i przeciętnym zdrowiu.

Pan Ma powiedział, że to i tak za dużo jak na jedną lekcję i że zbyt wiele materiału zostało przerobione w pobieżny sposób bez pogłębienia.

Powiedziałam Na dziś wystarczy

a on zawołał NIE! NIE NIE NIE NIE

Więc napisałam ξ = x. ζ = z.

µιξ. Mix! λιξ. Lix... nie, Licks! πιξ Picks! στιξ Sticks! ζιπ Zip!

Powiedziałam Wiesz jaki dźwięk odpowiada literze H, a on odpowiedział Huuu!

Powiedziałam Dobrze. Powiedziałam Grecy nie używają oddzielnej litery dla zapisania tego dźwięku, lecz mają maleńki haczyk nad pierwszą literą słowa. Wygląda mniej więcej tak: '. Nazywa się to przydechem mocnym. Jeżeli jakieś słowo zaczyna się od samogłoski i nie ma dźwięku H, wymawiamy je z przydechem słabym, zapisanym jako haczyk odwrócony w przeciwną stronę: '. Jak to przeczytasz?

ἑλπ

Pomyślał przez chwilę i wreszcie powiedział Help?

Powiedziałam Dobrze. A to? Ὁπ

A on powiedział Hop.

ὁτ. Hot! ἱτ. Hit! ἰτ. It? ἁτ. Hat! ἀτ. At! ἁτε. Hate! ἀτε. Ate!

A ja powiedziałam Wspaniale!

A on powiedział To łatwe!

A Obcy zagulgotał. Coupez la difficulté en quatre, powiedział z cierpkim uśmiechem.

Pomyślałam: Jeszcze pięć minut. Wytrzymam pięć minut.

Powiedziałam Dobrze, a teraz coś trudniejszego. Mamy cztery litery na oznaczenie głosek, które w języku angielskim zapisujemy dwoma literami. To jest θ oznaczające „th", ale nie takie „th" jak w słowie „thin", tylko raczej jakbyś powiedział SPIT HARD. To jest φ oznaczające „ph" jak w słowach SLAP HARD. To jest λ, czyli „kh" jak w słowach WALK HOME. I jest jeszcze ψ, czyli „ps" jak w NAPS. Chcesz spróbować, czy przerwiemy? A on odparł, że chce spróbować.

Więc napisałam παθιμ

a on patrzył na to bardzo długo i wreszcie powiedziałam Pat him.

I napisałam παθερ

a on powiedział Pat her.

A ja napisałam μεεθιμ a on powiedział Meet him a ja napisałam μεεθερ a on powiedział Meet HER a ja powiedziałam Świetnie.

βλαχεαςυεδ Blackhearted? βλοχεαδ Blockhead. βλαχαιςεδ Blackhaired.

ελφες Help her. ελφεμ Help him. ςιψ Rips! λιψ Lips! νιψ Nips! πιψ Pips!

A ja powiedziałam cudownie.

Wtedy wziął książkę popatrzył w tekst i powiedział że nic nie rozumie.

Powiedziałam cierpliwie To dlatego że ją napisano w innym języku więc słowa też są inne. Gdybyś znał słowa czytałbyś równie łatwo jak po angielsku.

Powiedziałam:

Znajdę kilka stron, które kiedyś opracowałam, i możesz nad nimi posiedzieć.

Powiedział:

Fajnie.

Znalazłam cztery strony, które udało mi się skończyć. Przed czterema laty zaczęłam pracować nad czymś, co roboczo nazwałam „Naucz się Iliady", pisząc tekst w dwóch wersjach –

oryginalnej i w przekładzie, z komentarzem na dole strony. Potem to wetknęłam w słownik homerycki i to wszystko. Przez cztery lata nie wyszłam poza Iliadę 1.68. Fatalna sprawa. Teraz te strony dałam L, bo przynajmniej mógł korzystać z dopisanych przeze mnie wyjaśnień.

Powiedziałam To żebyś miał od czego zacząć naukę słówek, zgoda? Podam ci kilka przykładów, a ty możesz używać jednego z moich pisaków, którymi zaznaczam teksty w ćwiczeniach do arabskiego. Jaki chcesz kolor?

Powiedział Zielony.

Dałam mu więc zielony pisak Schwan Stabilo 33 i wybrałam kilka słów, a potem jeszcze kilka i zrobiło się tego dużo, bo w pamięci miałam Roemera i coś tam w czymś tam z czymś tam i wolałam mieć pewność że nie będą to tylko spójniki, rodzajniki i przyimki.

Wtedy przypomniałam sobie, że nie powiedziałam mu o dyftongach i przedłużonych samogłoskach.

Nie chciałam mówić o dyftongach i przedłużonych samogłoskach. Przynajmniej nie teraz. Z drugiej strony, zdawałam sobie sprawę, że jak o tym nie powiem, L będzie mi przeszkadzał i dopytywał się o wszystko przez najbliższą godzinę. A jeśli mu ich nie wyjaśnię, to już wiem, co się stanie: poeta Keats będzie mnie nawiedzał we śnie. W jednym ręku będzie trzymał Homera w wersji Chapmana, a w drugiej skrypt z tekstami klasycznymi z Oksfordu. Popatrzy na mnie znacząco i z głębokim współczuciem, potem westchnie i otworzy Chapmana. Z mgły wyłoni się facet o twarzy Connery'ego, rzuci mi ciężkie spojrzenie i odejdzie bez słowa. No dobrze... długie e ma swoją własną literę, η, i brzmi jak rozciągnięte e w słowie „bed". Długie o ma swoją własną literę, ω, jak rozciągnięte o w „hot". παι rymuje się z „pie", παυ pow δει day βοι boy μου moo – wyjaśniłam to w taki sposób, żeby wysilił trochę wyobraźnię, i wróciłam do słówek.

Co powiesz na to? πολλὰς. Pollas? Bardzo dobrze. To znaczy „dużo".

A to? ψυχὰς Psukhas. TAK. Coś jak „dusze" lub „duchy".
A co z tym? ἡρώων θεῶν ἀνδρῶν. Heeroooon theoon androon. Właśnie. To znaczy: bohaterów, bogów, ludzi. Teraz weź te kartki i zamaluj wszystkie miejsca, w których znajdziesz znane ci słowa. Gramatyką zajmiemy się później, zgoda?
I powiedział Zgoda.
Dałam mu kartki i powiedziałam Do roboty.

Okrążyliśmy cały Londyn i wróciliśmy do Blackfriars. L dotarł już do pentekaipentekontapusa, pod czujnym i zachwyconym wzrokiem kilku pasażerów, którzy wsiedli i mogli wysiąść już po paru stacjach.
Popatrzył w tekst i popatrzył na mnie.
Powiedziałam To nie takie trudne na jakie wygląda. Przyjrzyj się uważnie i pokaż jakieś znane słowo.
Popatrzył w tekst i w trzecim wersie znalazł πολλάς. Powiedziałam Świetnie, zamaluj je na zielono i poszukaj następnych, zgoda?
I powiedział Zgoda.
OKTOkaipentekontapus ENNEAkaipentekontapus HEXEKONTApus
[No dobrze]

Wróciłam do Iliady 6 ale Samochodzik odwiedził mnie za dwie minuty. Powiedział, że pokoloruje imiona bohaterów, bo je może przeczytać, a poza tym to nie ma zbyt wiele do kolorowania. Powiedziałam, że to bardzo dobry pomysł, więc odszedł, więc wróciłam do Hektora i Andromachy i on wrócił. Powiedział, że θεοις wygląda jak θεῶν i spytał, czy może to też policzyć, bo poza tym to nie ma zbyt wiele do kolorowania.
Nie zamierzałam upraszczać sprawy i wdawać się w objaśnienia choćby najprostszych zasad gramatyki i teraz też nie zamierzam jeszcze raz przez to przechodzić ale skoro już raz zaczęłam to

HEKkaiHEXeKONtapus HEPtakaiHEXeKONtapus OKTO-kaiHEXeKONtapus

dokończę.

Trudno mi się skupić ale może zachowam choć trochę rozsądku kiedy wspomnę tylko o najważniejszych rzeczach tak jakbym z całych „Dźwięków muzyki" wykroiła zaledwie „Doe A Deer" w siedmiu dźwiękach czyli w heptafonii, jakby niektórzy (nie wskazując palcem) na pewno powiedzieli.

Powiedziałam Możesz i dodałam Pamiętasz co znaczy θεων a on odparł bogów, a ja powiedziałam Właśnie, θεοῖς znaczy do bogów lub przez bogów a pamiętasz co znaczą słowa ἡρώων i ἀνδρῶν a on odparł bohaterów i ludzi a ja powiedziałam w tym przypadku końcówka wyrazu nadaje mu odpowiednią formę i nie wiem jak wy ale ja już jestem gotowa na The Hills are Alive (A-a-a-a...)

heptakaihebdomekontapus

[A. Nieważne]

❖

Kolejny dzień w wagonie metra, w domu zimno jak w psiarni. W mieście leje, lecz w podziemiach jest ciepło i sucho.

LIVERPOOL STREET ALDGATE TOWER HILL MONUMENT

O wiele za młody

CANNON STREET MANSION HOUSE BLACKFRIARS

Etymologia pomaga

TEMPLE EMBANKMENT WESTMINSTER i tak w kółko w kółko

Na St. James's Park wsiadła jakaś pani i popatrzyła na maleńką główkę pochyloną nad książką i pulchne paluszki trzymające niebieski pisak Schwan Stabilo. Oczy błysnęły jej wesoło, tęskniła za rozmową z dzieckiem. L uniósł główkę i uśmiechnął się rozbrajająco całą buzią – pokazując pucołowate policzki, błyszczące czarne oczka i drobne mleczne ząbki. Powiedział: Już prawie skończyłem całą Księgę Piętnastą!

Powiedziała: WIDZĘ, że skończyłeś! Ciężko się napracowałeś, prawda?

Jeszcze jeden show w stylu Shirley Temple dla przemiłej pani: Zacząłem dopiero wczoraj!

Czyż On Nie Jest Śliczny: NAPRAWDĘ?

Śliczny: Dzisiaj przeczytałem to i to i to i to a wczoraj zrobiłem to i to i to i to i to i to! [małe paluszki kartkują książkę popisaną różowymi i pomarańczowymi i niebieskimi i zielonymi fluorescencyjnymi pisakami]

Czyż On: To cudowne!

Cudowny: Czytałem Iliadę i „De Amicitia" i trzy baśnie z „Kalilah wa dimnah" i jedną z Tysiąca Nocy i Mojżesza w sitowiu i Józefa i jego płaszcz w technicolorze a teraz muszę czytać Odyseję i „Metamorfozy" 1–8 i CAŁE „Kalilah wa dimnah" i trzydzieści baśni z Tysiąca i Jednej Nocy i I Samuelową i Proroctwo Jonasza i nauczyć się kantelacji i przerobić dziesięć zadań z „Algebry dla opornych".

Lekko Zbita z Tropu: Dlaczego to musisz czytać?

Niewiniątko: Sibylla mi kazała.

Zszokowana: Czy on nie jest za młody etymologia z pewnością pomaga w ortografii języki fleksyjne są pomocne w gramatyce której praktycznie nie uczą w szkołach ale filologia klasyczna w gruncie rzeczy powoduje podziały w systemie nauczania chyba byłoby lepiej żeby pograł w piłkę i moim zdaniem popełnia pani grubą pomyłkę.

Standardowa odpowiedź.

SLOANE SQUARE SOUTH KENSINGTON

Minęły cztery godziny. Cztery razy objechaliśmy Londyn. Dwa razy byliśmy w ubikacji. L przeskakał na jednej nodze całą długość peronu na stacji Mansion House i wrócił do mnie, skacząc na drugiej. Za każdym okrążeniem wysiadaliśmy na Tower Hill, robiliśmy głupie miny do kamery i oglądaliśmy się w monitorach – przepraszam, w monitorze. W innych nas nie było widać. Pokazywały czasami pusty peron, czasami peron z kilkoma ludźmi, czasami peron z pociągiem znikającym w tunelu. Podejrzewam, że były to obrazy z innych kamer, umieszczonych w dalszej części stacji, ale wyglądały jak okna do innego świata – do świata, w którym słońce wschodzi i pociągi jeżdżą bez ciebie. Są tam wózki, których nie musisz popychać, i złe wspomnienia, które cię nie dręczą.

99, 98, 97, 96

12 grudnia 1992 roku

Mam na imię Ludo. Mam 5 lat i 267 dni. Za 99 dni będą moje szóste urodziny. Sibylla dała mi ten zeszyt żebym się wprawiał w pisaniu bo piszę słabo a w szkole nie pozwolą mi ciągle pisać na komputerze. Powiedziałem że nie wiem o czym pisać a Sibylla na to że powinienem pisać o wszystkim co mi się podoba bo po wielu latach będę miał gdzie sprawdzić co mi się podobało kiedy byłem dzieckiem. Mogę także pisać o ciekawych rzeczach bo potem będę miał gdzie sprawdzić co mi się przydarzyło.

Naprawdę lubię wielomiany czyli polinomiale ale nie lubię słowa binomial bo jest nieprawidłowe. Postanowiłem nigdy go nie używać. Zawsze używam prawidłowych słów na wielomiany nawet jeśli inni mówią zupełnie inaczej. Moim ulubionym greckim słowem jest γαγγλίον i to wszystko co lubię dzisiaj

13 grudnia 1992 roku

Za 98 dni będą moje urodziny. Dzisiaj wydarzyło się coś ciekawego. Wziąłem Kalilah wa dimnah do metra i ktoś spytał czy mój ojciec był Arabem. Sibylla zapytała skąd mu to przyszło do głowy. Przecież to po arabsku powiedział. Sibylla odpowiedziała Tak. Potem powiedziała że mój ojciec nie był Arabem. Chciałem ją zapytać kim był ale potem zrezygnowałem.

Myślę że grecki i arabski i hebrajski to moje ulubione języki bo mają duale. Grecki ma lepsze tryby i czasy ale arabski i hebrajski mają lepsze duale bo mają żeński dualis i męski dualis a grecki ma tylko jeden. Zapytałem Sibyllę czy w jakimś języku jest trialis. Odpowiedziała mi że nigdy o tym nie słyszała ale nie zna wszystkich języków świata. Chciałbym żeby był język z trialem quadralem quincalem sextalem octalem nonalem i decalem bo to byłby mój ulubiony język.

W metrze jest bardzo nudno ale doszedłem już do Odysei 15.305. 9 ksiąg do końca.

14 grudnia 1992 roku

Za 97 dni będą moje urodziny.

Dzisiaj wydarzyło się coś ciekawego. Pojechaliśmy metrem w jedną stronę a potem przesiedliśmy się i pojechaliśmy w drugą. Jakaś pani zaczęła dyskutować z Sibyllą. Sibylla powiedziała weźmy na przykład dwóch ludzi którzy mają spłonąć na stosie. A umiera o czasie t na zawał serca. B zostaje spalony i umiera o czasie t + n. Można się chyba zgodzić, że życie B byłoby trochę lepsze gdyby skrócić je o czas n. Ta pani powiedziała że to co innego a Sibylla powiedziała że to dokładnie to samo i ta pani powiedziała że nie ma powodu krzyczeć. Sibylla na to że nie krzyczy ale to barbarzyństwo zmuszać ludzi do umierania o czasie t + n. Słowo barbarzyństwo powiedziała tak głośno że wszyscy w metrze spojrzeli w naszą stronę!

Słowo barbarzyństwo pochodzi z greckiego βάρβαρος które oznacza nie-Greka ale w angielskim ma zupełnie inne znaczenie.

15 grudnia 1992 roku

Za 96 dni będą moje urodziny.
Dzisiaj czytałem Odyseję w metrze i jakiś pan powiedział że to bardzo dobrze że zacząłem tak wcześnie. On nauczył się hebrajskiego jak miał trzy lata. Powiedziałem mu że znam hebrajski a on spytał co czytałem po hebrajsku. Powiedziałem mu że Mojżesza w sitowiu a on nauczył mnie takiego wierszyka:

Faraon miał córkę piękną jak motylek
Znalazła Mojżesza nad brzegami Nilu
Zabrała go i mówi Dziecię tam pływało
A faraon odparł Gdzieś to już słyszałem.

Powtórzyłem wierszyk trzy razy a ten pan powiedział świetnie i dodał że nigdy nie jest za wcześnie na naukę religii. Zapytał Sibyllę czy pobieram nauki od ojca czy chodzę do szkoły czy może do rabina. Sibylla odpowiedziała że sama mnie uczy. Ten pan powiedział że to wstyd że wszystkie żydowskie matki nie podchodzą tak samo do wychowania synów. Sibylla powiedziała że tylko uczy mnie języków a on odparł oczywiście, oczywiście. Myślałem że zapyta czy mój ojciec był Żydem ale nie zapytał. Kiedy wysiadł sam zapytałem o to Sibyllę ale odpowiedziała że nie wie z rozmowy to nie wynikało ale chyba nie.

16 grudnia 1992 roku

Za 95 dni będą moje urodziny.
Śmieszne że chociaż w metrze czytam Odyseję to nikt jeszcze nas nie spytał czy mój ojciec był Grekiem. Dzisiaj czytałem Babara i nikt nie spytał czy był Francuzem.

A jak już mowa o Francuzach to dzisiaj wydarzyło się coś ciekawego. Jakaś pani wdała się w dyskusję z Sibyllą i Sibylla jej powiedziała: weźmy na przykład dwóch ludzi którzy mają zostać złożeni w ofierze. A umiera o czasie t na zawał serca. B umiera o czasie t + n bo ktoś wbił mu kamienny nóż w ciało i gołymi rękami wyrwał drgające serce. Można się chyba zgodzić że życie B nie zyskało wiele na wartości w czasie n kiedy kamienny nóż przebijał mu klatkę piersiową? A ta pani powiedziała pas devant les enfants. Wtedy spytałem parlez-vous français? Ta pani była bardzo zaskoczona. Sibylla zapytała ją czy może będzie lepiej jeśli dokończą rozmowy w bengali? Ta pani spytała słucham? Sibylla powiedziała albo w innym języku którego on jeszcze nie zna? I dodała: po rosyjsku, węgiersku, fińsku, islandzku i baskijsku mówię trochę słabo ale dam sobie radę z hiszpańskim, portugalskim, włoskim, niemieckim, szwedzkim, duńskim lub bengali. Byłem zdziwiony bo nie wiedziałem że Sibylla zna te języki. Ta pani chyba też nie wiedziała. Spytałem kiedy się nauczę tych wszystkich języków a Sibylla mi powiedziała że jak skończę z japońskim. Spytałem czy mój ojciec był Francuzem a Sibylla odpowiedziała nie.

17 grudnia 1992 roku

Znowu byliśmy w metrze. Strasznie tam nudno. Najpierw czytałem Odyseję 17 a potem Białego Kła. W drodze do domu zapytałem Sibyllę czy mój ojciec był Rosjaninem, Węgrem, Finem, Baskiem, Islandczykiem, Hiszpanem, Portugalczykiem, Włochem, Niemcem, Szwedem, Duńczykiem czy Bengalczykiem. Powiedziała Nie.

94 dni do moich urodzin.

Nigdy nie wysiedliśmy
na Embankment, żeby iść
do McDonalda

w kółko w kółko w kółko w

L czyta Odyseję 17. Niedobrze. Setki ludzi mówią cudo rozkosz za mały co za geniusz. Moim zdaniem nie trzeba wielkiego intelektu, aby zrozumieć tak prostą rzecz, że 'Οδυσσεύς to Odyseusz. Wystarczy się wyuczyć 5000 prostych rzeczy i już można uchodzić za Mistrza Uporu.

Raz w tygodniu oglądaliśmy „Siedmiu samurajów", żeby zrzucić brzemię wynoszone z metra. Dzisiaj jednak zdarzyło się coś strasznego.

Pewna pani siedząca naprzeciwko zauważyła, że trzymam na kolanach poradnik „Jak czytać japońską kaligrafię?". Zapytała, czy uczę się japońskiego. Odpowiedziałam, że coś w tym stylu.

Było morze, w morzu kołek

Powiedziałam, że uczę się w zasadzie po to, żeby lepiej zrozumieć „Siedmiu samurajów" Kurosawy i „Pięć żon Utamaro" Mizoguchiego (jeśli kiedykolwiek trafią na wideo), które oglądałam pięć razy z rzędu, kiedy je wyświetlali w Phoenix. Zaciekawił mnie także tekst „Tsurezuregusa", napisany w XIV wieku przez buddyjskiego mnicha.

A NA KOŁKU BYŁ WIERZCHOOOŁEK

Powiedziała Och i powiedziała że widziała „Siedmiu samurajów" że to wspaniały film ale tego drugiego nie zna
Powiedziałam Tak.
a ona powiedziała Wprawdzie trochę przydługi ale wyśmienity, oczywiście o bardzo prostym założeniu prawda? podejrzewam że w tym tkwi właśnie jego urok, coś w rodzaju Trzech muszkieterów, elitarny oddział...
spytałam CO?
a ona spytała słucham?
ELITARNY ODDZIAŁ?! wypaliłam z niesmakiem
a ona powiedziała że przecież nie muszę krzyczeć.

Na WIERZCHOŁKU siedział zając
I łapkami przebierając, ŚPIEWAŁ tak:

W moim rozumieniu L był zdolny do wnikliwej analizy filmu, co z kolei nie bardzo odbiegało od wyrzucania ludzi z samolotu na rozkaz osoby trzeciej

BYŁO MORZE, W MORZU KOŁEK

Powiedziałam grzecznie, lecz stanowczo: Gdyby pani widziała ten film dwa razy, zrozumiałaby pani, że samurajów trudno określić mianem elitarnych. Słabszy reżyser bez wątpienia podkreśliłby elitarność grupy, z przewidywalnym skutkiem, ale Kurosawa...
Powiedziała że nie muszę mówić do niej takim tonem

A NA KOŁKU BYŁ WIERZCHOOOOOŁEK

Więc powiedziałam grzecznie Film Kurosawy jest peanem na cześć rozsądku i rozwagi. Nasze wnioski muszą wypływać z naszych przeżyć, a nie z przypadkowo zasłyszanych plotek, i powinny być wolne od uprzedzeń. Powinniśmy widzieć to co naprawdę widzimy, a nie to co chcemy zobaczyć.

Spytała Co?

Na wierzchołku siedział zając

Powiedziałam Powinniśmy także pamiętać, że wygląd bywa zwodniczy. W wielu przypadkach nie mamy odpowiednich dowodów. To że ktoś się uśmiecha wcale nie oznacza że nie chciałby skończyć z życiem.
Powiedziała Moim zdaniem

I ŁAPKAMI PRZEBIERAJĄC, ŚPIEWAŁ TAK:

Powiedziałam Przyjmijmy że A widzi swoją żonę, B, spaloną żywcem w czasie t. A przeżył. Później widzimy że A śpiewa na miejscowej uroczystości. C obserwuje uroczystość i uważa że A doszedł już do siebie. Nam z kolei wolno wysnuć wniosek, że C nie zna wszystkich faktów i opiera swój pogląd głównie na domysłach, bowiem
Powiedziała To raczej kliniczny przypadek
Zawołałam Kliniczny?!

BYŁO MORZE, W MORZU KOŁEK

Powiedziała Taki patologiczny przykład...
Wspomniałam, że gdyby ją wrzucono do basenu z rekinami nie uważałaby za patologię poszukiwania dróg ucieczki.

A wracając do meritum sprawy, mimo wszystko obie uważamy, że to wspaniały film, powiedziała ugodowym tonem.

Obawiałam się, że wyskoczy z jakimś nowym przykładem, ale na szczęście dojechaliśmy do Moorgate i wysiadła.

A NA KOŁKU BYŁ WIERZCHOOOOŁEK
NA WIERZCHOŁKU

[Mogło być gorzej. Zdarzało się, że przez cały czas powtarzał Chodziła czapla po zielonej desce powiedzieć ci jeszcze?]

❖

277 stopni powyżej zera absolutnego.

Powiedziałam Trudno, idziemy znów do metra i znowu kłóciliśmy się o Cunliffe'a.

ja: Nie weźmiemy słownika, bo nie mamy go gdzie położyć. Nie możesz trzymać go na kolanach i na nim rozłożyć książki. Próbowałeś już i nic z tego nie wyszło.
L: Proszę
ja: Nie
L: Proszę
ja: Nie
L: Proszę
ja: Nie
L: Proszę
ja: Nie

Najlepiej byłoby z nim pójść tam, gdzie są jakieś stoły, na przykład do Barbican lub South Bank Centre – ale to niemożliwe, bo tam z każdej strony straszą bary i kafejki i restauracje i kioski z lodami, wszystkie cholernie kuszące i drogie i nas na to nie stać.

Proszę Nie Proszę Nie Proszę

Czeka mnie jeszcze jeden dzień podobny do poprzednich siedemnastu, dziesięć godzin cudo rozkosz za mały co za geniusz; jeszcze jeden dzień taki jak wczoraj, znów cudo rozkosz za mały co za geniusz plus bzdury o elitarnych oddziałach nie wspomniawszy o dziesięciu godzinach wyjaśnień co znaczy to lub tamto słowo / wizytach w ubikacji zbyt ciasnej dla wózka / uśmiechach przy 273 wersach piosenki o kołku i zającu. Skąd pewność, że dzisiaj nie zacznie śpiewać? Założymy się? Lepiej nie, za dobrze znam się na dzieciach.

Powiedziałam Dobrze, dziś nie ma metra. Weźmiemy Cunliffe'a i pojedziemy do National Gallery. Ale nie chcę słyszeć ani JEDNEGO SŁOWA. I żadnego biegania do drzwi z napisem Wejścia nie ma albo Tylko dla personelu. Nie chcę, żeby ktoś zwrócił na nas uwagę. Będziemy udawać, że przyszliśmy podziwiać obrazy. Będziemy je podziwiać, aż nas zabolą nogi i przysiądziemy, by odpocząć. Posiedzimy tak, a jak odpoczniemy, pójdziemy dalej podziwiać obrazy.

Natürlich, powiedział Fenomen.

Już to kiedyś słyszałam, odparłam i zapakowałam Cunliffe'a do wózka obok Odysei 13–24, „Fergusa – psa ze szkockich wrzosowisk", „Tar-Kutu", „Marduka", „Pete'a", „WILKA", „Królestwa ośmiornicy", „MĄTWY", „Chatki Puchatka", „Białego Kła", podręczników „ABC kanji" i „Kanji dla początkujących", poradnika „Jak czytać japońską kaligrafię?", notesu i kilku kanapek z dżemem i masłem orzechowym. Potem posadziłam L i les Inséparables i wyszliśmy.

Teraz siedzimy przed „Portretem doży Loredano" Belliniego. L czyta Odyseję 18 i co jakiś czas zagląda do słownika. Coraz rzadziej zagląda. Gapię się na portret. Ktoś musi.

Wzięłam własne książki do czytania, ale w sali jest tak przyjemnie ciepło, że zasypiam i budzę się z przestrachem. W półśnie widzę, jak potworny heiskaihekatontapus sunie przez ocean łóżka, rozpędzając fruwające przed nim pentekaipentekontapody, Chodź i walcz jak mężczyzna, szydzi, mogę cię pokonać z jedną ręką związaną na plecach (ha ha ha). Aż dziw pomyśleć, że Thatcher mogła pracować przy trzech godzinach snu na dobę, ja sypiam pięć i czuję się jak idiotka. Nigdy nigdy nigdy nie powinnam mu mówić, żeby czytał te książki – ale teraz jest już za późno na odwrót.

Wartownik patrzy na mnie podejrzliwie.

Udaję, że robię notatki.

❖

Kiedy nagi Liberace wziął mnie nagą do łóżka, zrozumiałam, że jestem głupia. Z perspektywy czasu oczywiście nie pamiętam szczegółów, ale jest pewna forma muzyki, której wprost nienawidzę: miks. Jakiś grajek lub – częściej – podstarzały zespół męczy niemal symfoniczną wersję The Impossible Dream. Nagle, w połowie zwrotki, bez żadnego powodu, ktoś wrzuca nowy rytm, aż flaki się wywracają, i już mamy Over the Rainbow, łupu-cupu, Climb Every Mountain, łupu-cupu, Ain't No Mountain High Enough, łup, łup, łup. No i teraz potrzebny tylko Liberace: ręce, usta, penis, raz tutaj, a raz tam, szybciej tu niż tam, szybciej tam i tu z powrotem, coś zaczyna żeby zaraz przerwać i zaczyna coś całkiem innego i już macie pełny portret pana Pijanego Miksa.

Wreszcie Miks się skończył i Liberace zasnął jak kamień.

Chciałam otrzeźwieć. Potrzebowałam alienacji, chłodu i precyzji.

Przez krótką chwilę słuchałam Glenna Goulda grającego fragmenty z „Das wohltemperierte Klavier". Podczas nagrania Gould miał na podorędziu dziewięć lub dziesięć różnych wersji każdego utworu, z każdą nutą na swoim miejscu, dopracowaną do perfekcji, a jednak inną, chociaż grana tak jak najbardziej lubię. Nie potrafię w myślach odtworzyć całej fugi, więc słuchałam mętnej wersji Preludium c-moll, Buch 1, zaczynającego się staccato, a po dwóch trzecich pierwszej strony brzmiącego cicho i łagodnie. Potem było Preludium b-moll numer 22, którego nigdy nie umiałam zagrać bez pedału. Moim zdaniem, chociaż pedał nie wchodzi w rachubę, warto je grać legato. Z drugiej strony, w wykonaniu Goulda brzmiało niezwykle ostro, niemal natarczywie, chłodno i bez wytchnienia. Znakomite remedium na upartą nadpobudliwość, którą zmęczył mnie Liberace.

A Liberace wciąż spał. Głowę trzymał na poduszce, twarzą zwróconą do mnie. Mózg spał w osłonie czaszki. To straszne, że codziennie rano budzimy się, żeby reagować na to samo imię, mieć te same wspomnienia i nawyki i robić te same głupstwa, które robiliśmy wczoraj. Nie chciałam patrzeć, jak się zbudzi i zacznie od nowa.

Chciałam pójść sobie, ale przecież byłoby niegrzecznie wyjść bez jednego słowa. Z drugiej strony, nie potrafiłam nic napisać. Niby co? Że dziękuję za przemiły wieczór? Przecież to nieprawda. Nie mogłam też napisać „do widzenia", bo jeszcze nie daj Boże znów chciałby się ze mną spotkać. Nie mogłam napisać, że było mi okropnie i nie chcę go więcej widzieć, bo nie mogłam. Gdybym zaczęła myśleć nad prawidłowym pożegnaniem, pewnie zabrałoby mi to pięć lub sześć godzin i zdążyłby się obudzić.

Wpadłam na pewien pomysł.

Dobrze będzie, pomyślałam sobie, jak mu wmówię, że prowadziliśmy ciekawą dyskusję, ale musiałam wyjść (na przykład na jakieś spotkanie). Zamiast więc pisać durne pożegnania, zostawię jakąś notatkę z rzekomej dyskusji, najlepiej urwaną w połowie. Co tam się miało znaleźć? A choćby Kamień z Rosetty wraz z sugestią, że Liberace powątpiewał, jakoby dało się tak ułożyć teksty w różnych językach, żeby tworzyły zrozumiałą całość. Reszta rozmowy – jak wspomniałam – w nieokreślonym zawieszeniu. Wystarczy zatem, że napiszę krótki tekst po grecku, dla sceptyka, wraz z tłumaczeniem, czytaniem i komentarzem gramatycznym – tak ułożonym, jakbym chciała coś wytłumaczyć komuś, kto w ogóle nie wie, co to jest vox media, dualis, aoryst i tmesis. Na ogół nie potrafię wyjść obronną ręką z kłopotów towarzyskich, ale tym razem miałam przebłysk geniuszu. Praca zajęłaby mi nie więcej niż godzinę (czyli śmiesznie mało w porównaniu z pięcioma godzinami, jakie musiałabym spędzić nad notatką), a finał całej akcji praktycznie gwarantował (bez niepotrzebnej złośliwości i zbytniego odstępstwa od prawdy), że Liberace nie będzie chciał mnie więcej widzieć.

Wstałam, ubrałam się, poszłam do sąsiedniego pokoju

i wzięłam kartkę papieru z biurka. Potem wyjęłam z torebki cienkopis marki Edding 0,1, bo chciałam wszystko zmieścić na jednej stronie, i usiadłam do pracy. Była trzecia w nocy.

Wątpisz, że Kamień z Rosetty pełni swoją rolę? (zaczęłam ostrożnie). A co powiesz na to?

Iliada 17, Zeus lituje się nad końmi Achillesa, opłakującymi śmierć Patroklosa

μυρομένω δ' ἄρα τώ γε ἰδών ἐλέησε Κρονίων
muromenō d' ara tō ge idōn eleēse Kroniōn
Postrzegłszy z nieba Jowisz [syn Kronosa] stan ich
nieszczęśliwy,

κινήσας δέ κάρη προτι ἑὸν μυθήσατο θυμόν'
kinēsas de karē proti hon muthēsato thumon
Zaraz się tego smutku i płaczu użali.

ἆ δειλώ, τί σφῶϊ δόμεν Πηλῆϊ ἄνακτι
a deilō, ti sphōi domen Pēlēi anakti
„Po cóżeśmy was – rzecze – Pelejowi dali?

θνητῳ, ὑμεῖς δ' ἐστόν ἀγήρω τ' ἀθανάτω τε
thnētōi, humeis d' eston agērō t' athanatō te
Człowiek śmiertelny konie nieśmiertelne zyskał:

ἤ 'ἵνα δυστήνοισι μετ' ἀνδράσιν ἄλγε' ἔχητον
ē hina dustēnoisi met' andrasin alge' ekhēton
Czy, by nędzny stan ludzi równie was uciskał?

οὐ μὲν γάρ τί πού ἐστιν ὀϊζυρώτερον ἀνδρός
ou men gar ti pou estin oizurōteron andros
Nic się tak nieszczęśliwym jak człowiek nie rodzi,

πάντων 'όσσα τε γαῖαν ἔπι πνείει τε καὶ ἕρπει
pantōn hossa te gaian epi pneiei te kai herpei
Cokolwiek na ziemi oddycha i chodzi.

ἀλλ' οὐ μὰν ὑμῖν γε καὶ ἅρμασι δαιδαλέοισιν
all' ou man humin ge kai harmasi daidaleoisin
Ale przynajmniej waszę w tym osłodzę dolę,

Ἕκτωρ Πριαμίδης ἐποχήσεται οὐ γὰρ ἐάσω
Hektōr Priamidēs epokhēsetai ou gar easō
Że, aby na was jeździł Hektor [syn Priama], nie pozwolę *.

Jak dotąd nieźle. Było dopiero piętnaście po trzeciej, a już wnikliwy deszyfrant miał lepszą sytuację wyjściową niż Champollion nad Kamieniem z Rosetty. Prawdę mówiąc, przemknęło mi przez głowę, że bez sensu utrudniam sobie życie. Przecież mogłabym po prostu napisać krótko „Ciao", a nie walczyć z kacem, bezsennością i grecką gramatyką. A jednak tekst wydawał mi się zbyt krótki. Oprócz transliteracji zawierał tylko to, co bez trudu dawało się znaleźć na kartach Biblioteki Mundi. Cienko jak na list w butelce. Widać było, że powstał zaledwie w kwadrans. I tak musiałabym dopisać parę słów pożegnania, chyba że się zbiorę w sobie i zostawię coś dla potomności. Napisałam

μυρομένω boleć, płakać [męski / żeński biernik dualis vox media imiesłów] δ' 'ἄρα a wówczas, a wtedy [spójniki] τώ ich [M / Ż biernik dualis zaimek] γε partykuła emfatyczna ἰδών widzieć [M. mianownik l. pojedyncza aoryst imiesłów] ἐλέησε żałował [3. osoba l. pojedyncza aoryst tryb oznajmujący] Κρονίων syn Kronosa (Zeus, Jowisz)

---

* Przełożył Franciszek Ksawery Dmochowski; „Iliada", PIW, Warszawa 1990, s. 382–383.

i wciąż nie miałam na tyle wypełnionej strony, żeby pod spodem beztrosko dopisać „Ciao".

Wciąż też nie był to najlepszy list w butelce, bo wyliczałam wszystkie możliwe terminy gramatyczne, zamiast je dodatkowo wyjaśnić lub pominąć. Teraz nie mogłam ich pominąć, bo musiałabym wszystko pisać od początku. Nie mogłam ich też wyjaśnić, bo zamiast jednej kartki musiałabym na to zużyć pół tony papieru. Mogłam po prostu pisać dalej słowo w słowo i nie patrzeć na niedociągnięcia. Na to przyjdzie czas później.

κίνησας ruszać [rodz. męski mianownik l. pojedyncza aoryst imiesłów] δὲ i [spójnik] κάρη głowa προτὶ ... μυθήσατο skierować [3. osoba l. pojedyncza aoryst tryb oznajmujący] ʹΔν jego θυμΔν ducha / duszę / umysł / serce [rodz. męski biernik l. pojedyncza]

ἆ δειλώ nędzny [męski / żeński wołacz dualis] τί dlaczego / po co σφῶϊ was [2. osoba biernik dualis] δΔμεν dali [1. osoba l. mnoga aoryst tryb oznajmujący] Πηλῆϊ Peleus (ojciec Achillesa) ἄνακτι królowi [rodz. męski celownik l. pojedyncza III deklinacja]

θνητω śmiertelnikom [męs. celownik l. poj. II deklinacja] ὑμεις wy [2. osoba mianownik l. mnoga] δ᾽ [partykuła łącząca] ale, jeszcze ἐστΔν jesteście [2. osoba dualis tryb oznajmujący] ἀγήρω wiecznie młode [M / Ż mianownik dualis] τ᾽ ... τε oba... i ἀθανάτω nieśmiertelne [M / Ż mian. dualis]

ἦ „zaiste" [partykuła twierdząca] ʹίνα a zatem δυστήνοισι nieszczęsnym [M. celownik l. mnoga] μετ᾽ z ἀνδράσιν ludziom [M. celownik l. mnoga] ἄλγε᾽ [= algea] bóle, żale [rodz. nijaki biernik l. mnoga] ἔχητον miałbyś [2. osoba dualis tryb łączący]

οὔ nie μὲν partykuła wprowadzająca γάρ dla τί nic [rodz. nijaki mianownik l. pojedyncza] πού nigdzie ἔστιν jest [3. osoba l. pojedyncza czas teraźniejszy tryb oznajmujący] Δζυρώτερον nędzniejszy / bardziej nieszczęśliwy [rodz. nijaki mian. l. poj. przymiotnik] ἀνδρΔς niż człowieka [M. dopełniacz l. pojedyncza]

πάντων cokolwiek [rodz. nijaki dopełniacz] 'ὅσα wszystkie [rodz. nijaki mianownik l. mnoga] τε partykuła uogólniająca γαιαν ziemię [rodz. żeński biernik l. pojedyncza] ἔπι [tutaj: z tyłu] πνείει oddycha [3. osoba l. pojedyncza czas teraźniejszy tryb oznajmujący zależny od rodz. nijakiego l. mnogiej rzeczownika] τε καὶ obydwa i 'ἕρπει łazi [3. osoba l. poj. czas ter. tryb oznajmujący]
ἀλλ' ale οὐ nie μὰν partykuła emfatyczna ὑμῖν wam [2. os. celownik l. mnoga] γε partykuła emfatyczna καὶ i 'ἅρμασι rydwanom [rodz. nijaki l. mnoga] δαιδαλέοισιν błyszczącym, precyzyjnie wykonanym [rodz. nijaki celownik l. mnoga]
'Ἕκτωρ Hektor Πριαμίδης syn Priama ἐποχήσεται będzie jeździł [3. os. l. pojedyncza czas przyszły bierny tryb oznajmujący] οὐ nie γάρ dla 'ἐάσω pozwolę [1. os. l. pojedyncza czas przyszły tryb oznajmujący]

Wyszło mi tego dużo więcej, niż się spodziewałam.
Trwało też dużo dłużej, niż przypuszczałam (bite dwie godziny), ale i tak krócej niż pięć godzin nad wydumanym pożegnaniem. Na samym końcu dopisałam jeszcze jeden akapit, że w prawdziwym Kamieniu z Rosetty powinna być trzecia wersja tego samego tekstu, chińskimi ideogramami, ale niestety nie znam odpowiednich znaków. Gdybyś jednak mój drogi kiedyś całkiem przypadkiem trafił na wiersz Keatsa o Homerze Chapmana, byłbyś pewnie zdumiony i zaciekawiony, co Chapman naskrobał:

Ta-ram ta-tam ta-tam ta-tam Jowisz zoczył ich ciężki znój
I (pożałowawszy ich) rzecze tak; Biedne me zwierzaki (powiedział)
Pocośmy dali was śmiertelnemu królu? Ta-ram ta-tam ta-tam
Ta-ram ta-tam ta-tam ta-tam ta-tam ta-tam?
Ta-ram ta-tam ta-tam ta-tam ta-tam ta-tam?

Nic, co nieszczęsne na ziemi oddycha i chodzi,
Od człeka jednak nieszczęśliwszym się nie rodzi. Ale
was nieśmiertelnych z urodzenia
Hektor na pewno nie okiełzna ta-ram ta-tam ta-tam

i dodałam sam zobacz jakie to bardzo łatwe mam nadzieję że ci się spodoba Muszę lecieć – S a po S namazałam jakiś nieczytelny zygzak bo pomyślałam sobie że być może na całe szczęście nie zapamiętał mojego nazwiska.

Potem położyłam kartkę na widocznym miejscu na stole. W łóżku byłam przekonana, że to znakomity i błyskotliwy pomysł, ale teraz miałam wątpliwości, czy Liberace na pewno zrozumie, że w zasadzie między nami itd. itp., czy po prostu się wygłupiłam. Za późno i do widzenia.

Wróciłam do domu i doszłam do wniosku, że już najwyższa pora skończyć z jałową egzystencją. Skończyć z egzystencją jest trudniej, niż myślicie, ale w razie trudności po prostu trzeba się zająć czymś choć trochę pożytecznym.

Nie wiem, czy Liberace polubił Konie Achillesa (znając jego poglądy, wcale bym się nie zdziwiła, że na Chapmana patrzył jak Cortez na Pacyfik). Byłam jednak zadowolona, że mogłam tak od niechcenia dokonać analizy fragmentu Iliady. Pomyślałam sobie, że przecież w ten sam sposób da się przewentylować całutką Iliadę plus Odyseję na dodatek, ze wstawkami na oddzielnych stronach, wyjaśniającymi wybrane zasady greckiej gramatyki, składni i kompozycji. Potem wydrukowałabym to za kilka tysięcy funtów i sprzedawała na bazarze. Ludzie mogliby wtedy spokojnie czytać Homera bez względu na to, czy w szkole wkuwali francuski, czy łacinę, czy jakiś jeszcze mniej przydatny przedmiot. Potem zrobiłabym coś podobnego z dziełami w innych językach, nawet trudniejszych niż greka. Prawdopodobnie minęłoby trzydzieści lub czterdzieści lat, zanim wkroczyłabym w świat pozazmysłowy, ale w tak zwanym międzyczasie żyłabym każdym zmysłem. Dobra.

Pewnego dnia Emma zgarnęła mnie do swojego biura na krótką rozmowę. Powiedziała mi, że wkrótce pożegna się z firmą. A co ze mną? Bez niej też stracę pracę. Nie zagrzałam miejsca aż tak długo, by mieć prawo do urlopu i zasiłku macierzyńskiego. Może chcę wrócić do Stanów i tam urodzić dziecko?

Nie wiedziałam, co odpowiedzieć.

Nic nie odpowiedziałam, więc Emma wysunęła pewną praktyczną propozycję. Nasz wydawca zamierzał dołączyć do grona mecenasów kultury dwudziestego wieku i wpisać do komputera treść starych czasopism, gazet i magazynów. Emma powiedziała, że rozeznała sprawę i może mnie tam upchnąć razem z pozwoleniem na pracę. Komputer dostałabym pewnie do domu, bo biuro zredukowano praktycznie do zera. Dodała, że zna pewną panią, której nie stać na dokończenie domu i która drży, że w pustych ścianach zagnieżdżą się kloszardzi. Wynajęłaby tam mieszkanie za 150 funtów miesięcznie, pod warunkiem, że nie będę stawiała żadnych żądań. Nie wiedziałam, co odpowiedzieć. Emma powiedziała, że w pełni mnie zrozumie, jeśli się zdecyduję powrócić do Stanów, do rodziny. Wiedziałam, czego nie mówić: Nie powiedziałam, że nikt mnie nie zrozumie, bo trzeba być wariatem, żeby tam chcieć wracać. Powiedziałam: Dziękuję bardzo.

❖

Uniosłam głowę, żeby sprawdzić, co robi L. Odyseja 13–24 leży rozłożona na ławce. L zniknął. Nie pamiętam, kiedy widziałam go po raz ostatni. Chciałam pójść go poszukać, ale wiedziałam, że w zasadzie muszę zostać na miejscu, na wypadek, gdyby to on mnie szukał.

Spojrzałam na Odyseję, żeby sprawdzić, jak daleko zaszedł. Chyba jednak się nie wymigam od lekcji japońskiego. Machinalnie zaczęłam kartkować „Białego Kła".

Po chwili usłyszałam znajomy głos.

Chce pan, żebym policzył do tysiąca po arabsku? powiedział głos.

Mówiłeś, że twoja mama jest w sali 61?

Tak.

To policzysz dla mnie innym razem.

Kiedy?

Kiedy indziej. To pani dziecko?

Wartownik stanął tuż przy mnie. Był z nim L.

Powiedziałam: Tak.

L powiedział: Poszedłem sam do ubikacji.

Powiedziałam: Jesteś dzielny.

Wartownik: Nigdy pani nie zgadnie, gdzie go znalazłem.

Ja: Gdzie pan go znalazł?

Wartownik: Nawet za milion lat nikt by się nie domyślił.

Ja: Gdzie?

Wartownik: W najdalszym zakątku podziemi, w pracowni konserwatorskiej. Zapewne zszedł po schodach i skorzystał z drzwi dla personelu.

Ja: Och...

Wartownik: Nic złego się nie stało, ale na drugi raz proszę go pilnować.

Ja: Nic złego się nie stało.

Wartownik: Ale na drugi raz proszę go pilnować.

Ja: Na pewno.

Wartownik: A jak ma na imię?

Kiedy byłam w ciąży, wymyślałam najdziwniejsze imiona, takie jak Hazdrubal i Isombard Kingdom i Theolonius i Rabindranath i Dariusz Kserkses (Darius X.) i Amédée i Fabiusz Cunctator. Hazdrubal był bratem Hannibala, kartagińskiego wodza, który, wiodąc słonie, przedarł się przez Alpy w III w. p.n.e., żeby wojować z Rzymem. Isombard Kingdom Brumel był genialnym brytyjskim inżynierem z XIX wieku. Theolonius Monk był genialnym pianistą jazzowym. Rabindranath Tagore był bengalskim kompozytorem, poetą, dramaturgiem i filozofem. Dariusz był królem perskim, podobnie jak Kserkses. Amédée to pierwsze imię dziadka narratora z „A la recherche du temps perdu", a Fabiusz Cunctator był rzymskim generałem, który ciągłym zwlekaniem uratował Rzym przed Hannibalem. Tak naprawdę to nikt nie powinien dzieciom nadawać takich imion. Kiedy więc urodziłam, musiałam szybko myśleć.

Pomyślałam sobie, że najlepsze imię to takie, które jednakowo pasuje do człeka poważnego i pełnego rezerwy, jak i wesołka. Raz jest to Stephen, a raz Steve. Raz David, a raz Dave. Kłopot w tym, że wolałam Davida od Stephena i Steve'a od Dave'a. Nie mogłam go jednak nazwać Stephen David lub David Stephen, bo dwa grzyby w barszcz z „v" pośrodku to jednak trochę za wiele. David nie może mieć zdrobnienia Steve; to bez sensu. Ludzie podchodzili do mojego łóżka i pytali, jak on ma na imię. Odpowiadałam: Czasami myślę o Stephenie, czasami o Davidzie. Aż pewnego razu przyszła pielęgniarka z jakimś formularzem i zapisała, co jej powiedziałam, zabrała papier i po krzyku.

Kiedy opuszczałam szpital, wręczyli mi metrykę. Nie dało się już nic odkręcić. W domu okazało się, że ma na imię Ludovic, i tak już zostało, bo praktycznie nie miałam wyboru.

Teraz odpowiedziałam więc wymijająco: Wołam na niego Ludo.

Wartownik: No to pilnuj się mamy, Ludo.

Ja: Dziękuję panu za pomoc. Teraz chyba pójdziemy do sali

trzydzieści dwa, popatrzeć jeszcze na Turnera. Naprawdę bardzo dziękuję.

Kiedy był mniejszy, było łatwiej. Miałam nosidełko. W ciepłe dni nosiłam go na piersiach, gdy siedziałam przy komputerze. Zimą chodziłam zazwyczaj do British Museum i siadałam w Galerii Egipskiej niedaleko szatni i czytałam „Al Hayah", żeby nie wyjść z wprawy. Wieczorem wracałam do domu i przepisywałam „Miesięcznik Hodowcy Prosiąt" albo „Zwierzęta Futerkowe". I tak minęły cztery lata.

19, 18, 17

1 marca 1993 roku

19 dni do moich urodzin.

Znów czytam „Zew krwi". To gorsza książka niż „Biały Kieł" ale tamtą skończyłem przed chwilą.

Doszedłem do Odysei 19.322. Już nie piszę słów na oddzielnych kartkach bo to zabiera zbyt dużo miejsca. Zapisałem tylko słowa które mogą mi się jeszcze przydać. Dzisiaj poszliśmy do muzeum i mieli tam obrazek do Odysei. Podobno przedstawia Cyklopa ale Cyklopa na nim nie widać. Nazywa się Ulisses wyszydzający Polifema. Ulisses to łacińskie imię Odysa. Na ścianie było objaśnienie że na górze widać Polifema ale ja go wcale tam nie widziałem. Powiedziałem wartownikowi że trzeba zmienić ten napis a on mi odpowiedział że na to nie ma wpływu. Spytałem więc a kto ma. Odpowiedział że chyba dyrektor galerii. Chciałem żeby Sibylla zaprowadziła mnie do dyrektora ale ona mi powiedziała że dyrektor jest bardzo zajęty i że grzeczniej będzie jak do niego napiszę. Przy okazji mógłbym poćwiczyć pismo. Spytałem ją dlaczego sama nie napisze. Powiedziała że dyrektor na pewno nigdy w życiu nie dostał listu od pięciolatka więc gdybym się na końcu podpisał Ludo Lat Pięć bez wątpienia zwróciłby na mnie uwagę. Moim zdaniem to głupie podpisywać się Lat Pięć. Sibylla powiedziała właśnie jak spojrzy na twoje pismo to nie uwierzy że masz więcej niż dwa lata. Uważała to za okropnie zabawne.

2 marca 1993 roku
18 dni do moich urodzin. Jestem na tej planecie od 5 lat i 348 dni.

3 marca 1993 roku
17 dni do moich urodzin. Dzisiaj jeździliśmy metrem, bo nie mogliśmy iść do żadnego muzeum. Było to okropnie nudne. Śmiesznie zrobiło się tylko wtedy kiedy Sibylla zaczęła dyskutować z pewną panią o dwóch ludziach których żywcem obdzierano ze skóry. Sibylla powiedziała że jeden z nich zmarł na zawał serca o czasie t a drugi o czasie t + n bo ktoś przez n sekund obierał mu nożem skórę z ciała. Ta pani wtedy powiedziała pas dev a Sibylla ostrzegła ją uwaga on zna francuski. No to ta pani powiedziała non eee non awanty il ragaco a Sibylla powiedziała nie naprzód chłopca. Nie. Naprzód. Chłopca. Hmmmm. Chyba nie wszystko rozumiem to musi być jakiś włoski idiom którego nie mogę nigdzie dopasować. Pani powiedziała że jej zdaniem nie należy poruszać takich tematów w obecności małego chłopca. A Sibylla zawołała ach już wiem tak się mówi we Włoszech. Non awanty il ragaco. Muszę to zapamiętać. Ta pani powiedziała że to zły przykład dla dziecka a Sibylla powiedziała że w takim razie mogą dalej rozmawiać po włosku. Moim zdaniem nie powinny rozmawiać po włosku w obecności małego chłopca czyli non awanty il ragaco. Kiedy ta pani wysiadła Sibylla powiedziała mi że źle robi kłócąc się z obcymi ludźmi bo zawsze trzeba być grzecznym bez względu na okoliczności. Mam z niej nie brać przykładu i panować nad odruchami. Zachowywała się tak dlatego że była trochę zmęczona bo od dawna nie spała i w ogóle to lubi ludzi. Nie jestem tego taki pewien ale zapanowałem nad swoimi odruchami.

Nigdy nie chodziliśmy nigdzie

Wczesny marzec, prawie koniec zimy. Ludo wciąż czyta według jakiegoś planu, którego nie rozumiem: niedawno go widziałam przy „Metamorfozach", chociaż przedtem ślęczał nad Odyseją 22. W przypadku Odysei wyraźnie zwolnił tempo, bo ostatnio czyta zaledwie 100 wersów dziennie. Zmęczyłam się już wymyślaniem, gdzie by tu pójść na spacer. Które muzeum w Londynie jest jeszcze za darmo, poza National Gallery National Portrait Gallery Tate Whitechapel British Museum i Wallace Collection? Finansowo stoimy dużo lepiej, bo przepisałam część czasopism. „Wędkarstwo dla zaawansowanych" roczniki 1969 – do dzisiaj, „Matka i Dziecko" roczniki 1952 – do dzisiaj, „Ty i Twój Ogród" 1932–1989, „Brytyjski Dekorator Wnętrz" 1961 – do dzisiaj i „Myślistwo" 1920–1976 nie spędzają mi już snu z powiek. Teraz mam na rozkładzie „Hodowcę Pudli" 1924–1982. I żadnych wyraźnych postępów w nauce japońskiego.

Kolejna kłótnia o Cunliffe'a. L: Dlaczego nie możemy znowu iść do National Gallery?

Ja: Obiecałeś, że nie będziesz wchodził za drzwi z napisem Tylko dla personelu.

L: Tam nie było napisu Tylko dla personelu ale Przejście służbowe.

Ja: Właśnie. Służbowe to znaczy dla tych, którzy tam pracują i nie chcą, żeby ktoś obcy przeszkadzał im w tej pracy. Powiedz mi, kiedy zrozumiesz, że Ludovic nie jest pępkiem świata.

Idziemy na Tower Hill, do metra. Pociąg linii Circle ma spore opóźnienie, więc siadamy na ławce. Przy okazji odkrywam, że Ludo przemycił do wózka „Kalilah wa dimnah". Teraz ją wyciąga i zaczyna czytać. Szybko przewraca kartki – słowa są bardzo łatwe i często się powtarzają. Mogłam mu dać coś trudniejszego, ale teraz za późno na żale.

Podchodzi do nas jakaś kobieta i patrzy z podziwem i pyta: Jak pani skłoniła synka do nauki?

Mówi, że sama ma pięcioletnie dziecko i chce wiedzieć jak je wychowywać. Opowiadam jej po kolei wszystko co robiłam a ona kręci głową i mówi że w tym wszystkim musi być coś jeszcze.

L: Znam francuski grecki arabski hebrajski łacinę i jak skończę Odyseję zacznę się uczyć japońskiego.

[Co?]

L: Miałem przeczytać „Metamorfozy", księgi od pierwszej do ósmej i trzydzieści baśni z „Księgi tysiąca i jednej nocy", pierwszą Księgę Samuelową i Proroctwo Jonasza i nauczyć się kantelacji i przerobić dziesięć ćwiczeń z podręcznika algebry a teraz muszę tylko dokończyć tę książkę i jeden rozdział z Odysei

[CO?!!!!]

Moja wielbicielka wprost pieje z zachwytu, że to wspaniałe, że małe dzieci powinny mieć pęd do wiedzy, a potem bierze mnie nieco na bok i mówi, że to niezwykle ważne, aby zachować umiar i proporcje, bo zbyt ogromna presja na tak młody umysł może na dłuższą metę okazać się niebezpieczna, wie pani, ostrożność nigdy nie zawadzi, ale ja nie chcę się wtrącać.

Na mój gust nie dalej niż za trzy dni od dzisiaj zaczniemy lekcje japońskiego. Umysł L nie zna umiaru.

Moja wielbicielka plącze się i waha, najpierw mówi o ostrożności, a potem nieśmiało wspomina o swojej córce, która nie jest geniuszem.

Mówię: Może francuski? Niech się nauczy francuskiego.

A ona mówi: Wiem że to brzmi okropnie ale po prostu nie mam czasu.

Mówię: A może córka oczekuje od pani zbyt wiele, niech jej pani wyjaśni jedno słowo dziennie i niech ona sama zaznaczy jakimś kolorem to słowo w swojej książce. Tajemnica sukcesu tkwi w tym, aby dzień po dniu dziecko rozwiązywało jedno proste zadanie.

Tak pani postępuje? – pyta i z niedowierzaniem patrzy na „Kalilah wa dimnah" (a to mnie śmieszy, bo moim zdaniem tekst jest bardzo łatwy, dla niektórych za łatwy).

Nie, mówię. Ale to i tak najlepsza metoda.

Przejechały dwa pociągi linii Circle i jeden District w stronę Upminster. Spytała Ale jak pani skłoniła go do pracy? Powiedziałam jej o pięciu słowach i pisaku firmy Schwan Stabilo a ona powiedziała Zgoda ale w tym musi tkwić coś więcej, na pewno tkwi coś więcej...

nie było rady: myślałam o rzeczach, o których nie powinnam myśleć. Myślałam, jak to ciężko być miłą wobec ludzi i jak to będzie ciężko być miłą wobec ludzi.

Musiało ją nieźle przyprzeć bo przejechał pociąg do Barkin a ona wciąż przy mnie stała. Powiedziała, że kiedyś uczyła się łaciny. Jeżeli zacznę małą uczyć francuskiego to być może można polegać na słówkach ale w językach fleksyjnych cała gramatyka jest tak skomplikowana że czteroletnie dziecko nie da sobie rady.

Powiedziałam, że małe dzieci lubią łamigłówki, że to nie takie trudne, że ja po prostu wyjaśniłam mu, jak dopasować jedno słowo do drugiego, i sam zobaczył, że pasują, i potem szło mu jeszcze łatwiej, bo zdążył się przyzwyczaić.

Uśmiechnęła się z sympatią. Co za miły sposób postępowania z dzieckiem.

Nie wspomniałam jej ani słowem o pierwszym dniu nauki, bo wiedziałam, co o tym pomyślałby pan Ma. L świetnie się bawił, kolorując słowa, więc uszczęśliwiona – jak to zwykle bywa, gdy malec się czymś zajmie – wypisałam mu kilka tabelek (łącznie z tabelą wyrazów w liczbie podwójnej) w spokoju ducha, że pan Ma mnie nie widzi.

Zajrzałam nawet do słownika, żeby sprawdzić wszystkie oboczności, i skończyło się na tym, że L miał mnóstwo mnóstwo mnóstwo słów do pokolorowania i bardzo się z tego cieszył.

Powiedziałam mu, żeby zamalował każdy znaleziony wyraz, zostawiłam Iliadę 1–12 na krześle i wróciłam do Johna Denvera.

Minęły cztery, może pięć godzin. Kiedy uniosłam głowę, L robił coś na podłodze. Podeszłam do niego, a on popatrzył na mnie z uśmiechem. Zaczął od początku Iliady 1, notabene w wydaniu oksfordzkim, i zamalował swoje pięć słów plus WSZYSTKIE rodzajniki, aż do końca Iliady 12. Każda strona świeciła jaskrawą zielenią.

Spytał Gdzie część druga? Muszę to dokończyć.

Po krótkiej chwili powiedziałam nadzwyczaj spokojnym tonem, że nie wiem, gdzie część druga, bo sama jej szukałam. Dodałam spokojnie: Może lepiej będzie jak poznasz więcej słówek i potem jeszcze raz przejrzysz część pierwszą. Możesz użyć innego koloru. Jak nabierzesz wprawy, weźmiesz się za część drugą.

Powiedział Dobrze. Może być dziesięć słów?

Powiedziałam Natürlich. Ile tylko zechcesz. Idzie ci wyśmienicie. A już się bałam, że nie dasz rady.

Powiedział Dla mnie to nie takie trudne.

Popatrzyłam na pokreślony tom i powiedziałam

I ZABRANIAM ci BEZ PYTANIA mazać w INNYCH KSIĄŻKACH.

Tylko tyle i aż tyle. Obcy z radosnym chichotem wyskoczył mi prosto z piersi, żeby na moich oczach pożreć moje dziecko. L spojrzał na książkę,

a ja wróciłam do pracy. On też wrócił do pracy.

Próbowałam być cicha i łagodna, ale coś mi nie wyszło.

Minął tydzień. Słyszałam, że małe dzieci nie potrafią się

skoncentrować. Ale jak na litość boską można je odkoncentrować?! L był monomaniakiem. Budził się o piątej rano, wkładał pięć swetrów, szedł na dół, brał osiem pisaków i zabierał się do roboty. O wpół do siódmej przybiegał do mnie na górę, żeby zdać sprawozdanie z postępów w nauce, i machał mi przed nosem kolorową kartką. Nienawidzę rodziców, którzy zbywają dziecko sennym pomrukiem Cudownie cudownie, a jednak sama mruczałam Cudownie, a potem wysłuchiwałam niekończących się pytań. Przez dwie godziny stado słoni tupało na schodach i już trzeba było wstawać.

Jak wspomniałam, minął tydzień. Pewnego dnia oderwałam się od pracy i usiadłam, żeby poczytać Ibn Battutę. L podszedł do mnie i po prostu patrzył. Nic nie mówił. Wiedziałam, co to znaczy. Wiedziałam, że mimo jak najlepszych chęci nie byłam dla niego dobra. Spytałam: Chcesz się tego uczyć? Oczywiście odpowiedział że tak, więc powtórzyłam wszystko od początku i dałam mu krótką baśń o zwierzętach zaczerpniętą z „Kalilah wa dimnah". Od tamtej pory co wieczór wypisywałam mu dwadzieścia słów z każdej książki, żeby o piątej rano za bardzo się nie nudził.

Minęły cztery dni. Byłam bardzo ostrożna, ale w końcu dałam się przyłapać. Pewnego razu musiałam coś sprawdzić w Księdze Izajasza. Wzięłam Tanach, a on podszedł, popatrzył nań i tak już zostało.

❖

Czytam podręcznik pod tytułem „Kana – NAJPROSTSZA metoda nauki!!!!". L czyta „Jocka z buszu".

	あ a	い i	う u	え e	お o
k	か ka	き ki	く ku	け ke	こ ko
g	が ga	ぎ gi	ぐ gu	げ ge	ご go
s	さ sa	し shi	す su	せ se	そ so
z	ざ za	じ ji	ず zu	ぜ ze	ぞ zo
t	た ta	ち chi	つ tsu	て te	と to
d	だ da	ぢ ji	づ zu	で de	ど do
n	な na	に ni	ぬ nu	ね ne	の no
h	は ha	ひ hi	ふ fu	へ he	ほ ho
b	ば ba	び bi	ぶ bu	べ be	ぼ bo
p	ぱ pa	ぴ pi	ぷ pu	ぺ pe	ぽ po
m	ま ma	み mi	む mu	め me	も mo
y	や ya		ゆ yu		よ yo
r	ら ra	り ri	る ru	れ re	ろ ro
	わ wa				を o
	ん -n				

Próbuję sobie wyobrazić, że daję dziecku coś takiego:

こっつ　ぶ　かぺるしゅ
kott　　　bu　　ka-pe-ru-siu

ほっぷ　な　ぽっぷ
hopp　　na　popp

To się nie uda.

Nigdy nic nie robiliśmy

Minął tydzień i nadszedł pogodny, wietrzny dzień. Na nagich czarnych gałęziach drzew pojawiły się bladozielone pączki. Pomyślałam sobie, że to dobra pora, żeby zaczerpnąć świeżego powietrza, ale wiatr okazał się zbyt ostry.

Pojechaliśmy linią Circle w kierunku odwrotnym do ruchu wskazówek zegara. Wciąż miałam kłopot, jak mu wytłumaczyć kanę (już nie wspominając o nędznych resztkach 262 ideogramów kanji, które niegdyś znałam, ani o 1945 ideogramach kanji, będących w powszechnym użyciu, ani o strzępach gramatyki, patrzących na mnie z kart podręczników „Kanji dla początkujących" i „Jak czytać japońską kaligrafię?"). L czytał Odyseję 24. W gruncie rzeczy nawet nie chodziło o problem lingwistyczny, ale o to, że L miał serdecznie dość metra.

Po dwóch godzinach zaczęłam przeglądać gazetę. Znalazłam wywiad z pianistą Kenzo Yamamoto, który właśnie przyjechał na tournée koncertowe do Anglii.

Nie wiem, czy mały Yamamoto rozwiązywał jedno proste zadanie dziennie, ale na pewno był cudownym dzieckiem. Zyskał wtedy niemałą sławę. Teraz dorósł, a dwa lata temu stał się prawdziwym gwiazdorem.

Jako czternastolatek zdobył wiele nagród i dawał liczne koncerty. Kiedy skończył dziewiętnaście lat, wyjechał do

Czadu. Potem wrócił na trasę koncertową i oszołomił publiczność Wigmore Hall. Ludzie na ogół przychodzą do Wigmore Hall, spodziewając się jakiejś sensacji, ale nie przypuszczali, że po każdym z sześciu mazurków Chopina czeka ich dwadzieścia minut bębnienia. Reszta koncertu odbyła się w zgodzie z programem (z małym wyjątkiem w postaci powtórki sześciu mazurków), a całość dobiegła końca o wpół do trzeciej w nocy. Ludzie spóźnili się na metro i byli bardzo nieszczęśliwi.

Po występie w Wigmore Hall agent pianisty powtarzał bez ustanku, że prywatnie to prawie kocha go jak syna, ale że na zawodowym gruncie jest mnóstwo spraw do rozpatrzenia, że obaj są zawodowcami i że obaj byliby pokrzywdzeni, gdyby w pewnych sprawach dali się ponieść emocjom.

Potem Yamamoto koncertował rzadko i nikt nie wiedział, czy to jego wybór, czy musiał ulec sztywnym warunkom kontraktu. Dziennikarz „Sunday Times" próbował to wybadać, ale pianista wolał mówić o naturze bębnów i innych zjawiskach muzycznych.

ST: Chyba nikt tak naprawdę do końca nie rozumie, dlaczego wyjechał pan do Czadu...

Yamamoto: Moja nauczycielka podkreślała zawsze, że fortepian nie może dźwięczeć jak instrument perkusyjny – pamięta pan zapewne, że Chopin usiłował nadać mu brzmienie głosu – a ja z kolei zastanawiałem się przez lata: dlaczego? Przecież w gruncie rzeczy to JEST instrument perkusyjny. Więc po co udawać?

Dodał jeszcze, że w tamtych latach uważał bębny za najczystszą formę instrumentów perkusyjnych i wychodził z założenia, że bez bębnów nie zrozumiałby fortepianu. Później pojął, że to w zasadzie była nadinterpretacja. Dźwięki dobywane z jakiegoś instrumentu są dźwiękami tego instrumentu, więc byłoby naprawdę zbytnim uproszczeniem, gdyby arbitralnie odrzucić imitację głosu albo na przykład wiolonczeli. Jednak w tamtych latach, mówił Yamamoto, miałem istną obsesję na punkcie bębnów i perkusji.

ST: Interesujące.

Yamamoto dodał, że wspomniana na wstępie nauczycielka kazała mu w każdym utworze szukać czegoś, co nazywała „kręgosłupem". Nie wystarcza bowiem gładka powierzchowność brzmiąca jak ludzki głos albo wiolonczela, albo inny instrument zgoła nieperkusyjny. W końcowej analizie uwaga słuchacza musi sięgnąć głębiej w strukturę muzyki.

Powiedział też, że jak był mały, czasem harował dniem i nocą, żeby grać ściśle według jej wskazówek. Myślał: Tak, to dobre, a ona mówiła: Tak, bardzo ładne, ale gdzie jest muzyka? A o tym lub innym gwiazdorze powtarzała: Ależ to wirtuoz, takim pogardliwym tonem, jakby był nie muzykiem, tylko szarlatanem.

ST: Interesujące.

Yamamoto: Rzecz w tym, że oczywiście wiedziałem, o co jej naprawdę chodzi, ale potem zacząłem myśleć. No dobrze, ale skąd ten strach? Czego się boimy? Boimy się tej powierzchni, boimy się prawdziwych dźwięków? Dojdzie do strasznych rzeczy, jak przestaniemy uciekać?

Kiedy miał szesnaście lat, przeczytał książkę „Bębny nad Afryką".

„Bębny nad Afryką" napisał Australijczyk, nazwiskiem Peter McPherson, który w latach dwudziestych wędrował po Czarnym Lądzie. Zabrał ze sobą gramofon na korbkę i kilkanaście płyt Mozarta. Z humorem opowiadał o reakcjach tubylców i o tym, jak bardzo musiał wysilać swój intelekt, żeby wścibscy Murzyni nie skradli mu gramofonu.

We wszystkich wioskach ludzie z nabożną czcią słuchali dźwięków dochodzących z tuby. Nie było żadnych komentarzy. Kiedyś jednak trafił na krytyka. Murzyn oświadczył, że utwory są słabe i nieciekawe. Inni, wyraźnie ośmieleni, z aprobatą pokiwali głowami, nikt jednak nie umiał wyjaśnić nic więcej. Wreszcie przynieśli komplet bębnów i zaczęli bębnić. W Afryce zwykle tak się dzieje, że bębny grają na dwa rytmy, ale tym razem było ich sześć lub siedem. Chwilę trwało, zanim

McPherson przywykł do hałasu. Wiedziony ciekawością, został w wiosce na dłużej, bo przynajmniej miał pewność, że nikt mu nie ukradnie cennego gramofonu. Przez dwa miesiące oglądał tylko małe bębny – te same, co pierwszego dnia – lecz wreszcie się doczekał niezwykłej ceremonii.

Wieś opisywana przez McPhersona leżała o jakieś dwadzieścia dni drogi od St. Pierre, wśród stepowych zarośli, na brzegu niewielkiego jeziora, za którym sterczała ostra skała, będąca jakby przednią strażą gór odległych o ponad trzydzieści kilometrów. McPherson już od dawna widział pewną chatę, oddaloną od reszty domostw, lecz nie miał do niej wstępu. Nigdy też nie widział, by ktoś tam wchodził lub wychodził.

Któregoś popołudnia do chaty weszło siedmiu mężczyzn. Wytaszczyli ogromny bęben, większy od człowieka. Potem przynieśli resztę bębnów i ustawili je długim rzędem na brzegu jeziora. Z innej chaty wyszła grupa kobiet, niosąca na noszach chłopca. Chłopiec wyglądał na chorego, bo drżał, rzucał się i bełkotał. Wszyscy zaczęli śpiewać. Jedna z kobiet podawała słowa, a inni powtarzali je chórem. Położyli nosze na ziemi. Śpiew ucichł i cała grupa odstąpiła od chłopca.

Słońce wisiało tuż nad widnokręgiem. Zmierzch zapadał szybko, jak to zwykle w tropikach. Niebo stało się granatowe. Mężczyźni ustawili bębny na drewnianych kozłach. Cicho zaczęli bębnić pałeczkami; dźwięk zdawał się rozpływać nad taflą jeziora. Nastąpiła chwila ciszy. Na znak wodzireja bębny zabrzmiały głośniej. Jedno huczące bum! – i przerwa. Znowu bum. I znowu. I znowu. Po sześciu uderzeniach słońce schowało się za horyzontem. Jeszcze jedno głośne uderzenie i cisza. Minęło kilka sekund i dźwięk bębnów powrócił ponad ciemną wodą. Znowu bum, znowu cisza i znowu grzmiące echo. Po siedmiu razach grajkowie odłożyli pałeczki i odeszli. Kobiety zabrały nosze. McPherson zauważył, że chłopiec nie żyje. Rankiem okazało się, że bębny znikły.

Yamamoto powiedział: Coś w tym było. Perkusja w najczystszej formie, dźwięk płynący w powietrzu i jednocześnie nad wodą, odbijający się od skały i wracający do źródła. Przechodzący przez rzadkie medium, przez gęstsze i przez bardzo twarde. Pomyślałem sobie, że muszę to usłyszeć. Wprawdzie nie wiedziałem jak, ale wiedziałem, że muszę.

Przez kilka następnych lat opowiadał o tym fragmencie książki każdemu znajomemu, który bywał w Afryce. Nikt jednak nie słyszał o najczystszej perkusji, o skale, wodzie i powietrzu.

Kiedy miał dziewiętnaście lat, przez pół roku studiował w Paryżu. Jeden z jego kolegów pochodził z Czadu. Yamamoto spytał go o perkusję, a Murzyn zrobił obrażoną minę, bo był zły, że Afryka kojarzy się z bębnami.

Bębny bębny bębny, powiedział, jeśli mowa o afrykańskiej muzyce (zakładając, że istnieje pojęcie jednolitej afrykańskiej muzyki, co wcale nie odpowiada prawdzie), to najważniejszy jest śpiew.

Nie chcę rozmawiać o śpiewie, odparłem, lecz o perkusji w czystej formie. Opowiedziałem mu o bębnach, o jeziorze i o tym, że wieś leżała dwadzieścia dni marszu od miejsca zwanego St. Pierre.

Tak, wiem, gdzie to jest, oznajmił, ale tu nic się nie zgadza. Ludzie w tamtym rejonie mają profesjonalnych grajków, bardów i balladzistów i nic z tych rzeczy nie mogło tam się zdarzyć

Powiedziałem Ale jest step i jezioro

A on powiedział Jest ale to niemożliwe

A potem dodał Zapomnij o Afryce, sam nie wiesz, czego chcesz, zbieram dobrych muzyków do „Eclat / Multiples" Bouleza, więc jak ci pasuje, to możesz u mnie zagrać na fortepianie.

ST: I wyjechał pan do Czadu.
Yamamoto: Właśnie.

Yamamoto powiedział, że kiedy wreszcie znalazł to miejsce, miało w sobie coś prawie magicznego – było jezioro, była skała i chata z dala od wioski i ludzie, którzy grali muzykę o sześciu lub siedmiu rytmach. To co grali przy nim, gasło gdzieś nad wodą i nigdy nie wracało.

Yamamoto: Wytargowałem z życia dwa miesiące, co graniczyło niemal z cudem. Pojechałem do Czadu. Za cenę przeogromnych wysiłków dostałem się do wioski... Jest taki film, prawda, o człowieku, który chciał, żeby Caruso zaśpiewał nad Amazonką?

ST: Prawda.

Yamamoto: Z Klausem Kinskim?

ST: Owszem.

Yamamoto: Więc rozumie pan, o co mi chodzi. I po tym wszystkim, najwyżej po dwóch tygodniach, nagle Brrum! I wioski nie ma.

ST: W tę część pańskiej opowieści najtrudniej uwierzyć.

Yamamoto: Wiem, wiem... Dwa miesiące bez ćwiczeń i pasaży? Czasami sam w to nie wierzę.

Yamamoto mieszkał we wsi. Pewnego dnia wybrał się na rowerze w góry, żeby zobaczyć malowidła skalne. Wziął ze sobą miejscowego chłopaka w roli przewodnika. Po drodze wciąż napotykali liczne oddziały wojska, lecz Yamamoto, jak sam stwierdził, nigdy nie miał dość czasu, żeby się interesować polityką. Po powrocie znaleźli we wsi same trupy. Wszystkich zamordowano. Chłopak był święcie przekonany, że też zginie z rąk żołnierzy. Musisz mi pomóc, powiedział do pianisty. Yamamoto nie wiedział, co począć, ale Murzyn powtarzał ciągle: pomóż, pomóż.

Byli sami w wiosce pełnej ludzkich szczątków. Yamamoto spytał Nie zagrasz im na bębnie? To ceremonia tylko dla umierających?

Chłopak powiedział Jestem jeszcze za młody, a potem dodał Nie, masz rację.

Poszedł do chaty. Yamamoto za nim. Znaleźli siedem bębnów, ale pięć z nich było mocno zjedzonych przez termity, a szósty zniszczony. Tylko jeden bęben stał prosto. Chłopak wyciągnął go z chaty i zaniósł na brzeg jeziora. Instrument był zrobiony z twardego pnia drzewa, chociaż w okolicy rosły tylko niskie i poskręcane krzewy.

Chłopak postawił bęben na koźle i tuż przed wieczorem zaczął cichutko bębnić. Kiedy słońce zawisło tuż nad horyzontem, uderzył głośno osiem razy, a potem, kiedy znikło, zabębnił z całej siły. Opuścił ręce i czekał przez kilka sekund, lecz żaden dźwięk nie powrócił z drugiej strony jeziora. Znów zabębnił i echo znów zgasło nad wodą. Nie wróciło. Zabębnił tak mocno, że bęben zadrżał na koźle. Nic z tego. Rzucił pałeczki na ziemię.

Nie, powiedział, dźwięk nie wróci, bo nie ma do czego...

Dodał też, że muszą zdjąć skórę z bębna. On się schowa do środka, a Yamamoto zabierze instrument ze sobą.

To głupi plan, powiedział Yamamoto, będziesz bezpieczniejszy...

Ale nie wymyślił nic mądrzejszego.

Chłopak miał szesnaście lat. Yamamoto miał tyle samo, kiedy pierwszy raz koncertował w Carnegie Hall. Powiedział: Dobrze, zobaczymy, co nam z tego wyjdzie.

Chłopak zdjął membranę bębna, wpełzł do środka, a Yamamoto zasznurował ją z powrotem. Pojechał na rowerze do sąsiedniej wioski i powiedział, że musi się dostać do N'Djameny. Udało mu się pożyczyć starą niewielką ciężarówkę, na którą mógł załadować bęben. Wrócił do wioski. Bęben stał na brzegu. Chłopak siedział w środku. Właściciel ciężarówki wepchnął bęben na pakę i odjechali.

Pięćdziesiąt mil dalej ciężarówka została zatrzymana przez patrol. Żołnierze kazali im zdjąć bęben z paki i zapytali, co w nim wiozą. Nic, odparł Yamamoto, to tylko zwykły bęben, który zabieram do Japonii. To zagraj coś, zażądał jeden z żołnierzy. Yamamoto lekko popukał w bęben pałeczką.

Żołnierz ściągnął membranę, ale pod spodem było jeszcze wieko, więc bęben wyglądał na pełny.

Yamamoto powiedział: Widzisz? Tam nic nie ma.

Żołnierz uniósł pistolet maszynowy, wycelował w bęben

i pociągnął za cyngiel. Rozległ się głośny wrzask, potem szloch, a potem wszyscy żołnierze z patrolu zaczęli strzelać do bębna. Drzazgi latały wokół, a ziemia przesiąkła krwią. Wreszcie żołnierze się zmęczyli i zapanowała cisza.

Żołnierz powiedział: Miałeś rację. Tam nic nie ma.

Yamamoto pomyślał, że będzie następny. Żołnierz chwycił pistolet za lufę i zdzielił go kolbą w głowę. Yamamoto upadł na ziemię. Opowiadał później, że wcale nie bał się śmierci. Nagle zobaczył swoje ręce, leżące w pyle drogi, tuż obok żołnierskich buciorów. Pomyślał, że mu je zmiażdżą, i zdrętwiał ze zgrozy. Trzech z nich zaczęło kopać go w żebra. Zemdlał.

Kiedy odzyskał przytomność, ciężarówki i żołnierzy nie było. Został tylko podziurawiony kulami bęben na przesiąkniętej krwią ziemi. Yamamoto stracił pieniądze i dokumenty. Ręce miał całe.

Sprawdził, czy chłopak nie żyje, i rzeczywiście nie żył. Nie było go jak pochować, więc Yamamoto na piechotę ruszył w dalszą drogę. Szedł tak dwa dni, bez jedzenia i wody. Dwa razy widział przejeżdżające samochody, ale nie chciały się zatrzymać. Dopiero za trzecim razem zabrał się ciężarówką i wkrótce wrócił do Paryża.

Spotykały go liczne wyrazy współczucia, ale każdego ze znajomych oblewał kubłem zimnej wody, mówiąc: Cóż, moja wyprawa nie poszła zgodnie z planem. Najważniejsze jednak, że zdążyłem wrócić, by wziąć udział w „Eclat / Multiples" Bouleza.

Ludzie mówili: Pewnie trudno ci o tym zapomnieć. Yamamoto odpowiadał: Zaraz po przyjeździe usłyszałem od Claude'a: Głupi byłeś, że w ogóle tam jechałeś, skończ z bębnami i zamiast bębnów wybierz raczej „Etude sur les tons et valeurs" Messiaena...

...więc po powrocie przede wszystkim słuchałem Messiaena, który używa... cóż, ogólnie rzecz biorąc, używa konających dźwięków. Tak właśnie brzmi fortepian: wydaje konające dźwięki. Rozumie pan, młoteczek uderza w strunę, potem odskakuje, a struna chwilę brzęczy, wprawiona w wibrację. Można pozwolić, by dźwięczała dalej, lub przystopować ją pedałem, lub też – i tu zaczyna się ciekawie – inne struny też dźwięczą w określonych frekwencjach. Można na to pozwolić, ale można także wcisnąć pedał w tym lub innym momencie i czekać, aż dźwięk skona...

Lub pytali: Powrócisz kiedyś do Afryki?
a on odpowiadał: Raczej tak. Moja poprzednia podróż była bezowocna z muzycznego punktu widzenia.

ST: Jak to wszystko połączyć z wydarzeniem powszechnie znanym jako „kryzys w Wigmore Hall"?

Yamamoto: Miejsce zaklepał mój agent już bardzo dawno temu. Uważałem wówczas, że w muzyce nie chodzi o brzmienie dźwięków, lecz raczej o percepcję dźwięków, a to w zasadzie oznacza, że aby dobrze słyszeć, trzeba pod pewnym względem wiedzieć, czego szukać. Dotyczy to zarówno dźwięków, jak i ciszy.

ST: A Wigmore Hall?

Yamamoto: Ujmijmy to w inny sposób. Weźmy niewielką frazę na fortepian. Raz zadźwięczy tak jak ogromny bęben, raz usłyszymy tykwę, raz jakiś zupełnie inny instrument, a raz po prostu nic nie będzie słychać. Jeśli ktoś pilnie ćwiczy, za każdym razem usłyszy coś innego, w zależności od tego, jak zagra. Tę samą frazę można zagrać na dwadzieścia lub trzydzieści sposobów w zależności od wielu mniejszych i większych szczegółów...

ST: To trochę przypomina pamiętną decyzję Goulda, który postanowił opuścić salę koncertową, bo lepiej mu się grało w zwykłym studiu nagrań.

Yamamoto: Ależ skądże! Gould może zagrać ten sam fragment w dziewięciu lub dziesięciu wersjach i każda będzie równie dobra, chociaż odmienna od innych. Potem, korzystając ze zdobyczy techniki, produkuje końcowe nagranie. Tu weźmie trochę z tego, tam z tamtego... Innymi słowy, wychodzi z założenia, że pomnażanie dźwięków, strach przed porażką i trudy podejmowania decyzji są dostępne wyłącznie dla pianisty. Publiczność zaś dostaje pełne i skończone dzieło. Moim zdaniem to nieważne, czy dostaną coś skończonego w sali koncertowej, czy na płycie. Niech usłyszą dźwięki w zakresie własnego systemu odbioru.

ST: Tak jak w Wigmore Hall?

Yamamoto zaczął mówić o idei fragmentacji. Wspomniał między innymi, że podczas przygotowań można w pewnym kierunku przesuwać dowolne frazy, na przykład w dół, w dół, aż niemal do zaniku, i wówczas okazuje się, że przykładowa fraza brzmi urzekająco pięknie, ale kiedy jest sama, bo następna fraza na tle tej poprzedniej szokuje chropowatością i brzydotą dźwięków, jakieś głupie gwałtowne crescendo, które w ogóle tam nie pasuje i co gorsza nic z tym nie można zrobić, ale ty wciąż chcesz, żeby brzmiało pięknie i nigdy przedtem nie oczekiwałeś czegoś tak nagiego. Wszyscy dobrze znają niedopracowane fragmenty Niedokończonej symfonii Schuberta Requiem Mozarta Dziesiątej symfonii Mahlera „Mojżesza i Aarona". Dlaczego niedopracowane? Z tejże głupiej przyczyny, że kompozytor ich nie skończył. Jeśli jednak pracujesz nad jakimś fragmentem i masz świetną wersję, której nie możesz użyć, bo niestety jest to tylko fragment, to nie da rady mówić o skończonej całości. Wreszcie zrozumiesz, że nawet tuzin potencjalnych fragmentów nie stanowi jeszcze o skończonym dziele. Dopiero kiedy zauważysz, że fragment to wyłącznie fragment, być może pojmiesz także ogólną koncepcję całości – a wtedy chcesz swoim odkryciem podzielić się z publicznością, bo w przeciwnym razie

ST: Z drugiej strony wciąż słyszy się narzekania, że dzisiejsi wykonawcy zbyt kategorycznie dzielą każdy utwór. Niektórzy z nich grają oddzielnie całe ustępy i pasaże. Chce pan pójść jeszcze dalej w procesie fragmentacji? A gdzie tu miejsce dla kompozytora?

Yamamoto powiedział, że jego zdaniem najpierw trzeba usłyszeć, co NIE GRA, postrzegając to jako część większej całości, i że on zawsze tak robi. Ludzie nie słyszą i dlatego szatkują utwory.

Powiedział: A wracając do Goulda, to moim zdaniem odczuwa on – pogarda to może zbyt mocne słowo – głęboką niechęć do tak zwanej „powierzchni" muzyki, czyli tej warstwy, która jest ściśle związana z instrumentem i gdzie najłatwiej o gwiazdorstwo. Zabawne, ale na swój sposób całkowicie się z nim zgadzam, chociaż także i nie zgadzam. Zgadzam się, że mistrzowska zręczność jest najmniej interesująca. Można wyciąć dwie oktawy, bo wśród publiczności znajdzie się najwyżej jeden człowiek, zdolny powtórzyć taką sztuczkę, ale to nieciekawe. Oczywiście, kiedy ktoś pracuje nad jakimś utworem i wciąż myśli o nim, to nie znaczy (moim zdaniem), że od razu go zagra lub usłyszy ciekawiej, ale jeśli w całej sali tyko on będzie go SŁYSZAŁ, to naprawdę okropne. Można ominąć tę przeszkodę, prezentując słuchaczom jak najwięcej powierzchni

Dziennikarz „Sunday Times" powiedział: Co nas sprowadza z powrotem do Wigmore Hall

Yamamoto powiedział: Oczywiście. Powiedziałem mojemu agentowi że naprawdę chcę zagrać ten sam utwór ze dwadzieścia razy żeby im dać pojęcie co naprawdę słyszą a on odparł że w tym przypadku nawet z moim nazwiskiem na plakatach Wigmore Hall będzie świecić pustkami.

Agent przypomniał mu także o klauzulach w kontrakcie i o obowiązkach ciążących na muzykach.

Yamamoto powiedział: Mój agent lubił powtarzać, że u Japończyków najcenniejszy jest profesjonalizm. Wspomniał też coś o umowie i sprzedanych biletach. Zachowywał się w taki sposób, jakby rzeczywiście przemawiał do zawodowca. Pomyślałem sobie: Co naprawdę znaczy słowo zawodowiec? Co jest w tym japońskiego?

Wie pan zapewne, że w Japonii niezwykłą wagę przywiązuje

się do podarków i że każdy prezent musi być odpowiednio zapakowany. Większość cudzoziemców interpretuje to w mylny sposób. Ich zdaniem dla Japończyków tak ważne jest opakowanie, że w środku równie dobrze może być kawałek gówna. Pomyślałem sobie: Tego właśnie żądają ode mnie. Kupili ładny papier, a teraz czekają, że wypełnię go gównem w odpowiedni sposób, bo według nich jestem PROFESJONALISTĄ i ma być mi z tym dobrze. Pomyślałem: Nie będę dłużej dyskutował.

Wreszcie nadszedł ów wielki dzień i przyszli ludzie z biletami żeby posłuchać o ile się nie mylę sześciu mazurków Chopina jednej barkaroli i trzech nokturnów. Pomyślałem: Jeśli zagram sześć mazurków barkarolę i trzy nokturny to nikt nie będzie się czepiał że poza tym gram jeszcze coś innego. Nie twierdzę że dziś dokonałbym tego samego wyboru ale chciałem dźwięk fortepianu przeciwstawić perkusji w jej najczystszej formie i zgodnie z kontraktem dołożyć do tego Chopina. Krótko mówiąc mniej więcej godzina bębnów sześć mazurków barkarola trzy nokturny i sześć mazurków.

ST: W rezultacie ludzie spóźnili się na pociąg o jedenastej pięćdziesiąt dwie z Paddingtonu i mocno narzekali.

Yamamoto: W rezultacie ludzie spóźnili się na pociąg o jedenastej pięćdziesiąt dwie z Paddingtonu.

ST: A pan nie koncertował przez całe dwa lata.

Yamamoto: To prawda.

ST: Ale obiecał pan dyrekcji Royal Festival Hall, że tym razem nikt nie spóźni się na pociąg.

Yamamoto: Nikt nie będzie zmuszony iść piechotą przez Londyn o drugiej nad ranem.

ST: Trudno to panu przyszło?

Yamamoto: Czułem się wręcz wyśmienicie.

Na końcu była informacja, że Yamamoto będzie koncertował w Royal Festival Hall.

L nie marudził, ale wyglądał strasznie nieszczęśliwie. Myślałam o urzekających swoim pięknem fragmentach, które nie mogą stać się częścią skończonej całości. Myślałam o mazurkach na tle perkusji w jej najczystszej formie. Potem pomyślałam, że powinnam bardziej zwracać uwagę na potrzeby syna, który wyglądał strasznie nieszczęśliwie.

Powiedziałam: Chcesz, to wybierzemy się do South Bank Centre.

L zrobił zdumioną minę.

Powiedziałam: Znajdziemy jakiś stolik, na którym będziesz mógł pracować, a potem pójdziemy na koncert.

Powiedział: Nie chcę iść na koncert.

Powiedziałam: Będziesz miał cały stolik dla siebie.

Powiedział: A dostanę loda?

Powiedziałam: Tak.

Powiedział: A dostanę häagen-dazs?

Powiedziałam: Tak, jeśli tylko będą.

Powiedział: To dobrze.

Powiedziałam: Świetnie. Spróbuj się zachowywać jak rozsądny młody człowiek.

Poszliśmy do Royal Festival Hall i znalazłam stolik jak najdalej od wszelkich miejsc, w których podawano coś do jedzenia. Ludo rozłożył wokół siebie całą bibliotekę. Były tam: „Zew krwi", „Biały Kieł", „Fergus", „Pete", „Tar-Kutu", „Marduk", „MĄTWA!", „REKIN!", „WILK!", „ORKA!" i „Prawdziwe historie o rozbitkach". Co jakiś czas robił sobie przerwę, żeby pobiegać po schodach, potem wracał potem znów biegał i potem wracał żeby ślęczeć nad Odyseją 24. No dobrze.

Na Embankment kupiłam mu maleńką latarkę. Teraz kupiłam dwa najtańsze bilety na koncert. O ósmej zostawiłam wózek (minus „Zew krwi") w szatni przy biernym oporze niechętnej szatniarki i powiedziałam L, że jak się znudzi, to zawsze może sobie poczytać. Zabrałam go do toalety, ale nie chciał siusiu.

Powiedziałam: Teraz wiesz, gdzie są toalety, to jak ci się zachce w połowie koncertu, możesz spokojne wyjść, bo siedzimy przy samym przejściu.

Kupiłam program sądząc że znajdę tam coś ciekawego na temat wykonawcy. Repertuar wieczoru brzmiał jak następuje: Beethoven: „15 wariacji w tonacji E i Fuga na temat z Prometeusza", opus 35 (Wariacje z Eroiki); Brahms: „Wariacje na temat Roberta Schumanna", opus 9; Webern: „Wariacje na fortepian", opus 27. Przerwa. Brahms „Ballady", opus 10: numer 1 d-moll, na motywach starej szkockiej ballady „Edward"; numer 2 D-dur; numer 3 b-moll; numer 4 B-dur.

Na sali panowało wyraźne napięcie (albo przynajmniej tak mi się zdawało), bo większość melomanów zapewne się spodziewała bębnów na estradzie. Stał tam tylko fortepian. Yamamoto wszedł na scenę i rozległy się głośne oklaski. Usiadł i zaczął grać Wariacje z Eroiki.

Wariacje z Eroiki dobiegły końca i rozległy się głośne oklaski. Yamamoto wyszedł za kulisy potem wrócił i usiadł. Zaczął grać Wariacje na temat Roberta Schumanna.

Wariacje na temat Roberta Schumanna dobiegły końca i rozległy się głośne oklaski. Yamamoto wyszedł za kulisy i wrócił i usiadł. Zaczął grać Wariacje na fortepian Weberna, opus 27.

Wariacje na fortepian dobiegły końca sześć minut później i rozległy się głośne oklaski. Yamamoto wyszedł za kulisy i ogłoszono przerwę.

Poszliśmy z L na lody i przy okazji przeczytałam szkocką balladę „Edward", której tekst zamieszczono w programie.

Przerwa dobiegła końca. Było około dziewiątej.

Wróciliśmy na salę. Po publiczności poszedł szmer i rozległy się zduszone śmiechy. Na pustej poprzednio estradzie pojawiły się różne przedmioty. Było więc kilka bębnów, zestaw dzwonków, dwie szklanki z wodą na stoliku – nie dało się wszystkiego ogarnąć jednym spojrzeniem. Yamamoto wszedł na scenę, rozległy się głośne oklaski, usiadł i zaczął grać.

Początkowo sądziłam, że to opus 10, numer 1 na motywach

starej szkockiej ballady „Edward". Nigdy przedtem tego nie słyszałam. Po chwili zrozumiałam, że grał coś całkiem innego: kilka taktów – z pięć albo sześć akordów – i tak w kółko. Nie miałam pojęcia, czy to fragment opusu 10, numer 1, czy nie. Bywają obrazy, na których malarz, nałożywszy farbę, zdrapuje ją do niemal gołego płótna. Podobnie Yamamoto: najpierw zeskrobywał dźwięki, aż niemal nic nie zostało, a później, kiedy nawet najsłabszy z nich zamierał, dziewięć albo dziesięć razy naciskał pedał w różnych fazach konającego tonu, dając posłuchać innych dźwięków. Czasami też naciskał pedał tłumiący, a czasami nie. Trudno było powiedzieć, co się naprawdę dzieje – pomyślałam sobie, że może ten fragment rzeczywiście pochodzi z opusu 10, numer 1, i że to są wariacje. Tyle tylko, że te wariacje nie układały się w logiczną całość. Trwało to ze dwadzieścia minut, a może pół godziny. Potem, po maleńkiej przerwie, Yamamoto powtórzył tę procedurę z inną frazą. Trwało to ze dwadzieścia minut, a może pół godziny. Znów mała przerwa i zabrzmiał utwór, którym był bez wątpienia opus 10, numer 1, na motywach szkockiej ballady „Edward". Znalazły się w nim obie frazy, których słuchaliśmy w ciągu minionej godziny. Sam utwór trwał siedem minut. Kiedy dobiegł końca, rozległy się oklaski.

Yamamoto wstał, podszedł do bębna i uderzył weń pałeczkami. Zanim dźwięk przebrzmiał, wrócił do fortepianu, usiadł i zagrał opus 10, numer 1 d-moll. Trwało to pięć minut. Rozległy się oklaski i wiele osób opuściło salę.

Był kwadrans po dziesiątej. Ludo powiedział Przecież grał to a ja odparłam Tak a on spytał To dlaczego gra znowu a ja powiedziałam Później ci wyjaśnię i ktoś się roześmiał i powiedział że wolałby na to wszystko spoglądać z ukrycia. Ludo sięgnął po „Zew krwi".

Przez następne siedem i pół godziny Yamamoto grał opus 10, numer 1 d-moll i czasami wyglądało na to, że bez żadnych zmian gra ten sam utwór pięć razy z rzędu na tle dzwonków albo warkotu wiertarki elektrycznej, a raz nawet usłyszałam dudy, i znów grał, ale inaczej albo jeszcze inaczej. Niektóre dźwięki rodziły się na scenie, a inne słychać było z taśmy; po sześciu i pół godzinach przerwał i znów zaczął, ale z innym zestawem dźwięków. Puścił taśmę, na której były nagrane głosy ulicy, echo kroków i szmer rozmów, a on zagrał dziewięć razy opus 10, numer 1, i oczywiście okazało się, że nie bardzo słychać, jak gra ani jak sobie poradził z dwiema poprzednimi frazami. O 5.45 nagranie dobiegło końca. Po dwudziestu sekundach przerwy Yamamoto zagrał znowu, ale na tle martwej ciszy, tak że wyraźnie było słychać każdą nutę. Utwór trwał sześć minut, potem nastąpiła krótka przerwa i Yamamoto znów położył ręce na klawiaturze.

Wszyscy spodziewali się, że po raz sześćdziesiąty zabrzmi opus 10, numer 1 d-moll, więc ze zdumieniem graniczącym z szokiem wysłuchali zagranych niemal jednym ciągiem opusu 10, numer 2 D-dur, opusu 10, numer 3 b-moll i opusu 10, numer 4 B-dur. I to tylko po jednym razie! Wyobraź sobie: masz złudzenie że dostajesz podarek na pięćset różnych sposobów i sądzisz że tak będzie zawsze a zaraz potem ktoś mówi Nie tak nie wolno w życiu jest tylko jedna szansa i musisz z niej skorzystać zanim zniknie na dobre. Łzy pociekły mi po policzkach kiedy słuchałam tych trzech utworów i wiedziałam że już nigdy więcej nie będę miała takiej szansy i gdyby były z jakimś błędem to już na zawsze z tymże błędem i być może są sposoby żeby zagrać je inaczej ale słyszałam co słyszałam i już pora do domu.

Wszystkie trzy utwory trwały dwadzieścia minut. Yamamoto zdjął ręce z klawiatury i w sali zapanowała absolutna cisza.

W końcu wstał i ukłonił się, i rozległy się oklaski dwudziestu pięciu osób, które zostały na widowni. Yamamoto wziął mikrofon, wyszedł na środek sceny i powiedział:

Metro chyba już kursuje. Mam nadzieję, że wszyscy państwo bezpiecznie dotrą do domów. Dziękuję, że zostaliście.

Odłożył mikrofon, podszedł do stolika, na którym stały dwie szklanki, wypił łyk wody, odstawił szklankę i wyszedł za kulisy.

Pomyślałam: Będzie jeszcze kiedyś koncertował?

Pomyślałam sobie, że powinnam przejść na drugą stronę rzeki, do linii District, a może lepiej iść na Tottenham Court Road i złapać autobus numer 8, żeby jak najszybciej dojechać do domu. Potem przypomniałam sobie, że przecież przed koncertem się przeprowadziłam i że mam syna. Zapomniałam o tym, bo fotel obok mnie od dłuższego czasu był pusty.

Spokojnie skierowałam się do najbliższego wyjścia i podeszłam do dwóch bileterek rozmawiających zagniewanym szeptem. Spytałam, czy widziały chłopca. Odpowiedziały mi, że nie. Grzecznie spytałam, czy ktoś mógłby wywołać go przez megafon. Jedna z nich powiedziała, że jest blady świt i że to niemożliwe. Już chciałam histerycznie krzyknąć, że muszą go wywołać, kiedy przypadkowo rzuciłam okiem na program. Widniały na nim uspokajające słowa.

Droga Sibyllo jestem tak zmęczony że poszedłem do domu.

Pomyślałam: Pomyśl spokojnie. Nie ma powodu do paniki, bo pewnie dotarł już do domu. Po pierwsze muszę zabrać wózek, po drugie jechać za nim. Zacznę się denerwować dopiero wtedy, jak go nie zastanę.

Zabrałam wózek z szatni i złapałam taksówkę, bo chciałam jak najszybciej wiedzieć, czy mam się denerwować. Mieszkanie było wciąż zamknięte, a L nie miał klucza. Otworzyłam drzwi i weszłam do środka. Pomyślałam: Jeśli jakoś wszedł, to na pewno jest w łóżku na górze, więc poszłam na górę. Spał w ubraniu. Okno w jego pokoju było otwarte. Miał świeże zadrapanie na policzku.

Zeszłam na dół i pomyślałam: Pomyśl spokojnie. Strasznie się bałam, ale czy mam go skrzyczeć tylko dlatego, że się bałam? W zasadzie co go mogło spotkać? Mógł wpaść pod samochód: wątpliwe o tak późnej porze. Bandyci: możliwe, ale mniej prawdopodobne, że napadliby na dziecko niż (powiedzmy) na dorosłego z pieniędzmi i z zegarkiem. Gwałciciele:

możliwe, ale mniej prawdopodobne, że napadliby na dziecko niż (powiedzmy) na mnie, a ja przecież nie bałabym się o tej porze wracać sama do domu. Kidnaperzy: pomiędzy możliwe a prawdopodobne. Sataniści: pomiędzy możliwe a prawdopodobne. Sadyści czerpiący przyjemność z zadawania bólu: pomiędzy możliwe a prawdopodobne.

Pomyślałam: Przecież to głupie. Kiedy znowu pójdę na koncert? Po co go straszyć milionem rzeczy, które mogły się zdarzyć, ale się nie zdarzyły? Powiem mu tylko, żeby na drugi raz wziął ode mnie pieniądze na taksówkę i nie chodził po nocy na piechotę. Kiedy myślałam o taksówce, przypomniałam sobie, że wydałam ekstra 35 funtów. Nie mogłam sobie pozwolić na takie ekstrawagancje. Usiadłam do komputera i otworzyłam „Hodowcę Pudli" rocznik 48, numer 3 (1972) na stronie 27: „Strzyżenie pudli – tajemnica sukcesu".

❖

Ludo wstał o jedenastej. Pisałam do drugiej po południu. Dało to równe siedem godzin pracy, więc odrobiłam wydatki na koncert, taksówkę i lody. Pomyślałam sobie: 1. Gdybym utrzymała to tempo, to miałabym czas dla siebie i 2. Gdybym codziennie grała jakiś utwór sześćdziesiąt razy w ciągu siedmiu godzin, to prawdopodobnie bym się go nauczyła. Strasznie chciałam znów usłyszeć balladę Brahmsa opus 10, numer 2, którą słyszałam tylko raz na koncercie poprzedniego wieczoru.

Zabrałam L do Barbicanu, wypożyczyłam Utwory fortepianowe Brahmsa tom 1 i wzięłam je do domu. Dużo pisałam i mało spałam, więc pomyślałam, że spróbuję zagrać ten kawałek, no i zaczęłam grać w kółko jedną króciutką frazę. Próbowałam ją zmieniać, ale wciąż brzmiała tak samo, z wyjątkiem pomyłek, które raz popełniałam w tym, a raz w tamtym miejscu, a raz wcale. Grałam i grałam, aż w końcu z błędami mogłam ją zagrać z pamięci, a kiedy zagrałam ją z błędami po raz dziesiąty, Ludo wybuchnął śmiechem.

Odwróciłam się na krześle i popatrzyłam na niego. Śmiał się nadal.

Pomyślałam, że go zaraz zleję, jak chwilę dłużej zostanę z nim w pokoju, więc poszłam na górę do łazienki i zamknęłam za sobą drzwi. Ziąb był jak diabli. Zamknęłam klapę od sedesu i usiadłam.

Kiedyś czytałam o doświadczeniu prowadzonym z małymi małpkami, którym w zastępstwie matek dano lalki stające się potworami: jedna lalka miała wmontowaną dmuchawę – druga sprężynę, która zrzucała małpkę na podłogę – a z trzeciej wyskakiwały igły. Reakcja małpek była zawsze jednakowa: odtrącone, jeszcze mocniej przytulały się do „matki" lub czekały, aż znikną igły, żeby wrócić i się przytulić. Chociaż czasami myślę, że jestem takim potworem z igłami, sprężyną i dmuchawą, to pocieszam się, że mimo wszystko naukowcy nie zdołali wyhodować małpich psychopatów, ale

Naukowcy przestali bawić się lalkami i wyhodowali prawdziwe potwory. Trzymali małpy w izolatkach, zapładniali je i patrzyli, co dalej. Niektóre z nich zupełnie obojętnie odnosiły się do nowo narodzonych dzieci, inne były brutalne lub wręcz krwiożercze: miażdżyły główkę dziecka w zębach, rozbijały maleństwo o podłogę lub szargały w tę i nazad i co wtedy

Pomyślałam: Pomyśl spokojnie albo w ogóle o tym nie myśl.

Pomyślałam: Nie spałaś. Lepiej kładź się do łóżka, a jak wstaniesz, innym okiem spojrzysz na otoczenie.

Pomyślałam: Eksperyment przyniósł więcej pytań niż odpowiedzi. Bardziej interesujący byłby portret psychologiczny człowieka, który nie czyta Arystarcha i Zenodota, i Didymusa, tylko poświęca wszystkie siły na hodowlę małpich psychopatów. Wmawiałam sobie, że ów naukowiec prawdopodobnie był dzieckiem sprzed Spocka. Przypomniało mi się, że był chyba jakiś lekarz, też sprzed Spocka, który głosił popularną zasadę, że dziecko powinno być wychowywane według harmonogramu i karmione o ściśle określonych porach, bez względu na jego płacz, krzyki itd. Chciałam się upewnić, czy dobrze to zapamiętałam. W jaki sposób miałam powstrzymać L, żeby nie czytał o małpach zamykanych na czterdzieści pięć dni w wąskiej izolatce o stalowych ścianach i przejawiających później przez ponad dziewięć miesięcy nienormalne i psychopatyczne zachowanie o silnie depresyjnym podłożu. O tym, że jeszcze wiele zostało do zbadania, że ważne są wymiary klatki, kształt klatki, czas uwięzienia, wiek w chwili uwięzienia i różne inne czynniki. Skąd mam wiedzieć, że gdy dorośnie, nie będzie szukał jakiejś lalki w zastępstwie matki

Spałam bardzo długo i obudziłam się w lepszym nastroju.

Pomyślałam: Jesienią pójdzie do szkoły.

Pomyślałam, że mu nie odgryzę głowy, jak teraz zejdę na dół, więc zeszłam.

Ludo siedział na podłodze.

Powiedział, że skończył Odyseję 24!

Powiedziałam z uczuciem To WSPANIALE

a ponieważ zawsze dotrzymuję obietnic powiedziałam Więc teraz nauczę cię hiragany.

A on powiedział Nie trzeba, już się jej nauczyłem.

Spytałam Co?

Powiedział Sam się nauczyłem, z podręcznika do japońskiego.

Spytałam Więc mam cię nauczyć katakany?

Powiedział Też ją umiem. Wcale nie była trudna.

Spytałam Kiedy się nauczyłeś?

Powiedział Ze dwa tygodnie temu. Pomyślałem sobie, że ci oszczędzę kłopotu.

Powiedziałam, że to wspaniale. Powiedziałam Napisz mi coś żebym widziała że naprawdę umiesz,

a on wziął kawałek kartki i narysował tabelkę hiragany i tabelkę katakany i powiedział Widzisz? To bardzo łatwe.

Popatrzyłam na to i nie znalazłam błędów i powiedziałam To fantastyczne. Pocałowałam go cztery lub pięć tysięcy razy i powiedziałam Mądry chłopak. Spytałam Co jeszcze umiesz? Znasz dużo słówek?

Powiedział, że trochę zna. Powiedział, że zna tadaima i ohayo gozaimasu i konnichiwa i sayonara i tada kassen ni wa zuibun de ta ga.

Powiedziałam, że to bardzo dobrze. Spytałam Chcesz żebym ci napisała kilka ideogramów kanji?

Powiedział Myślę że sam też to potrafię zrobić.

Wiedziałam co to znaczy. Wiedziałam że mimo starań i tak jestem potworem. Powiedziałam Na pewno potrafisz. Spytałam Więc może wytłumaczę ci zasady?

Powiedział Dobrze.

Wytłumaczyłam mu zasady.

Koniec trasy

Wcześnie zeszłam na dół żeby przygotować mu urodziny.
Na trzy godziny odłożyłam wszelkie inne sprawy i znalazłam różne notatki które poczyniłam kiedyś dla potomności. Nie wiem czy potomności na coś się przydadzą – ale jak teraz na nie patrzę przyszło mi do głowy że powinnam je uporządkować jak L będzie w szkole. To już za parę miesięcy. Będę miała pięć godzin względnego luzu żeby powiedzieć to co zechcę. Odłożyłam notatki do teczki.

Ludo wciąż śpi – dzisiaj w nocy markował aż do trzeciej bo była to ostatnia noc przed urodzinami i powiedziałam mu że pójdzie spać kiedy zechce. Popatrzę na film dopóki się nie obudzi.

40 rozbójników stoi na szczycie wzgórza w pobliżu japońskiej wioski. Wołają, że tu powrócą zaraz po zbiorach jęczmienia. Podsłuchują ich chłopi.

Narada we wsi. Chłopi wpadają w rozpacz.

1. z błyskiem w oczach zrywa się na równe nogi.

Zróbmy włócznie z bambusa! Zabijmy wszystkich bandytów!

Nie uda się, mówi 2.

To niemożliwe, mówi 3.

Siąpi drobny deszcz. Za oknem łopoce na wietrze płachta szarego papieru.

Chłopi szukają rady u wioskowego patriarchy.
Szukajcie głodnych samurajów, mówi. Nawet niedźwiedź wychodzi z lasu, gdy szuka pożywienia.
4 chłopów wyrusza w drogę: Rikichi z błyskiem w oczach, Yohei (nie uda się), Manzo (niemożliwe) i jeden bez imienia.

To chyba już prawdziwa wiosna.

Chłopi widzą tłum ludzi. Jakiś samuraj zszedł nad rzekę i prosi mnicha, żeby mu ogolił głowę.
Wąsaty facet z mieczem przepycha się przez ciżbę, robi skwaszoną minę i drapie się po brodzie (Toshiro Mifune).

Prawdziwy szok. Oglądałam arcydzieło światowego kina, zasnęłam na dziesięć minut i przeleciał mi cały fragment.
STOP. COFNIJ.
Oznaki życia w sąsiednim pokoju.
STOP. PLAY.

Nikt nie wie, dlaczego mistrz miecza zmienił zdanie.
6 samurajów zamierza z samego rana wyruszyć w drogę przez góry.
Wbiega szuler. Mówi, że znalazł prawdziwego twardziela.
Katsushiro chwyta pałkę i staje za drzwiami. Ostatni sprawdzian.
Szuler: To nieuczciwy podstęp
Kambei: Jeśli to dobry wojownik to nie da się uderzyć
Szuler: Ale on jest pijany
Kambei: Prawdziwy samuraj nie spija się na umór
Ktoś wtacza się przez drzwi; Katsushiro wali go pałką w głowę. Intruzem jest Toshiro Mifune. Pada na ziemię.
Mifune patrzy na samurajów.
Śmiałeś wątpić czy jestem samurajem?

Właśnie że jestem samurajem
Dokąd idziecie? Coś wam pokażę [wyciąga zwój]
Spójrzcie na to
To drzewo genealogiczne całej mojej rodziny

Mifune warczy, burczy i robi dziwne miny. Obok mnie usiadł jego mały naśladowca. Kurosawa potrafi to dobrze załatwić. Wybuchowy Mifune poważny Shimura gorliwy Kimura... Kiedy tak na nich patrzę, uświadamiam sobie że mój mały chłopiec bez ojca i wuja otrzymał nagle nie ośmiu wzorcowych mężczyzn (6 samurajów 1 chłopa z pochodzenia w dodatku wagabundę i 1 chłopa bohatera) ale szesnastu (8 postaci 8 aktorów) siedemnastu licząc nieobecnego w filmie Kurosawę. Tylko jeden samuraj to mistrz w swoim fachu i perfekcjonista ale ośmiu aktorów i niewidzialny reżyser z taką samą perfekcją weszli w swoje role a to razem siedemnaście (bez statystów).

[Kambei czyta] Ty jesteś Kikuchiyo?
Urodzony w drugim roku ery Tensho... [wybucha śmiechem]
Staro wyglądasz Kikuchiyo
Z dokumentu wynika że masz dopiero 13 lat
[wszyscy samuraje się śmieją]

L: Gdzie to ukradłeś?
L: Jak śmiesz nazywać mnie złodziejem?

Teraz mamy sześć lat.

III

Po tym wspaniałym pojedynku (...) widz może oczekiwać, że film zakończy się jakimś wzniosłym stwierdzeniem, że nasz bohater wreszcie dorósł, że wreszcie zmężniał i stał się wielkim mistrzem judo.

Donald Richie „Legenda judo"
w: „Filmy Akiry Kurosawy"

III

1, 2, 3

20 marca 1993 roku

Dzisiaj są moje szóste urodziny.

Dostałem japoński słownik ilustrowany w wydaniu Oxford-
-Duden i małą książeczkę o kocie po japońsku całą napisaną w kanie i jeszcze jedną książkę której nie mogłem przeczytać bo też była po japońsku, ale Sibylla powiedziała że to Legenda judo którą napisał Tomita Tsuneo i której bohaterem jest Sugata Sanshiro. Powiedziała, że mi pożyczy słownik kanji i słownik japońsko-angielski wydany przez Kodanshę i podręcznik do gramatyki ale niestety nie było Legendy judo po angielsku, więc na samym początku może być mi trudno. Zgodnie z tym co mówi pan Richie o filmie to podobno przepiękna opowieść. Sibylla wyciągnęła książkę pana Richie i spytała możesz to przeczytać? Spytałem czy to po angielsku a ona odpowiedziała tak więc odpowiedziałem jasne że mogę przeczytać. Jest tam opisana pewna dramatyczna scena w której mistrz judo każe Sugacie popełnić samobójstwo. Oto co pan Richie mówi o mojej książce:

Pokonał wielu przeciwników, stosując techniki judo. W tym fragmencie Kurosawa stosuje szybki montaż. Efekt jest oszałamiający. To coś rodem z tradycyjnego filmu o samurajach, ale przedstawione w bezbłędny sposób. Widz – nie wiedząc jeszcze, co go zaraz czeka –

myśli: ten Sugata musi być bohaterem. To prawdziwy mężczyzna. Tak samo myślą gapie. Z ciżby dobiegają pochwały i okrzyki aplauzu, a Sugata, uskrzydlony sławą, wciąż atakuje, atakuje i wygrywa.

Cięcie montażowe przenosi nas do domu mistrza. Tu panuje całkowity bezruch. Mistrz siedzi nieruchomo jak posąg. Po dynamicznej akcji w poprzednim ujęciu czai się w tym przestroga. Mistrz siedzi, jakby na coś czekał. Mijają chwile. Wchodzi Sugata w poszarpanym kimonie.

MISTRZ: Musisz czuć się znakomicie, pokonałeś tylu ludzi.
SANSHIRO: Bardzo mi przykro...
MISTRZ: Chciałem zobaczyć cię w akcji. Jesteś silny, istotnie niezwykle silny. Być może silniejszy niż ja. Ale podobieństwo między moim judo i twoim jest minimalne. Wiesz, co mam na myśli? Ty nie wiesz, jak wykorzystać swe możliwości, bo nie wiesz, jak należy żyć. A uczyć judo kogoś, kto tego nie wie, to tak jak wręczyć nóż szaleńcowi.
SANSHIRO: Ależ ja wiem!
MISTRZ: To kłamstwo. Walczyć tak jak ty, bez przyczyny i celu, nienawidzić i atakować – czy to ma być droga życia? Nie! Tą drogą jest lojalność i miłość. To jest jedyna prawda na niebie i na ziemi. To jest ostateczna prawda i tylko dzięki niej człowiek może stanąć w obliczu śmierci.
SANSHIRO: Mogę stanąć w obliczu śmierci. Nie boję się nawet umrzeć zaraz, jeśli tego zażądasz.
MISTRZ: Milcz! Jesteś zwykłym zabijaką.
SANSHIRO: Nie boję się umrzeć.
MISTRZ: Więc idź i umieraj *.

---

* Przekład Alicji Helman, w: „Akira Kurosawa", WAiF, Warszawa 1970, s. 61.

Sugata robi coś niezwykłego. Otwiera shōji i bez namysłu skacze.

Muszę przeczytać tę książkę.
Najpierw obejrzałem słownik ilustrowany bo miał samuraja na okładce. Trudniej było go znaleźć w środku bo był w dziale Etnologia. Kiedy już go znalazłem okazało się że były tam tylko słowa samuraj i zbroja w dodatku nawet nie znakami a tylko hiraganą.
Nie powiedziałem nic Sibylli bo nie chciałem jej martwić ale chyba się domyśliła bo zapytała co się stało. Powiedziałem Nic a ona powiedziała z przekąsem Dō ka na? Dō ka na? znaczy po japońsku Naprawdę? Pokazałem jej samuraja a ona na to że to naprawdę bzdura że nie napisali kanji o znaczeniu „samuraj". Pewnie myśleli że to za trudne dla normalnych ludzi. Powinienem chyba napisać list do wydawcy i podpisać się Ludo Lat Sześć. Spytałem czy mogę napisać list na komputerze a Sibylla spytała skąd wtedy będą wiedzieć że naprawdę jesteś sześciolatkiem? Poradziła żebym dopisał kanji w liście i mam zamiar to zrobić.

侍

Sibylla znów ogląda Siedmiu samurajów. Widziałem to już mnóstwo razy więc postanowiłem że zajmę się Legendą judo. Od jutra mam codziennie uczyć się kilku znaków. Dzisiaj poznałem dwa słowa które Sibylla zaczerpnęła z książki.

柔術 jujitsu   柔道 judo

Ju znaczy miękki a jitsu sztuka albo umiejętność a do droga i te znaki można łączyć z innymi. Znam już całą hiraganę i całą katakanę.
W końcu popatrzyłem na pierwszą stronę książki. Japoński to najtrudniejszy język świata.

Nie będę kolorował znaków które już poznałem bo to jedyna książka po japońsku jaką mamy nie licząc dwóch u Sibylli. Postanowiłem w zamian odszukać w słowniku jeden z pozostałych znaków i zajęło mi to prawie godzinę. Znaki wyglądają podobnie więc trudno je zapamiętać jak się ich nie koloruje. Po chwili Sibylla popatrzyła na mnie. Wyłączyła magnetowid i zapytała co się stało. Powiedziałem Nic. Podeszła popatrzyła na książkę i spytała jak chcesz się uczyć skoro nie kolorujesz znaków? Powiedziała że te małe japońskie książki są bardzo tanie kosztują tylko piątaka i zawsze możemy kupić nową. Powiedziała że mam urodziny i powinienem być wesoły i że mam jej wszystko mówić jeżeli mnie coś martwi.

Powiedziała też że w urodziny mogę jej wciąż zadawać przeróżne pytania. Spytałem kim był mój ojciec? Powiedziała, że jest jej przykro ale nie może mi powiedzieć. Był podróżnikiem i pisarzem i tylko raz się spotkali.

Myślę że to ktoś sławny.

21 marca 1993 roku

Dzisiaj każde z nas wybrało jeden znak. Będziemy tak robić codziennie aż wszystkich się nauczymy. Wszystkich jest 1945 a ja znam już trzy więc jak się będę uczył dwóch dziennie to za 971 dni skończę naukę. Chciałem żebyśmy się uczyli 20 znaków dziennie bo wtedy za trzy miesiące byłoby już po wszystkim. Sibylla jednak powiedziała nie to straszne budzić się ze świadomością że czeka cię 20 znaków. Jak nam się zachce to będziemy poznawać więcej niż dwa ale tylko jak nam się zachce.

Sibylla wybrała 人 JIN człowiek/hito człowiek. JIN to czytanie sino-japońskie a hito japońskie.

Ja wybrałem

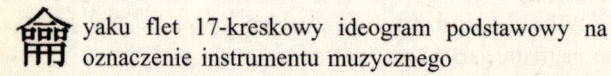

龠 yaku flet 17-kreskowy ideogram podstawowy na oznaczenie instrumentu muzycznego

Niestety u Halperna nie było żadnych złożeń z zastosowaniem tego znaku.

Kiedy już nauczyliśmy się obu ideogramów zapytałem Sibyllę gdzie poznała mojego ojca. Wyszło na to że na przyjęciu. Wszyscy chcieli z nim rozmawiać ale on wolał rozmawiać z Sibyllą i kiedy ona wyszła z przyjęcia to on postanowił że też wyjdzie.

22 marca 1993 roku

Sibylla wybrała 大 DAI (wielki) / o / (wielki) i chciała żebym wybrał 太 TAI / ogromny / futo (1) (gruby) bo to łatwiej zapamiętać.

Wybrałem 璽 JI (pieczęć cesarska). Powiedziałem że jak mi pozwoli wybrać jeszcze 爾 JI (tamto) to może sobie wziąć 太 ale odpowiedziała że zostawimy to na jutro.

Po śniadaniu wziąłem się do Legendy judo. Pomalowałem wszędzie imię Sugata Sanshiro i znaki oznaczające judo i jujitsu. Te ideogramy które ostatnio wybrałem jeszcze nie pojawiły się w książce.

Dzisiaj zapytałem Sibyllę o ojca ale powiedziała że nie chce o nim rozmawiać. Poprosiłem żeby mi chociaż powiedziała jak miał na imię. Odparła że nie. Powiedz chociaż na jaką literę się zaczynało powiedziałem. Odparła że nie.

23 marca 1993 roku

太 TAI ogromny / futo (1) (gruby)

爾 JI (tamto)

24 marca 1993 roku

Dzisiaj Sibylla wybrała 水 SUI (woda)/mizu (woda). Tym razem chciała żebym wybrał 氷 HYŌ (lód)/kōri (lód)/hi (lód)/kō (ru) (marznąć) (!). Powiedziałem że to nudny znak bo wygląda prawie tak samo jak woda. I o to chodzi, odparła. Chcesz żebym wybierał nudne znaki spytałem i w zamian za to wybrałem

藻 SŌ (algi, wodorosty; elegancka wymowa; zacięcie retoryczne)/mō (algi, rzęsa wodna, wodorosty)

Powiedziałem nauczę się 氷 jak jeszcze będę mógł wybrać

繭 KEN (kokon)/mayu (kokon)

25 marca 1993 roku

氷 HYŌ (lód)/kōri (lód)/hi (lód)/kō(ru) (marznąć)

繭 KEN (kokon)/mayu (kokon)

26 marca 1993 roku

木 BOKU (drzewo, drewno)/ki (drzewo, drewno)
太木 taiboku (ogromne drzewo)

翠 SUI (jadeitowy, szmaragdowy, zieleń roślinna; zimorodek)

27 marca 1993 roku

森 SHIN (gęsty las)/mori (las)
森森 shinshin gęsto porośnięty lasem

亀 KI (żółw wodny lub lądowy)/kame (żółw wodny lub lądowy)

Jak już się nauczyliśmy wszystkich znaków poszliśmy do biblioteki. Przez cały tydzień pytałem jak ojciec miał na imię ale Sibylla nie chciała mi powiedzieć nawet pierwszej litery. Wybrałem do czytania Wyprawę Kon-Tiki.

28 marca 1993 roku

Znowu się kłóciliśmy o ideogramy. Sibylla powiedziała że ona wybierze 火 KA (ogień)/hi (ogień) a ja powinienem wybrać 炎 EN (płomień)/hono (płomień) i zapamiętać że 巛 to piktogram magarigawa do znaku rzeka. Wtedy łatwo zapamiętamy dlaczego 災 SAI/wazawa (1) oznacza klęskę żywiołową/kataklizm i dlaczego 人災 jinsai oznacza katastrofę spowodowaną przez człowieka i dlaczego 火災 kasai to pożar albo podpalenie. Spytałem czy Thor Heyerdahl jest moim ojcem? Oczywiście że nie odpowiedziała Sibylla. Powiedziałem jej że może wybrać wszystkie wymienione znaki i spytałem czy je wybiera. A ty nie? zapytała. Powiedziałem że ma cztery, łącznie z piktogramem do rzeki. Sam wybrałem

翳 EI (cień, mrok)/kage(ri) zamyślenie

鼎 kanae (naczynie rytualne, kocioł na trójnogu)/TEI (trójkątny)

鼀 BŌ (ropucha, żaba) i

虎 KO (tygrys)/tora (tygrys)

Spytałem wybierasz cztery a Sibylla odpowiedziała tak bo nie będę czekać aż cztery dni tylko po to żeby dotrzeć do jinsei. Wiem że to tylko taki wykręt. Powiedziałem że w takim razie chcę

虐 GYAKU (okrutny, dziki, gnębiący, tyran) / shiita(geru)
(gnębić, prześladować, tyranizować, upokarzać)
zamiast

鼉 BŌ (ropucha, żaba)

Sibylla powiedziała Dozo, jinsai. Uważała że to bardzo śmieszne.

29 marca
Dzisiaj skończyłem Wyprawę Kon-Tiki. Postanowiłem że nauczę się oprawiać rybę.

30 marca
Dzisiaj razem z Sibyllą oprawialiśmy rybę. Nie chciałem jej potem zjeść więc Sibylla była wkurzona.

31 marca
Zacząłem czytać W sercu Borneo. Chciałem oskubać kurczaka ale Sibylla powiedziała że nie ma na to ochoty. W zamian poszliśmy do Ohio Fried Chicken.

1 kwietnia
Sibylla wciąż nie ma ochoty na skubanie kurczaka. Zapytałem czy mój ojciec miał na imię Ludo i odpowiedziała nie. Zapytałem czy to był David i odpowiedziała nie. Zapytałem czy to był Steven i odpowiedziała nie. Więc jak? zapytałem i odpowiedziała Rumpelstiltskin. Potem zaproponowała że pójdziemy do Ohio Fried Chicken. Zapytałem czy to naprawdę był Rumpelstiltskin i odpowiedziała nie.

2 kwietnia
Dzisiaj skończyłem czytać W sercu Borneo. Postanowiłem spać na podłodze. Zacząłem czytać Piaski Arabii.

3 kwietnia

Ciągle czytam Piaski Arabii. Bardzo ciekawe. Beduini chodzą bez butów. To im utwardza stopy. Zapytałem Sibyllę czy dzisiaj oskubiemy kurczaka i powiedziała nie.

25 kwietnia

Przeczytałem Wyprawę Kon-Tiki, W sercu Borneo, Piaski Arabii, Desperacki rejs, W pogoni za przygodą, Panterę śnieżną, W Patagonii, Noce nad Amazonką, Na Kaukaz, Namioty w stepie, Zimę w igloo, Z wielbłądem i kompasem, Wśród pigmejów i Po Aleksandrze. Zapytałem Sibyllę czy zna jakąś z tych książek. Oglądała w tym czasie Siedmiu samurajów i myślałem że się wygada. To był fragment w którym Kyuzo walczy z drugim samurajem. Odpowiedziała że czytała W Patagonii. Roześmiała się kiedy Kyuzo zabił przeciwnika. Powiedziała że nigdy nie spotkała Bruce'a Chatwina. Zapytałem czy spotkała kogoś z pozostałych. Popatrzyła na mnie bez słowa a potem wróciła do filmu.

Trochę mam już dość tych japońskich znaków, bo żaden z nich nie występuje w Legendzie judo. Do tej pory poznaliśmy ich 98. Kilka znaków Sibylli nawet było w książce ale nie moje. Przejrzałem całą treść i okazało się że są tam ideogramy których nie ma w słowniku! To bardzo denerwujące.

26 kwietnia

Dzisiaj byliśmy w bibliotece. Wziąłem Szlak przez Alaskę, Bilet do Łotwy, Nocny ekspres do Turkmenii, Senne dni w Patagonii, Śladami Stanleya, W poszukiwaniu Dżyngis-chana i Wędrówki Danzigera.

12 maja

Skończyłem Legendę judo. Było tam parę rzeczy których nie zrozumiałem bo Sibylla nie umiała odpowiedzieć na niektóre moje pytania. Powiedziała że ostatnio byłem bardzo grzeczny i że odwaliliśmy kawał ogromnej roboty. Powiedziała też że pójdziemy do księgarni Books Nippon i że kupi mi następną książkę po japońsku.

Odparłem że chciałbym książkę o ośmiornicy. Sibylla zapytała o to sprzedawczynię a ta odpowiedziała że zaraz zobaczy. Położyła na ladzie kilka różnych książek. Chyba kupiliśmy tę o ośmiornicy ale nie jesteśmy pewni.

13 maja

Dzisiaj skończyłem Szlak przez Alaskę. Postanowiłem że zacznę czytać Bilet do Łotwy. Sibylla dużo pisała i zrobiła przerwę na Siedmiu samurajów. Kiedy cała grupa dotarła do wioski zapytałem czy przeczytała jakąś książkę mojego ojca. Powiedziała że nie bo nie chciała. Zapytałem dlaczego? Powiedziała że ktoś w biurze dał jej taką książkę i zaczęła czytać. Znalazła mnóstwo błędów i nieścisłości. Powiedziała o tym tej osobie która jej dała książkę a ta osoba zapytała: i co z tego? Masz tę książkę? spytałem od niechcenia. Odwróciła głowę i popatrzyła na mnie. Potem powiedziała nie i znowu wlepiła wzrok w ekran. Zapytałem a kto to był? Ciągle patrzyła w ekran. Powiedziała że nie pamięta, że wszyscy mieli hopla na jego punkcie.

Wystarczy więc że znajdę kogoś z jej firmy i zapytam za kim wszyscy szaleli. Kłopot w tym że wszystkich już chyba dawno zwolniono. Jak będę starszy to zabawię się w detektywa i na pewno ich znajdę.

14 maja

Dzisiaj był fałszywy alarm. Uczyłem się japońskiego i nagle zauważyłem, że Sibylla przygląda się mojej półce z książkami! Z zapartym tchem czekałem co będzie dalej. Po dłuższej chwili wyjęła Wędrówki Danzigera i zaczęła je kartkować. Potem usiadła! Z okropnie smutną miną wpatrywała się w książkę trochę czytała i wzdychała. W pewnej chwili szepnęła pod nosem Ishafan! A później nawet na mnie patrząc powiedziała z ironią w głosie: nie rób sobie płonnych nadziei.

Zapytałem dlaczego mi nie powiesz kim był naprawdę?
Odparła bo on o tobie nic nie wie.
Zapytałem dlaczego mu nie powiedziałaś?
Odparła bo nie chcę go więcej widzieć.
Zapytałem dlaczego nie chcesz go widzieć?
Odparła nie chcę o tym rozmawiać.

Być może kiedy go spotkała przygotowywał jakąś ekspedycję. Wszystko wydał na przygotowania więc Sibylla nie powiedziała mu nic o mnie żeby nie dawał jej pieniędzy. Wiedziała że całym sercem zaangażował się w tę wyprawę.

15 maja

Sibylla jest na mnie wściekła bo wciąż pytam o swojego ojca. A zapytałem tylko czy znał jakieś języki. Spojrzała na mnie i powiedziała musisz czegoś posłuchać. Pisała na komputerze ale wstała i powiedziała że pójdziemy znowu do biblioteki chociaż byliśmy tam dopiero wczoraj.

Poszliśmy do Barbicanu do biblioteki muzycznej i Sibylla zapytała czy jest Liberace. Powiedzieli że nie mają nic z tych rzeczy. Powiedziała że to nie może czekać więc wsiedliśmy do metra i linią Circle pojechaliśmy do King's Cross tam przesiedliśmy się na Piccadilly i dojechaliśmy do Piccadilly Circus gdzie jest sklep Tower Records. Tam powiedzieli że Liberace to muzyka lekka. Poszliśmy więc do działu muzyki lekkiej.

Pod nazwą Liberace stało dużo nagrań ale najtańsza była kaseta za 9,99 funta.

9,99! zawołała Sibylla stojąc z kasetą w dłoni. „Serce mi się kraje, ale muszę to zrobić". Kupiła kasetę i wróciliśmy do domu.

W domu Sibylla włożyła kasetę do magnetofonu. Muzyka była bardzo stara a przed każdym utworem wykonawca opowiadał dowcipy. Sibylla cały czas patrzyła na mnie. Kiedy taśma dobiegła końca zapytała jak ci się podobało?

Powiedziałem że to stara muzyka i że pianista bardzo dobrze grał na fortepianie.

Sibylla zbyła to milczeniem. Wyjęła pocztówkę z szuflady. Na pocztówce był obraz z kilkoma Greczynkami namalowany przez lorda Leightona.

Co o tym myślisz? zapytała.

Powiedziałem że to widok ze starożytnej Grecji i że dziewczęta grają w piłkę.

Coś jeszcze? zapytała.

Powiedziałem że to dobry obraz bo ze sposobu w jaki malarz namalował rozwiane togi dziewcząt widać że wieje wiatr.

Potem wyjęła z szuflady stare czasopismo. Otworzyła je i powiedziała czytaj. Zacząłem czytać. W pierwszej chwili myślałem że to artykuł ojca ale tam nie było ani słowa o podróżach.

– Co o tym myślisz? – zapytała.

Powiedziałem że to trochę nudne ale zupełnie dobrze napisane.

Sibylla położyła czasopismo na podłodze. Powiedziała:

– Nie jesteś jeszcze gotów żeby poznać swojego ojca. Najpierw musisz zobaczyć błędy w tych wszystkich dziełach.

– A uda mi się? – zapytałem.

– Nie wiem – odpowiedziała. – Miliony ludzi wyrażają się o nich z zachwytem.

– Dlaczego mi nie powiesz co jest w nich złego? – zapytałem.

– Nie powiem też że będzie dużo lepiej, jak sam to zobaczysz – odparła. – La formule est banale. Nawet gdy dostrzeżesz błędy nie musisz być naprawdę gotów. Zanim poznasz ojca naucz się gardzić ludźmi robiącymi takie rzeczy. Może zresztą wystarczy że zaczniesz ich żałować? A może jeszcze jest coś więcej poza pogardą i współczuciem?

– Daj mi to czasopismo – powiedziałem.

Przeczytałem cały artykuł ale nie dostrzegłem w nim żadnych błędów poza tym że był nudny. Popatrzyłem znów na pocztów-

kę ale nie zobaczyłem w niej nic niestosownego. Chciałem posłuchać muzyki ale Sibylla powiedziała że jak na jeden dzień wystarczy. Nie wytrzymałaby następnej rundy.
— To nie fair — powiedziałem. — Nikt nie musi czekać do późnej starości żeby poznać własnego ojca.
— Nie należy mylić przypadku z pożądaniem — odparła.
— A skąd wiesz że jestem już wystarczająco duży, żeby znać CIEBIE? — zapytałem.
— A skąd wiesz że tak uważam? — powiedziała.

28 maja
Sibylla przerwała naukę japońskiego bo ma zbyt dużo innej pracy. Ja już poznałem 243 znaki. Dzisiaj usiadła do komputera przez chwilę patrzyła jak się uczę a potem westchnęła i sięgnęła po jakąś książkę. Potem ją odłożyła i zobaczyłem że to Autobiografia J. S. Milla. Po chwili niespodziewanie przyniosła mi książkę pana Richie i zapytała możesz ją przeczytać? Pan Richie napisał swoją książkę po angielsku więc oczywiście mogę ją przeczytać. Sibylla powiedziała to przeczytaj na głos ten fragment. Przeczytałem. To było o złoczyńcy z Legendy judo.

Jest światowcem — czego nie można powiedzieć o Sugacie. Elegancko ubrany, z modnym wąsem, lekko fircykowaty. W dodatku doskonale zdaje sobie sprawę z własnych umiejętności. Jest tak silny, że na dobrą sprawę nie musi używać przemocy. Nie wdaje się w uliczne bójki, jak to czynił Sugata. A jednak czegoś mu brakuje. Sugata nie zna „drogi życia", ale wciąż chce się uczyć. Ten człowiek nie ma takich aspiracji. Okazuje to na swój sposób. Paląc papierosa — jak typowy japoński dandys z ery Meiji — nie prosi o popielniczkę. Strząsa popiół do wazonu z ikebaną stojącą na stoliku.

— Jak sądzisz co to znaczy? — zapytała Sibylla.
— Że musimy dbać o przyrodę — odpowiedziałem.

– Co takiego?! – zająknęła się Sibylla.

– Złoczyńca strząsa popiół w kwiaty a bohater czerpie siłę z naturalnego piękna świata – odpowiedziałem.

– Hmmmm... – mruknęła Sibylla.

Nie wiedziałem co jeszcze mam powiedzieć a ona też milczała. Po chwili poszła do kuchni żeby zaparzyć sobie kawę. Wtedy zerknąłem do książki J. S. Milla. Straszne rzeczy!

J. S. Mill nauczył się czytać kiedy miał dwa lata, czyli tak jak ja. Kiedy miał trzy lata zaczął się uczyć greki. Ja zacząłem jak miałem cztery. Zanim skończył siódmy rok życia przeczytał całego Herodota, Cyropedię Ksenofonta, wspomnienia Sokratesa, parę żywotów filozofów, które spisał Diogenes Laertius, część pism Lukiana ad Demonicum i ad Nicoclem Isokratesa, a także pierwszych sześć dialogów Platona od Eutyfrona do Teajteta!!!! Przeczytał także dzieła kilku historyków o których nawet nie słyszałem. Iliadę i Odyseję poznał dużo później a ja już je przeczytałem ale to jedyne co już przeczytałem. Pan Mill chyba nie znał arabskiego i hebrajskiego ale te języki są łatwe i nie czytam w nich zbyt dużo.

Najbardziej martwi mnie, że pan Mill był głupi miał złą pamięć i dorastał 180 lat temu. Do tej pory myślałem że bardzo rzadko chłopiec w moim wieku potrafi czytać po grecku. Pasażerowie metra byli mną zdumieni. Teraz jednak uważam że to tylko złudzenie. Wielu pasażerów metra po prostu nic nie mówiło. Myślałem że są zdumieni bo ci którzy coś mówili wyglądali na zdumionych. To głupie bo po co się odzywali skoro nie byli zdumieni? A za trzy miesiące mam iść do szkoły.

a, b, c

6 września 1993 roku

Dzisiaj poszliśmy do szkoły porozmawiać z nauczycielką. Sibylla była bardzo zdenerwowana. Denerwowała się bo wiedziała że będę w grupie słabszych. Zawsze jak o to ją pytałem mówiła że mam się nie przejmować. Ma starą książkę pod tytułem Sześć sposobów wychowywania dziecka ale to nie jest dobra książka.

W szkole już na początku wszystko jej poszło nie tak.
Weszliśmy do pierwszej klasy i Sibylla powiedziała:
– Jestem Sibylla Newman, a to jest Stephen – oznajmiła nauczycielce, choć przed wyjściem nie znalazła metryki żeby się w tym upewnić.

– Przypuszczam, że to pani będzie go uczyła – dodała. – Musimy porozmawiać.

Nauczycielka nazywała się Linda Thompson.
– Zaraz sprawdzę na wydruku – powiedziała.
Przejrzała cały wydruk.
– Nie widzę żadnego Stephena – oświadczyła w końcu.
– Kogo? – zapytała Sibylla.
– Stephen? Powiedziała pani „Stephen", prawda? – zapytała pani Thompson.
– Tak tak – potwierdziła Sibylla. – Stephen. Albo Steve. Za wcześnie powiedzieć.
– Słucham?
– Jeszcze jest trochę za mały, żeby się zdecydować.

– Jest pani zupełnie pewna, że trafiliście do właściwej szkoły? – zapytała pani Thompson.
– Mieszkamy przy tej samej ulicy – odpowiedziała Sibylla.
– Powinna pani go zapisać w zeszłym roku – poinformowała ją pani Thompson.
– Wielkie nieba – zawołała Sibylla. – Nic o tym nie wiedziałam. I co mam teraz zrobić?
Pani Thompson powiedziała, że jej zdaniem wszystkie miejsca są już zajęte.
– To znaczy, że musi czekać do przyszłego roku? – zapytała Sibylla.
– Ależ nie. Ciąży na nim obowiązek nauki. Poza tym, chyba nie chce pani, żeby odstawał od reszty klasy? Dzieci w tym samym wieku powinny prezentować mniej więcej wyrównany poziom.
– Właśnie o tym chciałam z panią porozmawiać – zauważyła Sibylla. – Do tej pory nie bawił się z rówieśnikami. Najczęściej przesiadywał w domu i trochę się obawiam...
– Szybko da sobie radę – zapewniła ją pani Thompson. – Ale nie może stracić roku. Ile ma lat?
– Sześć – powiedziała Sibylla.
– SZEŚĆ! – zawołała pani Thompson. Popatrzyła na mnie z niechęcią. – Stephen – powiedziała serdecznym tonem – idź na koniec klasy i popatrz przez okno.
– Powinien wiedzieć, co mówimy o jego wychowaniu – sprzeciwiła się Sibylla.
Pani Thompson była wyraźnie podekscytowana.
– Rok temu miał iść do szkoły! – zawołała. – Jako pięciolatek!
– Pięciolatek?! – powtórzyła Sibylla. – Sama miałam sześć lat, jak poszłam do szkoły!
Pani Thompson wytłumaczyła jej, że w Anglii do pierwszej klasy idą pięciolatki i to najczęściej po roku lub dwóch latach spędzonych w przedszkolu.
– To znaczy, że mógł zacząć już rok temu? – upewniała się Sibylla.

– Nie tylko mógł, ale powinien! – gorączkowała się pani Thompson. – To bardzo ważne, żeby dziecko przebywało wśród rówieśników. To część procesu nauczania.

To samo napisali w książce.

– W zasadniczym procesie kształtowania dziecięcych zachowań, stymulująca funkcja szkoły polega na werbalizacji określonych norm społecznych – podsunąłem.

– Co takiego?! – zainteresowała się pani Thompson.

– Porozmawiam z dyrektorem – wtrąciła się Sibylla. – Lu... Stephen, ty zostaniesz tutaj.

Nie chciałem, żeby się martwiła, że straciłem rok nauki, więc postanowiłem sprawdzić, co naprawdę straciłem.

– Może mnie pani zapoznać z zakresem materiału przerabianego w pierwszej klasie? – zwróciłem się do pani Thompson. – Obawiam się, że bardzo odstaję od reszty.

– Jestem do głębi przekonana, że bardzo szybko się wciągniesz – z ciepłym uśmiechem zapewniła mnie pani Thompson.

– Czytali już „Ad Demonicum" Isokratesa? – nie dawałem za wygraną.

Pani Thompson powiedziała, że nie. Ucieszyłem się, bo moim zdaniem była to trudna książka.

– A „Cyropedię"? – spróbowałem.

Pani Thompson spytała, co to takiego. Powiedziałem, że to dzieło Ksenofonta. Prawdę mówiąc, nie bardzo wiedziałem o czym. Pani Thompson powiedziała, że nikt w pierwszej klasie nie czyta takich rzeczy.

– A co czytają? – zapytałem.

Pani Thompson powiedziała, że bardzo różne książki, w zależności od predyspozycji i własnych upodobań.

– Ja przeczytałem tylko Iliadę i Odyseję po grecku, De Amicitia i Metamorfozy 1–8 po łacinie, Mojżesza w sitowiu, Józefa, Jonasza i I Samuelową po hebrajsku, Kalilah wa dimnah i 31 arabskich nocy po arabsku, Yaortu la Tortue i Babara po francusku i dopiero co zacząłem uczyć się japońskiego.

Pani Thompson uśmiechnęła się do mnie. Była bardzo ładna.

Miała długie blond włosy i niebieskie oczy. Powiedziała, że w szkole nie uczą arabskiego, hebrajskiego i japońskiego. Większość ludzi poznaje grekę i łacinę gdzieś dopiero w dwunastym roku życia!

Niemal mnie zamurowało!!!! Powiedziałem, że J. S. Mill zaczął się uczyć greki, kiedy miał trzy lata.

Pani Thompson spytała, kim był J. S. Mill!!!!!!!!

Wyjaśniłem jej, że pan Mill był utylitarystą, zmarłym jakieś 120 lat temu.

– Ach, w epoce wiktoriańskiej – westchnęła pani Thompson. – Zrozum, Stephen, w tamtych czasach ludzie przykładali o wiele większą wagę do indywidualnej wiedzy. Nas interesuje bardziej, co potrafisz zrobić, niż co masz w głowie. Szkoła przede wszystkim uczy pracy w grupie.

– Zgoda – odparłem – ale pan Mill twierdzi, że zabraniano mu dostępu do niesprawdzonych informacji. Zawsze musiał znaleźć właściwe argumenty na poparcie swojego stanowiska.

– Na ten temat można rozprawiać w nieskończoność – powiedziała pani Thompson. – Ale weź pod uwagę, jak wiele się zmieniło od tamtej epoki. Ludzie nie mają czasu, żeby przez całe lata wkuwać trudne zasady któregoś z języków martwych...

– Dlatego też pan Mill uważa, że naukę warto zacząć już w trzecim roku życia – zauważyłem.

– Rzecz w tym, że każde dziecko rozwija się na swój sposób – zripostowała pani Thompson. – Wielu twoich rówieśników, Stephenie, uznałoby to za katorgę. System szkolnictwa opiera się na priorytetach. Koncentrujemy się na rzeczach dostępnych dla każdego – a nie możemy przecież przyjąć, że KAŻDY jest geniuszem.

Wspomniałem, że pan Mill nie uważał się za geniusza. Posiadł o wiele głębszą wiedzę, bo po prostu wcześniej zaczął. Powiedziałem, że do tej pory mu nie dorównuję. Poza tym, każdy kto czyta książki wie, co w nich napisane. Nie ma w tym nic genialnego.

– Widzisz, Stephen... – odparła pani Thompson. – Twój zasób słów i forma wyrażania myśli nie zdziwiłyby u dorosłego, zwłaszcza u kogoś z wyższym wykształceniem. Wątpię jednak, aby w ten sam sposób mówili wszyscy twoi rówieśnicy.

Pomyślałem, że to zbyt pospieszny wniosek. Ciężko mi było wytłumaczyć moje poglądy pani Thompson.

– Moim zdaniem to zbyt pospieszny wniosek. Nie można przecież kogoś odwodzić od nauki do czasu, aż ukończy dwunasty rok życia, a potem stwierdzić, że jest głupi, bo nie wie tego, co ktoś taki, co zaczął edukację już jako trzylatek. To krzywdzące.

– Tu masz rację – zgodziła się pani Thompson.

W tej samej chwili Sibylla wróciła do klasy.

– Wszystko już załatwiłam! – zawołała. – Rozmawiałam z dyrektorem. Powiedział, że na pewno da się jeszcze gdzieś wcisnąć jednego ucznia. Każde dziecko jest osobno traktowane przez szkołę.

– Przynajmniej się staramy... – zaczęła pani Thompson.

– Niestety, to nie będzie pani klasa.

– Szkoda – zmartwiła się pani Thompson.

– Nie będziemy więc pani przeszkadzać. Chodź, Davidzie. Wszystko będzie w porządku.

Mój pierwszy tydzień w szkole

13 września 1993 roku

Dziś był mój pierwszy dzień w szkole. Myślałem że jestem już wystarczająco duży żeby Sibylla powiedziała mi o ojcu ale nie powiedziała. Odprowadziła mnie do szkoły i była bardzo zdenerwowana bo ludzie którzy nie uczą się języków przed ukończeniem 12 roku życia w zamian muszą się uczyć wielu innych rzeczy a ja byłem cały rok spóźniony.

Pomyślałem sobie że na pewno uczą się matematyki a ja jeszcze nie skończyłem Algebry dla opornych.

Kiedy weszliśmy do klasy panna Lewis powiedziała że zajęcia rozpoczęły się już w zeszły czwartek. Sibylla zapewniła ją że za jej czasów szkoła zaczynała się zawsze w poniedziałek.

Dzisiaj na lekcjach nie było nic konkretnego, więc nie wiem co umieją inni.

Po powrocie do domu zacząłem czytać Podróż na okręcie Beagle. To wspaniała książka. Wiem już że Charles Darwin nie mógł być moim ojcem, bo zmarł w 1882 roku ale i tak ją przeczytam do końca.

14 września 1993 roku

Dziś był mój drugi dzień w szkole.

Zaczęliśmy od rysowania zwierząt. Narysowałem tarantulę o 88 nogach. Panna Lewis spytała co to jest więc odpowiedziałem że to oktokaiogdoekontapodalna tarantula. W rzeczywistości chyba takich nie ma, sam ją wymyśliłem. Potem narysowałem następny obrazek. Tym razem była to heptakaiogdoekontapodalna tarantula bo ta pierwsza w jakiejś walce straciła jedną nogę. Potem narysowałem dwie walczące potworne tarantule i każda z nich miała 55 nóg więc dużo czasu straciłem żeby je narysować. Zanim skończyłem panna Lewis powiedziała że na dzisiaj dość rysowania i że zajmiemy się arytmetyką. Zaczęliśmy od dodawania. Każde z nas miało pracować swoim własnym tempem. Na początek dodawaliśmy 1 do pozostałych liczb, potem 2 do pozostałych liczb i tak dalej.

Okazało się że ćwiczenia są tylko do 9. Kiedy skończyłem postanowiłem zająć się mnożeniem. Dodawanie jest nudne i powolne chyba że dodaje się bardzo duże liczby ale liczby w ćwiczeniach były śmiesznie małe. Pomnożyłem 99 × 99 i 199 × 199 i kilka innych ciekawych liczb. Lubię liczby które prawie są jakąś inną liczbą.

Wieczorem przeczytałem trzy rozdziały z Podróży na okręcie Beagle. Zmęczyłem się nauką japońskiego.

15 września

Dzisiaj był mój trzeci dzień w szkole. Ciągle dodawaliśmy 9. Postanowiłem że poćwiczę działania na nawiasach i prawo rozdzielności mnożenia. Opis tych działań znalazłem w pierwszej części Algebry dla opornych ale sam wymyśliłem że będę mnożył 9 bo to prawie 10.

$9 \times 9 = [(10 - 1) \times 9] = (10 \times 9) - (1 \times 9) = 90 - 9 = 81$
$99 \times 99 = [(100 - 1) \times 99] = (100 \times 99) - (1 \times 99)$
$= 9900 - 99 = 9801$

$9 \times 999 \times 99999 \times 9999999 \times 999999999 \times 99999$
999

90	9900	999000	99990000	9999900000
− 9	− 99	− 999	− 9999	− 99999
81	9801	998001	99980001	9999800001

$999999 \times 999999 = 999998000001$
$9999999 \times 9999999 = 99999980000001$
$99999999 \times 99999999 = 9999999800000001$
$999999999 \times 999999999 = 999999998000000001$
$9999999999 \times 9999999999 = 99999999980000000001$
$99999999999 \times 99999999999 = 9999999999800000000001$
$999999999999 \times 999999999999 = 999999999998000000000001$
$9999999999999 \times 9999999999999 = 99999999999980000000000001$

16 września

Dzisiaj był mój czwarty dzień w szkole.

17 września

Dzisiaj był mój piąty dzień w szkole. Nudy.

18 września

Dzisiaj jest sobota. Nauczyłem się 20 znaków z Halperna. Zostało mi jeszcze 417. Powiedziałem Sibylli że oprócz japońskiego powinienem się chyba nadal uczyć francuskiego i greki i łaciny i hebrajskiego i arabskiego bo w szkole nie będę się ich uczył dopóki nie ukończę dwunastego roku życia i boję się że do tej pory wszystko już zapomnę. Myślałem że się na mnie wnerwi ale odpowiedziała dobrze. Dodałem że nie będą mnie uczyć niemieckiego dopóki nie ukończę dwunastego roku życia i spytałem czy mogłaby mnie uczyć. Spodziewałem się że przypomni mi o japońskim ale ona dała mi krótki wiersz po niemiecku i powiedziała że to w nagrodę za to że przez cały tydzień byłem bardzo grzeczny. Wiersz nosi tytuł Erlkonig i napisał go Goethe. To jest o chłopcu który z ojcem jedzie przez las na koniu. Król Elfów ciągle go woła ale ojciec nie słyszy i chłopiec umiera.

19 września

Dzisiaj była niedziela i nie musiałem iść do szkoły. Czytałem Amundsena i Scotta. Nauczyłem się trzydziestu japońskich ideogramów. Sibylla powiedziała: „Dobrze, że pan Ma tego nie widzi. Chyba wpadłby w rozpacz". Spytałem: „Kto to jest pan Ma?" Sibylla powiedziała, że to ojciec sławnego wiolonczelisty. „Jest pisarzem i podróżnikiem?" zapytałem. „Nic o tym nie wiem, jinsai" odpowiedziała.

Mój drugi tydzień w szkole

20 września

Kiedy dzisiaj wróciłem do domu zastałem Sibyllę całą roztrzęsioną. Powiedziała mi że Red Devlin został porwany w Azerbejdżanie. Zapytałem kim jest Red Devlin. Odparła że dziennikarzem. Powiedziała że potrafi przekonać ludzi do wszystkiego. Nazywają go „Red" chociaż nie jest rudy tylko szaleńczo odważny. Był w Libanie a potem pojechał do Azerbejdżanu i tam po trzech dniach został uprowadzony.

Zapytałem:

– Dobrze pisze?

– Skądże – zawołała Sibylla. – Kiepsko jak cholera, ale jeździ w cudowne miejsca i ogląda osiedla biedoty i obszarpanych chłopców i toporne dziewczynki. Ale to okropne co mu się przydarzyło.

Coś mi wpadło do głowy.

Czas pokaże.

21 września

$1 \times 11 = 11$
$11 \times 11 = (10 \times 11) + (1 \times 11) = 121$
$111 \times 111 = (100 \times 111) + (10 \times 111) + (1 \times 111) = 12321$
$1111 \times 1111 = (1000 \times 111) + (100 \times 111) + (10 \times 111) + (1 \times 111) = 1234321$

$11111 \times 11111 = 123454321$
$111111 \times 111111 = 12345654321$
$1111111 \times 1111111 = 1234567654321$
$11111111 \times 11111111 = 123456787654321$
$111111111 \times 111111111 = 12345678987654321$

22 września

$11 \times 11 = 121$
$11 \times 111 = 1221$
$11 \times 1111 = 12221$
$11 \times 11111 = 122221$

23 września

$111 \times 111 = 12321$
$111 \times 1111 = 123321$
$111 \times 11111 = 1233321$
$111 \times 111111 = 12333321$

1111 × 1111 = 1234321
1111 × 11111 = 12344321

11111 × 111111 = 1234554321
111111 × 1111111 = 123456654321
1111111 × 11111111 = 12345677654321

24 września

111111111 × 11 = 1222222221
111111111 × 111 = 12333333321
111111111 × 1111 = 123444444321
111111111 × 11111 = 1234555554321
111111111 × 111111 = 12345666654321
111111111 × 1111111 = 123456777654321
111111111 × 11111111 = 1234567887654321
111111111 × 111111111 = 12345678987654321

Mój trzeci tydzień w szkole

27 września

Dzisiaj kiedy wszedłem do klasy panna Lewis wzięła mnie na bok i powiedziała: „Stephen, chcę żebyś więcej współpracował z innymi dziećmi".

Powiedziałem jej że nie trzeba mi o tym przypominać bo już doktor Bandura podkreślał niezwykłą wagę współpracy między dziećmi. „Dobrze" odparła panna Lewis.

28 września

Dzisiaj panna Lewis powiedziała od rana że to bardzo ważne, aby każde z nas wykonywało swoją pracę. Dziwiła się że u pięciorga uczniów znalazła kartki z działaniami 111 × 111 i 1111 × 1111 i 11111 × 11111. Powiedziałem jej że pewnie ćwiczą prawo rozdzielności mnożenia. Panna Lewis powiedziała że muszę zrozumieć że każde z nas powinno pracować własnym tempem. Powiedziałem że to rozumiem. Panna Lewis powiedziała: „Dobrze".

Obliczyłem że spędziłem w szkole 12 dni czyli 84 godziny i w tym czasie mógłbym przeczytać 8400 wersów Odysei. Mógłbym przeczytać Herodota albo ad Nicoclem albo Cyropedię albo Sokratesa. Mógłbym skończyć Algebrę dla opornych. Mógłbym zacząć Rachunek różniczkowy. Mógłbym się nauczyć wszystkich japońskich znaków.

Martwi mnie, że J. S. Mill wcale nie chodził do szkoły. Uczył go ojciec i dlatego wyprzedzał innych o ćwierć wieku.

Postanowiłem że przyniosę do szkoły Argonautykę.

29 września

Dzisiaj wziąłem Argonautykę do szkoły. Panna Lewis mi ją zabrała i oddała dopiero po lekcjach.

30 września

Dzisiaj mógłbym przeczytać drugą księgę Argonautyki.

1 października

Dzisiaj mógłbym przeczytać trzecią księgę Argonautyki.

2 października

Dzisiaj była sobota. Czytam pierwszą księgę Argonautyki. Jest dłuższa niż myślałem. Przeczytałem 558 wersów i nauczyłem się 30 japońskich znaków. Resztę czasu spędziłem na nauce wiązania węzłów.

3 października

Dzisiaj była niedziela. Przeczytałem pierwszą księgę Argonautyki do 1011 wersu i nauczyłem się kolejnych 30 znaków i poćwiczyłem wiązanie węzłów i przeczytałem 932 metry w głąb oceanu.

Mój czwarty tydzień w szkole

4 października

Dzisiaj mógłbym skończyć Argonautykę

$9 \times 9 \times 9 = (10-1) \times (9 \times 9) = (10 \times 9 \times 9) - (1 \times 9 \times 9) = 810 - 81 = 729$
$99 \times 99 \times 99 = (100 \times 9801) - 9801 = 980100 - 9801 = 970299$

$999 \times 999 \times 999 = 997002999$
$9999 \times 9999 \times 9999 = 999700029999$
$99999 \times 99999 \times 99999 = 999970000299999$
$999999 \times 999999 \times 999999 = 999997000002999999$
$9999999 \times 9999999 \times 9999999 = 999999700000029999999$
$99999999 \times 99999999 \times 99999999 =$
999999970000000299999999

$99 \times 99 \times 99 \times 99 = [(99 \times 99 \times 99) \times 100] - (99 \times 99 \times 99)$
$= 97029900 - 970299 = 96059601$
$999 \times 999 \times 999 \times 999 = 996005996001$
$9999 \times 9999 \times 9999 \times 9999 = 9996000599960001$
$99999 \times 99999 \times 99999 \times 99999 = 99996000059999600001$
$999999^4 = 999996000005999996000001$
$9999999^4 = 9999996000000599999960000001$

$99^5 = (99^4 \times 100) - 99^4 = 9605960100 - 96059601 =$
9509900499
$999^5 = 995009990004999$
$9999^5 = 999500099990000499999$
$99999^5 = 9999500009999900000499999$

$99^6 = 950990049900 - 9509900499 = 941480149401$
$999^6 = 994014980014994001$
$9999^6 = 999400149980001499940001$
$99999^6 = 999940001499980000149999400001$

9999997 =
9999930000209999650000349999790000069
99999

11 października 1993 roku

Dzisiaj panna Lewis wpisała mi uwagę do dzienniczka. Powiedziała że tak dłużej być nie może.

Pokazałem uwagę Sibylli i powiedziałem że nic z tego nie rozumiem i że panna Lewis nie chciała udzielić mi wyjaśnień. Sibylla przeczytała uwagę i zawołała „Co?!" i popatrzyła na mnie i powiedziała „Musisz czuć się znakomicie, pokonałeś tylu ludzi".

Zapytałem: „Co mam więc zrobić? Umrzeć? Chcesz, żebym skoczył przez okno?"

Sibylla powiedziała że mam już 6 lat i powinienem się zachowywać jak rozsądny człowiek.

Powiedziałem jej że panna Lewis zażyczyła sobie żebym współpracował z innymi dziećmi. Kiedy zacząłem z nimi współpracować powiedziała że to bardzo ważne, aby każde z nas wykonywało swoją pracę. Kiedy próbowałem sam pracować w klasie i przyniosłem Algebrę dla opornych powiedziała że powinienem więcej współpracować z dziećmi. Powiedziałem: „Każde z nas powinno pracować własnym tempem. Chcę to robić, ale panna Lewis zawsze mnie powstrzymuje. Kiedy ją o coś pytam, to nie zna odpowiedzi. Wiem tyle co ona, więc nie widzę powodu, żebym w dalszym ciągu musiał chodzić do szkoły".

Sibylla powiedziała: „Jesteś w szkole zaledwie od miesiąca. Skąd wiesz, że panna Lewis nie wie więcej od ciebie?

Nie możesz wyciągać wniosków na podstawie tak marnych dowodów".

Zapytałem: „A ile dowodów ci potrzeba?"

Sibylla zapytała: „Co?"

Powiedziałem: „Ile dowodów ci potrzeba? Mam tam chodzić jeszcze przez tydzień dwa tygodnie czy ile?"

Sibylla powiedziała: „W myśl prawa musisz się uczyć w szkole do szesnastego roku życia".

Sibylla powiedziała: „Nie płacz" ale z początku nie mogłem się powstrzymać. Nic dziwnego że panna Lewis nic nie wie, skoro musimy do niej chodzić nawet jak nic nie wie.

Powiedziałem: „Weźmy dwóch ludzi skazanych na dziesięć lat przeokropnej nudy w szkole. A w wieku sześciu lat wypada z okna i umiera, a B umiera w wieku sześciu lat + n, gdzie n oznacza liczbę mniejszą od dziesięciu. Chyba się zgodzimy, że B nic na tym nie skorzystał, że przeżył dodatkowe n lat".

Sibylla nerwowym krokiem krążyła po pokoju.

Powiedziałem: „Mogę przecież brać książki do metra albo do muzeum i uczyć się sam. Mogę wsiąść do autobusu i jechać do Royal Festival Hall i wstrzymać się z wszystkimi pytaniami do wieczora. Potem poświęcisz mi godzinę na odpowiedzi".

Sibylla powiedziała: „Przykro mi, ale jesteś stanowczo zbyt mały, żeby sam podróżować po mieście".

Powiedziałem, że w takim razie mogę pracować w domu. Nie będę jej przeszkadzał. „Obiecuję, że codziennie zadam ci tylko dziesięć pytań. Nie zabiorę ci dużo czasu".

Sibylla powiedziała: „Nie".

Powiedziałem że pięć pytań to i tak więcej niż to czego mogę spodziewać się od panny Lewis a Sibylla pokręciła głową. Powiedziałem: „Obiecuję, że nie będę cię o nic pytał. Jak spytam, możesz mnie z powrotem odesłać do szkoły, ale obiecuję, że nie będę pytał".

Sibylla powiedziała że niestety nic z tego.

Spytałem: „Dlaczego?"

Sibylla powiedziała: „Sama nie wiem, lecz nie będziemy

o tym dyskutować. Musisz chodzić do szkoły i nie wolno ci sprawiać kłopotów".

Powiedziała że w poniedziałek po lekcjach porozmawia z panną Lewis.

12 października 1993

Dzisiaj Sibylla przyszła porozmawiać z panną Lewis. Panna Lewis chciała żebym poszedł na drugi koniec klasy ale Sibylla powiedziała „Nie".

Panna Lewis powiedziała: „No dobrze. Niech zostanie". Oznajmiła że wprowadzam zamęt w klasie. Powiedziała że w życiu są jeszcze inne ważne rzeczy poza czysto akademicką wiedzą. Przemądrzałe dzieci nie znajdują miejsca w grupie i są wyalienowane przez całą resztę życia.

– La formule est banale – powiedziałem.

– Wystarczy, Stephen – odparła panna Lewis. Oświadczyła, że została odpowiednio przygotowana do pracy ze zdolnymi dziećmi ale musi wyjaśnić nam obojgu a zwłaszcza mnie że moje osiągnięcia nie dają mi najmniejszego prawa do przeszkadzania w klasie i odwodzenia innych uczniów od normalnego trybu nauczania. Powiedziała też, że w każdej grupie w której przebywałem moi koledzy mieli kłopoty z koncentracją. Powiedziała, że wkłada niemało pracy w to abym poczuł się dobrze w klasie ale jej wysiłki idą na marne bo są niweczone kiedy wracam do domu. Podkreśliła, że do pełni szczęścia wymagana jest współpraca między szkołą a domem.

– Czy to znaczy, że już nie będę musiał chodzić do szkoły? – spytałem.

– Lu... Stephen – odparła Sibylla. – Nawet gdybym CHCIAŁA, żebyś nie przychodził na lekcje do panny Lewis, to przecież wiesz, że nas nie stać na korepetytora z mechaniki kwantowej. Zwłaszcza na takiego, który zgodziłby się pracować z tobą za 5,50 funta na godzinę.

Powiedziałem: „Jakkolwiek zdolność myślenia wydatnie poszerza zakres ludzkich umiejętności, niewłaściwie wykorzystana może stać się źródłem kłopotów emocjonalnych. Wiele ludzkich zahamowań i cierpień spowodowanych jest problemami z procesem myślenia. Przyczyny tego stanu rzeczy należy upatrywać w fakcie, że ludzie zbyt wielką wagę przywiązują do bolesnych doświadczeń z przeszłości i niepokoją się o własną przyszłość. Żyją w ciągłym stresie i na ogół niweczą swoje dokonania, popadając w samozwątpienie. Ograniczają i zubażają swoje życie poprzez rozmaite fobie".

Sibylla powiedziała że nie powinienem zupełnie bezkrytycznie podchodzić do pewnych teorii. Autor tych słów zupełnie bezpodstawnie przyjął za pewnik, że nie istnieje coś takiego jak nieskażona pamięć, a na to przecież nie ma wyraźnych dowodów.

Powiedziałem że właśnie dlatego będzie dużo lepiej jak przestanę chodzić do szkoły. Muszę się nauczyć bronić swoich racji na wzór J. S. Milla.

Panna Lewis powiedziała że wcale nie zamierza pomniejszać osiągnięć Sibylli ale że w pewnej chwili nadejdzie taki moment w którym na zawsze stracę kontakt z rzeczywistością.

Sibylla powiedziała jej że najgorsze co niektórym może się zdarzyć w życiu to iść do szkoły w mieście które właśnie świętuje budowę pierwszego motelu.

Panna Lewis zapytała: „Słucham?"

Sibylla wyjaśniła jej że w dzieciństwie znalazła tylko jedną szkołę w której uczono greki i że w myśl przepisów miała przez trzy lata uczyć się francuskiego albo hiszpańskiego i przez dwa lata łaciny ale zaliczyła tylko jedną klasę francuskiego więc skłamała że przez dwa lata pobierała prywatne lekcje francuskiego i łaciny od ekskomunikowanego jezuity z Quebecu i sfałszowała list od jezuity i że większość ludzi nie może samemu nauczyć się arabskiego lub hebrajskiego lub japońskiego nawet jeśli wymyślą sobie ekskomunikowanego jezuitę.

Panna Lewis powiedziała: „Sądzę, że odbiegłyśmy nieco od tematu. Jak pani sądzi, co czuje dziewczynka, która zupełnie nieźle radzi sobie z podstawowymi obliczeniami z arytmetyki i prawdę powiedziawszy PRZODUJE w swojej grupie, co ona czuje, gdy – jak powiadam – może być rzeczywiście dumna ze swoich osiągnięć i jest nagle DOŁOWANA, widząc w zeszycie Stephena ciągi działań na sześcio- i siedmiocyfrowych liczbach? Prócz tego słyszy, że matematyka zaczyna być ciekawa dopiero wtedy, kiedy wynik nie mieści się w okienku kalkulatora! Nie wspomnę już o wrażeniu, jakie to wywiera na dzieciach, które mają choć trochę kłopotów z nauką. Mam ucznia, który powoli, po jednej literze, uczy się abecadła. W zeszłym tygodniu doszedł już do tego, że bez większego problemu rozpoznawał wszystkie litery. Wcale nie twierdzę, że Stephen jest niegrzeczny, ale co by pani zrobiła na moim miejscu, gdyby w tym samym czasie inny uczeń napisał nazwy dinozaurów po grecku i wyjaśnił, że większość liter w obu alfabetach jest taka sama? Moim zdaniem ów pierwszy uczeń zasługuje na większą pochwałę niż Stephen, który zna dwanaście alfabetów. Niestety, przy Stephenie czuje się dużo gorszy. Tygodnie pracy diabli wzięli w ciągu jednej chwili. Pora z tym skończyć. Stephen musi zrozumieć, że w życiu jest coś ważniejszego niż sucha wiedza.

– Czy to znaczy, że już nie będę musiał chodzić do szkoły? – spytałem.

– Zupełnie się z panią zgadzam – powiedziała Sibylla. – Przez prawie rok oglądaliśmy „Siedmiu samurajów", w odcinkach, co tydzień.

– Słucham?! – spytała panna Lewis.

– Wie pani przecież, że cała twórczość Kurosawy... – zaczęła Sibylla. – Och, niemożliwe! Nawet ma pani w klasie książeczkę o samurajach! Cudownie!

Wzięła z mojej ławki „Samurajów" i przerzuciła parę kartek.

– Powinnyśmy chyba... – odezwała się panna Lewis.

– CO TAKIEGO?! – nagle krzyknęła Sibylla z niekłamaną zgrozą.

– Co się stało? – spytała panna Lewis.

– MISTRZOWIE W RÓŻNYCH SZTUKACH WALKI?! – gorączkowała się Sibylla.

– Co? – pytała wystraszona panna Lewis.

– Jak można SPAĆ SPOKOJNIE – powiedziała Sibylla – karmiąc takimi OSZUSTWAMI niczego niepodejrzewające DZIECI? Piszą tutaj, że każdy z siedmiu samurajów był mistrzem w innej sztuce walki! Dobre sobie! Czym zatem walczył Katsushiro? Może PAŁKĄ? A Heihachi? SIEKIERĄ?! Jaka SZKODA, że ją zostawił, kiedy już skończył rąbać drewno. Nie wykorzystał jej do walki z WROGIEM!

– Naprawdę sądzę – powiedziała panna Lewis.

– To przecież zupełny PRZYPADEK, że wiemy, jak jest naprawdę – powiedziała Sibylla. – Wiemy też, że każda szkoła aż po sam dach jest napchana książkami pełnymi błędów. Jak w tych warunkach mój syn ma się NAUCZYĆ czegoś, czego jeszcze NIE WIE? Przecież PODOBNO właśnie taki jest cel EDUKACJI! Co ja biedna mam robić?

– Naprawdę nie sądzę – powiedziała panna Lewis.

– Przecież możemy jakiejś książce nadać tytuł GENIALNY SZEKSPIR – powiedziała Sibylla – i wyjaśnić w niej małym Japończykom, że to Laertes był bohaterem HAMLETA, bo jest CIEKAWSZĄ POSTACIĄ. Co ja biedna mam robić?

– Sądzę, że jak na jeden dzień powiedziałyśmy sobie wystarczająco dużo – powiedziała panna Lewis. – Stephen, przemyśl wszystko, co tutaj usłyszałeś.

Zapewniłem ją, że przemyślę.

Jeśli kiedyś mój syn nie będzie chciał chodzić do szkoły to wspomnę dzisiejszy dzień i na pewno go stamtąd zabiorę.

Wróciliśmy do domu. Sibylla nerwowo krążyła po pokoju.

– Co mam robić? – pytała. – Co mam robić?

Powiedziałem: „A może pouczymy się w domu?"

Sibylla powiedziała: „Hmm..." Powiedziała: „Sprawdźmy co mówi pan Richie" i podsunęła mi do przeczytania kolejny fragment dotyczący Legendy judo.

Główny bohater to człowiek zaprzątnięty poszukiwaniem własnej tożsamości – co, prawdę powiedziawszy, stanowi niezbyt uspokajający widok. Z drugiej strony, złoczyńca zdołał już coś osiągnąć. Tsukigata zna swoją wartość. Nie robi niepotrzebnych gestów, działa z chłodnym wyrachowaniem. Wie, w czym jest lepszy, i umie to wykorzystać. W porównaniu z nim Sugata porusza się jak z drewna.

Kurosawa – tak jak każdy z nas – z niekłamanym podziwem patrzy na ukształtowaną, pełną postać Tsukigaty. W każdym innym filmie to on byłby bohaterem. Tu jednak nie jest i Kurosawa, mimo wspomnianego podziwu, wykłada nam swoje racje. Wszyscy jego bohaterowie, począwszy od Sugaty, są nieukształtowani. Z tego też powodu filmy Kurosawy stają się opowieścią o nauce – o edukacji bohatera.

Po tym wspaniałym pojedynku (...) widz może oczekiwać, że film zakończy się jakimś wzniosłym stwierdzeniem, że nasz bohater wreszcie dorósł, że wreszcie zmężniał i stał się wielkim mistrzem judo. Taki na pewno byłby finał każdego zachodniego filmu, poruszającego ten sam temat.

Kurosawa dostrzega jednak, że to nie całkiem prawda. Bohater w gruncie rzeczy upodabnia się do złoczyńcy – bowiem tylko w ten sposób może go pokonać. Nieprawdą jest, że po zaciętej walce, choćby nie wiem jak ważnej, następuje świetlany pokój, szczęście i zadowolenie – to z kolei wtłaczałoby Sugatę w ciasne ramy ograniczeń zawartych w słowach „szczęście" lub „mistrz judo".

Zapytałem: „Wystarczy?"
Sibylla powiedziała: „Wystarczy. Jak myślisz, co to wszystko znaczy?"
Pomyślałem sobie, że jak dobrze odpowiem, to nie będę już więcej musiał iść do szkoły. Musiałem dać dobrą odpowiedź. Przez długą chwilę wpatrywałem się w książkę.

Powiedziałem: „To znaczy że to nieprawda że po zaciętej walce choćby nie wiem jak ważnej następuje świetlany pokój szczęście i zadowolenie i że bohater w gruncie rzeczy upodabnia się do złoczyńcy".

– I kim się staje? – zapytała Sibylla.
– Złoczyńcą? – zapytałem.
– I co ja mam biedna zrobić? – zapytała Sibylla.
– Sobą? – zapytałem.
– Co mam ZROBIĆ? – zapytała Sibylla.
– Wielkim mistrzem judo? – zapytałem.
– Co mam ZROBIĆ? – zapytała Sibylla.
– Jest szczęśliwy! Zadowolony! Staje się bohaterem! Staje się kimś!!! – krzyczałem.
– CO mam ZROBIĆ? – zapytała Sibylla.

Pomyślałem o 10 latach w szkole i powiedziałem: „Moim zdaniem, chodzi tu przede wszystkim o to, że pewnych rzeczy nie da się zrozumieć, póki się ich nie dotknie. Myślisz czasem, że wiesz, o co chodzi i co należy zrobić, ale w rzeczywistości chodzi o coś całkiem innego. Chodzi o to, że najważniejszy jest trening judo".

– JUDO! – zawołała Sibylla. – Jest klub przy naszej ulicy! ZACZNIESZ ćwiczyć, PRAWDA?

Prawdę mówiąc, wolałbym tae kwon-do, ale odpowiedziałem: „Tak".

– Na pewno to nie rozwiąże naszych wszystkich problemów ale przynajmniej osiągniemy jedno – powiedziała Sibylla. – Znajdziesz się w grupie dzieci o tym samym wieku wśród ścisłych zasad moralnych wiodących do satori. Wtedy będę mogła dalej cię uczyć w domu.

Zaczęła się nerwowo przechadzać po pokoju. Wiedziałem, że coś ją gryzie.

– Przyrzekam, że nie będę zadawał żadnych pytań – powiedziałem.

Sibylla wciąż nerwowo chodziła po pokoju.

– Chyba już wszystko załatwione – powiedziałem.

IV

Zginiesz, jeśli użyję miecza.
    Samuraj (znakomity szermierz)

Próba płaczu nad lordem Leightonem

Gonił resztkami sił.

Nie powinni go byli zabierać zaraz po wypadku, lecz kończyły im się zapasy. Wędrowali już dziesięć dni, robiąc jedynie krótkie przerwy, by dać psom chwilę wytchnienia i wsunąć do ust skąpą garść pemikanu.

Został im jeden pies. Wolfa zjedli przed dwoma dniami. Niedługo przyjdzie kolej na Dixie. Ale bez psów...

Chłopiec otrząsnął się z ponurych myśli. Na zmartwienia przyjdzie czas później. Dobrze chociaż, że wiatr trochę zelżał. Jedynym słyszalnym dźwiękiem był skrzyp sań po śniegu, głośne dyszenie Dixie, nieprzywykłej do tak ciężkiego brzemienia, jego własny oddech i jęki rannego.

Powietrze było przezroczyste jak kryształ. Tam, w oddali... Czyżby to było igloo? Obóz Inuitów! O tej porze roku jedynie Inuici zapędzali się tak daleko na północ.

Dwie godziny później sanie wjechały do osiedla.

– Gdzie jesteśmy? – wybełkotał ranny.

– W obozie Inuitów – odparł chłopiec.

– Znają angielski?

– Ja mówię w ich języku – padła uspokajająca odpowiedź.

– Dobrze, że cię zabrałem – jęknął ranny ze słabym uśmiechem.

Podeszły do nich dwie postacie okutane w futra. Chłopiec przypomniał sobie kilka zdań przeczytanych parę miesięcy temu w „Księdze wiedzy Eskimosów".

Taimaimat kanimajut âniasiortauningine maligaksat sivorlerpângat imaipok ANIASIORTIB PERKOJANGIT NALETSIARLUGIT.

Dwaj Inuici odwrócili się bez słowa i zniknęli we wnętrzu igloo. Słychać było jedynie szelest suchego śniegu przesypującego się przez osiedle.

Chłopiec spróbował ponownie:

Ilapse ilangat killerpat aggangminik âniasiortib mangipserpâ ajokertorpâselo killek mangipsertautsainartuksaugmat. Ilanganele killertub mangiptak pêjarpâ, kingornganelo tataminiarpok killek âkivalialugane piungilivaliatuinarmat. Nerriukkisê âniasiortib mangiptak najumitsainarniarmago uvlut magguk pingasullônêt nâvlugit killek mamitsiarkârtinagô?

Odpowiedziała mu głucha cisza.

Zrozpaczony, przywołał w pamięci słowa powitania z na wpół zapomnianej książki:

Sorlo inôkatigeksoakarjmat unuktunik adsigêngitunik taimaktauk atanekarpok unuktunik adsigêngitunik, anginerpaujorle tamainit, idluartomik ataniortok inungnik kakortanik kernângajuniglo kernertaniglo, tagva anatek George, ataniojok Britishit atanioviksoanganut. Tâmna atanerivase.

Nagle huknął strzał i chłopiec bez życia padł na ziemię.

Jak dotąd, „Księga wiedzy Eskimosów" okazała się bezużyteczna. „Naczelną zasadą przy leczeniu chorób lub zranień jest POSŁUSZNE WYKONYWANIE POLECEŃ BIAŁEGO CZŁOWIEKA". Jak miałbym to wykorzystać? Powinni jej nadać tytuł „Sto jeden rzeczy, których nie należy mówić głośno przy Inuitach".

Kiedy ktoś z was zrani sobie rękę, Traper owinie ranę bandażem i powie, żeby go nie zdejmować. Zwykle zdzieracie bandaż i potem jesteście zdziwieni, że rana wygląda gorzej, zamiast się zagoić. Wydaje wam się, że Traper przytrzyma bandaż na ręku przez dwa lub trzy dni, aż rana ulegnie zabliźnieniu?

To nam przysporzy sławy.

Jest wiele ludzkich ras i wielu różnych władców, ale największym władcą świata, sprawiedliwie rządzącym Białymi, Brązowymi i Czarnymi Ludźmi w rozmaitych krajach jest KRÓL JERZY, władca Imperium Brytyjskiego. On to jest waszym królem.

Kolejny kwiatek. Niestety, to jedyna książka w języku Inuitów, jaką udało mi się znaleźć. Rzecz jasna nie wiem, czy w ogóle jeździł do Inuitów. W miarę potrzeb mógłbym posiedzieć nad gramatyką i zwiększyć zasób słów, lecz Sibylla wciąż nie chce mi powiedzieć. Wolałbym, żeby jednak COŚ mi powiedziała. Trudno uwierzyć, że mam już prawie 11 lat, a wiem jedynie, że to nie Thor Heyerdahl.

Król Jerzy jest nie tylko człowiekiem cnót wszelakich i pracowitym; to także wspaniały myśliwy. Czy poluje na złowrogie bestie w rodzaju niedźwiedzia, czy podchodzi płochą sarnę, czy strzela do lotnych kuropatw, nie masz w Imperium Brytyjskim takiego, co by lepiej celował niż nasz król.

Atanek George silatudlartuinalungilak angijomiglo suliakarpaklune, ômajoksiorteogivorletauk...

No dobrze, przesadzam. Wiem trochę więcej. Wiem, że to nie Egon Larsen. Nie Chatwin. Lubi Thubrona, więc on też odpada. Zdaje się, że zawęziłem listę do 8 lub 9. Przez chwilę byłem przekonany, że to Red Devlin. Zawsze śmiała się z jego „szczerbatych wyrostków". Kiedy zaginął pięć lat temu, żona wszczęła kampanię na rzecz jego uwolnienia. Podejrzewałem, że w tym przypadku Sibylla woli mi nic nie mówić. Tydzień temu James Hatton powrócił z wyprawy za koło polarne i napisał reportaż do „Independent Magazine". Użył w nim sformułowania „rzeczywista katedra z lodu". RZECZYWISTA KATEDRA Z LODU krzyknęła Sibylla i zaczęła krążyć po pokoju powtarzając rzeczywista katedra z lodu i czytając na głos inne wiekopomne zdania i nagle pomyślałem sobie że to może Hatton. Zdobyłem zatem „Księgę wiedzy Eskimosów" i zacząłem się uczyć języka Inuitów.

Hatton – zanim wrócił do Londynu i chwycił za pióro – nic nie mówiąc nikomu, wybrał się piechotą na biegun północny i z powrotem. W pewnej chwili został zaatakowany przez morsa. Było tak zimno, że zaciął mu się karabin. Rzucił więc nożem, trafił morsa w oko (Hatton: „W samiuteńki środek!") i dobił harpunem. Zjadł trochę surowego mięsa i chociaż był na nogach już od 20 godzin, przewędrował jeszcze 15 mil, bo wiedział, że woń świeżej krwi zwabi drapieżniki. Innym razem odmroził sobie palec u nogi, tak paskudnie, że musiał go obciąć.

Jeżeli to naprawdę Hatton, to niepotrzebnie zmarnowałem lata na naukę języków khoisan, suahili, zuluskiego, hausa, keczua, farerskiego i mongolskiego. Jeśli to nie on to tracę czas na „Księgę wiedzy Eskimosów". Tak czy owak na pewno marnuję kupę czasu.

> Jeżeli przy stawianiu sideł i trzymaniu futer w czystości
> wasi myśliwi chociażby w połowie będą tak PORZĄDNI
> jak Biali, to rodziny Inuitów otrzymają o wiele więcej
> towarów w faktoriach Kompanii.

Gdyby nas zlinczowali mój zaginiony ojciec powiedziałby do zaginionego syna Spadaj i nie wracaj!

Sibylla niby pisze, ale tak naprawdę to przegląda gazety. Na jednym oparciu fotela mam gruby słownik kanji, a na drugim – mały słownik romaji wydany przez Kodanshę. Jeśli spyta co czytam, na pewno jej odpowiem, ale na pewno nie spyta, bo widzi słowniki. Wie, że mam nową książkę o judo. Nie chcę słuchać o tym, ile kosztują dzieci, ani o prawie do śmierci, o małżeństwach homoseksualistów i o innych podstawowych osiągnięciach kultury, które – o ile nie wpadniemy w otchłań barbarzyństwa – w 2065 roku będą już na porządku dziennym.

Nic dziwnego zatem, że wasze piękne panny wolą poślubić dobrego i dzielnego łowcę, człeka, który zaszczytem będzie dla obozu i zapewni wygody sobie i rodzinie! We wszystkich stronach świata tacy ludzie cieszą się względami niewiast...

O MÓJ BOŻE! zawołała Sibylla. WYRWAŁ SIĘ! UCIEKŁ! To CUDOWNE!

Zaczęła krążyć po pokoju. Powiedziała, że trzy miesiące temu Red Devlin uciekł porywaczom i ostatnio dotarł do brytyjskiej ambasady w Tbilisi. Powiedziała: Już się trochę STĘSKNIŁAM za szczerbatym wyrostkiem z kałasznikowem w dłoni. Fruwała po pokoju, jakby siła przyciągania nagle spadła o jedną trzecią.

Pomyślałem: To na pewno Devlin.

Kiedyś przeczytałem jedną z jego książek. Nosiła tytuł „Spadaj, zanim cię wyrzucę". Kiepski był z niego pisarz: głównie stawiał żądania, trudne do spełnienia, lecz takie, których niepodobna mu było odmówić. Zdarzyło się na przykład, że z grupą spadochroniarzy chciał polecieć nad obszar zrzutu. Powiedziano mu, że to wbrew przepisom.

Daj pan spokój, powiedział Red Devlin.

X: No dobrze, ale nikt nie może wiedzieć, bo to cicha akcja.

Red Devlin dostał spadochron i parę dodatkowych ostrzeżeń i skoczył razem z grupą zanim ktoś zdołał go powstrzymać i miał taki reportaż jakiego nikt nie miał kto z nimi nie skakał. Po tym wyczynie dostał pracę w poważnej gazecie, z której potem wyleciał bo nie chciał o czymś tam napisać. Zaraz go kupiła jakaś inna gazeta bo dotarł do ukrytej bazy partyzantów. Po prostu wszedł do miejscowego baru i powiedział: „Chcę odwiedzić kryjówkę partyzantów".

Barman: Nikt nie wie, gdzie siedzą. To straszna tajemnica.
Red Devlin: Daj pan spokój. MNIE pan możesz powiedzieć.
Barman: No dobrze, pierwsza w prawo... Albo wie pan co? Pojedziemy moim samochodem.

Sceptycy pomrukiwali, że brak na to dowodów i że trzeba mu wierzyć wyłącznie na słowo. Z drugiej strony, ci co z nim rozmawiali, wcale nie mieli ochoty rozmawiać z kimś innym. Na ogół przyjmowano więc, że mówił szczerą prawdę, bo nikt nie potrafił przyłapać go na kłamstwie.

Pewnego razu Red Devlin pomógł pewnej parze zaadoptować rumuńską sierotę. Wspomniana para była w Rumunii i odwiedziła jeden z sierocińców. Po powrocie do Anglii szybko doszła do wniosku, że przyjmie pod swój dach biedną małą dziewczynkę. Nauczyła się rumuńskiego i rozmawiała z ludźmi, którzy adoptowali biedne rumuńskie dzieci. Niestety, w odpowiednim biurze powiedziano, że to zupełnie niemożliwe. Para składała się z dwóch kobiet, zatem było o jedną kobietę za dużo i jednego mężczyznę za mało. Mimo to para zrugała urzędników i szczegółowo opisała warunki w sierocińcu. Przepisy jednak były przepisami i nic nie dało się zrobić.

Para wyszła na dwór i roztrzęsiona usiadła w słońcu. Traf chciał, że ulicą przechodził Red Devlin. Znów stracił pracę, więc miał masę czasu.

Co się stało? zapytał Red Devlin.

Powiedziały mu o co chodzi a on obiecał że pomoże.

Para tak mocno uwierzyła w przepisy że z początku myślała że Red Devlin chce się z jedną z nich ożenić. On się tylko roześmiał. Powiedział że jest żonaty. Powiedział że sam jeden pojedzie do Rumunii i przywiezie im dziecko. Para wyjaśniła mu bardzo cierpliwie że bez właściwych dokumentów nie można wywieźć dziecka z Rumunii ani wjechać z nim do Anglii.

Naprawdę? spytał Red Devlin.

Red Devlin znał po rumuńsku najwyżej trzy słowa. Znaczyły pewnie „Daj pan spokój". A nawet jeśli nie, to bardzo szybko nabrały takiego znaczenia. Poszedł do sierocińca i zażądał dziewczynki. Za każdym razem, kiedy słyszał „Nie", rzucał swoje trzy słowa po rumuńsku i tak się stało, że trzy dni później wyjechał z Bukaresztu z dziewczynką u boku.

Niektórzy przemycali dzieci przez granicę w bagażniku samochodu. Niektórzy przebierali je za wielkie lalki lub upychali do walizek. Niektórzy nakrywali dzieci kocem i liczyli, że im się uda. Red Devlin podjechał do odprawy z dziewczynką na przednim fotelu.

Urzędnik: Gdzie są jej dokumenty?
Red Devlin: Nie ma dokumentów.

Red Devlin wyjaśnił sytuację.
Przykro mi, ale musimy ją odesłać.
Red Devlin jeszcze raz wyjaśnił sytuację.
Proszę mi wierzyć, bardzo jej współczuję, ale naprawdę nic nie mogę zrobić.

Może pan, powiedział Red Devlin. Każdy może powiedzieć to samo, ale Red Devlin naprawdę w to wierzył i za każdym razem na jego wezwanie obowiązkowi ludzie na jedną krótką chwilę zapominali o swoich obowiązkach. Wjechał z dziewczynką do Anglii i poszedł porozmawiać z urzędniczką służb socjalnych.

To było najtrudniejsze. Urzędniczka powiedziała że ma swoje obowiązki, a Red Devlin powiedział Niech pani da spokój, a ona zamiast powiedzieć No dobrze znów wyjechała z tekstem Przepisy to przepisy. Red Devlin znów powiedział Niech pani da spokój, a ona na to że nic nie może zrobić. Red Devlin powiedział Na pewno pani może, a ona Mam związane ręce. Rozmawiali tak bitą godzinę i Red Devlin ani razu nie zaczął się z nią kłócić ani nie mówił NA PEWNO albo proszę POSŁUCHAĆ albo Jak by się pani czuła gdyby chodziło o PANI dziecko. Rozmawiali i rozmawiali i rozmawiali i rozmawiali i rozmawiali i nawet po godzinie Red Devlina urzędniczka nie powiedziała No dobrze tylko że zobaczy co da się zrobić. Krótko mówiąc, dziewczynka została. Miał setki podobnych przygód, aż wreszcie go porwali.

Sibylla powiedziała, że pewnie przez pięć lat siedział zakneblowany, aż wreszcie przypadkowo ktoś mu wyjął knebel i Red Devlin powiedział Muszę iść do domu a oni chórem odparli No dobrze.

Czekałem że Sibylla powie coś więcej ale ona przeszła obok mnie i kiedy przechodziła zobaczyła nagle „Księgę wiedzy Eskimosów".

Co to takiego? zapytała, wzięła książkę i przeczytała głośno *jak tylko Białe damy poczęły stroić swoje szyje i ramiona w miękkie futra białych lisów, liczni kawalerowie pospieszyli, aby zaspokoić serca (i próżność) swych wybranek, kupując im białe lisy. A kiedy żony były smutne, mężowie pocieszali je prezentami z futra białych lisów* i powiedziała Niewiarygodne i Kiedy to wydano?

W 1931 powiedziałem.

W 1931 powiedziała Sibylla a teraz mamy
1998
1998 to znaczy 67 lat temu a za 67 lat będzie
2065
2065. Właśnie. Tylko pomyśl Ludo w 2065 roku ludzie będą przekonani że to okrutne BARBARZYŃSTWO żeby skazywać dzieci na 12 lat nauki bez najmniejszej zapłaty i w dodatku w całkowitej zależności ekonomicznej od dorosłych którzy rządzą ich losem. To BARBARZYŃSTWO że ludzie przychodzą na świat pozbawieni jakiejkolwiek możliwości wyboru i MUSZĄ się POGODZIĆ ze swoim własnym losem. Nie wiadomo co gorsze – uporczywa CISZA na ten temat panująca w naszych czasach czy wierutne BZDURY wypisywane o mał-

żeństwach pomiędzy osobami tej samej płci w gazetach które SŁUŻĄ wyłącznie temu

Red Devlin to mój ojciec? zapytałem.

Powiedziała:

Nie chcę o tym rozmawiać.

I nie zeszła na ziemię. Była teraz na planecie o śmiercionośnej atmosferze i grawitacji wynoszącej co najmniej 17. Ciężko oparła się o fotel i spojrzała na „Księgę wiedzy Eskimosów".

Po chwili powiedziała znacznie milszym tonem:

Co za cudowny język, popatrz tylko *kakortarsu* to bez wątpienia biały lis, więc mamy *kakortarsu kakortarsuk kakortarsungnik kakortarsuit* a potem *puije* i *puijit* na fokę tu u góry strony wygląda na to że *puije* to biernik a *puijit* to mianownik a zatem *kakortarsuit* to też mianownik *piojorniningillo* to próżność na poprzedniej stronie widzimy *puijevinit* czyli mięso foki *puievinekarnersaularposelo* zdobędziecie także duży zapas foczego mięsa. Zawsze chciałam poznać jakiś aglutynacyjny język.

Powiedziałem: Trzy nie wystarczą?

Powiedziała: Następny byłby wprost cudowny zwłaszcza gdybym mogła używać go na CO DZIEŃ. Powiedziała: Ciekawe jak w języku Inuitów dałoby się powiedzieć rzeczywista katedra z lodu!

Nie odpowiedziałem.

Powiedziała:

POPATRZ tu jest przekład hymnu „God Save the King"!

Siła ciążenia na Saturnie wynosi zaledwie 1,07 a ona zaczęła śpiewać

Gûdib saimarliuk
Adanterijavut
Nâlengnartok
Piloridlarlune
Nertornadlarlune
Ataniotile
Uvaptingnut

Spytałem:

To James Hatton?

JAMES HATTON! zawołała Sibylla. Rzeczywisty kolos!

Powiedziała:

Mam robotę.

Nie mogłem oprzeć się wrażeniu, że marnuję czas na „Księgę wiedzy Eskimosów". Pomyślałem: Może w tym roku zdam egzamin i popatrzyłem na pocztówkę z Greczynkami grającymi w piłkę lorda Leightona, którą Sibylla pokazała mi przed laty. Wprawdzie nie był to abstrakcyjny ekspresjonizm, ale wciąż nie widziałem tego co powinienem zobaczyć. Potem po raz pięćsetny przeczytałem artykuł i w dalszym ciągu nie widziałem tego co powinienem zobaczyć. Potem posłuchałem jak gra Liberace. Kompletna chała.

Sibylla powiedziała: Możesz tego nie puszczać? Próbuję się skupić.

Powiedziałem: Ta muzyka to kompletna chała. Wystarczy?

Spojrzała na mnie.

Powiedziałem: Skąd wiesz że nie mylisz się w obu pozostałych przypadkach?

Spojrzała na mnie.

Powiedziałem: Zdradź mi co widzisz w nich złego to może sam zdecyduję.

Spojrzała na mnie gorejącym wzrokiem.

Powiedziałem: Dlaczego mi nie powiesz kim on jest? Chcesz żebym ci obiecał że nie będę go szukał? Mam prawo wiedzieć.

Powiedziała: A ja mam prawo zachować milczenie.

Powiedziała: Jeśli to już wszystko to pozwól że przez chwilę popatrzę na „Siedmiu samurajów".

Wyłączyła komputer. Dochodziło wpół do dwunastej. Jak dotąd pisała dzisiaj zaledwie 8 minut. Przy stawce 6,25 funta za godzinę zarobiła 83 pensy.

Wzięła pilota, wcisnęła POWER i PLAY.

40 rozbójników stoi na szczycie wzgórza w pobliżu japońskiej wioski. Wołają, że tu powrócą zaraz po zbiorach jęczmienia. Podsłuchują ich chłopi.
Narada we wsi. Chłopi wpadają w rozpacz.
Rikichi z błyskiem w oczach zrywa się na równe nogi.
Zróbmy włócznie z bambusa! Zabijmy wszystkich bandytów!
Nie uda się, mówi Yohei.
To niemożliwe, mówi Manzo.

Przywykłem jej słuchać. A jeśli się myli? W zeszłym miesiącu autor artykułu wydał nową książkę. Krytycy zgodnie twierdzą, że to jeden z największych pisarzy naszych czasów.

Chłopi szukają rady u starego Genzo.

Powiedziałem: Krytycy zgodnie twierdzą, że to jeden z największych pisarzy naszych czasów.
Sibylla powiedziała Owszem a w swoim czasie Alma-Tadema był sławniejszy od Michała Anioła.

Nawet niedźwiedź wychodzi z lasu, gdy szuka pożywienia.

Powiedziałem: Recenzje twierdzą, że ów twórca, podobno pożałowania godzien, jest największym anglosaskim pisarzem współczesnego świata. Jeden z krytyków nazwał go amerykańską odpowiedzią na Flauberta. Inny mówi o nim jako o wielkim kronikarzu amerykańskich przemian. Dziewięć na dziesięć osób powiada o nim „wielki" albo jeszcze lepiej. Pięć używa określenia „geniusz".
Powiedziała: Wszystko to wynika z fałszywych przesłanek. Jeśli uważasz, że amerykańska powieść powinna być pisana po angielsku, to przyjmujesz, że papież jest Żydem.
Powiedziałem: W takim razie „Siedmiu samurajów" to zupełna klęska, bo film jest czarno-biały i mówią w nim po

japońsku. Zdaje się, że gonisz w piętkę. Pomyślałem: Co za głupota. Dlaczego nie porozmawiamy o upadku zuluskich obyczajów lub o mutacjach wodorostów w akwenach Uralu lub o czymś innym przypadkowym i całkiem obojętnym? Kimkolwiek jest mam prawo wiedzieć kto to.

Powiedziała: Pleciesz co ci ślina na język przyniesie, Ludo. Jest wyraźna różnica pomiędzy twórcą limitowanym wiedzą swoich czasów na którą on sam nie ma najmniejszego wpływu i kimś kto bez protestu znosi ograniczenia chociaż mógłby je zniszczyć jednym ruchem ręki.

Powiedziała: Nie widzisz że PRÓBUJĘ obejrzeć jedno z największych arcydzieł światowego kina?

Chłopi widzą tłum ludzi. Jakiś samuraj zszedł nad rzekę i prosi mnicha, żeby mu ogolił głowę.
Mifune przepycha się przez ciżbę, robi skwaszoną minę i drapie się po brodzie.
Katsushiro pyta, co się stało.

Powiedziałem: Zatem twoim zdaniem Proust zyskałby na wartości gdyby w swoich dziełach dodał kilka fragmentów po angielsku i po niemiecku? a ona spojrzała na mnie gorejącym wzrokiem a ja powiedziałem Dlaczego nie porozmawiamy o wpływie turystyki na obyczaje Zulusów i dlaczego nie każesz mi wymienić 50 stolic krajów świata to przecież zupełnie obojętne i mam prawo wiedzieć.

Spojrzała na mnie gorejącym wzrokiem.

Powiedziałem: Zdradź mi chociaż jedno. Chyba cię nie zgwałcił? (Delikatności uczyłem się wyłącznie od matki). Przez jedną straszną chwilę myślałem, że zgwałcił: patrzyła na mnie gorejącym wzrokiem, zupełnie jak Rikichi.

Powiedziała: Nie.

Powiedziałem: A zatem trochę go lubiłaś. Musiał mieć w sobie COŚ atrakcyjnego.

Powiedziała: Z pewnego punktu widzenia.

Powiedziałem: A są jakieś inne?

Powiedziała: Jedną z najcenniejszych cech naszego społeczeństwa jeśli nie najcenniejszą jest zdolność spędzenia nocy z kimś kogo się nie pożąda i to w dodatku za darmo. Skoro jest cenna wśród ludzi którzy muszą to robić to jej wartość zapewne wprost niebotycznie wzrasta u kogoś kto nie brał ślubu.

Powiedziałem: I tak zrobiłaś?

Powiedziała: Tylko próbowałam być grzeczna.

Tym razem nie zaparło mi tchu w piersiach. Powiedziałem: Jakie słowo przedarło się przez twoje usta?

Powiedziała: W naszym społeczeństwie istnieje dziwny przesąd że pewnych rzeczy nie wolno nagle kończyć tylko z tego powodu że są nieciekawe – życia, miłości, rozmowy i tak dalej. Etykieta stanowi że masz udawać głupka w obliczu mądrości więc chociaż w to nie wierzę wychodzę z założenia że nie wolno mi ciągle obrażać innych ludzi.

Słyszałem to miliony razy. Powiedziałem: Czy to znaczy że ZUPEŁNIE nic do niego nie czułaś?

Powiedziała: Jesteś pewien że chciałbyś wiedzieć wszystko czego nie wiesz? Przypomnij sobie Edypa.

Powiedziałem: Czego się boisz? Tego że go zabiję czy tego że się z nim prześpię?

Powiedziała lub raczej odcięła się: Na twoim miejscu na pewno bym z nim nie spała. I dodała: Przemówił Tejrezjasz.

W naszym społeczeństwie istnieje dziwny przesąd zabraniający matkobójstwa.

Ostentacyjnie przewinęła kasetę do miejsca, w którym jej przerwałem.

Złodziej wybiega z szopy i pada martwy.
Samuraj oddaje dziecko rodzicom.
Mifune z mieczem w dłoni podbiega do złodzieja.
Skacze wokół trupa.
Samuraj odchodzi w milczeniu.

Od lat opowiadałem jej o Dervli Murphy, która wraz z ośmioletnią córką przejechała przez Andy na mule. Mój ojciec zapewne robił to zawodowo i przez całe życie. Ja z Sibyllą zaledwie przejechałem przez Francję autostopem. Może mój ojciec chciałby spędzić chwilę z synem, którego w ogóle nie znał? Moglibyśmy popłynąć czółnem do źródeł Amazonki, pójść piechotą za koło polarne albo przeżyć pół roku wśród Masajów (całkiem nieźle mówię po masajsku). Znam 54 jadalne rośliny, 23 jadalne grzyby i 8 owadów, dzięki którym nie zginiesz z głodu, jeśli tylko za bardzo nie będziesz im się przyglądał. Myślę, że przeżyłbym spokojnie na każdym kontynencie. Przez ostatnie dwa lata, nawet w zimie, sypiałem na ziemi, na dworze. Codziennie chodzę boso przez godzinę, żeby utwardzić stopy. Ćwiczę wspinaczkę po drzewach i budynkach i słupach telefonicznych. Gdyby mi powiedziała kto to, nie marnowałbym czasu na jakieś głupoty i zajął się rzeczami naprawdę poważnymi. A na wszelki wypadek muszę się nauczyć pięciu głównych języków handlowych i ośmiu używanych przez nomadów. To szaleństwo.

Nazywam się Katsushiro Okamoto. Pozwól, panie, że pójdę z tobą.
Jestem Kambei Shimada. Jestem tylko roninem. Nie mam uczniów

Liberace, lord Leighton i autor artykułu. Nawet jeśli ma rację, jedyne co ich złego łączy to brak dobrego smaku. Może mój ojciec był złym pisarzem – w gruncie rzeczy miał inne sprawy na głowie. Nie można przecież z psim zaprzęgiem wędrować przez Syberię i cyzelować każde słowo. Sibylla ze zbytnią czcią podchodzi do sztuki.

Na chwilę poszedłem na górę do swojego pokoju. Od dziesięciu lat oglądała „Siedmiu samurajów" i wciąż miała kłopoty z japońskim. Słyszałem głosy dochodzące z dołu. Wiedziałem, że przez godzinę będę miał święty spokój.

Kiedyś w jej pokoju widziałem kopertę z napisem Otworzyć dopiero po śmierci. Pomyślałem – cóż, po śmierci pewnie chciała mi wyznać całą prawdę o ojcu. Pomyślałem – cóż, usiłowałem grać zgodnie z zasadami, ale to bezsensowne. Oczami wyobraźni zobaczyłem siebie, jak po 10 latach wciąż patrzę w obraz lorda Leightona i nie widzę w nim żadnych błędów, albo też szukam co przeoczył największy pisarz naszych czasów.

Nauczyłem się bezszelestnych ruchów. Bezszelestnie przeszedłem przez korytarz do jej pokoju. Otworzyłem szufladę, w której trzymała paszport. Pomyślałem, że tam właśnie znajdę tę kopertę. Sięgnąłem w głąb szuflady.

Znalazłem grubą teczkę wypchaną papierami.

Znam wszystkie słowa

Przebiegłem wzrokiem papiery.

Było tam bardzo dużo rzeczy o moim ojcu, ale Sibylla używała wyłącznie przezwiska. Liberace. Próbowałem sobie przypomnieć, czy kiedyś, w jakiejś rozmowie wspomniała coś o nim albo wymieniła tytuł jego książki. Chyba nie. Zanim znalazłem kopertę, zawołała z dołu:

JESTEŚ NA GÓRZE, LUDO?

Zawołałem

TAK

a ona zawołała

PRZYNIEŚ MI NARZUTĘ Z ŁÓŻKA

Odłożyłem papiery do szuflady i zabrałem narzutę na dół. Nie wiem co myślałem. Myślę że myślałem Jeszcze nie jest za późno i Ale muszę wiedzieć.

Pierwsza część rekrutacji dobiegła już końca. Katsushiro odłożył pałkę. Kiedy byłem mały głośno czytałem napisy a Sibylla ciągle pytała jak myślisz po co to zrobił i jak myślisz po co to zrobił i dlaczego Shichiroji nie był poddany próbie i po co Gorobei zabrał Heihachiego skoro tamten podobno bez przerwy uciekał? Odpowiadałem jej a ona wybuchała śmiechem i mówiła że nigdy o tym nie myślała.

Kambei i Katsushiro widzą dwóch samurajów odzierających liście z bambusa. To przygotowania do bezkrwawego pojedynku.

Rozpoczyna się walka. Kyuzo zamiera w bezruchu z kijem w dłoniach. X unosi swoją broń nad głowę i wydaje głośny okrzyk.
Kyuzo chowa kij za siebie. X biegnie w jego stronę.
Kyuzo nagle podnosi kij i zadaje twarde uderzenie.
X: Niestety, remis.
Nie. Wygrałem.
Nieprawda.
Zginąłbyś w prawdziwej walce.

Sibylla owinęła narzutę wokół ramion. Powiedziała, że zaraz siada do pisania.

Miałem ochotę spytać: Naprawdę był aż tak kiepski jak Liberace?

Ze wszystkich trzech przykładów jakie mi pokazała jedynie Liberace nie przypadł mi do gustu. Takim miał być mój ojciec? A może był jeszcze gorszy? Miałem ochotę spytać: co to znaczy zły? Gorszy od jakiegoś szczerbatego wyrostka i drewnianej dziewczynki? Gorszy od zakały ludzkości? Gorszy od rzeczywistej katedry z lodu? Miałem ochotę powiedzieć: Ale przynajmniej zwiedził kawał świata.

Chciałem powiedzieć do Sibylli: Skoro jestem geniuszem, to dlaczego sam nie mogę o tym zdecydować? Chciałem powiedzieć: Myślałem że nie lubisz ludzi którzy tylko z tego względu że przypadkiem urodzili się kilka lat przed innymi rządzą ludźmi którzy przypadkiem przyszli na świat nieco później. Myślałem że twoim zdaniem zniewolenie z racji wieku to oznaka BARBARZYŃSTWA. Chciałem powiedzieć: Skąd wiesz że nie powinienem wiedzieć tego czego nie wiem?

Wbiega szuler. Mówi, że znalazł prawdziwego twardziela.
Katsushiro chwyta pałkę i staje za drzwiami.
Szuler: To nieuczciwy podstęp.
Kambei: Jeśli to dobry wojownik, to nie da się uderzyć.

Szuler: Ale on jest pijany.
Kambei: Prawdziwy samuraj nie spija się na umór.
Ktoś wtacza się przez drzwi; Katsushiro wali go pałką w głowę. Samuraj nie odbija ciosu. Z jękiem wali się na ziemię.

To była pierwsza scena, którą naprawdę zrozumiałem. Zwój uprzytomnił mi, że mogę widzieć słowa. Słysząc coś, mamy do czynienia z odwrotnością czytania. To znaczy, że jak coś czytamy, w myślach słyszymy odpowiednie słowo i odwrotnie – kiedy coś słyszymy, w myślach widzimy obraz tego słowa. Jeśli ktoś mówi „ktoś", to widzimy słowo zapisane rzymskimi literami. Jeśli zaś powie „filozofia", widzimy φιλοσοφια, a jeśli powie „kataba", widzimy كتب, czyli coś, co jest czytane od prawej do lewej. Przez dłuższy czas w ogóle nie wpadło mi do głowy, że ta sama reguła odnosi się do japońskiego. Słyszałem w głowie „Nihon", kiedy widziałem napis 日本 w książce, ale nic nie widziałem, słysząc jakieś słowo. Kambei wziął zwój do ręki i zaczął czytać – powiedział dokładnie: „Tensho drugi rok drugi miesiąc siedemnasty dzień urodzony". Dźwięki brzmiały *Tensho ninen nigatsu jushichinichi umare* i nagle zrozumiałem, że widzę niektóre słowa, tak jak widniały na zwoju. Kiedy powiedział *ninen nigatsu jushichinichi*, to w myślach zobaczyłem 二年二月十七日. Drugi rok drugi miesiąc siedemnasty dzień. Chyba w owym czasie miałem lekkiego hopla na punkcie liczb i liczebników.

Do końca filmu pewne słowa ulegały swoistej przemianie i stawały się obrazami. Potem wracałem do innych i w ten sposób, zanim skończyłem osiem lat, większość z nich zapadła mi w pamięć i rozumiałem niemal wszystkie dialogi.

Mifune patrzy na przywódcę grupy samurajów.
Hej, ty! Pytałeś mnie z przekąsem: „Jesteś samurajem?" – Nie wyśmiewaj się ze mnie!
Chociaż tak wyglądam, jestem prawdziwym samurajem

Hej! Od tamtej pory ciągle cię szukałem... myśląc, żeby ci coś pokazać [wyciąga zwój]
 Popatrz na to
 To genealogia
 To genealogia całej mojej rodziny
 (Naśmiewałeś się ze mnie, łotrze)
 Popatrz tylko (naśmiewałeś się ze mnie)
 To ja
 [Kambei czyta] To ty niby jesteś Kikuchiyo?
 [Mifune] Tak jest
 Urodzony siedemnastego dnia drugiego miesiąca w drugim roku ery Tensho... [wybucha śmiechem]
 [Mifune] Co w tym śmiesznego?
 [Kambei] Nie wyglądasz na trzynastolatka
 Jeśli naprawdę jesteś Kikuchiyo, to w tym roku kończysz 13 lat
 [wszyscy samuraje się śmieją]
 Gdzie to ukradłeś?
 [Mifune] Co?! To kłamstwo! Do diabła! Co ty wygadujesz!

Sibylla zapytała: Naprawdę to rozumiesz?
Odparłem: Jasne, że rozumiem.
Sibylla zapytała: To co on powiedział?
i przewinęła kasetę do sceny, w której Mifune chwiejnie wstaje z ziemi.

Odparłem: Powiedział Yai! Kisama! yoku mo ore-no koto-o samurai-ka nante nukashiyagatte... fuzakeruna!

a Sib powiedziała że być może zna poszczególne słowa ale ze słuchu ich nie rozpoznaje

więc zacząłem pisać na kawałku kartki i wyjaśniać: powiedział やい *yai* hej 貴様! *kisama* ty (słownik Kodanshy twierdzi, że to KOLOKWIALNA i bardzo obraźliwa forma) よく *yoku* no... も *mo* partykuła podkreślająca 俺の *ore-no* ja partykuła drugiego przypadka 事を *koto-o* rzecz partykuła czwartego przypadka, np. peryfraza ja 侍 *samurai* samuraj か *ka* partykuła pytajna なんて *nante* KOLOKW. od *nan-to* co, jak, np. [jak] bardzo zimno? ぬかしやがって *nukashiyagatte* gerundium od *nukasu*, mówić, czyli np. Pytałeś mnie z przekąsem: „Jesteś samurajem?" ふざけるな! *fukazeruna* negacja *fukazeru*, żartować, czyli np. Nie wyśmiewaj się ze mnie.

Wyjaśniłem też, że „Słownik japońskiego slangu" podaje, że *shiyagatte* to gerundium *shiyagaru*, czyli pospolitej formy *shite agaru*, co jest napastliwą formą czasownika *suru* robić. Jeśli więc *nukasu* ma formę *nukashiyagatte*, to również musi zabrzmieć napastliwie.

Co za cudowny język, ucieszyła się Sib, w napisach mocno złagodzony. Wiedziałem, że 6,88 funta za „Słownik japońskiego slangu" to śmieszna cena.

Innymi słowy Pytałeś mnie z przekąsem: „Jesteś samurajem?" – Nie wyśmiewaj się ze mnie!

No dobrze, powiedziała Sib, a co dalej?

俺はな こう見えてもちゃんとした侍だ

俺はな *ore wa na*, ja partykuła podkreślająca partykuła kończąca zdanie こう *kō* w ten sposób 見えて *miete* imiesłów czasu teraźniejszego od *mieru*, wyglądać も *mo* nawet, chociaż, więc razem Chociaż tak wyglądam.

Sib powiedziała: Wprawdzie mało znam japoński ale i tak nawet przez nanosekundę nie wierzę że Mifune mógł powiedzieć Chociaż tak wyglądam.

Powiedziałem że moim zdaniem percepcja nie działa w odstępach nanosekundowych.

Powiedziała że w takim razie nie wierzyła w to przez najmniejszą jednostkę czasu w jakiej percepcja jest zdolna do działania. Co dalej?

ちゃんとした *chanto shita*, prawdziwie, właściwie, standardowo...

Standardowo! zawołała Sib

侍 samuraj だ *da*, jestem, czyli Chociaż tak wyglądam, jestem prawdziwym samurajem.

Który to napis? zapytała Sib. Chyba coś przegapiłam.

Powiedziałem że mniej więcej tam gdzie mówi właśnie że jest samurajem.

Hmm, powiedziała Sib.

やぃ俺はなあれから囚お前の事をずっと捜してたんだぞ
やぃ *yai* hej 俺はな *ore wa na*

Ja, partykuła podkreślająca partykuła kończąca zdanie, powiedziała Sib

あれから *arekara* od tamtej pory お前の *omae-no* ciebie 事を *koto-o* rzecz partykuła czwartego przypadka, tzn. peryfraza ty ずっと *zutto* cały (czas), mówiłem coraz szybciej

捜してたんだ *sagashitetanda* kontrakcja *sagashite ita*, szukałem, kontrakcja *no da*, faktycznie, rzeczywiście, *no* partykuła drugiego przypadka, *da* czasownik być ぞ *zo* partykuła kończąca zdanie wyrażająca wykrzyknik używana zazwyczaj przez mężczyzn, mówiłem jeszcze szybciej

これを *kore-o* to partykuła czwartego przypadka 見せよう *miseyō* wyrażenie woli typu Chciałbym pokazać と *to*, partykuła przypadka łącząca dwa wyrazy 思ってな *omotte na* imiesłów czasu teraźniejszego od *omō* myśleć plus *na* partykuła kończąca zdanie (podkreślenie), czyli myśląc, żeby ci coś pokazać...

Znam te wszystkie słowa, powiedziała Sib.

Więc chcesz po prostu, żebym ci je spisał? zapytałem. Napisałem kilka linijek a Sib zapytała czy wiem że pismo jest jednym ze sposobów porozumiewania się między ludźmi, a moje japońskie bazgroły są mniej czytelne niż to co kiedyś pisałem po angielsku, grecku, arabsku, hebrajsku, bengali, rosyjsku, ormiańsku i w innych językach zbyt licznych żeby je wyliczyć.

これを見ろ, powiedziałem, *kore-o miro*

Wiem, powiedziała Sib, popatrz na to

この系図はな *kono keizu*, tę genealogię, *wa na*

partykuła podkreślająca partykuła kończąca zdanie, powiedziała Sib

俺様の *ore sama-no*
moich, powiedziała Sib
先祖 *senzo*, przodkowie 代々 *daidai* od pokoleń の *no*
partykuła drugiego przypadka, powiedziała Sib
系図よ *keizu yo*
genealogia partykuła kończąca zdanie, powiedziała Sib
このやろうばかにしやがってなんでい *kono yarō baka-ni shiyagatte nandei*
この *kono*, to, やろう *yarō* prostak, łajza, *kono yarō* ty świnio, jak podaje słownik Sanseido, *baka* idiota najpopularniejsze japońskie przekleństwo, jak twierdzi „Słownik japońskiego slangu", *baka-ni suru* dosłownie znaczy robisz ze mnie durnia, lecz w potocznym języku ma dużo gorszy wydźwięk, coś w rodzaju co się do mnie przypierdalasz, jak podaje „Słownik japońskiego slangu", zatem しやがって *shiyagatte* ma jeszcze gorszy wydźwięk skoro stanowi opryskliwą formę *suru*, なんでい *nandei* jakkolwiek.

Napisy zupełnie nie oddają takich smaczków, powiedziała Sib.

W każdym razie wiesz już o co chodzi, powiedziałem, a Sib na to Przetłumaczyłeś parę zdań i chcesz przerwać w SAMYM ŚRODKU jednej z najważniejszych scen FILMU?

dobrze, dobrze, dobrze, powiedziałem. Cały urok polega na tym, że jak się ma oboje rodziców, to jedno z nich zawsze broni cię przed drugim. Ojciec na pewno by już zauważył, że mam dość i powiedziałby Daj chłopcu odpocząć, Sibyllo. Albo delikatnie by wspomniał że idzie do parku trochę pograć w piłkę zanim się zupełnie ściemni i zaproponowałby że później sam przetłumaczy tę scenę.

Dokąd doszliśmy? zapytała Sib.

Doszliśmy do miejsca, w którym Kambei czyta zwój, powiedziałem.

Sib cofnęła taśmę i obejrzała scenę od początku i powiedziała że nadal nie rozumie ani słowa. Chyba coś zmyślasz powiedziała

powiedziałem masz kłopot bo Mifune tak wymawia słowa
a Sib powiedziała nie waż się mówić o nim nic złego
powiedziałem ale sam Kurosawa

a Sib powiedziała tak ale to po prostu cecha charakteru i tłumacz dalej.

Spytałem mogę ci to po prostu starannie napisać?

Odparła proszę bardzo więc zacząłem pisać począwszy od „To ty niby jesteś ten Kikuchiyo urodzony w drugim roku ery Tensho". Wszystko też zapisałem w formie fonetycznej, bo Sib nie ma najlepszej pamięci do znaków. Nie chciałem się zaplątać w złożone wyjaśnienia więc powiedziałem że szczegóły później a Sib odparła zgoda. Przewinęła taśmę do początku sceny, w której Katsushiro błaga, żeby go zabrali, nie możemy wziąć dziecka odpowiada Kambei, a na końcu nie mam rodziny – jestem zupełnie sam jak palec i Heihachi unosi głowę, a w drzwiach stoi milczący Kyuzo.

Wiesz, że E. V. Rieu kazał Odysowi zwracać się do swych towarzyszy per „chłopcy"?

Chyba mi o tym wspominałaś, odparłem.

Te napisy powiedziała Sib zachowują ten sam uniżony dystans do dialogów. Nie chcę o tym myśleć. Dobrze chociaż że nie psują najpiękniejszych scen filmu, spójrz tylko jak Miyaguchi milcząc stoi w progu, jest jak wspaniały aktor z czasów kina niemego i zupełnie nie mam pojęcia ile LINIJEK tekstu dostał do powiedzenia bo to wcale nieważne. Ile ci zajęło zanim zrozumiałeś wszystko co mówią?

Powiedziałem nie wiem. Cały dzień przesiedziałem przy jednej jedynej scenie a potem już poszło łatwiej.

To ile razy oglądałeś tę scenę zapytała Sib
odparłem nie wiem, nie tak wiele, może 50

Dobrnęliśmy do miejsca, kiedy Manzo wraca do wioski i każe ściąć włosy Shino. Chciał, żeby wyglądała jak chłopiec i nie ściągała na siebie uwagi samurajów. Kiepskie przebranie. Sibylla nie bardzo ją lubi. Wyłączyła magnetowid i powiedziała że ma robotę.

Usiadła przy komputerze i zaczęła przepisywać tekst z „Praktycznego Kempingu" rocznik 1982. Syndrom Rikichiego 5. stopnia. Wyglądała tak jak wygląda ktoś kto wie że popełnił potworną pomyłkę.

A może czeka na moje urodziny? Są już jutro. A może powinienem nagle doznać olśnienia i odkryć słabe punkty lorda Leightona i Lorda Leightona? Artykuł, który niegdyś mi pokazała, bez wątpienia wyszedł spod ręki pisarza.

Zdradziłbym się, gdybym coś powiedział o „Yesterday" albo Sonacie księżycowej albo pofałdowanych zwojach tkaniny. Lecz załóżmy, że powiem: sęk w tym że to bardziej klasycyzm niż klasyka, nie dla prawdy i piękna goniący za prawdą i pięknem ale zapatrzony w dawne arcydzieła. Ktoś mógłby mnie zapytać, skąd ten przypływ wiedzy, ale miałem nadzieję, że Sib nie zauważy.

Wziąłem pocztówkę do ręki i obrzuciłem ją bystrym spojrzeniem, jakby nagła myśl przyszła mi do głowy. Szczerze mówiąc, naprawdę sporo tam powiewało. Teraz tylko musiałem spokojnym i wyważonym tonem rzucić jakąś uwagę o materii w przestrzeni. Tonem, w którym pobrzmiewałaby nie tylko litość dla twórcy, lecz także pewna łaska, ważniejsza niż litość.

PRAKTYCZNY KEMPING powiedziała Sibylla. Co na miłość boską może być praktycznego w kempingu i dlaczego na miłość boską słowo „Praktyczny" musi być dodawane do czysto prozaicznych rzeczy? „Niepraktyczny kemping". „Niepraktyczne żeglowanie". „Niepraktyczne szydełkowanie". Chyba chętnie kupiłabym każdy z tych tytułów żeby mieć święty spokój z żeglowaniem, szydełkowaniem i pożal się Boże kempingiem.

Zabrałem się do artykułu. To było trudniejsze. Sonata księżycowa, powiedziałem do siebie. „Yesterday". Czytałem między wierszami, chcąc zobaczyć to, co ona zobaczyła.

Zgroza! Zgroza! powiedziała Sibylla.

Pisała przez jakieś pięć minut. Dzisiejszy zarobek: jak dotąd jakieś 1,35 funta.

Gdybym jej teraz przerwał, niczego bym się nie dowiedział. Wróciłaby do oglądania „Siedmiu samurajów".

Poszedłem na górę. Nawet na mnie spojrzała.

Przeszukałem cały jej pokój, ale koperty nie znalazłem.

❖

Dzisiaj są moje urodziny. Sibylla nic nie powiedziała. Myślałem, że mi powie, jak otworzę prezenty, ale nie powiedziała.

Zacząłem: Kłopot z lordem Leightonem polega głównie na tym, że to bardziej klasycyzm niż klasyka, nie dla prawdy i piękna goniący za prawdą i pięknem, ale zapatrzony w dawne arcydzieła. Tak samo w przybliżeniu można chyba określić i tamten artykuł.

Hmm, powiedziała Sibylla.

Zląkłem się że zaraz spyta gdzie widzę podobieństwa więc dodałem pospiesznie:

Wybacz że tę muzykę nazwałem chałową. Zasługuje na naszą litość.

Sibylla miała taką minę jakby powstrzymywała się od śmiechu.

Powiedziałem: Co mam powiedzieć?

Powiedziała: Szukasz w złym miejscu.

Powiedziałem: Chcę tylko wiedzieć kim był.

Powiedziała: Usiłujesz mi wmówić, że nic więcej cię nie obchodzi? Przeczytałeś setki książek podróżniczych. Który z autorów według ciebie był naprawdę najgorszy?

Nie musiałem się zastanawiać.

Val Peters, powiedziałem.

Miał romans z jednonogą dziewczyną z Kambodży i napisał książkę o Kambodży o dziewczynie i o kikucie. Z poetyckim zacięciem opisywał to co zostało z kraju i z nogi. Najgorsza książka jaką przeczytałem. I nawet nie był złym pisarzem – co prawda miałem osiem lat, lecz dostrzegałem jego talent.

Powiedziała: A gdyby to był on, to dalej chciałbyś wiedzieć?

Zapytałem: A to był on?

Powiedziała: VAL PETERS! Ten facet to rzeczywisty Don Swan.

Zapytałem: Więc kto to był?

Powiedziała: Lepiej nie pytaj. Uwierz mi na słowo.

Powiedziałem: Za bardzo nimi szermujesz.

Sibylla powiedziała: Pewnie masz rację. Mogę zerknąć na tę książkę o aerodynamice, którą ci kupiłam na urodziny?

i nie czekając na odpowiedź zgarnęła ją ze stołu i zaczęła czytać z wyraźnym rozbawieniem.

Ów prezent nie był dla mnie zbyt wielkim zaskoczeniem. Sib znalazła tę książkę u Dillona na Gower Street i po trzech stronach roześmiała się i zaczęła krążyć po księgarni powtarzając w kółko GRUBA GRZYWA PIÓR a trzej inni klienci ciągle schodzili jej z drogi. ZAŁÓŻMY ŻE TUŁÓW PTAKA MA KSZTAŁT KULI O PROMIENIU 5 CM, powiedziała Sib, nie wiedziałam że aerodynamika może być tak zajmująca, i przekonana że wszyscy u Dillona podzielają jej rozbawienie powiedziała Tylko posłuchajcie:

Perkozy (przykładem tu jest pospolity perkoz dwuczubny) należą go grupy ptaków, które polują pod wodą. W odróżnieniu od kaczek i innych ptaków nawodnych, których pióra całkowicie nie przepuszczają wody, zewnętrzna warstwa piór perkoza w dwóch trzecich jest przemakalna. Z drugiej strony, podobnie jak kaczka, perkoz pływa i zachowuje właściwą temperaturę ciała dzięki pęcherzykom powietrza uwięzionym w grubej grzywie piór dotykających wody. Aby zapewnić sobie większą ruchliwość pod wodą, w trakcie polowania ptak zmienia swój ciężar, ciasno dociskając pióra do samego ciała (ruchem każdego pióra steruje osiem mięśni). Pęcherzyki powietrza ulatują na zewnątrz i pozostaje z nich jedynie cienka warstwa tuż przy skórze, chroniąca ciało perkoza przed zbytnim wychłodzeniem.

Załóżmy, że tułów ptaka ma kształt kuli o promieniu $r = 5$ cm i przyjmijmy, że jego ciężar właściwy wynosi 1,1 i znajdźmy wartość r warstwy powietrza w warunkach podwodnych, potrzebną do zrównoważenia ciężaru właściwego.

Wiedziałeś, że ruchem każdego pióra steruje osiem mięśni? zapytała Sib.

Nie, odpowiedziałem.

Wiedziałeś, że zewnętrzna warstwa piór perkoza w dwóch trzecich jest przemakalna?

Nie, odpowiedziałem.

Nie dodałem, że w tej chwili wiedzą już o tym wszyscy w promieniu 10 metrów. Powiedziałem za to że nawet nie sądziłem że już dorosłem do aerodynamiki. Nie dlatego żebym nie dorósł ale dlatego że najtańsza książka w tym dziale kosztowała 20 funtów.

Oczywiście że już dorosłeś, powiedziała Sib i dalej kartkowała książkę. Wystarczy tylko spojrzeć na nazwiska matematyków. Równanie Bernoulliego... równanie Eulera... normalny rozkład Gaussa... Nie mam pojęcia na czym to POLEGA, ale z grubsza rzecz biorąc ta matematyka jest zwykłym rozwinięciem post-newtonowskiej arytmetyki z XVIII i XIX wieku. To nie może być trudne. Spójrz, jest nawet aneks o przykładach w przyrodzie z opisem kolibra i aerodynamiką lotu owadów.

Zapytałem: kiedy to wydano?

W 1986, odparła Sibylla.

Powiedziałem że w takim razie można to zapewne kupić dużo taniej w Skoobie.

Dobra myśl, ucieszyła się Sibylla. Chciałbyś coś o równaniu Laplace'a?

Nie.

Albo analizę fourierowską? Nie z okazji urodzin, nie możesz przecież na urodziny dostać serii Schauma, ale tak dla siebie? Powiada się że to matematyczne narzędzie nowoczesnej inżynierii.

Nie.

Zobaczymy co mają w Skoobie, powiedziała Sibylla i kiedy tylko otworzyłem prezenty znalazłem oczywiście aerodynamikę, analizę fourierowską i równanie Laplace'a plus „Wstęp do staronordyckiego" Gordona, „Sagę o Njalu" po islandzku i w pingwinie, parę innych książek z przeceny i nową deskorolkę.

Miałem szczerą ochotę zgarnąć te wszystkie śmieci ze stołu na podłogę i zacząć krzyczeć. Chciałem tylko tego co inni na całym świecie mają za darmo a w zamian dostałem Laplace'a i aerodynamikę lotu trzmiela. Już zamierzałem to powiedzieć, kiedy zobaczyłem że Si przestała się uśmiechać i wsparła głowę na dłoni. Widocznie nawet gruba grzywa piór nie ochroniła jej od czarnych myśli. Bałem się że jak zostanę to jednak jej coś powiem, więc poszedłem na dwór pojeździć na deskorolce.

Zabawy pogrzebowe

No i już wiem.

Kiedy wróciłem do domu Sib powiedziała że wychodzi. Znałem tę jej minę. W Skoobie trafiliśmy na używany egzemplarz „Dziejów narodu żydowskiego w czasach Jezusa Chrystusa". Wspaniałe czterotomowe dzieło uzupełnione i wydane w latach 80., dostępne za śmieszną cenę 100 funtów. Pokłóciliśmy się bo Sibylla oczywiście stwierdziła że powinienem to przeczytać a ja powiedziałem że nas na to nie stać a Sibylla że to wiekopomne dzieło naukowe które powinno trafić do każdego domu a ja że nas na to nie stać.

Powiedziałem: Wiesz dobrze że nie możemy kupić „Dziejów narodu żydowskiego w czasach Jezusa Chrystusa". Sibylla powiedziała że pójdzie do Granta & Cutlera. Powiedziałem że nas nie stać na Granta & Cutlera a Sibylla że pójdzie sama. Ostatni raz jak tam była sama – nie, wolę nawet nie myśleć co się stało jak tam była sama. Powiedziałem że z nią pójdę.

Masz rację, odparła. Nie stać nas na taki zakup
odwróciła się do komputera i siedziała skulona w fotelu. Nic nie robiła.

Pomyślałem: To głupie. Pomyślałem: Kogo naprawdę obchodzi ile błędów popełnił lord Leighton? Musimy się z tego wyrwać. Wciąż jednak nie wiedziałem, gdzie schowała kopertę.

Musiałem coś zrobić. Wsiadłem na rower i pojechałem do wypożyczalni Blockbuster Video, żeby poszperać po półkach. Wreszcie coś znalazłem.

Wróciłem do domu. Sibylla wciąż siedziała skulona w fotelu. Powiedziałem: Wypożyczyłem film. Włożyłem kasetę do magnetowidu i włączyłem telewizor.

Mignęły copyrighty.

Sib wyprostowała się.

OCHHHH, powiedziała, Drągale w Ciasnych Dżinsach!

Co? zapytałem.

Od LAT tego nie widziałam, powiedziała Sib.

Na okładce było napisane że to westernowa wersja „Siedmiu samurajów" więc pomyślałem że ci się spodoba.

SPODOBA?! zawołała Sib. UWIELBIAM to. WIESZ przecież jak bardzo lubię szkołę aktorską Tyrone'a Powera.

Chcesz żebym to odniósł? zapytałem.

Ale już było za późno. Sib siedziała z napięciem na brzegu fotela jak terier wpatrzony w piłkę. Piłka leci, terier skacze, terier łapie piłkę, terier szczeka jak wariat, terier godzinami warczy na każdego kto próbuje odebrać mu piłkę i skamle kiedy nikt nie zwraca na niego uwagi. Rozanielona Sib oznajmiła zaraz na początku że film się nie umywa do „Siedmiu samurajów" a potem przez godzinę snuła komentarze co chwila przerywane napadami śmiechu kiedy na ekranie pojawił się jakiś adept szkoły aktorskiej Tyrone'a Powera i – dużo rzadziej – momentami ciszy w których sam zabierałem głos tylko po to żeby wysłuchać następnych komentarzy. Film chyba był z dialogami – ale nic nie słyszałem.

Brynner zaczął zbierać ludzi.

To bardzo trudne zadanie, powiedziała Sibylla. Na pograniczu za mało jest drągali w ciasnych dżinsach.

Przymkniesz się? zapytałem.

Przepraszam, powiedziała Sib i rzeczywiście się przymknęła.

NIC ci się nie podoba? zapytałem.

Głupie pytanie, powiedziała Sib. Nie JEDEN ale SIEDMIU drągali w ciasnych dżinsach – to WSPANIAŁE!

Mniejsza z tym, powiedziałem.

Od razu widać który z nich naprawdę jest najemnikiem. Ma wystający brzuszek.

Mniejsza z tym, powiedziałem.

Zły to ten niski, powiedziała Sib. Głodujący chłopi są grubi. Nie mogą być wysocy i szczupli bo tylko by przeszkadzali.

Patrzyłem w ekran bez słowa.

James Coburn, powiedziała Sib. Zawsze go lubię oglądać. A Eli Wallach? Przecudowny. Kłopot w tym, że w „Siedmiu samurajach" żaden z aktorów nie ma najmniejszego pojęcia jak grać z azjatyckim stoicyzmem. Mifune jest BEZNADZIEJNY, a reszta? Shimura, Kimura, Miyaguchi, Chiaki, Inaba, Kato, Tsuchiya – patetyczni. Dopiero kiedy zobaczysz Drągali w Ciasnych Dżinsach wiesz z jakimi kłopotami borykał się Kurosawa niemający pod ręką genialnego Charlesa Bronsona. Gdyby znalazł aktora z twarzą jak japoński drzeworyt dopiero pokazałby światu...

Próbuję obejrzeć film, powiedziałem.

Nie powiem ani słowa, powiedziała Sib. Będę milczała jak grób.

I nagle uświadomiłem sobie że wiem gdzie schowała kopertę.

Jak tylko sięgnę pamięcią Sib miała niezłego kręćka na punkcie „Aleksandrii Ptolemeuszy" Frazera (wiekopomne dzieło naukowe które powinno trafić do każdego domu). Nie mieli tego w bibliotekach (przynajmniej nie w tych naszych), ale czasami był egzemplarz w jakimś antykwariacie, więc mogliśmy go czytywać w odstępach jednodniowych. Sib rozpływała się w zachwytach nad przypisami o Eratostenesie (który zmierzył długość ziemskiego południka) i o „Aleksandrze" Likofrona, poemacie, w którym narratorką jest nawiedzona Kasandra na haju i w którym tak brakuje sensu że badacze do dziś nie wiedzą czy winą za ich błędy obarczać luki w tekście czy szaleństwo Kasandry. Była tam także „Theriaca" Nikandra – długi poemat o wężach pisany heksametrem. Sama książka Frazera kosztowała jednak zbyt wiele i zawsze ktoś bogatszy kupił ją przed nami.

Cztery miesiące temu Sib znalazła jeszcze jeden egzemplarz i tym razem go kupiła. Nie wiem gdzie i ile za niego zapłaciła –

nie chciała mi powiedzieć. Powiedziała za to że chciałaby być z nim pochowana lecz zdaje sobie sprawę że tym sposobem obrabowałaby potomnych z cennego unikatu i jeśli nawet umrze za $^1\!/_2$ WIEKU od dzisiaj to Oxford University Press wciąż będzie udawał że przygotowywane jest wznowienie. Dodała że na jej pogrzebie wszyscy powinni mieć okazję przeczytania najlepszych fragmentów tej książki. Obiecałem jej że tak się stanie jeśli tylko zechcą mnie słuchać.

Koperta była w szufladzie jeszcze pół roku temu; potem zniknęła bo Sibylla kupiła książkę Frazera.

Chciałem obejrzeć resztę filmu ale nie mogłem się skupić. Nie wiem czy był naprawdę dobry. Myślałem tylko o książce i kopercie.

Wreszcie film dobiegł końca. Sib powiedziała Dziękuję. Powiedziała że ma robotę.

„Aleksandria Ptolemeuszy" stała w biblioteczce za jej plecami. Wyciągnąłem tom II i otworzyłem go na opisie tragedii przedstawiającej wydarzenia z Ksiąg Mojżeszowych (Frazer cytuje rozmowę Boga z Mojżeszem zapisaną jambicznym trójzgłoskowcem) i znalazłem. Otworzyć dopiero po śmierci.

Pomyślałem: Jak trza coś zrobić trza zrobić dobrze i trza zrobić prędko. Pomyślałem: Czym jest taka koperta? Drzwiami z napisem Nie wchodzić lub Tylko dla personelu. Przeszkodą którą można minąć jeśli okoliczności tego wymagają.

Schowałem kopertę za koszulą i poszedłem na górę. Otworzyłem ją w swoim pokoju.

To nie był Red Devlin. Ani nikt taki.

Pamiętam jedną z jego książek której nawet nie skończyłem. Pojechał na Bali. Tamtejsi ludzie chodzą na bosaka po jęzorach lawy wokół czynnego wulkanu. On nie chodził. Stał i patrzył jak inni wędrują po lawie a potem wrócił do hotelu i napisał że na nich patrzył. Nawet nie mówił w ich języku. W hotelu wydymał kobietę którą poderwał na trzy słowa jakie znał po balijsku. Może lubiła nocne zwierzaki.

Steven, lat 11

Minęły trzy dni od chwili kiedy poznałem jego nazwisko i nagle wpadło mi coś do głowy. Autorzy książek podróżniczych na ogół są z początku bardzo naiwni albo głupi albo zestrachani. Dopiero później dokonują heroicznych czynów. Nie wolno mi wyciągać wniosków na podstawie tak wątłych przesłanek. Poszedłem więc do biblioteki spojrzeć na resztę jego książek. Sibylla mówiła prawdę, jest bardzo popularny – mieli wszystko co napisał, lecz na półce zostały tylko dwa tytuły.

Tuż obok zobaczyłem „W pogoni za przygodą". Kiedyś to była moja ulubiona książka. Przeczytałem ją chyba ze 20 razy. I po co?

Wziąłem „Lotofagów". Z tyłu było zdjęcie mojego ojca. Zajmowało całą okładkę. Ze zmarszczonymi brwiami spoglądał gdzieś w przestrzeń. Był mniej przystojny niż się spodziewałem, ale może źle wyszedł na zdjęciu.

„Antyczną ziemię" zdobiło inne zdjęcie. Jeszcze jeden ukłon w stronę szkoły aktorskiej Tyrone'a Powera.

Gdyby to były powieści, jedenastolatek nie mógłby ich pożyczyć. Ponieważ stały jednak w dziale „Podróże" bibliotekarka nie robiła mi żadnych trudności. Przywykła już do tego, że ciągle wybierałem książki z półek dla dorosłych. Zwłaszcza te o podróżach. Nawet nie przypuszczała, że są obsceniczne.

Przeczytałem obie. Trzy dalsze znalazłem w Barbicanie, najnowszą przeczytałem w czytelni Marylebone, bo nie miałem tam karty bibliotecznej. Zanim minął tydzień znałem już wszystkie książki ojca.

Cóż. Muszę przyznać, że spodziewałem się jakiegoś przebłysku geniuszu albo heroizmu. Czegoś, co Sibylla mogła po prostu przeoczyć. Chciałem przewrócić jakąś stronę i pomyśleć Wszak to wspaniałe! Nic z tego. Czytałem dalej. Sam nie wiem czego szukałem.

❖

Kiedy w książkach nic nie znalazłem pomyślałem sobie że może jest inny w życiu.

Był po raz pierwszy żonaty jak spotkał moją matkę. Po rozwodzie znów się ożenił i zamieszkał gdzie indziej. Nawet gdybym odnalazł studio Miks to zastałbym tam tylko jego eks-żonę.

Pomyślałem że może gdzieś kiedyś wystąpi z prelekcją. Mógłbym wtedy iść za nim do domu. Ale z drugiej strony wszystkie takie imprezy kończą się przy kieliszku a na to byłem za mały. Mógłbym co prawda włożyć kostium garbusa--liliputa, który musiałem nosić kiedy poszliśmy na „Grę pozorów" – podejrzewałem jednak że nie wszedłbym do baru nawet jako karzeł czuły na punkcie wzrostu.

Wreszcie wpadłem na pomysł. Mój ojciec pisywał liczne artykuły i ciągle w nich coś przekręcał. Nauka miała dla niego jakiś zabójczy urok. Nigdy dobrze nie pojął jaka jest różnica pomiędzy szczególną i ogólną teorią względności, ale z pewnych nieznanych mi bliżej powodów powoływał się na nie w niemal każdym tekście. Czasami chwytał się słówek mających inny wydźwięk w technicznym i w potocznym języku (chaos, ciąg, względność, pozytyw / negatyw, rozpad – wiadomo o co chodzi) i wygłaszał teorie o powszechnym znaczeniu biorąc za punkt wyjścia znaczenie szczegółowe. To że czasem znaczenie dawało się wyrazić tylko matematycznym wzorem i nie miało żadnych odniesień językowych też go nie stopowało. Mogłem zatem spokojnie poczekać na kolejny artykuł i wysłać sprostowanie – napisane uroczym, naiwnym i dziecięcym językiem – i podpisać list Steven lat 11. To musiało wywołać odpowiedź, a przy odrobinie szczęścia mogłem oczekiwać że gdzieś na jego liście znajdę adres zwrotny.

Następnego dnia był poniedziałek. Poszedłem do biblioteki i przejrzałem wszystkie niedzielne gazety, ale nie znalazłem żadnego artykułu ojca. Przejrzałem wszystkie sobotnie gazety.

Też nic. Przejrzałem wszystkie gazety aż do poniedziałku 30 marca. Nic. Przez dziesięć dni wiedziałem, kim jest naprawdę.

Codziennie chodziłem do biblioteki i przeglądałem prasę. Ojciec wciąż nic nie pisał. Stałem przy stole, przerzucałem strony i co pewien czas trafiałem na jakąś ciekawą opowieść. Przeszywał mnie dreszcz podniecenia i zaraz trzeźwiałem: przecież już wiem, kim jest mój ojciec.

W sobotę byłem tam znowu. W „The Independent Magazine" znalazłem coś o Galapagos. Mowa była o wymieraniu i o doborze naturalnym. Mnóstwo pomyłek logicznych i mnóstwo zwykłych błędów, zwłaszcza o dinozaurach. Autor zupełnie nie rozumiał teorii „samolubnego genu". Dostałem swoją szansę!

Nie zamierzałem mu wytykać, że stoi na bakier z logiką, bo tylko by się wkurzył. Nie zamierzałem także wspominać choćby słowem o tym, że pomylił DNA z RNA. To byłoby zbyt stresujące. Pomyślałem sobie, że najbezpieczniej będzie jak sprostuję kilka pomniejszych pomyłek, tak żebym mógł spokojnie podpisać się Steven lat 11. Nie bardzo wiedziałem jak w najprostszych słowach wyjaśnić mu teorię samolubnego genu. Wolałem się nie wdawać w złożone wyjaśnienia, bo też by nie zrozumiał. Z drugiej strony nie mogłem przecież poprzestawać na słowach o jednej sylabie.

Przepisywałem list dziesięć razy, żeby brzmiał jasno i przejrzyście. Mogłem go wydrukować na elektronicznej maszynie do pisania, ale pomyślałem, że w tym przypadku moje kulfony mają dodatkową wartość, więc ostatecznie poprzestałem na rękopisie.

Zabrało mi to dwa dni. Mogłem napisać list w 15 minut, ale chciałem, by brzmiał bardzo grzecznie. Sibylla powtarzała zawsze, że nie wolno obrażać ludzi.

❖

Minął tydzień. Pomyślałem że ci z „Independent" z opóźnieniem przesłali pocztę do autora.

Minął tydzień.

Minął tydzień i pomyślałem że list już na pewno dotarł do adresata.

Minęły trzy dni i skończył się kwiecień. Pomyślałem że może jest w podróży. Minął dzień i pomyślałem że może wszystkie listy przegląda sekretarka. Minęły cztery dni. Sekretarka mogła przecież otrzymać polecenie że tylko listy z kopertą zwrotną kwalifikują się do odpowiedzi.

Odpowiedź przyszła następnego dnia.

Zabrałem list do siebie do pokoju.

Adres był napisany ręcznie; uznałem to za dobry omen. Zwykła koperta jaką można dostać na każdej poczcie. Czarny długopis. Powoli rozdarłem kopertę. W środku była złożona na pół kartka formatu A5. Rozłożyłem ją. List brzmiał:

6 maja 1998 roku

Drogi Stevenie,

Dziękuję, że napisałeś. Zapewne wiesz, że istnieje wiele różnych teorii tłumaczących zagładę dinozaurów. Przyznaję, że na poparcie moich rozważań wybrałem tę, która mi najbardziej pasowała. Uwagi o samolubnym genie byłyby na miejscu, gdybym rzeczywiście skorzystał z tej teorii. Niestety, wnioski Dawkinsa wciąż znajdują wielu przeciwników.

Mam nadzieję, że się nie pogniewasz, jeśli podtrzymam moje stanowisko. To wspaniałe, że tak wiele wiesz o nauce, i cieszę się, że lubisz moje artykuły.

Z poważaniem,
Val Peters

Wmawiałem sobie, że nie wolno mi oczekiwać zbyt wiele, ale chyba jednak czekałem na coś więcej. Pomimo artykułu i pomimo wszystkich książek miałem nadzieję, że spotka mnie coś wspaniałego – coś, co aż trudno sobie wyobrazić. Spoglądałem na kartkę w mojej dłoni, pomazaną beztroskim i zamaszystym podpisem i z całej siły pragnąłem żeby to nie był list od mojego ojca.

Gdyby to przysłał mi ktoś inny, napisałbym w odpowiedzi, że we wspomnianym artykule kwestia doboru genów, osobników i gatunków potraktowana była równorzędnie, jakby chodziło o to samo. Warto by zrobić tu porządek, niezależnie od polemiki z teorią Dawkinsa. Dodałbym na koniec, że chciałbym wiedzieć dlaczego moje argumenty pominięto milczeniem. Wolałem go jednak nie drażnić. Zmilczałem. Najważniejsze, że w rogu kartki był jego adres. Sprawdziłem ulicę na planie miasta. Okazało się, że jest niedaleko od linii Circle.

Davidowi, z najlepszymi
pozdrowieniami

Wsiadłem do metra i pojechałem pod dom ojca i stanąłem na ulicy.

Wiedziałem, że mam dwóch przyrodnich braci i przyrodnią siostrę, ale byłem pewien, że mieszkają z matką. Około 10.30 z domu wyszła jakaś kobieta. Wsiadła do samochodu i odjechała.

Zastanawiałem się, czy podejść do drzwi i zapukać. Nie wiedziałem, co mam powiedzieć – pewnie bąknąłbym coś głupiego. Przeszedłem na drugą stronę ulicy i popatrzyłem na okna. Nie zauważyłem żadnego ruchu. Około 11 mignęła mi czyjaś twarz.

O 11.30 ktoś otworzył drzwi. Po schodach zszedł mężczyzna. Wyglądał starzej niż myślałem. Widocznie zdjęcia były zrobione kilka lat temu. Okazał się brzydszy niż myślałem. Brzydszy niż na zdjęciach. Zapomniałem, że Sib była mocno wstawiona, kiedy go całowała.

Na ulicy skręcił w prawo. Doszedł do rogu i znów skręcił w prawo.

Wróciłem tam następnego dnia. W plecaku miałem podręcznik aerodynamiki, podręcznik matematyki inżynieryjnej, angielski przekład „Sagi o Njalu" z wydawnictwa Penguin, w oryginale zatytułowanej „Brennu-njalssaga", „Wstęp do staronordyckiego" Gordona i „Hrabiego Monte Christo" na wypadek, gdybym zaczął się nudzić. Do tego cztery kanapki z masłem orzechowym i dżemem i mandarynkę. Po drugiej stronie ulicy był przystanek autobusowy i niski murek. Usiadłem tak, by mieć dom na oku, i zacząłem czytać „Sagę o Njalu", przerzucając się od tekstu angielskiego do islandzkiego i odwrotnie.

Njal z synami trafił na zgromadzenie zwane altingiem. Jeden z synów Njala, imieniem Skarphedin, zabił kapłana. Nie bardzo rozumiałem sposób działania sądu. Zięć Njala, Asgrim, i inni synowie chodzili wśród zebranych, szukając poparcia. Najpierw poszli do szałasu Gizura Białego, a potem do szałasów okręgu Olfus, porozmawiać ze Skaptim Thoroddssonem.

14. „Lattu heyra þat", segir Skapti.
– *Słucham – odrzekł Skapti.*

„Ek vil biðja þik liðsinnis", segir Asgrimr, „at þu veitir mer lið ok magum minum".
– *Chciałbym prosić cię* [– powiedział Asgrim –] *byś nam udzielił pomocy, mnie (...) i mojej rodzinie.*

Od trzech tygodni uczyłem się islandzkiego, więc szło mi całkiem nieźle. Czasami nawet nie musiałem zaglądać do słownika. W domu nic się nie działo.

„Hitt hafða ek aetlat", segir Skapti, „at ekki skyldi koma vandraeði yður i hibyli min".
– *Mam zamiar strzec się – odparł Skapti – by wasze waśnie nie weszły w mój dom.*

15. Asgrimr segir: „Illa er slikt maelt, at verða monnum .a sizt at liði, er mest liggr við".
– *Nie jest to przyjazna odpowiedź – rzekł Asgrim – odmawiać ludziom pomocy właśnie wtedy, gdy jej najbardziej potrzebują.*

Przyszedł listonosz z popołudniową pocztą. Odebrała ją jakaś kobieta. Było dużo listów. Zjadłem kanapkę z masłem orzechowym.

"Hverr er sa maðr", segir Skapti, "er fjorir menn ganga fyrir, mikill maðr ok folleitr, ogaefusamligr, harðligr ok trollsligr?"

– *Któż to jest tamten piąty? – zapytał Skapti.*
– *Wielki chłop, blady na twarzy. Wygląda jak nieszczęśnik, ponury i złowrogi jak bies.*

W domu nic się nie działo.

16. Hann segir: "Skarpheðinn heiti ek, ok hefir þu set mik jafnan a þingi, ek vera mun þvi vitrari en þu, at ek þarf eigi at spyrja, hvat þu heitir. 17. Þu heitir Skapti Þoroddsson, en fyrr kallaðir þu þik Burstakoll, þa er þu hafðir drepit Ketil or Eldu; gerðir þu ther tha koll ok bart tjoru i hofuð ther. Siðan keyptir thu at praelum at rista upp jarðamen, ok skreitt thu thar undir um nottina. Siðan fort thu til Thorolfs Loptssonar a Eyrum, ok tok hann við ther ok bar thik ut i mjolsekkum sinum".

– *Skarphedin jestem, widziałeś mnie wiele razy tutaj na tingu. Jestem chyba mądrzejszy niż ty, bo nie potrzebuję pytać, jak ty się nazywasz. Nazywasz się Skapti Thoroddsson, ale przedtem, kiedy zamordowałeś Ketila z Eldy, nazywałeś się Łysina-Szczecina; zgoliłeś wtedy głowę, żeby była łysa jak kolano, i posmarowałeś smołą, nająłeś niewolników, by wykopali dół, zakryli go darniną, na noc właziłeś do niego, póki nie przekradłeś się do Thorolfa Loptssona z Eyrarów, a on się nad tobą nie zlitował i nie wyniósł cię razem z workami mąki na statek.*

Eptir that gengu their Asgrimr ut.
Potem wyszedł Asgrim z szałasu.

W domu nic się nie działo.

Skarpheðinn maelti: "Hvert skulu ver nu fara?"
– *Dokąd teraz pójdziemy? – zapytał Skarphedin.*

"Til búðar Snorra goða", segir Asgrimr.
– *Do szałasu godiego Snorri – odpowiedział Asgrim.*

"Saga o Njalu" miała trudniejsze fragmenty, ale ogólnie była dość łatwa. Gorzej z aerodynamiką. Przeczytałem dwie strony i nie miałem ochoty na więcej. W domu nic się nie działo. Wróciłem do "Sagi o Njalu". Snorri powiedział, że sam ma dużo kłopotów z własnymi procesami, ale obiecał, że nie wystąpi przeciwko synom Njala i nie będzie wspierał ich wrogów. Spytał:

"Hverr er sa maðr, er fjorir ganga fyrri, folleitr ok skarpleitr ok glottir við tonn ok hefir oxi reidda um oxl?"
– *Któż jest tamten piąty? (...) Blady na twarzy, ma ostre rysy, szczerzy zęby szyderczo i nosi topór wysoko na ramieniu?*

"Heðinn heiti ek", segir hann, "en sumir kalla mik Skarpheðinn ollu nafni, eða hvat villtu fleira til min tala?"
– *Hedin mi na imię (...) wielu nazywa mnie moim pełnym imieniem Skarphedin. Co więcej jeszcze chcesz wiedzieć?*

Snorri maelti: "Mer thuykkir thu harðligr ok mikilfengligr, en tho get ek, at throtin se nu thin in mesta gaefa, ok skammt get ek eptir thinnar aevi".

> [Snorri powiedział:] – *Wydaje mi się, że jesteś odważny i nieustraszony, a jednak przeczucie mi mówi, że szczęście twoje gaśnie i że niewiele czasu ci już pozostaje**.

Asgrimowie z mieszanym szczęściem chodzili po szałasach. Za każdym razem ktoś mówił, że chciałby jeszcze wiedzieć, kim jest ów piąty z nich, o tak złowrogim wzroku. Skarphedin coś odpowiadał butnym i wyniosłym tonem, a to powodowało wiadome rezultaty. Zupełnie coś innego niż Homer lub Malory, dużo prostsze w formie, ale i tak mi się podobało. U Gordona znalazłem słownik i kilka uwag gramatycznych, więc nie miałem zbyt wielu kłopotów.

Przetłumaczyłem jeszcze kilka stron, przez dwie godziny czytałem „Hrabiego Monte Christo", a potem wróciłem do domu.

Zjawiłem się nazajutrz i przeczytałem trzy strony z aerodynamiki, ale nie miałem nastroju do nauk ścisłych. Wolałem „Sagę o Njalu".

Około 12.30 przeszedł z kanapką w ręku za oknem na parterze. Ja w plecaku miałem cztery kanapki z dżemem i masłem orzechowym i dwa banany i kanapki marmite i paczkę chrupek. Zjadłem kanapkę i poczytałem „Hrabiego Monte Christo". W domu nic się nie działo.

Odpuściłem dwa dni. Był ziąb i lało jak z cebra. Potem przestało. Wróciłem na murek. Miałem trzy kanapki z dżemem i masłem orzechowym, jedną kanapkę z miodem i masłem orzechowym i butelkę soku ribena.

Znowu zaczęło padać, więc poszedłem do metra i przez resztę dnia czytałem „Hrabiego Monte Christo". Wprawdzie

---

* Fragmenty sagi w przekładzie Apolonii Załuskiej-Strömberg, za: „Saga o Njalu", Wyd. Poznańskie, Poznań 1968, s. 237–238.

mógłbym w tym czasie zająć się aerodynamiką, ale nie miałem nastroju.

Trzeci tydzień maja, typowo angielski przymrozek. 283 stopnie powyżej absolutnego zera. Poszedłem pod dom tylko po to, żeby sobie popatrzeć. Widziałem go, jak rozmawiał z jakąś kobietą na piętrze, lecz nie słyszałem o czym. Usiadłem na murku, na wypadek gdybym kiedyś wyruszył na biegun północny.

Zacząłem szczękać zębami. Magnusson korzystał chyba z odmiennego tekstu niż ten, który dostałem od Sibylli. Pomyślałem, że muszę popracować nad wstawkami. Potem przypomniałem sobie, że nie pójdę z wyprawą na biegun północny. W domu nic się nie działo. Poszedłem na stację metra i zjadłem kanapki.

Odpuściłem cztery dni i wróciłem piątego. Usiadłem na murku i przeczytałem cały rozdział z aerodynamiki wyłącznie po to, żeby udowodnić sobie, że mogę to przeczytać. Zjadłem kanapkę z masłem orzechowym. Jeszcze nie skończyłem „Sagi o Njalu". Nie przykładałem się do pracy. To głupie tak tu sterczeć. Powinienem coś zrobić lub iść gdzieś indziej, tam gdzie będę mógł spokojnie pracować. To głupie tak odejść z kwitkiem po tygodniu sterczenia na przystanku.

Już wiedziałem, co zrobię.

Poproszę ojca o autograf.

❖

Wróciłem następnego dnia, z egzemplarzem „Krzepkiego Corteza" (to w tej książce był epizod z Balijką) w miękkiej oprawie, kupionym za 50 pensów w Oxfam. Miałem też „Brennu-njalssagę", Magnussona, Gordona, równania Laplace'a i książkę o jadalnych owadach, którą w bibliotece sprzedawano po 10 pensów. Resztę dnia mogłem spędzić w metrze. Nie spodziewałem się, że to potrwa długo – po prostu chciałem coś robić.

O 10 byłem pod domem. Stanąłem pod otwartym oknem na parterze. W środku ktoś rozmawiał. Słyszałem przyciszone głosy.

Naprawdę nie pójdziesz? Rzadko się widujecie.

To nie dla mnie. Będę się nudził jak mops, a jak wymyślę coś innego, to znienawidzą mnie do końca życia. Pytanie tylko, czy ty się nie pogniewasz.

Mnie to zupełnie wszystko jedno. Pomyślałam tylko, że może chciałbyś pobyć trochę z nimi.

Chciałbym, lecz przecież po tygodniu nauki mają własne pomysły, jak spędzić wolny weekend. Świat się na tym nie kończy.

Pod dom podjechał samochód. Wysiadła z niego trójka dzieci.

Samochód odjechał.

Dzieci popatrzyły na dom.

No to wchodzimy, powiedziało jedno.

Podeszły do drzwi. Ktoś je wpuścił do środka. Przez chwilę słychać było stłumioną rozmowę. Potem dzieci wyszły w towarzystwie kobiety, którą widziałem przed paroma dniami. W progu stanął mężczyzna.

Jak wrócicie, pójdziemy razem do Planet Hollywood, powiedział.

Cała czwórka wsiadła do samochodu i odjechała. On zamknął drzwi.

Już się zmęczyłem łażeniem po ulicy i patrzeniem w okna.

Nie chciało mi się wracać. Zmęczyło mnie marnotrawstwo czasu. Zmęczyło mnie pytanie, czy teraz jest najwłaściwszy moment, by się ujawnić, zanim znów wróci do pracy.

Podszedłem do drzwi i zadzwoniłem. Czekałem minutę. Potem odliczyłem minutę, a potem odliczyłem dwie minuty. Zapukałem do drzwi i odliczyłem następną minutę. Postanowiłem, że jak mi nie otworzy to sobie po prostu pójdę. Nie chciałem go zdenerwować ciągłym pukaniem i dzwonieniem. Minęły dwie minuty. Odwróciłem się i zszedłem po schodkach.

Ktoś otworzył okno na pierwszym piętrze.

Zaczekaj, zaraz schodzę, zawołał.

Wróciłem do drzwi.

Minęły dwie minuty. Skrzypnęły drzwi.

Słucham? zapytał.

Miał ciemnoblond, lekko siwiejące włosy i czoło pokryte głębokimi zmarszczkami. Brwi także mu siwiały. Oczy miał duże i jasne, jak oczy nocnego zwierzęcia. Mówił niezbyt grubym i raczej miękkim głosem.

Co chciałeś? spytał.

Zbieram datki na kościół, wyrwało mi się.

A masz jakąś plakietkę? spytał, nie patrząc na mnie. A poza tym, tu nie mieszkają chrześcijanie.

Nie szkodzi, odparłem, sam jestem żydowskim ateistą.

Tak? spytał z uśmiechem. W takim razie zobaczymy, co da się zrobić. A skoro jesteś żydowskim ateistą, to dlaczego zbierasz na kościół?

Mama mi kazała, odparłem.

Jeżeli jesteś Żydem, to twoja mama powinna być Żydówką, powiedział.

Jest, odparłem. Dlatego nie pozwala mi kraść datków na synagogę.

Podziałało jak złoto. Wybuchnął śmiechem. Powiedział: Powinieneś chyba wystąpić w telewizji.

Powiedziałem: Z czerwonym nosem? Wiem, wiem, śmieją się tylko wtedy, kiedy naprawdę boli.

Spytał: Po co właściwie przyszedłeś, skoro nie zbierasz datków?

Powiedziałem: Po autograf, ale wolałem lekko przygotować pole.

Spytał: Chcesz autograf? Naprawdę? Ile masz lat?

Powiedziałem: A jaka jest dolna granica wieku na autografy?

Powiedział: Niektórzy wymawiają moje nazwisko jak obelgę. Nie... Ty na takie rzeczy jesteś stanowczo za młody. A może to kolejny wygłup? Chcesz go sprzedać?

Spytałem: Dużo bym dostał?

Powiedział konfidencjonalnie: Musisz trochę poczekać.

Powiedziałem: Mniejsza z tym. Mam książkę.

Wyjąłem ją z plecaka.

Spytał: To pierwsze wydanie?

Powiedziałem: Chyba nie. Jest w miękkiej oprawie.

Powiedział: Więc będzie niewiele warta.

Powiedziałem: To ją zatrzymam.

Powiedział: Dobrze zrobisz. Chodź do środka. Podpiszę ją dla ciebie.

Poszedłem za nim korytarzem do kuchni na tyłach domu. Spytał, czy się czegoś napiję. Soku pomarańczowego, odparłem.

Nalał dwie szklanki i jedną postawił przede mną. Podałem mu książkę.

Powiedział:

Zawsze się głowię nad losami książek. Są jak dzieci, które idą w świat i nie wiadomo, dokąd dotrą. Spójrz na to. Trzecie wydanie, 1986. 1986! Mogła objechać pół świata. Jakiś obdarty hipis w Katmandu mógł ją wziąć na wędrówkę. Oddał ją kumplowi jadącemu do Australii. Jakiś turysta kupił ją na lotnisku, a potem ruszył w lot nad Antarktyką. Co mam napisać?

Zimno przebiegło mi po krzyżu. Mogłem powiedzieć: Od Taty dla kochanego Ludo. Za dziesięć sekund wszystko wokół wciąż stałoby na swoich miejscach, a jednak cały świat wyglądałby inaczej.

Czekał z piórem w dłoni, jak już z pewnością czekał mnóstwo razy.

Dłoń była to tu to tam to ściskała pióro. Lekko wydymał usta. Ubrany był w niebieską koszulę i brązowe spodnie.

Spytał: Jak masz na imię?

David.

Davidowi z najlepszymi pozdrowieniami wystarczy? zapytał.

Skinąłem głową.

Naskrobał coś w książce i oddał mi ją.

Zachciało mi się wymiotować.

Zapytał mnie coś o szkołę.

Powiedziałem, że nie chodzę do szkoły.

Zapytał mnie o to.

Coś mu odpowiedziałem.

Powiedział coś innego. Był bardzo miły. Miał dużo siwych włosów. Na pewno wyglądał lepiej w czasie Miksa.

Zapytałem: Mogę zobaczyć miejsce, w którym pan pracuje?

Odparł: Oczywiście. Był wyraźnie zdumiony i zadowolony.

Poszedłem za nim na najwyższe piętro. To był inny dom, ale Miks odbywał się w jego gabinecie, więc część książek i sprzętów była taka sama. Nie wiedziałem, dlaczego chciałem to zobaczyć, ale chciałem.

Pracownia zajmowała całą kondygnację. Pokazał mi swój komputer. Powiedział, że kiedyś miał mnóstwo gier, ale je wyrzucił, bo wciąż grał i na inne rzeczy nie starczało mu czasu. Popatrzył na mnie spod oka z chłopięcym uśmiechem. Pokazał mi zbiór danych o rozmaitych krajach. Pokazał mi pudło z materiałami do rozmaitych książek.

Na półce zobaczyłem 10 książek autora artykułu, który niegdyś dostałem od Sybilli. Podszedłem bliżej i wziąłem jedną z nich do ręki. Była z autografem. Zapytałem:

Wszystkie są podpisane?

Odparł:

Bardzo go lubię.

Powiedział:

Moim zdaniem to jeden z największych anglosaskich pisarzy współczesnego świata.

Nie dostałem napadu śmiechu. Powiedziałem:
Mama mówi że go zrozumiem, kiedy będę starszy.
Zapytał:
Co jeszcze lubisz czytać?
Chciałem powiedzieć Jeszcze?
Zapytałem:
To znaczy... po angielsku?
Powiedział:
Wszystko jedno.
Powiedziałem:
„Wyprawę Kon-Tiki".
Powiedział:
Dobry wybór.
Powiedziałem Lubię „Amundsena i Scotta" i lubię „Skarby króla Salomona" i lubię wszystko Dumasa i lubię „Złe nasienie" i „Psa Baskerwillów" i lubię „Imię róży" ale włoski jest trochę trudny.
Powiedziałem:
Bardzo lubię Malory'ego. Lubię Odyseję. Dawno temu przeczytałem Iliadę ale byłem zbyt mały żeby ją zrozumieć. Teraz czytam „Sagę o Njalu". Lubię fragment gdy chodzą po szałasach i proszą o pomoc a Skarphedin wszystkich obraża.

Z wolna otwierał oczy i otwierał usta. Powiedział z humorem: Nie wiedziałem, w co się pakuję...

Zapytałem: Chce pan zobaczyć przekład z Penguina? Mam go przy sobie.

Powiedział: Jasne.

Otworzyłem plecak i wyjąłem przekład Magnusa Magnussona opublikowany przez wydawnictwo Penguin. Słownik języka islandzkiego kosztował prawie 140 funtów i powiedziałem Sibylli że nas na niego nie stać.

Otworzyłem na właściwej stronie. Powiedziałem: To krótki fragment i podałem mu książkę.

Przebiegł wzrokiem tekst i parsknął krótkim śmiechem. Potem oddał mi książkę.

Masz rację, świetne, powiedział. Kupię to sobie. Dzięki.

Powiedziałem: Angielski przekład odchodzi od oryginału. Przecież nie można sobie wyobrazić, że wiking mówi nie przeszkadzaj w rozmowie. Po islandzku brzmi to *vil ek nu biðja þik, Skarpheðinn! at þu letir ekki til þin taka um mal vart*. Oczywiście islandzkie słowa mają inny zapis niż angielskie o anglosaskim pochodzeniu bo nie stoją w opozycji do łaciny.

Zapytał: Znasz islandzki?

Odparłem: Nie, dopiero zacząłem się uczyć. Dlatego używam pingwina.

Zapytał: Tak jest łatwiej?

Odparłem: Trudniej niż ze słownikiem.

Zapytał: To dlaczego nie korzystasz ze słownika?

Odparłem: Bo kosztuje prawie 140 funtów.

Zawołał: 140 funtów!

Powiedziałem: Takie jest prawo rynku. Na ten słownik nie ma popytu. Ludzie uczą się islandzkiego wyłącznie na studiach, o ile w ogóle się uczą. Jeżeli ktoś chce kupić coś islandzkiego, musi to ściągnąć prosto z Islandii. Po co więc komu słownik? Cena pewnie by spadła, gdyby istniało większe zapotrzebowanie. Trafiłby może do bibliotek? A tak? Nikt nie szuka tego, o czym nie słyszał.

Zapytał: Skąd się wzięły twoje zainteresowania?

Powiedziałem: Jak byłem mały, to przeczytałem kilka przekładów pingwina. Powiedziałem: Najciekawsze, że w klasycznym wykładzie Hainswortha o Homerze i światowej epice znakiem wyższości Homera ma być bogactwo sformułowań. Z drugiej strony surowość stylu jest siłą sag islandzkich. Można powiedzieć, no tak Schoenberg się grubo mylił określając japońskie drzeworyty jako „prymitywne". A dlaczego się mylił?

Patrzył na mnie szeroko rozwartymi oczami z niemym rozbawieniem. Powiedział:

Teraz naprawdę wierzę, że przeczytałeś moją książkę.

Nie wiedziałem co odpowiedzieć.

Powiedziałem:
Przeczytałem wszystkie pana książki.
A on powiedział: Dziękuję.
Powiedział: Naprawdę dziękuję. Od dawna nie słyszałem nic równie miłego.
Pomyślałem: Nie wytrzymam dłużej.
Pomyślałem o trzech Więźniach Losu. Mogłem wyjść w każdej chwili. Chciałem wyjść i chciałem dać mu do myślenia. Chciałem wspomnieć o Kamieniu z Rosetty i zobaczyć jak budzi się w nim podejrzenie. Nie wiedziałem co mam powiedzieć.
Już otwierałem usta kiedy na półce zobaczyłem „Aleksandrię Ptolemeuszy" Frazera. Zawołałem niezręcznie:
Och, ma pan „Aleksandrię Ptolemeuszy"!
Powiedział:
Nie powinienem jej kupować, ale nie mogłem się oprzeć.
Nie pytałem, gdzie o niej usłyszał. Pewnie ktoś mu powiedział, że to wiekopomne dzieło naukowe które powinno trafić do każdego domu.
Powiedziałem:
To wspaniała książka.
Powiedział:
Niestety, rzadko z niej korzystam. Wiesz, że była grecka tragedia o Bogu i o Mojżeszu? Nawet znalazła się w tej książce, ale wyłącznie po grecku.
Zapytałem:
Mogę przeczytać jakiś fragment?
Powiedział:
Och...
i dodał:
Dlaczego nie?
Wziąłem z półki tom drugi i zacząłem czytać od miejsca w którym Bóg powiada I porzuć laskę twą w jambicznym trójzgłoskowcu i tłumaczyłem każdy wers kolejno a po trzech wersach zobaczyłem że jest zdumiony i znudzony.

Powiedziałem;

Tak to z grubsza wygląda.

Zapytał:

Ile masz lat?

Odparłem że 11. Dodałem że to nic trudnego i że każdy by to przeczytał po kilku miesiącach nauki a co dopiero po latach.

Powiedział: Chryste Panie.

Powiedziałem że to żaden wyczyn bo J. S. Mill zaczął się uczyć greki jak miał 3 lata.

Zapytał: A ty ile miałeś?

Odparłem: 4.

Powiedział: CHRYSTE PANIE.

Potem powiedział: Wybacz mi moje zachowanie, ale mam dzieci w twoim wieku.

Popatrzyłem na „Aleksandrię Ptolemeuszy" i pomyślałem Muszę coś powiedzieć. Zapytałem A czego pan je uczył a on powiedział Niczego oficjalnym tonem Oglądały „Ulicę Sezamkową" i to było akurat na ich poziomie. W książce między kartkami znalazłem jakiś papier. Co to jest? zapytałem.

Powiedział: Nie poznajesz?

a ja pomyślałem: Jednak wie

i pomyślałem: Skąd może wiedzieć?

Zapytałem: Miałbym poznać?

Powiedział: To z Iliady. Sądziłem że rozpoznasz. Dostałem to dawno temu.

Powiedziałem: Rzeczywiście.

Spytałem: Czytał pan to?

Odparł: Kiedyś na pewno przeczytam.

Powiedział: Przypomina mi to o łacinie.

Spytałem: O łacinie?

Powiedział: Uczyli jej przez cały rok kiedy byłem w szkole. Większość lekcji przesiedziałem z papierosem w ustach za szopą na rowery.

Powiedziałem: Słyszałem że większość wartościowych rzeczy spisanych po łacinie warto przeczytać dopiero po piętnastym roku życia więc może teksty

Powiedział: Nie doszedłem do tekstów. Pamiętam pierwszą lekcję. Nauczyciel nabazgrał coś na tablicy i zaczął mówić mianownik dopełniacz bla bla bla. To wszystko brzmiało kurewsko bez sensu. Popatrz tylko na języki romańskie. W każdym z nich zrezygnowano z końcówek deklinacyjnych, bo ludzie na co dzień mówiący tym językiem zrozumieli, że to strata czasu. Myślałem sobie, po co mam się uczyć tej ewolucyjnej pomyłki lingwistycznej?

Jak skończył mówić uśmiechnął się szeroko i dodał że ten sam wewnętrzny impuls który kazał mu zwiać na wagary i kopcić papierosy za szopą z rowerami bez wątpienia był źródłem jego dalszych sukcesów. O ile to nazwać sukcesem.

Popatrzyłem na kartkę na której widniały słowa mam nadzieję że ci się spodoba Muszę lecieć – S[nieczytelny zygzak].

Pomyślałem: Val Peters to mój ojciec.

Powiedział: Ale kiedyś muszę to przeczytać. Zadała sobie wiele trudu.

Powiedział: Cieszę się, że moje dzieci nie wychowywały się pod taką presją, ale z drugiej strony bardzo szybko urosły i teraz większość czasu i tak spędzają w szkole. Wiedz jednak, że podziwiam twoje osiągnięcia i rad jestem, że naprawdę lubisz moje książki. To bardzo ważne, może w sumie ważniejsze niż wysokość nakładu.

Pomyślałem że chyba powinienem coś powiedzieć.

Powiedział: Pozwól, że dam ci jeszcze coś innego, coś, co pewnego dnia będzie miało wartość. Nie wiem... może wybierzesz sobie coś z tej półki? Nie czytam tego, bo to tłumaczenia moich książek na 17 obcych języków. Rzadko je podpisuję, więc twoja będzie prawdziwym unikatem,

i podszedł do półki pełnej książek i zapytał może wybierzesz coś po czesku a może po fińsku a może w innym języku a wtedy ją podpiszę i będzie unikatem.

Powiedziałem Nie musi pan tego robić a on odparł Zrobisz

mi przyjemność i zapytał Jaki język lubisz więc odpowiedziałem Może fiński?

Powiedział Tylko mi nie mów że znasz fiński a ja zapytałem Chce pan żebym skłamał a on mruknął Gordon Bennett.

Powiedział Tak przez ciekawość powiedz mi czy wśród tych książek jest jakaś w języku którego jeszcze nie znasz? Popatrzyłem na półkę i powiedziałem Nie ale kilka z nich znam słabiej a on powiedział Wybacz że pytałem i znów spojrzał na mnie z rozbawieniem.

Powiedział:

Ten wpis może być szczególny, bardziej osobisty. Co chcesz żebym napisał?

Pomyślałem: Muszę coś powiedzieć. Pomyślałem: Mam odejść tak bez słowa? Powiedziałem: A co panu przyszło do głowy?

Powiedział: Na przykład coś takiego: Davidowi, z solenną obietnicą, że nigdy nie obniżę wartości tej książki, podpisując inne fińskie wydanie, współwyznawca Mammona – Val Peters. Uśmiechnął się do mnie i wziął pióro.

Powiedziałem: Jak pan sobie życzy.

Powiedział: Chciałbym napisać coś osobistego, lecz wszystko co pomyślę brzmi pretensjonalnie.

Powiedziałem I tak jej nie sprzedam więc nie musi być zbytnio unikalna.

Powiedział: W takim razie napiszę po prostu Davidowi z najlepszymi pozdrowieniami Val ale będziesz wiedział że tym razem te słowa płyną prosto z serca. Nie powiedział tego z szerokim uśmiechem bo przez cały czas uśmiechał się szeroko. Powiedziałem Świetnie, dziękuję, więc naskrobał coś i podał mi książkę.

Wyobraziłem sobie świat, w którym wciąż stałem w tym pokoju, ale z czymś innym w środku. Pewnie zobaczyłby ten świat, gdybym to teraz mu powiedział. Pomyślałem: Chcesz tak odejść?

Zapytałem:

Zakopuje pan swoje książki?
Zapytał: Co takiego?
Powiedziałem: Może pan zakopać książki w plastikowym worku kilka metrów pod ziemią. Po jednym worku na kontynent. Nawet w przypadku kataklizmu przetrwają dla potomności. Będzie je można wykopać.
Powiedział że nie próbował tego.
Powiedziałem: Powinno się zakopywać książki w fundamentach stawianych domów. Owinięte w plastik. Za tysiąc lat archeologowie będą wniebowzięci.
Uśmiechnął się. Powiedział: Nie chcę cię wyrzucać, ale musimy się pożegnać. Mam mnóstwo pracy.
Znowu przemknęło mi przez głowę że wystarczy jedno moje słowo a wszystko ulegnie zmianie. Patrzył na mnie z taką miną że naprawdę miałem ochotę to powiedzieć.
A potem pomyślałem:
Zabiłbym go w walce na prawdziwe miecze.
Pomyślałem:
Nie mogę przyznać, że jestem jego synem, bo to prawda.

V

– *To samuraj?*
– *Przynajmniej tak mówi o sobie.*
                    Dwóch samurajów

Dobry samuraj odbiłby cios pałki

W dniu, w którym go poznałem, poszedłem spać na ziemi, na dworze. Przecież to strasznie głupie, i tak nigdzie nie pojadę. Zrolowałem śpiwór i zaniosłem go do pokoju. Usnąłem na materacu, przykryty kilkoma kocami.

Gdybym musiał, spałbym na dworze.

Skończyłem „Sagę o Njalu". Pierwotnie po jej zakończeniu zamierzałem wrócić do Inuitów, ale w obecnej sytuacji nie czułem palącej potrzeby, żeby z nimi obcować, więc wziąłem się za aerodynamikę.

Włożyłem do plecaka książkę o aerodynamice i dwie inne z serii Schauma na wypadek gdybym potrzebował równań Laplace'a lub analizy fourierowskiej. Poszedłem do National Gallery i usiadłem na ławce przed Tronizującą Madonną z Dzieciątkiem pomiędzy Świętym Rycerzem i Świętym Janem Chrzcicielem.

4.9 Cyrkulacja
W poprzednim punkcie wykazano, że siła nośna zależy między innymi od kształtu ciała, kąta natarcia i prędkości ciała względem ośrodka.

Teraz naprawdę wierzę, że przeczytałeś moją książkę, powiedział mój ojciec.

W podobny sposób, korzystając z tak zwanej teorii wirowej Żukowskiego, można wykazać, że siła nośna powstaje pod działaniem zastępczego układu wirów.

Dziękuję, powiedział mój ojciec. Naprawdę dziękuję. Od dawna nie słyszałem nic równie miłego.

Tak zwana cyrkulacja prędkości związana jest z wirem

Dziękuję, powiedział mój ojciec. Naprawdę dziękuję.

który powstaje wraz z zawirowaniami pozostawianymi za opływanym ciałem

Dziękuję, powiedział mój ojciec.

na skutek zasady zachowania momentu pędu.

Naprawdę dziękuję, powiedział mój ojciec. Od dawna
Wstałem i przeszedłem do głównego skrzydła i usiadłem przed Młodzieńcem trzymającym czaszkę Franza Halsa. Mój ojciec nic nie powiedział. Otworzyłem „Podstawy aerodynamiki" na stronie 85.

4.10 Warunek Kutty

Twierdzenie Kutty-Żukowskiego ściślej opisuje siłę nośną jako iloczyn prędkości ciała względem ośrodka, gęstości ośrodka i wspomnianej wyżej cyrkulacji prędkości.

Musisz trochę poczekać, powiedział mój ojciec.

Twierdzenie Kutty-Żukowskiego ściślej opisuje siłę nośną jako iloczyn prędkości ciała względem ośrodka, gęstości ośrodka i wspomnianej wyżej cyrkulacji prędkości.

Moim zdaniem to jeden z największych anglosaskich pisarzy współczesnego świata, powiedział mój ojciec.

Twierdzenie KUTTY-ŻUKOWSKIEGO ściślej opisuje SIŁĘ nośną jako iloczyn prędkości CIAŁA względem ośrodka, GĘSTOŚCI

Dziękuję, powiedział mój ojciec.
Wstałem i opuściłem salę. Poszedłem do sali 34 i usiadłem z boku, przy Ulissesie wyszydzającym Polifema. Wciąż ani śladu Polifema. Niezbyt dokładnie pamiętałem twierdzenie Kutty-Żukowskiego, ale nie chciało mi się do obu wracać. Otworzyłem książkę na stronie 86 i przeczytałem bardzo szybko

Powyższe rozważania odnoszą się w zasadzie do cieczy bez lepkości, lecz w cieczy lepkiej (bez względu na to, jak mała jest ta lepkość) krążenie ustala ruch wyznaczany empirycznie, w którym działanie lepkości cieczy powoduje przepływ nad górną i dolną powierzchnią, zlewający się łagodnie przy tylnej krawędzi. Okoliczności, które ustalają siłę cyrkulacji, noszą nazwę *warunku Kutty*, brzmiącego: *Ciało, posiadające ostrą krawędź tylną, w ruchu przez ciecz wytwarza krążenie o sile dostatecznej na to, aby punkt stagnacji wypadał przy krawędzi tylnej* * i dzięki wielkie, teraz wiem, że naprawdę przeczytałeś tę książkę. Czy to nie piękne? A poza tym, dlaczego nie korzystasz ze słownika?

Ciężko było to wszystko zapamiętać, tym ciężej, że ojciec ciągle mi przeszkadzał. A jak już nigdy nie przestanie? Mam go słuchać przez następne 80 lat? To już lepiej się poddać i wracać do domu. Wtem pomyślałem o Sibylli wstającej i siadającej, chodzącej w kółko i czytającej to tę to tamtą książkę po akapicie po zdaniu po słowie.

---

* Przełożył prof. Jan Jacek Żebrowski.

Wstałem i przeszedłem się wzdłuż galerii, wzdłuż Fragonardów, Caravaggiów, przez salę Rembrandta i salę naśladowców Rembrandta, w poszukiwaniu jakiegoś maleńkiego i nudnego kąta, żeby się przed nim schować. A co tutaj? Martwa natura z rogiem świętego Sebastiana z Bractwa Kurkowego, homar i kielichy, nie wspominając o napoczętej cytrynie – a zaraz obok Vanitas Jana Jansza Techa, z czaszką, klepsydrą, jedwabnym szalem i innymi kosztownościami. Wszystko po to, żeby uświadomić widzom absurdalność ludzkich ambicji. To coś, co mój ojciec lubił komentować z zadumą filozofa, zwykle stojąc przed grobem lub zniszczoną świątynią. A co jest obok? Ogromne płótno Cuypa, Odległy widok Dordrechtu z mleczarką i czterema krowami, i jego mniejszy obraz, Odległy widok Dordrechtu ze śpiącym pasterzem i pięcioma krowami. Tu NIKT mnie nie znajdzie.

Dobrnąłem do końca rozdziału. Każdy akapit czytałem chyba z osiem razy, ale wreszcie skończyłem. Pięć albo sześć razy powtórzyłem twierdzenie Kutty-Żukowskiego. Chciałem przeczytać następny rozdział, ale on ciągle mówił Dziękuję, więc machinalnie przerzuciłem parę kartek, zatrzymując wzrok tu i ówdzie, w nadziei, że zobaczę coś tak ciekawego, że przestanę go słyszeć. Liczba Macha – przepływ molekularny – niestabilność Tollmiena-Schlichtinga – lot małych owadów – Kontrola i zmiana kierunku lotu ptaków –

„Obserwacje latających sępów prowadzą mnie do wniosku, że w podmuchach wiatru ptaki te zachowują boczną równowagę poprzez lekki skręt końców skrzydeł..." to fragment pierwszego listu, jaki Octave Chanute otrzymał od Wilbura Wrighta, datowanego 13 maja 1900 roku. Znajdujemy tu opis kluczowej obserwacji, która doprowadziła braci Wright do wynalezienia lotki, a tym samym do stabilizacji lotu i w ostatecznym rozrachunku do skonstruowania pierwszego aeroplanu.

Teraz naprawdę wierzę że przeczytałeś moją książkę powiedział mój ojciec. Naprawdę dziękuję powiedział mój ojciec. To bardzo ważne, może w sumie ważniejsze niż wysokość nakładu powiedział mój ojciec. Mam dzieci w twoim wieku powiedział mój ojciec oglądały „Ulicę Sezamkową" i to było akurat na ich poziomie powiedział mój ojciec Teraz naprawdę wierzę że przeczytałeś moją książkę powiedział mój ojciec Teraz naprawdę wierzę że przeczytałeś moją książkę.

Nie było sensu dłużej siedzieć. Wyszedłem. Nad głównymi schodami wisiał Słynny obraz Madonny Cimabue'a niesiony w procesji ulicami Florencji pędzla lorda Leightona; od lat patrzyłem na niego kiedy wychodziłem i zastanawiałem się co w nim złego.

Kiedy wróciłem do domu Sibylla oglądała „Siedmiu samurajów". Długo nie oglądała; chłopi przed chwilą wyszli z wioski. Ulicami dużego miasta maszerowali groźni samuraje. Trzeba było nie lada odwagi żeby któregoś z nich zachęcić do trudnej walki za trzy miski strawy.

Usiadłem obok niej na kanapie. Dobry wybór, powiedział mój ojciec.

Kambei z ukłonem podał mnichowi brzytwę. Usiadł na brzegu rzeki i zmoczył włosy. Mnich zaczął mu golić głowę.

Dobry wybór, powiedział mój ojciec.

Kambei wdział pożyczoną szatę mnicha. Z kamienną twarzą popatrzył na wiercącego się Mifune. Musisz trochę poczekać, powiedział mój ojciec.

Kambei wziął dwa ryżowe ciastka i podszedł do szopy. Złodziej krzyknął coś ze środka. Jestem tylko mnichem, powiedział Kambei. Nie schwytam cię. Nawet nie wejdę. Przyniosłem jadło dla dziecka. Dziękuję, powiedział mój ojciec. Naprawdę dziękuję. Od dawna nie słyszałem nic równie miłego.

Wstałem i zacząłem krążyć po pokoju, szukając czegoś czym mógłbym się zająć przez najbliższą godzinę lub choćby dziesięć minut, żeby nie słyszeć jego głosu. Wziąłem podręcznik do judo, ale po dwóch linijkach ujrzałem jego twarz, więc dla odmiany zacząłem czytać Ibn Khalduna, a on powiedział Teraz naprawdę wierzę że przeczytałeś moją książkę.

Widziałeś go? zapytała Sibylla. Umiała być delikatna. Wolała od razu spytać, żebym przypadkiem zbyt długo nie zachodził w głowę czy już wie i jak mam jej to powiedzieć.

Widziałem, odparłem. Nie wiem, co w nim widziałaś.

Wiesz tyle, co i ja, powiedziała Sibylla, delikatnie dając mi do zrozumienia że zdążyła zauważyć że grzebałem w jej papierach.

Nie powiedziałem mu, mruknąłem.

Selbstverständlich, powiedziała Sib. Nigdy nie mogłam. Wciąż myślałam że muszę, ale po prostu nie mogłam. Czytałam jego wypociny, bo miałam nadzieję, że się zmienił, ale on się zmienił tylko w ten sposób, w jaki absolwenci szkoły aktorskiej Tyrone'a Powera pokazują, że są dorośli: zacięte usta, zmarszczone brwi, tytan pochłonięty myślami. Obudził się jako chłopiec i zasnął jako mężczyzna. Wybacz, że źle mówiłam o twoim dawcy spermy. Już nie będę.

Nie szkodzi, powiedziałem.

Właśnie że szkodzi, powiedziała Sib. Wyłączyła magnetowid. Zgroza przerywać w samym środku, powiedziała, dobrze że Kurosawa o tym nie wie.

Nie szkodzi, powiedziałem.

Jak chcesz, powiedziała Sib. Pamiętaj jednak, że bez względu na to kim jest twój ojciec, ty jesteś doskonały. Być może inni chłopcy bardziej potrzebują ojców.

Źródło jeszcze nie wyschło, powiedziałem.

Mowa zatem o szczęściu, powiedziała Sib. Dlaczego masz mieć wszystko?

Może narzekam? zapytałem.

Popatrz na to z jego punktu widzenia, powiedziała Sib. Nie wszyscy lubią, kiedy syn przerasta ojca.

Nie narzekam, powiedziałem.

Oczywiście, że nie, powiedziała Sib.

Powiedział, że ma dzieci, powiedziałem. Że oglądały „Ulicę Sezamkową" i że to było akurat na ich poziomie.

Ile lat wtedy miały? zapytała Sib.
Tego już nie powiedział.
Hmmm, powiedziała Sib.
Wstała i włączyła komputer i wzięła do ręki „Independent" i usiadła i zaczęła czytać.
Mówiłam ci, że czytałam „Die Zeit"? zapytała. Czytałam „Die Zeit" i trafiłam na wspaniałe zdanie, Es regnete ununterbrochen. Padało niezmącenie. Przepięknie brzmi po niemiecku. Es regnete ununterbrochen. Będę o tym myślała zawsze podczas deszczu.
Zastanawiałaś się kiedyś nad aborcją? zapytałem.
Tak, powiedziała Sib, ale było już bardzo późno więc poszłam po poradę i doradzili mi adopcję a wtedy zapytałam Dobrze a skąd wiadomo że nowi rodzice nauczą go jak żyć skoro was na przykład wcale to nie obchodzi? A oni zapytali Co więc odpowiedziałam... Sam zresztą wiesz co rozsądny człowiek powiedziałby w takiej chwili i wdaliśmy się w jałową dyskusję i zawołała
O kurczę! Hugh Carey powrócił do Anglii.
Spytałem: Kto?
Sibylla powiedziała: Najlepszy kumpel Raymonda Deckera.
Spytałem: Kogo?
Sibylla: Nie słyszałeś o Raymondzie Deckerze?!
A potem: Ale kto słyszał?
Powiedziała że Carey był podróżnikiem a Decker... w gruncie rzeczy nie wiadomo co robił ale we wczesnych latach 60. uznawano ich za legendarnych klasyków Oksfordu. Z rąk do rąk krążyła piracka kopia tłumaczenia „Do myszy" na grekę zrobiona przez Careya dla jakiejś gazetki literackiej w Irlandii. Decker dostał nawet nagrodę rektora na polu łaciny za cudowny przekład Johnsona dotyczący Pope'a, nie ten kawałek ciągnęła Sibylla w którym padają słowa To całkiem ładny wiersz panie Pope ale kudy mu do Homera bo to akurat napisał Bentley myślę raczej o takim fragmencie

...wielka odległość dzieli zwykle właściwe działanie od spekulacji, jak być mogło. W istocie rzeczy należy mniemać, że tyle co zrobiono dzisiaj, da się zrobić nazajutrz. Lecz nazajutrz powstaną trudności lub jakieś zewnętrzne przeszkody. Indolencja, wtręty, interesy i rozkosz – wszystko to razem i po kolei wprowadza opóźnienie. Każdą długą pracę wydłużają tysiące wypadków, które można, i dziesiątki tysięcy takich, których nie można przewidzieć. Wydaje się, iż żadne z długotrwałych i różnorodnych działań nigdy nie przebiegało zgodnie z pierwotnym założeniem powstałym w umyśle twórcy. Ten bowiem, kto chce walczyć z Czasem, ma przeciwnika, któremu nieznane są straty.

Sib wyjaśniła mi że to był upiorny esej do przełożenia na łacinę choćby przez to że wszystkie rzeczowniki abstrakcyjne trzeba było przerobić na zdania, i w ramach dygresji dodała że z drugiej strony Lytton Starchey mówiący o Johnsonie mówiącym o poetach aż się prosił żeby go przetłumaczyć na przykład

Estetyczna ocena Johnsona zawsze jest delikatna, pełna lub twarda. Zawsze też znajdzie się tam coś dobrego – z jednym wyjątkiem: braku racji. To przykry mankament, nikt jednak nie wątpi, że Johnson wybrnie z tego za pomocą dowcipu

zdania same składają się po łacinie powiedziała i przeszła do następnej dygresji o kimś kto miał całkiem podobne zapatrywania ale zanim wymieniła nazwisko człowieka który pisał o Starcheyu piszącym o Johnsonie i jak to można przełożyć na fenicki lub pismo linearne B lub hetycki zapytałem pospiesznie
Ale KIM oni byli?

❖

Hugh Carey i Raymond Decker poznali się kiedy HC miał 15 lat a RD 19. HC pochodził z Edynburga. Powiedział nauczycielom że chce iść do Oksfordu a oni rzekli mu Zaczekaj, więc on pomyślał – to głupie, jeśli pójdę na studia w 15 roku życia już zawsze będą mówić Trafił do Oksfordu w 15 roku życia. Napisał osobisty list do Mertona z pytaniem czy może zdać egzamin, pojechał i zdał.

RD był w gruncie rzeczy samoukiem.

RD przeczytał przedtem „Gorgiasza" Platona, a że był człowiekiem, który zawsze wszystko bierze sobie do serca, więc wziął to do serca. W „Fedrusie" powiada się, że sofista Gorgiasz potrafił krócej lub dłużej odpowiedzieć na każde pytanie. W „Gorgiaszu" on sam twierdzi, że nie ma sobie równych w udzielaniu krótkich odpowiedzi. Z drugiej strony, Sokrates znał tylko jeden sposób odpowiadania na pytanie. Są pytania, które da się skwitować tylko jednym słowem, i są takie, na które trzeba pięciu tysięcy słów, żeby odpowiedzieć. Filozof, w odróżnieniu od mówcy czy polityka, sam reguluje czas swojej wypowiedzi. Z tego powodu RD popadł w straszną rozterkę. Kupił stare skrypty z wykładów wydane przez uczelnię i zaczął krążyć po pokoju, co chwila nagabując kolegę: Każde z ciekawych pytań wymaga MINIMUM trzygodzinnej odpowiedzi, a reszta jest tak głupia, że nie warto się z nimi biedzić. Jak można w mądry sposób odpowiedzieć ma głupie pytanie? Rwał włosy z głowy i pytał Co ROBIĆ?

HC był zaskoczony. Na poziomie ogólnym ukończył 13 przedmiotów bo słyszał że poprzedni rekord wynosił 12. Ukończył je jak miał 12 lat bo jak miał 9 to usłyszał że najmłodszy uczeń co ukończył powyżej 5 miał 13 i od razu postanowił być lepszy.

Powiedział: A co robiłeś w ogólniaku?

RD: Wolę o tym nie myśleć.

HC: A w podstawówce?

RD: Wolę o tym nie myśleć.

HC: Przecież chyba przeszedłeś przez jakieś egzaminy?

RD: Jasne że przeszedłem. To było straszne. Ciągle pytali mnie z dzielenia. Wolę o tym nie myśleć.

Z dzielenia? zapytał HC.

RD: Wolę o tym nie MYŚLEĆ. I znów zaczął krążyć po wspólnym pokoju i wspominać „Gorgiasza" i krzyczeć Co mam ZROBIĆ?

HC zapytał: Grywasz w szachy?

Co? zapytał RD.

A HC powtórzył: Grywasz w szachy?

A RD odparł: Grywam.

I HC powiedział To zagrajmy. Z jednej kieszeni wyjął kieszonkowe szachy, a z drugiej zegar kontrolny, z którym się nie rozstawał. Była to noc przed pierwszym egzaminem i planował przerobić jeszcze chór z Zeusem z „Agamemnona" Ajschylosa. Ustawił piony. RD grał białymi.

HC nastawił zegar i powiedział: 20 minut.

A RD powiedział: Nie gram w ten sposób.

HC: Każdy po 10 minut.

A RD powiedział: To głupota.

HC: Nie mam czasu grać dłużej. Muszę przeczytać chór do Zeusa.

RD: e4 c5.

HC: Sf3 d6.

RD znał wiele odpowiedzi na obronę sycylijską lecz powstało pytanie którą z nich zastosować w wyznaczonym czasie. Myślał nad tym i myślał i nawet nie przesunął skoczka na b3 kiedy zabrzęczał zegar. Przesunął skoczka na b3 a HC powiedział:

Przykro mi. Gra skończona.

RD był wściekły i zaczął się kłócić ale w tym samym czasie HC ustawił z powrotem wszystkie piony i włączył zegar i tym razem to on grał białymi.

HC: e4 c5.

RD sam lubił obronę sycylijską lecz w myślach dywagował czego użyć w wyznaczonym czasie: wariantu Najdorfa, Schvereningena (który cenił najbardziej), Nimzowitscha czy innych stanowczo zbyt licznych żeby ich wymienić i o mało co nie popełnił poprzedniego błędu. Nagle zebrał się w sobie (Sf3 d6) i wykonał aż dziesięć ruchów zanim znów popadł w głęboką zadumę przerwaną terkotem zegara.

Właśnie wyciągnął rękę do dziesiątego ruchu kiedy zegar umilkł zanim przesunął pionek i HC powiedział gra skończona i ustawił piony z powrotem na swoich miejscach i znów włączył zegar.

RD wściekł się na całego. HC miał dopiero 15 lat ale wyglądał na młodszego. RD wykonał pierwszy ruch a HC swój i RD odpowiedział natychmiast swoim ruchem i HC wygrał w 25 posunięciach.

RD ustawił piony z powrotem. HC powiedział że musi czytać Agamemnona. RD powiedział To nie potrwa długo. Grał czarnymi. Tym razem wybrał najlepszą obronę, środek rozegrał pod dyktando Keresa i Kotowa, a na koniec był już zupełnie sobą.

Powiedział: Szach i mat. I powiedział: Wiem, co masz na myśli, ale to głupota. To nie to samo.

A HC powiedział: To gra. To głupia gra. Otwarcie, rozgrywka, końcówka, otwarcie, rozgrywka, końcówka, otwarcie rozgrywka końcówka. Ustawmy zegar na 5 minut.

RD powiedział: To nie to samo.

HC powiedział: 10 minut.

HC ustawił piony i włączył zegar. Rozegrali pięć partii i RD wygrał cztery.

RD powiedział: To nie to samo.

Grali do 2 nad ranem. RD powtarzał To nie to samo, ale śmiał się bo wygrał większość pozostałych partii. Myślisz pewnie, że HC pozwalał mu wygrywać? Otóż nie. HC był wprawdzie wolny od sokratejskich rozterek dręczących RD, ale miał tak silnie zakorzenione poczucie sportowej rywalizacji, że w rezultacie wyszło na to samo. Zdawał sobie sprawę, że gdyby nie RD, to długo by nie znalazł godnego przeciwnika, więc ruszył głową i poszukał sokratejskich odpowiedzi na gorgiaszowe pytania RD. Oczy mu się kleiły ale powiedział do RD: Nie szukaj argumentów. Popatrz na pytanie i powiedz: Obrona staroindyjska. Obrona sycylijska.

RD pomyślał że to niedorzeczny pomysł i w tej samej chwili kiedy to pomyślał uświadomił sobie, jako rzecz w pełni oczywistą, że przecież można dyskutować o wpływie Homera na twórczość Wergiliusza, biorąc za punkt wyjścia obronę sycylijską.

Ruy Lopez, powiedział HC, żeby skorzystać z przewagi.

RD: Ruy LOPEZ?! Jak MIAŁBYM skorzystać z Ruy LOPEZA?

HC zawahał się –

RD: Pytania OCZYWIŚCIE, ZAWSZE są od białych.
I znów popadł w czarną rozpacz.

HC: Czarne wygrywają w czterech ruchach. Dwa skoczki i wieża, mat w szóstym posunięciu.

Nie, odparł RD, i wstał i założył ręce na głowę, splątane niczym precel. Pochodził chwilę po pokoju i w końcu powiedział: Tak. TERAZ rozumiem. Powiedział: Nie KŁÓCISZ się bo już WCZEŚNIEJ podjąłeś decyzję w jaki sposób rozegrasz końcówkę i wybrałeś takie otwarcie które stymuluje grę poprzez ODWOŁANIA do niecodziennej wersji obrony staroindyjskiej zastosowanej przez czarne i powtórzonej w dalszej części gry poprzez ODWOŁANIA...

Nie pytając wcale na ile to prawda RD przyjął za pewnik że jego towarzysz dostał się na studia bo zręcznie rozegrał [otwarcie] [rozgrywkę] końcówkę, a on i HC byli przyjaciółmi ale też rywalami. HC zmuszał go do brania nagród, bo gdyby tylko jeden z nich wygrywał, to triumf byłby bez znaczenia. Za każdym razem kiedy siadał z RD do szachownicy wyrywał umysł z więzów Sokratesa. Musiał grać w szachy żeby się wyzwolić spod wpływu Fraenkla.

Fraenkel był Żydem, który uciekł z hitlerowskich Niemiec, przybył do Anglii i został profesorem łaciny w kolegium Corpus Christi i dawał wykłady z greki. Zaledwie kilku studentów chodziło doń na zajęcia, lecz ci co poszli nie pożałowali bo Fraenkel był przewspaniały. HC w sobie znany sposób dowiedział się o tych wykładach i natychmiast uznał że dołączy do grupy. Spytał swojego profesora, a ten mu poradził żeby jeszcze zaczekał. Bzudra, pomyślał HC, jeśli pójdę teraz wszyscy powiedzą Poszedł do Fraenkla już na pierwszym semestrze jako piętnastolatek. A że urodziny miał w połowie października, nie mógł czekać nawet do następnej tury.

Skoro HC poszedł na wykłady RD musiał zrobić dokładnie to samo, bo inaczej HC nabrałby przekonania, że niechcący zyskał nieuczciwą przewagę. RD z natury rzeczy nie chciał iść w jego ślady i powiedział że mogłby spokojnie poczekać do drugiego a może i do trzeciego roku. W takich przypadkach szachy nie załatwiały sprawy, ale HC w rozpaczliwym przypływie geniuszu powiedział To niedorzeczne i bezwstydnie kradnąc pomysły Sokratesa dodał że to nie wstyd być ignorantem lecz wstyd odmawiać nauki. Powiedział że Fraenkel boleje nad rozluźnieniem zasad angielskiej dyscypliny; powiedział że to ZASADNICZA sprawa żeby nie nabrać złych nawyków już na WSTĘPIE życiowej kariery. RD odparł Zgoda ale on i tak nas nie przyjmie a HC powiedział W tym już moja głowa.

HC miał piętnaście lat ale wyglądał na dwanaście. Przed śniadaniem udał się do kolegium i czekał przed pokojem Fraenkla. Wielki uczony w końcu wyszedł i usłyszał o „złych nawykach" i „wstępie życiowej kariery". Zabrał młodego gościa do siebie, pokazał mu kilka greckich tekstów i poprosił o komentarze. HC nigdy przedtem nie widział wspomnianych tekstów, ale nie zrobił z siebie ostatniego durnia, więc usłyszał, że wraz z kolegą może przyjść na wykłady. Na próbę.

Fraenkel powiedział kiedyś że uczony widząc jakieś słowo musi zaraz pomyśleć o jakimś innym zdaniu z użyciem tego słowa. HC zlekceważył sobie tę uwagę, ale RD jak zwykle wziął ją sobie do serca. Im dłużej działał, tym bardziej każdy tekst stawał się lodowcem a każde słowo czapą zmrożonego śniegu z gigantyczną masą skojarzeń tuż pod powierzchnią wody. Do uwag Sokratesa związanych z pytaniami doszło więc przekonanie, że prawdziwy lingwista bierze się za bary ze słownym lodowcem. HC tymczasem przysypiał na wykładach, bo rozbiór zdań uważał za potwornie nudny. Jedyne pocieszenie dawała mu świadomość że niedawno ukończył 16 rok życia.

Minęło pięć semestrów i nadeszła pora na egzamin pierwszego stopnia.

W nocy przed pierwszą sesją niektórzy studenci zaczęli się gwałtownie kłócić o to czy był jeden czy kilku autorów Iliady i Odysei. HC i RD grali wtedy w szachy i HC powtarzał Otwarcie rozgrywka końcówka a RD powtarzał To nie to samo a HC powtarzał 5 minut.

HC i RD doszli do etapu w którym uczono głównie historii i filozofii. HC chciał zmienić wydział i studiować arabski na Orientalistyce, lecz RD wziął do serca słowa Fraenkla plus Sokratesa i na dodatek jeszcze słowa Wilamowitza i powiedział z wyraźnym niepokojem że Wilamowitz powiedział że historia i filozofia są istotą Altertumswissenschaft i co on ma teraz zrobić? HC odparł że powinni studiować arabski na Orientalistyce. RD powiedział na to że dla sedna sprawy najważniejsza jest eksploracja poprawnych reguł dyskusji. Nie wiadomo, czy to wywarło jakiś wpływ na HC. Nie brał sobie niczego do serca, ale był sportsmenem i nie chadzał na zajęcia, gdzie nie miał konkurencji.

Minęło siedem semestrów i nadeszła pora na egzamin drugiego stopnia, kończący tę część studiów. RD przyszedł do pokoju HC. RD czuł że ponad dwa lata spędzone na nauce poprawnych reguł dyskusji są zbyt cenne żeby je odrzucić a z drugiej strony miał świadomość że jest dziewiętnastolatkiem bez żadnego doświadczenia w dziedzinie filozofii. Gdzieś tu tkwił błąd bo przecież historycy i filozofowie ustanowili egzaminy po to by je zdawać. Nerwowo krążył po pokoju i mówił o Sokratesie, Wilamowitzu i Mommsenie i czekał że HC wreszcie wyjmie szachy. Co HC rzeczywiście zrobił.

Zaczęli partię bez słowa. Czas upłynął zanim RD dotarł do piątego ruchu. HC cofnął zegar i z powrotem ustawił piony. RD wsparł głowę na dłoni.

Powiedział: To nie to samo.

Zapytał: Czy to się kiedyś SKOŃCZY?

HC powiedział: Nigdy więcej nie będzie egzaminów.

HC powiedział: No może jeden.

Co? zapytał RD.

Kolegium Wszystkich Świętych! zawołał HC, który miał nadzieję, że od stu lat będzie najmłodszym słuchaczem.

RD powiedział: Tak nie można. Nie zrobię tego FILOZOFII. Nie będę pisał bzdur przez półtorej godziny i nie powiem że mnie ZMUSILI.

HC powiedział: Otwarcie rozgrywka końcówka.

RD powiedział: Tak nie można. Powiedział w rozterce: Co mam ROBIĆ?

HC ustawił piony. Włączył zegar. RD uniósł głowę. Przestał powtarzać Co mam robić. Grał szybko i z przekonaniem. Wygrał w 23 ruchach i powiedział:

To nie to samo.

Grali dalej i RD wygrał 10 z 10 partii.

Powiedział: Ale to nie to samo.

5 minut, powiedział HC.

RD wygrał 10 z 10 partii. Nie powiedział Ale to nie to samo. Nie zapytał Co mam robić?

Pierwszy pisemny egzamin dotyczył Platona i Arystotelesa. RD włożył czarny garnitur i biały krawat. Założył togę. Przygniatał go lodowiec. Sokrates milcząc zaglądał mu przez ramię. Bez słowa popatrzył na arkusz papieru.

Uniósł głowę i spostrzegł, że śledczym był JH, naukowiec, który 20 lat spędził nad traktatem o „Rzeczpospolitej X". W tamtych latach zdarzały się takie rzeczy, że najwybitniejszy platonista swojego pokolenia przez 20 lat nic nie publikował. Jedno z pytań dotyczyło „Rzeczpospolitej X". RD już wiedział, co powinien zrobić.

Napisał: Nie jestem aż tak naiwny, aby naprawdę sądzić, że w 40 minut dokonam wyczynu, na który pan JH poświęcił dwie dekady. To mu zabrało minutę. Potem jednak zrozumiał, że w ten sposób zarzuca panu JH zwykłą stratę czasu. W ciągu 2 godzin i 57 minut doszedł do wniosku, że dokuczyłby mu jeszcze bardziej, gdyby jednak napisał w co naprawdę wierzy, a nie poprzestawał na samotnym zdaniu.

Do końca tygodnia codziennie go widziano wśród graczy w Cherwell.

HC uzyskał najwyższą liczbę punktów, RD nie został sklasyfikowany.

HC tylko raz zerknął na listę wyników i już wiedział, że jest na szczycie, a RD nie, bo w ogóle nie było go na liście. Potem w ciągu trzech dni zdał egzaminy ustne. Przez trzy dni świętował swoje wielkie zwycięstwo.

Potem wywieszono ostateczną listę i HC zobaczył, że nazwiska RD znów na niej nie było. Poczuł się oszukany. RD OSZUKAŁ go gadaniną o Wilamowitzu. Ciągle kantował. Wszystkie pochwały i gratulacje ze strony egzaminatorów brzmiały pusto i głupio. HC wpadł do pokoju i wykrzykiwał głośno, że RD nie dostanie pracy, że nikt go nie zechce uczyć, że skończy na pisaniu jakiegoś słownika lub indeksu, że go wyrzucą na zbity łeb za terminy, że wróci do podstawówki i że go stamtąd też wywalą i skończy jako nauczyciel ANGIEL-SKIEGO jako języka OBCEGO. RD czuł się zmęczony. Każdy przecież może przez całe swoje życie gorzko żałować krótkiej chwili tchórzostwa, lecz równie łatwo może żałować krótkiej chwili odwagi. RD pomyślał sobie, że HC ma rację (rzeczywiście tak było) i że w następnych latach będzie pluł sobie w brodę, że był kiedyś odważny. Ale już się stało.

HC wyszedł z pokoju. W wieku lat 19 dostał się do kolegium Wszystkich Świętych, ale nie miał z tego najmniejszej satysfakcji.

RD dostał pracę jako korepetytor.

Powiedziałem: Korepetytor to przecież ktoś taki, kto pomaga innym przebrnąć przez egzaminy.

Sibylla powiedziała: Tak.

Ja: I nie ma tu sprzeczności?

Sib: Raczej nie bo RD uważał że w pewnym sensie jest gotów do egzaminu i CHCIAŁ studiować choćby po to żeby wzbogacić swoją wiedzę, lecz z drugiej strony był przekonany że nie wolno mu podeptać tego co już osiągnął nawet dla wymiernych korzyści. To był jednak jeden z tych problemów, w których nie pomagały szachy. RD mógł mówić o wpływie Lukrecjana na treść i formę „Eneidy" i nawoływać do dyskusji szczerze przekonany że w ten sposób pomoże innym w czasie egzaminów lub dla odmiany powiedzieć Popatrzmy teraz na podstawowe pozycje parzenia i mieć poważny kłopot z utrzymaniem dyscypliny. Tak czy owak stracił pracę i znalazł inną pracę.

HC i RD wciąż chodzili na wykłady Fraenkla. Potem stawali przed frontem budynku tam gdzie na kolumnie jest rzeźba pelikana i RD w rozterce krążył wokół kolumny. HC popadał w coraz głębszą depresję. Codziennie o 9 szedł do Bodleian Library. O 1 wracał do kolegium na lunch, a 2.15 znowu był w Bodleian. O 6.15 był z powrotem w kolegium chyba że miał jeszcze zajęcia dodatkowe. Czasami siadał w czytelni, a czasami pożyczał rękopis i pracował w Duke Humfrey. Nie miał nikogo, z kim mógłby konkurować.

Miał dosyć filologii i dosyć szukania śladów korupcji w zabytkach piśmiennictwa. Chciał uciec tam, gdzie nie znano pisma. Chciał znaleźć się w takim miejscu, gdzie każde słowo ginęło wraz z oddechem.

Pewnego dnia usłyszał o dziwnym niemym szczepie mieszkającym na pustyni Kyzył-Kum. Członkowie tego szczepu nie chcieli, by ktoś obcy nauczył się ich języka. Każdy, kto odezwał się choćby słowem w rodzimym narzeczu w obecności jakiegoś cudzoziemca, był karany śmiercią.

HC zbadał tę sprawę i doszedł do rewelacyjnego wniosku, że tajemniczy szczep może być tym samym zaginionym szczepem, o którym wspominały baśnie i legendy czterech albo pięciu narodów. Szczep nomadów, który przez tysiące lat przewędrował tysiące kilometrów. Postanowił go znaleźć.

Przez siedem lat uczył się chińskiego, arabskiego i farsi oraz kilku języków uralskich, ałtajskich i słowiańskich. Pod koniec studiów wybrał się na pustynię.

Niełatwo dostać się na Kyzył-Kum. Chciał lecieć do Moskwy, ale nie dostał wizy. Próbował z Iranu wjechać do Turkmenii, ale go zawrócono. Pojechał do Afganistanu i stamtąd usiłował dostać się do Uzbekistanu, ale go zawrócono. Pojechał do Pakistanu i stamtąd przez Pamir usiłował dostać się do Tadżykistanu, a potem na Kyzył-Kum, ale znowu go zawrócono.

Wtedy uznał, że musi zacząć od końca. Doszedł do wniosku, że tajemniczy szczep wywędrował z równin Mongolii na piaski Kyzył-Kum. Postanowił zatem pojechać do Mongolii.

Jako zwykły turysta trafił najpierw do Chin.

Żeby nie wzbudzać podejrzeń, dołączył do wycieczki. Trasa wiodła między innymi do północno-wschodniej prowincji Tien-szan. HC zamierzał odłączyć się w Urumczi i na własną rękę dotrzeć do Mongolii. Drugiego dnia podróży wszystkim oświadczono, że nie pojadą do Tien-szan, żeby mieć więcej czasu na podziwianie krajobrazów uwiecznionych w miejscowej sztuce i poezji.

Cała grupa dotarła pociągiem do niewielkiej osady na

południu. Na budynkach wisiały plakaty z portretem przewodniczącego Mao. Nikt w całej wsi nie miał egzemplarza „Snu Czerwonego Pawilonu". W ogóle nie było książek, a nawet jeśli były, to nikt nie chciał rozmawiać na ten temat. Nie było nefrytu, nie było malowideł. Dziwne miejsce, powiedział HC, w którym wszystkie dziewczęta nosiły się jak chłopcy. Na pozór wszyscy ciężko pracowali, ale na łące tuż za wsią dzieci wraz z rodzicami bawiły się latawcami. To były najpiękniejsze latawce, jakie HC widział w całym życiu. Czerwone, z portretem przewodniczącego Mao i dwoma lub trzema znakami wyrażającymi myśli przewodniczącego. Nad łąką zawsze wiało, więc skrzydlate smoki ulatywały w górę, jak tylko je puszczono.

HC doszedł do wniosku, że nie znajdzie zaginionego szczepu. Co miał więc począć, skoro nie mógł wędrować dalej? Był przekonany, że nic mu się nie stanie, dopóki będzie stał tyłem do Anglii. Gdyby jednak spróbował się odwrócić, na pewno zmieniłby się w kamień.

Skłamał, że jest chory, i pozostał we wsi, a grupa pojechała dalej.

Pewnego dnia znów poszedł popatrzeć na latawce szybujące mu nad głową. Chińskie znaki to w tę, to w tamtą stronę tańczyły w powietrzu. Pismo obrazkowe dobrze pasowało do wielu znaczeń wyrażanych przez słowa i HC czuł, że tu na ziemi ludzie mówią, jak chcą, a pismo lata gdzieś w górze. Nareszcie uwolnił się od filologii. Pomyślał sobie Dlaczego mam się uganiać za milczącym szczepem, przecież tak samo milczą, kiedy mnie tam nie ma. Ale co będę robił, jak zrezygnuję z poszukiwań?

Popatrzył na dzieciarnię i nagle zauważył, że jakiś chłopiec jest bez latawca. Chłopiec biegał od grupy do grupy i zewsząd był przepędzany. Wreszcie podbiegł do HC. Pociągał nosem, był podrapany i wyglądał inaczej niż inne dzieci z osady. HC powiedział coś i chłopiec coś powiedział, ale HC go nie zrozumiał i pomyślał sobie, że to jakiś dialekt. Powiedział więc coś innego i chłopiec powiedział coś innego i HC uświadomił sobie, że rozumie niektóre słowa, ale te słowa brzmiały po turecku, chociaż były skażone chińską intonacją. Powiedział więc coś po turecku i po karakałpacku i po kirgisku i po ujgursku i chłopiec popatrzył na niego, jakby też coś zrozumiał. HC spytał kogoś, gdzie są rodzice chłopca, i usłyszał w zamian, że ten był sierotą. Pomyślał więc, że dzieciak jest Turkiem zamieszkałym w Tien-szanie lub że wręcz pochodzi z milczącego szczepu, zresztą co za różnica?

Wreszcie pewnego dnia, kiedy zrozpaczony wyszedł ze wsi, dotarł na wysoką skałę górującą nad doliną. Dolina była zupełnie płaska, pokryta głęboką zielenią. Płynęła przez nią kręta rzeka, płaska niczym wstążka i połyskująca jak przyćmione srebro. A z doliny wznosiły się zębate zbocza skalistych gór, każda na tysiące metrów wyrywająca się z zieleni.

Kiedy stanął na skale, niebo było szare i nieruchome pasma mgły wisiały tuż nad ziemią. Znalazł się w najpiękniejszym i najdziwniejszym miejscu w całym swoim życiu. Anglia wydawała mu się okropnie odległa, z maleńkim zmarłym Fraenklem i pelikanem na kolumnie, z Bodleian Library i zakopanymi w niej życiorysami nie większymi od znaczka pocztowego. Nie było wiatru, a mimo to mgła się przesuwała, wisiała teraz już prawie metr od poprzedniego miejsca. HC chciał coś powiedzieć – czuł się strasznie daleki. Przypomniał sobie fragment Odysei. Odys nie mógł ocalić swoich towarzyszy.

αὐτῶν γὰρ σφετερῃσιν ἀτασθαλιῃσιν ὄλοντο
νηπιοι, οἳκαταβοῦς ‛γπεριονο Ἡελιοιο
ἤσθιον· αὐταρ ∠τοῖσιν ἀφείλετο ν∠στιμον ἦμαρ

Głupcy, pokutowali za swoją niefrasobliwość. Zjedli bydło tytana słonecznego, a on im za to odpłacił. ν∠στιμον ἦμαρ, pomyślał, nostimon emar – Co muszę zrobić, żeby tam nie wrócić? Mam zjeść słoneczne krowy?

Czuł, że zginąłby jak robak, gdyby teraz wrócił do pudełeczka od zapałek.

Co powinienem zrobić? zapytał.

Nie widział dna doliny. Wszystko zakrywała mgła gęsta i biała jak chmura. Z chmury wystawały poszarpane skały. Niebo przejaśniało, jakby mieszanina powietrza i drobnego deszczu została rozdzielona i cięższy składnik pod postacią mgły spłynął nad dolinę, a czyste powietrze pozostało wyżej. Tyły skał ginęły w czarnym cieniu, a na krawędziach cienia błyszczały złote linie, jakby każda z gór była księżycem wychodzącym z nowiu. Na ich wierzchołkach rosły kępy drzew, czarnych na tle zachodzącego słońca. Płynny blask sączył się przez gałęzie.

Nie mogę wracać, powiedział. Co mam robić?

I kiedy wciąż tak siedział, zerwał się gwałtowny wicher. HC widział nad sobą gałęzie drzew szarpane nagłymi podmuchami. Gdzieś z dołu dobiegał głośny hałas, coś jakby krzyk kilkuset głosów – i kiedy uniósł głowę, zobaczył olbrzymiego smoka lecącego w pociemniałe niebo. Najlepsi rzemieślnicy we wsi budowali go od tygodni, a teraz uciekł. Łąka, z której puszczano latawce, była bardzo daleko, ale w gasnącym świetle dnia maleńkie postacie ludzi wyraźnie odcinały się od murawy. Pięć lub sześć osób śledziło spojrzeniem umykający latawiec. Inna grupa walczyła z jeszcze jednym smokiem. Jakiś człowiek przytrzymywał skrzydło latawca, a drugi mocował się z linką.

Nagle wiatr powiał mocniej. Szarpnięta linka wyrwała latawiec z rąk Chińczyka. Mały chłopiec oderwał się od grupy i chwycił za ramę. Latawiec z uczepionym malcem sunął po ziemi dobre kilka metrów – a potem poszybował w górę. Nikt nie zdążył złapać uwolnionej linki.

Wszyscy patrzyli w milczeniu, jak czerwony smok odlatuje z porwanym dzieckiem. Latawiec przemknął nad głową HC i w porywach wiatru uniósł się jeszcze wyżej.

Wioskowi zatrzymali się na skraju klifu. Latawiec zaczął opadać. Wicher szarpał nim na wszystkie strony, aż wreszcie rzucił go na szczyt zębatej skały, jednej z tych, które tak niedawno podziwiał HC. Stali z wiatrem, lecz naraz usłyszeli głośny płacz dziecka, a później wszystko umilkło.

Wioskowi popatrzyli na skałę. HC pomyślał sobie, że w tym wypadku powinni być bardziej rozmowni i spytał ze współczuciem: Co można zrobić?

Nie do końca zrozumiał, co mówią, ale z ich gestów wynikało, że nic tu nie poradzą.

HC był przekonany, że zaszła pomyłka, ale później ktoś mu wyjaśnił, że wprawdzie mogli wezwać pomoc, ale pomoc i tak by nie nadeszła i mieliby poważne tyły u miejscowej władzy.

HC powiedział: Przecież ktoś z nas może wspiąć się na skałę i ściągnąć dzieciaka.

Odpowiedzieli mu natychmiast, że to niemożliwe, bo nikt z nich nigdy nie wspinał się po skałach i śmiałek na pewno zginie.

To załatwiało sprawę.

HC powiedział od razu:

Ja pójdę po chłopaka.

Spojrzał na płonące drzewa i roześmiał się, i powiedział:

Zjem krowy Słońca.

Zapadła noc. Smętny brat Słońca, Księżyc, był koloru dyni i wisiał nisko nad horyzontem. Biała mgła błyszczała w jego wątłej poświacie, a czarne sylwetki gór wydawały się twardsze od skały.

HC wrócił do wsi i powiedział, że potrzeba mu dużo jedwabiu. W odpowiedzi usłyszał, że to niemożliwe, ale nie ustępował. Wyjaśnił, co i jak, i zyskał pewien posłuch. W tych okropnych czasach latawce stanowiły jedyną rozrywkę wieśniaków. Wszystkich jako żywo ciekawiły zasady aerodynamiki i zastanawiali się, co HC pocznie z tym jedwabiem. Dał właściwym ludziom łapówkę w twardej walucie i dostał w zamian 100 lub więcej metrów kwadratowych pięknego żółtego jedwabiu. Pewna chłopka przez całą noc zszywała kawałki materiału na starej czarnej maszynie marki Singer z napędem na pedał.

Rankiem mgła się przetarła. U stóp skał zieleniały łąki i pola, nieskażone nawet najwęższą ścieżką. HC podszedł więc po trawie wprost do kamiennej ściany. Wiatr ucichł i co jakiś czas słychać było donośny płacz dziecka.

HC w młodości liznął co nieco wspinaczki. Właśnie dzięki temu wiedział, na co się porywa. Raz był przekonany, że wejdzie tam bez trudu, raz mu się wydawało, że patrzy w oczy śmierci.

Znalazł uchwyt dla dłoni i oparcie dla stopy i począł piąć się w górę.

Po godzinie miał podrapane ręce i czuł ostry ból w ramionach. Starł sobie skórę z twarzy o ostrą powierzchnię skały i krople krwi zmieszane z potem spływały mu do oka, a on nie mógł ich zetrzeć.

Chyba nikt, kto rozpoczął tak niezwykłe dzieło, nie chciałby się wycofać. HC także. Był lingwistą, więc już dawno przekroczył barierę uporu, niedostępną dla przeciętnych ludzi. Przebrnął przez Iliadę i przez Odyseję i za każdym razem, kiedy napotykał jakieś nieznane słowo, zaglądał do słownika Liddella i Scotta, zapisywał je i jak znalazł pięć takich słów w zdaniu, to sprawdzał je i zapisywał wszystkie po kolei, a potem szedł do następnego zdania, gdzie były cztery nowe słowa, i w ten to sposób jako czternastolatek przeczytał Tacyta, a wieku dwudziestu lat przeczytał „Muquaddimah" Ibn Khalduna, a w wieku dwudziestu dwóch lat „Sen Czerwonego Pawilonu". Teraz po centymetrze przesuwał jeden palec, potem następny, potem po centymetrze przesuwał czubek buta, a potem drugiego buta.

Przez dziesięć godzin sunął po skale centymetr po centymetrze. Nie patrzył w dół ani w górę. W dziesiątej godzinie wspinaczki przesunął o centymetr czubek buta i jego głowa uniosła się o centymetr i tuż przed nosem zobaczył zwisające zielone pnącze. Uniósł wzrok i zobaczył odległy o kilka metrów szczyt skały. Wciąż był uparty i chociaż miał zakrwawioną twarz i dłonie, piął się centymetr po centymetrze.

Kiedy dotarł na szczyt, ledwie starczyło mu siły, żeby przewiesić się przez krawędź. Przez dziesięć godzin rozpościerał ręce, więc zdrętwiały mu wszystkie mięśnie. Kiedy zgiął ramię nad krawędzią klifu, złapał go okropny skurcz. Przez sekundę wisiał nad przepaścią tylko na jednym ręku i na czubkach butów. Pociemniało mu przed oczami i byłby spadł w pustą otchłań. Coś go jednak uratowało. Zobaczył korzeń tuż przy lewej dłoni i chwycił go, chociaż jęknął z bólu, i podciągnął się na sam szczyt, i legł na trawie, i popatrzył w niebo.

Po jakimś czasie usłyszał cichy szelest i nagle stwierdził, że patrzy prosto w twarz chłopca. Był to ten sam chłopiec, z którym rozmawiał wczoraj. Początkowo myślał, że malec uczepił się latawca przez przypadek. Teraz jednak przemknęło mu przez głowę: A może zrobił to specjalnie? Wszak widział smoka umykającego w niebo; a może też chciał uciec od swoich prześladowców? Chłopiec miał podrapaną buzię i skaleczoną rękę. HC zagadał doń po uzbecku i po chińsku, ale malec wyraźnie go nie rozumiał.

Po chwili HC usiadł. Chłopiec usunął się szybko. HC był cały obolały, ale powiedział sobie To zaraz minie, i zerknął za skraj skały.

Dno doliny skrywała gęsta mgła. Chyba przez nią przechodził w drodze na szczyt góry. Z mgły niczym wyspy sterczały inne skały, a na najbliższej widać było jasną kępę zieleni. Bambusowy zagajnik – nic nie rośnie tak szybko jak bambus – odchylony od ustawicznych wiatrów niemal do poziomu. Liście bambusów były zmierzwione jak pióra i trzepotały w porywistych podmuchach. Na drugim szczycie rosły umęczone drzewa. Ich twarde ciała stoczyły cięższą walkę z wiatrem, nim się ugięły. Widać było nagie poskręcane pnie i nieco liści. Czysty i złoty blask słońca sprawiał, że wszystko wokół wydawało się niezwykle piękne i wyraźne, jak rzeczy oglądane pod wodą. HC widział każdy liść bambusa, maleńkie ptaszki i przezroczyste skrzydełka owadów. W dali, na horyzoncie, wisiał złocisty obłok, a mniejsze chmury z wolna odpływały w przestworza.

Zapytałem: I co się stało? Uratował go ktoś? Czy po prostu zszedł na dół?

Oczywiście, że nie zszedł, niecierpliwie odparła Sibylla. Przecież ledwo wspiął się na górę. Jak miał zejść z dzieckiem na plecach? Przecież nie podjąłby takiego trudu, żeby wrócić BEZ chłopca.

Jakoś musieli zejść, powiedziałem.

OCZYWIŚCIE, powiedziała Sibylla.

Raczej nie polecieli na latawcu, powiedziałem.

Oczywiście że nie, powiedziała Sibylla. Pomyśl logicznie, Ludo.

Popatrzył na zachód. Promienie gasnącego słońca błyszczały na żółtym piasku. Pokryte śniegiem szczyty odległych gór były blade jak Księżyc za dnia. Od Tien-szan dzielił go cały Tybet.

Wśród licznych przedmiotów, które HC zgłębił jako dwunastolatek, była fizyka. W rezultacie wiedział też cośkolwiek o aerodynamice. Najpierw chciał zrobić spadochron – ale wciąż pamiętał przeokropne historie o wypadkach spadochroniarzy, którymi karmił go ojciec, pilot RAF-u. Potem pomyślał, że z fragmentów latawców zbuduje szybowiec. Gdyby jednak wziął na wspinaczkę sztywne części skrzydeł, wiatr na pewno oderwałby go od skały.

Potem wpadł na zupełnie inny pomysł. Wszystko się unosi, co ma krawędź czołową wyżej niż krawędź tylną, a jeszcze lepiej, kiedy powierzchnia górna jest większa niż dolna. Gdyby więc tak zrobić parę jedwabnych skrzydeł otwartych z przodu i ściętych z tyłu, wypełniłby je pęd powietrza i zapewnił odpowiednią nośność. Kazał chłopce poszywać jedwab na kształt żeber w skrzydłach samolotu i przymocować uprząż splecioną ze sznurów. To wszystko zabrał do plecaka.

Z początku myślał tylko o ratowaniu dziecka. Teraz jednak pomyślał: Jak nikt nas nie zobaczy z powrotem na ziemi, to nikt nie będzie wiedział, że zeszliśmy z góry.

Pomyślał, że jak polecą ponad mgłą, to minie dużo czasu, zanim ktoś spostrzeże ich ucieczkę.

Rozpakował skrzydła i założył uprząż. Chłopiec stał daleko i obserwował go spod oka. Cofnął się aż pod kępę bambusów rosnących na szczycie skały. HC dociągnął uprząż i skinął na malca. Chłopiec nie chciał podejść. HC sam nie był pewny czy jego plan się powiedzie, nie miał jednak sposobu żeby to wcześniej sprawdzić – i wiedział, że po raz drugi nie powtórzy wspinaczki.

Wiatr wydął skrzydła i dmuchnął tak mocno, że omal go nie przewrócił. Musiał się złapać drzewa, żeby nie spaść ze skały. Drugi powiew okazał się jeszcze mocniejszy. HC wykorzystał moment względnej ciszy i nagle skoczył za chłopcem; ten natychmiast rzucił się do ucieczki, lecz potknął się i upadł i HC chwycił go za nogę. W tej samej chwili dopadł ich trzeci powiew, jeszcze silniejszy, a HC miał wolną tylko jedną rękę. Nie złapał gałęzi drzewa. Poczuł, że wiatr znosi go za krawędź skały. Szybko chwycił malca za drugą nogę i mocno przyciągnął do siebie. Zamknął go w ramionach. Chwilę później wiatr wypełnił skrzydła i polecieli.

Szybowali wysoko, wyżej niż wierzchołki gór, które podziwiał wczoraj w świetle zachodzącego słońca. Wiatr był tak ostry, że HC trochę się obawiał o skrzydła. Lecieli raz w dół, raz w górę, aż wylecieli z doliny i pomknęli kilometry na zachód, aż po pewnym czasie wylądowali na nagiej, skalistej równinie. Nie było tu grama piasku, ale to właśnie ona żółto połyskiwała na samym widnokręgu.

HC był w dużo gorszym położeniu niż na szczycie skały. Nie miał ni kropli wody; zanim zapadł zmierzch, widział wokół siebie tylko niezmierzoną skalistą pustynię, rozciągającą się bez końca we wszystkich kierunkach. Ani śladu ludzkiego życia. Zrobiło się piekielnie zimno, a on nie mógł nawet rozpalić ogniska. Nie mógł też zginąć nagłą i gwałtowną śmiercią – czekało go powolne konanie z chłodu i pragnienia.

Jednak nawet w obliczu śmierci nie potrafił powstrzymać się od śmiechu. Za nim na ziemi leżały pogniecione jedwabne skrzydła, zapłakanego malca trzymał na barana i śmiał się jak oszalały. Udało się! zawołał. Cholera, udało! Chryste wszechmogący, cholera, się udało!

Wkrótce pojął, że nie wolno mu kłaść się lub zasnąć, bo zamarzną na amen. Poprawił chłopca na plecach i powędrował w mrok nocy.

HC miał prawie metr dziewięćdziesiąt wzrostu i sadził długie kroki. Rano był przekonany, że pokonał co najmniej dziewięćdziesiąt kilometrów. A kiedy wzeszło słońce, zobaczył tory kolejowe. Był zmarznięty i głodny lecz śmiał się jak wariat. Nie zobaczył doliny, gdy popatrzył za siebie. Cholera, udało się! powiedział ponownie.

Cały dzień szedł wzdłuż torów, a późnym popołudniem nadjechał jakiś pociąg. Nie stanął, choć HC gwałtownie machał ręką, ale jechał tak wolno, że zdążyli wskoczyć do ostatniego wagonu. Pociąg nie stanął, żeby ich wyrzucić.

Nie stanął też w najbliższej wiosce, ale HC wyskoczył, żeby kupić coś do jedzenia. Zjedli, a potem znowu wziął malca na barana i poszedł wzdłuż torów. Następny pociąg jechał zbyt szybko, ale wskoczyli do jeszcze następnego. HC wciąż czekał, że ktoś go zatrzyma, ale doszedł do wniosku, że będzie wędrował, póki to się nie stanie.

Zmieniał pociągi przez pięć dni, a rankiem szóstego dnia zobaczył Płonące Góry Gao-czangu.

Był w samym sercu Tien-szan. Mongolia leżała na wschodzie, Kazachstan i Kirgistan na zachodzie, ale nie wiedział, którą wybrać drogę.

Porzucił pociąg w pobliżu stacji końcowej i dalej poszedł piechotą. Szedł na północ, gotów na wszystko, lecz znów miał szczęście. Dotarł do wioski, której mieszkańcy – jak mu się wydawało – nieco przypominali chłopca, którego uratował.

W pierwszej chwili pomyślał, że znalazł dom dla dzieciaka, lecz ludzie nań popatrzyli, pokręcili głowami i powiedzieli coś, z czego niewiele zrozumiał poza tym, że krewni chłopca mieszkali gdzieś na zachodzie.

We wsi nie było żadnej mapy. HC nie miał dość pieniędzy, żeby kupić osła lub muła. Poszedł więc dalej na piechotę.

Przez nikogo niezatrzymywani przeszli przez granicę. Ramię w ramię wędrowali przez coraz dzikszą okolicę.

Szli powoli, bo chłopiec nie nawykł do szybkiego marszu.

Po miesiącach wędrówki dotarli na równinę, na której pasły się konie. W dali widać było jakieś obozowisko. Wpół żywi skierowali się w tamtą stronę.

Dowlekli się do obozu, ale nie zastali w nim żadnych mężczyzn. Kobiety gotowały strawę i szyły ubrania. HC i chłopiec stanęli między namiotami i wokół nich zapadła głucha cisza.

Z odległego końca wyjrzała jakaś kobieta. Miała czarne włosy, jak ogon kucyka. Miała szeroką twarz prawdziwej Mongołki. Uważnie popatrzyła na chłopca i podeszła bliżej. Chłopiec padł w jej ramiona i zapłakał. Ona też płakała. Potem dała krok w tył i z rozmachem walnęła malca w głowę, krzyknęła coś i znowu wybuchnęła płaczem. Chłopiec leżał na ziemi. HC wykonał kilka gestów. Kobieta obrzuciła go tępym spojrzeniem.

HC wskazał na poranione stopy dziecka. Kobieta obrzuciła go tępym spojrzeniem. HC wskazał na kocioł z jedzeniem. Splunęła mu pod nogi.

Wreszcie jakaś inna przyniosła mu miskę strawy. Dopóki jadł, żadna z nich nie odezwała się ani słowem. Przez całe popołudnie w obozie panowało milczenie.

Potem mężczyźni wrócili z polowania. W dalszym ciągu nikt nic nie mówił. HC zasnął na wiązce siana w pobliżu koni. Nikt go stamtąd nie przegonił i nikt nie zaoferował mu gościny. Chłopiec spał przy nim.

HC żył wśród nich przez osiem lat. Przez pięć lat nikt do niego nic nie powiedział. Wszyscy milkli, kiedy podchodził bliżej. W piątym roku pobytu przeżył ogromne rozczarowanie.

Czasem z różnych powodów myślał o RD i o jego badaniach nad grecką wymową opartych na fundamentalnym dziele W. S.

Allena pt. „Vox Graeca". RD, w dużej mierze samouk, mówiąc po grecku, przykładał wielką wagę do akcentu i w rezultacie nikt go nie rozumiał. HC pomyślał o RD i po pięciu latach pobytu wśród nomadów pojął nagle, że ich mowa naprawdę należała do rodziny języków indoeuropejskich, lecz była tak skażona piskliwym chińskim akcentem, że zatraciła swoje pierwotne brzmienie. Teraz już mógł rozpoznać parę słów. Pożałował, że niepotrzebnie uczył się innych języków, ale wytrwał ze szczepem jeszcze przez trzy lata, stał się ich przyjacielem i dobrze poznał ich narzecze.

Potem został zmuszony do odejścia.

Szczep wciąż wędrował – jak to nomadowie – aż przypadkiem wszyscy trafili w okolicę, o którą trwał ostry spór między Związkiem Radzieckim a Chinami. Zatrzymali się w pobliżu wioski, która zbierała cięgi od obu zwaśnionych stron za brak poparcia w stronę legalnego rządu. Pewnego dnia na pustyni, niedaleko obozu, rozbił się samolot. Rozbitków uznano za szpiegów i przykładnie aresztowano. Szpiegów wtrącono do więzienia i pobito, też dla przykładu.

HC wiedział, że coś musi zrobić. Podejrzewał, że aresztanci nie znają chińskiego, więc poszedł do więzienia porozmawiać z władzami. We wsi kazano mu wrócić nazajutrz. Poszedł więc z powrotem do obozowiska i zobaczył, że nomadów już nie ma.

Więzienie było liche i marnie strzeżone. HC włamał się do środka i uwolnił więźniów. Postanowił, że powędrują prosto na południe i przedrą się do Indii. Minęło dziesięć lat odkąd ostatni raz rozmawiał po europejsku. Język mu stanął kołkiem i prawie nie potrafił wymówić dawnych głosek. Ale musiał to zrobić.

Sibylla wsparła głowę na dłoni. Sprawiała wrażenie, jakby była zmęczona swoją opowieścią. Po chwili podjęła wątek.

Wędrówka na południe była bardzo trudna. Trzech więźniów zmarło. Reszta dotarła w końcu do brytyjskiego konsulatu w Peszawarze i zażądała repatriacji. Niewiele brakowało, a HC zostałby w Azji. Nie miał paszportu ani żadnego dowodu tożsamości. Na szczęście jednak okazało się, że jego dawny rywal ze studiów, którego nieraz pozostawił w pokonanym polu, jest brytyjskim konsulem w Bombaju. Zadzwoniono do niego i HC do słuchawki wyrecytował własny przekład „Do myszy" na grekę. Konsul oznajmił, że na całym świecie jest tylko jeden człowiek zdolny to przełożyć. Trochę minął się z prawdą, bo RD na pewno też to potrafił, ale HC nie miał ochoty się kłócić.

Wrócił do cywilizacji, która tymczasem poznała Bee Gees i Johna Travoltę, i opublikował książkę, w której opowiedział o milczeniu zaginionego szczepu. Jedni udowadniali mu, że nie był w żadnym z opisywanych miejsc, a inni – ci, co byli w Chinach – twierdzili, że tam jest zupełnie inaczej. Jeszcze inni, ci co się wspinali na dziwne skaliste góry, wykrzykiwali, że one leżą zupełnie gdzie indziej, w innej części kraju, i że na żadną wejść się nie da w ciągu dziesięciu godzin w sposób, jaki on opisał. Jeszcze inni mówili, że w ubogiej wiosce nie mogło być tak dużych zapasów jedwabiu i że nikt tam nie miał starej maszyny Singera i że twardej waluty nikt tam nie przyjmuje, nawet gdyby HC miał jej spory zapas. Jeszcze inni twierdzili, że Gwardia Czerwona już dawno zakazała puszczania latawców, jako rozrywki o wyraźnie burżuazyjnym zabarwieniu. HC roześmiał się złośliwie i powiedział, że wcale nie pragnie, aby zaginione plemię stało się tematem dla dokumentalistów. Gdyby było inaczej, podałby dokładny opis swych wędrówek wraz z lokalizacją terenów nomadów. To wywołało wielki zgiełk i zamieszanie. Próbowano ustalić, gdzie naprawdę przebywał, bo przecież wszyscy ludzie mają prawo to wiedzieć, ale nikt nie doszedł nigdy do niczego, poza faktem, że HC rzeczywiście dotarł do konsulatu w Peszawarze.

Książka, powiedziała Sibylla, wyszła w 1982 roku i od tamtej pory HC robił to i owo. Powiedziała, że spotkała go na przyjęciu w Oksfordzie w Sali Fraenkla w kolegium Corpus Christi. Skarphedin w tym czasie rozmawiał z Robin Nisbet, więc Sibylla mogła porozmawiać z HC. Spytałem Skarphedin? a Sib na to, że to jeden z jej kumpli, którego prawdziwe imię zupełnie nie pasowało do bladej i napiętej twarzy. Dodała, że HC przez lata żył wśród nomadów, chociaż nie miał żadnej zachęty z ich strony, i nawet jak już zaczął rozumieć ich mowę, rozumiał niewiele albo prawie wcale.

Potem pewnego dnia wszystko się zmieniło. Powiedział że mieli jakąś barbarzyńską ceremonię inicjacji. Nie chciał jej opisać. Wspomniał tylko, że po jej zakończeniu wielu chłopców potrzebowało długotrwałej opieki. Któregoś razu schował się za namiotem takiego rekonwalescenta i podsłuchał jego rozmowę z opiekunką. Chłopiec powiedział coś, ona się roześmiała, a on natychmiast powtórzył to słowo, ale już poprawnie. HC wszystko zrozumiał w przebłysku olśnienia. To była najcudowniejsza rzecz pod słońcem. W ich języku istniała szczególna fleksja używana tylko przez kobiety! Coś niezwykłego. To tak jakby spotkał dwie grupy ludzi, jedną mówiącą po arabsku zgodnie z zapisem dźwięków, a drugą – zgodnie z wymową. Niebywałe! To samo dotyczyło trybów i czasów. Był tryb niedokonany, czas przeszły i przyszły, oraz tryb rozkazujący – zastrzeżone wyłącznie dla mężczyzn. Z drugiej strony było coś, co przez analogię możemy nazwać trybem łączącym i trybem życzącym i czego używały wyłącznie kobiety. HC, jak sam wspominał, miał z tym sporo kłopotów, bo kiedy nomadowie zaczęli z nim rozmawiać, to na swoje pytania kierowane do mężczyzn zawsze otrzymywał stanowczą odpowiedź, jakby była mowa o niezbitych faktach, choćby bieg rzeczy wskazywał, że jest całkiem inaczej. Kobiety odwrotnie – mogłeś je zapytać, czy pada, i nawet gdyby lało, powiedziałaby ci, że to raczej możliwe. HC mówił mi, że jak to zrozumiał, padł jak długi na trawę i płakał ze śmiechu.

W tym dniu w Sali Fraenkla powiedziała Sib stał długi stół przykryty bladofioletowym pikowanym obrusem który wyglądał jak tania narzuta na łóżko od Searsa. Na ścianie wisiało czarno-białe zdjęcie Fraenkla.

HC rzucił okiem na fotografię potem zerknął na zgromadzonych powiedział O mój Boże i wyszedł.

To prawda, powiedziała Sib, powiedział O mój Boże chodźmy stąd, a Sibylla chociaż wiedziała że Skarphedin będzie płakał że już go nie kocha powiedziała Tak chodźmy i wyszli oboje.

HC znów wyjechał powiedziała i niedawno wrócił. Mówiła o nim że miesiącami może żyć bez ludzi, a gdy już kogoś spotka pyta na wstępie jak jego rozmówca radzi sobie z czasami, a potem chce wiedzieć czy w rozmowie stosuje tryb łączący.

Zapytałem: A co się stało z RD?

Sibylla powiedziała: Och, dostał pracę przy jakimś słowniku. Do dzisiaj go można spotkać w Bodleian Library.

Zapytałem: Skończył studia?

Powiedziała: I to niejedne.

Zapytałem: Mówili coś?

Powiedziała: RD zapytał o Frynicha.

Zapytałem: Czy rozmawiali między SOBĄ?

Powiedziała: Oczywiście że nie rozmawiali. Jak tylko HC zobaczył kto tam jest powiedział O mój Boże chodźmy stąd.

Zapytałem: Grałaś w szachy?

Powiedziała: Nie, nie graliśmy w szachy.

Pomyślałem o tym przez chwilę i zapytałem: Kto był najmłodszym studentem Oksfordu? Sibylla powiedziała że nie wie, że w średniowieczu była to po prostu szkoła z internatem więc zapewne posyłano do niej już dwunastolatków. Jakieś parę lat temu bardzo mała dziewczynka, chyba dziesięcioletnia, studiowała matematykę.

Zawołałem: Dziesięcioletnia!

Powiedziała: Przedtem uczył ją ojciec. Matematyk.

Gdybym to JA miał ojca matematyka, to pewnie pobiłbym ten rekord.

Zapytałem: Kto był najmłodszym studentem filologii klasycznej?

Sib odpowiedziała że nie wie.

Zapytałem: Miał mniej niż jedenaście lat?

Wątpię, powiedziała Sib, ale to tylko moje przypuszczenia.

Zapytałem: A twoim zdaniem mógłbym tam studiować?

Sib odparła: Pewnie MÓGŁBYŚ ale jak się nauczysz mechaniki kwantowej?

Zawołałem: Ale jakbym tam poszedł to przez całe życie wszyscy by mówili że zacząłem studiować w wieku lat jedenastu!

Sib odparła: Na pewno. Powiedziała: Mogę też wystawić ci zaświadczenie że jak miałeś sześć lat to przeczytałeś „Legendę judo" po japońsku i przez całe życie wszyscy będą mówili że jak miałeś sześć lat to przeczytałeś „Legendę judo" po japońsku.

Zapytałem: Co mam zrobić żeby tam się dostać? Mam dużo czytać o końcówce partii szachów?

Sib odparła: Na RD to podziałało.

Wyraźnie nie miała ochoty pomagać mi w biciu rekordu. Kłóciłem się z nią dość długo aż wreszcie powiedziała: Po jakie licho mi to mówisz? Rób co chcesz. Jak zapłacisz 35 funtów możesz chodzić na wykłady. ROZSĄDNIE zrobisz jak zapłacisz te 35 funtów, weźmiesz spis tematów, wybierzesz co cię interesuje, wypożyczysz lektury, na podstawie ewidentnych dowodów zdecydujesz którzy wykładowcy najbardziej ci odpowiadają i w jakiej dziedzinie albo kto w tej dziedzinie prowadzi ciekawe badania, zbierzesz materiał porównawczy z INNYCH uczelni (pod warunkiem że przyjmują wolnych słuchaczy), pójdziesz tam na wykłady prowadzone przez ciekawych ludzi żeby sprawdzić czy są kompetentni i zadecydujesz do jakiej szkoły pójdziesz kiedy skończysz szesnasty rok życia.

SZESNASTY! zawołałem.

Sib zaczęła mówić o znanych jej nudziarzach, którzy podjęli pracę w Oksfordzie i o kimś wspaniałym, kto poszedł do Warwick.

Nie zawołałem WARWICK! ale Sib powiedziała cierpko że muszę starannie rozważyć co mi daje nauka z kimś naprawdę wspaniałym w porównaniu z wredną gadaniną ludzi że poszedłem do Warwick w wieku lat szesnastu (zakładając że ktoś w ogóle zauważy coś tak trywialnego).

Wyczuwałem że za chwilę zacznie mi opowiadać o „Legendzie judo" więc powiedziałem szybko że dokończymy innym razem.

Zapytałem: Nie powinnaś przypadkiem przepisywać „Nowoczesnej Dziewiarki"?

Indolencja, interwencja, biznes i przyjemność – wszystko razem składa się na opóźnienie, powiedziała Sib. Doszłam do 1965 roku.

Powiedziałem: Przecież miałaś to oddać do końca tygodnia.

Wydaje się, iż żadne z długotrwałych i różnorodnych działań, powiedziała Sib, nigdy nie przebiegało zgodnie z pierwotnym założeniem powstałym w umyśle twórcy. Ten bowiem, kto chce walczyć z Czasem, ma przeciwnika, któremu nieznane są straty.

Usiadła przy komputerze i pisała przez jakieś pięć minut a potem wstała przeniosła się na kanapę i włączyła wideo.

Kambei uniósł miskę ryżu. Rozumiem, powiedział. Koniec kłótni. Nie zmarnuję już ani ziarnka. Dobry wybór, powiedział mój ojciec.

Ulicą przeszedł groźny samuraj. Chłopi stanęli w progu i popatrzyli na niego z podziwem, Katsushiro popatrzył na niego z podziwem, Kambei popatrzył na niego obojętnie i skrzyżował ręce na piersiach. Dziękuję, powiedział mój ojciec. Naprawdę dziękuję.

Kambei usiadł w głębi chaty, twarzą do drzwi. Katsushiro wziął od niego ciężką pałkę. Stań za drzwiami, powiedział Kambei. Przygotuj się. Unieś pałkę. Walnij w głowę tego, który będzie wchodził. Nie wahaj się! Bij tak mocno, jak potrafisz. Dobry wy

Wlepiłem wzrok w ekran. Katsushiro stanął za drzwiami. Podniosłem się i zacząłem krążyć po pokoju. Samuraj sparował cios.

Już nie słyszałem głosu ojca i nie widziałem jego twarzy. Film trwał nadal, ale ja wciąż miałem przed oczami widok ulicy pełnej samurajów. Pamiętałem, jak Kambei patrzył na ulicę.

Pamiętałem, jak Katsushiro z pałką schował się za drzwiami. Pamiętałem, jak Kyuzo przeciął innego samuraja. DOBRY samuraj uniknąłby ciosu.

Pomyślałem: Jeszcze mogę mieć Jamesa Hattona! ALBO Red Devlina. Albo obu!

Pomyślałem: Mogę mieć kogokolwiek!

Pomyślałem: Otwarcie rozgrywka końcówka.

Pomyślałem: Dobry samuraj odbiłby cios pałki.

Pomyślałem: Dobry samuraj odbiłby cios pałki.

❖

Zerknąłem do gazety Sib i przeczytałem że HC miał zamiar pokonać na piechotę obszar byłego Związku Radzieckiego. Sam, w pojedynkę.

Pomyślałem: ON umie walczyć na miecze. Oto człowiek godzien wyzwania, człowiek władający pięćdziesięcioma językami, człowiek który setki razy spoglądał w oblicze śmierci, człowiek nieczuły na pochwały i na obelgi. Oto człowiek który na pierwszym spotkaniu z jedenastoletnim synem NA PEWNO by go zachęcił do studiów na Oksfordzie. Albo wziął na wyprawę.

Gazeta nie podawała jego adresu.

Zadzwoniłem do jego wydawcy i zapytałem czy w najbliższym czasie planują jakieś spotkanie z autorem bo chciałbym dostać autograf. Ufałem że mój dziecięcy głos pomoże mi w zdobyciu potrzebnych informacji. Tak też się stało. Niemal od razu dostałem spis miejsc w których planowano takie właśnie spotkania.

Jutro HC miał podpisywać książki w księgarni Waterstone przy Notting Hill Gate.

❖

Wysiadłem z metra (linia Circle) i wyszedłem na ulicę.

Wśliznąłem się do księgarni. Tak jak się spodziewałem po skończonej imprezie HC poszedł do domu na piechotę. Był wysoki tak jak mówiła i sadził wielkie kroki, ale przewidująco wziąłem deskorolkę.

Dom był wielki i biały, z białą kolumnadą. Przed nim rozpościerał się zielony trawnik, na którym rosły róże. Pośrodku trawnika był niewielki krąg, wyłożony kamiennymi płytami, a pośrodku kręgu – maleńka fontanna. Nie miałem gdzie zostawić deskorolki. Minąłem jeszcze dziesięć domów i znalazłem taki z napisem Na sprzedaż. Schowałem deskorolkę w wybujałej trawie i wróciłem.

Zadzwoniłem do drzwi. Otworzyła mi jakaś kobieta o błyszczących włosach w makijażu biżuterii i różowej sukience.

Popatrzyłem na nią ze zdumieniem. Nie wiedziałem że był żonaty. A może to jego siostra?

Powiedziałem: Przyszedłem do pana Hugh Careya.

Powiedziała: Bardzo mi przykro, ale nie zaplanował żadnych prywatnych spotkań.

Powiedziałem: Przepraszam i odszedłem i zawróciłem na końcu ulicy. Po pewnym czasie kobieta w różowej sukience wyszła i wsiadła do samochodu i odjechała. Zadzwoniłem do drzwi.

Otworzył mi i zapytał czego chcę.

Miał ogorzałą i poznaczoną bruzdami twarz z poszarpaną blizną na policzku. Miał przenikliwe niebieskie oczy. Miał krzaczaste brwi i obwisłe wąsy. Miał mocno spłowiałe włosy przetykane siwizną.

Czego chcesz? powtórzył.

Chcę z panem porozmawiać, powiedziałem. Zdawałem sobie sprawę że gdybym teraz odszedł to pewnie bym żałował aż do końca życia.

Powiedział że może poświęcić mi parę minut i wszedłem za

nim do środka. Nie wiedziałem czego się spodziewać ale zdziwił mnie widok błyszczącego parkietu i grubych dywanów i miękkiej kanapy. Wprawdzie ciekawa forma trybu łączącego nie nadaje się na trofeum z wyprawy ale chyba oczekiwałem jednak czegoś innego.

Weszliśmy do pokoju z czarno-białą marmurową posadzką. HC ruchem dłoni wskazał mi miejsce na bladożółtej kanapie i znów zapytał czego chcę.

Popatrzyłem na jego kamienne oblicze i zrozumiałem że zginę. Od razu rozpoznałby kłamstwo i nabrał do mnie pogardy. Przypomniałem sobie jak przeszedł przez całe Chiny w towarzystwie chłopca i przemierzył Kazachstan z małym szczepem nomadów. Nie dałby się nabrać na jakieś tanie sztuczki. Mogłem tylko przeprosić i wyjść.

Kambei mówi Rikichiemu, żeby sprowadził samuraja. Sam siada w głębi chaty. Katsushiro, zgodnie z poleceniem, staje z pałką za drzwiami. Dobry samuraj odbiłby cios pałki.

Pomyślałem sobie że jak stchórzę to naprawdę będę synem mego ojca.

Powiedziałem: Chciałem się z panem widzieć bo jestem pańskim synem.

Jesteś moim...

Zginąłem.

Oczy niczym stalowe ostrze miecza błysnęły w jego sępiej twarzy. Zginąłem.

Zacisnął usta. Zginąłem.

Wreszcie przemówił.

Jak to do diabła możliwe? zapytał z irytacją. Powiedziała mi że o wszystko zadbała.

Zapomniała że wzięła pigułkę dzień wcześniej o dzień za późno, powiedziałem szczerze. Sam nie wierzyłem własnym uszom.

Kobiety! mruknął z przekąsem. Musisz być starszy niż wyglądasz, bo przecież nie mogłeś się począć później niż w 83...

Trzynaście lat i dziesięć miesięcy, powiedziałem. Wyglądam na młodszego.

Zatem opowiedz mi o sobie, powiedział ciepło. Gdzie chodzisz do szkoły? Co cię interesuje?

Nie chodzę do szkoły, odparłem. Uczę się w domu.

Chciałem mu wyjaśnić że znam już grekę, francuski, hebrajski, arabski, japoński, hiszpański, rosyjski i trochę łacinę (niekoniecznie w tej kolejności), plus co nieco z siedemnastu lub osiemnastu innych języków, ale nie dał mi dojść do słowa.

O mój BOŻE! krzyknął ze zgrozą. Co ta głupia baba sobie wyobraża? Czy ty coś W OGÓLE umiesz? 6 razy 7?

Co to znaczy? zapytałem ostrożnie. Ledwie liznąłem filozofię liczb.

O – mój – Boże.

Ciężkim krokiem przeszedł się po pokoju. Lekko powłóczył nogami. Nic dziwnego – przecież pokonał na piechotę setki tysięcy kilometrów. Powiedział: Raz-dwa musisz trafić do szkoły, mój młody przyjacielu. Powiedział: Nie wyobrażaj sobie zbyt wiele. Nie stać mnie na czesne. Powiedział: Słyszałem jednak, że państwowe szkoły też nie są najgorsze. Powiedział: Boże, jak miałem sześć lat to już znałem całą tabliczkę mnożenia do 12!

Jak miałem 4 lata znałem całą tabliczkę mnożenia do dwudziestu, ale nie zamierzałem się tym chwalić. Byłem zdegustowany. Powiedziałem: Och... chodzi panu o wynik mnożenia?

A jak myślisz? zapytał.

Nie wiem co pan miał na myśli dlatego zapytałem.

W szkole wybiją ci te bzdury z głowy, powiedział.

Słyszałem że to właśnie szkoła zabija logiczne myślenie, odparłem. Nie mieściło mi się w głowie, że ktoś tak głupi odnalazł tajemnicze milczące plemię. I wcale mnie już nie dziwiło, że nie chcieli z nim gadać.

Zmarszczył brwi i raz po raz rzucał mi przenikliwe spojrzenie. Ciągle wędrował po pokoju. Co jest stolicą Peru? spytał nagle.

A to jest tam stolica? zdziwiłem się.

O – mój – Boże.

Madryt? zaryzykowałem. Barcelona? Kijów?

Do czego doszło w tym kraju?

Buenos Aires! zawołałem. Santiago! Cartagena – nie to w Brazylii prawda niech pan mi nie mówi już mam na końcu języka to na pewno nie Acapulco nie nieprawda już sobie przypominam niech pan mi nie podpowiada już wiem to starodawne święte miasto Zinków CASABLANCA.

Powiedział: Lima.

Powiedziałem: Casablanca brzmiało zbyt dziwnie. Niech pan mnie spyta o coś innego.

Podaj mi numer telefonu matki. Muszę z nią porozmawiać.

Powiedziałem że to niepotrzebne.

Powiedział: Ja tu decyduję co jest potrzebne a co niepotrzebne.

Chciałem już to zakończyć. Nie przyszedłem tu po jałmużnę ale musiałem coś powiedzieć więc powiedziałem: Pan wybaczy, ale naprawdę nie przyszedłem tu, żeby dyskutować o moim wykształceniu. Wiem, że 7 razy 6 to 42 i że 13 × 17 to 221 i że 18 × 19 to 342 i znam twierdzenie dwumianów i wiem, że

$$E + \frac{p}{\rho^2} + \frac{q^2}{2} + \frac{\delta\Phi}{\delta t} = C(t)$$

to równanie Bernoulliego na laminarny przepływ cieczy doskonałej, czyli nielepkiej i nieściśliwej. Chcę nauczyć się działania w zespole, zwłaszcza wśród starszych ode mnie. Moja matka nie wie, że tutaj przyszedłem. Nigdy nie zamierzała zawracać panu głowy. Niestety, z biegiem czasu zwariowała przez swoją pracę. Chciałbym kupić muła i pojechać w Andy. Sądziłem, że pan mi pomoże.

Za żadne skarby świata nie zostałbym sam na sam za Uralem z tym młotkiem. Nie wymyśliłem także sposobu, żeby dostać się do Oksfordu. Ale musiałem coś powiedzieć.

Wyprawa w Andy? Na mule? To chyba nie w twoim stylu, powiedział. Nie masz przypadkiem ochoty na coś jeszcze innego?

Owszem mam, odparłem.

Zatem pozwól że ci udzielę pierwszej dobrej rady. Jeśli czegoś naprawdę pragniesz to nie polegaj w życiu na nikim a tylko wyłącznie na sobie. Ja sam wszystko zdobyłem własnymi siłami. Nie czekaj aż ci coś przyniosą na tacy.

A potem już będzie za późno, pomyślałem.

Masz przed sobą całe życie, powiedział i wreszcie przestał chodzić. Przystanął przy mnie. Położył dłoń na oparciu kanapy. Brakowało mu palca. Złożył go pewnie w ofierze żeby stać się członkiem Zaginionego Milczącego Plemienia.

To mnie martwi, powiedziałem.

Nic ci nie mogę pomóc, odparł. Przez całe moje życie nikt dla mnie nic nie zrobił i nie zaznałem przez to żadnej krzywdy. Stałem się tym kim jestem.

Dobrze, że nie walczyliśmy na prawdziwe miecze. Już dawno by mnie zabił. Powiedziałem, że to zapamiętam.

Powiedział: Mam drugiego syna. O ile jeszcze żyje, to jest starszy od ciebie. Nawet niewiele, ale na pewno już stał się mężczyzną – tam szybko dorastają.

Powiedział: Kiedy chłopiec kończy dwanaście lat przechodzi inicjację. Rozbierają go do pasa i chłoszczą. Krótko – może pięć albo sześć uderzeń tak żeby poszła krew z pleców. Potem go wiążą. Krew wabi cholernie gryzące muchy. Zlatuje się ich cała chmara. Jak chłopiec krzyknie dostaje następne uderzenie. Jeśli nie piśnie cały dzień to wtedy go uwalniają. W całym obozie leżą rozciągnięte ciała, pokryte rojem much. Zdarza się że na ostatnie dwanaście godzin chłopak traci przytomność. Ojciec klepie go w policzek żeby za łatwo mu nie poszło. Ciężko być tam mężczyzną.

Powiedziałem: To prawda. Słyszałem też że nie używają końcówek fleksyjnych.

Zapytał: Kto ci powiedział?

Było w książce, odparłem.

Nie było, odparł.

Gdzieś to słyszałem, odparłem.

Pewnie ona ci powiedziała. Ale nie wiesz jak na to wpadłem.

Uśmiechnął się do mnie. Spod wąsów błysnęły żółte i poczerniałe zęby.

Powiedziała że schował się pan za namiotem.

Próbowałem, odparł. Nic tego nie wyszło. Ale pewnego dnia przyszła do mnie matka chłopca. Znów go sprzedała jakimś kupcom – w ich własnym gronie nie było miejsca dla mieszańców. Nie oparła się ciekawości – zawsze przez to miała kłopoty. Nie potrafiła się powstrzymać. Namówiłem ją żeby mnie nauczyła kilku prostych słów i tak to się zaczęło. Kiedy prawda wyszła na jaw inne kobiety pluły na nią i ciągnęły ją za włosy. Leżeliśmy sobie w trawie i ja powtarzałem jej słowa a ona szturchała mnie lub się śmiała że ją przedrzeźniam. Potem podsłuchałem rozmawiających mężczyzn i zrozumiałem co się dzieje. Aż popłakałem się ze śmiechu. A potem ona zaszła w ciążę. Odepchnęła mnie. Myślę, że sprzedała bękarta Chińczykom. Jeśli tak, to na pewno nie przeszedł inicjacji, powiedział, wyszczerzył zęby i dodał: Skoro ludziom zdarzają się takie rzeczy to dlaczego z nim miałoby być inaczej?

Zapytałem: W takim razie po co się pan martwi moją tabliczką mnożenia? Po co się pan pyta czy chodzę do szkoły?

Powiedział: Nic im nie mogłem pomóc. Nie mogłem jej zabrać ze sobą, a gdybym został to sam bym zginął. W tym tkwi cała różnica. Twojej matce brak zwykłej odpowiedzialności.

Roześmiałem się.

Rozległo się echo kroków. Ktoś otworzył frontowe drzwi. Jeszcze się śmiałem, kiedy do pokoju weszła kobieta w różowej sukience.

Co się dzieje? zapytała.
To mój syn, powiedział.
Nieprawda, powiedziałem.
Co to znaczy? zapytał.
Widział pan „Siedmiu samurajów"?
Nie.
Ja widziałam, powiedziała ona.
To była próba, powiedziałem. Tej prawdy nie mogłem powiedzieć prawdziwemu ojcu.
Nic z tego nie rozumiem, powiedziała ona, a on dodał
Są kraje w których za to dostałbyś niezłe cięgi.
Powiedziałem że niekoniecznie trzeba wyjeżdżać z Anglii żeby spotkać ludzi co robią głupoty.
Kim jesteś? spytał ze złością. Jak masz na imię?
David, odparłem bez zastanowienia.
Nic z tego nie rozumiem, powiedział ze złością. Chcesz pieniędzy? O to ci właśnie chodzi?
Ależ tak, chcę pieniędzy, powiedziałem, chociaż bardziej pragnąłem zupełnie innych rzeczy. A jak mam kupić muła?
Dlaczego na litość boską...
Nie wiedziałem co odpowiedzieć. Bo jest pan lingwistą, powiedziałem. Słyszałem tę historię o końcówkach fleksyjnych i sądziłem że pan zrozumie. Rzecz jasna nic pan nie zrozumiał. Muszę już iść.
Nie kłam, zawołał. Skąd mógłbyś wiedzieć o końcówkach fleksyjnych? Ona ci powiedziała. Zatem to prawda. Gdzie ona mieszka?
Muszę już iść, powiedziałem.
Powiedział: Nie, nie odchodź.
Zapytałem: Nadal grywa pan w szachy?
Zapytał: Powiedziała ci też o SZACHACH?
Zapytałem: Słucham?
Kobieta powiedziała: Hugh...
Powiedział: Czy w tym domu można się napić herbaty?
Powiedziała: Już idę, ale odchodząc ciągle patrzyła na mnie.

Zapytał: Co ci powiedziała o szachach?
Zapytałem: Dawał mu pan wygrywać?
Zapytał: A tego ci nie powiedziała?
Powiedziałem: Powiedziała że pan nie dawał.
Powiedział: Pewnie że nie dawałem i przeszedł się po pokoju.
Powiedział: Wygrał dziesięć z dziesięciu partii. Przestał wciąż pytać Co mam zrobić. Z uśmiechem siedział nad szachownicą. Powiedział Lepiej od ciebie robię to co robisz a ty nie potrafisz zrobić tego co ja robię. Pomyślałem Co byś zrobił beze mnie, ty głupi kutasie?

Powiedziałem: Dobra zagrywka.
Zapytał: Co to znaczy?
Powiedziałem: Czy gra jest grą kiedy mówię że to gra? I dodałem Jeśli traktuję to jako grę bo uważam to za grę a on traktuje to jako grę wyłącznie dlatego że usłyszał ode mnie że to gra...

A on powiedział Tak
...to który z nas robi to co myśli
A on powiedział Tak
i to była ostatnia rzecz którą mu powiedziałem
Przed egzaminem, wtrąciłem.
Tak, powiedział.
A co on panu powiedział? zapytałem.
Nie twój interes.
Co powiedziała moja matka? zapytałem.
Nie pamiętam. Jakieś bzdury.
Co? zapytałem z nadzieją że to będzie coś takiego czego Sibylla na pewno nie mogła powiedzieć.
Nie pamiętam. Coś miłego.
Chciałem zapytać czy przypadkiem nie była znudzona, ale nie zapytałem. Na pewno nie zauważył.
Powiedział: Chcę wiedzieć gdzie mieszka. Chcę ją znowu zobaczyć.
Powiedziałem: Muszę już iść.
Powiedział: Musisz mi zdradzić

Otworzyłem drzwi i poszedłem do wyjścia. Słyszałem że coś za mną wołał. Puściłem się biegiem. Poślizgnąłem się na jedwabistym dywanie leżącym na gładkiej posadzce i z trudem złapałem równowagę. Odsunąłem pierwszą zasuwę. Usłyszałem tupot za sobą. Odsunąłem drugą zasuwę i oburącz trzecią i otworzyłem drzwi w chwili kiedy złapał mnie za ramię.

Wyrwałem mu się. Trzema dużymi susami przemknąłem przez trawnik i przeskoczyłem przez furtkę i obejrzałem się. Stał w drzwiach. Popatrzył na mnie nad fontanną i krzakami róż a potem się odwrócił.

Trzasnęły drzwi. Jeszcze jeden nudny dom przy nudnej ulicy pełnej domów z zamkniętymi na głucho białymi drzwiami.

Powlokłem się z powrotem. Wprawdzie nie zabijał chcąc poznać sztywne rzeczowniki i nieodmienne słowa, ale niejako dla nich spłodził niewolnika.

Poszedłem na stację Notting Hill Gate i wsiadłem do metra.

Dobry samuraj odbiłby cios pałki

Postanowiłem, że jednak w dwunastym roku życia nie pójdę do Oksfordu studiować filologię.

Sibylla zapytała co zrobiłem z deskorolką. Pomyślałem o długim szeregu zamkniętych drzwi, o domu na sprzedaż i o wysokiej trawie. Wiedziałem, że tam nie wrócę. Powiedziałem, że ktoś mi ją ukradł. Powiedziałem, że to nieważne. Wciąż myślałem o chłopcu, który nie był moim bratem.

Myślałem o więźniach losu, bez nadziei na lepsze życie.

Pomyślałem: Po co CHCĘ ojca? Przynajmniej mogłem cieszyć się swobodą. Czasami mijałem autobus z napisem: SOUTHWARK: TAM GDZIE WAGARY TRAKTUJE SIĘ POWAŻNIE i szedłem na północ, przez Tower Bridge do City, gdzie wagarów nikt nie traktował poważnie. Który ojciec by na to pozwolił? Powinienem się cieszyć i nie kusić losu.

Nie sypiałem już na podłodze. Nie jadłem świerszczy au gratin w sosie z rozgniecionych stonóg. Sibylla ciągle mnie pytała, czy stało się coś złego. Odpowiadałem jej, że nie. Złe było tylko to, że nie miałem najmniejszej szansy, żeby cokolwiek zmienić.

Postanowiłem, że zrobię coś takiego, czego Hugh Carey na pewno nie zrobił w dwunastym roku życia. Pomyślałem, że może przejrzę cały cykl Schauma pod kątem analizy Fouriera. To byłoby najbezpieczniejsze, bo Sib mówiła mi, że tego nie uczą w szkołach. HC prawdopodobnie nie miał o tym pojęcia. Lagrange także by się przydał, tak na wszelki wypadek. I jeszcze parę przekształceń Laplace'a.

Sibylla przepisywała „Hodowcę Ryb Tropikalnych". Nie dla mnie cwał po mongolskim stepie. Nie dla mnie w najbliższym czasie wyprawa na biegun północny.

Pewnego dnia poszliśmy z Sibyllą do Tesco.

Zalewał nas niemiłosierny blask jaskrawego białego światła, bijącego z góry niczym słońce pustyni w zenicie na Legię Cudzoziemską. Posadzka migotała w oczach jak okrutne morze piasku.

Sunęliśmy wolno wzdłuż półek z płatkami śniadaniowymi.

Po obu stronach wznosiły się góry pudełek. Płatki kukurydziane, płatki z otrębów... Kiedy dotarliśmy do muesli, zza zakrętu wyjechał wózek popychany przez tęgą kobietę, wiodącą trójkę tłustych dzieci. Jedno płakało, zakrywając oczy pulchną dłonią, a dwójka pozostałych kłóciła się zawzięcie o różnice pomiędzy frosties i breakfast boulders. Ich mama tylko się uśmiechała.

Podeszła bliżej. Sibylla stanęła przy półce, nieruchoma niczym otaczające ją pudełka. Oczy miała jak czarne węgle, a skórę barwy grubego klepiska. Z jej zachowania, ze spojrzenia jej gorejących czarnych oczu wywnioskowałem, że za żadne skarby świata nie chciała spotkać tej grubaski.

Wózek, kobieta i dzieciaki były już bardzo blisko. Wzrok grubej prześliznął się po pudełkach i nagle na jej przeciętnej twarzy zajaśniał uśmiech miłego zaskoczenia.

Sybil! zawołała. To naprawdę ty?

Bez wątpienia zapamiętała Sib nie lepiej niż jej imię. Nikt, kto naprawdę znał Sibyllę, nie rozpoczynałby rozmowy od tak fatalnego błędu.

Sib patrzyła na nią bez wyrazu.

To ja! zawołała gruba. Trochę się zmieniłam, dodała z komicznym uśmiechem. Po dzieciach! dodała.

Mały mazgaj zatrzymał się przy półce i małymi oczkami świdrował pudełko, na którym jakaś rysunkowa postać pochłaniała rysunkowe płatki.

Chcę Miodowego Draba, załkał.

Wybierałeś ostatnim razem, powiedziało jedno z pozostałych dzieci z wyraźnym Schadenfreude i wybuchła zacięta kłótnia o to kto w tym tygodniu będzie decydował.

Teraz już dwójka zakrywała zapłakane buzie, a jedno krzyczało.

Gruba bezskutecznie próbowała zaprowadzić porządek w swoim stadzie.

A to twój malec? zapytała beztroskim tonem.

Sibylla wciąż milczała, mocno zaciskając usta.

Jeśli stojąca przed nią istota posiadała zdolność myślenia, czyli coś, na co do tej pory nie mieliśmy dowodów, to jej myśli były głęboko ukryte pod cielesną powłoką. Myśli Sibylli widziałem tak wyraźnie jak złotą rybkę krążącą po akwarium. Nareszcie przemówiła

> Być albo nie być, to wielkie pytanie.
> Jeśli w istocie szlachetniejszą rzeczą
> Znosić pociski zawistnego losu
> Czy też stawiwszy czoło morzu nędzy
> Przez opór wybrnąć z niego? – Umrzeć – zasnąć –
> I na tym koniec. – Gdybyśmy wiedzieli
> Że raz zasnąwszy, zakończym na zawsze
> Boleści serca i owe tysiączne
> Właściwe naszej naturze wstrząśnienia,
> Kres taki byłby celem na tej ziemi
> Najpożądańszym *.

Gruba rzuciła okiem na swoje małe tłuste stadko i westchnęła z wyraźną ulgą, bo było oczywiste, że żadne z nich nie zrozumiało z tego ani słowa.

Każda z nas ma własny krzyż do dźwigania, oznajmiła wesoło.

Sibylla płonącym wzrokiem popatrzyła na puszkę z fasolą.

Jak ma twój syn na imię? zapytała gruba.

---

* Przekład Józefa Paszkowskiego.

Stephen, odparła Sib po chwili wahania.

Mądrze wygląda, powiedziała gruba. Felicity, nie! Micky, co ci mówiłam?

Posiadł zdolność logicznego myślenia, powiedziała Sib. Z tego też powodu ma niezwykle inteligentny wygląd. Faktem jest, że większości ludziom brak logiki z przyzwyczajenia, a nie z głupoty. Na pewno by zmądrzeli, gdyby ich odpowiednio szkolić.

No i dobrze! powiedziała gruba. Wiesz, zwykle dostajemy w tyłek, ale szczęście może czekać już za najbliższym rogiem.

Albo na odwrót, powiedziała Sib.

Lepiej widzieć jasną stronę życia.

Sibylla znów umilkła.

Dzieciaki zaczęły się kłócić. Gruba od niechcenia kazała im przestać. Nie zwróciły na nią uwagi.

Od niechcenia popatrzyła w ich stronę i lekko wykrzywiła usta.

Sib popatrzyła na nią z okropną litością, jakby zastanawiała się, czy już śmierć nie lepsza od takiego życia wśród kartonowych pudeł z płatkami. Powiedziała do mnie półgłosem Zabierz Małego Księcia gdzieś na bok.

I co mam z nim zrobić? zapytałem.

Kup mu gorącą czekoladę, powiedziała Sib, poszperała w torebce i dała mi funta. Wszystkim kup czekoladę. Zabierz ich stąd.

Odprowadziłem stadko w głąb sklepu. Kiedy skręcałem za róg, zobaczyłem, że Sib objęła kobietę ramieniem. Tym razem gruba się rozbeczała.

Najstarszy z całej trójki był prawie w moim wieku. Spytał, gdzie chodzę do szkoły. Odpowiedziałem mu, że nigdzie. Odparł na to, że wszyscy muszą chodzić do szkoły. Odpowiedziałem mu, że zdaniem mojej matki powinienem dokładnie określić mój krąg zainteresowań i od razu zapisać się na studia, chociaż inni studenci mogą w moich oczach wydawać się dużo słabsi.

Rozmowa się urwała. Moje stadko wchłonęło czekoladę. Jak to już mieli z głowy, znowu zaczęli się kłócić.

Sibylla i jej gruba znajoma stanęły w kolejce do kasy.

Sib mówiła Mówię tylko że w naszym społeczeństwie powinna być świadomość miejsca i pozycji w świecie. NIE MOŻNA przecież przez szesnaście lat żyć w całkowitej zależności od ludzi których stan umysłowy nie daje gwarancji że COŚKOLWIEK

Gruba chichotała cicho.

Sibylla ze źle skrywaną grozą popatrzyła na czekoladową trójkę już teraz bez sternika dobierającą się do sąsiedniego wózka.

Gruba uśmiechnęła się od niechcenia.

Micky, nie! Felicity, co ci mówiłam? zaczęła...

i urwała. Popatrzyła na wprowadzenie Schauma do analizy fourierowskiej które wziąłem na wszelki wypadek gdyby mi się zaczęło nudzić.

Zapytała Gdzie tego uczą?

Sibylla wyjaśniła jej że pobieram nauki w domu.

Gruba popatrzyła na mnie a potem na Sibyllę niczym więzień losu który zupełnie nagle nabrał nadziei na ułaskawienie. Powiedziała To znaczy że go uczysz sama? Ależ to cudowne!

i powiedziała Przyszło mi na myśl – zrobiłabyś mi najprawdziwszą przysługę – czy Micky mógłby może skorzystać z twojej pomocy? Jest bardzo mądry, ale ma pewne zatory, a w szkole nawet nie chcą o tym słyszeć.

Najprawdziwsza przysługa nie brzmiała zbyt obiecująco, a gruba zaraz dodała To nic szczególnego.

Sibylla wyjąkała Przecież sama możesz

Przy dwójce pozostałych? zapytała gruba.

Sibylla powiedziała No cóż

Przynieśliśmy do domu zapasy na cały tydzień.

Spytałem: KTO to był?

Sibylla odparła że to taka jej jedna znajoma.

Powiedziała: Kiedyś ocaliła mi życie.

Powiedziała: Gdyby było na odwrót na pewno wciąż by dziękowała za to o czym obie doskonale wiemy.

Roześmiała się i powiedziała: To mi przypomina fragment z Renana!

Zmarszczyła brwi i pomyślałem że jednak nie pamięta fragmentu z Renana. Powiedziała: Język aryjski ma ogromną przewagę nad innymi w zakresie koniugacji, przecudownego instrumentu, koniugacji, przecudownego instrumentu metafizyki... Arabowie przez tysiąc pięćset lat cierpieli bo ich język stoi na niższym poziomie jeśli chodzi o tryb i czasy...

i powiedziała ce merveilleux instrument, ce merveilleux instrument

i nagle się roześmiała i zawołała Ciekawe czy umiem to po arabsku?

Spytałem: Co po arabsku?

Powiedziała: Gdyby było na odwrót na pewno wciąż by dziękowała za to o czym obie doskonale wiemy.

Powiedziała: Zróbmy to po hebrajsku i arabsku. Sprawdzimy czy miał rację! Ty zacznij po hebrajsku a ja po arabsku...

i powiedziała *lau*...

Zapytałem: W jaki sposób ocaliła ci życie?

Sib powiedziała że nie wie bo przez dłuższy czas leżała nieprzytomna ale gruba prędko wezwała pogotowie

Zapytałem: Skąd wiedziałaś o końcówkach fleksyjnych?

Sib zapytała: Jakich końcówkach fleksyjnych?

Powiedziałem: W języku niemego plemienia. Tego nie było w książce.

Sib powiedziała: *lau*...

Powiedziałem: I o szachach też nie ma w książce

Sib zapytała: Jest dzisiaj w telewizji film z Donatem?

Zapytałem: HC powiedział ci po wykładach?

Sib powiedziała: Renan czasami bywa zagadkowy. Wydawało mi się, że myśli greckich filozofów o wiele łatwiej przełożyć na arabski niż łacinę. Przecież wystarczy porównać choćby łaciński przekład Platona z tłumaczeniem arabskim i jakimś fragmentem Majmonidesa na ten sam temat. Błędy widoczne jak na dłoni.

Powiedziałem: SZACHY...

Sib zawołała: Spójrz Ludo! Illinois Fried Chicken!

Powiedziałem: Nie ma ich w książce.

Sib powiedziała: Poszperaj w SOAS

Powiedziałem: Nie wpuszczą mnie tam

Sib powiedziała: Spróbuj ich przekonać że pracujesz nad szkolną gazetką

Powiedziała: Jak przez cztery godziny posiedzę nad „Hodowcą Ryb Tropikalnych", to o 9 obejrzymy Donata. A ty popracuj nad Platonem w ramach przygotowań do SOAS.

Zapytałem: Będziesz uczyć Małego Księcia?

Powiedziała: Raczej Małego Żebraka, skoro przyszedł po prośbie. Umrę jeśli to zrobię, ale muszę to zrobić.

Robert Donat wystąpił tylko w kilku filmach. W „39 krokach" uciekał przez wrzosowiska i wskakiwał lub wyskakiwał z pociągu. Potem był jeszcze „Kadet Winslow", w którym zagrał charyzmatycznego, kontrowersyjnego i wysoko opłacanego adwokata. Jako „Hrabia Monte Christo" uciekał z twierdzy If. W „Złudzeniach życia" zagrał charyzmatycznego lekarza, który porzucił dawne ideały. Był także charyzmatycznym politykiem w filmie „Młody pan Pitt". W „Żegnaj, Chips" odtwarzał rolę nieśmiałego nauczyciela, sypiącego starymi dowcipami. Sib znała parę dalszych filmów, ale nie pamiętała, o czym były. Żadnego z nich nie wyświetlano dzisiaj w telewizji. W każdy czwartek, o 9, na małym ekranie pojawiał się astronom, laureat Nagrody Nobla i sobowtór Donata, George Sorabji. Czasami włazi po drabinie rzuconej ze śmigłowca, czasami się przechadzał, strzelając oczami i wyjaśniając zasadę Pauliego albo teorię stabilności Chandrasekhara. W niczym nie przypominał pana Chipsa.

Zapytany, Sorabji lubił odpowiadać (a jak nikt go nie pytał, to sam spieszył z tą informacją), że jest potomkiem króla narkotyków. Podobno jego prapradziadek był Parsem i prowadził interesy w Bombaju i zgromadził ogromną fortunę głównie na handlu opium. Nikt go jednak nie ścigał, przeciwnie – stał się filarem społeczeństwa i znanym filantropem. Wprost zaśmiecał Bombaj szkołami i szpitalami i koszmarnymi pomnikami. Sorabji twierdził, że podobne korzyści, tylko na większą skalę, można by odnieść poprzez legalizację sprzedaży narkotyków i obłożenie jej wysokim podatkiem, przeznaczanym na budowę placówek wychowawczych, ośrodków zdrowia i horrendalnie kosztownych teleskopów.

Wiele czasopism drukowało zaciekłe listy od czytelników polemizujących ze zdaniem Sorabjiego. Dyskusja przybierała na sile, kiedy Sorabji mówił o narkotykach, o pseudonaukowej astrologii i o tym, że całe dziedzictwo ludzkości jest niczym w porównaniu z bezmiarem wszechświata i że gros wszystkich funduszy naukowych powinno się przeznaczyć na zakup horrendalnie kosztownych teleskopów. W licznych kwestiach wyrażał tak stanowcze poglądy. Każdy mógł posłuchać Roberta Donata à la „Kadet Winslow" w audycjach radiowych lub obejrzeć go w telewizji. A poza tym dostał Nagrodę Nobla.

Nagrodę dostał do spółki z trzema innymi badaczami. Przyznano mu ją w fizyce, bo w astronomii nie ma takich nagród. Znawcy twierdzili, że chociaż był wspaniałym astronomem, wygrał w dziedzinie, w której wcale nie miał znaczących osiągnięć.

Najbardziej znany był z tego, że stworzył matematyczny model czarnej dziury, ale Nobla przyniósł mu Colossus, czyli satelita przystosowany do potrzeb radioastronomii, który bez Sorabjiego na pewno nie opuściłby desek projektantów, nie mówiąc już o Ziemi. Sorabji zgromadził przeogromne fundusze w Stanach Zjednoczonych, Unii Europejskiej, Australii i Japonii i w wielu innych miejscach, w których dotychczas nie słyszano o wydatkach na satelitę. Pomógł także zaprojektować ogromne teleskopy dla satelity, co sprawiło, że nieprzyzwoicie olbrzymi budżet został przekroczony co najmniej pięciokrotnie. Potem to poszło na orbitę, a po trzech latach wieści napływające z kosmosu zrewolucjonizowały naszą wiedzę o kwazarach, pulsarach i czarnych dziurach.

Sorabji interesował się rzeczami, które nudziły 90 procent społeczeństwa, i obnosił się z poglądami, które budziły żywy sprzeciw 99 procent społeczeństwa, ale nikt nie miał mu tego za złe. Niektórzy ludzie mówili mówcie sobie co chcecie ale gość ma cywilną odwagę przyznać się do własnego zdania, a inni mówili mówcie sobie co chcecie ale to facet z sercem na dłoni. Mówiono, że poświęciłby życie dla przyjaciół. W rzeczy samej Sorabji ocalił przyjaciela podczas wizyty w obserwatorium na Manua Koa. Wybrali się śmigłowcem nad dymiący wulkan i śmigłowiec uległ awarii. Innym razem uratował jednego z pracowników zespołu badawczego, Ugandyjczyka z plemienia Lango, którego Idi Amin obłożył aresztem domowym. Sorabji pod gradem kul przeszmuglował go przez granicę, do Kenii.

Po raz pierwszy zwrócił na siebie baczniejszą uwagę brytyjskich telewidzów programem „Uniwersalny język matematyki". 99,99 procent Brytyjczyków nie znosi matematyki, ale zaciekawiła ich wiadomość, że Sorabji nauczył rachunków pewnego indiańskiego chłopca z Amazonii, z którym nie mógł się porozumieć w żadnym ludzkim języku i że nieomal oddał życie za swego przyjaciela.

Sorabji był w drodze do Santiago na konferencję o pulsarach. Samolot z technicznych przyczyn nadprogramowo wylądował w Belem. Sorabji wynajął więc niewielką awionetkę i poleciał nad amazońską dżunglą. Awionetka uległa awarii, rozbiła się i pilot zginął w wypadku. Astronoma uratowali miejscowi Indianie, ale i tak pół roku przesiedział w absolutnej dziczy.

Nocami spoglądał na cudowne południowe niebo, widoczne nad polaną, i rozmyślał o tym, jak daleko są inne planety i gwiazdy, i o tym, jak gigantyczną odległość musi pokonać światło, i o tym, jak mało czasu pozostaje ludziom, żeby popatrzeć na to światło.

Z nudów wygładzał wilgotną ziemię przed swoim szałasem i rozwiązywał różne problemy matematyczne. I tak nie miał nic innego do roboty.

Pewnego dnia stanął przy nim mały chłopiec wyraźnie zainteresowany jego zachowaniem.

Sorabji pomyślał: Co za zgroza! A może ten chłopaczek to urodzony matematyk, żyjący w świecie bez matematyki? Nie nauczył się ich języka, ale miał dziwne podejrzenie, że umieją liczyć zaledwie do czterech. Wyobraź sobie teraz geniusza matematyki mówiącego jedna smażona mrówka, dwie smażone mrówki, trzy smażone mrówki, cztery smażone mrówki, dużo smażonych mrówek, dużo dużo smażonych mrówek, dużo dużo dużo smażonych... Nie, to zbyt straszne, żeby o tym myśleć.

Wygładził piach, zacisnął zęby i przypomniał sobie podstawy. Położył kamień na ziemi i napisał pod spodem: 1. Położył dwa kamienie na ziemi i napisał pod spodem: 2. Położył trzy kamienie na ziemi i napisał: 3. Cztery kamienie: 4. Iki-go-e (albo Peter, jak go nazywał Sorabji) przykucnął obok. Nie wiadomo, czy ze zdumieniem przyjął widok 5.

Pół roku później Pete i Sorabji znaleźli się w więzieniu.

W dżungli pojawiła się brygada drwali. Dwóch Indian zginęło, reszta rozproszyła się na wszystkie strony. Sorabji poszedł śladami ciężarówki w stronę cywilizacji. Pete podreptał za nim. Doszli do małej osady w samym sercu dżungli i Sorabji zaczął tam szukać telefonu. Był tylko jeden, w budynku z napisem Policia. Sorabji wszedł do środka i od razu został aresztowany.

Pięć dni później brytyjski konsul z Belem przeleciał nad Amazonką do Manaos, wkroczył w głąb interioru i wypożyczył landrovera.

Brytyjski konsul z Belem uwielbiał Brazylię. Kochał miejscowy język, kochał muzykę, kochał dziki i nieujarzmiony kraj, kochał ludzi. Jedyną łyżką dziegciu w całej beczce miodu było to, że Brazylijczycy nie zamknęli granic przed Brytyjczykami. Przecież mogliby wpuszczać wyłącznie dyplomatów, prawda? Zdaniem konsula, Brytyjczycy nie byli dużo gorsi od innych narodów, pokładali jednak zbyt wielką ufność w potęgę swoich wysłanników. Konsul zapewne sprostałby ich oczekiwaniom, gdyby MSZ oddało mu do dyspozycji niewielką prywatną armię i mały budżet – ot, kilka milionów. Z tym co naprawdę miał, prawie nic nie mógł zdziałać. Maleńki fundusz awaryjny i kilka funtów na rozrywki. Co oni sobie myślą? mruczał. Co ja mogę? Co oni sobie myślą? powtarzał niczym refren, gdy landrover podskakiwał na wertepach i wybojach.

Przed wieczorem dotarł do osady drwali. Od razu poszedł na Policia. Wpuszczono go do więzienia i tam niemal zwymiotował.

Na zewnątrz było prawie 38 stopni. W więzieniu jeszcze goręcej. Dwudziestu ludzi siedziało stłoczonych w klatce, w której oddechu starczało dla 10.

Nadzorca zdeptał parę karaluchów i wskazał na Sorabjiego.

Astronom miał długie brudne włosy i taką samą brodę. Pół roku spędził w tropikalnym słońcu, więc opalił się na brązowo. Już po pierwszym tygodniu zniszczył sobie ubranie. Zgodnie z miejscowym obyczajem koszulą zastępował przepaskę na biodrach. Później lubił powtarzać, że nieszczęsny konsul przemierzył setki mil w głąb deszczowego lasu, żeby uratować obywatela Anglii, a znalazł Gungę Dina. Owszem, przepaska pochodziła od Gievesa & Hawkesa, ale dawało się to zauważyć dopiero po bardzo szczegółowych oględzinach.

Dobrze, że pan przyjechał, wychrypiał Gunga Din. Udało się panu.

A potem zadał pytanie, które go dręczyło od dobrych kilku miesięcy: Nie wie pan przypadkiem, czy do czegoś doszli z binarną emisją promieni Roentgena?

Konsul odparł, że niestety nie wie. Przedstawił się.

A pan?...

Nazywam się Sorabji, oznajmił Gunga Din. George Sorabji.

Konsul zakomunikował na to, że potrzebny mu jakiś dowód tożsamości.

Gunga Din wyjaśnił, że przypadkiem ocalał z katastrofy samolotu i że jego paszport spłonął w rozbitym wraku. Zaproponował, żeby konsul zadzwonił do Cambridge, potwierdził jego tożsamość i spytał przy okazji, co z binarną emisją promieni Roentgena. Domagał się natychmiastowego uwolnienia i powrotu do domu.

A poza tym musimy jeszcze zabrać Pete'a, dodał.

Kto to jest Pete? zapytał jego zbawca.

Gunga Din wskazał w kąt celi.

Jakiś Indianin? zapytał konsul.

Indianie siedzą w Indiach, burknął Gunga Din. To Amazończyk.

Przykro mi, ale nic nie mogę zrobić dla tubylców. Powiem panu, co należy zrobić, jeśli chce pan złożyć zażalenie...

Sorabji popatrzył na Pete'a. Chłopiec leżał z odchyloną głową i bielmem na oczach. Umierał, ale to za mało. Bez trudu zdałby podstawowy egzamin z matematyki; był objawieniem losu, ale to za mało.

Sorabji powiedział: To matematyczny geniusz. Zabieram go do Cambridge.

Konsul popatrzył na Pete'a. Ludzie karmią konsuli niestworzonymi historiami i każą im w to wierzyć. Ta historia była najdziwniejsza ze wszystkich. Powiedział poprawnie: Skoro to tubylec, to obawiam się...

Sorabji powiedział: Ty. Głupi. IGNORANCIE. Biurokrato.

I dodał: Newton siedzi w tej celi. Zabiją go, jak tylko wyjdę. Nigdzie się stąd nie ruszę, póki nie będę mógł go zabrać.

Naprawdę nie wiem co mógłbym...

Sorabji powiedział: Ma pan jakąś kartkę?

Dostał papier i długopis, i napisał:

1+2+3+4+5+6+7+8+9+10+11+12+13+14+15+16+17+18+19+20

i zapytał: Ile czasu musiałby pan poświęcić na obliczenie tej sumy?

Konsul zawahał się...

Ten chłopiec, poważnie powiedział Sorabji, w 20 sekund dodaje wszystkie liczby od 1 do 500.

Konsul powiedział: Hm.

Sorabji wyznawał zoroastryzm, lecz nie był zbyt wierzący i do świątyni chodził tylko za uczniowskich czasów, ale teraz w myślach powtarzał Błagam błagam błagam błagam. Błagam niech on nic nie wie o Gaussie błagam błagam błagam błagam.

Pete nauczył się sztuczki, którą wielki matematyk Gauss odkrył jak miał 8 lat.

Chcemy na przykład dodać 1+2+3+4+5
Trzeba ustawić liczby w odwrotnej kolejności 5+4+3+2+1
Suma górnej i dolnej liczby jest zawsze
taka sama 6+6+6+6+6

A to już łatwo obliczyć! 5 × 6 to po prostu 30.

Zatem suma pierwszego ciągu to po prostu 30 podzielone na 2, czyli 15!

Gdyby pierwszy ciąg kończył się 6, wynik dodawania każdej pary brzmiałby 7, a 6 × 7 : 2 równa się 21. Gdyby pierwszy ciąg kończył się 7, to działanie przybrałoby postać 7 × 8 : 2 = 28. Gdyby ciąg kończył się 500 to wówczas 500 × 501 = 250500 : 2 = 125250. Łatwe.

Konsul wciąż patrzył na kartkę.

Powiedział: Jak to MOŻLIWE?

Sorabji odparł: Nie musi mi pan wierzyć na słowo. Niech pan go weźmie do biura. Niech pan napisze jakiś ciąg liczbowy, od 1 do 257, albo od 1 do 366. Cokolwiek. Pete nie umie pisać długopisem, więc musimy rozsypać trochę ziemi na podłodze. Niech pan równocześnie z nim liczy na kalkulatorze.

Konsul powiedział: Zobaczymy...

Poszedł porozmawiać z komendantem policji. Brazylijski

system sprawiedliwości rzadko stosuje procedurę uwalniania więźniów, którzy w 20 sekund dodają wszystkie liczby od 1 do 500, lecz komendant policji zaciekawił się przypadkiem Pete'a i powiedział, że chce to zobaczyć. Przyprowadzono chłopca z celi.

Po krótkiej naradzie postanowili zacząć od 30. Konsul wypisał liczby, rozsypano ziemię na podłodze i Pete popatrzył na kartkę. 30 razy 31 to 930, podzielone przez 2 daje 465. Pete ukucnął i napisał 465 na ziemi, a komendant policji z kalkulatorem w ręku był dopiero przy 17. Wreszcie dotarł do 30. W okienku pokazał się wynik: 465.

Komendant policji i konsul popatrzyli na chłopca, a ich oczy robiły się coraz większe, i większe, i większe.

Spróbowali z 57, i 92, i 149, i za każdym razem powtarzało się to samo. Chłopiec pisał na ziemi jakąś liczbę i po dłuższej chwili ten sam wynik pojawiał się na kalkulatorze.

Konsul popatrzył na chłopca i przypomniał mu się wielki indyjski matematyk Ramanudżan. Zatelefonował do Cambridge i otrzymał potwierdzenie, że pół roku temu młody i świetny astronom zaginął bez najmniejszej wieści w drodze na konferencję w Chile. Odłożył słuchawkę i wyjaśnił komendantowi, że Sorabji jest wspaniałym, ale ekscentrycznym naukowcem. Dlatego też wyszedł z dżungli ubrany w przepaskę na biodrach. Chłopiec był jego uczniem. Komendant policji ciężko popatrzył na konsula. Konsul grzecznie ale stanowczo zapytał o dokładne zarzuty wobec aresztantów. Komendant policji ciężko popatrzył na niego.

Od tej pory są różne wersje wypadków.

Pete znał tylko cyfry, więc opowiadał potem, że pamięta jak dodawał liczby od 1 do 30, od 1 do 57, od 1 do 92 i od 1 do 149, i że pamięta pięć banknotów z liczbą 10 000, które w gładki sposób przeszły z ręki do ręki.

Konsul utrzymywał, że wszystko się odbyło zgodnie z przepisami, i że MSZ kategorycznie tępi łapownictwo. Skoro jednak zadzwonił z Brazylii do Anglii, żeby porozmawiać z uczelnią

Sorabjiego, uznał, że ma obowiązek zwrócić komendantowi koszty połączenia. Ponadto dał pieniądze na zakup ubrań dla zwolnionych więźniów i w zamian dostał rachunek wraz z pokwitowaniem.

Komendant policji potwierdził tę wersję.

Niezależnie od tego jak tam naprawdę było, Sorabji wrócił do Brytanii i sprzedał swoją opowieść do gazet i telewizji, a Pete zaczął studiować w CalTech i nauczył się angielskiego i z czasem zajął się fizyką, a później znowu spotkał Sorabjiego, żeby wziąć udział w serialu „Uniwersalny język matematyki".

Większość angielskich widzów miała w nosie matematykę, lecz postać Pete'a zaintrygowała ich do tego stopnia, że zasiedli przed telewizorami i z pierwszej ręki dostali próbkę talentów Sorabjiego. Większość z nich nie wierzyła w fantastyczną przygodę Indianina znad Amazonki. Sorabji zademonstrował swój sposób nauczania, używając liczb, kamieni i liści, i popierał to błyskiem oczu i elokwentnymi gestami. Nie powiedział ani słowa po angielsku. Wtedy zmienili zdanie. Większość widzów nie słyszała wcześniej o Gaussie i nie odczuwała tej straty. Sorabji zmienił ich sposób postrzegania świata. Kto wie, gdzie by zaszli, gdyby w ich szkole wykładał nauczyciel o wyglądzie Roberta Donata?

Ludzie mówili mówcie sobie co chcecie ale gość ma przynajmniej poczucie humoru. Oglądali zatem „Uniwersalny język matematyki" i „Śmieszną rzecz, która się wydarzyła po drodze do Słońca". Oglądali głównie dlatego, że gość miał poczucie humoru i wyglądał jak Robert Donat w filmach „Kadet Winslow" i „39 kroków", ale nie w „Żegnaj, Chips".

Dzisiejszy program rozpoczął się na stadionie Wembley. Sorabji stał pośrodku boiska.

Powiedział: Jak wielki musiałby być atom żebyśmy zobaczyli jądro? Wyjął z kieszeni małą stalową kulkę. Powiedział że gdyby to było jądro atomu potasu to atom potasu musiałby mieć wielkość stadionu i 99,97% jego masy umiejscowione byłoby w tej kulce, która ważyłaby około 432 000 kilogramów.

Tym, którzy mają kłopoty z wyobraźnią i nie wiedzą, ile to jest 432 000 kilo, wyjaśnię, że to mniej więcej waga 460 samochodów marki Vauxhall Astra.

Zarząd Wembley nie pozwolił nam ustawić na murawie 460 samochodów, dodał z żalem. Zrobiliśmy więc coś innego.

Akcja przeniosła się na parking. Z tyłu widać było koronę stadionu. Na parkingu stało 460 czerwonych samochodów marki Vauxhall Astra, ustawionych w wielościan i zamkniętych rusztowaniem, którego budowa prawdopodobnie pięciokrotnie przekroczyła budżet filmu.

Z boku czekał śmigłowiec.

Sorabji uniósł głowę i popatrzył na siedmiokrotnie wyższą od niego konstrukcję. Powiedział że plusem tego doświadczenia jest namacalny widok wagi jądra o wielkości stalowej kulki. Minusem, że tracimy widok elektronów. Dosłownie. Elektrony krążące wokół rzeczonej konstrukcji o wadze 396 000 kilogramów ważą około 65 kilogramów, lecz żeby je zobaczyć musielibyśmy wybrać się do Luton bo dwa pierwsze z nich są na powłoce 30 kilometrów od nas.

Wirnik helikoptera zaczął się obracać. Helikopter oderwał się od ziemi. Spod brzucha zwisała mu drabinka sznurowa. Sorabji wspiął się na drabinkę. Dotarliśmy do fragmentu „39 kroków" w tym programie.

W dali widać było czerwony wielościan malejący już do wielkości piłki futbolowej, potem tenisowej, potem golfowej, a potem maleńkiej kropki. Wreszcie zniknął.

Kamera umieszczona na śmigłowcu pokazywała morze dachów i Sorabjiego na drabince. Widzieliśmy już ten odcinek, ale Sib chciała jeszcze raz go obejrzeć.

Śmigłowiec pokonał 30 kilometrów i wylądował na polu pod Luton. Sorabji zeskoczył na ziemię. Powiedział: Trudno nam sobie wyobrazić elektrony, bo nie mają wymiarów w tradycyjnym znaczeniu tego słowa, a poza tym nigdy dokładnie nie wiadomo, gdzie w danej chwili jest dany elektron. To sprawia, że elektron wygląda inaczej niż ten 5-kilogramowy odważnik z miejscowej siłowni. Z drugiej strony, 460-samochodowe jądro w Wembley jest 72 000 razy cięższe od 5-kilogramowego elektronu w Luton, a to stanowi duże PODOBIEŃSTWO do jądra atomu potasu i jego elektronów. Pokazał na mapie, że druga powłoka elektronów byłaby w Birmingham a trzecia w Newcastle a czwarta w maleńkiej wiosce Westray na Orknejach, ale nie będziemy lecieć do Birmingham tylko w zamian za to przedstawię państwu pana Jamesa Davisa z klubu tae kwon-do w Dunstable. Pan Davis ma czarny pas, jest posiadaczem czwartego dana i rozbije cegłę gołą ręką.

Cegła leżała na stoliku. Davis stanął przed nią. Uniósł rękę. Opuścił rękę. Cegła rozłamała się na dwie połowy i upadła na ziemię.

Sorabji spytał, ile trzeba czasu, żeby nabrać takich umiejętności. Davis odparł, że sztuki walki trenuje niemal całe życie, lecz na poważnie zaczął jakieś dziesięć lat temu.

Powiedział: Nie chcę być źle zrozumiany przez naszych młodszych widzów, bo nie chodzi tu tylko o zahartowanie ciała. Najważniejszy jest trening ducha i umysłu. Wokół dalekowschodnich sportów walki powstało wiele przekłamań, ludzie myślą, że każdy z nas to tępak wywijający nogami jak na filmach Bruce'a Lee. Nie przeczę, że niektórzy tak robią, lecz nie będę wskazywał palcem.

Powiedział: Pan na pewno chce wrócić do wykładu, ale proszę pozwolić, że powiem jeszcze jedno. Im dłużej ktoś trenuje daną sztukę walki, tym rzadziej bierze udział w bójkach i w ogóle rzadziej wchodzi w jakiś konflikt. Początkujący, owszem, lubi czasem powalczyć, lecz wraz z upływem czasu dochodzi do wniosku, że nie wolno szafować swoimi walorami.

Powiedział: Im ktoś jest lepszy, tym szybciej dochodzi do przekonania, że sprawność fizyczna to jeszcze nie wszystko. Kiedy zaczynasz, za wszelką cenę dążysz do postępów, chcesz zdobywać kolorowe pasy, aż wreszcie nadchodzi chwila – a przynajmniej POWINNA nadejść – kiedy jesteś ponad to wszystko. Oczywiście uczysz się nadal, poprzez trening z kimś równie dobrym jak ty, albo nawet lepszym, ale jeśli dobrze pomyślisz, to okaże się, że sprawność fizyczna nie może być celem samym w sobie. Był taki czas, że nie chciałem prowadzić zajęć; nie chciałem mieć własnej szkoły. Potem jednak zrozumiałem, że muszę jakoś pomagać młodym ludziom poszukującym swojej drogi. Dlatego też zgodziłem się wystąpić w pańskim programie. Skoro pan, laureat Nagrody Nobla, może wyjść z laboratorium, by przemówić do młodzieży, to ja mam panu odmówić?

Sorabji powiedział: Dziękuję panu.

Powiedział: Zobaczmy to teraz w zwolnionym tempie, i pokazali ruch ręki i cegłę rozwaloną na dwoje.

Sib spytała: Uczą was tego na judo?

Powiedziałem że nie uczymy się tłuczenia cegieł bo judo przede wszystkim polega na rzutach i upadkach.

Sib powiedziała: Aha.

Powiedział: Skoro odległość pomiędzy jądrem i pierwszą powłoką elektronów jest równa odległości między 460 samochodami na Wembley i 5-kilowym odważnikiem w Luton, a odległość pomiędzy pierwszą i drugą powłoką elektronów jest równa odległości pomiędzy Luton i Birmingham, to dlaczego potrzeba aż dziesięciu lat wytężonego treningu psychicznego i fizycznego, żeby ręka przeszła przez cegłę? W warstwie atomowej ręka i cegła to w gruncie rzeczy pusta przestrzeń. I wcale nie chodzi o to, że materia ręki jest inna niż materia cegły. Opór jest spowodowany ładunkiem elektrycznym. Gdyby nie ładunek elektryczny, moglibyśmy przechodzić przez ściany.

Kiedy pierwszy raz oglądałem ten program, byłem pod wrażeniem wywodów Sorabjiego. Teraz jednak pomyślałem nagle Chwileczkę.

Powiedziałem do Sib że przecież atom bez ładunku nie istnieje a gdyby nie było atomów to i ściany by nie istniały i może powinienem wysłać list do niego i podpisać się Ludo lat 11.

Sib powiedziała: Jeśli naprawdę sądzisz że on o tym nie wie to powinieneś napisać. Powiedziała że lat 11 pisz tylko wtedy kiedy mówisz coś mądrzejszego niż przeciętny 11-latek i nie byłby to najlepszy pomysł gdybyś się pomylił.

Powiedziała że on próbuje dotrzeć do najszerszej publiczności.

Powiedziałem: Nie ma sprawy.

Zapytała: Ciekawe czy moglibyśmy się przenieść do Dunstable?

Zapytałem: Co takiego?

Sorabji wyjaśnił, że elektrony okrążają jądro miliardy razy w milionowej części sekundy z efektem podobnym do ruchu wirników śmigłowca. Szybkość elektronów sprawia, że atom jest stabilny i twardy.

Sibylla mruknęła że Sorabji w dużej mierze był samoukiem.

❖

Ojciec Sorabjiego był Parsem z Bombaju. Matka była Angielką. Poznali się podczas jej wizyty w Cambridge. Jej brat uczył się matematyki w kolegium Świętej Trójcy i przedstawił ją koledze z akademika. Początkowo nie bardzo przypadli sobie do gustu, bo ona mimochodem coś wspomniała o Indiach, a on bezczelnie zapytał ją, na czym oparła swoją opinię, skoro nigdy nie była w jego rodzinnym kraju. Ona mówiła później, że w całym swoim życiu nie spotkała gorszego chama. On powrócił do Indii, a ona podjęła studia i zaczęły ją nudzić codzienne zajęcia. A że zawsze była nonkonformistką, postanowiła pojechać do Indii i zobaczyć je na własne oczy. Jej ojciec początkowo nie chciał o tym słyszeć, ale ona w zamian odrzuciła trzech lub czterech kandydatów na męża, zaczęła jeździć konno i skakać przez dwumetrowe płoty. Złamała rękę i obojczyk. Ojciec powiedział wreszcie, że powinna wyjechać, zanim zamęczy konia.

Pożeglowała zatem do Bombaju i wszystko było nie tak, jak się spodziewała. Klub różnił się od opisu. Ludzie również. A poza tym było gorąco. Spodziewała się, że będzie gorąco, ale nie przypuszczała, że do tego stopnia. Odszukała najgorszego chama i znów się zagotowało. Powiedziała, że teraz może mówić co zechce, bo już jest w Indiach. On jej na to, że bardzo mu przyjemnie, że zdołała pokonać swoje poprzednie uprzedzenia. Ona powiedziała coś uszczypliwego, a on jej odpowiedział w zwykły chamski sposób. Ona wiedziała, że jest mądry, bo słyszała od swojego brata, że to wspaniały matematyk. Chociaż był mądry i niewychowany, to nie traktował jej protekcjonalnie. Inni koledzy brata prześcigali się w uprzejmościach, skutkiem czego, po każdej rozmowie, musiała dosiąść wierzchowca i skakać przez dwumetrowe płoty. Nigdy nie spotkała mężczyzny, który umiałby coś powiedzieć, nie narażając przy tym końskiego żywota.

Pobrali się wbrew sprzeciwom ze strony jego krewnych,

a ona zastanawiała się, czy nie popełniła błędu. Jej mąż był bogatszy od innych jej znajomych, ale pracował ciężej i to właśnie pracy poświęcał gros czasu. Jego rodzina poważnie traktowała sprawy, które dla niej były czymś zgoła niepoważnym. Jego matka wspomniała jej z całą powagą o niedawnym zebraniu Kaisar-i-Hind, jedynej indyjskiej kapituły Kanadyjskiego Klubu Cór Imperium.

„Co za upiorny pomysł" (jedyna rozsądna odpowiedź na tę historyjkę) wywołałaby u matrony palpitację serca. Vivien wymruczała więc jakąś niezobowiązującą odpowiedź i jednym haustem wychyliła dżin z tonikiem. Jej teściowa, uniesiona krasomówczym zapałem, dodała coś o lojalności prezydium zarządu i o tym, że spotkanie skończyło się gromkim okrzykiem: „Jeden sztandar, jeden tron, jedno imperium!". Może było za wcześnie na kolejnego drinka, ale co można począć w takiej sytuacji?

Poza tym było gorąco. Upiornie gorąco. Trzy razy poroniła, więc postanowili wstrzymać się na chwilę. Potem znów zaszła w ciążę i natychmiast ją odesłano w góry. Kilka kuzynek nosiło się z zamiarem, by towarzyszyć jej w podróży, ale jej mąż (w obawie, że tamtejsze chłody znów skłonią ją do hippiki) wyraził stanowczy sprzeciw. Vivien wyjechała sama i urodziła zdrowe dziecko, lecz sama długo chorowała i rzadko widywała syna.

Jeden z jej braci miał plantację kawy w Kenii. Viven słyszała nieraz, że tam jest łagodniejszy klimat, więc zapytała kiedyś, czy przeprowadzą się do Kenii. Sądziła, że to niemożliwe, bo cała rodzina męża mieszkała w Bombaju, a on przecież musiał pilnować interesów. Przez minutę lub dwie przechadzał się po pokoju, a potem odparł, że to dobry pomysł. Powiedział, że jego zdaniem Kenia stwarza zupełnie nowe możliwości. Powiedział, że być może zacznie od początku i że nigdy nie był zapiekłym fanatykiem.

Opuścili Bombaj, kiedy Sorabji miał pięć lat. Z dzieciństwa zapamiętał długi rejs do Mombasy.

Budził się nocą i widział matkę przy swoim łóżku. W zasadzie widział w mroku tylko jej brylanty, połyskujące na szyi i w uszach, i białe rękawiczki. Brała go w ramiona i niosła na pokład, gdzie czekał ojciec. Sadzała go na relingu. W dole widział białą plamę piany na ciemnych falach morza, a w górze bliskie i błyszczące gwiazdy.

Czasami słyszał głosy innych pasażerów, którzy protestowali, mówiąc, że o tak późnej porze dziecko powinno być w łóżku. Matka śmiała się wówczas i odpowiadała, że najzwyczajniej w świecie czekają na kometę.

Wskazywała mu gwiazdozbiory. Ojciec palił w milczeniu. Mówiła, że w dzieciństwie poznała różne gwiazdy. Mówiła, że ziemski glob jest jak kulka w powietrzu. Że stojąc na nim, zawsze spogląda się w górę.

Zmarła na malarię, kiedy miał dwanaście lat. Ojciec odesłał go do szkoły w Anglii.

Dyrektor szkoły osobiście rozmawiał z Sorabjim i w drodze łaski zgodził się go przyjąć, ale wspomniał też coś o ogromnych zaległościach. Powiedział, że w całym swoim życiu nie spotkał się z czymś takim.

Sorabji znał matematykę i nauki ścisłe. Nic więcej. W Kenii uczył się korespondencyjnie. Kiedy przychodziły skrypty i ćwiczenia, od razu siadał do zadań i odsyłał odpowiedzi. Robił szybkie postępy w rzeczach, które go ciekawiły. Inne tematy odkładał po prostu na bok, na stos papierów, do przerobienia „w wolnej chwili". Pewnego dnia pomyślał, że pora z tym coś zrobić, bo sterta urosła już na półtora metra. Niestety, okazało się, że najdawniejsze skrypty, te z samego spodu, zostały zjedzone przez termity. Nie było sensu do nich wracać.

Poinformował dyrektora, że zna się na matematyce. Dyrektor uznał, że to wyraźny objaw uczniowskiej arogancji. Tak więc Sorabjiego nie uratowała znajomość matematyki, biologii, chemii i fizyki. Zapędzono go do nauki pozostałych przedmiotów.

Uciekał ze szkoły dwadzieścia siedem razy i zawsze odsyłano go z powrotem.

Pierwszy raz uciekł nocą. Popatrzył na niebo północnej hemisfery. W porównaniu z niebem Południa, przypominającym witrynę jubilera z Bond Street, wyglądało jak uliczny stragan z garścią szkiełek rozsypanych na tanim aksamicie. Księżyc był odległy o 550 tysięcy kilometrów. Wystarczy. Drugi raz uciekł bladym świtem. Przeszedł wzdłuż kanału do następnego miasta i zobaczył pomarańczową kulę ognia prześwitującą przez gałęzie. Była odległa o 149,5 miliona kilometrów. Piechotą dotarł do domu ojca w Londynie, ale i tak go odesłano. Wciąż uciekał i wciąż go odsyłano, i cały Układ Słoneczny stawał się zbyt ciasny.

Miał hopla na punkcie odległości. Czytał o gwiazdach, których światło dopiero po milionach lat docierało na ziemię. Czytał o tym, że gwiazdy, które oglądamy, od dawna mogą być martwe. Patrzył w górę i myślał, że może wszystkich już nie ma? Nikt nie znał sposobu, żeby się o tym przekonać. Były okropnie daleko.

Przemknęło mu przez głowę, że może już po wszechświecie?

Pewnego dnia w szkolnej bibliotece znalazł książkę o astronomii. A ponieważ najbardziej ciekawiły go odległości i śmierć gwiazd, najpierw przeczytał rozdział o dziejach Galaktyki. Znalazł tam coś, co się nazywało diagramem Hertzsprunga--Russella, w którym miejsce każdej gwiazdy określały dwa parametry: jasność i temperatura gwiazdy. Nigdy przedtem nie widział czegoś cudowniejszego. Nie miał pojęcia, że ktoś w kosmosie posiadł tak wspaniałą wiedzę.

Patrzył na diagram i myślał: Dlaczego o tym wcześniej nie wiedziałem? Dlaczego nikt o tym nie mówi? Później powtarzał czasami, że czuł się bardzo dziwnie, wiedząc, że nauczyciele nie kwapią się z przekazaniem tej cennej informacji, lecz w zamian oczekują, aby skądinąd dobre angielskie poematy przerabiać na kiepską łacinę. Powtarzał, że go przeraża myśl, ile cudownych rzeczy jest pomijanych przez szkołę. Uciekł raz jeszcze, na własną rękę zdał maturę i dostał się do Cambridge. I nigdy nie zapomniał o cudownych rzeczach, niedostępnych dla zwykłych ludzi.

Pomyślałem nagle Chwileczkę. Gdyby Kambei zakończył rekrutację po pierwszej nieudanej próbie, to pewne arcydzieło światowego kina nie trwałoby 205 minut, ale marne 32. Z pięciu miliardów ludzi na tej planecie wybrałem zaledwie jednego. Przecież ktoś, kto uciekał ze szkoły dwadzieścia siedem razy nie potępi mnie za to, że w wieku sześciu lat zakończyłem publiczną edukację.

Wzięło mnie i już pomyślałem Właśnie ale zaraz potem pomyślałem Chwileczkę.

Powiedziałem do Sib: Znasz tę historię z Ugandyjczykiem z plemienia Lango

Sib powiedziała: Tak

Zapytałem: To prawda?

Sib powiedziała że z tego co słyszała

Zapytałem: Ale skąd wiesz?

Powiedziała: Pan Akii-Bua dostał na Oksfordzie doktorat honoris causa i zaraz potem w wywiadzie stwierdził że nie mógłby go odebrać gdyby nie heroizm doktora Sorabjiego.

Zapytałem: A co z wulkanem?

Sib powiedziała że kiedyś przeczytała wywiad z człowiekiem ze złamaną ręką który opowiadał o swoich wrażeniach w chwili kiedy leciał w otchłań wulkanu i o tym co czuł kiedy zobaczył Sorabjiego spuszczającego się po linie z krawędzi krateru. Zapytała: Dlaczego pytasz? Powiedziałem że byłem ciekaw. Nie pytałem o Pete'a bo sam go widziałem w „Uniwersalnym języku matematyki". Pete nazywał Sorabjiego maniakiem i wariatem, lecz ani razu nie zaprzeczył, że Sorabji mu uratował życie.

❖

Wszystkie dowody wskazywały na to, że Sorabji jest nie tylko mądry, ale że można go nazywać prawdziwym bohaterem. Powstawało pytanie, czy znajdę dość odwagi, żeby zaczepić nie tylko bohatera, ale też geniusza.

Początkowo myślałem, że raczej nie dam rady. Potem pomyślałem jak jesteś takim tchórzem to w pełni zasługujesz na to co cię spotkało. Masz za swoje.

Kiedy już podjąłem ostateczną decyzję zrozumiałem że muszę się dobrze przygotować. Nie mogłem przecież w obecności laureata Nagrody Nobla opowiadać rzeczy na poziomie „Ulicy Sezamkowej".

Problem w tym, że nie wiedziałem, co mi się może przydać. Wreszcie postanowiłem przerobić analizę fourierowską i przekształcenia Laplace'a i lagrangiany i zacząłem się uczyć tabeli okresowej bo chciałem to już zrobić od dłuższego czasu i przejrzałem Lymana, Balmera, Paschena i cykl wykładów o wodorze Bracketta bo pamiętałem że Sorabji wcześniej interesował się spektroskopią. Miałem nadzieję, że to wystarczy.

Miesiąc trwało, zanim uznałem, że już jestem gotowy. W domu szło mi wyjątkowo ciężko, bo Sib ciągle mi przeszkadzała, na głos czytając śmieszne fragmenty „Magazynu Towarzystwa Hodowców Papug". Czynniki mające negatywny wpływ na psychikę papugi: a) obecność ludzi. Albo patrzyła mi przez ramię na analizę fourierowską i mówiła Arcyciekawe. W końcu przeniosłem się z robotą na stałe do Barbicanu. Pod koniec miesiąca zacząłem się zastanawiać, czy nie lepiej będzie, jak spędzę jeszcze miesiąc nad książkami? A może rok? Co znaczy jeden dodatkowy rok w obliczu tak niezwykłej szansy? Nie każdy może mieć noblistę za ojca i to nie jakiegoś zwykłego noblistę, ale sobowtóra Roberta Donata, skaczącego po dachach pociągów. Jak dobrze to rozegram... Pomyślałem sobie, że jak dobrze to rozegram, to rzeczywiście jakbym WSKOCZYŁ w biegu do pociągu. Z łatwością popędzę naprzód, nie oglądając się za siebie.

Posiedziałbym tak jeszcze rok gdybym wiedział co robić, ale nie wiedziałem i potem pomyślałem sobie, że jak będę starszy nikogo już nie zdziwi mój zasób wiadomości.

Na wszelki wypadek ostatni raz powtórzyłem tablicę pierwiastków i poszedłem poszukać Sorabjiego.

Sorabji zaczynał karierę na Uniwersytecie Londyńskim i nie zerwał starych kontaktów mimo przenosin do Cambridge. Ponieważ jego dzieci dobrze sobie radziły z nauką, doszedł do wniosku, że nie będzie im zmieniał szkoły i nie sprzedał domu w Londynie. W Cambridge wynajął mieszkanie. Teraz mógł być w Cambridge, prowadząc badania, lub w Londynie, bo przecież było lato.

Pojechałem metrem (linią Circle) do stacji South Kensington. Poszedłem do Imperial College i od pań w sekretariacie dowiedziałem się, że ktoś go podobno widział ze trzy tygodnie temu. Powiedziałem, że mam pracę wakacyjną z astronomii i że chciałem przeprowadzić wywiad ze znanym astronomem. Czy mógłby to być na przykład profesor Sorabji? Powiedziałem Ładnie proszę. Czy mógłbym na przykład dostać jego stały adres, bo chciałbym mu wysłać list z prośbą o spotkanie. Powiedziałem Ładnie proszę.

Powiedziała że profesor Sorabji ma mnóstwo różnych zajęć.

Powiedziałem: Proszę.

Powiedziała że nie może rozdawać prywatnych adresów wszystkim Jasiom Stasiom i Zdzisiom.

Powiedziałem że przez cały miesiąc codziennie kułem analizę fourierowską z nadzieją na to spotkanie i Proszę.

Zapytała: Analizę fourierowską? To o co w niej chodzi?

Zapytałem: Chce pani żebym znalazł potencjał grawitacyjny w dowolnym punkcie zewnętrznej powierzchni kuli o promieniu a i masie m?

Powiedziała: No...

Zapytałem: A co z wibracją struny lub membrany? Powiedzmy że mamy kwadratowy bęben lub membranę o bokach tej samej długości. Jak się zachowa, jeśli ją napiąć po przekątnej i puścić?

Chyba zaczęła się łamać, więc chwyciłem ulotkę o Imperial College i przy pomocy funkcji Legendre'a obliczyłem potencjał grawitacyjny w dowolnym punkcie zewnętrznej powierzchni kuli o promieniu a i masie m, a na drugiej ulotce zacząłem obliczać ruch membrany lecz pani powiedziała Już dobrze. Na wizytówce napisała adres Sorabjiego. Mogłem tam dojść spacerem.

Poszedłem zatem na spacer. Denerwowałem się coraz bardziej. Co będzie jeśli zaprzepaszczę szansę na wzorowego ojca, bo zapomnę liczby masowej trzech izotopów hafnu o największej abundancji?

Powiedziałem: Hafn. Symbol Hf. Liczba atomowa 72. Względna masa atomowa 178,49. Liczba trwałych izotopów 6. Naturalny udział izotopów 177; 18,6%; 178; 23,7%; 180; 35,1%. Najstabilniejszy radioizotop (typ przeważający) wraz z czasem połowicznego zaniku, 181 ($\beta-$, γ) 42 d. Energia cząstek jądrowych 7,0 eV. Gęstość w g/cm^3 przy 20°C 13,31. Temperatura topnienia 2227°C. Konfiguracja atomowa [Xe]4f^{14}5d^{2}6s^2. Stopnie utlenienia w mieszaninach, 4. Promień atom. [pm] 156,4. Promień kow. [pm] 144. Redukcja potencjału z liczbą elektronów itd. itd. $-1,505$ (4). Elektroujemność (Allred) 1,2. Zawartość pierwiastka w skorupie ziemskiej: $4 \cdot 10^{-4}$.

Trochę z tego rozumiałem. Pomyślałem, że w odpowiednim czasie nauczę się wszystkiego. Teraz jednak uświadomiłem sobie nagle, że przecież powinienem wiedzieć, co to takiego jest redukcja potencjału $E°$ w V z liczbą (n) elektronów i czym się różni entalpia topnienia od entalpii parowania i ile wynosi współczynnik liniowej rozszerzalności cieplnej. A jeśli rozmowa zejdzie na ten temat i nieszczęsna entalpia na zawsze odgrodzi mnie od Sorabjiego? Już miałem się odwrócić i pobiec do domu, ale pomyślałem, że nie będę głupi. Przecież to tylko chemia, więc chyba się nie liczy, a poza tym jest mnóstwo ciekawszych problemów.

Znalazłem dom, podszedłem do drzwi i zapukałem. Otworzyła mi jakaś pani. Miała cudowne czarne oczy i kruczoczarne włosy. Ubrana była w szkarłatne sari. Otaczała ją aura władzy. Spokojnie wysłuchała mojej bajeczki o pracy wakacyjnej i zaplanowanym wywiadzie.

Powiedziała: Mamy gościa, więc obawiam się, że mój mąż nie znajdzie czasu, żeby dziś wieczór z tobą porozmawiać. Może i tak się zdarzyć, że WCALE nie znajdzie czasu. Ostatnio jest bardzo zajęty. Ale wejdź, proszę, nie ma sensu, żebyś sterczał przed drzwiami. Mam nadzieję, że zamienicie choćby ze dwa słowa. Jak ci na imię?

Odparłem: Steve.

Powiedziała: Wejdź, Steve. Zobaczymy, co da się zrobić.

Poszedłem za nią w głąb domu. W pokoju po lewej stronie korytarza stał telewizor. Zaprowadziła mnie do salonu po prawej.

Koło okna stał wysoki, chudy i siwy człowiek. Patrzył na ulicę. Trzymał w ręku kieliszek sherry. Powiedział, że jego zdaniem zbyt daleko jesteśmy żeby to zrozumieć.

Sorabji powiedział, że prawdziwy przełom nastąpi już w najbliższych latach. Stał przy kominku i trzymał kieliszek sherry. Zaczął rozprawiać o wiatrach słonecznych. Chwilę gestykulował wolną ręką a potem odstawił kieliszek sherry żeby gestykulować drugą ręką. Zrozumiałem z tego tylko tyle że mówił o wiatrach słonecznych. Nigdy nie wpadło mi do głowy żeby o tym przeczytać. Ten drugi powiedział coś czego też nie zrozumiałem a Sorabji zaczął opowiadać o gwiazdach Wolfa-Rayeta. Gwiazda Wolfa-Rayeta to gwiazda o dużej jasności z mocno zaczernionymi liniami absorpcyjnymi węgla i azotu. Sorabji mówił dalej i dalej nic nie rozumiałem. Chciałem wtrącić coś błyskotliwego ale wiedziałem jedynie że gwiazda Wolfa-Rayeta to gwiazda o dużej jasności z mocno zaczernionymi liniami absorpcyjnymi węgla i azotu.

Sorabji gadał jak najęty, nie zwracając na nas uwagi. Skórę miał nieco jaśniejszą od ciemnej opalenizny. Oczy miał czarne i przenikliwe. Włosy miał czarne i falujące. Wcale nie byłem pewny, czy mój plan się uda. Może by nie zaprzeczył, że jestem jego synem, chociaż zupełnie się nie znam na wietrze słonecznym, rozproszeniu światła i gwiazdach Wolfa-Rayeta, ale... Ale po prostu nie chciałem wywołać wrażenia, że całą wiedzę czerpię z „Ulicy Sezamkowej".

Wciąż mówił, dopóki żona mu nie przerwała.

Powiedziała: GEORGE. Ten chłopiec chciał z tobą porozmawiać. Odrabia pracę wakacyjną. Znajdziesz chwilę czasu?

Roześmiał się. Zapytał: Kiedy? Przez najbliższe półtora roku?

Powiedziała: GEORGE.

Powiedział: Teraz nie mam do tego głowy. Właśnie nieomal przekonałem tego heretyka, że się zupełnie myli. Nie tak, Ken?

Człowiek pod oknem uśmiechnął się kwaśno.

Tego jeszcze nie powiedziałem.

Sorabji znów zaczął wykład a żona powiedziała: GEORGE.

Powiedział: Sprawdzę w rozkładzie zajęć i może coś wykroję. Zobaczymy się później. Może zostaniesz na kolacji?

Powiedziałem: Chętnie, dziękuję.

Powiedział: Cudownie. Moja żona znajdzie ci kilka zadań...

Żona znów powiedziała GEORGE ale on odparł Nie, znasz zasady i wyjaśnił że tutejsza zasada brzmi: Rozwiąż stronę zadań to będziesz mógł / mogła zasiąść do stołu z dorosłymi. Dodał że jego dzieci co wieczór rozwiązują zadania. Dodał z uśmiechem: Nie traktuj tego zbyt poważnie, dobrze? Moje córki jedzą kolację przed telewizorem, bo wcale nie chcą słuchać o czym rozmawiam z Kenem. Jak nie dasz rady, to obejrzyj sobie „EastEnders", a potem, tak jak mówiłem, zerknę do rozkładu zajęć.

Żona zabrała mnie do drugiego pokoju.

Powiedziała: Uwierz mi, Steve, że George ma lekkiego hopla na punkcie matematyki.

Odparłem że to nie szkodzi.

Telewizor był włączony. Siedziały przed nim trzy dziewczynki, a przed każdą z nich leżała kartka z zadaniami. Żona Sorabjiego powiedziała im, kim jestem. Popatrzyły na mnie, a potem znów wlepiły wzrok w telewizor. Żona powiedziała, żebym sam poszukał odpowiednich zadań i poszła przygotować kolację.

Najmłodsza dziewczynka borykała się z dzieleniem z resztą i bez reszty. Pomyślałem że to okropnie czasochłonne i mało efektywne. Co mi przyjdzie z tego że przyniosę kartkę z wynikami działań? Nawet jak nie popełnię błędów to nie będzie to przecież nic nadzwyczajnego.

Średnia dziewczynka wypisywała równania dla trzech zmiennych. Pomyślałem że to czasochłonne i mało efektywne. Co mi przyjdzie z tego że przyniosę kartkę z wynikami działań? Przecież to nic nadzwyczajnego.

Najstarsza z dziewcząt obliczała wyznaczniki. To już było wystarczająco trudne, ale skomplikowane i bardzo czasochłonne.

Zapytałem: Macie może jeszcze coś ciekawego?

Wzruszyła ramionami i odparła: Zajrzyj tam, to coś znajdziesz.

Pokazała na teczkę leżącą na stole. Wszystkie zachichotały. Zapytałem: Co się stało? Odpowiedziały: Nic.

Otworzyłem teczkę. W środku był plik druków z zadaniami. Wielu z nich zupełnie nie rozumiałem, ale znalazłem kilka rzeczy dotyczących Fouriera, więc pomyślałem sobie, że chyba dam radę.

Na górze każdej kartki widniał napis: 3 godziny. Zapytałem: O której kolacja?

Odpowiedziały: O ósmej.

Była 7.15. Pomyślałem sobie, że jak zrobię jedną trzecią zadań, to prawdopodobnie zdążę na 8.15.

Zadania były różne. Te u dziewcząt okazały się bardziej jednorodne. Na kilku oddzielnych kartkach znalazłem cztery zadania na analizę fourierowską. Trudniejsze niż w mojej książce. Zanim skończyłem, dochodziła już 8.30.

Poszedłem do jadalni. Soarbji siedział na szczycie stołu i nalewał gościowi wina. Mówił

Nie mam najmniejszej WĄTPLIWOŚCI co do wagi tej propozycji... Tak, słucham?

Powiedziałem że skończyłem zadania.

Zapytał: JUŻ?

Powiedziałem: Chce pan je sprawdzić?

Powiedział: Obawiam się, że raczej trochę później...

Powiedziałem: W takim razie musi mi pan uwierzyć na słowo.

Roześmiał się. Powiedział: Firozo, daj jeszcze jedno nakrycie, dobrze?

Żona postawiła na stole jeszcze jeden talerz i obdzieliła mnie pokaźną porcją curry. Powiedziała, że dr Miller przyszedł tutaj z niezwykle ważną sprawą i że reszta musi na razie poczekać. Sorabji gadał jak najęty i wciąż dolewał wina, a dr Miller wciąż powtarzał A wracając do tego co mówiłem wcześniej. Trwało to dwie godziny, ale żadna z dziewczynek nie przyszła z zadaniami.

Po kolacji Sorabji powiedział: Napijemy się kawy w moim gabinecie.

Zbliżała się najważniejsza chwila.

Wyszedłem z nimi z jadalni. Papiery trzymałem pod pachą. Po drodze minęliśmy sąsiedni pokój. Dziewczynki wciąż siedziały przed telewizorem. Każda z nich miała przed sobą kartkę z zadaniami i talerz curry.

Dr Miller wszedł do gabinetu. Wszedłem za nim, a on popatrzył na mnie z uśmiechem i powiedział: Obawiam się, że mamy sporo spraw do omówienia.

Ale Sorabji powiedział: Ależ skądże, zostało zaledwie kilka mało znaczących szczegółów. Najważniejsze, że się zgadzamy

Miller powiedział: Chciałbym powiedzieć to samo

Sorabji powiedział: Możesz być zupełnie pewien

i zapytał Kawy czy coś mocniejszego

Miller popatrzył na zegarek i powiedział: Muszę już iść naprawdę, mam jeszcze kawał drogi

Sorabji spytał: Na pewno cię nie namówię

Miller powiedział: Nie, lepiej nie... Gdzie zostawiłem płaszcz?... O, właśnie!

Wziął stary płaszcz przeciwdeszczowy wiszący na oparciu krzesła i zabrał starą teczkę stojącą przy krześle. Powiedział: Wyjaśniliśmy sobie najważniejsze kwestie.

Sorabji powiedział: Bez wątpienia. Pchnęliśmy sprawę sporo naprzód

Miller powiedział: Mam nadzieję że teraz dużo lepiej zdajesz sobie sprawę co zamierzamy zrobić

Sorabji powiedział: Ogromnie mi pomogłeś, dziękuję że wpadłeś

Miller powiedział: Nie ma za co i dodał Do końca tygodnia podrzucę ci to na piśmie

Sorabji powiedział: Odprowadzę cię.

Usłyszałem stuk zamykanych drzwi. Sorabji wrócił, pogwizdując.

Wszedł do pokoju i mnie zobaczył. Powiedział: Nie brak ci tupetu.

Zapytałem: W jaki znaczeniu?

Powiedział: Nieważne. Jestem ci coś dłużny. Zerknijmy na te zadania.

Podałem mu kartki. Powiedziałem: Skupiłem się na odrębnych problemach, bo były mniej czasochłonne.

Z uśmiechem zerknął na zadania. Potem gwałtownie uniósł wzrok i znów spojrzał w papiery. Zapytał: Skąd to wziąłeś?

Powiedziałem że z teczki leżącej na stole.

Zapytał: Z teczki? Ze starych dokumentów?

Przebiegł wzrokiem zadania, żeby sprawdzić, czy wszystkie z nich dotyczą tych samych tematów, a potem starannie sprawdził błędy. W pewnej chwili wziął do ręki ołówek, skreślił coś i napisał coś pod spodem. Wreszcie odłożył papiery na biurko. Roześmiał się.

Powiedział: Znakomicie!

Powiedział: Znam studentów, którzy... Aaa, tam. Znam absolwentów, którzy tego nie potrafią.

Powiedział: Widząc ciebie, człowiek mógłby odzyskać wiarę w angielski program edukacji, lecz z drugiej strony podejrzewam, że masz korepetytora

Powiedziałem że mama mi pomaga.

Powiedział: Chylę przed nią czoło!

Uśmiechał się. Powiedział: Zrób mi tę przyjemność i powiedz, że w przyszłości chcesz zostać astronomem.

Powiedziałem że jeszcze nie wiem kim naprawdę chcę zostać.

Powiedział: Jakbyś interesował się czymś innym, to nie przyszedłbyś tutaj. Mam nadzieję, że cię przekonam!

Powiedział: Wybacz, ale byłem zaprzątnięty czymś innym. Nie pamiętam dokładnie, po co się zjawiłeś. Chcesz autograf?

Pomyślałem: Teraz nie mogę się wycofać.

Uniósł swój bambusowy miecz. Miękkim kolistym ruchem schował go za siebie.

Powiedziałem...

Powiedziałem to tak cicho że mnie nie dosłyszał.

Powiedział: Przepraszam, co mówiłeś?

Powiedziałem: Chciałem się z panem zobaczyć bo jestem pańskim synem.

Zachłysnął się oddechem. Rzucił mi szybkie spojrzenie wziął papiery i bez słowa popatrzył na zadania. Przeczytał pierwszą stronę, potem drugą, a potem odwrócił głowę.

Powiedział: Mówiła mi...

Powiedział: Nigdy mi nie mówiła...

Znów popatrzył na analizę Fouriera.

Popatrzył na mnie. Miał łzy w oczach.

Położył mi dłoń na ramieniu, roześmiał się i potrząsnął głową. Nie wiem, jak na wstępie mogłem to PRZEGAPIĆ, powiedział śmiejąc się i kręcąc głową, masz DOKŁADNIE tyle samo lat co ja...

Nie wiedziałem co odpowiedzieć.

Powiedział: Nie mówiła ci...

Powiedziałem: Nigdy mi nic nie mówiła. Zajrzałem do koperty z napisem „otworzyć dopiero po śmierci". Nawet nie wie...

Zapytał: Co było w środku?

Powiedziałem że raczej niewiele.

Zapytał: Mieszkasz tutaj? To dziwne... Przecież ona jest ciągle w Australii. Całkiem niedawno czytałem...

Powiedziałem: Mieszkam z babcią.

Pomyślałem że w to na pewno nie uwierzy.

Powiedział: Oczywiście! Dureń ze mnie. Musiała to zrobić.

Zapytał: Chodzisz tutaj do szkoły? Widujecie się w czasie wakacji?

Powiedziałem że nie chodzę do szkoły. Uczę się samodzielnie.

Powiedział: Rozumiem. Zerknął na kartkę z zadaniami, uśmiechnął się i zapytał: Czy to naprawdę mądre?

I zapytał znienacka: Co wiesz o atomie?

Zapytałem: Którym atomie?

Powiedział: Którymkolwiek.

Powiedziałem: Atom iterbu ma 70 elektronów, względną masę atomową 173,04, energię cząstek jądrowych 6,254 elektronowoltów...

Powiedział: Niezupełnie to miałem na myśli. Chodzi mi bardziej o strukturę...

Pomyślałem: A co się stanie jeśli opowiem o strukturze?

Zapytałem: Strukturę?

Powiedział: Powiedz mi co wiesz.

Powiedziałem mu co wiedziałem i dodałem na koniec że moim skromnym zdaniem bzdurą jest założenie że bez elektronów moglibyśmy przechodzić przez ściany.

Roześmiał się i zaczął mi zadawać kolejne pytania. Śmiał się, kiedy odpowiadałem dobrze. Kiedy nie znałem odpowiedzi, gestykulował zawzięcie i wyjaśniał mi o co chodzi. Było to bardzo podobne do jego telewizyjnych programów, tyle tylko, że używał trudniejszych sformułowań i czasami pisał jakieś wzory na kartce i pytał czy rozumiem.

Wreszcie powiedział: Musisz iść do szkoły. Znajdziemy dobre miejsce, gdzie będziesz mógł poszaleć. Co powiesz na Winchester?

Zapytałem: A nie mógłbym od razu iść do Cambridge?

Popatrzył na mnie i wybuchnął śmiechem. Klepnął się w kolano. Zawołał: Nie zbywa ci na bezczelności!

Powiedziałem: Przecież nawet niektórzy studenci tego nie potrafią.

Odparł: Owszem, ale to kiepscy studenci.

Potem powiedział: Wszystko zależy od ciebie, co chcesz robić. Chcesz być matematykiem?

Odparłem: Nie wiem.

Powiedział: Jeśli chcesz – Jeśli jesteś zupełnie pewien swoich pragnień – To możesz zacząć. Im wcześniej tym lepiej. Możesz także wybrać inną gałąź nauki. Ale wówczas popatrz na Kena.

Zapytałem: A po co?

Powiedział: Tylko popatrz! W zeszłym roku zlikwidowano dotację na ESA, więc i HERSCHEL na tym ucierpiał. Ken nie ma pieniędzy i jego absolwenci też nie mają. Żebrzą niemal u wszystkich, żeby skończyć badania, które rząd uwalił przez obcięcie funduszy, a jak mają coś dostać, skoro w danej chwili nie mogą przedstawić konkretnych wyników?

Popatrzył na mnie poważnie, tak jak patrzył wówczas, kiedy zapisywał zawiłą formułę i nie był do końca pewny, czy wszyscy ją rozumieją. Powiedział: Nauka jest kosztowna, a już astronomia jest najkosztowniejszą z nauk.

Powiedział: Kosztowniejsza od innych i nie może liczyć na dotacje z przemysłu.

Powiedział: Jeśli potrzebujesz setek milionów funtów to wcześniej czy później dotrzesz także do ludzi, którym brak wyobraźni. Nie pojmują, co robisz i nie chcą tego pojąć, bo nie cierpią nauki już od czasów szkoły. Nie wolno ci odcinać się od świata.

Mogłem mu odpowiedzieć na dwa różne sposoby. Po pierwsze, że się nie odcinam, bo trenuję judo w klubie juniorów Bermondsey Boys. Po drugie: Nie ma sprawy.

Powiedziałem: Nie ma sprawy.

Odparł: Mówisz tak ale nic nie czujesz. Myślisz że jak jesteś mądry to zrozumiesz dosłownie wszystko. Nic takiego na pewno nie sprawi ci kłopotu – i znacząco popatrzył na kartkę z zadaniami. Musisz zrozumieć rzeczy w które trudno uwierzyć. Jak nie uwierzysz w nie teraz to potem już będzie za późno.

Nie wierzyłem że mógł to naprawdę powiedzieć. Noblista był przekonany że umiem prawie wszystko. Noblista był szczęśliwy że jestem jego synem. Cały czas kiedy mówił – nawet gdy mówił poważnie – nagle uśmiechał się, jakby ten uśmiech chował dla upragnionego syna, którego nigdy nie miał. Był geniuszem i uważał mnie za geniusza. Wyglądał jak gwiazdor filmowy i był przekonany że jestem do niego podobny. Zamiast mnie przepytywać ze stolic świata opowiadał mi o najkosztowniejszych badaniach we wszechświecie. Pomyślałem sobie, a niech już BĘDZIE moim ojcem skoro tak bardzo tego pragnie. Obawiałem się jednak że lada chwila przepyta mnie z lagrangianów i zrozumie że tak naprawdę wcale nie jestem jego synem.

Powiedział: Musisz wierzyć – Nie chodzi o to że sponsorzy nie przepadają za nauką. Nauką gardzą ich wyborcy. Cytowani są w gazetach układanych przez bandę przeciętniaków którzy od lat powtarzają bzdury o dinozaurach. Musisz uwierzyć że ci sami ludzie codziennie publikują horoskopy w które wierzą zarówno oni sami jak też ich czytelnicy.

Powiedział: Musisz zrozumieć że z pewnymi ludźmi nie możesz rozmawiać tak jakbyś rozmawiał z dorosłymi. Oni naprawdę nie chcą wiedzieć jak to się dzieje że coś działa. Rozmawiasz z ludźmi którzy pragną żebyś podsycił w nich dziecięcą radość życia. Żebyś pominął nudne matematyczne wywody bo one zabijają...

Zadzwonił telefon. Sorabji powiedział: Przepraszam cię na chwilę.

Obszedł biurko i podniósł słuchawkę. Powiedział: Tak? Ależ skądże. Ani trochę. Moim zdaniem poszło całkiem dobrze. Z ich strony nie musimy się niczego obawiać. Powiedział, że napisze do mnie przed końcem tygodnia, więc masz kilka dni zwłoki.

Tu nastąpiła krótka przerwa, a potem wybuchnął śmiechem. Powiedział: Nie wymagaj ode mnie żadnych komentarzy... Nie, nie. Działaj tak szybko, jak potrafisz. Właśnie. Na razie.

Wrócił do mnie. Zmarszczył brwi i uśmiechnął się lekko.

Powiedział: Jest taki tani greps z którym niektórzy ludzie zwracają się do chrześcijańskich fundamentalistów. Mówią tak: skoro Biblia to Słowo Boże a Słowo Boże jest najważniejsze w świecie to dlaczego nikt z was nie uczy się języków które Bóg wybrał do spisania oryginalnego tekstu Biblii? Jeśli jednak naprawdę wierzysz w Stwórcę to wystarczy że się rozejrzysz żeby zobaczyć czym przemawia. Od miliardów lat istnieje język matematyki. Oczywiście nie wygrasz z religią bo już sama idea Stwórcy i Stworzenia...

Przerwał, zawahał się i powiedział: Wspomniałeś chyba, że ci nie mówiła... A co naprawdę powiedziała?

Mruknąłem: Cóż...

Powiedział: Nieważne. Masz pełne prawo wiedzieć. Jestem ci to winien.

Pomyślałem: Muszę to przerwać

Powiedziałem: Nie...

Powiedział: Pozwól najpierw, że skończę. To niełatwe, ale masz prawo wiedzieć.

Pomyślałem: Muszę to przerwać

ale Sorabji – dzięki telewizji – tak potrafił przerywać ludziom próbującym mu przerwać że nie mogłem nic zrobić.

Powiedziałem: NIE. Dodałem: Nie musi mi pan nic mówić.

Powiedziałem: Tak naprawdę, wcale nie jestem pańskim synem.

Powiedział: Bóg mi świadkiem, że na to zasłużyłem. Zasłużyłem na twoją niechęć.

Powiedziałem: Nie ma w tym nic z niechęci. Stwierdzam po prostu FAKTY.

Powiedział: Zgoda, fakty. A co z tym? – i uderzył rozwartą dłonią w analizę fourierowską i dodał To też fakty i przed tym nie uciekniesz. Chcesz czy nie, coś nas łączy. Wiesz o tym, bo w przeciwnym razie nie przyszedłbyś tutaj. Możesz znać WSZYSTKIE fakty,

i zaczął się przechadzać wzdłuż i wszerz pokoju i mówić bardzo szybko żebym mu nie przerwał –

Powiedział: Moja żona to wspaniała kobieta. Wspaniała. Robi co do niej należy i Bóg mi świadkiem że przed ślubem wiedziałem kogo sobie biorę. Wyswatano nas – mój ojciec zamierzał pomóc jednemu ze swoich dawnych współpracowników i chociaż sam popełnił mezalians – a może właśnie dlatego – przeznaczył dla mnie dziewczynę, której rodzina wyznawała zoroastryzm. Tutaj takiej nie znalazł. Nie myśl, że wywierał na mnie jakąś presję, nic z tych rzeczy, bo doskonale wiedział, że na dobre przesiąkłem wpływami Zachodu. Poprosił tylko, żebym się z nią spotkał. Wspomniał przy tym, że to piękna dziewczyna, wykształcona, o miłym usposobieniu i że przecież nie muszę jej polubić ale nie zaszkodzi jak ją poznam, a on zapłaci mi za podróż do Bombaju i po sprawie.

Nie była to wprawdzie miłość od pierwszego wejrzenia, lecz wziąwszy pod uwagę wszystkie okoliczności, poszło nam całkiem dobrze. Zrozumiałem, że jeśli się zgodzę, będę miał całkowite poparcie rodziny w dalszej karierze naukowej. Tylko to się liczyło – i chyba się udało. Tak jak wspomniałem wcześniej, wiedziałem, kogo biorę.

Uniósł rękę na znak, żebym mu nie przeszkadzał i powiedział – potem jednak na początku lat 80. wybrałem się na Hawaje na sympozjum o podczerwieni. Tam ją poznałem. Miała wykład. Reszta poszła szybko od słowa do słowa i stwierdziłem nagle że jestem zakochany. Ona też. Była – nie wiem jaka jest teraz, lecz wtedy wydawała mi się najpiękniejszą dziewczyną na świecie. Aż dech mi zaparło jak ją zobaczyłem.

Poczułem się, jakby ktoś kopnął mnie w żołądek. To jedna z tych rzeczy, w które nie wierzymy, dopóki się nam nie przytrafią. W dodatku była mądra i jak na kogoś w jej wieku, miała głęboką wiedzę. Nigdy przedtem z nikim nie rozmawiałem tak swobodnie, nie myśląc o wyjaśnieniach.

Przerwał na chwilę. Znów zaczął mówić, zanim wykoncypowałem sposób jak skorzystać z jego milczenia.

Powiedział: Wcale nie chciało mi się wracać do Londynu, ale jakoś wróciłem. Ona pojechała do Australii. Przez parę następnych lat spotykaliśmy się na różnych konferencjach. Wreszcie doszedłem do wniosku, że tak być nie może. Nie zamierzałem krzywdzić żony, ale już nie dawałem rady. Colossus miał trzy lata opóźnienia i wszystko wskazywało na to, że robota potrwa jeszcze pół dekady. Powiedziałem sobie, kiedy tylko puszczę go na orbitę, poproszę Firozę o rozwód. Ona zaś będzie mogła przyjechać tu, do Anglii, gdzie na pewno by coś znalazła, albo ja bym pojechał do Australii. Powiedziała mi, że jest w ciąży, a ja spytałem, co dalej.

Powiedział: Po prostu patrzyła na mnie. Spytałem Co mam zrobić? Rozpłakała się – to było straszne widzieć ją w tym stanie. Spytałem Czego chcesz ode mnie? Na pewno zdajesz sobie sprawę ze skutków tej sytuacji. Powiedziałem – takie rzeczy stają się koszmarem, ale w tamtej chwili miałem mętlik w głowie i po prostu się bałem – Zapytałem Jak myślisz na ile nam jeszcze starczy naturalnych paliw? Co czeka naukę, kiedy ludziom zabraknie produktów naftowych? Ile lat po kryzysie przetrwają badania w swym obecnym kształcie? Wciąż będziemy tak mądrzy, jak dziś, przy benzynie?

Prawdopodobnie byłem w szoku, tak teraz to postrzegam, ale w tamtej chwili sprawę paliw uznałem za najważniejszą w świecie. Oczekiwałem jakiejś odpowiedzi. Koniec byłby na pewno taki sam, lecz mogłem być trochę milszy. Mogłem ją jakoś pocieszyć, zamiast uparcie pytać o przerób ropy naftowej – ale desperacko chciałem, żeby choć jedno z nas zachowało przytomność umysłu. A ona wciąż płakała. Co miałem zrobić?

Rozwód by mnie zabił, przez wzgląd na Colossusa. Wydatki przekraczały moje możliwości. Pensja na uczelni nie starczyłaby na utrzymanie dwóch rodzin. Chociaż z drugiej strony, od wielu lat byłem zapraszany do Stanów... Możliwe więc, że jakoś dałbym sobie radę, lecz bałem się kłopotów ze zmianą miejsca pracy, stanowiska i kraju.

Płakała, patrząc na mnie. Powiedziała George... Zapytałem Dlaczego patrzysz na mnie w taki sposób? Czy ja rządzę tym światem? Masz mnie za magika? Sądzisz może, że jestem zadowolony?

Zapytałem Co według ciebie powinienem zrobić?

Przestała płakać i powiedziała że jakoś da sobie radę. Nie mogłem jej na to pozwolić. Zdobyła wiedzę kosztem ogromnych wyrzeczeń. Dorastała na australijskim pustkowiu i zarabiała, pasąc owce, szyjąc i tak dalej. Z oszczędności kupiła swoją pierwszą lunetę. Miała to teraz zaprzepaścić? Przed chwilą objęła katedrę, więc jeszcze nie przysługiwał jej urlop macierzyński. Powiedziałem Pomyśl rozsądnie. Co zrobisz, wrócisz do owiec? Spędzisz resztę życia na obserwacji komet?

Powiedziała w porządku, jakoś dam sobie radę. Poprosiła mnie o pieniądze. Nic więcej nie mogłem zrobić. Od tamtej pory jej nie widziałem, ale śledziłem jej karierę i wiem, że ma na koncie niejedno chlubne osiągnięcie. Sądziłem zatem... Łudziłem się nadzieją, że może jeszcze kiedyś zwróci się do mnie z prośbą, żebym jej załatwił dodatkowy czas obserwacji na Colossusie i że choć w taki sposób zdołam jej odpłacić. Niestety. Odwiedzała różne obserwatoria, ale do mnie nie przyszła.

Powiedział: Musisz coś zrozumieć. Gdyby nie upór, nikt z nas nigdzie by nie doszedł. Nie mówię tutaj o dziesięciu lub dwudziestu latach, ale o całym życiu naszego gatunku. Bez zapasów, przez następne dziesięć, dwadzieścia lub więcej tysięcy lat nie znajdziemy potrzebnych odpowiedzi.

Poszedł w kąt pokoju i wrócił. Powiedział: Nie przyszło mi to łatwo, ale byłem pewien, że ona mnie zrozumie. Dobrze, że znalazła jakieś inne wyjście.

Położył mi dłoń na ramieniu i uśmiechnął się.

Powiedział: Chyba lepiej, że nie wie, że do mnie przyszedłeś. To nam ułatwi sprawę. Rozumiem jej powody, ale tobie nie wolno iść tą samą drogą. Musisz obracać się wśród rówieśników. Dam ci formularz z Winchester. Wyślij go i powołaj się na mnie. Nie mów jej o tym spotkaniu. Niech się dowie, jak cię przyjmą do szkoły.

Zapytałem: A skąd pan wie, że mnie na pewno przyjmą?

Zapytał: A dlaczego mieliby nie przyjąć? Jak będziesz miał kłopoty, to im zaproponuję jakąś małą dotację. Ale kłopoczesz się na wyrost.

Zapytałem: Jest chyba jakaś lista kandydatów?

Powiedział: Być może, lecz to nie ma najmniejszego znaczenia. Już sam fakt, że o tym pomyślałeś, stanowi najlepsze potwierdzenie, że – jeśli mogę to ująć w ten sposób – nie masz pojęcia o regułach rządzących we współczesnym świecie. Spójrz na to z punktu widzenia szkoły. Zjawia się jakiś chłopak z pismem, w którym noblista nazywa go drugim Newtonem, i w którym pada rzeczowe stwierdzenie, że ze wszystkich szkół w kraju właśnie ta jest najlepszą kuźnią takich młodych talentów. Nie tylko mają wielką szansę wychowania geniusza – na krótszą metę mogą także liczyć, że na ich imprezach będzie ktoś, kto mało tego, że dostał Nagrodę Nobla, to na dodatek jest ludziom znany z telewizji. Mogę cię wysłać do dowolnej szkoły. Jeżeli wolisz jakąś inną, to powiedz. Nic na siłę. Wybrałem tylko tę, w której moim zdaniem nie zrobią ci wody z mózgu.

Próbowałem się cieszyć myślą, że w wieku lat dwunastu trafię na szkolną ławę, lecz w porównaniu z Cambridge wypadało to raczej blado. Zapytałem: A co jeśli już wszystko umiem?

Powiedział: Przekonasz się, że to nieprawda. Poza tym, będziesz wśród swoich. Przyda ci się ogłada. Ludzie lubią wysoce kulturalnych naukowców. Może poświęcisz trochę czasu filologii? Może nauczysz się jednego albo dwóch języków? To nie zaszkodzi, wręcz przeciwnie, ustawi cię na dobrej drodze.

Wyobraziłem sobie, co powie Sibylla na wieść, że przyjęto mnie do Winchester. Miałem uwierzyć, że nie spyta, kto mi to załatwił? Miałem uwierzyć, że uwierzy, że przedstawiłem list od instruktora judo z klubu juniorów Bermondsey Boys?

Sorabji pomyślał chyba, że nie lubię obcych języków, bo powiedział: Wiem, co czujesz. Na początku wydaje ci się, że masz tak wiele do zrobienia, że na inne przedmioty po prostu szkoda czasu. Ale czasami dobrze poszerzyć horyzonty. Zdobędziesz też nieco praktycznego doświadczenia... Byłeś kiedyś w laboratorium? Podejrzewam, że nie.

Jak miałem mu wytłumaczyć, że nie jestem jego rodzonym synem w genetycznym sensie tego słowa?

Sorabji wciąż przechadzał się po pokoju i rozprawiał o szkole. Gestykulował zawzięcie i co rusz spoglądał na mnie rozpłomienionym wzrokiem. W jego ustach ów pomysł stawał się coraz bardziej atrakcyjny. Nie była to być może wyprawa na biegun ani cwał przez mongolskie stepy, ale miało to swój urok. Mówił o wykładowcach, o szkolnych znajomościach, kończących się przyjaźnią na całe dorosłe życie... Był szczęśliwy i podniecony, że może mi jakoś pomóc. Zacząłem podejrzewać, że padłby z mojej ręki w walce na prawdziwe miecze. Nie mogłem mu powiedzieć, że nie jest moim ojcem, bo taka była prawda.

A poza tym, dlaczego miałbym nie iść do szkoły?

Pomyślałem: A jeśli to naprawdę jest jakiś dobry sposób?

Jeśli Sorabji miał rację to mogło mi się udać. Potem jak już mnie przyjmą będzie grubo za późno nawet jak pozna prawdę. Nie wylecę ze szkoły tylko na jego żądanie. Nie wyleją mnie nawet jak im powie że początkowo mnie popierał bo myślał że jestem jego synem. Zresztą na pewno tak nie powie. Sibylla miałaby wreszcie trochę więcej pieniędzy na swoje własne potrzeby. Mogłaby kupić „Dzieje narodu żydowskiego w czasach Jezusa Chrystusa" Schürera, we wspaniałym czterotomowym wydaniu z uzupełnieniami Vermesa i Millara – dzieło które powinno trafić do każdego domu. Skoro umiałem przekonać laureata Nagrody Nobla że jestem jego dawno utraconym synem to z pewnością mogłem też przekonać matkę że ot tak po prostu dostałem się do Winchester.

Pomyślałem: Dlaczego nie?

Jak mi nie wyjdzie to przecież zawsze mogę iść jeszcze do Cambridge. Jako trzynastolatek. A może wyjdzie? Lepsze to niż kolejna zima w wagonach metra linii Circle.

Obrzucił mnie miłosiernym spojrzeniem.

Powiedziałem: Nie wiem.

Pomyślałem: A może lepiej mu nie mówić? Sibylla byłaby szczęśliwa. On też byłby szczęśliwy. Przez całe lata nosił w sobie głębokie poczucie winy bo wtedy nic nie mógł zrobić a teraz nareszcie może. Co w tym złego że mu pozwolę żeby mi trochę pomógł?

Zadzwonił telefon.

Sorabji uśmiechnął się przepraszająco w typie jeszcze-nie--skończyliśmy. Powiedział: To potrwa tylko chwilę.

Podszedł do biurka i podniósł słuchawkę. Powiedział: Sorabji!

Powiedział: Owszem. I gdzie tu kłopot?

Nastąpiła długa przerwa.

Powiedział: W zupełności się z tobą zgadzam, Roy, ale co mogę zrobić? Nawet nie jestem w komisji...

Znów nastąpiła przerwa.

Powiedział: Z chęcią bym ci pomógł, gdyby tylko istniały po temu sensowne możliwości. Nie widzę jednak...

Znów przerwa.

Powiedział: A to ciekawa propozycja.

Powiedział: Pewnie, że wywrotowa, ale z drugiej strony...

Powiedział: Roy, pozwól, że zadzwonię jutro. Mam teraz coś na głowie. Nie chcę ci zawczasu robić żadnych nadziei, ale nie wykluczam pewnych możliwości.

Powiedział: Właśnie. Świetnie. Dzięki za telefon.

Patrzyłem na niego. Nie wiedziałem, o co w tym wszystkim chodzi. Nie wiedziałem, o co chodziło z doktorem Millerem i nie wiedziałem, o co chodziło z tą astronom z Australii. Nie wiedziałem, o co chodziło z trojgiem dzieci i zadaniami. Miałem za mało poszlak i dowodów. Nie wiedziałem też, jak je zdobyć. Z dowodów wynikało, że o resztę dowodów nie należy prosić zwłaszcza Sorabjiego.

Pomyślałem, że jak mu pozwolę coś zrobić to już do końca życia będę jego synem. Z telewizji na pewno bym się nie dowiedział, że w najtrudniejszych chwilach zaczyna ludzi przepytywać z surowców naturalnych. Ale to przecież chyba jeszcze nie koniec świata? Mogę go jakoś unikać w najtrudniejszych chwilach. A przez resztę czasu będziemy latali śmigłowcem, wspinali się po drabinkach, szybowali nad Kanałem i wyjaśniali sobie trudne rzeczy potrzebujące wyjaśnienia. Prawdziwy Sorabji był inny niż na pierwszy rzut oka. Jak inny? A kogo to, kurczę, obchodzi?

Dawniej, kiedy moim jedynym zmartwieniem był Val Peters, żyło mi się o wiele łatwiej. Miał swoje wady. Mylił DNA i RNA. Paplał o erotycznych wojażach. Nikt jednak nie mógł mieć DO MNIE pretensji, że mam takiego ojca. Był taki i już. Zaś w tym przypadku...

Zapytałem: Kto to dzwonił?

Sorabji zdziwił się. Powiedział: Ciekawość to pierwszy stopień do piekła.

Potem uśmiechnął się i wzruszył ramionami. Powiedział: Takie tam administracyjne ble ble... Ktoś wtyka nos w nie swoje sprawy.

Wiedziałem już, że nie mogę. Pomyślałem: Ale dlaczego mam o tym mówić?

Chciałem powiedzieć że wyślę podanie do szkoły i wcale go nie wysyłać. To przecież łatwe. Jak wyjdę już nigdy mnie nie znajdzie. Jeśli pogada z tą kobietą dowie się że nie miała dziecka. A jeśli z nią nie pogada to nic nie będzie wiedział.

Wiedziałem że mu powiem. Pomyślałem: Pospiesz się zanim stchórzysz.

Powiedziałem: To poparcie nie będzie potrzebne

Powiedział: Boisz się, że ktoś zacznie coś podejrzewać? Ależ skądże! Po prostu zwróciłem uwagę na wybitnie zdolnego samouka i skontaktowałem go z dobrą szkołą. Czyż może być coś bardziej zwykłego? Jesteś do mnie podobny, lecz wystarczy, że skrócisz włosy. Ostrzyżesz się przed początkiem roku i nikt nie zauważy.

Powiedziałem: Poparcie nie będzie potrzebne bo wcale nie jestem pańskim synem.

Zapytał: Co takiego?

Powiedziałem: Nie jestem pańskim synem.

Zmarszczył brwi jakby pytał Co?

Powiedziałem: Oszukałem pana.

Powiedział: Ty... Powiedział: To głupota. Rozumiem twoją niechęć, ale przecież nie musisz się z tym obnosić. Wyglądasz jak ja.

Powiedziałem: Moja matka twierdzi że jest pan podobny do Roberta Donata. To pański kuzyn?

Popatrzył na mnie. Powiedział: Zatem... Zapytał: Mogę spytać dlaczego?

Opowiedziałem mu o „Siedmiu samurajach".

Nie wiem, czego się spodziewał. Powiedział: To idiotyczne. Nie ma w tym odrobiny sensu.

Powiedziałem że moim zdaniem było to całkiem sensowne.

Zerknął na analizę fourierowską. Rozłożył kartki na stole. Potem zmiął je szybko i rzucił do kosza. Powiedział: Więc nie mam syna.

Powiedział: Oczywiście. Nie dałaby sobie rady. Mogłem się tego domyśleć.

Popatrzył na mnie.

Powiedziałem: Przepraszam.

Powiedział: Chodź tutaj.

Nie ruszyłem się z miejsca. Powiedziałem: Już wcześniej usiłowałem to panu wytłumaczyć.

Powiedział: Nie bądź głupi. Chciałeś mnie oszukać, żeby się potem tłumaczyć?

Zapytałem: Nadal chce pan skontaktować mnie z dobrą szkołą?

Popatrzył na mnie. Nic nie powiedział. Miał chłodną i beznamiętną minę, jakby coś kalkulował.

Wreszcie powiedział beznamiętnym tonem: Wiesz o rzeczach, o których nie powinieneś wiedzieć. Myślisz pewnie, że to stanowi dla mnie jakieś zagrożenie?

Powiedział: Radzę ci, żebyś dobrze uważał na słowa. Źle będzie z tobą jeśli w jakiś sposób spróbujesz sprzedać te wiadomości.

Odparłem, że nigdy nie miałem zamiaru sprzedawać takich rzeczy i że od początku nie chciałem jego zwierzeń. Pomyślałem sobie, że mógłbym trochę załagodzić tę sytuację. Był tak szczęśliwy, gdy zobaczył analizę Fouriera... Co z tego, że nie miałem połowy jego genów? Coś mi podpowiadało jednak, że to nie najlepsza chwila na takie pytania. Powiedziałem zatem, że chciałem... że mój prawdziwy ojciec wciąż mylił szczególną i ogólną teorię względności.

Sorabji tylko patrzył na mnie.

Powiedziałem, że przecież go nie znam. Jest coś więcej niż więź genetyczna i pomyślałem...

Patrzył na mnie. Prawdopodobnie mnie nie słuchał. Myślał pewnie, że nic nie może zrobić.

Powiedziałem: Przecież nie wiedział pan, co się stanie. A jak to było najlepsze wyjście? Mogła zwariować. Może zawdzięcza panu życie? To że pan plótł niestworzone bzdury, wcale nie znaczy, że w tym wypadku...

Nie widziałem, jak się zamachnął. Otwartą dłonią trafił mnie w bok głowy. Upadłem na podłogę. Przetoczyłem się w tył, przez plecy, żeby stanąć na nogach, ale był szybszy. Dostałem z drugiej strony i znów rymnąłem jak długi. Doskoczył do mnie, lecz tym razem to ja go przewróciłem. Upadł. Na mnie.

Przygniótł mnie tak, że nie mogłem się ruszyć. W pokoju

słychać było ciche tykanie zegara. Wcześniej nawet nie zauważyłem, że jest tu jakiś zegar. Wciąż tykał. Nic się nie działo. Sorabji dyszał jak po ciężkiej walce. Oczy błyszczały mu niczym węgle. Nie wiedziałem, co jeszcze zrobi.

Ktoś zapukał do drzwi. George? zawołała żona.

Powiedział: Za sekundę, kochanie.

Usłyszałem szmer cichnących kroków. Przyszło mi do głowy, że powinienem krzyknąć. Oczy błyszczały mu jak...

Zegar wciąż tykał.

Sorabji puścił mnie nagle i poderwał się szybkim ruchem. Uciekłem w kąt pokoju, lecz nie próbował mnie gonić. Stał przy biurku, z rękami w kieszeniach. Uśmiechnął się do mnie mile i powiedział konwersacyjnym tonem:

Przepraszam, poniosło mnie trochę. Musisz mi to wybaczyć. Mam wybuchowy temperament, ale szybko się uspokajam.

Ciągle dzwoniło mi w głowie.

Włosy opadły mu na twarz, oczy połyskiwały wojowniczo. Wyglądał teraz jak Robert Donat w „39 krokach". Wyglądał tak jak wcześniej, kiedy mi mówił o atomach i analizie fourierowskiej.

Powiedział: Pewnie, że wciąż mam zamiar skontaktować cię z dobrą szkołą.

Zapytałem: Więc nadal mogę myśleć o astronomii?

Roześmiał się. Powiedział: Za żadne skarby świata nie odwiódłbym cię od tego!

Uniósł brew, co nadało jego twarzy nieco zagadkowy i zarazem autoironiczny wyraz. W oczach zamigotały mu iskierki rozbawienia. Nic już nie kalkulował.

Zastanawiałem się, czy będę miał podbite limo.

Zapytałem: Mogę złożyć podanie do Winchester? Udzieli mi pan poparcia?

Wciąż się uśmiechał. Powiedział: Jak najbardziej.

Uśmiechnął się i powiedział: Powołaj się na mnie.

Dobry samuraj odbiłby
cios pałki

Robert Donat znów był w telewizji w czwartek o 9. Sib oglądała go jak urzeczona. Ja w tym czasie czytałem „Scientific American".

Trafiłem na artykuł o pewnym badaczu, który niedawno wybrał się w lody Antarktyki i właśnie stamtąd wracał. Był też artykuł o człowieku, co podjął się pionierskich badań nad słonecznym neutrino. Przeczytałem akapit lub dwa i przewróciłem kartkę.

Czasem myślałem o dziewczynkach, z których żadna nie była moją siostrą, czasem o doktorze Millerze, ale najczęściej o nobliście podobnym do Roberta Donata, i o tym, jak gorączkowo przeglądał analizę Fouriera, jak rzucał mi szybkie spojrzenia, jak chwalił mój intelekt i jak mówił, że taki sam był w moim wieku. Ze wspomnianych wyżej artykułów nijak nie mogłem wywnioskować, czy ich autorzy zalecali dzieciom „Ulicę Sezamkową". Nie wiedziałem, czy mają świra na punkcie produktów naftowych. Nie musiałem jednak czytać ani słowa, żeby wiedzieć, że już nigdy w życiu nie znajdę kogoś takiego jak Sorabji.

Odłożyłem pismo i wziąłem się do książki o aerodynamice. Czasami już myślałem, że wszystko z niej rozumiem, czasami znów okazywała się za trudna. W takich chwilach nie bardzo wiedziałem, co mogłoby mi pomóc. Może ktoś, kto nie uważał matmy za nudziarstwo ciągle tkwiące w XVIII i XIX wieku. Każdy dureń może nauczyć się języka, bo wystarczy tylko, że wytrwa w nauce, i po pewnym czasie sam wszystko zrozumie. W matematyce trzeba pojąć pierwsze, żeby pojąć drugie, a nie zawsze wiadomo, gdzie szukać pierwszego, które trzeba pojąć. Albo to widać, albo nie widać. Tracisz mnóstwo czasu na wstępne ustalenia, czego masz się nauczyć, a potem na szukanie właściwego końca.

Gdybym nakłamał Sorabjiemu, nie musiałbym tracić czasu. Po pierwsze już jako dwunastolatek chodziłbym do Winchester, a po drugie miałbym pod ręką kogoś, kto znałby odpowiedzi na wszystkie moje pytania i chętnie skoczyłby w ogień za utraconym synem. A gdybym poznał Sorabjiego chociażby dzień później – gdybym posiedział trochę dłużej nad układem pierwiastków – nie zobaczyłbym doktora Millera, nie słyszałbym telefonów i nawet bym nie wiedział, że coś przegapiłem. Nie traciłbym więcej czasu i byłbym najmłodszym w dziejach laureatem Nagrody Nobla. Teraz jednak byłem zdany wyłącznie na własne siły.

Jeszcze raz popatrzyłem na twierdzenie Kutty-Żukowskiego. To nic trudnego dla kandydata do Nagrody Nobla. Z drugiej strony jeśli ktoś nie chce Nobla, może się zająć czymś pożyteczniejszym, na przykład rejsem w górę Amazonki lub wędrówką przez Andy. A jeśli ktoś nie lubi wędrówki przez Andy, może się zająć czymś pożyteczniejszym, na przykład Nagrodą Nobla. Ale to głupie.

Odłożyłem na bok aerodynamikę.

Sorabji płonącym wzrokiem spoglądał na nas z ekranu.

Pomyślałem nagle, że to idiotyczne bawić się w sentymenty.

Nie potrzeba nam bohaterów. Ważniejsze są pieniądze.

Gdybyśmy mieli forsę, zaszlibyśmy daleko. Kilka funciaków więcej zrobi z nas bohaterów.

Rano postanowiłem pójść do biblioteki. Jeden dzień w tę czy w tę nie będzie miał wyraźnego wpływu na moją szansę na Nobla lub rejs po Amazonce. Szanse na pokaźny zarobek równały się prawie zeru. Pomyślałem sobie, że dla odmiany poczytam którąś ze starych ulubionych książek.

Niestety, ktoś wypożyczył „W pogoni za przygodą", więc w zamian wziąłem „923 metry w głąb oceanu".

Zabrałem ją do metra (linia Circle) i najpierw przeczytałem fragment o tym, jak batysfera pierwszy raz pogrążyła się w falach morza.

Był to niedający się wyrazić przezroczysty błękit, całkiem niepodobny do tego wszystkiego, cokolwiek widziałem na górnym świecie – wspominał potem dr Beebe. – Błękit, który działał oszałamiająco na nasze nerwy wzrokowe. Uważaliśmy go za świecący i tak go nazywaliśmy. Raz po raz sięgałem po książkę, chcąc czytać druk, i utwierdzałem się w przekonaniu, że nie mogę odróżnić czystej karty od kolorowej planszy. Przywoływałem na pomoc całą swą logikę, zapominałem o naszym stanie podniecenia w wodnej przestrzeni i usiłowałem myśleć trzeźwo o odpowiedniej barwie; wszystko na próżno.

Błysnąłem światłem reflektora, które wydało mi się niezwykle żółte, i wpatrywałem się w nie intensywnie; jednakże po zgaszeniu go pozostało mi jedynie wrażenie zmroku – jakby go tu w ogóle nigdy nie było. Tymczasem otaczająca nas zewsząd niebieskość błękitu zdawała się przesiąkać przez oczy w głąb naszych istot. Wszystko to, co mówię, brzmi całkiem nienaukowo i nie zasługuje nawet na wzruszenie ramion optyka czy fizyka. Tak jednak było w istocie (...) Zdaje mi się, że obaj poczęliśmy w jakiś całkiem nowy sposób odbierać wrażenia kolorów *.

---

* Przełożył dr Mieczysław Jarosławski; W. Beebe „923 metry w głąb oceanu", Trzaska, Evert i Michalski, Warszawa b.r.w., s. 99.

I nagle pomyślałem o kimś, kto zbił majątek po przeczytaniu właśnie tego fragmentu wspomnień dra Beebe'a.

Pomyślałem o kimś, kto nigdy nie zgrywał bohatera.

Był malarzem. Przeczytał fragment książki który przed chwilą przeczytałem. Przeczytał go i zapytał:

Jak mam malować skoro nie wiem co maluję?

Powiedział:

Nie maluję rzeczy ale kolory. Jak mam malować kolory skoro nie wiem jak wyglądają? Czy błękit to wzór błękitu?

Powiedział jeszcze, że musi załatwić sobie batysferę i zejść na dno oceanu żeby zobaczyć jak wygląda błękit.

Trafił do ośrodka badań oceanograficznych, ale tam go nie chcieli słuchać. Poszedł na przystań i pogadał z szyprem, a szyper lubił błękitny okres Picassa. Szyper chciał go nocą zabrać w morze, ale nocą nie było błękitu. Pewnego dnia oceanografowie wyjechali na cały weekend na jakąś konferencję. Szyper zabrał go w morze i opuścił w głębiny. A kiedy malarz wrócił, zapytał szypra Widziałeś błękit? A szyper odparł Nie. A on powiedział To musisz to zobaczyć. Nie mogę tego namalować więc musisz to zobaczyć. Pokaż mi jak się obsługuje kapsułę i zjedź na dół. Szyper był zdenerwowany i mocno podniecony. Pokazał malarzowi jak obsługiwać kapsułę. Przećwiczyli to parę razy. Potem szyper wsiadł do kapsuły a malarz zepchnął go za burtę.

Malarz nigdy nie namalował tego co zobaczył, bo mówił że tego nie da się namalować.

Szyper powiedział:

Od lat wysyłałem tam dra Coopera i jego studentów. Czasami któryś z młodych mówił Istne cuda. Mówił tak raz lub dwa na początku. Potem pochłaniała go praca związana z obserwacjami. Czasami pracowali przy wyłączonych reflektorach, dyktując na magnetofon swoje spostrzeżenia, a czasami zapalali światła. Przejrzałem masę zdjęć i może ze dwa razy widziałem w telewizji program o oceanach. Obejrzałem go bo sam w tym robię ale prawdę mówiąc nie było to nic ekstra. Nurkowałem kiedyś podczas wakacji na Bahamach.

Jak byłem mały to mieliśmy w domu obraz Picassa z błękitnego okresu. To zawsze był mój ulubiony okres w którym pracował. Potem kupowałem książki o Picassie i błękitny okres wciąż mi się podobał. Nigdy nie chciałem malować; ciągnęło mnie na morze. Jako nastolatek zacząłem robotę na jachcie Dickiego Lomaxa, a później dostałem pracę w Instytucie Oceanografii. Czasami zdaje mi się że dr Cooper i studenci korzystają z byle okazji żeby uciec na morze i zamknąć się w kapsule. Muszą prowadzić badania żeby dostawać kasę. Czasami mam ochotę powiedzieć: Po cholerę tak wszystko komplikować? Nie lepiej po prostu uczyć się żeglowania?

No i kiedy przyszedł do mnie pan Watkins to pomyślałem sobie że muszę mu pomóc. Nie szukał żadnych pretekstów – chciał po prostu zejść na dno. Nie wiem czy Picasso postąpiłby podobnie ale z należytym respektem odniosłem się do pomysłu pana Watkinsa.

Byłem cholernie zaskoczony kiedy zapytał czy chcę iść na dół. Nawet się zdenerwowałem. Bałem się zostawić ster w rękach takiego żółtodzioba. Powiedziałem mu o fotografiach, a on powtarzał To za mało. Niech pan to sam zobaczy.

Wreszcie pomyślałem sobie Raz kozie śmierć, nieprawda? Przecież żaden profesor nie wysłałby mnie na dół żebym sobie popatrzył. Dzień był pogodny, więc pomyślałem, będzie co ma być. Wsiadłem do kapsuły, a pan Watkins wypchnął mnie za burtę.

Jak już mówiłem wcześniej, kiedyś nurkowałem podczas wakacji na Bahamach. To było co innego. Ktoś mógłby powiedzieć, że najwięcej wrażeń ma się tylko wtedy kiedy jest się w wodzie. Do pewnego stopnia to prawda. Ale tam w kapsule siedzi się jak gdyby w wielkiej bańce powietrza. Czułem się jakbym wstąpił w krąg błękitnego światła – tak błękitnego jak woda jest mokra.

Kiedy wróciłem na powierzchnię wysiadłem z kapsuły a on pytającym gestem wskazał na jej wnętrze. Skinąłem głową. Wsiadł i ponownie zepchnąłem go do morza. Dopiero wtedy spostrzegłem że kończy się paliwo. Windę napędza generator, a my schodziliśmy pod wodę więcej razy niż profesorowie. Oni zazwyczaj schodzą raz i siedzą tam na dole prowadząc obserwacje. Patrzyłem jak igła wskaźnika sunie w kierunku zera i chciałem wyciągnąć kapsułę ale on powiedział Jeszcze nie. Odczekałem więc chwilę i znów włączyłem windę a on powiedział Jeszcze nie, ale tym razem musiałem już go wyciągnąć. Silnik zgasł ledwo kapsuła wyskoczyła na powierzchnię morza. Pan Watkins wgramolił się na pokład, a ja pokazałem mu wskaźnik, a on skinął głową i usiadł. Do brzegu musieliśmy wracać pod żaglami. Przez całą drogę żaden z nas nie powiedział ani jednego słowa.

Szyper powiedział później że po pewnym czasie człowiek wręcz szuka słów na opisanie tego piękna, ale w danym momencie piękno jest tak wielkie, aż strach bierze że słowa mogłyby je zniszczyć. Powiedział też że cenił u pana Watkinsa choćby to że ów miał w oczach poczucie tego piękna i wiedział że w takiej chwili nic mu nie wolno mówić. Ktoś mógłby pewnie skwitować to jakimś żartem, ale my wiedzieliśmy, że to jest zbyt piękne i wiedzieliśmy, że obaj o tym wiemy.

Były inne historie o tym samym malarzu, bo po tym wydarzeniu przestał malować błękit. Postanowił sobie, że zobaczy biel i następnym razem namówił pewnego pilota na lot do stacji na północy Kanady.

Powiedział Chcę być sam wśród bieli i ciszy. Poszedł w śnieg i przewędrował kilka kilometrów, aż spostrzegł go biały niedźwiedź, jeden z najszybszych i najgroźniejszych drapieżców na świecie. Zwierz pobiegł w jego stronę, a żółtawe futro wyraźnie się odcinało od bielutkiego śniegu, a potem huknął strzał i niedźwiedź padł martwy. Okazało się, że szef stacji wybrał się za gościem i w porę powstrzymał atak napastnika. Niedźwiedź leżał na śniegu z czerwonymi plamami krwi na futrze. Krople czerwonej krwi ciemniały także na śniegu.

Później malarz wrócił do Anglii. Widział biel i widział czerwień i przyjechał do Anglii żeby ujrzeć więcej czerwieni.

Poszedł do rzeźni i poprosił o nieco krwi. Spytano go ile krwi potrzeba a on powiedział że mniej więcej tyle żeby napełnić wannę. Usłyszał w odpowiedzi że jest im bardzo przykro ale to zbyt mało żeby się fatygować. Rzeźnia sprzedawała krew masarzom producentom haggis i wytwórniom karmy dla zwierząt i sprzedawała ją setkami tysięcy litrów więc nikt nie chciał dodatkowych kłopotów ze sprzedażą marnych dziewięćdziesięciu czy stu litrów.

Malarz pomyślał że jak im się nie opłaca sprzedaż dziewięćdziesięciu czy stu litrów to przecież nikt nie zauważy kradzieży tej ilości. Zaczekał w pubie tuż przy rzeźni. Koło siódmej przyszedł tam jakiś człowiek ze śladami krwi na rękach. Malarz postawił mu piwo i po pewnym czasie zapytał o krew. Rzeźnik obiecał że zobaczy co da się zrobić. Malarz miał małe białe kombi którym czasem woził swoje prace. Podjechał nim pod rzeźnię. Następnego dnia jego znajomy z pubu pod zmyślonym pretekstem został nieco dłużej i po pewnym czasie otworzył tylną bramę. Malarz miał pięć plastikowych kubłów na śmieci z ogrodu. Rzeźnik napełnił je krwią i we dwóch zataszczyli je do samochodu. Rzeźnik pojechał z malarzem i pomógł mu wnieść kubły na piętro pracowni. Wleli krew do wanny i rzeźnik sobie poszedł.

Malarz rozłożył w pracowni na podłodze ogromne płachty papieru. Takim samym papierem wyznaczył długą ścieżkę z pracowni do łazienki. Resztę arkuszy położył w łazience. Potem postawił w łazience kamerę na statywie. Włączył ją i wszedł do wanny. Usiadł we krwi, zacisnął dłonie na krawędzi wanny i położył się na dnie. Puścił krawędź i rozsunął nogi, aż zanurzył się cały. Mówił później że otworzył oczy i wcale nie ujrzał takiej czerwieni jakiej się spodziewał. Nie było tak czerwono.

Usiadł. Krew spływała mu z włosów po twarzy i rozwarł powieki i spojrzał w kamerę.

Wstał, wyszedł z wanny, papierową ścieżką przeszedł do pracowni i położył się najpierw na jednym arkuszu, a później na drugim. Na ostatnich papierach zostawił skąpe ślady. Większość krwi już zeń spłynęła a reszta zaczęła przysychać.

Kiedy papier wysechł odłożył go na bok i rozpostarł świeże arkusze. Wrócił do łazienki zdjął zakrwawione łachy, rzucił je na podłogę i znów wszedł do wanny. Od początku powtórzył całą procedurę.

Powtarzał to tak długo, aż na dnie wanny pozostała niewielka czerwona kałuża. Zgarnął ile mógł do kubka i postawił go na brzegu wanny. Potem odkręcił wodę i napełnił wannę po brzegi. Zanurzył się. Kamera sfilmowała teraz jego zakrwawione ciało leżące w przezroczystej wodzie.

Wyszedł, przeszedł się po papierze i położył w pracowni.

Wrócił do wanny, wypuścił wodę, znowu napełnił wannę i znów się zanurzył.

Kiedy zmył całą krew, jeszcze raz napełnił wannę czystą wodą i wlał do niej kubek krwi.

Potem wypuścił zakrwawioną wodę i za 150 000 funtów sprzedał pierwszy zestaw krwawych obrazów zatytułowany Niech Brąz = Czerwień.

Znano go już od dawna, więc nie miał kłopotów, żeby sprzedać nowe obrazy za 150 000 funtów. Kiedy Niech Brąz = Czerwień poszły za taką sumę, ludzie zaczęli pytać o jego inne dzieła. Wszystkie z nich miały równie zagadkowe tytuły i szły jak woda za dużo większe pieniądze. Na koniec zapanowało powszechne przekonanie, że najlepsze z nich są ostatnie z serii, te z mocno zakrzepłą krwią lub mocno rozwodnione. Tu jednak zarysował się podział na dwa obozy, bo część klienteli wolała te krwawsze, początkowe. Każdemu się podobał fotomontaż z wanną, sprzedany za 250 000 i wideo-performance. Obrazy nosiły ciekawe tytuły; żadnych tam Krwawa łaźnia albo też To nie czerwień bo malarz był zbyt sprytny żeby iść na łatwiznę. W późniejszych wywiadach twierdził, że wszystkie kolory które nas otaczają są martwe, że krew lepiej widać i że czasem warto otrzeć się o banał żeby zyskać pełnię wyrazu. Powiedział też, że pamiętamy prawdziwy kolor krwi widząc brązową plamę ale widząc inne kolory nie pamiętamy innych kolorów. A potem napełnił wannę niebieską farbą i powtórzył to samo i nazwał to Niech Błękit = Błękit.

Cykl Niech Błękit = Błękit cieszył się opinią subtelniejszego i bardziej wieloznacznego dzieła niż Niech Brąz = Czerwień. Kupowany był chętniej i wieszany w domach. Pojedyncze obrazy osiągały cenę nawet 100 000 funtów, a anonimowy kolekcjoner z Ameryki kupił cały zestaw za 750 000. Malarz stał się bardzo bogaty.

Ludzie spodziewali się, że teraz zrobi coś podobnego z bielą. Może wystawi białe płótno nie pochlapane farbą lecz opatrzone stosownym tytułem? A tytuł sam się narzucał Niech Biel = Biel. Miał już taką sławę, że mógł robić co zechciał. To znaczy, każdy z nas mógł zrobić coś takiego, lecz tylko on zarobiłby na tym 100 000. Nie należał jednak do ludzi idących na łatwiznę i przez wiele lat odmawiał stworzenia oczywistego dzieła. Eksperymentował z innymi kolorami. Był już tak bogaty, że stać go było nawet na drogie narkotyki. Brał głównie LSD i temu podobne po których barwy świata wracały do życia. Nieprawdą jest że dlatego zarzucił malowanie bo nie musiał malować żeby stworzyć Niech Biel = Biel, albo inny obraz chytrze nazwany Bez tytułu, na który też czekało paru chętnych nabywców. Wyjechał do Stanów i ludzie żartowali że tam bez wątpienia wda się w politykę i namaluje coś w rodzaju Niech Czerń = Biel i znów wzbudzi kontrowersje. A on tymczasem ćpał kokainę bo – jak sam twierdził – chciał zobaczyć świat oczami ludzi których stać na kupowanie jego własnych obrazów. Został aresztowany i oskarżony o posiadanie narkotyków i próbę przekupstwa, bo powiedział dyżurnej policjantce że mogłaby sporo zarobić gdyby po cichu usunęła jego odciski palców i zdjęcie z numerem.

Kiedy sprzedał za ciężką forsę Niech Błękit = Błękit jedną ze swoich prac posłał nawet szyprowi. Umoczył palec w niebieskiej farbie i przytknął go do kawałka zwykłego papieru. Potem wyciągnął sobie 50 cm^2 krwi za pomocą małej strzykawki do iniekcji, wstrzyknął ją do wiecznego pióra i napisał pod spodem Niech Błękit = Błękit. Razem z tym posłał szyprowi pocztówkę ze słowami Za wcześnie mnie pan wyciągnął. Obrazek był wprawdzie mały ale jedyny w swoim rodzaju. Szyper wolał jednak Picassa z okresu błękitnego więc sprzedał to za 100 000 funtów i kupił sobie niewielki jacht a później batysferę i kiedy chciał zanurzał się w przejrzysty błękit.

Malarz już nigdy nie oglądał błękitu.

Sibylla zabrała mnie do South Bank Gallery kiedy tam wystawiano Niech Brąz = Czerwień, ale byłem zbyt mały żeby to w pełni docenić. W 1995 roku w Serpentine widziałem Niech Błękit = Błękit. Miałem wtedy osiem lat. Zdaniem Sibylli Niech Brąz = Czerwień i Niech Błękit = Błękit powinny być Narodzeniem i Ukrzyżowaniem następnego półwiecza. Dodała że następne pokolenia artystów ciekawiej potraktują ten temat. Teraz już potrafiłem docenić malarza, ale wciąż nie należał do moich ulubionych.

Pamiętałem tylko że wysłał coś szyprowi. Pamiętałem zwłaszcza że bardzo nalegał aby szyper na własne oczy obejrzał cuda głębin, i pamiętałem że wybrał się na długą wędrówkę po bieli. Pomyślałem sobie że chyba mógłby pomóc gdybym go poprosił o pieniądze na muła i na wyprawę w Andy.

Pracownia malarza mieściła się w starym magazynie przy Butler's Wharf po drugiej stronie Tower Bridge. Potem przebudowano całą okolicę – to było jeszcze wtedy zanim zaczął zarabiać grube miliony funtów na śmierci kolorów. Przeniósł się do starej fabryki przy Commercial Road znalazł wannę na złomowisku zabrał ją do fabryki i samodzielnie podłączył. Rynek nieruchomości uległ załamaniu mniej więcej w tym samym czasie kiedy powstawało Niech Brąz = Czerwień, a już w czasach Błękitu duże posiadłości kupowano dosłownie za bezcen. Malarz kupił więc całą halę przy Brick Lane która miała niedługo trafić do przeróbki. Tam właśnie mieszkał kiedy był w Londynie chociaż większość czasu spędzał w Nowym Jorku. Czasami latał do RPA lub na Polinezję, ale to mu nie pomagało.

Przeczytałem że znów był w Londynie z okazji retrospektywnej wystawy swoich dzieł w galerii Whitechapel.

Pojechałem metrem (linia Circle) do Liverpool Street i wyszedłem na ulicę.

Najpierw na wszelki wypadek poszedłem na wystawę. Wstęp był płatny – co świadczyło o wielkości artysty i szybkości przemian we współczesnym świecie. Jak miał dwadzieścia lat był obiecującym uczniem Akademii St. Martin's. Gdyby jednak w dwudziestym siódmym roku życia nie namalował cyklu Niech Brąz = Czerwień dzisiaj nikt by już o nim nie pamiętał, nie mówiąc o tym że na pewno nie miałby retrospektywnych wystaw i nie byłby porównywany do Yvesa Kleina.

Po obejrzeniu wystawy podszedłem do kasy i zapytałem Gdzie jest pan Watkins?

Panienka za kontuarem uśmiechnęła się do mnie.

Powiedziała: Tutaj go nie ma. Był na wernisażu, ale nie przychodzi codziennie.

Powiedziałem: Mam dla niego wiadomość od pana Kramera. Myślałem, że go spotkam tutaj. Już wszędzie go szukałem. Wie pani, gdzie go mogę znaleźć?

Powiedziała: Zostaw wiadomość u mnie. Na pewno mu ją doręczę.

Odparłem: Ale to bardzo pilne. Pan Kramer kazał mi to doręczyć do rąk własnych. Słyszałem, że pan Watkins w pobliżu ma pracownię.

Odparła: Nie wolno mi udzielać takich informacji.

Powiedziałem: Więc niech pani zadzwoni do biura pana Kramera.

Zadzwoniła. Telefon był zajęty. Spróbowała jeszcze parę razy, ale wciąż był zajęty. Ktoś do niej podszedł z jakimś pytaniem. Odpowiedziała mu i znów zadzwoniła. Telefon był ciągle zajęty.

Powiedziałem: Wiem, że pani ma swoje obowiązki. Ale co będzie jak stanie się coś złego? Przypuśćmy, że pan Kramer rzeczywiście mnie przysłał i że pan Watkins straci jakieś milion dolarów. Z drugiej strony, przypuśćmy, że pan Kramer nic nie wie, a do pana Watkinsa trafi mały chłopak z prośbą o autograf. Czy to takie straszne? Czy to niemożliwe?

Roześmiała się.

TY jesteś niemożliwy, powiedziała.

Napisała coś i podała mi kartkę.

No dobrze, powiedziała. Teraz mi powiedz prawdę. Przysłał cię pan Kramer?

Powiedziałem: Oczywiście!

Wyjąłem kopertę z kieszeni.

Widzi pani? Już pędzę.

Powiedziała: Zaczekaj, i dała mi drugą kartkę.

Pobiegłem do drzwi.

Fabryka miała podwójną zardzewiałą bramę, przez którą kiedyś pewnie wjeżdżały ciężarówki, i małe drzwi wycięte w tejże bramie. Były zamknięte. Zadzwoniłem dwa razy i zabębniłem w bramę, ale nikt nie przyszedł.

Poszedłem w górę ulicy i skręciłem w prawo, a później znów w prawo, na tyły fabryki. Ten teren też należał do biura nieruchomości i drewniany płot otaczał puste domy. Na płocie widniała nazwa i adres biura, ale część desek była wyłamana i w dziurach rosły krzaki. Przecisnąłem się na drugą stronę. Zamiast jednego domu ziała dziura w ziemi, a wokół pozostałych sterczały rusztowania. Wspiąłem się po nich i dotarłem do pokrytego tłuczonym szkłem muru fabryki.

Na resztkach ogrodu rosła stara jabłoń. Wlazłem na nią i spojrzałem za mur.

Był tam betonowy dziedziniec, tu i ówdzie upstrzony kępkami trawy i dmuchawców, rosnącymi w szparach. Na tyłach hali były metalowe schody przeciwpożarowe i mnóstwo powybijanych okien.

Dziedziniec był niżej niż grunt po tej stronie. Od szczytu muru do ziemi ciągnęła się sześciometrowa przepaść. Ale sam mur był dość stary i stracił wiele cegieł.

Przesunąłem się po gałęzi na drugą stronę muru, zawisłem na rękach i próbowałem znaleźć jakieś oparcie dla stopy. Znalazłem je, potem oparłem drugą nogę, a potem zaczepiłem palce. Powoli, od cegły do cegły, sunąłem w kierunku ziemi. Później podbiegłem do budynku.

Bez trudu wszedłem do środka. Wspiąłem się po rynnie na schody przeciwpożarowe, poszedłem wyżej i wśliznąłem się przez wybite okno.

Zastanawiało mnie, czy na pewno trafiłem pod właściwy adres. Może panienka w Whitechapel jednak mnie wykiwała? Znalazłem się w pomieszczeniu z betonową podłogą i kupą gruzu w kącie. Wszędzie natykałem się na identyczny widok.

Zszedłem na dół. Dotarłem do ciemnej izby, mniej więcej pośrodku piętra. Jedyne światło wpadało przez otwarte drzwi, więc poszedłem w tę stronę. Znowu znalazłem pomieszczenie z pustymi dziurami okien. Zimny szary blask wydobywał z mroku śmieci i kawałki potłuczonego betonu. Pod ścianą, aż pod sufit, wznosiła się sterta połamanych i wypaczonych desek. Obok na podłodze piętrzyły się kupki czegoś podobnego do kurzu. Przy bliższych oględzinach okazało się, że to płatki starej zaschniętej farby.

Usłyszałem jakiś hałas. Miarowy metaliczny hałas – powodowany przez narzędzie szorujące po kamieniu. Poszedłem za nim do następnej izby, potem następnej i następnej, ale wszędzie widziałem tylko deski i zaschniętą farbę. Wreszcie minąłem kolejne drzwi i pod przeciwległą ścianą zobaczyłem człowieka w czarnym kapeluszu i spłowiałym czarnym kombinezonie. Stał na skrzynce po mleku. Miał w ręku zdzierak, a może tylko śrubokręt i zeskrobywał farbę ze ściany. Zobaczyłem, że wszystkie ściany pomalowane są na czarno mniej więcej do wysokości półtora metra. Jedynie fragment za człowiekiem stojącym na skrzynce i cała poprzednia ściana były odarte z farby do gołego betonu. Ciemne kupki ciągnęły się po podłodze jak ślad kreta.

Odezwałem się

Przepraszam gdzie mógłbym znaleźć pana Watkinsa?

Powiedział

Uwierz w to co widzisz.

Nie wiedziałem co odpowiedzieć. Powiedziałem

To była krew baranka?

Roześmiał się.

Szczerze mówiąc, tak. Skąd ci to przyszło do głowy?

Powiedziałem

Oto ci, w białe szaty odziani,
Którzy przyszli z wielkiego ucisku
i opłukali swoje szaty
i w krwi Baranka je wybielili

Powiedział
Nie znałem tych słów, ale tak.
Powiedziałem
To jeszcze nie wszystko. Są dalsze zwrotki. Brzmią tak:
Błogosławione serca, które płoną
miłością Boga i Jego przykazań
Błogosławione oczy, które widzą
majestat Stwórcy i marność stworzenia

Oto ci, w białe szaty odziani,
Którzy przyszli z wielkiego ucisku
i opłukali swoje szaty
i w krwi Baranka je wybielili

Błogosławione ręce, które sieją
Zbawienne ziarno Nowiny Chrystusa
Błogosławione dłonie namaszczone
Co leczą rany balsamem pokoju
Oto ci, w białe szaty odziani,
Którzy przyszli z wielkiego ucisku
i opłukali swoje szaty
i w krwi Baranka je wybielili

Chór śpiewa refren zaczynający się od słów: Oto ci, w białe szaty odziani.

Powiedział
Ciekawe, że nikt dotąd mnie o to nie zapytał. Zabawne, prawda? Trzeba było widzieć wyraz jego twarzy, gdy o to zapytałem.
Powiedział
Ciężko było złożyć to wszystko do kupy. Wypiliśmy nie więcej niż po dwa, trzy piwa, ale ciągle musiałem odganiać się od pedałów.
Powiedział
Chciałem zobaczyć różnicę pomiędzy zwykłym zdarzeniem i przekazem medialnym. W trakcie pracy wydawało się to banalne. Pomyślałem, a pies to drapał! Rembrandt mógł zacząć malować żonę Lota a potem ją przerobił na Batszebę i starców. Po prostu zmieniłem zamysł. Ot, i wszystko.
Powiedziałem
Zuzannę.
Zapytał
Co?

Zuzannę i starców. Batszeba była żoną Uriasza Hetyty, którego król Dawid wysłał na wielką bitwę, żeby się do niej zalecać.

Powiedział

Nieważne. Chodzi o to, że jak zacząłem myśleć, okazało się, że to mnie kurewsko przerasta. Nigdy nie byłem zbyt wierzący. Zajmowałem się kolorami. Żal mi było tego niedźwiedzia. Zabiłbym sukinsyna, który go zamordował. Pewnie wolałbym nie być żywcem obdarty ze skóry, a jak facet chciał mi wyrządzić prawdziwą przysługę, to mógł mnie zastrzelić i oddać niedźwiedziowi. Byłby z tego o wiele lepszy pożytek. Zwierzak mógłby się nażreć, a ja bym na zawsze tam został. Było cholernie biało. Biel zalewała cię, zamarzała i włazi pod skórę.

Odłożył śrubokręt i wyciągnął paczkę papierosów.

Zapytał

Palisz?

Oparłem

Nie.

Zapalił papierosa i powiedział

Może mam chamskie maniery, ale wiem kiedy się zatrzymać. Ten facet łaził za mną przez dwa dni i ocalił mi życie. Byłem trochę wkurzony, bo z początku chciałem zamarznąć gdzieś w śniegach, ale w tej sytuacji musiałem zmienić plany. Opuściłem to białe miejsce, ale nie potrafiłem myśleć, kiedy wróciłem do Anglii. Wiedziałem, że powinienem zająć się czerwienią, ale mąciło mi się w głowie i poszedłem utartym szlakiem. Wreszcie trafiłem do rzeźni i namówiłem ich, żeby mi dali krew z pięćdziesięciu jagniąt.

Powiedział

Jak tylko ją dostałem pojąłem że jestem w błędzie. Syf, banał. Ale z drugiej strony nie chciało mi się wszystkiego zaczynać od początku. Pomyślałem sobie że wrócę i zażądam w zamian krwi owiec, krów lub koni i jednak zacznę od początku i nie będę się dłużej wygłupiał.

Powiedział

Pomyślałem zostawię to tak jak jest i zobaczę co będzie. Jak ktoś spyta to powiem mu całą prawdę. Nie kłamię o swojej pracy. Dziwiło mnie że nikt mi nie zadawał pytań, lecz potem zrozumiałem że ludzi to nie obchodzi. Więc po co się dłużej dziwić?

Wsadził papieros w usta, wziął śrubokręt i zaczął skrobać ścianę.

Wyrzucił papierosa i zdeptał go na podłodze.

Zapytał

Po to przyszedłeś? Z czystej ciekawości?

Chciałem powiedzieć tak.

W wyobraźni widziałem jak wchodzi do wanny wypełnionej krwią. Nie potrafiłem za to sobie wyobrazić jak namawia szypra na podróż w świat błękitu. Byłem szczęśliwy że nie łączą mnie z nim żadne więzi. Skoro jednak przyszedłem musiałem wypełnić swoją misję.

Dobyłem bambusowego miecza i uniosłem go nad głowę.

Powiedziałem

Przyszedłem z czystej ciekawości.

Płynnym kolistym ruchem schowałem miecz za siebie.

Powiedziałem

Przyszedłem bo jestem pańskim synem.

A on zapytał

Z kim?

A ja zapytałem z ulgą

Słucham?

A on zapytał

Kim jest twoja matka?

Powiedziałem

Na pewno pan jej nie pamięta. Mówiła że oboje byliście pijani.

Powiedział

Patrzcie państwo.

Powiedziałem

Nieważne.

Zapytał

Przyszedłeś bo chcesz trochę forsy? Pomyślałeś że mnie przyciśniesz? Na drugi raz wymyśl coś lepszego.

Powiedziałem

To trudne. Zbyt często się narażam na rozczarowania.

Zapytałem

Oglądał pan „Siedmiu samurajów"?

Powiedział

Nie.

Opowiedziałem mu o filmie a on powiedział

Nie rozumiem.

Powiedziałem

Wysłał pan szypra w świat błękitu. Mówił panu że widział fotografie ale pan stwierdził że to za mało. Byłem pewny że pan zrozumie dlaczego chcę na mule przejechać przez Andy. Pomyślałem że to dobry moment na pojedynek na bambusowe miecze.

Powiedział

Zatem wygrałem.

Powiedziałem

Zginąłby pan gdybym użył prawdziwego miecza.

Powiedział

Ale nie walczyliśmy na prawdziwe miecze.

Przecież naprawdę nie byłem jego synem. Na tym polegała sztuczka.

Pomyślałem sobie że on w ogóle nie zna filmu.

Kambei sprawdzał samurajów których zamierzał zwerbować. Katsushiro stał z pałką za drzwiami.

Pierwszym kandydatem był dobry i odważny szermierz – bez obaw przekroczył próg i odbił cios pałki. Poczuł się obrażony haniebnym podstępem i nie zamierzał walczyć za trzy posiłki dziennie. Drugi przejrzał podstęp stojąc na ulicy, roześmiał się i przyjął ofertę wieśniaków.

Powiedziałem

Na pewno przejrzał pan mój podstęp. Przepraszam za kłopot. Mam nadzieję że odnajdzie pan cel poszukiwań pomyślałem sobie że facet z jego kasą będzie długo czekał zanim w tej szarej budzie i przy szarym świetle pokażą się jakieś kolory. Pomyślałem sobie że sporo zarobi na kawałkach farby zdrapanych ze ściany.

Odwróciłem się, przeszedłem przez trzy ciemne izby do schodów i zszedłem na parter. Dotarłem do bramy i wówczas usłyszałem za sobą czyjeś kroki.

Szarpnąłem za skobel. Puścił po jakimś czasie. Pchnąłem furtkę. Uchyliła się tylko trochę, na długość łańcucha. Przymknąłem ją, zdjąłem łańcuch i wybiegłem na zewnątrz. Puściłem się pędem w głąb ulicy.

Słyszałem za sobą kroki. Rzuciłem się do ucieczki, ale był szybszy ode mnie. Chwycił mnie za rękę i stanęliśmy.

Niebo było zupełnie szare. Niebo było szare, ulica była szara i wielki szklany biurowiec, w którym się odbijało szare niebo, szara ulica, szary człowiek i szary chłopiec. W ohydnym świetle Watkins miał wstrętną, ołowianą, martwą i suchą twarz.

Powiedział.

Chodź. Zabiorę cię do Atlantydy.

Pobiegł z powrotem, ciągnąc mnie za sobą. Biegł przez zaułki, aż dotarliśmy do Brick Lane. Pobiegł w głąb ulicy, obok indyjskich sklepów z sari i ze słodyczami, i obok islamskiej księgarni. Wreszcie wpadł na schody ceglanego domu i pociągnął mnie za drzwi.

W środku było zupełnie biało, chociaż nie tak biało jak za kręgiem polarnym. Po prawej stronie zobaczyłem schody. Po lewej drzwi. Weszliśmy przez nie. Mały korytarz, ściana z pocztówkami i znowu drzwi.

Znaleźliśmy się nagle w długiej i wysokiej sali. Wzdłuż ścian i na stojakach leżały tuby, naklejki i ryzy papieru w setkach najróżniejszych kolorów. Stanęliśmy przy kasie. Dwóch kolejkowiczów ze zdumieniem spojrzało w naszą stronę, a sprzedawca zawołał

Pan Watkins!

A drugi zapytał

Pomóc w czymś panu?

A on odparł

Nie

A potem dodał

Tak. Potrzebuję nóż. Kater Stanleya.

Sprzedawca odszedł szybko a Watkins powędrował w głąb sklepu.

Wciąż trzymał mnie za rękę, ale niezbyt mocno. Zatrzymał się przed gablotą i przeczytał „żółć chromowa" i powiedział

Ciekawe jak to wygląda naprawdę, co synu?

I podszedł do innej półki, z papierem.

Zawzięcie krążył wśród kolorów. Wcale nie szukał żółci. Na półkach leżały ogromne płachty ręcznie czerpanego papieru z wprasowanymi płatkami róży oraz innych kwiatów. Mniejsze papiery leżały na mniejszym stole. Watkins wybrał jeden obrzucił go bystrym spojrzeniem wziął go i kupił wraz z nożem. Potem znowu rozpoczął wędrówkę po sklepie. Sprzedawca chodził za nami, aż Watkins powiedział mu, żeby się odczepił. Przystanął między półkami i stał tam przez chwilę, aż przyszedł jakiś klient.

W końcu powiedział

Dobrze. Dobrze. Dobrze.

Ledwo mnie trzymał za rękę. Szedł, poruszając się w powietrzu jak w wodzie. Obejrzał farby do jedwabiu i białe jedwabne szaliki z frędzlami, zawinięte w celofan. Były do malowania, tak samo jak białe krawaty i białe jedwabne serca w celofanie.

Zatrzymał się i wybuchnął głośnym chrapliwym śmiechem, równie drapiącym jak jego zarost.

Bez głupich dowcipów, powiedział.

Powiedział

To wystarczy. Czegoś takiego szukałem.

Wziął jedwabne serce i wyciągnął z kieszeni dziesięć funtów i wręczył je sprzedawcy. Puścił mnie bo musiał użyć drugiej ręki żeby wyjąć pieniądze. Wyszedł po schodach na niewielki taras górujący nad sklepem. Poszedłem za nim. Na tarasie były trzy okrągłe czarne stoliki i trzy krzesła z plecionymi siedzeniami. Był jeszcze jeden stół pod ścianą a na nim dwa ekspresy i napisy Zapraszamy na kawę i Śmietanka w lodówce. Lodówka stała przy stoliku. Z dwóch małych głośników skrzeczało radio Virgin.

Watkins przysunął drugie krzesło do stolika i usiadł. Usiadłem.

Zębami rozerwał celofan i rozpakował jedwabne serce. Wyjął z pudełka nóż Stanleya.

Zapytał

Znasz mojego marszanda? On ci powie kto za to zapłaci. Znajdzie nabywcę.

Uniósł kciuk. Chuchnął na niego i przycisnął do białego jedwabiu.

Powiedział

Znasz taki stary dowcip. Cierpiałem dla sztuki a teraz twoja kolej.

Ścisnął mnie za rękę. Myślałem, że chce to samo zrobić z moim kciukiem; był prawie czarny od wspinaczki po murze. Ścisnął mnie tak mocno że mnie zabolało. Zanim pojąłem co się dzieje złapał nóż i chlasnął mnie po palcu.

Z rany pociekła krew. Watkins poczekał chwilę aż wyciekło jej trochę więcej, zebrał ją końcem noża i coś naskrobał na jedwabiu. Potem znowu poczekał, znowu umoczył nóż i znowu coś naskrobał. Powtarzał to dziewięć albo dziesięć razy. Później odłożył nóż i przycisnął mój krwawy kciuk obok swojego, czarnego.

Odepchnął od siebie moją rękę. Schował ostrze noża i włożył nóż do kieszeni.

Na białym jedwabiu widniały dwa odciski palców, jeden czarny jeden czerwony z rozcięciem pośrodku. Pod spodem było napisane mokrymi literami:

Wyprane do czysta krwią baranka.

Dobry samuraj odbiłby cios pałki

Poszukiwania ojca niespodziewanie okazały się wyjątkowo niebezpiecznym zajęciem. Stań za drzwiami, powiedział Kambei do młodego Katsushiro. Uderz tak mocno jak potrafisz. To dobry trening. Jeszcze kilka podobnych ćwiczeń i nie dożyję następnych urodzin.

Minął tydzień i tego samego dnia dostaliśmy trzy czerwone rachunki. Sibylla zatelefonowała do wydawnictwa i zapytała kiedy dostanie obiecany czek na 300 funtów. Powiedziano jej z cierpkim humorem, że gdyby mieli jej płacić w takim tempie jak ona oddaje pracę, to mogłaby się spodziewać czeku na Boże Narodzenie. Sibylla odparła na to, że do końca tygodnia odda dziesięć numerów „Świata Karpi", a resztę tydzień później. Przysłali czek na 300 funtów, zapłaciła rachunki i zostało nam 23,66, żeby przeżyć do czasu wypłaty reszty honorarium za „Świat Karpi".

Czytałem książkę o fizyce ciał stałych. Dostałem ją od Sibylli na urodziny, bo na okładce było napisane, że rozwój wiedzy o ciałach stałych na mikroskopijnym poziomie to jedno z największych osiągnięć fizyki bieżącego wieku. Poza tym Sib znalazła zniszczony egzemplarz za marne 2,99. W gruncie rzeczy, nie była to taka okazja jak się wydawało, bo wstęp głosił dalej: Książka doktora Rosenberga wymaga od czytelnika zaledwie podstawowych wiadomości z zakresu mechaniki, elektryki, magnetyzmu i fizyki atomowej, z niewielkim dodatkiem fizyki kwantowej. Zdaniem Sibylli nuda jest gorsza od kłopotów. A jeżeli ktoś znajdzie coś zajmującego to znajdzie też sposób na wszelkie przeszkody. To naprawdę ciekawy przedmiot, ale by go zgłębić musisz wpierw z grubsza poznać wspomniane zagadnienia. Wściekałem się, lecz postanowiłem, że wpierw umrę, zanim sprzedam serce. Nie dlatego, że chciałbym naprawdę je zatrzymać, ale że sam pomysł był w sobie przeokropny.

Wróciłem raz wieczorem po bezowocnym dniu w Muzeum Nauki i Techniki. Wziąwszy pod uwagę ceny ich biletów, można sądzić, że zatrudniają prawdziwych ekspertów z nauki lub techniki. Chciałem w razie czego skorzystać z ich pomocy. Ten, którego spytałem, nie umiał nic poradzić.

Rozmyślałem trochę nad procesem Umklappa – to znaczy myślałem tyle, ile może myśleć ktoś, kto nie ma podstawowych wiadomości z zakresu mechaniki, elektryki, magnetyzmu i fizyki atomowej, z niewielkim dodatkiem fizyki kwantowej. Proces Umklappa odnosi się do fal, których tory wzajemnie się przecinają, ale z grubsza rzecz biorąc, chodzi w nim o to, że jeśli suma dwóch napływających fononów jest odpowiednio duża, to w efekcie powstaje fonon z tą samą energią sumaryczną, lecz podążający w zupełnie przeciwną stronę!

Nikt w muzeum nie umiał odpowiedzieć na moje pytania i wiedziałem, że Sibylla też mi nie pomoże. Zastanawiałem się, czy przypadkiem nie wybrać się do szkoły. Wróciłem do domu. Sibylla siedziała przed komputerem. Z lewej strony miała dwanaście numerów „Świata Karpi" rocznik 1991 a z prawej 36 numerów „Świata Karpi" roczniki 1992 1993 i 1994. Ekran był pusty. Otworzyłem drzwi i wtedy powiedziała:

I oto pod strzechami ptaszęce świergoty,
Przepych srebrnego blasku, gwiaździstych promieni,
Śpiew liści w drżeniu drzew jesienią złotych
Napełniły się starym płaczem biednej ziemi [*].

---

[*] Przełożył Zygmunt Kubiak.

Powiedziała

> Krąg słońca tonie, wnet są gwiazdy,
> We mgnieniu mrok zapada*.

Spytała jak spędziłem dzień. Odparłem że czytałem „Ciała stałe" H. M. Rosenberga. Zapytała czy może na to spojrzeć. Podałem jej książkę. Zajrzała do środka. Zapytała: Co to jest fonon?
Powiedziałem: Kwant energii promieniowania sprężystego.
Umarli zanim jeszcze każdy z nich ciałem umarł**, powiedziała Sibylla.
Zapytałem: Co?
Nieważne, powiedziała Sibylla. Uwierzyłam, że ciało może przetrwać trzydzieści godzin przepisywania „Świata Karpi", bo moje wciąż jest w jednym kawałku.
Przez chwilę kartkowała książkę i zawołała: Posłuchaj tego!

Nawet przy najdokładniejszym przygotowaniu próbki, z zastosowaniem najczystszych składników i kontrolowanych metod przyrostu kryształów, nie unikniemy pewnych błędów związanych z cieplną wibracją atomów. W danej chwili żaden z atomów nie spoczywa we właściwym punkcie siatki krystalicznej. W temperaturze pokojowej wibrują one harmonijnym ruchem o częstotliwości 10^{13}Hz wokół geometrycznego środka siatki. Ruch atomów utrzymuje się nawet w niskich temperaturach.

Przepyszne, powiedziała Sibylla. Gdybyś chodził do szkoły nie pozwoliliby ci czytać takich książek. Odstręczaliby cię od czytania i zmuszali do sportu. Popatrz tylko! Wydano ją w 1976, a zatem Liberace mógł ją przeczytać w latach

---

* Przełożył Zygmunt Kubiak.
** Przełożył Jerzy S. Sito.

pseudointelektualnego głodu i osiągnął tyle, że zamiast wprowadzić umysł w stan stały, pozwolił swoim szarym atomom uciec z właściwych miejsc w siatce krystalicznej. Chciałabym to rozumieć, westchnęła Sibylla, i z goryczą spojrzała na „Świat Karpi" rocznik 1991. Cieszę się, że przynajmniej ty zacząłeś tak wcześnie. Wibrują harmonijnym ruchem – to brzmi jak z Platona, prawda? Albo ze stoików. Nie, to chyba jednak Platon powiedział coś w tym stylu w „Timajosie". I z jeszcze większą goryczą popatrzyła na „Świat Karpi" roczniki 1992–94 i powiedziała w końcu: Najważniejsze, że wiem, co powiedział Spinoza, powiedział – i urwała. A potem powiedziała: Nie pamiętam dokładnie, ale powiedział coś takiego, że umysł wpada w rozpacz, gdy zda sobie sprawę ze swojej własnej słabości. Mens taramtamtam tristatur.

Miała bladą i ściągniętą twarz. Oczy jej płonęły. Na drugi dzień schowałem serce do plecaka i wyszedłem z domu.

Wsiadłem do metra (linia Circle) lecz nie wysiadłem kiedy pociąg stanął na stacji Farrington. Nie chciałem iść do marszanda, ale zdawałem sobie sprawę, że w końcu muszę to zrobić. Czasem myślałem, że tak naprawdę wcale nie chodzi o pieniądze. Potem przypominałem sobie, że Sib zawdzięczała życie komuś, kto uważał, że nie warto się zabijać dla forsy.

Ktoś przy Baker Street zostawił „Independent". Zrobiłem następny objazd, rozwiązując krzyżówkę.

Pociąg dotarł do Farrington. Zacząłem czytać gazetę. Red Devlin wychynął z ukrycia i wydał książkę o swoich przygodach w trakcie porwania. Był też artykuł o nacjonalizmie i o interwencji. Była też krótka wzmianka o Mustafie Szegetim, który dostał naganę od władz Zachodniej Papui, bo przez jakiś czas podawał się za belgijskiego konsula i wydał sporo fałszywych wiz belgijskich. Wciąż rosły wątpliwości. Ambasada Belgii w Dżakarcie odżegnała się od wszelkich związków z Szegetim, który w rzeczywistości miał egipsko-węgierskich przodków i regularnie pisywał do „Independent". Zapytany, po co udawał belgijskiego dyplomatę, odpowiedział: Ktoś musiał.

To był cały Szegeti. Kiedy miałem sześć lat, został aresztowany w Birmie, bo podawał się za delegata ONZ, a kiedy miałem siedem – w Brazylii, bo udawał attaché handlowego Stanów Zjednoczonych. Był także samozwańczym zastępcą dyrektora Banku Światowego w Ugandzie i nadzwyczajnym ambasadorem Bhutanu w Mozambiku. Ocalił wielu ludzi od tortur i śmierci i fałszując papiery, pomógł im w ucieczce do odległego azylu.

Tym, rzecz jasna, wcale nie zarabiał na życie.

Jako dziecko nauczył się grać w brydża od swoich rodziców, zawziętych hazardzistów. Jego ojciec był Węgrem, a matka Egipcjanką. Mieli spory majątek, ale ciągle grali i żyli w nieustannym stresie i podnieceniu.

Mieszkali we wspaniałych hotelach, nawet kiedy nie bardzo starczało im na rachunek. Po przybyciu żądali zawsze, aby w apartamencie znalazł się fortepian, bowiem pani Szegeti uwielbiała grać Brahmsa, gdy nie grała w ruletkę. Posiłki spożywali niemal wyłącznie w pokoju. Czasami Szegeti całymi dniami nie widywał rodziców; czasami przez tydzień nie wychodzili na dwór, rankiem siadając do stolika i odchodząc na noc.

Matka nosiła stroje od najwybitniejszych krawców. Kiedyś, kiedy już zastawiła całą biżuterię, zastawiła też suknie. W kasynie obowiązują stroje wieczorowe, a kobietom nie wolno nosić spodni. Pani Szegeti włożyła smoking męża. Nie miała dość pieniędzy, żeby kupić fałszywą brodę. Obcięła włosy i mały kosmyk przykleiła na górnej wardze. Poszła do kasyna z sumą uzyskaną z zastawu wszystkich strojów. Nie było jej przez dwa dni.

Wreszcie wkroczyła do pokoju. Zamiast dwudniowej szczeciny miała jedynie resztki wąsów, zwisające na pasemku kleju. Czarne włosy sterczały jej jak druty. Weszła do pokoju – przez całe dwa tygodnie nie wzywali obsługi, karmiąc się czekoladkami i kawałkami bułki – i rzuciła żeton na łóżko.

Przegrałaś? spytał Szegeti, a ich syn też myślał, że przegrała.

Przegrałam, powiedziała. Podeszła do lustra i zaczęła odrywać wąsy.

Przegrałam, przegrałam i przegrałam. A potem wygrałam.

Wyciągnęła z kieszeni gruby plik banknotów. I jeszcze

jeden. I następny. Układała je na toaletce. Numéro vingt-huit, powiedziała, il ne m'a pas tout à fait oubliée. Banknoty miały nominał 500 franków.

Pójdę do łóżka, powiedziała. Nie mam co na siebie włożyć.
Pomyślałem: Nie chodzi TYLKO o pieniądze.
Pomyślałem: Jeszcze zdążę sprzedać to serce.
Pomyślałem: Nie mogę się doczekać, żeby zobaczyć jego minę!

Słowo deportacja brzmi stosunkowo groźnie, ale Szegeti był deportowany już tyle razy, że nie miało to najmniejszego wpływu na jego zwykłe zachowanie. Wiedziałem, że często grywał w brydża w Portland Club, więc pojechałem metrem (linia Circle) na Baker Street i poszedłem do biblioteki Marylebone, żeby sprawdzić adres klubu w książce telefonicznej. A że nigdy nie wolno pomijać rzeczy oczywistych, najpierw zerknąłem na spis nazwisk. Tak jak się spodziewałem, nie było tam człowieka, który unikał krzywych rozmów z prezydentami wybieranymi przez 99,9 procent wniebowziętego społeczeństwa, nie mówiąc już o dyplomatach z Bhutanu, Ameryki, Francji, Niemiec, Danii i ostatnio Belgii, i nie wspominając o Banku Światowym, ONZ i WHO. Portland Club mieścił się przy Half Moon Street pod numerem 42.

Wsiadłem do metra (linia Jubilee), pojechałem do Green Parku i przeszedłem się na Half Moon Street. Było mniej więcej wpół do drugiej. Przysiadłem na słupku po drugiej stronie ulicy naprzeciwko klubu i zacząłem przeglądać „Ciała stałe" H. M. Rosenberga.

Pomyślałem sobie: Kto wie CO się stanie?

Szegeti był nie tylko chronicznym dyplomatą i szulerem, ale miał także dziesiątki, setki, tysiące romansów, w zależności od źródła (Szegeti/„The Sun"/Saddam Hussajn). Na pewno wszystkich nie pamiętał. Niewykluczone przecież, że jedna z jego byłych MOGŁA mieć dziecko. Mógłby nawet uznać mnie za syna! Opowiedziałbym mu o sztucznych wąsach babci.

W drzwiach Portland Club wciąż kręcili się różni ludzie, ale żaden z nich nie wyglądał jak Szegeti. Około czwartej pod klub podjechała taksówka. Wysiadł z niej jakiś człowiek w białym garniturze. To był Szegeti.

Minęło sześć godzin. Skręcało mnie z głodu. Zmuszałem się, żeby czytać „Ciała stałe" H. M. Rosenberga. Próbowałem nie myśleć o jedzeniu.

Szegeti wyszedł około 11. Nie był sam. Jego towarzysz powiedział: Myślałem, że jak wyjdę królem, to zagrają karo.

Karo?

Przedtem wciąż pasowali.

Tak, z westchnieniem odparł Szegeti. Nie wszystkim się podoba myśl, że duch przygody całkowicie zniknął wśród współczesnych graczy, ale z drugiej strony, jeśli się nad tym dobrze zastanowić, wychodzi cała niechęć, z jaką przeciętny karciarz myśli o licytacji w ciemno lub o singlu! Nie wspominam już o małoduszności tak zwanych partnerów de nos jours, którzy dbają o własną skórę, zamiast porwać się na wyprawę w głąb nieznanego terytorium. Żyjemy w zdegenerowanych czasach.

Poprzednim razem powiedziałeś, że powinienem zagrać królem.

Serio? Więc cofam swoje słowa. Zawsze wychodź królem, kiedy masz po temu sposobną okazję. Nie zastanawiaj się, gdy masz króla w ręku. A jeśli ktoś obrzuci cię zdumionym spojrzeniem, powiedz, że masz moją zgodę, by grać królem w najmniej spodziewanej chwili. Oto moja taksówka.

Wsiadł i odjechał.

Nie miałem pojęcia, dokąd jedzie.

Jego towarzysz patrzył za znikającym samochodem. Podbiegłem do niego i wykrztusiłem bez tchu:

Przepraszam bardzo! Miałem coś dostarczyć panu Szegetiemu. To bardzo pilna sprawa, a właśnie się z nim minąłem. Wie pan może, dokąd pojechał?

Ani trochę. Był już w Caprice, więc może do Quaglino's. Grasz w brydża?

Nie. Gdzie jest Quaglino's?

Dobry Boże, przecież cię tam nie wpuszczą... A on zresztą

ma tak wisielczy nastrój, że na pewno nie chce, żeby mu przeszkadzać. Zwłaszcza jak coś poderwie. Nie możesz tej przesyłki zostawić tutaj, w klubie?

Gdzie jest Quaglino's?

Nie powinieneś być już w domu o tak późnej porze?

Gdzie jest Quaglino's?

Pewnie pojechał gdzie indziej.

Więc w takim razie nie zaszkodzi jak mi pan poda adres.

Nie zaszkodzi. Bury Street, skoro już musisz wiedzieć.

Gdzie to jest?

Kilometry stąd.

Wróciłem na stację Green Park. Metro zamykali za jakąś godzinę. Szegeti pewnie zawsze korzystał z taksówki, więc nie mogłem go śledzić, bo miałem tylko bilet miesięczny i funta. Liczyłem jednak na łut szczęścia.

Spytałem w kasie, gdzie jest Bury Street. Okazało się, że tuż za rogiem. Sprawdziłem na planie dzielnicy i rzeczywiście była tuż za rogiem, dziesięć minut spacerem od Half Moon Street. Kto jechałby taksówką tak krótki kawałek? Ale to był mój jedyny ślad. Poszedłem więc Piccadilly i St. James Street i doszedłem do Bury Street i popatrzyłem na Quaglino's. Z zewnątrz niewiele było widać, więc nie zauważyłem, czy w środku jest ktoś w białym garniturze.

Usiadłem na schodach po drugiej stronie ulicy naprzeciwko Quaglino's i wziąłem się do czytania „Ciał stałych", ale światło było zbyt marne, więc w zamian za to zacząłem recytować Iliadę 1. Chciałem się jej całej nauczyć na pamięć, na wypadek gdybym kiedyś trafił do więzienia.

Ludzie wchodzili i wychodzili. Skończyłem Iliadę 1. Było dopiero wpół do pierwszej. Jakaś para zatrzymała się przy mnie i spytała, czy nic mi nie jest. Odpowiedziałem, że nie. Zacząłem sobie powtarzać słabe czasowniki arabskie. Bardzo lubię podwójne i potrójne słabe czasowniki, które praktycznie giną w trybie rozkazującym, ale zacząłem od hamza i dalej jechałem po kolei.

Odwaliłem dobrą robotę. Minęła godzina. Pomyślałem sobie, że pewnie poszedł gdzieś indziej. Mogłem wracać do domu. Ale w tej samej chwili dobrnąłem do mojego najulubieńszego słowa i pomyślałem, że przed powrotem jeszcze z nim się rozprawię. يَيَى to trzyliterowe słowo, a wszystkie trzy litery to ya; czasownik istnieje wyłącznie w drugiej formie, ze ZDUBLOWANYM środkowym ya (co niestety oznacza, że końcowe ya to tylko pisany alif – ale przecież nie można mieć wszystkiego) i brzmi „pisać literę ya" (Wright) lub „pisać piękne ya" (Haywood i Nahmad)! To najlepszy czasownik w całym arabskim języku, a Wehr nawet nie wpisał go do słownika! Wierzcie lub nie, ale Wright wspomina o nim tylko jednym zdaniem i mówi, że nie będzie się dalej rozwodził, bo to zbyt rzadko używany wyraz! Blachère w ogóle go pomija! Haywood i Nahmad jako jedyni traktują rzecz po ludzku, chociaż na koniec nie podają trybu rozkazującego. Podają za to formę złożoną, która brzmi yuyayyi. W takim razie tryb rozkazujący powinien brzmieć yayyi. Siedziałem zatem naprzeciwko Quaglino's i cicho mruczałem do siebie yayya yayyat yayyayta yayyayti yayyaytu z postanowieniem że jak nie wyjdzie zanim dobrnę do IX formy (którą Blachère nazywa absurdalną) i może jeszcze do absurdalnej formy XI która jest po prostu wzmocnieniem formy IX to wracam. IX to kolor i deformacja a XI to najczarniejsza czerń lub najbielsza biel. Malarzowi by się podobało. Mógłby namalować cykl Niech IX = XI. Niech Deformacja = Kolor. Nieważne.

Dobrnąłem więc do yuyayyi i przyszła mi do głowy ihmarra albo czerwona ihmaarra albo czerwona krew i w tej samej chwili Szegeti wyszedł z Quaglino's. Był z kobietą.

Powiedziała:

Pewnie, że cię podrzucę.

Powiedział:

Anioł z ciebie.

Powiedziała:

Nie wygłupiaj się. Powiedz tylko którędy jechać. Zawsze się gubię w tych zaułkach.

Wstrzymałem oddech. Szegeti spytał:

Wiesz gdzie jest Sloane Street?

Odparła:

No jasne.

Poszli w przeciwną stronę niż Piccadilly. Przeszedłem przez ulicę a on powiedział:

Skręcisz w prawo w Pont Street a potem w czwartą w lewo. Trafisz z łatwością.

Powiedziałem: EUREKA!

Powiedziałem: Sloane Street, Pont Street, czwarta w lewo. Sloane Street, Pont Street, czwarta w lewo. Sloane Street, Pont Street, czwarta w lewo.

Powiedziała:

Na pewno jakoś dojedziemy.

Szedłem za nimi aż na parking. Czekałem przy wyjeździe do chwili aż pojawił się granatowy saab. Potem poszedłem do Knightsbridge. Pomyślałem, że może ona zostanie u niego nieco dłużej i że zobaczę skąd wychodzi.

Dotarłem na Pont Street o 2.15. Czwarta w lewo była Lennox Gardens. Nie zobaczyłem granatowego saaba.

Postanowiłem, że zaczekam do rana w nadziei, że zobaczę gdzie mieszka Szegeti. Wróciłem na Sloane Square, bo wcześniej tam widziałem budkę telefoniczną. Niestety aparat był tylko na monety. Wróciłem do Knightsbridge i znalazłem telefon na karty. Zadzwoniłem do Sibylli. Powiedziałem jej, że jestem w Knightsbridge i że muszę tutaj być rano, więc chyba po prostu zostanę i że dzwonię żeby nie myślała że zostałem porwany lub że trafiłem w łapy gangu pedofilów.

Sibylla milczała bardzo długą chwilę. I tak wiedziałem, co myślała. Cisza trwała, bo moja matka prowadziła wewnętrzną debatę, czy ma mi z góry narzucić swoją wolę, czy potraktować mnie jak dorosłego. Oba wyjścia były w pełni uzasadnione. A może w gruncie rzeczy nie debatowała, bo przecież nie wierzyła w prawo silniejszego, ale walczyła z całkiem zrozumiałą chęcią władzy usankcjonowanej powszechną tradycją? W końcu powiedziała: Zobaczymy się jutro.

Na Lennox Gardens znalazłem zamknięty ogródek. Przelazłem przez płot i położyłem się na trawie pod ławką. Przydały mi się lata spania na podłodze; zasnąłem natychmiast.

Nazajutrz, koło jedenastej, Szegeti wyszedł z kilkupiętrowego bloku na rogu i skręcił w przecznicę.

Kiedy wróciłem do domu, Sibylla skończyła już przepisywać „Świat Karpi". Siedziała w dużym pokoju, w fotelu, z samouczkiem pali. Jej twarz była ciemna i pusta jak ekran telewizora.

Pomyślałem, że w gruncie rzeczy chyba powinienem jej współczuć, ale targała mną zbytnia niecierpliwość. Po co użalać się nad sobą? Nie lepiej postępować jak Layla Szegeti? Wszystko byłoby lepsze od tej smętnej miny. To dla mojego dobra? Przecież na ten widok dostawałem szału. Lepiej być dzikim, przebojowym i grać o najwyższą stawkę. Wolałbym, żeby sprzedała cały nasz dobytek, poszła do kasyna i postawiła wszystko na jeden obrót ruletki.

Następnego dnia wróciłem do Knightsbridge. Szegeti wczoraj wyszedł o 11, więc uznałem, że lepiej będzie jak przyjdę przed 11.

Przyszedłem o dziewiątej, ale nie mogłem wejść. Obok drzwi był domofon. Szegeti mieszkał na trzecim piętrze. Usiadłem na schodach i patrzyłem na domofon jakbym marzył o własnym domu. Minęło dwadzieścia minut.

O 9.56 przyszła jakaś kobieta z zakupami. Poszedłem za nią. Wśliznąłem się przez próg i pobiegłem na schody, żeby uniknąć niepotrzebnych pytań. Przeskakiwałem po trzy stopnie naraz.

O dziesiątej stanąłem pod drzwiami i zadzwoniłem.

Otworzył mi jakiś człowiek w białym uniformie. Zapytał: O co chodzi?

Powiedziałem, że chciałem się widzieć z panem Szegetim.

Powiedział: Pan Szegeti teraz nie przyjmuje.

Zapytałem: Więc kiedy mogę przyjść?

Powiedział: Nie moja rzecz o tym decydować. Proszę zostawić wizytówkę.

W tej samej chwili w głębi mieszkania ktoś zawołał coś po arabsku. Wiedziałem że to po arabsku a mimo to nic nie zrozumiałem. Speszyłem się, bo sądziłem, że całkiem dobrze znam arabski. Przeczytałem 1001 baśni z „Księgi tysiąca i jednej nocy" i „Muqadimmah" i większość Ibn Battuty i Al Hayha i innych książek przynoszonych mi ciągle przez Sibyllę. Ten ktoś musiał powiedzieć coś w rodzaju Dobrze, niech wejdzie, bo lokaj w bieli ukłonił się i odszedł a do przedpokoju wkroczył Szegeti. Miał na sobie czerwono-złoty brokatowy szlafrok, mokre włosy i zalatywał perfumami. Moim przeciwnikiem był dandys z ery Meiji. Ot, i wszystko.

Chciałem się z panem zobaczyć, powiedziałem.

Bardzo mi to pochlebia, odparł. Wcześnie jeszcze, prawda? Były czasy, kiedy poranne wizyty składano po południu. Ów cywilizowany zwyczaj wprawdzie upadł, ale przetrwał przynajmniej w nazwie przedstawienia rozpoczynającego się o czwartej i określanego jako popołudniówka. Nie można grać popołudniówek o dziesiątej rano.

Nie, odpowiedziałem.

Tak się jednak składa, że gdybyś przyszedł później, mogłoby cię spotkać małe rozczarowanie. Mam spotkanie o drugiej – stąd mój nieco rozchełstany wygląd. Po co przyszedłeś?

Wziąłem głęboki oddech. Szegeti uniósł bambusowy miecz. Pięknym oszczędnym ruchem schował go za siebie.

Jestem pańskim synem, powiedziałem. Dech mi zaparło.

Milczał. Nie wykonał najmniejszego ruchu.

Ach, tak... powiedział wreszcie. Pozwolisz, że zapalę? To dla mnie niespodzianka.

Oczywiście.

Wyjął z kieszeni złotą papierośnicę – złotą papierośnicę, nie paczkę papierosów – i otworzył ją. Papierosy były w ciemnej bibułce, ze złotą opaską.

Wyjął papierosa, zamknął papierośnicę. Postukał papierosem w papierośnicę. Schował papierośnicę do kieszeni. Wyjął złotą zapalniczkę. Wsunął papierosa w usta, zapalił zapalniczkę, przysunął płomień do końca papierosa. Przez cały czas nie patrzył na mnie. Zaciągnął się dymem. Wciąż na mnie nie patrzył. Wreszcie popatrzył. Zapytał:

Uznasz to za afront, jeśli zapytam o imię twojej matki?

Nie chciała, żeby pan wiedział, odparłem. Jeśli pan pozwoli, zachowam to w tajemnicy.

Tak bardzo ją skrzywdziłem?

Nie, tylko... zrozumiała, że to skończone. Nie nalegała. Ma dość pieniędzy, żeby nie sprawiać panu kłopotów.

Nadzwyczajne. Gdybyśmy rozstali się w gniewie, wówczas bez trudu bym zrozumiał, że czuła się urażona. Sam mówisz, że tak nie było... A jednak nie powiedziała mi o czymś bardzo ważnym. Widać w jej oczach nie zasługiwałem na pochlebną opinię. Mam nadzieję, że nie przejąłeś podobnych uprzedzeń.

Nie, nie, odparłem. Mało pana znała.

Zatem pewnie podejrzewała mnie o najgorsze?

Powoli palił papierosa, mówił, a potem znowu palił.

Wybacz, że wypytuję cię tak szczegółowo, ale delikatnie mówiąc, trochę mnie to ubodło. Przyznaję bez wahania, że nie jestem typowym pantoflarzem, ale to wcale nie oznacza, że brak mi ludzkich uczuć i odpowiedzialności. Zawsze myślałem, że kobiety dobrze mnie znają. Nie jestem zbyt skomplikowany. Łatwo mnie rozgryźć, więc znajome, którym nie odpowiadam, po prostu mnie unikają. Żadna z nich jak dotąd nie poszła ze mną do łóżka. A może to była tylko jednodniowa znajomość?

Tak, odparłem.

Aaa... To już sensowniejsze.

Znów zaciągnął się dymem.

Wybacz mi to pytanie, ale... jestem jedynym kandydatem?

Pracowała w biurze, z prawie samymi kobietami, odparłem. Poznaliście się na przyjęciu.

I zwaliłem ją z nóg. Kiedy to było? Ile masz lat?

Dwanaście lat temu. Jedenaście.

A gdzie? W Londynie?

Chyba tak.

Czegoś tu jednak nie rozumiem. Co złego w tym, że podasz mi jej imię? Przy tak przelotnej znajomości? Tak bardzo ją to gryzie?

Nie wiem.

Aha.

Zgasił papierosa.

To czyste bzdury, prawda?

Milczałem.

Skąd jesteś? Z jakiejś gazety?

Nie...

Chcesz pieniędzy?

Nie.

Byłem lekko skołowany. To działo się zbyt szybko.

Widział pan „Siedmiu samurajów"?

Bardzo dawno temu. A co to ma wspólnego?

Pamięta pan scenę pojedynku Kyuzo?

Nie pamiętam imion.

Kyuzo to ten, co wcale nie chciał zabijać.

Zmuszałem się, żeby mówić wolno.

Stoczył pojedynek z drugim samurajem. Walczyli na bambusowe miecze. Wygrał, ale ten drugi powiedział, że był remis. Kyuzo na to, Zginąłbyś, gdybym użył prawdziwego miecza. Więc ten drugi mówi, To walczmy na prawdziwe miecze. A Kyuzo, To głupota, zginiesz. Tamten wyciągnął miecz, stoczyli drugi pojedynek i tamten zginął.

Tak?

Trzy miesiące temu odwiedziłem mojego prawdziwego ojca. Tylko po to, żeby go zobaczyć. Nie powiedziałem mu, kim jestem. Stałem w jego gabinecie i myślałem: Nie mogę mu powiedzieć, że jestem jego synem, bo to prawda.

Spoglądał na mnie czujnym jasnym wzrokiem, z nieruchomą twarzą. Oczy mu jeszcze bardziej pojaśniały.

Ale mnie mogłeś powiedzieć, bo to nieprawda? spytał. Rozumiem!

Przejrzał mnie w jednej chwili. Roześmiał się nagle.

Ależ to wyśmienite!

Spojrzał na zegarek (złoty, oczywiście).

Chodź, opowiesz mi o tym trochę więcej. Chcę posłuchać. Byłem twoją pierwszą ofiarą?

Czwartą, odparłem.

Przyłapałem się na tym, że mam zamiar przeprosić i powstrzymałem się, żeby nie palnąć czegoś idiotycznego.

Pierwsi trzej byli okropni, powiedziałem i zabrzmiało to trochę jak przeprosiny. Dwóch mi uwierzyło, a trzeci nie. Wszyscy byli okropni. Potem powiedziałem im, że to nieprawda i żaden mnie nie zrozumiał.

Zadziwiasz mnie.

Później pomyślałem o panu. Nie wpadłem na to wcześniej, bo nie grywam w brydża.

Nie? Szkoda.

Pomyślałem, że pan zrozumie. To znaczy... pomyślałem, że nawet jak pan pozna się na moim kłamstwie, to i tak mnie pan zrozumie.

Znów się roześmiał.

Wiesz, ile razy próbowano udowodnić mi ojcostwo?

Nie.

Ja też nie. Po trzecim wezwaniu zupełnie straciłem rachubę. Zwykle to domniemana matka zjawiała się osobiście, z dużymi oporami, sam chyba rozumiesz, przez wzgląd na dobro dziecka.

Za pierwszym razem okropnie to przeżyłem. Nigdy w życiu nie widziałem tej babki, a już na pewno jej nie pamiętałem. I wiesz, że niczego nie podejrzewałem? W zamian za to byłem cholernie zakłopotany. Jak mogłem zapomnieć o tak czułej chwili? Ona twierdziła, że znaliśmy się przed kilku laty. Fatalnie, bo na pewno zmieniła się na gorsze.

Wreszcie jednak na tyle odzyskałem rozum, żeby zadać jej parę dodatkowych pytań. Sprawa śmierdziała coraz bardziej. Nagle miałem genialne olśnienie. Na serio wcieliłem się w rolę Salomona!

Powiedziałem: Znakomicie. Skoro to moje dziecko, to niech zostanie przy mnie. Wychowam je pod warunkiem, że w przyszłości już nigdy nie będziesz nas nachodzić.

Byłem przekonany, że żadna prawdziwa matka nie odda swojego dziecka w ręce obcego faceta. Ledwie skończyłem mówić, a już wiedziałem, że popełniłem potworną pomyłkę. Zobaczyłem w jej oczach pożądliwy płomień. Zrozumiałem, że dziecko na pewno nie jest moje. Miałem wrażenie, że zagrałem asem, a mój przeciwnik to żółtodziób, opanowany przemożnym pragnieniem, żeby natychmiast pozbyć się atutu. Serce podeszło mi do gardła. Naprawdę!

Co pan by zrobił, gdyby jednak przyjęła pańską propozycję? spytałem.

Dotrzymałbym obietnicy. Graj lub płać – to może niezbyt szlachetna zasada, ale pomyśl tylko, co musiałbym poświęcić, gdybym zapomniał o niej dla ulotnej nadziei wyplątania się z nader niewdzięcznej sytuacji? Życie to ciągła gra – w jednej chwili możesz stracić dosłownie wszystko. Zwykły przypadek może cię pozbawić tego, w co wierzyłeś... Co się z tobą stanie? Łatwo mi teraz mówić, ale w tamtej chwili pociłem się jak mysz pod miotłą i raz po raz zerkałem na brzydkiego malca. To już chyba jedna z niepisanych reguł, że w podobnych przypadkach podsuwają ci dziecko brzydkie jak ucieleśnienie grzechu. Matka trzyma czerwone, piszczące niemowlę i bezczelnie ci wmawia, że jest niezwykle podobne do ciebie. Bez fałszywej skromności uważam, że jestem co najmniej przystojny. Wiesz, jaki to cios dla męskiej dumy, że nie można odrzucić takiego pomówienia na podstawie najprostszych estetycznych dowodów? Punkt dla ciebie, że oszczędziłeś mi przynajmniej tego. Twoja mama jest ładna?

Tak, odparłem, choć nie było to najwłaściwsze słowo. I co się stało? Poszła sobie?

Owszem. Powiedziała, że nie odda dziecka, bo mi brak moralności. Przyganiał kocioł garnkowi, lecz byłem tak szczęśliwy, że nie protestowałem. Od razu zapewniłem ją, że prowadzę niezwykle bujne życie i że malec na pewno przejmie moje wady i wdepnie w najgorsze bagno hazardu i korupcji. Wspomniałem też, że jestem lekomanem. Powiedziałem, że zaspokajam apetyt seksualny wyłącznie wtedy, gdy mam w łóżku co najmniej cztery ślicznotki. Z obrazowymi szczegółami opisałem jej swoje preferencje, ale to fragment nie dla twoich uszu, jeśli wybaczysz to nieszczęsne lub raczej szczęsne staroświeckie sformułowanie.

Próbowałem zachować powagę.

Podziałało?

Jak cholera! Wyraźnie ją kusiło, żeby pozbyć się dziecka, ale przecież nie mogła z czystym sumieniem oddać go w łapy potwora. Wyszła więc i sprzedała całą swoją opowieść do kilku brukowców. Z płaczem wyznała, że nie chce ani pensa od zdeprawowanego kochanka i ojca. Gazety były wniebowzięte. Szkoda, że nie zachowałem paru egzemplarzy – pamiętam jeden celny tytuł: Tata Pięć-w-łóżku. Zobaczyłem to w jakimś kiosku i śmiałem się jak szalony, ale nie wpadło mi do głowy, żeby kupić kilkaset i rozesłać znajomym. Cóż, człowiek zawsze się uczy... Ona oczywiście niczego nie odwołała, więc parę innych osób zaczęło się na mnie boczyć, ale chyba i tak wykręciłem się sianem... Jadłeś śniadanie?

Tak.

A ja nie. To zjesz jeszcze jedno.

Zgoda.

Ze zdumieniem słuchałem własnego głosu. Pomyślałem sobie, że to nie brzmiało zbyt grzecznie.

Dziękuję.

Cała przyjemność po mojej stronie.

Poszedłem za nim w głąb mieszkania. Każdej zimy gros czasu spędzałem w muzeach, zwiedzając lub udając, że zwiedzam wystawę, więc tutaj czułem się jak w domu. Na ścianach wisiały szable z napisami w maghribi na głowniach. Na małym stoliku leżał wspaniały Koran, spisany we wschodnim kufi. Równie wspaniała kolekcja ceramiki piętrzyła się na półkach i na strategicznie rozmieszczonych stołach. Większość naczyń pokryta była sentencjami w kufi, w jego wschodniej, bardziej stylizowanej odmianie. Jeśli zaś gdzieś brakło bezcennego miecza lub wazonu, to tylko po to, żeby zrobić miejsce dla bezcennej perskiej miniatury. Pomyślałem o sercu. A może Szegeti poszedłby na wymianę? Dałby mi jakiś mały zbędny objet d'art, który mógłbym sprzedać bez większych rozterek.

Doszliśmy do jadalni. Na stoliku przy drzwiach stał telefon. Szegeti podniósł słuchawkę i polecił komuś, aby zaraz przygotowano jeszcze jedno nakrycie.

W każdym razie, podjął, gdy szliśmy w stronę stołu, po tej przygodzie stałem się dużo ostrożniejszy. Postanowiłem sobie, że na wszystkie podobne zarzuty będę reagował z uprzejmym spokojem. Nie ma nic gorszego od spokojnej rozmowy z kimś, kto ma wobec ciebie nieczyste zamiary. W złości, prędzej czy później, palnie jakieś głupstwo. Okazało się, że nie muszę być groźny czy złośliwy.

Trening czyni mistrza, powiedziałem.

Dziękuję ci bardzo. Sam widzisz, że to tylko uboczny produkt mojej dwuznacznej działalności. Śmiem twierdzić, że na swoje pierwsze dwa podejścia wybrałeś znacznie lepszych kandydatów, rzadziej goniących za kobietami. To oczywiste, że potraktowali cię bardziej au sérieux.

Nałożył sobie porcję na talerz i gestem dał mi znak, żebym zrobił to samo. Nigdy nie widziałem tak sutego posiłku. Ze trzy tuziny jaj smażonych, gotowanych, w koszulce, faszerowanych, po wiedeńsku, pod postacią omletu i Bóg wie jeszcze jakich, leżało na srebrnych podgrzewaczach, żeby broń Boże nie wystygły. Dwadzieścia lub trzydzieści ciastek czekało ułożonych w smakowitą górę w gustownym koszyczku. W trzech zielonych melonach, wydrążonych, o postrzępionych brzegach, spoczywały owoce pocięte w księżyce i gwiazdy. Był jeszcze jeden duży kosz owoców au naturel, w większości takich, których nie kupowaliśmy w Tesco, bo kosztowały 99 pensów za sztukę. Był też obrotowy srebrny stojak z dwoma rodzajami musztardy, trzema rodzajami indyjskiej papryki, pięcioma rodzajami miodu i dwunastoma rodzajami dżemu. Były naleśniki z siedmioma różnymi nadzieniami. Był wędzony łosoś i coś, co w moich oczach wyglądało na suszone śledzie. Były szklane dzbanki z sokiem ze świeżych pomarańczy, ananasów, pomidorów, gwajawy i mango. Były srebrne imbryki z kawą, herbatą i gorącą czekoladą, i srebrny dzbanuszek z bitą śmietaną do gorącej czekolady.

Zacząłem od melona, omletu z serem, trzech ciastek, soku z gwajawy i gorącej czekolady.

Zapytałem: Pańskim zdaniem, nie uwierzyłaby w dwadzieścia ślicznotek?

Odparł: Miałbym czuć się w domu jak w hotelu?

Zapytałem: Dlaczego pięć ślicznotek w jednym łóżku to szczyt niemoralności? Czy dlatego, że tylko z jedną nie ma mowy o cudzołóstwie? Czy też dlatego, że kilka z nich może uprawiać miłość lesbijską, wbrew boskim i ludzkim zwyczajom?

Powiedział: Dziewięć na dziesięć kobiet woli, żeby im nie mówiono tego, czego same nie wiedzą.

Powiedział: W dziewięćdziesięciu dziewięciu przypadkach na sto dobrze jest wiedzieć, co budzi niechęć w ludziach. Musisz nauczyć się czytać w umyśle przeciwnika. Nie zastanawiaj się, co zrobi.

Nalałem sobie drugą porcję gorącej czekolady i wziąłem jeszcze jedno ciastko.

W jaki sposób pan zaczął karierę w dyplomacji? zapytałem z wykwintnym taktem.

Roześmiał się.

Och, to sprawa czystego przypadku. Wypłynąłem w rejs z kilkoma przyjaciółmi. Nasz statek miał kłopoty z silnikiem i wylądowaliśmy w małym porcie w Gwatemali. Oczywiście, mogliśmy zaraz wrócić do domu – armator zapłaciłby za lot ze stolicy – ale spotkałem tam paru doprawdy wspaniałych ludzi. Jeden z miejscowych notabli okazał się zapalonym brydżystą i postanowił nas ugościć. Tańce, fiesty, przyjęcia – nawet na statku nie było nam tak dobrze. Większość pasażerów wkrótce nas opuściła i zostaliśmy tylko ja i Jeremy.

Nasz gospodarz był Anglikiem, lecz poślubił miejscową dziewczynę. Hodował banany – jak wszyscy w okolicy – ale niejako przy okazji piastował funkcję konsula. Nikt poza nim nie mówił po angielsku, a my nie znaliśmy ani słowa po hiszpańsku. Przy partyjce brydża nikomu to nie przeszkadzało.

Siedziałem tam już dwa tygodnie, gdy nagle wpadło mi do głowy, żeby się wybrać na konną przejażdżkę w głąb kraju. Szosy praktycznie nie istniały, więc nasz gospodarz doglądał posiadłości zazwyczaj z końskiego grzbietu. Pożyczyłem wierzchowca – wielkie i silne bydlę bez rodowodu, lecz za to kipiące żywotnością. Siodło było olbrzymim skórzanym pudłem ze srebrnym łękiem. Niepiękne, ale wygodne. Za przewodnika wziąłem chłopaka z plantacji. Pojechaliśmy w stronę gór. Po pewnym czasie chłopak stał się nerwowy i dawał mi wyraźne znaki, że pora już zawrócić. Jak pamiętasz, nie znałem hiszpańskiego, więc udawałem, że go nie rozumiem. Wjechaliśmy właśnie na wyżynę i chciałem zobaczyć, co jest dalej.

Wreszcie dotarliśmy do wzgórz i maleńkiej wioski. Wokół nie było widać ani żywego ducha. Pić mi się chciało, więc zsiadłem z konia i ruszyłem na poszukiwanie studni. Z chaty wybiegła jakaś kobieta. Łzy ciekły jej po twarzy. Coś wołała i wskazywała na drogę.

Dosiadłem konia i pojechałem dalej. Przewodnik najzwyczajniej w świecie odmówił dalszej podróży. Dotarłem do zakrętu i zobaczyłem – cóż, zobaczyłem coś dużo gorszego niż hipotetyczna orgia z wieloma panienkami. Zobaczyłem żołnierzy, dużo grobów i wieśniaków kopiących doły pod lufami karabinów. Zobaczono mnie. Huknęły strzały. Oczywiście, puściłem się galopem.

Wsypał do filiżanki trzy łyżeczki cukru i nalał sobie kawy. Przełamał rogalik. Posmarował go masłem i dżemem z gwajawy.

Powiedział:

Do dzisiaj czuję to samo, co czułem w tamtej chwili – byłem sam i nic nie mogłem zrobić. Dobrze, że ocaliłem własną skórę. Ale wciąż mnie to gryzło. Pomyślałem, a może moja obecność powstrzymałaby dalsze zbrodnie? A może zlękliby się świadka? Chyba nie. Nie w takim miejscu zapomnianym przez Boga. Zabiliby mnie i zakopali. Ale myślałem o tym przez całą powrotną drogę. Nie umiem ci opisać tamtego widoku. To było zbyt okropne. Pomyślałem: Do końca życia będę uważał się za tchórza. Pomyślałem: Muszę działać.

Tuż przed zmierzchem wróciłem na plantację i opowiedziałem gospodarzowi o mojej przygodzie. Odparł, że niektórzy inni plantatorzy próbowali się pozbyć Indian. Mieli nowe maszyny, więc nie potrzebowali tak wielu rąk i maczet do pracy. Indianie stawiali opór i nie chcieli opuścić wiosek. Wezwano wojsko.

Żołnierze zaczęli zabijać. Nikt nie potrafił ich powstrzymać – miejscowe władze były potwornie skorumpowane.

Stało się jasne, że nie mam komu i po co meldować o tym odkryciu. Nie było sensu bawić się w samotnego mściciela. Nagle doznałem krótkiego przebłysku geniuszu. Słyszałeś o Raoulu Wallenbergu?

Nie.

Oczywiście. Jesteś za młody. Wallenberg był szwedzkim konsulem w Budapeszcie, w czasie drugiej wojny światowej. Całe transporty Żydów szły do obozów koncentracyjnych. Wallenberg natychmiast zaczął wydawać im szwedzkie paszporty! Żydzi stali stłoczeni na rampie kolejowej, żeby trafić do rzeźni. Wallenberg mówił esesmanom: To szwedzki obywatel! Zabraniam go aresztować! Żaden z nich nie znał nawet słowa po szwedzku. Wyborne!

Tak czy siak, zwierzyłem się druhowi, że nie ma nic prostszego – musimy tylko zdobyć trochę brytyjskich paszportów, wziąć sprawy w swoje ręce i voilà! załatwione.

Gospodarz się zafrasował. Zarzucił mnie stekiem bzdur, których w ogóle nie pamiętam – coś o własnej pozycji i coś o świętym zaufaniu... Chyba nie użył słowa „święte", ale rozumiesz, o co chodzi. Przecież nie można lepiej służyć naszej królowej, niż w jej imieniu wziąć pod skrzydła nieszczęsnych wieśniaków, mordowanych przez zbrojną bandę. To samo mu powiedziałem. Wił się jak piskorz, ale był przekonany, że nic nie może zdziałać. Prawdę mówiąc, to za długo tam siedział. Miał zbyt dużo do stracenia, zbyt wiele ryzykował. Wspominałem ci już, że poślubił miejscową dziewczynę – mogła być spokrewniona z jakimiś łajdakami.

Zobaczył moją minę i to chyba go ruszyło. Wreszcie poszedł na układ. Zaproponował grę w pikietę, o pewien kuferek. Nie określił jego zawartości. Gdybym wygrał, kufer przeszedłby na moją własność. Ze swojej strony miałem postawić równe tysiąc funtów.

Zgodziłem się, bo cóż mogłem zrobić, ale po cichu szlag mnie trafił. Pikieta to niezła zabawa – zwłaszcza dla dwóch osób – lecz przypadek gra tu niepoślednią rolę, dużo większą niż w brydżu. Poza tym grywałem w nią rzadko, więc brak mi było doświadczenia. W brydżu miałbym pewną wygraną, choć mój gospodarz nie należał do najgorszych karciarzy. Teraz jednak na dwoje babka wróżyła.

Przeszedłem przez istne piekło. Miałem fatalne karty i grałem dosłownie jak noga – w myśl zasad, więc ciągle przegrywałem. Wyglądało na to, że przerżnę tysiąc funtów i nie pomogę biednym Indianom. Kiedy została mi ostatnia pięćdziesiątka, pomyślałem w duchu, do diabła, stawiam wszystko na jedną kartę. Albo Bóg zechce, bym im pomógł, albo nie. Zaraz się przekonamy.

Oczywiście, od razu mi dopisało szczęście. Graliśmy już pięć godzin – potrzebowałem dalszych trzech, żeby się odegrać i jeszcze trzech, żeby wygrać kuferek. Pod koniec obaj byliśmy zmordowani – oczy mnie piekły i głowa pękała mi z bólu – a on wyglądał jeszcze gorzej. Nie wiedział, co go napadło, żeby wykoncypować taki układ. Wyobraź sobie: tysiąc funtów w zamian za prawo do życia grupy całkiem niewinnych ludzi. I jedenaście godzin męki. Rzucił karty na stół – nawet nie patrzył na mnie – i powiedział, że zobaczymy się rano. Potem poszedł do łóżka. W progu odwrócił się i dodał, że jeśli ktoś spróbuje skrzywdzić brytyjskich poddanych, rząd Jej Królewskiej Mości zareaguje z całą stanowczością.

Od razu zajrzałem do kuferka. Znalazłem stertę paszportów i urzędowe pieczątki.

Paszporty były starego typu – z rysopisem zamiast fotografii. Bóg wie, jak długo je przechowywał. Wcale bym się nie dziwił, gdyby konsulat, wraz z paszportami, od stu lat przechodził z ojca na syna. Przespałem się cztery godziny. Rankiem zacząłem mozolnie wpisywać: włosy – czarne, oczy – czarne, cera – śniada. I tak pięćdziesiąt, albo sześćdziesiąt razy. Nazwisk nie wpisywałem. Wsadziłem paszporty w juki i odjechałem.

Trzeba było widzieć miny tych żołnierzy, kiedy pierwszy z wieśniaków wyciągnął brytyjski paszport! Przyjaciel nauczył mnie po hiszpańsku zdania: „Ten człowiek jest obywatelem Wielkiej Brytanii". Stałem więc wśród czarnookich, czarnowłosych i śniadych poddanych królowej i starałem się nie rechotać na całe gardło. Najlepsze było to, że nikt nie mógł zarzucić mi oszustwa, bowiem obywatele Gwatemali nie mają dowodów tożsamości.

Poszło mi całkiem nieźle. Część Indian naprawdę przybyła do Brytanii na fałszywych papierach. Inni uciekli w góry i przyłączyli się do partyzantki.

Skoro raz mi się udało, zasmakowałem w tej przygodzie. Każdy z nas tchórzy na widok dokumentów... Moja matka była Egipcjanką, a ojciec pochodził z Węgier. W obu krajach rządzi niechlubna biurokracja, lecz dzięki temu znałem różne sztuczki i kruczki. Nie masz pojęcia, jakie to łatwe, dopóki sam nie spróbujesz! Połowa ludzi cię nie podejrzewa – jeśli im powiesz, że jesteś konsulem Danii, nawet nie przyjdzie im do głowy, żeby to kwestionować. Było mi wstyd, zwłaszcza wówczas, kiedy NIE PODAWAŁEM się za dyplomatę tego czy innego zamorskiego państwa.

Zapytałem:

I tak samo było w Zachodniej Papui, zanim pana deportowano?

Odparł:

Dzięki moim wizom parę osób wyjechało z kraju, ale wjazd do Belgii to już całkiem inna sprawa. To był zły wybór, bo Belgowie nie mają poczucia humoru. Z drugiej strony, znudziło mi się podawać za Duńczyka lub za Eskimosa, a w „Hello!" zamieszczono nawet moje zdjęcie z Paolą, więc myślałem, że w ten sposób zyskam większą wiarygodność. Oprócz tego, całkiem nieźle mówię po francusku. Widzisz, moja matka znalazła się na pensji w Szwajcarii – a JEJ matka była Libanką i obywatelką świata. Wszystkie dziewczynki uczyły się francuskiego, niemieckiego i angielskiego – i włoskiego za złe zachowanie. Prawdę mówiąc, to w ten sposób poznała mojego ojca. Skazano ją na tydzień nauki włoskiego za jakieś straszne pogwałcenie szkolnych reguł. Trzasnęła drzwiami i wyjechała prościutko do Monte. Pomyślała sobie, że jak będzie bogata, nikt jej więcej nie zamknie w nudnej żeńskiej pensji. Zastawiła w lombardzie złoty krzyżyk. Była muzułmanką, ale lubiła takie świecidełka. Za pożyczkę kupiła żetony. Dwadzieścia osiem to jej ulubiona liczba. Nie mogła przegrać. Ojciec za to przegrywał od tygodnia, lecz wyczuł pismo nosem i też postawił na 28. Nie chciał porzucać szczęścia, więc wyszedł za nią z kasyna. Miał dobry powód, żeby kląć na szkołę: moja matka poczuła głęboką i natychmiastową niechęć do węgierskiego – języka, którego, jej zdaniem, nie wolno było narzucać dziewczynie, która wcześniej przeżyła 120 Jours de Sodome. Odmówiła nauki. Słyszała jednak, że arabskie słowa także z trudem przechodzą przez węgierskie gardło, więc dała sobie spokój z rodzimym narzeczem. Namówiła męża, żeby podszlifował angielski i francuski (niemieckiego nie lubił, chociaż posługiwał się nim wcale dobrze). W obu wspomnianych językach moi rodzice rozmawiali ze sobą przez całą resztę życia, zapomniawszy o innych.

Zrozumiałem, że nie chciał wspomnień o Zachodniej Papui.

Obawiałem się, że lada chwila mnie wyrzuci, więc na wszelki wypadek wziąłem dwa naleśniki, rogalik i odezwałem się dyplomatycznie:

Pana ojciec też był wyznawcą islamu? W pańskich zbiorach widziałem Koran z jedenastego wieku.

Odparł: On nie był, a mnie nikt po prostu nie pytał. Popatrz na to z punktu widzenia mojej matki. Jednego dnia jest zastraszoną pensjonarką w obrzydliwej sukience, w otoczeniu równie mdłych dziewcząt, których jedyną rozrywką jest lektura „Bereniki" Racine'a. Potem sprzedaje krzyżyk i tra-ta-ta! Wygrywa setki tysięcy franków, jada wykwintne dania, wkłada wspaniałe stroje i zdobywa serce przystojnego Węgra. Czyż może być wyraźniejszy znak od Boga?

Powiedziałem: To błędne założenie. Gdyby w rzeczywistości istniała jakaś boska istota, nie komunikowałaby się z żyjącymi za pomocą serii znaków, które równie dobrze mogą być dziełem przypadku. Z drugiej strony, seria podobnych zdarzeń, które w istocie rzeczy mogą być dziełem przypadku, nie stanowi dowodu na istnienie Boga.

Powiedział: Nic podobnego. Źle to pojmujesz. Nie jestem filozofem, ani teologiem, więc nie wiem, jakie inni mogą mieć poglądy na niezaprzeczalne przesłanie wprost z nieba. Pytanie brzmi: Co mogłoby nawrócić siedemnastoletnią hazardzistkę? Przecież wszechwidzący i wszechwiedzący Bóg nie będzie bawił się w niuanse z panną, której ciężko wytrzymać dziesięć minut włoskiego.

Zapytałem: Skoro Bóg wybrał dla niej islam, dlaczego wyszła za pańskiego ojca?

Bo kochali się jak wariaci, odparł takim tonem, jakby nigdy w życiu nie słyszał głupszego pytania.

Roześmiał się. A skoro Węgier także był częścią przesłania, to widać w tym rękę Boga.

Podobał mi się jego wywód, ale cieszyłem się, że nie ma z nami Sibylli.

Powiedział: Śmiejesz się, ale w dalszym ciągu nie wszystko jeszcze rozumiesz. Chodzi o to, że ona wcale nie widziała Bożej ingerencji i nie poszła za jego podszeptem, jak jakaś mała dewotka. Po prostu odnalazła szczęście. Nie miała zamiaru się kłócić. Ojciec zresztą też nie. Myślisz zapewne, że to dowód beztroskiej nonszalancji, ale się mylisz. Gdybyś tak jak ja mnóstwo razy był w trudnej sytuacji i miał za jedyną obronę wymyślony pięć minut wcześniej immunitet dyplomatyczny, to wiedziałbyś, że są rzeczy, o które nie warto się kłócić.

W dalszym ciągu nie chciałem, żeby mnie wyrzucił, więc wziąłem sobie na talerz dwa ciastka, taktownie zmieniłem temat i zapytałem:

Podobało się panu „Siedmiu samurajów"?

A on odparł:

POTWORNY film. POTWORNY.

A ja powiedziałem:

Przecież to dzieło geniusza.

Sięgnął po następnego papierosa i uniósł go do ust gestem japońskiego dandysa z ery Meiji. Powiedział: To właśnie główny zarzut wobec tego potwornego filmu.

Powiedział: Byłem wtedy na studiach, na uniwerku. Strasznie mi się podobała pewna piękna i zmysłowa dziewczyna. Chciałem z nią chodzić, ale ona niezwykle poważnie traktowała naukę i porzucała ją tylko dla czegoś naprawdę ważniejszego. „Siedmiu samurajów" wyświetlano w Phoenix. Przez jeden dzień. Tylko przez jeden dzień. Zaproponowała mi wspólną wyprawę do kina.

Wyobraź sobie moją rozterkę! Tego samego dnia były rozgrywki w uczelnianym Klubie Brydżowym. Obiecałem mojemu partnerowi, że na pewno przyjdę. Był pierwszorzędnym graczem, ale miał wybuchowy temperament, a sprawy między nami układały się dość delikatnie. Cały świat oszalał na punkcie rewolwerowych zrzutek, a Jeremy usiłował nadążać za modą. Opracował też iście szatański plan, który już byłby wcielił w życie, gdybym mu tego nie wyperswadował. Krótko mówiąc – po prostu nie należało go drażnić, ani zostawiać sam na sam z głupolami z Klubu, goniącymi za byle nowinką.

Z drugiej strony, miałem niepowtarzalną szansę spędzenia wieczoru z dziewczyną, za którą uganiałem się od tygodni. Do tej pory nie traktowała mnie poważnie, a należała do tego typu dziewcząt, co traktują cię poważnie albo nie traktują wcale.

Dobrze wiedziałem, że robię z siebie idiotę i że brydż jest o wiele bliższy memu sercu niż jakaś tam pannica, a mimo to przyjąłem jej propozycję. Poszliśmy na „Siedmiu samurajów". Jak tylko film się zaczął, zrozumiałem, że popełniłem tragiczną pomyłkę.

Na ekranie migały czarno-białe obrazy z nędznego życia wieśniaków, a ja podświadomie widziałem w tym gorzką wizję nieszczęść, jakie zawisły nad brydżem. Widziałem kolejne rozdania – koszmarne rozdania, w których przeciwna para popełniała wręcz szkolne błędy, ale wciąż wygrywała, wygrywała i wygrywała... A gdzie ja byłem, kiedy to się stało? Grałem na harfie, chociaż Rzym płonął.

Niestety, nic nie mogłem już na to poradzić – pozostawało mi cieszyć się chwilą.

Przypomnij sobie treść filmu i znajdź, o ile zdołasz, najwłaściwszy moment, w którym mógłbyś objąć dziewczynę i zacząć ją całować. Nie potrafisz? Ja też nie. Po pół godzinie wciąż siedziałem jak trusia. Pierwsza fatalna próba skończyła się niepowodzeniem. Mimo woli znów pomyślałem o swoim kumplu od brydża i o tym, jakich herezji musi dziś wysłuchiwać od członków Klubu. A moja piękna towarzyszka nie odrywała wzroku od ekranu.

Z prawdziwym bólem serca uświadomiłem sobie, że wcale dla niej nie istnieję. Równie dobrze mogłem spędzić ten wieczór przy karcianym stoliku, nieco wcześniej wyjść z Klubu i spotkać się z dziewczyną przed samym końcem filmu.

Tkwiłem jednak w pułapce.

Wreszcie film dobiegł końca. Odprowadziłem dziewczynę do akademika. Była cicha i zamyślona. Nie znalazłem odpowiednich słów, żeby wyrwać ją z tego stanu.

Postaw się choć na chwilę w moim położeniu! Film pokazywał ubogich wojowników, którzy na przekór przeciwnościom losu potrafili zachować godność i zginąć z największym honorem. Zdawałem sobie sprawę, że daleko mi do bohatera. Jakże więc miałem wzbudzić uczucia u dziewczyny, dla której męski heroizm był najwyższą cnotą? Pamiętam też, że jedyna miłosna scena w tym filmie została pokazana w oszczędny i niemiły sposób. Wiedziałem, że moja towarzyszka patrzyła teraz na siebie przez pryzmat klinicznie chłodnego spojrzenia Kurosawy, niemającego nic wspólnego z moim własnym zachwytem.

Doszliśmy do akademika. Powiedziała, że film wart jest przemyślenia. Pocałowaliśmy się na dobranoc.

Zupełne fiasko – i w dodatku za jaką cenę! Jeremy prawie się do mnie nie odzywał. Bez względu na to co robiłem, nie zauważał mnie przez dwa tygodnie. Z natury jestem optymistą, ale tym razem mój optymizm trafiał na mur niechęci, więc graliśmy z mizernym szczęściem. W końcu nie wytrzymałem. Wbrew sobie zgodziłem się na jego wariacką metodę rozdawania. Skutki były łatwe do przewidzenia. W mistrzostwach kraju zajęliśmy zaledwie TRZECIE miejsce, chociaż mogliśmy być pierwsi. Wszystko tylko dlatego, że zmarnowałem wieczór na jakieś wstrętne filmidło.

Gdzie pan studiował? zapytałem, tknięty nagłym podejrzeniem.

Na Oksfordzie. Wiem, o czym myślisz – to kuszące, ale nieprawdziwe. Ile lat ma twoja matka?

35.

Ale nie niemożliwe.

Jak miała na imię tamta dziewczyna?

Chyba Rachel. A twoja matka?

Podałem mu jej imię.

Na pewno Rachel?

Nie. Jeżeli teraz chodzi na przyjęcia i jest miła dla mężczyzn, których wcale nie lubi, to znak, że zmieniła się nie do poznania, lub też – co sensowniejsze – że jest kimś całkiem innym, czyli dziewczyną, której niestety, nie miałem okazji poznać. Jak wygląda?

Ma ciemne włosy i ciemne oczy.

Możliwe... Mówiłeś, że jest ładna?

Oczami wyobraźni widziałem piękną dziewczynę skąpaną w poświacie filmu. Gdyby Sibylla ciągle oglądała „Siedmiu samurajów", zawsze byłaby piękna. Ale w życiu liczy się nie tylko sztuka...

Nie jest nadzwyczaj ładna, powiedziałem. Jest piękna. Kiedy się czymś podnieca. Kiedy się nudzi, wygląda, jakby jej zostały najwyżej dwa tygodnie życia. Jak ktoś, kto te dwa tygodnie zamierza spędzić u lekarza, błagając o eutanazję.

Wzruszył ramionami. To samo można powiedzieć o każdej kobiecie. Są chimeryczne – raz szczęśliwe, a raz zupełnie zdołowane. I to właśnie w nich tak wkurza i pociąga.

Wszystkie chcą umrzeć?

Na pewno często tak mówią, ale czy to coś więcej niż tylko puste słowa? Na tysiąc kobiet nie znajdziesz ani jednej, która nie powie, że chce umrzeć. Może jedna na tysiąc rzeczywiście próbuje, a jednej z tego tysiąca naprawdę się to udaje. Brak w tym logiki, ale gdyby kobiety kierowały się tylko logiką, byłyby najzwyczajniej nudne.

Mógłbym go słuchać bez końca. Chciałbym, żeby w ten sposób mówił dosłownie o wszystkich problemach życia. Czasami żal być człowiekiem. Powiedziałem:

Nie można nazwać nielogicznym powstrzymywania się od czynu uznanego za niemoralny. Nie można nazwać nielogicznym niechęci do powtórzenia takiego błędnego czynu. Wreszcie, nie można nazwać nielogicznym czynu, którego moralność w tobie samym nie budzi wątpliwości. To jest po prostu szczere.

Powiedziałem:

Kiedyś próbowała się zabić, ale ją powstrzymano. Do tej pory jest przekonana, że całkiem niepotrzebnie. Zwłaszcza gdy wokół niej kręcą się nudziarze. Teraz nie może tego zrobić, głównie ze względu na mnie.

Roześmiał się, pokazując złote zęby.

Boisz się, że znów spróbuje?

Chciałbym, żeby była szczęśliwsza. Nie wiem, dlaczego wiele spraw czyni ją nieszczęśliwą. Czyż nie lepsze jest krótkie marne życie niż długie i równie nieszczęśliwe?

Może byłoby lepiej, gdyby jednak nie żyła.

Zapalił następnego papierosa. Zauważyłem, że jak nie chciał od razu odpowiedzieć, stawał się bardziej skupiony. Zaciągnął się i dmuchnął chmurą dymu.

Powiedział:

Kiedy grasz w brydża z żółtodziobem – kiedy próbujesz mu jakoś pomóc – podajesz ogólne zasady. On usiłuje trzymać się tych zasad i czasami uwala sprawę. Gdybyś ty w takiej chwili miał w dłoni jego karty, grałbyś zupełnie inaczej, niezgodnie z zasadami, bo zdarza się, że zasady nie pasują do sytuacji.

Powiedział:

Ludzie, którzy wyrażają ogólną opinię o ludziach, są uważani za powierzchownych. Dopiero wówczas, gdy poznasz dużą liczbę ludzi, zobaczysz wyjątkowych. Kiedy patrzysz na nich, jakbyś ich widział po raz pierwszy, wszyscy wyglądają tak samo.

Zapytał:

Naprawdę chcesz usłyszeć, co sądzę o kobiecie, którą ty znasz już jedenaście lat, a której ja sam nigdy nie spotkałem? Mam opierać swoją opinię na znajomości innych ludzi?

Zapytał:

Naprawdę chcesz się ze mną kłócić?
Powiedział:
Podejrzewam, że w tym przypadku na nic ci się nie przydam. Zawołaj mnie, gdybyś gdzieś kiedyś szukał przyjaciela. Tymczasem dam ci strzałę do walki z losem – nauczę cię grać w pikietę.

Zabrał mnie do drugiego pokoju, w którym stał mały stolik z wbudowaną w blat szachownicą. Wyjął z szuflady dwie talie kart i zaczął wyjaśniać mi reguły.

Nauczył mnie grać w pikietę.

Z reguły to on wygrywał, ale czasami ja też wygrywałem. Szło mi coraz lepiej. Powiedział, że bardzo szybko chwytam o co chodzi i że mogę być niezłym graczem.

Wreszcie powiedział

Muszę się przebrać. O drugiej mam spotkanie, a już dochodzi czwarta. Nie mogę się dużo spóźnić.

Powiedział

Życzę ci szczęścia. Mam nadzieję, że znajdziesz to, czego szukasz. Wpadnij do mnie za dziesięć lat, albo coś koło tego. Jeśli nauczysz się grać w brydża i niewiele się zmienisz, wprowadzę cię do Jockey Clubu.

Znów znalazłem się na ulicy. Doszedłem do Sloane Square i wsiadłem do metra.

Dobry samuraj odbiłby cios pałki

Spytałem Sibyllę czy na Oksfordzie oglądała „Siedmiu samurajów". Powiedziała że tak. Spytałem ją czy była z kimś czy sama. Powiedziała że nie pamięta. Powiedziałem że spotkałem człowieka który oglądał ten film na Oksfordzie z dziewczyną która mogła mieć na imię Sibylla.

Może z nim byłam, powiedziała Sib. Tak, przypominam sobie jakiegoś chłopaka. Szkoda, że go zabrałam. Chciał mnie trzymać pod rękę. Na „Siedmiu samurajach"?! Przepraszam bardzo!

Był przystojny?

Chyba tak, odparła Sib. Odesłałam go potem do domu, bo chciałam zostać sama. Z brzydkim, zwykłym chłopakiem nie mogłabym tak postąpić. Zawsze wyglądają głupio i niepewnie. Na nudne filmy najlepiej chodzić z jakimś tępym nudziarzem, a na te dobre – z błyskotliwym i żywym przystojniakiem. W ten sposób z całą premedytacją możesz ich ignorować.

Był błyskotliwy?

Na litość boską, Ludo, oglądałam jedno z arcydzieł światowego kina! Skąd mam wiedzieć, czy facet, który siedział obok, był tępy czy błyskotliwy?!

Ochłonęła już po „Świecie Karpi". Z wydawnictwa przysłano jej „Międzynarodowego Krykiecistę". Podobno nie był najgorszy. Nauczyłem ją grać w pikietę. Nauczyłem grać w pikietę chłopaków z Młodzieżowego Klubu Judo Bermondsey Boys i od niedawna wszyscy przychodzili pół godziny wcześniej, żeby zagrać partyjkę przed rozpoczęciem zajęć. Wygrywałem z Sibyllą dwie na trzy partie i dziewięć na dziesięć z innymi. Pewnie wygrywałbym dziesięć na dziesięć, ale tak jak mówił Szegeti, bardzo często decyduje tu łut szczęścia.

Bezskutecznie czekałem na okazję, żeby się przedstawić jako syn ambasadora Danii.

Mógłbym także być synem belgijskiego attaché.

Jezdem zynem belgijskiego attaché, zamruczałem. Uwolnić tego człowieka! Mój ojciec jest członkiem parlamentu Szwecji.

Wypożyczyłem z biblioteki książkę o brydżu. Szegeti obiecał, że jak skończę dwadzieścia jeden lat, to mnie wprowadzi do Jockey Clubu. Pomyślałem sobie, że jak się przyłożę, to może trafię tam już jako dojrzały dwunastolatek. Wprawdzie mamy Jockey Club w Anglii, ale TEN Jockey Club jest w Paryżu. Spodziewam się, że mówił o francuskim. Dowiedziałem się, czym są rewolwerowe zrzutki. Teraz, gdy wszyscy w sekcji judo umieją już grać w pikietę, zamierzam nauczyć ich brydża i przy okazji sam poćwiczę.

Pomyślałem sobie, że nareszcie zaczynam panować nad sytuacją. Zacząłem od wyboru niewłaściwego ojca. Teraz, kiedy wiedziałem już, czego naprawdę szukać, mogłem powiększyć zbiór nawet do dwudziestu. Było mi wstyd, naprawdę wstyd, że tyle lat zmarnowałem na poszukiwania prawdziwego ojca, zamiast od razu skorzystać z najlepszej oferty.

Dzisiaj, kiedy jechałem metrem (linia Circle), jakiś człowiek zbiegł po schodach na stacji Embankment. Wskoczył do wagonu, goniony przez trzech innych ludzi. Przebiegł do drugich drzwi, obijając się o pałąki, i w ostatniej chwili wyskoczył. Trzej pozostali nie zdążyli. Drzwi zamknęły się tuż przed nimi. Zaklęli.

Na swój sposób, nie cierpię tej roboty, powiedział 1.

Nie palił się do współpracy, powiedział 2.

Rozpoznałem twarz zbiega. To był Red Devlin.

Red Devlin pisał reportaże z Libanu. Potem wysłano go do Azerbejdżanu i tam już pierwszego dnia został uprowadzony. Przez pięć lat był zakładnikiem, jednego z porywaczy nawet nauczył grać w szachy, a później uciekł przez góry i pustynię. Wrócił do Wielkiej Brytanii, ukrywał się przez pół roku, a po pół roku wychylił nos z kryjówki i wydał książkę. Właśnie się ukazała, niestety w twardej oprawie, więc była dla mnie za droga i nie wiedziałem, czy wspominał w niej o szczerbatych wyrostkach.

Nieważne, powiedział 3. Złapiemy go pod domem.

Masz rację, powiedział 1.

Wysiedli cztery albo pięć stacji dalej. Poszedłem za nimi i trafiłem na osiedle domków jednorodzinnych. Przed jakąś bramą stała grupka ludzi. Moja trójka dołączyła do czekających.

Zza rogu ktoś wybiegł i stanął jak wryty. Potem, bardzo powoli, ruszył w stronę domu. Zatrzymał się i powiedział coś, czego nie słyszałem. Tłumek zgromadził się wokół niego. Chciałem podbiec i zawołać To obywatel Norwegii! Mój tata jest polskim wicekonsulem! ale nie byłem pewien czy to mu w czymś pomoże. Chyba nawet prawdziwy konsul Danii byłby w tej chwili bezsilny.

Otworzył furtkę i po chwili zniknął w głębi domu.

Tłumek rozchodził się powoli. Zostało tylko paru maruderów.

Dziś na treningu judo przewróciłem Lee i Briana. Lee ma 14 lat, a Brian 13 ale jest wyższy i cięższy.

Powiedziałem o tym Sibylli a ona zapytała co na to mój instruktor. Powiedziałem jej że powiedział że to bardzo dobrze.

Sibylla odparła że nie brzmiało to chyba zbyt kształcąco. Odpowiedziałem jej, że zdaniem wybitnych ekspertów od psychologii dziecięcej dziecku konieczna jest zachęta i poparcie do dalszych działań. Jakich ekspertów, zapytała Sib? Bandura i kto jeszcze? Odpowiedziałem jej że wszyscy pozostali. Nie dodałem tylko, że zdaniem ekspertów to właśnie rodzice powinni zawczasu ustalić granicę dziecięcych zachowań, bo obawiałem się, że Sib nagle zechce nadrobić stracony czas i ustali kilkanaście granic.

Sibylla powiedziała: Pamiętaj słowa pana Richie. Ktoś może stać się prawdziwym mistrzem judo, ale to wcale jeszcze nie koniec opowieści.

Powiedziałem, że moim zdaniem wcale nie jestem mistrzem judo. Po prostu pokonałem Lee i Briana z Młodzieżowego Klubu Judo Bermondsey Boys.

Sibylla powiedziała: Nie chodzi o to, że pokonałeś iksa lub igreka. Pomyśl, co się stanie, jeśli pokonasz pozostałych? To pytanie, jak będziesz doskonalił swoją sztukę i czy pewnego dnia osiągniesz satori. Czego, do licha, uczą was w tym klubie?

Powiedziałem, że przede wszystkim uczą nas jak powalić przeciwnika na ziemię. Sib spytała: WSZYSTKIEGO cię muszę uczyć? Była uśmiechnięta od ucha do ucha. „Świat Karpi" zniknął gdzieś w mrokach przeszłości. Pomyślałem, że jej nie powiem, że dziewięć na dziesięć razy ogrywam wszystkich w pikietę.

❖

Przez dwa tygodnie codziennie przechodziłem pod jego domem. Zawsze stało tam parę osób. Czasem ktoś wchodził lub wychodził – jakaś kobieta, dziewczynka lub chłopiec. Raz sam wyszedł i doszedł do rogu i rozejrzał się i zawrócił. Raz sam wyszedł spojrzał na niebo i stał z zadartą głową przez równe dziesięć minut. Potem odwrócił się i wszedł do domu. Raz sam wyszedł w dresie pobiegł w głąb ulicy i po kwadransie wrócił spokojnym spacerem. Raz wyszedł w garniturze i pod krawatem i szybko gdzieś powędrował.

❖

Znów tam poszedłem żeby chwilę popatrzeć. Tym razem wyszli wszyscy: Red Devlin, jego żona, chłopiec i dziewczynka. Objął żonę za ramię. Powiedział: Wyjątkowo cudowny dzień! Żona i córka potwierdziły: Cudowny! a chłopiec powiedział: No...

❖

Obserwacja domu Devlina pochłaniała mi mnóstwo czasu. W pobliżu był przystanek autobusowy z ławką. Siadałem tam i czytałem o fizyce ciał stałych. Odzyskałem już dawną zdolność koncentracji.

❖

Dzisiaj, kiedy znowu siedziałem na przystanku, przed dom podjechała taksówka. Wszyscy wyszli i włożyli walizki do bagażnika. Rodzina wsiadła do taksówki. Powiedział: Bawcie się dobrze.

Żona powiedziała: Szkoda że nie jedziesz z nami
A on odparł: Może jeszcze dojadę
I taksówka odjechała.
Teraz lub nigdy.

❖

Podszedłem do drzwi i zapukałem lecz nikt mi nie otworzył. Wiedziałem że jest w środku więc poszedłem na tył budynku. Nie zobaczyłem go przez żadne okno na parterze, więc wspiąłem się na drzewo. Stał w sypialni tyłem do okna. Po chwili przeszedł z sypialni do łazienki. Na toaletce stały trzy lub cztery fiolki z tabletkami i buteleczka evianu. Było tam chyba ze sto tabletek.

Wrócił do pokoju z jeszcze jedną fiolką. Chwilę mocował się z zakrętką, bo miała zabezpieczenie przed dziećmi, potem wydłubał watę, a potem wysypał na blat co najmniej pięćdziesiąt tabletek. Nalał sobie szklankę wody i wziął do ręki dwie tabletki. Roześmiał się i je odłożył. Wyciągnął paczkę papierosów i zapalił jednego. Potem wyszedł z pokoju.

Z tej odległości nie widziałem co to za tabletki.

Na każdym piętrze, pod oknami, ciągnął się fantazyjny, wąski kamienny gzyms. Jedno z okien było otwarte, a nad dachem zwisała gałąź. Gzyms wystawał z muru na niecałe trzy centymetry, ale zaprawa między cegłami była już mocno pokruszona i bez trudu zdołałbym się w nią wczepić palcami. Przesunąłem się po gałęzi i stanąłem na gzymsie. Potem, cal po calu, zacząłem pełznąć w stronę okna. W jednym miejscu gzyms był gęsto porośnięty bluszczem i przez chwilę myślałem, że muszę zawrócić. Nie miałem gdzie postawić stopy ani nie mogłem dotknąć dłonią do muru. Kiedy jednak pociągnąłem za pnącze, okazało się, że jest grube i mocne. Przeszedłem więc po nim, wisząc na samych rękach. Potem wróciłem na gzyms. Wśliznąłem się przez okno. Dopadłem drzwi i zbiegłem na dół po schodach. Wcale nie dbałem o to, żeby być cicho. W pierwszej chwili nie mogłem znaleźć właściwego pokoju. Najpierw wpadłem do gabinetu, a potem do schowka na szczotki. Wreszcie trafiłem do sypialni. On był już tam z powrotem. Trzymał szklankę.

Spytałem: Co pan wyprawia?

Nie okazał najmniejszego zdziwienia. Spytał: Chyba widać?

Spytałem: To paracetamol?
Odparł: Nie.
Powiedziałem: Aspiryna to też kiepski pomysł.
Powiedział: To nie aspiryna.
Powiedziałem: Więc wszystko w najlepszym porządku.
Roześmiał się. Zdziwił się że się zdziwił. Spytał: Kim jesteś?
Nie miałem odwrotu.
Powiedziałem
Jestem pańskim synem.
Odparł
Nieprawda. Mój syn wygląda inaczej.
Powiedziałem
Jestem tym drugim.
Powiedział
Ach, rozumiem
Powiedział
Zaraz, zaraz... To niemożliwe. Kiedy wyjeżdżałem, był tylko jeden chłopiec. Chłopiec i dziewczynka. Nie wmówisz mi, że masz pięć lat. Poza tym powiedziałaby mi, gdyby pod moją nieobecność przybyło jeszcze jedno dziecko.

Stało się zupełnie jasne, że jak teraz powiem Nie jestem pańskim synem, to pogorszę sprawę co najmniej sto razy. Powiedziałem: Nie chodzi o pańską żonę. Powiedziałem: Słyszałem od mojej matki, że pan jest moim ojcem. Może się pomyliła. To było mniej więcej dwanaście lat temu.

Powiedział
Ach, teraz rozumiem.
Dopił drinka i odstawił szklankę.
Chyba mam nie najlepszy okres, powiedział. Nie mogę o tym zapomnieć. Ale nie chcę, żeby inni wiedzieli. To im się nie spodoba. Nie chcę, żeby to im się nie spodobało. Niech wiedzą, że wcale nie chcę, żeby coś im się nie spodobało.

Powiedział
I tak wziąłem pod opiekę stanowczo zbyt wiele osób. Więcej już nie dam rady. Przykro mi, ale musisz odejść.
Powiedziałem

Nie chcę żeby pan mnie bronił.
Zapytał
Co to znaczy? Mam mówić? Wytłumacz czego oczekujesz.
Powiedziałem
Chciałem się z panem zobaczyć.
Powiedział
Widziałeś mnie więc teraz idź sobie.
Zapytał
Wiesz ile mam lat? trzydzieści siedem. Mogę żyć jeszcze czterdzieści. A może pięćdziesiąt. Niektórzy dożywają setki.
Powiedział
Codziennie to widzę. To nigdy nie odchodzi. Te oczy to widziały, w tym samym pokoju, a może oglądałeś Leara, ludzie się wzdrygają kiedy Gloucester zostaje oślepiony. Jak to jest kiedy widzisz krwawą dziurę wyciśniętą kciukiem? Płakał na drugie oko. Nie widujesz Leara, nie wraca żeby cię straszyć. Co innego wspomnienia – dzień w dzień obcujesz z nimi. Myślisz o czymś innym w kółko w kółko i w kółko. To nie krew, to świadomość że zrobił to drugi człowiek.
Powiedział
Szukasz czegoś żeby temu zaprzeczyć. Gdy widziałeś tak wiele zła szukasz czegoś dla równowagi... jakiegoś wspaniałego czynu, nawet nie po to żebyś mógł zachować wiarę w ludzi – cokolwiek to znaczy – ale żebyś nie zwariował.
Powiedział
To nie fair wobec moich bliskich. Oni są dobrzy. Naprawdę dobrzy. Nie źli. Było im ciężko, a mimo to przetrwali. Nie są jednak wspaniali. Bo niby dlaczego? A ja jednak wariuję.
Zapytałem
A co z Raoulem Wallenbergiem?
Zapytał
Z kim?
Odparłem
Z Raoulem Wallenbergiem. Szwedzkim konsulem w Budapeszcie, który wydawał Żydom szwedzkie paszporty. Ten człowiek to obywatel Szwecji.

Powiedział

Mówisz o tym którego Szwedzi i Amerykanie wydali na pastwę Rosjanom bo chociaż uratował 100 000 Żydów był marnym szpiegiem i nie chcieli się do niego przyznać? Był wielki ale to wystarcza żeby zwariować

Zapytałem

A co z Szegetim?

A on zapytał

Z tym szarlatanem?

Matka Teresa? podsunąłem.

Ta zakonnica?

Jaime Jaramillo?

Powiedział że Jaramillo był całkiem w porządku. Powiedział Ale ja tego nie widziałem. Widziałem za to

Powiedział

Jako dziennikarz bardzo często trafiasz na takie sytuacje i wciąż myślisz że powinieneś wreszcie przestać pisać i najzwyczajniej w świecie pomóc. Musisz być zawodowcem. Wmawiasz sobie że pomagasz nagłaśniając te sprawy.

Ludzie wiedzą zatem co się naprawdę dzieje ale to nie przynosi żadnej wyraźnej poprawy. Usiłujesz więc trochę pomóc zanim będzie za późno i trafiasz na ślepy mur oficjalnej obojętności i nie ma żadnej poprawy. Nie masz już do czynienia z głupimi bandytami w obcych mundurach i mówiących w jakimś obcym języku ale z kimś kto jest całkiem podobny do ciebie i ten ktoś mówi, Przykro mi ale nic nie mogę zrobić. Jeśli masz szczęście może powie, Zgoda napiszę do ministra.

Powiedział

Nie chcę już więcej. Mam przed sobą pięćdziesiąt lat życia i nie chcę już oglądać nóg i oczu i dziewczynek i liczyć tylko na to że ktoś mi obieca że napisze do ministra. Wolę już ze sobą skończyć.

Wiem że to sprawi przykrość wielu ludziom. Mam więc żyć przez pół wieku tylko po to żeby mogli z zadowoleniem mówić że przywykłem?

Ciągle mi powtarzają, nie pozwól im wygrać. Do tej pory ci się udawało. Wygrają, jak się zabijesz. Ale to idiotyzm. Kim do kurwy nędzy są oni? I jak kurwa mam ich POKONAĆ skoro każdej nocy budzę się z głośnym krzykiem?

Powiedział

Może reportaże przynoszą coś dobrego. Może to WYSTARCZA żeby żyć w ten sposób? Są inni którzy chcieliby być na moim miejscu. Robiliby dobrą robotę.

Powiedziałem

Paracetamol to zły sposób.

Zapytał

Co takiego?

Odparłem

Paracetamol to najgorszy sposób samobójstwa. Okropna śmierć. Ludzie myślą, że tylko zemdlałeś, a ty nie tracisz świadomości i myślisz że nic nie zaszło a dzień później jakieś organy po prostu kończą działalność. To niszczy wątrobę. Czasami chcesz się wycofać, ale jest już za późno. Nie twierdzę, że pan się wycofa – mówię tylko, że wszystko jest lepsze niż śmierć z zatrucia paracetamolem.

Roześmiał się.

Skąd tyle wiesz? zapytał. Znów się roześmiał.

Powiedziałem

Mama mi powiedziała.

Powiedziałem

Gilotyna jest bardzo szybka i prawie bezbolesna, chociaż niektórzy twierdzą, że głowa przez minutę zachowuje świadomość, zanim ustanie dopływ resztek krwi do mózgu. Jak miałem pięć lat zbudowałem malutką gilotynę z zestawu Meccano. Bardzo łatwo zbudować dużą. Oczywiście, nie będzie to przyjemny widok dla kogoś kto znajdzie ciało. Może pan trochę wcześniej zadzwonić na policję żeby oszczędzić szoku członkom najbliższej rodziny. Na pewno nikt nie zdąży żeby pana powstrzymać.

Roześmiał się. Zapamiętam to, powiedział. Znasz może jakieś inne równie praktyczne sposoby?

Słyszałem że jak ktoś tonie na końcu jest całkiem przyjemnie, odparłem. Koleżankę mojej mamy uratowano dopiero wówczas kiedy już trzeci raz poszła z głową pod wodę. Powiedziała że początkowo trochę ją bolało, zwłaszcza wówczas gdy woda wypełniała płuca, ale potem było cudownie odjazdowo. Bardziej bolało gdy ją wyciągnęli i zmusili do oddychania. Brzmi całkiem znośnie. Mógłby pan skoczyć nocą za burtę promu pływającego po Kanale, albo za burtę motorówki na Morzu Egejskim i zatonąć w błękicie. Pewnie byłoby śledztwo, gdyby nie znaleziono ciała, lecz przecież może pan zostawić krótki list do rodziny.

Tak, powiedział. Uśmiechał się. To by załatwiło sprawę. Mam ochotę się czegoś napić. Co dla ciebie? Colę?

Bardzo proszę, odparłem.

Poszedłem za nim na dół do kuchni.

Dużo wiesz o tych sprawach, powiedział.

O wiele lepszy jestem z mechaniki niż ze znajomości leków, odparłem. Mogę zawiązać pętlę. O wiele lepiej skręcić kark niż się udusić, a to niełatwe jeśli użyć na przykład prześcieradła. Mama zawsze mi powtarzała, że powinienem znać jakąś dobrą metodę samobójstwa, bo gdybym trafił do więzienia i był torturowany... strasznie przepraszam.

Nic nie szkodzi, odparł. Pociągnął pokaźny haust ze szklanki. Na pewno miała rację. Dobrze jest wiedzieć takie rzeczy – pod warunkiem, że ktoś ma wolne ręce. Ja wciąż byłem związany, więc nie mogłem nic zrobić.

Z wyjątkiem chwil, kiedy grał pan w szachy, powiedziałem.

Nie, wtedy też byłem związany. On przesuwał za mnie pionki na szachownicy. Czasami stawiał pionek w zupełnie złym miejscu i udawał że nie rozumie dlaczego protestuję. Dziwisz się że mnie to ruszało? Ja też. Ale byłem wściekły jak cholera. Bił mnie jak przerywałem grę. Bił mnie jak przegrywał. Nie bił mnie jak mnie pobił.

Powiedział

Zupełny wariat. Silił się na przyjazny UŚMIECH kiedy przynosił szachownicę. I było tak przez pierwszych kilka ruchów. Potem zaczynał oszukiwać, czasami wpadał w złość i tłukł mnie kolbą pistoletu, a czasami... Najgorsza była jego przyjaźń. Czuł się skrzywdzony, naprawdę SKRZYWDZONY jak nie cieszyłem się z jego wizyty bo na przykład dzień wcześniej złomotał mnie na kwaśne jabłko. Nie potrafię o tym zapomnieć. Ta cholerna wszechobecna przyjaźń. Ci ludzie, do których to po prostu NIE DOCIERA, którzy NIE WIEDZĄ

Powiedział

To sprawia że tak często gubię się w codzienności. To nie wystarcza. Nie wystarcza że powiem jak było bo ludzie się uśmiechają

Żona się uśmiecha a ja widzę na jej twarzy tamten koszmar „przyjaźni". Brzydzę się własnych dzieci. Są rozkoszne, żywe i śmiałe. Dokładnie wiedzą czego chcą i mają własne zainteresowania. I tym mnie odstręczają. Omijaliśmy się przez dwa tygodnie, ale w końcu przyszły do ojca.

Żona mówi, że wie co mnie tam spotkało. A one? Usłyszałem od córki, że mama się martwiła i że przeżywały bardzo trudne chwile. Syn powiedział, że było im okropnie ciężko.

Pomyślałem sobie: to przecież jakiś idiotyzm. Oszustwo. W niczym cię nie zawiedli. To przecież nie ich WINA. Więc czego CHCESZ? Żeby razem z tobą żyli w ciągłym koszmarze? Nie. CHCESZ ich bezpieczeństwa. Chcesz żeby resztę życia przeżyli w NORMALNY sposób. I tak mamy zbyt WIELE. Cieszmy się ŻYCIEM. Mamy siebie nawzajem, więc wolno nam mówić o szczęściu. Zarzuciłem im ręce na szyje, wybuchnąłem płaczem i powiedziałem Chodźmy razem nad rzekę, nakarmimy łabędzie. Pomyślałem wówczas, po prostu wyjdziemy z domu i nikt nas nie zatrzyma, bez przeszkód dojdziemy nad rzekę, bo tam nie ma snajperów ani pól minowych. Nie MARNUJMY tego. Popatrzyli na mnie ze zdumieniem, bo to była najgłupsza rzecz na świecie, a im chodziło tylko o to, żeby mnie pocieszyć. Okropność.

Powiedział

Kiedy jesteś świadkiem jakichś strasznych rzeczy, albo te straszne rzeczy są twoim udziałem, to zło wchodzi w głąb ciebie i wraca razem z tobą. Ludzie, którzy nigdy nie byli na wojnie i w życiu nie skrzywdzili najmniejszej istoty, nie mówiąc już o torturach – ludzie zupełnie niewinni – cierpią, bo ty cierpisz. Tortury odbijają ci się zniechęceniem. Stajesz się sentymentalny i to ich szokuje. Widzę to jak na dłoni, ale nie potrafię zabić tego zła w sobie. Siedzi tam jak jakaś jadowita ropucha.

Zapytał

Będzie im może lepiej z ropuchą w rodzinie? A jeżeli nawet, to czy ja wytrzymam?

Odparłem

Nie ulega najmniejszej wątpliwości, że czasem lepiej umrzeć, niźli przez wiele lat żyć w ciągłym cierpieniu. Nikt przecież nie może niewinnego człowieka skazać na dalsze życie wyłącznie dlatego, żeby kogoś innego po prostu uszczęśliwić. Pytanie raczej, czy jest coś takiego, co mogłoby usunąć niechciane wspomnienia. Czy jest coś, co udowodniłoby wartość ofiary. Na to pytanie jednak nie umiem odpowiedzieć.

Znów się roześmiał. Chcesz dobrej rady? spytał. Nawet nie szukaj pracy z pomocą Samarytan.

Wprost dusił się ze śmiechu.

Moja matka, odparłem, zatelefonowała kiedyś do nich z pytaniem, czy ktoś wie, jak w dalszym życiu radzą sobie niedoszli samobójcy? Czy żyją długo i szczęśliwie?

I co jej odpowiedzieli?

Że nie wiedzą.

Uśmiechnął się.

Powiedziałem

Zdaniem Sibylli

Zapytał

Kogo?

Odparłem Mojej matki. Twierdzi, że tam powinni pracować tacy ludzie jak choćby Oscar Wilde, tylko że takich nie ma. Gdyby było dość ludzi pokroju Oscara Wilde'a to wszyscy mogliby pracować w ich organizacji i nikt nie chciałby już nigdy popełnić samobójstwa. Po prostu by go wyśmiali. Zadzwoniłby ktoś i usłyszał

A pali pan?

I odpowiedział

Tak

A oni na to Znakomicie. Każdy człowiek powinien mieć zajęcie.

Mama tam zadzwoniła a gość po drugiej stronie powtarzał w kółko Tak, rozumiem i Słyszę panią, co mogłoby zapewne mocno ją uspokoić, gdyby miała jakieś kłopoty z wymową.
Wreszcie mama spytała
A pali pan?
A on zapytał
Słucham?
A ona zapytała
Pali pan?
A on odpowiedział
Nie
A moja mama powiedziała
To niech pan zacznie. Każdy człowiek powinien mieć zajęcie.
A on zapytał
Słucham?
A ona powiedziała
Nie ma sprawy. To pańskie życie. Może je pan odrzucić.
A potem zabrakło jej dziesięciopensówek.
Powiedziałem
To pańskie życie, ale czasem warto dać mu niewielką szansę. Pamięta pan co powiedział Jonathan Glover?
Odparł
Nie, nie pamiętam. A kim jest Jonathan Glover?
Odparłem
Jonathan Glover to współczesny utylitarysta, autor „Przypadków śmierci i powodów życia". Twierdzi, że przed samobójstwem należy zmienić pracę, porzucić żonę albo wyjechać z kraju.
Zapytałem
Czy to by coś pomogło, gdyby pan rzucił pracę, rzucił żonę i dzieci i wyjechał z kraju?
Odparł
Nie. Pomogłoby tylko trochę, bo nie musiałbym ciągle udawać. Ale gdziekolwiek pójdę, będę widział wciąż te same rzeczy. Marzę, że przed śmiercią ujrzę Himalaje. Chciałbym też zobaczyć Tierra del Fuego. Południowy Pacyfik – słyszałem, że jest piękny. Ale wszędzie gdzie jestem, widzę małe dziecko

zatłuczone na śmierć kolbą karabinu i rechoczących żołnierzy.
Nie potrafię o tym zapomnieć.
 Popatrzył w głąb szklanki.
 Powiedział
  Nie jesteśli zdolnym
  Poradzić chorym na duszy? Głęboko
  Zakorzeniony smutek wyrwać z myśli?
  Wygnać zaległe w mózgu niepokoje?
  I antydotem zapomnienia wyprzeć
  Z uciśnionego łona ten tłok, który
  Przygniata serce? *

Powiedział
  W takich razach chory
  Musi sam sobie radzić **.

Wsparł głowę na ręku.
Powiedział
To piękna opowieść.
Powiedział
Świat byłby doprawdy niezwykłym i wspaniałym miejscem gdyby jedynymi udręczonymi ludźmi byli ci co się dopuścili jakiejś potworności. Chcesz jeszcze jedną colę?
 Zapytałem czy mógłbym dostać sok pomarańczowy.
 Ze szklanką w ręku podszedł do lodówki. Wrócił ze szklanką i puszką coca-coli.
 Powiedział
Wcale nie twierdzę, że mojej żonie było o wiele łatwiej. Wzięła na siebie ogromną odpowiedzialność. Pisała listy do ludzi, którzy wcale nie chcieli jej pomóc. Musiała opiekować się dziećmi.
 Zapytałem
 Chce umrzeć?
 Odparł

---

* Przekład Józefa Paszkowskiego.
** Przekład Józefa Paszkowskiego.

Chyba nie.
Po chwili dodał
Bardzo się zmieniła. Stała się mniej
Powiedział
Albo bardziej
Powiedział
Stała się zupełnie
Powiedział
Nabyła całkiem sporo nowych umiejętności. Poprowadziła skuteczną kampanię, a przecież chyba nie muszę ci tłumaczyć na czym dokładnie polega skuteczna kampania. Po prostu chodzi o to, że moja własna żona przyciągnęła wielu zwolenników którzy dali pieniądze kiedy poprosiła ich o pieniądze którzy poszli na demonstrację kiedy zawiadomiła ich o demonstracji i którzy napisali do swoich parlamentarzystów kiedy powiedziała że każdy z nich powinien napisać do parlamentu. Gazety zamieszczały jej listy kiedy pisała listy i reportaże z demonstracji kiedy szła na demonstrację. Regularnie udzielała wywiadów dla radia i telewizji. Tego typu rzeczy nie DZIEJĄ SIĘ same z siebie. A kiedy już się zadzieją nabierasz przekonania że masz nad nimi władzę.
Zapytał
Chcesz jeszcze jedną colę?
Odparłem Tak poproszę.
Nalał sobie następnego drinka. Powiedział że mu bardzo przykro ale coli już nie ma. W zamian za to dał mi sok pomarańczowy.
Powiedział
Moja ucieczka w pewnym sensie pokrzyżowała plany wielu osób uczestniczących w tej kampanii. Negocjacje weszły w obiecującą fazę, albo przynajmniej moja żona zaczęła sobie obiecywać coś więcej po ich przebiegu. A ja wszystko popsułem. Żona się wściekła, że musiała robić dobrą minę do złej gry bo uważała że po prostu dopisało mi szczęście a szczęścia w kampanii wcale nie uważała za szczęście. To nawet nie był powód do rozpaczy, raczej niewielka niewygoda. Sam doświadczyłem czegoś podobnego kiedy nie chciałem żeby zobaczyli jak jestem wzruszony z powitania z psem. A on

niemal oszalał z radości gdy wszedłem do pokoju. Do tej pory nie wiem czy się nie rozkleiłem a on przecież nie brał udziału w kampanii ani nie występował w telewizji. Chodzi o to że moja żona, że oni wszyscy przez pięć lat borykali się z trudnościami a ja tymczasem przez pięć lat

Powiedział

Oczywiście kiedy pies zdechł

Powiedział

Ale to przeszłość. Nudzisz się ja też się nudzę i ty się nudzisz, a jak się nie nudzisz to będziesz kiedy tylko zaczniesz nad tym myśleć

Zapytałem

Czytał pan książkę Grahama Greena?

Zapytał

Którą książkę Grahama Greena?

Odparłem

Tę w której bohater zabija własną żonę żeby nie cierpiała i potem dręczą go wspomnienia i potem traci pamięć po wybuchu.

Odparł

Ach tę. Czytałeś Grahama Greena?

Odparłem

Tylko to i „Podróże z moją ciotką". Bardziej mi się podobały „Podróże z moją ciotką". Moja mama przeczytała tę drugą i pomyślała: znakomicie, nabawię się amnezji. Waliła głową o ścianę, lecz nie straciła przytomności, a potem przypomniała sobie, że kiedyś potrącił ją samochód i zemdlała, a jak ją ocucili to wszystko pamiętała. Przeczytała więc mnóstwo artykułów o amnezji, ale to też jej nie pomogło. Pomyślała więc: A może spróbować hipnozy? Ludzie zwykle chodzą na seanse hipnozy żeby przypomnieć sobie rzeczy które przydarzyły im się na przykład w dzieciństwie lub w poprzednim wcieleniu, jak byli Kleopatrą. Dlaczego to nie miałoby zadziałać na odwrót?

Powiedział

Już rozumiem. Idziesz do lekarza z rozstrojem nerwowym a wracasz jako Kleopatra królowa Egiptu.

Powiedziałem.
Zatelefonowała więc do Samarytan.
Zapytał
I co jej powiedzieli?
Powiedzieli że nic nie wiedzą. Obdzwoniła wszystkich hipnotyzerów i powiedzieli jej że to niebezpieczny zabieg i że hipnoza jest narzędziem psychoterapii i ma pomagać pacjentom w konfrontacji z przeszłością i że żaden etyczny człowiek nawet nie zechce... No dobrze powiedziała matka a co z NIEetycznymi ludźmi? Gdyby przypadkiem znalazła bandytę-hipnotyzera który by zdeflorował jej bezbronne ciało skradł karty kredytowe i kartę bankową i kazał jej wymienić numer PIN i zabrał naszyjnik z pereł który kiedyś dostała na osiemnaste urodziny, to czy taki człowiek ZGODZIŁBY się na seans po którym by zapomniała o wszystkich wydarzeniach ostatniej dekady?
Zapytał
I co jej powiedzieli?
Odparłem
Rzucili słuchawkę.
Zapytał
I co potem?
Odparłem
Próbowała popełnić samobójstwo.
Powiedział
To musiało być straszne dla ciebie.
Powiedziałem
Ależ nie to było jeszcze przed moim urodzeniem. Chyba tego żałuje zwłaszcza wówczas gdy słyszy jakieś głupie uwagi ale teraz ma mnie więc uważa że zachowałaby się nieodpowiedzialnie... przepraszam.
Powiedział
Nic nie szkodzi. Każdy pomyślałby to samo. Zapewne wiesz, że napisałem książkę. Napisałem książkę i udzieliłem wielu wywiadów i rozdawałem autografy – najśmieszniejsze że ludzie to kupowali.

Wstał i przeszedł się po kuchni. Podszedł do okna i powiedział

Cudny dzień!

Zapytał

Jak myślisz, będzie bestsellerem?

Powiedziałem że książki z autografem po jakimś czasie mają wyższą cenę. Odparł że jak skończony dureń w ogóle o tym nie pomyślał. Wszystkie autorskie egzemplarze rozdał prominentom biorącym udział w kampanii.

Głupio mi było że przed chwilą oskarżyłem go o nieodpowiedzialność i już miałem powiedzieć że w moim przypadku chodzi o coś innego bo nigdy nie miałem ojca lecz wtedy przypomniałem sobie że wcześniej skłamałem że to właśnie on jest moim ojcem. Pomyślałem sobie, zawsze mogę powiedzieć: Dorastałem bez ojca i daję sobie radę, chociaż nie mam wrażenia żebym był trochę lepszy od kogoś kto przeżył dziesięć lat prawdziwego piekła. A potem nagle pomyślałem – właśnie: zupełnie nagle – że w tej samej chwili Sibylla uczy Małego Księcia. A jeśli właśnie teraz wzięła fiolkę prochów i powiedziała że jak nie może żyć bez wspomnień przeszłości to nie chce też patrzeć w przyszłość? A Mały Książę odparł Święte słowa rób jak uważasz.

Red Devlin wciąż patrzył w okno. Na parapecie stały cztery fiołki afrykańskie. Przesunął palcem po liściu. Cicho gwizdał przez zęby.

Nie opisałem go zbyt dokładnie. W pewnym sensie miał rację, że to co mówił po pewnym czasie stawało się po prostu nudne, ale z drugiej strony to było bez większego znaczenia. Dawał się poznać jako ktoś, kto nauczył gry w szachy kogoś, kto w wieku czterech lat widział rozstrzeliwanych kuzynów i gwałcone kuzynki. Już samą swoją obecnością sprawiał, że zaczynało się go słuchać. Kiedy rzuciłem jakiś żart, a on się zwyczajnie roześmiał, miałem ochotę wywinąć co najmniej dziesięć koziołków. Chciałbym go mieć dla siebie przez jakieś dziesięć albo choćby tylko przez pięć lat chociaż na pewno jako ojciec stawiałby różne wymagania i raczej nie pasował do takiego stylu życia w którym dzieci uczą się greki w najbardziej odpowiednim wieku. Jego dzieci na pewno oglądały „Ulicę Sezamkową" a on nie widział w tym nic zdrożnego. I pomyślałem nagle: A jeśli zmieni zamiar?

A potem pomyślałem: A jeśli Sibylla powiedziała Małemu Księciu o czym naprawdę chce zapomnieć? Kiedy ja ją pytałem odpowiadała zawsze To nieważne albo Sama nie wiem dlaczego wciąż narzekam przecież nikt mnie nie torturuje. Przynajmniej tego mu nie powiedziałem. Pomyślałem: Muszę go powstrzymać bo inaczej więcej go nie zobaczę. Pomyślałem że to ogromna słabość z mojej strony podszyta tchórzostwem. Pomyślałem że to słabość chcieć żeby Mały Książę powiedział Zaczekaj trochę. Jeśli zaś będę słabym tchórzem to będę synem swego ojca. Nie umiałem jednak powiedzieć bierz się pan do roboty.

Zapytałem

A co z szansą dla Oscara Wilde'a?

Zapytał

Co takiego?

Powiedziałem

Moglibyśmy razem obejrzeć „Brata marnotrawnego". Pójdę do wypożyczalni.

Powiedział

Dobrze.

Potem powiedział

Bardzo dobrze.

Wyszedłem frontowymi drzwiami. Kartę do Blockbuster Video nosiłem zawsze przy sobie bo Sibylla ciągle gubiła różne rzeczy. Miałem też półtora funta. Biegłem całą drogę bo nie byłem pewien czy Red Devlin pod moją nieobecność nie łyknie pigułek.

Półki w wypożyczalni stały zupełnie inaczej niż w tej koło nas więc chwilę trwało zanim trafiłem do właściwego działu. Mieli też „Siedmiu samurajów" ale tam ciągle ktoś powtarzał że lepiej umrzeć niż żyć w poniżeniu. Wolałem nie ryzykować. Był także „Ace Ventura – Psi detektyw". Zawsze chciałem go obejrzeć ale Sibylla mi nie pozwalała. Na pewno nie umywał się do Wilde'a. Wreszcie znalazłem. Potem jakiś czas kłóciłem się z dziewczyną z kasy bo nie chciała przyjąć mojej karty.

Powiedziałem

Błagam. Muszę to wypożyczyć. Sprawa życia lub śmierci.

Powiedziała
Nie przesadzaj
Powiedziałem

Ależ naprawdę to dla człowieka który chce się zabić bo był zakładnikiem i był torturowany i teraz prześladują go wspomnienia i pomyślałem sobie że „Brat marnotrawny" wprawi go w lepszy nastrój bo moja mama jak jest zdołowana to zawsze lubi sobie popatrzeć na Wilde'a.

Zapytała
Naprawdę?
Powiedziałem

No może nie do końca właściwie to dla mojej siostry która ma egzaminy a tam zawsze każą im porównywać film ze sztuką a ona na nieszczęście nie widziała filmu. Nasz tato jest bezrobotny więc wzięła dorywczą pracę i nigdy nie miała czasu żeby to obejrzeć a jutro są egzaminy i jak jutro obleje nie pójdzie na żadne studia bo postawiła na angielski a już za późno żeby wybrać tematy z francuskiego lub socjologii. Zgodnie z ostatnim sondażem prowadzonym przez „Independent" pracodawcy najczęściej szukają pracowników co najmniej z tytułem magistra.

Powiedziała
Do trzech razy sztuka
Powiedziałem

Prawdę mówiąc to dla moich dwóch młodszych braci. Bliźnięta syjamskie, nierozłączni od urodzenia i wszystko robią razem. Jak jeden coś robi to drugi też to musi, ale na nieszczęście ich głowy są tak zrośnięte że nie mogą we dwóch oglądać telewizji. Dawaliśmy im lustro, ale ten co siedział przed lustrem to zawsze głośno płakał. Zasiłek dla inwalidów szczodrze przyznany przez władze wystarczył nam na zakup dodatkowego telewizora, magnetowidu, jednej kasety z „Aladynem" i jednego ręcznika. Pewnego razu w BBC pokazano „Brata marnotrawnego" w klasycznej wersji Redgrave'a / Denisona. Bliźniacy chcieli to oglądać. Niestety, nasza matka nie miała dwóch kaset i przewidując poważne kłopoty na wszelki wypadek wcale nie nagrała filmu! Nic to nie dało, wpadli w czarną rozpacz – a para syjamskich bliźniaków jak już się wścieknie to robi taki hałas, że lepiej uciekać. Mama w rozpaczy poszła do wypożyczalni ale tam mieli tylko jedną kasetę. Nic się nie martw, powiadam, pobiegnę na Notting Hill i przyniosę drugą. Bóg mi świadkiem, że mają niewiele przyjemności w życiu. Mama się zgodziła, bo była przekonana że firma Blockbuster na pewno nie zawiedzie.

Powiedziała

Trzeba tak było od razu

Powiedziałem

Wcale mnie pani nie pytała

I pognałem z szybkością pięciu mil na minutę.

Podbiegłem do frontowych drzwi i zapukałem. Otworzył od razu.

Powiedział

Przepraszam, zapomniałem dać ci jakieś pieniądze.

Powiedziałem że nic nie szkodzi. Wyglądał weselej niż przedtem. Poszliśmy długim korytarzem do pokoju na tyłach domu gdzie stał telewizor i magnetowid. Red Devlin wrzucił trochę chipsów do miski a do drugiej nasypał fistaszków.

Włączyłem telewizor i magnetowid i włożyłem kasetę. Najpierw były reklamy Kolekcji Klasyków a potem napisy czołowe.

Siedział w fotelu i poważnie wpatrywał się w ekran. Roześmiał się kiedy lady Bracknell powiedziała Zaręczysz się ze mną, czy poczekasz aż ojciec, o ile mu zdrowie pozwoli, sam powiadomi cię o tym fakcie? Śmiał się też z innych dowcipów. Po chwili o nim zapomniałem.

Po chwili obejrzałem się żeby zobaczyć co robi.

Patrzył gdzieś w bok. Miał mokre policzki.

Powiedział

To nic nie da.

Wyłączyłem film i przewinąłem kasetę do początku.

Powiedział

To nic nie da. Mam mało czasu. Wyjechali tylko na kilka dni. Ale warto było spróbować.

Powiedział

Na swój sposób trochę mi pomogłeś. Muszę napisać kilka listów. Myślałem że nie dam rady bo myślałem że najważniejsze to im powiedzieć że ich naprawdę kocham a to nieprawda bo od powrotu jedynym głębszym uczuciem darzyłem tylko psa. Nie chciałem żeby moje ostatnie słowa okazały się zwykłym kłamstwem. Myślę że mogę żyć z przedostatnim kłamstwem. Natomiast prawda nie boli.

Powiedział

To pewnie zajmie trochę czasu. Zostań lub idź. Jak zechcesz.

Powiedziałem że raczej zostanę jeżeli mu to nie przeszkadza.

Poszedłem za nim na górę. Usiadł przy biurku wziął kilka kartek i napisał Droga Marie.

Usiadłem w fotelu. Wyjąłem Tukidydesa i zacząłem czytać fragment o Korkyrze.

Minęły dwie godziny. Wstałem i podszedłem do biurka. Siedział nad kartką papieru na której widniały dwa słowa Droga Marie.

Powiedział

To przypadek że tak się stało. Przez dłuższy czas przebywałem w Bejrucie. Zresztą nie ja jeden. Czasami człowiek ma ochotę aż wyć ze wściekłości ale tam zawsze jest co robić. Większość czasu pochłania pogoń za środkiem transportu do miejsca w którym podobno coś się dzieje. Nawiązujesz kontakty próbujesz to i owo i ciągle jesteś zajęty. Czasami coś cię chwyta ale jesteś pijany i po prostu gadasz. Ale jak raz mnie dopadło to nie miałem żadnego wyjścia – mogłem wyłącznie myśleć. Leżałem na podłodze i myślałem co zrobi Clinton i co zrobi ONZ i czy powinienem pogadać z tym gościem o dżipie. To idiotyczne. Gdybym poszedł się upić z paroma koleżkami na pewno byłoby po sprawie ale nie poszedłem a ludzie przyswajają tylko to co ty przyswajasz a ja właśnie przyswoiłem tyle.

Powiedział

Nieprzystosowany zrządzeniem losu. Czasami w ogóle nie wiadomo o czym pisać.

Powiedział

Czy ktoś kto mówi to co myśli ludziom którzy chcieliby

powiedzieć to samo zachowuje się protekcjonalnie? A może powinienem powiedzieć

Powiedział

Wiesz co NAPRAWDĘ lubię?

Powiedziałem

Poza tym co oczywiste

Powiedział

Bezczelny drań z ciebie – przepraszam.

Spytałem

Co takiego?

A potem powiedziałem Och. Nic nie szkodzi. Więc co pan naprawdę lubi?

Powiedział

Filet z ziemniakami. Chcesz filet z ziemniakami? Może pójdziemy coś przekąsić. Jak wrócimy to ci opowiem resztę.

Pomyślałem, że to dobry omen, a może nawet powód, żeby się nie zabijać, może w końcu zrozumiał że szuka pretekstu i że naprawdę nie chce tego zrobić.

Poszliśmy na High Street. Oddałem kasetę i wstąpiliśmy do pobliskiego baru na filet z ziemniakami. Pomyślałem sobie, że ludzie pewnie myślą, że to mój ojciec.

W domu standardowym posiłkiem były kanapki z dżemem i masłem orzechowym. Czasami dla odmiany z masłem orzechowym i miodem. Jadłem rybę bardzo powoli, żeby zachować ją jak najdłużej. On zjadł dwa ziemniaki, dziobnął trochę ryby i powiedział

To świństwo. Powinni coś z tym zrobić. Nie mogę.

Powstrzymałem go zanim zdążył wyrzucić swoją porcję. Powiedziałem, że mi smakuje. Że jak ma to zmarnować to niech zostawi dla mnie.

Postawił przede mną talerz i poszedł na spacer.

Tak długo jak tylko mogłem odwlekałem moment powrotu. Ciągle nie mogłem uwierzyć, że koło mnie idzie Red Devlin, ten sam co przez całe lata załatwiał różne sprawy mówiąc Na pewno pan może i Daj pan spokój i przesiedział kilka lat w niewoli i miesiącami wędrował przez pustkowie.

Ludzie często mu zarzucali, że nie dba o swoich przyjaciół.

Kiedyś Red Devlin miał przyjaciela, który należał do pewnego klubu. To chyba nie był Portland, ale coś w tym rodzaju. Chodzili tam na małego drinka. Pewnego dnia natknęli się na właściciela sieci supermarketów. Właściciel wściekał się jak diabli, bo chciał otworzyć supermarket w Walii, największy na zachód od Severn. Chociaż załatwił wszystkie zezwolenia i przeprowadził odpowiednie pomiary, okoliczni mieszkańcy wciąż mu robili trudności. Supermarket miał powstać na ugorze, na którym nic się nie działo, ale miejscowi powiedzieli, że tam się bawią dzieci i że tym dzieciom będzie smutno jak zniknie plac zabaw.

Przyjaciel Red Devlina ciągle wysłuchiwał podobnych opowieści więc pod byle pretekstem odszedł. Red Devlin nadal rozmawiał z nieznajomym. Ten zaś stwierdził, że dzieci mogą bawić się gdziekolwiek i że nie chciał budować sklepu w parku tylko na pustym placu i że jest biznesmenem.

Red Devlin powiedział: Dzieciaki. W tym zasadza się cała sprawa.

Nieznajomy powiedział: Jestem zwyczajnym biznesmenem.

Red Devlin powiedział: Stawiam następną kolejkę.

Nieznajomy powiedział: Nie nie...

Red Devlin powiedział: Nalegam

Nieznajomy powiedział: Nalegam

Nalegam

Nalegam

Nalegam

Nalegam

Ale Red Devlin nalegał mocniej i tamtemu było bardzo miło bo jak ktoś jest bogaty to wszyscy wokół z reguły chcą go naciągnąć.

Tym razem Red Devlin nawet nie musiał mówić Na pewno pan może lub Daj pan spokój. Nieznajomy powiedział: Jak mówiłem wcześniej, jestem zwyczajnym biznesmenem

a Red Devlin powiedział: Ma pan związane ręce.

Nieznajomy odparł: Właśnie. Mam związane ręce

a Red Devlin: Nawet przy najlepszej woli

a nieznajomy odparł: Mam związane ręce.

Ma pan związane ręce, powiedział Red Devlin.
Mam związane ręce, powiedział nieznajomy.
Ma pan związane ręce, powiedział Red Devlin.
Mam związane ręce, powiedział nieznajomy.
Gdzie jest ten ugór? zapytał Red Devlin.
W Walii, odparł nieznajomy.
Bardzo dobre miejsce, powiedział Red Devlin.
Wspaniała lokalizacja, powiedział nieznajomy.
Chciałbym je zobaczyć, powiedział Red Devlin. Szkoda, że leży w Walii.

Moglibyśmy pojechać moim samochodem, powiedział nieznajomy, ale dałem szoferowi wolne, bo przez cały jutrzejszy dzień będę na zebraniu.

Jeszcze po jednym? zapytał Red Devlin.

Teraz ja płacę, powiedział nieznajomy, a Red Devlin odparł Nie, nalegam.

Rozmawiali i rozmawiali i rozmawiali i rozmawiali i rozmawiali i nieznajomy mówił Mam związane ręce a Red Devlin mówił Ma pan związane ręce i Stawiam następną kolejkę a nieznajomy mówił Ależ nalegam i Red Devlin mówił Ależ nalegam.

Wreszcie nieznajomy zawołał: Chwileczkę! Możemy wziąć taksówkę!

Wzięli taksówkę do Walii i taksówkarz opowiedział im o różnych ważnych aspektach przepływu kapitału. Powiedzmy, że pada piekarnia. Pada, bo nie w pełni wykorzystywała miejscowe zasoby. Zamykają ją, a wyposażenie idzie na sprzedaż. To oczywiście bardzo prosty przykład. Piece i miesiadła wcale nie znikają na zawsze z powierzchni ziemi, ale po sprzedaży trafiają w inne ręce i są wykorzystywane w zupełnie innym miejscu zapewniając pracę zupełnie innym ludziom. Na ogół się o tym zapomina. Red Devlin zgodził się z tą tezą.

Dotarli na miejsce tuż przed siódmą rano. Wstawało słońce. Środek placu był wydeptany do gołej ziemi przez piłkarzy. Wokoło rosła trawa, wysokie chwasty, trochę krzewów wokół boiska i rząd wierzb nad pobliską rzeczką. Nieznajomy opisał wszystkie zalety tego miejsca i powiedział że to zbyt dobra okazja aby ją pominąć i że ma związane ręce. A Red Devlin odparł Ma pan związane ręce.

Potem poszli do miasta na śniadanie. Wciąż rozmawiali i nieznajomy od czasu do czasu mówił że ma związane ręce a Red Devlin się z nim zgadzał. O dziewiątej tamten przypomniał sobie dlaczego dał szoferowi wolne. Zaczął się śmiać i powiedział mnóstwo rzeczy, które później pominął milczeniem w książce zatytułowanej „Moja największa pomyłka". Potem z telefonu komórkowego zadzwonił do sekretarki i powiedział jej, że czymś się zatruł i żeby odwołała dzisiejszą naradę. Wyłączył telefon i (jak to opisał w „Mojej największej pomyłce") znów zaczął mówić do Devlina aż niebo dosłownie stało się niebieskie. Wspomniał, że Red Devlin nie zna się na interesach, a Red Devlin przyznał, że tak jest w istocie. Nieznajomy powiedział Mam związane ręce a Red Devlin powiedział Ma pan związane ręce.

Obeszli miasto dookoła. Od strony morza ciągnął się długi wał, a pod nim skały. Dalej zieleniała wioska. Wrócili na plac i zobaczyli matki z małymi dziećmi. Poszli na lunch, a gdy wrócili, zobaczyli chłopców grających w piłkę. Nieznajomy powiedział, że już za późno, aby się wycofać. Red Devlin przyznał, że już za późno, aby się wycofać. Ale chociaż było za późno, plac został zagospodarowany w dużo skromniejszy sposób. Biznesmen wiedział, że postępuje głupio, a mimo to zrezygnował z budowy supermarketu i na placu postawił dwie bramki i parę huśtawek i zjeżdżalni. Potem czasami się spotykał z Red Devlinem i razem pili do rana za stare czasy i Walię.

Zapamiętałem tę opowieść i inne opowieści o naprawdę okropnych ludziach, z którymi stykał się Red Devlin. Jedna z takich historii była mało znana, wyjąwszy kilka szczegółów, ujawnionych po tym, jak z kanału w Bangkoku wyłowiono ciało zakłutego nożem mężczyzny. Inna mówiła o człowieku, który miał warsztat w Pakistanie i chwalił się jakością robionych tam dywanów lecz z drugiej strony bolał nad tym że musiał zatrudniać dzieci ale jakby nie zatrudniał dzieci to spadłaby jakość dywanów a on przecież był tylko zwykłym biznesmenem i miał związane ręce. A jednak pewnego dnia zerwał z tym przyzwyczajeniem.

Zjadłem ostatni plasterek ziemniaka i wiedziałem już co powiedzieć.

Powiedziałem: A jeśli ktoś zrobi coś potwornego bo inni też to robią, a potem nie bacząc na niebezpieczeństwo nie chce już tego zrobić, chociaż inni nadal to robią? Czy to nie jest świetlany akt dobroci?

Odparł: Całkiem możliwe.

Spytałem: A teraz pan tego nie dostrzega? Nie chce pan czy nie może? pomyślałem

i nie wiedziałem, co dalej. Peszyło mnie samo wspomnienie wszystkich niemądrych rzeczy popełnianych przez ludzi, z którymi rozmawiał Red Devlin.

Nie odpowiedział. Popatrzył na mnie, potem popatrzył na dwóch czy trzech przechodniów, a potem popatrzył w ziemię.

Po chwili rzekł

Wystarczyło że otworzyłem usta.

Powiedział

To właśnie sobie pomyślałem kiedy byłem więźniem. Pomyślałem, że muszę uciec bo w przeciwnym razie...

Przeszedł się kawałek, wrócił i powiedział

...a kiedy już uciekłem, zrozumiałem że wszyscy na to czekali...

Zatrzymał się nagle. Popatrzył na mnie i powiedział

Otwórz się Sezamie.

Zapytałem Słucham?

Powiedział Otwórz się Sezamie. Po to wreszcie wróciłem aby powiedzieć Otwórz się Sezamie ludziom którzy robią to co do nich należy bo wszyscy inni też robią to co do nich należy bo każdy czeka żeby ktoś przyszedł i powiedział Otwórz się Sezamie a to nie każdy może powiedzieć więc jestem tutaj i mówię i wreszcie mogą przestać

Powiedziałem: Chodziło mi tylko o to że jest okazja

Spytał: Że ludzie coś uczynią na dźwięk magicznego zaklęcia? Że cudownym zrządzeniem losu przystąpią do działania bez magicznych zaklęć?

Powiedziałem: To nie tak. Przypuśćmy że urodził się pan w społeczności
Powiedział: Jak większość ludzi
Powiedziałem: W społeczności kultywującej niewolnictwo
Powiedział: W społeczności niewolników
Powiedziałem: Chodzi mi
Powiedział: Zły Samarytanin lepiej mi się podoba. Dobry Samarytanin na pewno lepiej sypia.

Skręciliśmy w ulicę, przy której mieszkał. Rozmawiał ze mną spokojnie. Przedtem mówił to co chciał powiedzieć a teraz mówił to co niespecjalnie chciał powiedzieć ale myślał że po tym będę lepiej sypiał. Powiedział spokojnie

Nie rozumiesz. Nie oczekuj wyłącznie uczciwości. Niektórzy ludzie robią to co robią bo każdy to robi i wcale się tym nie przejmują. No, może raz czy dwa poczują się oszukani, ale poza tym jest im dobrze. Jeśli ktoś powie magiczne zaklęcie, budzą się na maleńką chwilkę a potem znów zasypiają. Twoim zdaniem powinienem się cieszyć jeśli ktoś coś zrobi, słysząc magiczne zaklęcie. Tymczasem problem nie w tym co ja powinienem lecz w tym co się dzieje. Nic. Nic i kropka. Dlatego zrezygnowałem z zaklęć. Po prostu patrzę na ludzi. Czasami patrzę na nich i myślę Na co czekacie? Czasami patrzę na nich i mówię Na co czekacie?

Weszliśmy do domu. Poszliśmy na górę a on wyjaśniał mi cierpliwie że gdyby przez pięćdziesiąt lat budził innych wołaniem Otwórz się Sezamie to wszyscy chcieliby żeby to robił zawsze nawet chory. A on już po prostu nie może mówić w ten sposób do każdego kto na to czeka. I w ten sposób wróciliśmy do punktu wyjścia.

Spytałem: Chce pan żebym powiedział Otwórz się Sezamie?
Odparł: Nie teraz. Muszę napisać listy.
Znowu usiadł przy biurku i zaczął pisać. Zająłem miejsce w fotelu. Było koło północy. Po chwili zasnąłem.

Obudziłem się dwie godziny później. Na biurku leżało pięć czy sześć kopert. Red Devlin siedział na łóżku, oparty o ścianę. Widziałem białka jego oczu. Zapaliłem lampkę stojącą przy fotelu i zobaczyłem, że pigułki zniknęły z szafki.

Zapytał

Jesteś moim synem?

Nie, odparłem.

Powiedział

Tak myślałem. To dobrze.

Roześmiał się i powiedział

Nie chciałem, żeby to tak zabrzmiało. Pomyślałem tylko, że ci pójdzie lepiej.

Śmiał się po raz ostatni. Siedział cicho, ze spuszczonym wzrokiem, jakby był zbyt zmęczony, aby patrzeć na mnie. Nie powiedziałem mu, że moim zdaniem, powiedzie mi się tak samo.

Po chwili zamknął oczy.

Czekałem dwie czy trzy godziny, aż nabrałem pewności, że tam nie ma już nic prócz ciała odzianego w spodnie i niebieską koszulę. Okulawione dziecko, łza w oku i roześmiany szachista odeszli na dobre. Ująłem go za dłoń. Była ciepła ale szybko stygła. Potem usiadłem na łóżku obok niego i położyłem jego rękę na swoim ramieniu.

Siedziałem tak póki nie ostygł. Pomyślałem sobie że jak na czas zadzwonię do szpitala to część organów nada się do transplantacji. Później jednak przyszło mi do głowy, że jego żona wpadłaby w czarną rozpacz, gdyby po powrocie nie zastała w pokoju doczesnych szczątków męża. Z drugiej strony to głupie domagać się tego, aby ciało zostawić tylko w jednym kawałku. Obejmować zwłoki z nienaruszoną nerką.

Bardzo chciałem z nim o tym porozmawiać. Byłem pewny, że jego żona po powrocie do domu przez pewien czas nie będzie zdolna do żadnych rozsądnych decyzji.

Próbowałem sobie przypomnieć, ile potrzeba czasu żeby nastąpiło prawdziwe rigor mortis. Zdjąłem jego rękę z ramienia i położyłem ją wzdłuż ciała. Oparłem o niego głowę i płakałem.

Teraz już mogłem to zrobić bez obawy, że go zmuszę do niepotrzebnych działań, nie bacząc na to, że był chory.

Spędziłem noc u jego boku. Czułem się dużo lepiej. Pamiętałem, że zabił okaleczone dziecko i płaczące oko.

Rankiem miał zimne jak lód policzki. Obudziłem się koło piątej. Światło wciąż się paliło. Leżałem chwilę obok sztywnego i twardego ciała. Myślałem o tym, że powinienem wstać i coś zrobić. Pomyślałem: Przynajmniej on nie musi wstawać. Powiedział kiedyś, że budził się zawsze o piątej i leżał, patrząc w sufit, przez dwie czy trzy godziny. Miał nadzieję, że zaśnie i powtarzał sobie, że równie dobrze mógłby być na nogach. Pięć lub dziesięć minut później widział uśmiechniętego szachistę. Powtarzał sobie wówczas, że mógłby być na nogach i dalej patrzył w sufit.

Włożyłem jego dżinsową kurtkę i opróżniłem kieszenie. Potem zabrałem listy z biurka i poszedłem je wysłać.

Dobry samuraj odbiłby cios pałki

Wróciłem do domu około dziewiątej. Sib przepisywała „Międzynarodowe Sporty i Narty Wodne".

Myślałem, że po cichu przemknę się na górę, ale spojrzała na mnie. Zapytała Coś się stało?

Odparłem: Nie.

Zapytała: Więc co się nie stało?

Powiedziałem: No...

Powiedziałem: Ktoś popełnił samobójstwo. Wspomniałem mu o Jonathanie Gloverze i o porzuconej żonie, ale to nie pomogło.

Sib powiedziała: Tak już bywa.

Położyła mi rękę na ramieniu.

Pomyślałem: Po co ją tu jeszcze trzyma?

Myślałem o tym, że pozwoliłem Devlinowi iść tam, gdzie zechciał. Przecież nic dla mnie nie zrobił. Myślałem o tym, żeby powiedzieć Proszę bardzo.

Powiedziałem: Myślałaś kiedyś o Jonathanie Gloverze? Może powinnaś gdzieś wyjechać i znaleźć inną pracę. Iść tam, gdzie nie żądają zezwolenia.

Sib zapytała: Wrócić do Stanów? Nie chcę wracać.

Zapytałem: Dlaczego?

Powiedziała: Tam nie ma Nebraska Fried Chicken. To zbyt przygnębiające.

Pomyślałem, że tym razem nie zdoła mi się wymigać. Wciąż miałem na sobie jego kurtkę. Red Devlin nie poprzestałby na tym.

Powiedziałem: Przestań przepisywać „Angielskiego Hodowcę Strusi" i znajdź sobie inną pracę.

Sib powiedziała: Tam jest zbyt wielu ludzi, których nie chcę widzieć. A poza tym, dlaczego mówimy o mnie? Powiedz mi raczej, kto umarł. Twój przyjaciel?

Zapytałem: Po co o nim rozmawiać? On nie ma żadnych problemów. Nikt nie ma jego problemów. Dlaczego nie wrócisz?

Sib powiedziała: Nie chcę o tym mówić.

Sib powiedziała: Wiesz, ile razy mój ojciec spotkał kogoś głupiego, kto był absolwentem Harvardu, uważał to za obrazę.

Zapytałem: Właśnie dlatego nie chcesz wracać do Stanów?

Sib powiedziała: Trzeba go było słyszeć, kiedy doktor Kissinger dostał honoris causa. Człowiek, który na rękach miał krew paru milionów.

Zapytałem: Dlatego przepisujesz „Angielskiego Hodowcę Strusi"?

Sib powiedziała: Rzecz w tym

Sib powiedziała: Po prostu

Przeszła się po pokoju. Wreszcie powiedziała: Wiesz, nie wiem czy wiesz, Ludo, ale gdy masz motel, zawsze możesz kupić jeszcze jeden motel.

Zapytałem: Co?

Gdy masz motel, zawsze możesz kupić jeszcze jeden motel, powiedziała Sib. A gdy masz dwa, nie pozbędziesz się odpowiedzialności.

Zapytałem: Co?

Sib powiedziała: Zrozumiałbyś to tylko wtedy, gdybyś naprawdę miał motel.

Powiedziałem: Jak mówiłem

Sib powiedziała, że jej wujek Buddy wyobrażał sobie, że dzięki motelom ucieknie od księgowości, i że w wieku trzydziestu lat wcale nie jest za późno, aby zacząć coś całkiem nowego. Powiedziała też, że jej matka była przekonana, że motel przyniesie tak wysokie zyski, aby nadal mogła uczyć się muzyki, bo za sam talent nie chcieli jej przyznać stypendium w wybranej przez nią uczelni. Powiedziała, że jej ojciec wyłożył pieniądze na interes, a wuj i matka dokładali starań, aby wszystko kręciło się zgodnie z planem, i że pewnego dnia ojciec znalazł obiecujące miejsce w zupełnie innym miejscu.

Powiedziałem: Ale

Sib powiedziała, że potencjalne zyski z budowy motelu można osiągnąć tylko wówczas, jeśli ktoś znajdzie takie miejsce, którego nie dostrzegli inni. Jej ojciec miał wyjątkowego nosa w tych sprawach. Powiedziała, że takie miejsce to takie miejsce, do którego za parę lat ściągną dzikie tłumy, ale teraz jest zaniedbane i całkiem opuszczone, nie licząc ekipy budującej motel.

Spytałem: Ale po co

Sib powiedziała, że kilka obiecujących miejsc chełpiło się przed obcymi towarzystwem muzyki sakralnej, nie mówiąc już o orkiestrze symfonicznej, bo muzycy mają inne wymagania niż zwykli ludzie...

Czekałem aż skończy. Pomyślałem sobie, że jak nie będę jej przerywał, to może wreszcie dojdzie do wyjaśnienia.

Mój ojciec nigdy nie mówił o swoim ojcu, powiedziała Sib. Moja matka bez przerwy narzekała na rodziców, którzy w prezencie przysyłali jej swetry z Filadelfii.

Czekałem, co powie dalej. Milczała przez chwilę.

Do motelu, budowanego gdzieś na przedmieściach Pocatello, przyszła paczka owinięta w gruby szary papier. „O mój Boże!" jak zwykle zawołała matka, nalała sobie szklankę whisky i wypiła ją jednym haustem. „Teraz można to cholerstwo otworzyć". Rozerwała szary papier, rozerwała złoty papier, otworzyła płaskie pudełko z napisem Wanamaker's i odwinęła cieniutką bibułę. Wewnątrz leżał kaszmirowy sweter. Raz był jasnożółty, raz bladozielony, raz szarośliwkowy, z perłowymi guzikami. „Równie dobrze mogę to cholerstwo przymierzyć", mówiła wówczas matka, wkładała sweter i podwijała rękawy do łokci, jak od wieków robili wszyscy jej przyjaciele. Sięgała po papierosa, zapalała go, głęboko zaciągała się dymem i wzdychała z głęboką satysfakcją: „Jest w tym coś z hipokryzji. Coś, co zawsze mnie wkurza". Potem siadała i pisała: „Drodzy Rodzice, bardzo dziękuję za wspaniały sweter", siedziała i paliła, po prostu patrząc w przestrzeń.

Czekałem, co powie dalej, ale już nic nie powiedziała. Wzięła do ręki pilota. WŁĄCZ. PLAY.

Pomyślałem: To ma być wyjaśnienie?

STOP.

Rzecz w tym, powiedziała Sib. Wstała i zaczęła chodzić po pokoju.

Wiesz, co gdzieś powiedział Boulez? zapytała.

Nie. Co gdzieś powiedział Boulez? zapytałem.

Comment vivre sans inconnu devant soi. Nie każdy może.

Jasne, odparłem.

Wiesz, co zawsze mówię, gdy się budzę? zapytała Sib.

Nie, odparłem.

Buntuj się, buntuj, gdy światło cię zoczy. Nie chciałbyś tego usłyszeć od przyjaciół.

Nie, odparłem.

Z drugiej strony to co się stało, stało się właśnie tutaj, więc siedzę w Londynie wraz z wszystkimi wadami tego miasta w miejscu które na pewno nie jest obiecujące. Ile ludzi żyje na tej planecie?

Pięć miliardów, odparłem.

Pięć miliardów, a tylko ja o ile mi wiadomo uważam że dzieci nie powinny pozostawać w całkowitej zależności finansowej i ekonomicznej od dorosłych. Nie nam decydować o ich losie. Chyba powinnam napisać list w tej sprawie choćby do „Guardiana".

Powiedziałem że to ja mogę go napisać i na dole umieścić podpis Ludo lat 11.

Napisz do „Independent", powiedziała Sib. A ja napiszę jeszcze jeden do „Telegraphu" i na wszelki wypadek podpiszę się Robert Donat.

Jak na kogoś kto przede wszystkim wierzy w rozsądną dyskusję Sib dziewięć razy na dziesięć zbaczała z tematu.

Przez chwilę krążyła po pokoju potem podeszła do pianina zatrzymała się i usiadła i zaczęła grać krótki utwór który od dawna grywała przy różnych okazjach.

Właśnie że jestem samurajem

Mój ojciec napisał książkę z podróży na Wyspy Wielkanocne.
Hugh Carey wyruszył na samotną wędrówkę przez Rosję.
Sorabji otrzymał tytuł szlachecki.
Malarz wyruszył na wędrówkę przez pustynię.
Szegeti, wraz ze swoim partnerem, wygrał Brydżowe Mistrzostwa Świata w 1998 roku, ale przedtem załatwił kilka spraw w Jackson, w stanie Missisipi, dla Nelsona Mandeli.
Ludzie żyli i pracowali.
Nie szukałem następnego ojca. Wprawdzie mogłem mówić Otwórz się Sezamie, lecz w zamian za to wkładałem jego kurtkę i jeździłem metrem (linią Circle) w kółko w kółko w kółko.

Pewnego dnia trafiłem na Baker Street. Nie obchodziło mnie, dokąd idę, więc minąłem Marylebone Road i skręciłem na północ. Przy następnej przecznicy skręciłem w lewo, przy następnej w prawo, a potem dopiero przy trzeciej skręciłem znów w lewo. Mniej więcej w połowie drogi usłyszałem dźwięki pianina.

Oktawy galopowały po całej klawiaturze niczym przestraszona żyrafa. Karzeł skakał na jednej nodze. Dwanaście żab skakało na czterech łapach. Usiadłem na progu i patrzyłem jak nad obojętną na wszystko ulicą unosi się XXV wariacja na temat Festin d'Aesope Alkana. Kto to? pomyślałem. Kiedyś słyszałem nagranie Hamelina, ale słyszałem też Reingessena i Laurenta Martina i Ronalda Smitha i nawet radiowy koncert

Jacka Gibbonsa. Gdy się słyszało tych pięciu, słyszało się praktycznie wszystkich. Tajemniczy muzyk do nich nie należał.

Glenda Dobra przepłynęła przez błyszczące morze w towarzystwie sześciu śnieżnobiałych łabędzi. Grande Armée na szczudłach wędrowała przez Polskę. Jakaś kobieta z zakupami przeszła przez ulicę i wspięła się po schodach. Urzędnik z teczką przemknął dziarskim krokiem.

Sześć psów stepowało na stołach.

Wariacje dobiegły końca. Nastąpiła krótka przerwa.

Dźwięki uleciały w niebo niczym stado przerażonych flamingów. Na ulicy nikt nie przystanął.

Tajemniczy muzyk grał wariacje i wariacje wariacji i jedną wariację po drugiej, nawet jeśli nie były połączone.

Gotów do następnego lotu? Nic z tego. To byłoby zbyt niebezpieczne.

Wstałem i zapukałem do drzwi.

Otworzyła mi jakaś kobieta. Zapytała: Czego tu szukasz?

Powiedziałem: Przyszedłem na lekcję muzyki.

Powiedziała: Och...

Powiedziała: Ale on nie udziela lekcji.

Powiedziałem: Mnie przyjmie.

Powiedziała: No, nie wiem...

Powiedziałem: Przyszedłem poćwiczyć Alkana, który kiedyś cieszył się podobną sławą jak współcześni mu Liszt i Szopen, a potem wskutek złośliwych politycznych machinacji stracił posadę dyrektora konserwatorium i dalsze życie spędził w nędzy i (jeśli wierzyć legendzie) zginął przygnieciony regałem z książkami, kiedy próbował zdjąć Talmud z górnej półki. Tylko sześciu muzyków na całym bożym świecie grało jego utwory, z czego trzech żyje do dzisiaj, a jeden mieszka w Londynie i to właśnie do niego przyszedłem na lekcję.

Powiedziała: Nic mi nie mówił.

Powiedziałem: Niech pani da spokój...

Powiedziała: No dobrze.

Wszedłem do środka. Znalazłem się w wielkim pokoju.

Podłoga była zupełnie naga, a ściany obłaziły z farby. Pośrodku stał fortepian. Ktoś siedział przy fortepianie. Widziałem tylko nogi.

Zapytał:

Czego chcesz?

Uniósł miecz. Płynnym ruchem schował go za siebie.

Powiedziałem: Chciałem się z panem zobaczyć, bo jestem pańskim synem.

Wstał. Miał nie więcej niż 25 lat. Nie wyglądał jak Mifune, ale mimo wszystko mógłbym być jego synem.

Zapytał: Co to za idiotyzmy?

Nie wiedziałem, co odpowiedzieć. Nagle coś przyszło mi do głowy. Powiedziałem:

やい! 貴様! よくも俺の事を「侍 か?」なんてぬかしやがって ふざけるな!
Yai! Kisama! yoku mo ore-no koto-o samurai-ka nante nukashiyagatte... fuzakeruna!

Hej, ty! Pytałeś mnie z przekąsem: „Jesteś samurajem?" –
Nie wyśmiewaj się ze mnie!

Zapytał: Co takiego?
Powiedziałem:

俺はな こう見えてもちゃんとした 侍 だ。
ore-wa na kō miete mo chantoshita samurai da

Chociaż tak wyglądam, jestem prawdziwym samurajem.

Nie zrobiło to na nim żadnego wrażenia. Brnąłem dalej:

やい俺はなあれからお前の事をずっと捜してたんだぞ
yai, ore-wa na arekara omae-no koto-o zutto sagashitetanda zo

Hej! Od tamtej pory ciągle cię szukałem...

これを見せようと思ってな
kore-o miseyō to omottena

myśląc, żeby ci coś pokazać.

これを見ろ
kore-o miro.

Popatrz na to

この系図はな
kono keizu-wa na

To genealogia

俺様の先祖代々の系図よ
ore sama-no senzo daidai-no keizu yo

To genealogia całej mojej rodziny

このやろう ばかにしやがってなんでい
kono yarō baka-ni shiyagatte nandei

(Naśmiewałeś się ze mnie), łotrze

これを見ろ ばかにしやがって
kore-o miro. baka-ni shiyagatte

Popatrz tylko. (naśmiewałeś się ze mnie)

これがその俺様だ
kore-ga sono oresama da

To ja.

Powiedział Och
Zapytał:

この菊千代と言うのがお前か?
kono Kikuchiyo to iu-no ga omae-ka?

To ty niby jesteś Kikuchiyo?

Odparłem:

さようでござる
sayō de gozaru

Tak jest

Powiedział:

よく聞けこの菊千代申す者がお主に間違いなければ
yoku kike kono Kikuchiyo mousu mono-ga onushi-ni machigai nakereba

Jeśli naprawdę jesteś Kikuchiyo

お主は当年とって十三才
onushi wa tonen totte jusansai

to w tym roku kończysz 13 lat

この系図、どこで盗んだ？
kono keizu doko de nusunda?

Gdzie to ukradłeś?

Zawołałem:

うん？ 嘘だ！ ちくしょう！ てめえ 何 言ってんだ
uun? Uso da! chikushou! teme nani ittenda?

Co?! To kłamstwo! Do diabła! Co ty wygadujesz?!

Roześmiał się.
Powiedziałem
Opuściłeś kilka wersów.
Powiedział
Nie widziałem tego od lat, Kikuchiyo-san.
Nagle przypomniałem sobie, że w „Słowniku japońsko--angielskim" wydanym przez Kodanshę, kisama to [KOLOKWIALNA] i bardzo obraźliwa forma, że w „Nowym słowniku japońsko-angielskim" z wydawnictwa Sanseido kono yarō znaczy ty świnio i że według „Słownika japońskiego slangu" baka to bardzo popularne przekleństwo, baka-ni suru to coś w rodzaju co się do mnie przypierdalasz, a shiyagatte stanowi opryskliwą formę suru. Postanowiłem więc w porę przerwać tę dyskusję.

Podszedłem do fortepianu. Był to steinway. Poza nim w całym pokoju zauważyłem tylko zwinięty śpiwór i walizkę.

Powiedziałem

Słyszałeś, że Glenn Gould przerobił CD 318, żeby pozbyć się dźwięku steinwaya?

Odparł

Wszyscy o tym słyszeli.

Zapytał

Grywasz na fortepianie?

Odparłem

Ale nie Alkana.

Powiedziałem

Mogę zagrać „Straight No Chaser".

Odparł

To bez znaczenia. Nie udzielam lekcji. Nawet nie koncertuję.

Powiedziałem

Nie prosiłem o lekcję.

A potem zapytałem

Dlaczego nie koncertujesz?

Zaczął krążyć po pustym pokoju. Powiedział

Moje koncerty są za długie. Ludzie spóźniają się na metro i potem uważają, że zmarnowali wieczór.

Roześmiał się. Powiedział: Pomyślałem sobie, że parę godzin nie zrobi im różnicy, lecz oni chcieli zdążyć na konkretny pociąg.

Chodził dalej. Powiedział: Wciąż dostaję różne dobre rady.

Zapytałem:

Dlaczego nie nagrasz CD?

Zatrzymał się przy oknie. Powiedział

Nikt nie kupiłby tego co chciałbym tam nagrać a nie stać mnie na płytę której nikt nie kupi.

Powiedziałem

Wariacje na temat wariacji na temat wariacji

a on powiedział

Coś w tym stylu.

Zapytał

Wiesz ilu rzeczy ludzie nie kupują? To aż śmieszne.

Ruszył w dalszą wędrówkę. Powiedział

Każdy utwór można zagrać na wiele różnych sposobów. Pytasz sam siebie: A co się stanie, jeżeli... Próbujesz i znów pytasz: A jeśli... Kupując płytę, dostajesz tylko jedną odpowiedź. Nigdy nie wiesz, co będzie jeżeli.

Powiedział

W Japonii jest tak samo tylko dużo gorzej. Ludzie codziennie jeżdżą pociągami. Wsiadają i wysiadają. Wsiadają i wysiadają. Tak dzień po dniu.

Powiedział a skoro to możliwe to możliwe także...

Powiedział nawet wówczas gdy nie zajmujesz się muzyką czasem przychodzi ci do głowy że mogłoby być inaczej...

Zatrzymał się przy fortepianie. Powiedział

Ludzie nie doceniają nowych form muzyki dopóki się nie przyzwyczają.

Wsunął rękę do pudła i szarpnął cienką miedzianą struną. Brzdęk brzdęk brzdęk brzdęk brzdęk. Brzdęk brzdęk brzdęk

Powiedział

Zapędziłem się w ślepy zaułek. Robię to już za długo. Pomyślałem sobie, że zacisnę zęby, zagram kilka kawałków dobrych na przyjęcia i powrócę na scenę. Całe życie mam spędzić w tym pustym pokoju?

Brzdęk brzdęk brzdęk

Potem podszedłem i spojrzałem na płyty.

Brzdęk

Setki płyt z pełnymi utworami granymi w jednej wersji dla tysięcy ludzi którzy chcieli płyt z pełnymi utworami granymi w jednej wersji.

Brzdęk

Tysiące ludzi postępuje słusznie i będą tak postępować nadal nawet jeśli nie zagram kilku łatwiejszych kawałków

Brzdęk brzdęk

Ale każdy kto chce naprawdę usłyszeć jeżeli nie ma najmniejszych szans żeby to usłyszeć, ani w sklepie ani na świecie ani w ogóle nigdzie

Brzdęk brzdęk brzdęk brzdęk brzdęk
Powiedział
Nie mogę nagrać płyty którą kupi pięć osób, ale mogę zagrać łatwiejsze kawałki dla tysięcy słuchaczy którzy wolą to niż wędrówkę po mieście o piątej rano
Powiedział
Siedząc w tym pokoju też im się nie przydam.
Powiedziałem
Ja mógłbym nagrać płytę, której nikt nie kupi
a on zapytał
Co?
Powiedział
Masz przy sobie 10 000 funtów?
Powiedziałem
Mam coś, co jest wiele warte. Można na tym zarobić niemało pieniędzy
i wyjąłem z plecaka serce malarza. Było w foliowej torebce, żeby się nie pobrudziło. Biały jedwab był ciągle biały a krew brązowa.
Zapytał
Co to?
Wyjaśniłem mu a on powiedział
Nie słyszałem o nim, dziękuję lecz nie mogę przyjąć
Powiedziałem mu że może a on powiedział że nie może a ja powiedziałem że może a on powiedział że nie może.
Zapytałem: A jeśli
Zapytał: Jeśli co
Odparłem: Jeśli to sprawa życia i śmierci
Powiedziałem: Jeśli to kwestia losu gorszego od śmierci
Zapytał: O czym ty gadasz?
Powiedziałem: A jeśli ktoś wezwie Samarytan
Zapytał: Kogo?
Odparłem: Samarytan. To taka grupa ludzi, którzy uważają, że wszystko jest gorsze od śmierci. Możesz do nich zadzwonić, jak czujesz się zdołowany.

Zapytał: I co z tego?

Odparłem: A jeśli ktoś do nich zadzwoni i wcale mu nie pomogą? Jeśli ten ktoś codziennie robi w kółko to samo? Jeśli bez przerwy jeździ metrem? Jeśli ktoś uważa że świat byłby lepszy gdyby każdy kto zechce czytać po tamilsku miał dostęp do tamilskiego? Jeśli ten ktoś uporczywie zmieniałby temat rozmowy? Jeśli nie słuchałby nikogo i niczego?

Zapytał: Mówisz o konkretnej osobie?

Odparłem że to tylko hipotetyczne założenia.

Zapytał: A w czym właściwie mogłaby pomóc taka hipotetyczna płyta takiej hipotetycznej osobie?

Uśmiechał się. Delikatnie trącał struny pianina.

Powiedziałem: A gdyby ta osoba wysiadła z metra na stacji Embankment, przeszła przez most na dworzec Waterloo, wsiadła do pociągu do Paryża i podjęła pracę u znanego rzeźbiarza?

Zapytał: Z powodu głupiej płyty? W jakim świecie ty żyjesz?

Odparłem: Główne założenie brzmiało że na całym świecie tę płytę kupi jedynie 5 osób. Większość z nich na pewno nie pojedzie na Embankment. Ale ktoś mógłby.

Powiedziałem

Ten ktoś uważa że nuda jest gorsza od śmierci. Ten ktoś chciałby żeby każda rzecz wyraźnie różniła się od pozostałych. Ten ktoś wolałby umrzeć niż przeczytać choćby jeden egzemplarz czasopisma pod tytułem „Międzynarodowe Sporty i Narty Wodne".

Och, mruknął. TEN ktoś.

Zaczął brzdąkać temat wiodący z „Siedmiu samurajów".

W takim razie nie można zamieszczać tam reklam.

Wykonał ten sam temat na basach.

Powiedziałem

Spójrzmy na to w ten sposób. Wcale nie musimy nagrać setki płyt. Wystarczy dziesięć. Pięć dla mnie i pięć dla ciebie. Będzie ich tylko dziesięć, więc nabiorą wartości. Powiedzmy, że dostaniemy 10 000 funtów za serce. Powiedzmy, że koszt płyt wyniesie równe 1000. Powiedzmy, że sprzedadzą je po 1000 za sztukę. Zgarniemy maksymalne zyski i może nawet jedną z nich damy w prezencie komuś kto na koncertach nie spieszy się na pociąg.

Wrócił do poprzedniej wersji. Brzdęk brzdęk brzdęk BRZDĘK brzdęk brzdęk BRZDĘK brzdęk brzdęk brzdęk

Chyba jednak nie znalazł właściwych argumentów.

Powiedziałem: Mogę cię uczyć języków. Od czego chciałbyś zacząć?

Zapytał: Od jakiego języka?

Zapytałem: Od jakiego języka chciałbyś najpierw zacząć?

Zapytał: A co proponujesz?

Odparłem: Mogę cię nauczyć liczyć do 1000 po arabsku.

Powiedziałem: Możesz sobie wybrać jakiś inny. Znam ich prawie dwadzieścia. Zapytałem: A może chcesz się nauczyć tabeli pierwiastków? Albo technik przetrwania?

Powtórzył: Technik przetrwania?

Powiedziałem: Znam wiele jadalnych owadów.

Wrócił do basów. Bam bam bam BAM bam bam BAM bam bam bam

Zapytałem: Czego żądasz ode mnie? Żebym wrócił po dziesięciu latach? Może być za późno.

Nastąpiła krótka przerwa. Z namysłem popatrzył na struny. Pomyślałem sobie, że nareszcie do czegoś doszedłem.

Wyjął drugą rękę z kieszeni i zaczął grać temat z „Siedmiu..." na dwóch strunach naraz.

Nie wiedziałem co mam powiedzieć. Powiedziałem

Mógłbyś zagrać co tylko zechcesz

Powiedział

Lub coś na specjalne życzenie. Masz jakieś propozycje?

Powiedziałem

No

A potem powiedziałem

Coś z Brahmsa.

Zapytał

Z Brahmsa?
Zapytałem
Znasz Balladę Brahmsa, opus 10: numer 2 D-dur?
Zapytał
Co?
Odparłem
Balladę Brahmsa, opus 10: numer 2 D-dur. To część większej całości.
Powiedział
Znam.
Odwrócił się i oparł rękę na zakrzywionym boku fortepianu.
Zapytał
Znasz resztę?
Odparłem, że słyszałem tylko tę jedną ponieważ znam kogoś kto ją ciągle grywa, ale przecież na płycie mogą być też inne.
To twoja płyta więc masz nad nią artystyczną pieczę.
Powiedział
Nie wiem
Nie wiedziałem co mu powiedzieć.
Powiedziałem
Mogę uczyć cię judo.
Powiedział
Nie wiem
Powiedziałem
Mogę nauczyć cię gry w pikietę.
Mogę nauczyć cię lagrangianów.
Nie wiedziałem co mu powiedzieć.
Powiedziałem
Nagraj tę płytę a nauczę cię „Straight No Chaser"
Odparł
Zgoda.

W tym wydaniu

BARDZO NASTROJOWA I MALOWNICZA POWIEŚĆ O MIŁOŚCI I WOJNIE

RICHARD MASON
WIATR NIE POTRAFI CZYTAĆ

Pióra autora „Świata Suzie Wong", nastrojowa i bardzo malownicza powieść o wielkiej miłości, która zainspirowała Ericha Segala do napisania słynnej „Opowieści miłosnej". Sfilmowana w 1947 roku przez Davida Leana.
II wojna światowa. Michael Quinn, angielski pilot strącony nad Birmą, z rozkazu dowództwa zostaje oddelegowany do Bombaju. Po odbyciu kursu językowego ma uczestniczyć w przesłuchaniach japońskich jeńców wojennych. Szkolenia prowadzi młoda piękna Japonka, Hanako Wei, w której Michael zakochuje się ze wzajemnością. Spotykają się, kochają, zwiedzają Tadż Mahal, rozmawiają o przyszłości. Ale idylla nie trwa wiecznie, obowiązki wojenne zmuszają ich do rozstania. Kiedy po kilku miesiącach Michael powraca, nie odnajduje Hanako w domu...